Weitere Titel der Autorin:

Der Fluch der Maorifrau, auch bei Lübbe Audio erhältlich
Im Tal der großen Geysire, auch bei Lübbe Audio erhältlich
Der vorliegende Titel ist auch bei Lübbe Audio lieferbar

Über die Autorin:

Laura Walden studierte Jura und verbrachte als Referendarin viele Monate in Neuseeland. Das Land fesselte sie so sehr, dass sie es zum Schauplatz eines Romans machen wollte. Wenn Laura Walden nicht zu Recherchen in Neuseeland weilt, lebt sie mit ihrer Familie in Hamburg.

Laura Walden

DAS GEHEIMNIS DES LETZTEN MOA

Roman

BASTEI LÜBBE TASCHENBUCH
Band 16531

1. Auflage: Februar 2011

Bastei Lübbe Taschenbuch in der Bastei Lübbe GmbH & Co. KG

Originalausgabe

Copyright © 2011 by Bastei Lübbe GmbH & Co. KG, Köln
Titelillustration: © Robert Harding/Masterfile; age/mauritius images
Umschlaggestaltung: Christina Krutz Design
Satz: Urban SatzKonzept, Düsseldorf
Gesetzt aus der Adobe Garamond
Druck und Verarbeitung: GGP Media GmbH, Pößneck
Printed in Germany
ISBN 978-3-404-16531-5

Sie finden uns im Internet unter
www.luebbe.de
Bitte beachten Sie auch:
www.lesejury.de

Der Preis dieses Bandes versteht sich einschließlich
der gesetzlichen Mehrwertsteuer.

Prolog

Neben dem Bett flackerte eine Kerze. Das Paar, das tief in sein Liebesspiel versunken war, warf riesige Schatten an die weiß gekalkte Wand des verdunkelten Zimmers. Der gewölbte Bauch der Frau wirkte dabei größer, als er in Wirklichkeit war.

Die beiden bekamen nichts von dem mit, was um sie herum geschah. Sie nahmen weder das Rauschen des Meeres noch die Schritte wahr, die sich ihnen unaufhaltsam näherten. Zu sehr waren sie mit sich selbst beschäftigt. Sie lebten allein für diesen Augenblick. So, als gäbe es die Welt dort draußen gar nicht. So, als wäre ihr Liebesspiel alles, wofür es sich zu existieren lohnte. Als ob sie unsterblich wären.

Voller Leidenschaft warf die Frau ihr langes dunkles Haar in den Nacken und lächelte den Mann, der unter ihr auf dem Rücken lag, verliebt an. Ihr Gesicht glänzte fiebrig und glücklich zugleich.

»Ich liebe dich«, stöhnte sie im Rhythmus ihrer Bewegungen.

»Ist das nicht zu viel für das Kind? Schon wieder?«, stöhnte er heiser.

Sie hielt in ihren Bewegungen inne und über ihr Gesicht huschte ein Lächeln. »Keine Sorge, du wirst es nicht umbringen. Was meinst du, wie viele Kinder das Licht der Welt nicht erblickt hätten, wenn das gefährlich für sie wäre.«

Er sah ihr tief in die Augen. Wie er dieses vertraute und makellos schöne Gesicht liebte, in dem sich all das spiegelte, das sie für ihn so einzigartig machte. Ihre Hingabe, ihre Leidenschaft und ihre Klarheit.

Plötzlich kamen ihr die Tränen.

»Habe ich dir wehgetan?«, fragte er erschrocken.

»Es ist nichts. Ich möchte diesen Moment nur für alle Ewigkeit festhalten. Er soll niemals zu Ende gehen«, schluchzte sie.

Er streichelte ihr behutsam über die blassen Wangen.

Sie rang sich zu einem Lächeln durch und wollte sich neben ihn legen. Da sah sie es wie durch einen Nebel und wollte doch nicht gleich begreifen, was es zu bedeuten hatte. Und da war sie auch schon wieder, diese unbestimmte Angst, die sich manchmal über sie legte wie ein dunkler Schatten, doch dieses Mal hatte sie ein Gesicht. Ihr Lächeln gefror zu einer Maske, bevor sie die Augen schreckensweit aufriss. Sie wollte ihn warnen, doch der Schock hatte ihr die Stimme verschlagen. Nur ein heiseres Röcheln drang aus ihrer Kehle. Als ein warnender Schrei von draußen die Stille zerriss, war es bereits zu spät.

1. Teil

Selma

No Moa, no Moa, in old Aotearoa
Can't get 'em. They've et 'em.
They've gone and there ain't no moa!

Neuseeländisches Volkslied

Auckland/Dunedin, 11. Februar 2009

Wie sehr hatte sich Grace Cameron auf ein Wiedersehen mit Barry Tonka gefreut! Doch nun stand sie bereits seit über einer Stunde in der Ankunftshalle des Aucklander Flughafens und wartete noch immer auf ihn. Zum wiederholten Mal kramte sie in ihrer Umhängetasche nach dem Ausdruck seiner letzten E-Mail. Aber da stand es schwarz auf weiß:

Hole dich in Auckland am Flughafen ab, babe, kua aroha au kia koe. Ich liebe dich. B.

Grace vergewisserte sich noch einmal, dass sie ihm auch die richtigen Ankunftsdaten geschickt hatte, aber auch die waren korrekt. *Lande Mittwoch, 11. 2., um 13:50*, hatte sie ihm mitgeteilt. An ihrer Kommunikation konnte es also nicht liegen, dass Barry nicht auftauchte. Was sollte sie bloß tun?

Grace versuchte, die Fassung zu bewahren. Das war gar nicht so einfach. Schließlich hatte sie gerade einen über zwanzigstündigen Flug hinter sich gebracht – dabei hasste sie das Fliegen –, und ihre innere Uhr wusste nicht, ob es Tag oder Nacht war. Ihr taten die Knochen weh, weil sie versucht hatte, in allen nur erdenklichen Positionen ein wenig zu schlafen. Außerdem summten die fremden Stimmen um sie herum wie ein Bienenschwarm, und ihr war noch immer übel von dem Essen an Bord. Beim dritten Frühstück – wieder Omelett mit Käse – hatte sie sich beinahe übergeben müssen. Und dann diese endlose Schlange, um in das Land einreisen zu dürfen. Der Höhepunkt aber war die Sache mit dem Apfel gewesen, den sie in der Handtasche vergessen hatte. Die

Zöllnerin hatte sie angesehen, als wolle sie die Pest einschleppen, hatte sich Plastikhandschuhe übergestreift und den Apfel mit spitzen Fingern in einem Container entsorgt. »Sie hätten unsere Einreisebestimmungen lesen sollen«, hatte sie dabei gezischt und vorwurfsvoll auf ein überdimensioniertes Schild gedeutet, auf dem vor der Einfuhr von Lebensmitteln streng gewarnt wurde. Die Frau kannte offenbar kein Erbarmen mit jemandem, der um die halbe Welt gereist war. Und wozu das alles? Um vergeblich auf einen Mann zu warten, den sie kaum kannte?

Vielleicht hat Vater ja gar nicht so unrecht, und sein Heimatland besteht wirklich nur aus ein paar Wiesen mit Schafen, wo lediglich verschrobene Hinterwäldler leben, ging es Grace durch den Kopf, während sie erneut einen Blick auf ihre Armbanduhr warf. Noch immer hatte sie seine Stimme im Ohr: Was treibt dich bloß zu den Kiwis, wenn du keinen Schafzüchter heiraten, keine Treckingtouren machen und kein Speedboot fahren willst?

Grace stieß einen tiefen Seufzer aus. Ihr Vater hatte ihr die Reise bis zuletzt ausreden wollen und nicht mit zynischen Bemerkungen gespart. Es war ihm ganz offensichtlich unbegreiflich, dass sie wegen eines Urlaubsflirts so eine Strapaze auf sich nehmen wollte.

Von ihrem beruflichen und mindestens ebenso gewichtigen Grund für diese Reise hatte sie ihm nichts erzählt. Ihr Verhältnis war derzeit nicht das beste. Wer weiß, was er dazu gesagt hätte, dass ich eine Einladung dieser neuseeländischen Professorin in der Tasche habe, dachte Grace.

Dad, du bist doch selbst ein Kiwi, hatte sie mehrfach eingewandt, wenn er sich wieder einmal abfällig über sein Heimatland äußerte.

Eben drum, hatte Ethan Cameron unwirsch erwidert.

Doch seit Grace in der Schule einmal ein Bild von Neuseeland gesehen hatte, war sie fest entschlossen, eines Tages in die Heimat ihres Vaters zu reisen, ob es ihm nun passte oder nicht! Es zog sie geradezu magisch nach Aotearoa, in jenes ferne Land der weißen Wolke am anderen Ende der Welt. Und nun hatte sie gleich zwei gute Gründe, um sich diesen Traum zu erfüllen.

Ihr Vater war nicht mehr in Neuseeland gewesen, seit er mit ihrer Mutter Claudia, die dort als Au-pair-Mädchen gearbeitet hatte, nach Deutschland ausgewandert war. Und das lag nun schon über siebenunddreißig Jahre zurück.

Lange hatte Grace geglaubt, ihre Eltern hätten nur geheiratet, weil ihre Mutter mit ihr schwanger gewesen war, denn Claudia und Ethan hatten sich nie besonders gut verstanden. Claudia hatte ihren Mann über alles geliebt, keine Frage, aber Grace wagte zu bezweifeln, dass er ihre Liebe erwidert hatte. Sonst hätte sich Claudia niemals so etwas Entsetzliches angetan. Noch immer drehte sich Grace der Magen um bei dem Gedanken, wie ihre Mutter gelitten haben musste, um nur noch den einen, den letzten Ausweg zu sehen. Und nun konnte sie Claudia nicht einmal mehr fragen: Warum habt ihr beiden überhaupt geheiratet, wenn es gar nicht meinetwegen war?

Inzwischen wusste Grace nämlich, dass Claudia niemals mit ihr schwanger gewesen war, eine schmerzliche Wahrheit, die sie zu verdrängen suchte. Manchmal wünschte Grace, Claudia hätte in ihrem Abschiedsbrief verschwiegen, dass sie adoptiert war. Auch Ethan hatte getobt, als er das Schreiben gelesen hatte: »Warum hat sie das nur getan? Warum?«, hatte er verweifelt ausgerufen. Der Selbstmord seiner Frau hatte ihn ebenso aus der Fassung gebracht wie das Geständnis Grace gegenüber, dass sie nicht ihre leibliche Tochter, sondern ein Adoptivkind war.

»Wer sind denn meine Eltern?«, hatte Grace Ethan im ersten Schock angeschrien. »Verdammt noch mal, wer sind meine Eltern?«

Ethan hatte nur mit den Schultern gezuckt. »Wir haben dich kurz nach unserer Hochzeit bekommen und sind dann mit dir nach Berlin gezogen. Woher soll ich wissen, wer diese Leute sind? Das sagen einem die Behörden nicht.« Bei diesen Worten war er rot angelaufen.

Daher ahnte Grace, dass er sie belogen hatte, doch sie hatte beschlossen, ihre Herkunft nicht weiter zu ergründen. Sie hatte seelisch genug zu verkraften mit dem, was ihr die beiden Menschen angetan hatten, die sie bislang wie Eltern geliebt hatte. Erst hatte Ethan Claudia wegen einer jungen Frau verlassen, und dann hatte sich Claudia aus dem Leben gestohlen und ihre Tochter mit ihrem Kummer alleingelassen. Das war nicht fair. Grace fröstelte.

Eine tiefe männliche Stimme riss sie aus den Gedanken. »Entschuldigen Sie bitte, kann ich Ihnen helfen? Sind Sie vielleicht Grace Cameron?«

Erstaunt bemerkte Grace einen gut aussehenden Mann Mitte dreißig, der ziemlich verlegen wirkte. »Woher kennen Sie meinen Namen?«, wollte sie wissen.

»Mein Bruder, also, der hat mich gestern angerufen und mich gebeten, Sie bis nach Dunedin mitzunehmen.«

Grace musterte den Fremden eindringlich. Ganz entfernt hatte ihr Gegenüber eine gewisse Ähnlichkeit mit Barry Tonka. Er war zwar größer und schlanker als Barry und besaß ein schmaleres Gesicht, aber wenn man genau hinsah, waren die typischen Maorizüge in seinem Gesicht unverkennbar. Besonders der ausgeprägte und schön geschwungene obere Lippenbogen verriet seine Herkunft.

»Sie sind Barrys Bruder?«, fragte sie zögernd.

Der Maori nickte.

»Er hat versprochen, mich in Auckland abzuholen. Ich hab's sogar schriftlich.« Der Vorwurf in ihrer Stimme war unüberhörbar.

Der Fremde streckte ihr trotzdem freundlich seine Hand entgegen und lächelte sie gewinnend an. »Ich bin Hori, du kannst aber auch George zu mir sagen.«

Grace rang sich ein Lächeln ab. Dann stieß sie einen tiefen Seufzer aus. Was hatte das zu bedeuten, dass er ihr seinen Bruder schickte? »Warum holt er mich nicht selbst ab? Ich bin nicht um den halben Erdball geflogen, bloß um von ihm versetzt zu werden.«

Sie war entsetzlich erschöpft und hatte sich so danach gesehnt, endlich von Barry umarmt zu werden. Ihre Enttäuschung ließ sich einfach nicht verbergen. Aber im selben Augenblick bedauerte sie bereits, dass sie ihren Ärger an seinem Bruder ausgelassen hatte.

Hori räusperte sich verlegen. »Barry hat sich gestern nicht besonders wohlgefühlt und mich angerufen. Ich war auf einer Tagung in Auckland und bin auf dem Rückweg nach Hause.« Erst jetzt bemerkte Grace seinen Rucksack. »Deshalb hat er mich gebeten, dich vom Flughafen abzuholen und mit dir nach Dunedin zu fliegen.«

»Fliegen? Er hat gesagt, er holt mich mit dem Wagen ab, und wir reisen erst mal durch das Land.« In ihrer Stimme schwang Ärger mit.

»Sorry, aber Barry ist schon anderweitig verplant. Er kann nicht weg wegen seines neuen Jobs. Er hat doch gerade erst in der Kneipe angefangen...«

»*Kneipe?* Ich denke, er hat einen Laden?«

Hori trat verlegen von einem Bein auf das andere. »Das wird er dir bestimmt alles selbst erzählen, wenn ihr euch seht. Er freut sich jedenfalls schon riesig auf dich. Er hat mir gesagt, ich soll dich ja wohlbehalten zu ihm bringen.«

Diese Antwort befriedigte Grace ganz und gar nicht, aber sie wollte Hori nicht weiter bedrängen, dem die Situation sichtlich unangenehm war.

»Darf ich deinen Koffer tragen?«, fragte er nun höflich. »Wir sollten den nächsten Bus zum Inland-Airport nehmen, denn der Flieger geht bereits in zwei Stunden.« Er überreichte ihr ein Ticket.

»Das habe ich schon mal besorgt. Nicht dass nachher alles ausgebucht ist«, erklärte er fast entschuldigend.

»Danke, das ist wirklich lieb«, erklärte Grace hastig. Sie blickte ihn offen an. »Es tut mir leid, dass ich meinen Frust an dir ausgelassen habe, aber weißt du, der lange Flug ... Und ich habe mich so darauf gefreut, Barry endlich wiederzusehen.«

Hori nickte verständnisvoll, nahm ihr den Koffer ab und bat sie, ihm zu folgen.

Vor dem Flughafengebäude schlug Grace eine ungewohnte Wärme entgegen. Sie wusste wohl, dass hier, am anderen Ende der Welt, Hochsommer herrschte, aber es kam in diesem Moment trotzdem überraschend. Sie war erleichtert, dass wenigstens ein leichter Wind wehte.

Schweigend stiegen sie in den Bus zum Inlandterminal. Hori kümmerte sich wie selbstverständlich um ihr Gepäck und bot ihr Schokolade an.

»Das ist die gute *Cadbury* aus Dunedin. Du solltest die Schokoladenfabrik unbedingt besichtigen.«

Erst in diesem Augenblick wurde Grace bewusst, dass sie einen Riesenhunger hatte. Als könne er Gedanken lesen, ermunterte Hori sie, den letzten Riegel auch noch zu essen. Grace griff gierig zu.

Hori ist das genaue Gegenteil von Barry, ging ihr durch den Kopf, während sie die wohlschmeckende Süßigkeit auf ihrer Zunge zergehen ließ. Er ist ein Gentleman, der Frauen wahrscheinlich sogar die Türen aufhält. Barry hingegen war ein Macho durch und durch. Niemals hätte er ihren Rucksack auch nur einen Meter weit getragen, und niemals hätte er ihr den Hunger angesehen. Nein, es war nicht gerade Barrys Stärke, sich in andere hineinzuversetzen.

Auch von der Kleidung her unterschieden sich die beiden Tonka-Brüder völlig. Barry hatte ein Faible für enge Jeans und bunte Hawaiihemden, deren Knöpfe er gern bis zur Mitte der

Brust offen ließ, um seinen durchtrainierten Körper zu zeigen. Darüber hatte Grace mit ihrer Freundin ordentlich abgelästert, als sie ihn zum ersten Mal von Weitem gesehen hatten.

Grace warf Hori einen Seitenblick zu. Er war wirklich ein ganz anderer Typ als sein Bruder, denn er hatte so gar nichts Eitles an sich. Hori trug beige bequeme Cargohosen, ein khakifarbenes Hemd, dessen Ärmel leger aufgekrempelt und dessen Knöpfe bis auf den oberen geschlossen waren. Am Hals blitzte ein Amulett aus Jade, das an einem Lederband hing. Sein schwarzes Haar war kurz geschnitten, sein Gesicht wettergegerbt. Was er wohl machte? Er sah jedenfalls aus wie ein Naturbursche. Da er nun schon einmal hier war und sie gemeinsam reisten, würde Grace gern mehr über ihren Reisebegleiter erfahren.

Aber der junge Maori schien nun ganz in seine eigenen Gedanken versunken zu sein und machte nicht den Eindruck, als wäre er an einer Unterhaltung interessiert.

Wahrscheinlich ist ihm das Ganze eher lästig, mutmaßte Grace, und er macht nur gute Miene zum bösen Spiel.

Beim Einchecken und Boarding blieb Grace wenig Zeit, über ihre Flugangst nachzudenken. Außerdem hatte sie sich während der vergangenen endlosen Stunden über den Wolken halbwegs an das Fliegen gewöhnt. Nach zwanzig Stunden fühlte es sich schließlich an wie Busfahren.

Der Pilot legte einen sauberen Start hin, und Grace hing ihren Gedanken nach. Was tue ich bloß hier?, fragte sie sich wieder und wieder. Ihre Gedanken schweiften erneut zu ihren Adoptiveltern. Sie erinnerte sich schmerzhaft an Claudias stetiges Bemühen, Ethans Aufmerksamkeit zu erringen, und an seine kühle Abwehr. Grace konnte sich nicht entsinnen, dass ihre Eltern jemals zärtlich miteinander waren. Sie hätte ihn verlassen sollen und nicht leidend darauf warten, bis er eine andere gefunden hatte, dachte

Grace und merkte, wie in ihr wieder diese ungeheure Wut auf Ethan hochstieg. Ich will nicht mehr daran denken, beschloss sie und warf einen Blick auf ihre Armbanduhr. Erstaunt stellte sie fest, dass sie seit fast einer Stunde unterwegs waren. Allmählich wurmte sie, dass ihr Begleiter nicht mehr mit ihr sprach. Krampfhaft überlegte sie, wie sie wieder mit Hori ins Gespräch kommen könnte. Ich werde mit ihm über sein Land reden, dachte sie. Dann taut er bestimmt auf.

»Sag mal, warum sind die bei der Einreise eigentlich so panisch, dass sie einen mitgebrachten Apfel – wohlgemerkt einen neuseeländischen, aber in einem Berliner Supermarkt gekauften – mit spitzen Fingern entsorgen? Habt ihr Angst, dass wir euch mit ansteckenden Krankheiten verseuchen?« Ihr Ärger über das Desinfektionsmittel und das Verhalten der Zöllnerin schwangen unüberhörbar mit.

Hori wandte sich ihr zu. Seine Grübelfalten verschwanden.

Grace grinste in sich hinein. Sie hatte auf das richtige Pferd gesetzt.

»Nein, nein, wir halten euch nicht für verseucht. Es ist nur so: Wir sind ein abgelegenes Land, das seine eigenen Wunder in Flora und Fauna hervorgebracht hat. Und wir wollen es nicht durch eingeschleppte Arten aus dem Gleichgewicht bringen.« Er stockte und deutete aufgeregt zum Fenster. Den Platz am Fenster hatte er höflicherweise ihr überlassen. »Schau nur dort unten, das sind die Fjordlands, ein riesiger Nationalpark.«

»Wahnsinn!«, entfuhr Grace. »Das ist ja wie die Alpen und die norwegischen Fjorde in einem.« Fasziniert betrachtete sie die schneebedeckten Gipfel und stahlblauen Seen.

Hori beugte sich vorsichtig über sie. Grace spürte seinen bloßen Unterarm an ihrem. Seine Haut war angenehm weich. Und er roch gut – wie ein Sommerwald. Das ist bestimmt kein Aftershave, dachte sie.

»Siehst du die kleinen Inseln, die in den *Sounds* liegen?«

»*Sounds?*«

»*Sounds* nennen wir unsere Meerengen. Auf einer dieser kleinen Inseln, auf *Breaksea*, habe ich vor zehn Jahren mit meinem Professor gearbeitet.«

»Was hast du denn studiert?«, fragte Grace neugierig.

»Biologie.« Hori sah mit leuchtenden Augen hinunter, bis die Maschine gen Ostküste abdrehte und die bizarre Fjordlandschaft von sanften grünen Hügeln abgelöst wurde.

»Was für ein Zufall! Weißt du, dass ich auch Biologin bin?«

Hori hob überrascht die Brauen. »Nein, wenn ich ehrlich bin, habe ich erst gestern überhaupt von deiner Existenz erfahren. Ich wollte meinen Bruder aber nicht gleich mit neugierigen Fragen löchern: Wer ist sie, was macht sie, und wo habt ihr euch kennengelernt? Also, fangen wir hinten an. Wo hat mein Bruder Barry dich denn angeflirtet?«

Grace versuchte, die leichte Ironie zu überhören. »Wir sind uns zum ersten Mal in Thailand, auf Ko Samui, begegnet. Ich hab im *Blue Lagoon* gewohnt, und er hatte sich vom Strand aus zu unserem Hotelpool geschlichen. Wir schwammen gemeinsam darin, als Barry mir zurief, es sei gefährlich, im Pool zu baden, weil man jederzeit von einer Kokosnuss erschlagen werden könne. Und in dem Augenblick fiel tatsächlich eine vor ihm ins Wasser. Sie hatten wohl vergessen, die Palmen am Pool von diesen gefährlichen Geschossen zu befreien. Na ja, danach sind wir auf den Schrecken noch in eine Bar nach Chaweng gefahren und...« Sie stockte und sah ihn fragend an.

»Nein, nein, schon gut, ich will dich nicht ausfragen«, erklärte Hori rasch.

»Tust du nicht. Ich rede gern darüber, weil es sehr lustig war. Meine Freundin war dabei, und wir haben an dem Abend ziemlich über sein Machogehabe gelästert, aber dann lernte ich seine andere Seite kennen: seinen sprühenden Charme, seine verzaubernden Worte, seine Sinnlichkeit. Ja, da war es um mich geschehen. Von da an waren wir unzertrennlich. Wir haben den Rest meines Urlaubs zusammen verbracht. Eigentlich hatte ich nicht damit gerechnet, dass wir uns jemals wiedersehen, aber Barry hat mir ständig geschrieben und mich in sein Paradies eingeladen. Mein Vater, ein Neuseeländer, hat mir allerdings dringend davon abgeraten. Doch nach allem, was ich eben von oben gesehen habe, bin ich schon jetzt froh, dass ich Barrys Drängen nachgegeben habe.«

»Du bist wegen einer Urlaubsbekanntschaft um den halben Erdball geflogen?« Die Skepsis in seiner Stimme war nicht zu überhören.

Grace fühlte sich ertappt. »Ja, äh ... Nein, eigentlich nicht, also nicht nur. Eine Professorin aus Dunedin hat mir vor ein paar Wochen das verlockende Angebot gemacht, gemeinsam mit ihr ein Buch über den Moa zu schreiben. Sie hatte meinen Artikel über das Ende des Urvogels in einer Fachzeitschrift gelesen. Da Suzan Almond eine Kapazität auf dem Gebiet ist, möchte ich sie unbedingt kennenlernen. Ob tatsächlich ein Buch dabei herauskommt, wird sich zeigen. Kennst du sie zufällig? Sie war bis vor kurzem Professorin an der Universität von Otago und leitet die *Ornithologische Gesellschaft Dunedins*.«

Er schüttelte den Kopf. »Nein, ich habe in Auckland studiert. Und wir arbeiten mehr in der Praxis. Hätte ich die wissenschaftliche Laufbahn eingeschlagen, würde ich sie sicher kennen.«

Die wissenschaftliche Laufbahn, so wie ich es getan habe, dachte Grace nicht ohne Bedauern, weil sie an ihrem Schreibtisch in Berlin die Natur oft schmerzlich vermisste.

»Das ist ja spannend, über die Moas zu forschen. Vor allem die ewige Debatte um den Grund für das Aussterben der Riesenvögel finde ich sehr interessant. Welche Theorie vertrittst du? Wurden sie ausgerottet, weil es einen Vulkanausbruch gab oder weil die Ureinwohner sie zu Tode gejagt haben?«, fragte Hori.

»Wenn ich das so genau wüsste! Ich habe in meinem Artikel

alle Theorien erläutert und einander gegenübergestellt. Daraufhin hat Suzan Almond mich angemailt. Sie sei im Besitz einer einzigartigen Privatsammlung, hat sie mir geschrieben und mich eingeladen, sie zu besuchen. Aber nun erzähl mal von dir. Was machst du genau?«

»Zur Zeit arbeite ich gerade an einem Projekt, bei dem wir junge Kiwis und andere vom Aussterben bedrohte Vögel auf unbewohnten und von Nagetieren freien Inseln aussetzen, um sie die ersten Lebensmonate vor ihren Fressfeinden zu schützen. Sonst erleiden sie bald dasselbe Schicksal wie deine Riesenvögel und verschwinden von diesem Planeten.«

»Ihr schafft sie eigenhändig auf die Inseln? Oh, das würde ich zu gern mal erleben.« Grace machte aus ihrer Begeisterung keinen Hehl.

»Na ja, vielleicht kannst du dich als freiwillige Helferin melden, und ich nehme dich mal mit«, erklärte er prompt. Ihre Blicke trafen sich, aber Hori sah gleich wieder weg.

Ein angenehmer Schauer lief Grace über den Rücken. Hori war ihr für einen winzigen Moment sehr nahegekommen. Ob er diese Nähe genauso gespürt hat wie ich?, fragte sie sich.

Die Ansage des Kapitäns, dass sich die Passagiere zur Landung bereitmachen sollten, unterbrach ihre Spekulationen. »Wird Barry uns denn wenigstens in Dunedin abholen?«, wollte sie wissen, als sie schließlich aus dem Flugzeug stiegen.

Hori schüttelte bedauernd den Kopf. »Ich denke nicht. Er ist bestimmt schon zur Arbeit gegangen.«

»Was hatte er denn gestern überhaupt, dass er mich nicht abholen konnte? Was Schlimmes?«

»Nur eine Magenverstimmung, glaube ich«, antwortete Hori ausweichend. »Ich nehme dich in meinem Auto mit.«

Wenig später auf dem Parkplatz deutete er auf einen Wagen, der schon bessere Zeiten erlebt hatte. Grace grinste beim Anblick der Rostlaube, weil ihr Auto in Berlin nicht viel besser aussah.

»Ich fahre diese Kiste seit über zehn Jahren. Und das ist das Umweltschonendste, was man überhaupt tun kann.« Hori lachte.

»Ich habe auch so eine alte Schleuder«, sagte Grace, während Hori ihr Gepäck in den Kofferraum wuchtete. »Bei uns in Deutschland gab es sogar eine Prämie, damit du deine alte Karre verschrotten lässt und dir einen Neuwagen kaufst. Was meinst du, wie oft ich gefragt worden bin: ›Willst du deins nicht auch endlich loswerden?‹ Aber ich habe mich doch so an meinen fahrenden Untersatz gewöhnt.«

Hori lachte schon wieder.

»Bei uns ist es normal, alte Autos zu fahren. Die meisten denken: Hauptsache, ich kann mich damit fortbewegen.« Er lachte so herzlich, dass seine blendend weißen Zähne zu sehen waren.

Das sollte er viel öfter tun, dachte Grace, er hat so ein ansteckendes Lachen. »Und was hast du damals auf *Breaksea* genau gemacht?«, fragte sie, als sie nebeneinander im Wagen saßen, da sie das Gespräch unbedingt in Gang halten wollte. Es war angenehm, sich mit ihm zu unterhalten, und machte die Reise kurzweilig.

»Wir haben die Ratten ausgerottet. Das mag komisch klingen, aber das war die Voraussetzung, um dort Vögel und Robben erneut anzusiedeln. Ratten und Opossums sind die größten Feinde der Vögel. Wir mussten das biologische Gleichgewicht wiederherstellen, das vor der Ankunft der ersten Siedler in Neuseeland geherrscht hat. Vor fünf Jahren waren wir das letzte Mal dort. Da konnten wir uns mit eigenen Augen davon überzeugen, dass sich unsere Mühe wirklich gelohnt hat und sich alles vollkommen natürlich entwickelt.«

Grace betrachtete Hori unauffällig. Seine Wangen glühten, während er über seine Aufgaben sprach. Grace beneidete ihn ein wenig, weil er viel in der freien Natur arbeiten konnte. Sie dagegen brütete die meiste Zeit in ihrem Zimmer an der Universität oder in der Seminarbibliothek über dicken Büchern.

Plötzlich schweiften ihre Gedanken zu jenem kalten Tag vor vier Monaten ab, als ihr Chef, Professor Heinkens, sie während ihrer Arbeit mit ernster Stimme angesprochen hatte: »Entschuldigen Sie, Grace, dass ich Sie störe, aber mich hat gerade ein Anruf erreicht. Sie mögen bitte sofort Ihren Vater aufsuchen.«

Grace war aufgesprungen. »Bitte sagen Sie mir, was geschehen ist! Hat man sie gefunden?«

Der Professor hatte nur die Schultern gehoben, aber in seinem Blick hatte Grace die Wahrheit lesen können: Claudia war tot!

»Wir sind da.«

Grace zuckte zusammen. Über ihre Erinnerungen hatte sie kurzzeitig vergessen, wo sie war.

Der Maori hatte vor einem Holzhaus gehalten, das einen heruntergekommenen Eindruck machte. Auf der Terrasse standen gammelige Gartenmöbel, auf denen sich junge Männer herumlümmelten, die alle nicht mehr ganz nüchtern zu sein schienen.

Grace warf Hori einen fragenden Blick zu.

Er räusperte sich verlegen. »Das sind seine lieben Mitbewohner.« Wieder war die Ironie in seiner Stimme nicht zu überhören.

»Hey, George, hast du *Speights* für uns besorgt?«, grölte einer der Männer und deutete auf seine leere Bierflasche. Dann pfiff er durch die Zähne. »Deine neue Braut? Wow!«

Hori ignorierte ihn und wuchtete das Gepäck von Grace aus dem Kofferraum. »Barry wohnt mit ein paar schrägen Typen zusammen«, erklärte er.

»Und du? Wohnst du auch hier?«, fragte sie.

»Gott bewahre!«, rutschte es ihm heraus. »Früher habe ich hier gelebt. Das ist mein Elternhaus, aber nach dem Tod meiner Eltern bin ich bald ausgezogen und nach Auckland gegangen. Ich habe dort für das *Department of Conservation* gearbeitet«, fügte er hastig hinzu.

»Barry hat mir gar nicht erzählt, dass eure Eltern so früh gestorben sind.«

»Ach, die hatten auch nicht immer das beste Verhältnis. Mein Dad hat stets mit Strenge versucht, uns mit den Traditionen unserer Väter vertraut zu machen, aber Barry ist nicht besonders stolz darauf, ein Maori zu sein. Kurz vor seinem Tod besuchte mein Vater das Dorf seiner Ahnen. Die Missionare haben es Korinti getauft, und es liegt malerisch an unserem heiligen Fluss, dem Whanganui River. Er war der Einzige, der die Gegend verlassen hat, der Einzige der Seinen, der nach Süden gegangen war und studiert hat. Auf dem Rückweg sind unsere Eltern verunglückt. Ein Tourist überholte an einer unübersichtlichen Stelle und raste in ihren...« Er stockte. »Aber ich will dich nicht mit traurigen Familiengeschichten langweilen.«

»Das tust du nicht. Meine Mutter wurde vor vier Monaten in ihrem Wagen aus der Spree, einem Fluss in Berlin, gezogen, nachdem wir sie monatelang überall gesucht hatten.«

»O Gott, das tut mir leid!«, entfuhr es ihm. Er war sichtlich betroffen.

Das Gegröle der jungen Männer verstummte, als Grace und Hori auf die Terrasse traten.

»Willst du uns die Lady nicht vorstellen?«, bat einer grinsend.

»Das ist Grace, Barrys deutsche Freundin«, antwortete Hori knapp.

»Ja, stimmt, er hat uns die scharfen Bikinifotos gezeigt. Tatsächlich, du bist es! Ich bin Owen.«

Grace reichte ihm die Hand zur Begrüßung, und schon streckten sich ihr die Hände der anderen drei ebenfalls entgegen.

»Weiß einer von euch, wann Barry heute von der Arbeit kommt?«, erkundigte Hori sich.

Wie aus einem Munde brachen die jungen Maori in prustendes Gelächter aus.

»Was ist denn daran so komisch?«, fragte Hori ungehalten. »Gehen wir erst mal rein«, forderte er Grace nun auf.

Grace erschrak. Im Haus sah es noch schlimmer aus. Überall

standen leere Bierflaschen herum, und es roch wie in einer Kneipe. Sie spürte erneut eine starke Übelkeit aufsteigen.

Hori aber steuerte geradewegs auf die zugezogenen Vorhänge zu, riss sie auf und öffnete die Fenster. Strahlende Abendsonne flutete den Raum.

»Weißt du was? Du setzt dich an den Tisch dort, und ich mache ein bisschen Ordnung, bevor ich dir was zu essen besorge.«

»Nein, ich helfe dir«, widersprach Grace energisch. Sie musste plötzlich an Barrys chaotische Hütte am Strand von Shaweng denken. Damals, vor acht Monaten, hatte sie das noch süß gefunden. Aber der Zustand dieses Zimmers widerte sie an. Dennoch sammelte sie die leeren Flaschen vom Boden auf und folgte Hori in die Küche. Was sie dort erblickte, ließ sie würgen. Berge von schmutzigem Geschirr türmten sich in der Spüle, und der Geruch von alten Essensresten hing in der Luft.

»O mein Gott, das wird ja immer schlimmer!«, stöhnte Hori.

»Du besuchst deinen Bruder nicht oft, oder?«, fragte sie halb scherzend.

»Ich vermeide es, wenn es eben geht.« Mit diesen Worten nahm Hori ihr die Bierflaschen ab. »Aber denk nicht, dass mein Bruder das allein fabriziert hat...«

»Nein, nein, er leidet sicher furchtbar unter dem Chaos der anderen«, sagte Grace lachend.

»Und wie!« Horis Miene hellte sich auf.

Bevor er es verhindern konnte, hatte Grace bereits die klebrigen Teller aus dem Spülbecken geklaubt und ließ heißes Wasser und Spülmittel ein.

»Du willst doch nicht etwa abwaschen?«

»Von wollen kann keine Rede sein. Mir bleibt gar nichts anderes übrig, wenn ich mich hier wohlfühlen will. Und ich glaube, es würde Barry kränken, wenn ich ins Hotel ginge.«

»Okay, wenn du dich so darum reißt, hier den Haushalt zu schmeißen, dann bringe ich dir mal das restliche Geschirr aus dem Wohnzimmer. Barry wird sich freuen, wenn er in ein sauberes ...«

»Worüber wird sich Barry freuen?«, knurrte eine heisere Stimme hinter ihnen.

Erschrocken fuhren Grace und Hori herum.

»Du? Ich denke, du bist bei der Arbeit?« Grace sah Barry entgeistert an. Er war nackt bis auf eine ausgeleierte Boxershorts, war unrasiert und hatte verquollene Augen.

»Hey, die Lady meiner schlaflosen Nächte ist angekommen«, sagte er nur, hob Grace hoch und wirbelte sie herum.

Sie merkte sofort, dass er getrunken hatte. Er kam ins Schwanken und setzte sie schnell wieder auf dem Boden ab.

»Lass dich erst mal anschauen, Süße. Ist noch alles dran?«, lallte er.

Dass er ziemlich betrunken war, bewies sein Atem, als er sie nun fordernd auf den Mund küsste. Sie war viel zu überrumpelt, um sich zu wehren.

»Wieso bist du nicht bei deinem Job?« Horis Stimme klang vorwurfsvoll.

»Ach, warum wohl? Hab verschlafen.«

»Scheiße! Ich habe Marco in die Hand versprochen, dass du keinen Mist baust und pünktlich bist.«

»Hey Mann, jetzt tu doch nicht so, als wäre das ein feiner Job in der Bank. Das ist eine blöde Pizzabude. Mehr nicht.«

Hori wollte etwas erwidern, doch mit einem Blick auf Grace verkniff er es sich.

»Du hast dich verändert, Süße. Du bist so weiß. Wo ist denn deine leckere Schokobräune hin? Trägt man in Deutschland solch vornehme Blässe? Du siehst aus wie ein Fräulein Lehrerin.« Er lachte.

»Barry, ich bin keine Lehrerin«, widersprach Grace wütend. »Außerdem ist in Berlin zurzeit Winter.«

»Weiß ich doch, Süße, war nur 'n Scherz.« Er küsste sie noch einmal, doch dieses Mal schaffte sie es, ihn von sich zu schubsen, bevor er ihr die Zunge in den Mund schieben konnte.

»Du bist ja betrunken.«

»Ist das dieselbe Frau, die ich in ihre Hütte getragen habe, weil sie sich mit Thaibier die Lampen ausgeschossen hat?« Er fasste nach ihrer Hand. »Komm, lass uns erst mal unser Wiedersehen feiern.«

Grace befreite sich aus seinem eisernen Griff und zischte: »Barry, bitte, werde du erst mal nüchtern, und lass mich ankommen!«

»Oje, die Lady hat schlechte Laune mitgebracht.«

»Das kann man ihr wohl kaum verdenken. Schlaf deinen Rausch aus, und bring die Bude in Ordnung. Und wir beide gehen solange was essen. Du hast doch Hunger, oder?« Hori hatte sich an Grace gewandt.

Sie seufzte tief. »Ja, und wie!«

»Wenn einer mit ihr essen geht, dann ich«, knurrte Barry.

»Nein, dein Bruder hat recht. Du solltest erst mal nüchtern werden.« Grace griff nach ihrer Handtasche. An Hori gerichtet sagte sie: »Lass uns gehen.« Sie versuchte, möglichst gefasst zu wirken. In Wahrheit war sie entsetzt über dieses Wiedersehen.

»Okay, okay, ich schlafe jetzt ein Stündchen, und dann tun wir so, als wärst du gerade erst angekommen. Ja, Süße?«

Grace nickte. Lange würde sie sich nicht mehr beherrschen können.

Als sie in Horis Wagen saßen, konnte sie die Tränen nicht länger unterdrücken. Sie schluchzte laut auf.

Er nahm sie tröstend in den Arm. »Mein Bruder ist ein Chaot, aber kein schlechter Kerl, glaube mir.«

Die Autofahrt in die Stadt verlief schweigend. Grace hing ihren Gedanken nach. Hatte sie sich so in Barry getäuscht? War das, was ihr in Thailand wie sprühende Lebenslust vorgekommen war, nichts anderes gewesen als die reine Verantwortungslosigkeit? War er kein gut gelaunter Kindskopf, sondern ein haltloser junger

Mann, der nicht erwachsen werden wollte? Und entsprang sein Hang, einen über den Durst zu trinken, keiner bloßen Urlaubslaune, sondern kam das bei ihm regelmäßig vor?

»Hori, wie hat Barry seinen Laden verloren? Es ist doch wahr, dass er mit Surfbrettern gehandelt hat, oder?«

Hori druckste herum, bis er schließlich mit der Wahrheit herausrückte. »Na ja, er hat in so einem Geschäft gearbeitet, das stimmt, aber der Laden gehörte einem Kumpel von ihm, und der hat ihn irgendwann rausgeworfen.«

»Lass mich raten: Freund Alk war schuld.«

»Das war nicht immer so, Grace. Die Jungs, mit denen er zusammenlebt, haben nicht den besten Einfluss auf ihn. Er war früher mal das Sportass überhaupt und wäre um ein Haar bei den All Blacks gelandet.«

»*All Blacks?*«

»Ja, so nennen wir unsere Rugby-Nationalmannschaft, weil die Spieler ganz in Schwarz gekleidet sind. Er war gut, sehr gut sogar, aber dann sind unsere Eltern verunglückt...«

»Du liebst deinen Bruder sehr, nicht wahr?« Grace blickte ihn bei ihrer Frage verstohlen von der Seite an.

»Ich liebe ihn und könnte ihm gleichzeitig ständig in den Hintern treten.«

Grace lächelte. »Das kann ich gut verstehen. Wenn er auf Ko Samui gegen Mittag immer noch im Bett lag, dann habe ich auch manchmal mit fiesen Tricks gearbeitet. Eine Ladung Wasser über den Kopf geschüttet zu bekommen, hat er am meisten gehasst.«

Hori fuhr in eine Parklücke und stoppte den Wagen. Dann stieg er aus, eilte zur Beifahrerseite und hielt ihr die Wagentür auf.

»Sag mal, wie ernst ist das mit euch eigentlich? Ich meine, du bist immerhin um den halben Erdball gejettet, um ihn zu sehen«, fragte er, während sie an einer belebten Straße entlangschlenderten.

Grace zuckte mit den Schultern. »Ich weiß nicht. Er hat mir solche schönen Briefe geschrieben. Kein Mann vor ihm hat jemals so genau den richtigen Ton getroffen. Schmus ist mir zuwider, aber seine Worte waren poetisch, ohne kitschig zu sein.«

»Es ist ein Trauerspiel, dass er aus seinen Talenten nicht mehr macht. Er hat als Jugendlicher mal einen Gedichtwettbewerb gewonnen. Er war der einzige Maori seines Jahrgangs, der mitgemacht hat, doch Vater mochte seine Verse nicht. So schreibt ein *Pakeha*, hat er gesagt. Und das war aus Dads Mund die größte Beleidigung auf Erden.«

»Nennt ihr die Weißen so?«

Hori nickte, aber er fügte fast entschuldigend hinzu: »Ist aber nicht böse gemeint. Jedenfalls war Penenara . . .« Er stockte.

»Ist das etwa Barrys richtiger Name?«

»So haben meine Eltern ihn genannt. Das heißt auf Englisch so viel wie Bernhard. Aber er wollte von allen nur Barry genannt werden. Barry war jedenfalls immer schon etwas Besonderes. Er sprühte nur so vor Charme und Kreativität. Es ist schade, dass er nie etwas zu Ende gebracht hat. Er hätte das Zeug, etwas Großes aus seinem Leben zu machen.«

»Ich finde, du stellst dein Licht aber arg unter den Scheffel. So als würde er wie eine Lichtgestalt über allem schweben. Das sah vorhin verdammt nach dem großen Nichtstun aus. Ich kann Leute nicht leiden, die keine Verantwortung übernehmen. Ich für meinen Teil habe totale Achtung vor deinem Job.«

Horis Wangen liefen rot an. »Danke, aber das hätte doch jeder geschafft, den die Natur so fasziniert wie mich.«

»Nein, dazu gehört wesentlich mehr. Und ich weiß, wovon ich rede. Schließlich habe ich selbst Biologie studiert, bevor ich Assistentin von Professor Heinkens, einer unserer Kapazitäten auf dem Gebiet der Zoologie, wurde.«

Sie legte eine Hand auf seinen Arm, die sie aber sofort wieder zurückzog, als sie die Pizzeria betraten, die Hori für sie ausgesucht hatte. Bevor er sich zu ihr an einen gemütlichen Fensterplatz setzte, entschuldigte er sich und steuerte auf den Tresen zu. Dort wechselte er ein paar Worte mit einem dunkelhaarigen, unverkennbar italienisch aussehenden, jungen Mann. Die beiden gestikulierten lebhaft, und Grace ahnte sehr wohl, worum es ging. Wahrscheinlich um Barry, der jetzt hier hätte arbeiten sollen.

Mit finsterer Miene kehrte Hori an den Tisch zurück.

»Ein Freund von dir?«, fragte Grace.

Hori nickte. »Ein alter Freund, der mir einen Gefallen tun wollte und der jetzt ziemlich sauer ist.«

»Du hast Barry den Job hier besorgt, oder?«

»Ich hab's jedenfalls versucht.« Das klang resigniert.

»Und? Schmeißt er ihn jetzt raus?«

»Barry sollte heute erst anfangen. Das ist jetzt das dritte Mal, dass ich mich bemüht habe, ihn bei einem meiner Freunde unterzubringen.« Er verstummte und sah sie schuldbewusst an. So, als bedauere er, sie mit seinem Unmut über seinen Bruder zu belasten.

»Ich verstehe sehr gut, dass du deshalb sauer bist, aber ich verspreche dir, ich werde Barry ins Gewissen reden, wenn er wieder nüchtern ist. Vielleicht hört er ja auf mich«, erklärte Grace schnell.

Dann kam die Speisekarte, und sie vergaß alles andere. Sie hatte Schwierigkeiten, sich zu entscheiden – so ausgehungert war sie –, doch schließlich bestellte sie sich einen Teller Pasta. Der Chef nahm die Bestellung höchstpersönlich auf und sah seinen Freund neugierig an. Als Hori so gar keine Anstalten machte, ihm seine Begleiterin vorzustellen, reichte er Grace die Hand und sagte in einem lustig klingenden Englisch: »Ische binne Marco di Camogli, et tu?«

Grace lachte. »Ich bin Grace aus Berlin.«

»Und, was treiben disch aus der schöne Europa an der letzte Ende von Welt? Der übsche Kerl an deine Seite?«

Grace wollte ihm gerade etwas entgegnen, als Hori ihr zuvorkam: »Nein, sie ist wegen Barry hier.«

Die Miene des Italieners verfinsterte sich. »Schade, schade! Trotzdem buon appetito, Grace aus Germania.«

Der Italiener entfernte sich hastig, und Hori sah ihm bedauernd hinterher. »Er ist der großzügigste Kerl, den ich kenne, aber er hat meinen Bruder irgendwie gefressen.«

»Kein Wunder. Schließlich muss er selbst bedienen und ist im Stress, weil Barry ihn hat hängen lassen«, murmelte Grace.

Hori verfiel in grüblerisches Schweigen.

Er scheint sich ernsthaft Sorgen zu machen, durchfuhr es Grace, und sie überlegte, wie sie ihn aufheitern könnte, doch da kam ihr Essen.

Grace stürzte sich mit Heißhunger auf ihre Pasta und kümmerte sich nicht mehr um Hori, bis sie den letzten Bissen vertilgt hatte. Schlagartig stieg ihre Laune. Sie gehörte zu den Menschen, die unwirsch werden, wenn sie Hunger haben. Und sie konnte so viel essen, wie sie wollte, ohne dass sie dabei je einen Gedanken an ihre Figur verschwenden musste. Sie war schon immer rank und schlank gewesen. Früher hatte sie sich manchmal darüber gewundert, denn sowohl Ethan als auch Claudia neigten zur Füllichkeit. Seit Claudias Abschiedsbrief weiß ich, warum ich das nicht geerbt habe, dachte sie traurig, bestellte sich schnell noch einen Wein und sagte: »Es ist total nett hier.«

Hori nippte an seinem Bier. Grace prostete ihm zu.

»Mein Vater hat immer gesagt, Maori erkennst du daran, dass sie kräftig und untersetzt sind. Du bist das genaue Gegenteil. Ich meine, bei Barry passt das schon eher, aber bei dir?«

Hori machte ein nachdenkliches Gesicht. Grace befürchtete schon, dass sie ihm zu nahe getreten war, doch dann erhellten sich seine Züge.

»Meine Mutter soll einen britischen Riesen zum Urgroßvater gehabt haben. Dessen Gene sind vermutlich bei mir wieder durch-

29

gebrochen.« Er lachte. »Mein Vater hingegen hat immer behauptet, das wäre Blödsinn. Es habe erstaunlich viele große Männer unter seinen Ahnen gegeben. Daher hätte ich das.«

Grace wurde warm ums Herz. Sie mochte seine Stimme und seine offene Art. Sie hatte selten einen Mann kennengelernt, der so unverstellt und voller Selbstironie über sich sprach. Im Gegensatz zu Barry. Der war ungemein charmant und witzig, doch bei all seiner manchmal kindlich anmutenden Fröhlichkeit diente ihm vieles nur dazu, im Mittelpunkt zu stehen und sich ins rechte Licht zu setzen.

Grace verspürte das Bedürfnis, Horis Hand zu nehmen und sie zu drücken, doch sie konnte sich gerade noch beherrschen. So warmherzig, wie er sie gerade ansah, war zu befürchten, dass sie sich mehr füreinander interessierten, als es angebracht war. Grace hatte ein sehr feines Gespür für solche Momente, und sie war nicht der Typ Frau, der eine derartige Situation zum Flirten ausnutzte und einem Mann auf diese Weise falsche Hoffnungen machte.

»Ich glaube, ich würde jetzt gern mein Wiedersehen mit Barry feiern«, sagte sie deshalb recht steif.

Hori verzog keine Miene, und doch spürte Grace, dass sie ihn gekränkt hatte, indem sie diesen Augenblick der Nähe so plump zerstörte. Vielleicht bin ich ein wenig zu heftig gewesen, dachte sie zweifelnd, aber andererseits schaffe ich damit klare Verhältnisse.

»Ich lade dich ein«, murmelte Hori.

Grace widersprach heftig. »Du hast mich abgeholt und nach Dunedin gebracht. Nun darf ich mich wohl revanchieren und zumindest die Rechnung übernehmen.«

»Wenn's sein muss«, stöhnte Hori. »Ich glaube, einer Frau wie dir sollte man nicht unbedingt widersprechen. Man würde doch den Kürzeren ziehen.« Täuschte sie sich, oder verkniff er sich ein Grinsen?

Grace lachte, obwohl sie nicht einschätzen konnte, ob seine Bemerkung nett gemeint war. Umso überraschter zuckte sie zusammen, als er ihre Hände nahm und drückte. Wie kräftig und zugleich zärtlich er sie anfasste! Ihr Herzschlag beschleunigte sich merklich. Erst als der Chef des Hauses an den Tisch trat, ließ er sie wieder los. Grace erschrak über die Heftigkeit ihrer Gefühle, die diese harmlose Berührung in ihr ausgelöst hatte. Ein angenehmer Schauer durchrieselte ihren Körper.

Während Grace die Rechnung beglich, plauderten Hori und Marco über die nächste Aktion der Naturschützer. »Bist du dabei, wenn wir demnächst nach Maud Island fahren und die neuen Takahe-Pärchen auswildern?«, fragte Hori gerade.

»Naturalmente! Glaubst du, das lasse ische mir entgehen?« Marcos Augen strahlten. »Ische war schon leider nicht mit, als ihr auf *Breaksea* gewesen seid und geguckt habt, ob das Rattenpack endgültig gefluchtet.«

Grace sah ihn erstaunt an. »Du warst auch dabei, als *Breaksea* rattenfrei gemacht wurde?«

»Klaro, daher kennen wir uns. Ische wollte Umweltschutze machen, aber meine Vater brauchten eine Patrone für die Pizzeria hier. Ische habe schwere Herzens eingetauscht meine Wanderschuhe gegen die Küchenschürze und die Falle für die Ratten gegen Ofen für die Pizza. Und ische habe Parmesan gehobelt, während die anderen sich freuen darüber, dass wieder die Pelzrobben auf *Breaksea* sind und all die Vogel, die früher dort wohnen.«

Marco wollte sich zu ihnen setzen und ihnen noch einen Grappa ausgeben, doch das Angebot lehnte Hori entschieden ab. »Ich glaube, wenn wir jetzt loslegen und über unsere Heldentaten plaudern, sind wir morgen noch nicht fertig. Und Barry wird Grace sicherlich schon sehnsüchtig erwarten.« Damit stand er einfach auf und machte sich zum Gehen bereit.

Grace missfiel der schnelle Aufbruch sehr, aber sie traute sich nicht, ihm zu widersprechen, sonst würde er nur noch merken, dass sie das Beisammensein gern noch weiter ausgedehnt hätte. Wenn er wüsste, wie wenig mir gerade der Sinn danach steht, Barry zu treffen, dachte Grace bedrückt.

Die Rückfahrt verlief schweigend. Grace kämpfte mit sich, ob sie ihn weiter über seine Arbeit ausfragen sollte, aber das würde er vielleicht als zu aufdringlich empfinden.

Dann versuchte sie, an Barry zu denken. Sie bemühte sich, das Wiedersehen vor ihrem inneren Auge in rosigen Farben auszumalen, aber das wollte ihr nicht so recht gelingen.

»Ich wünsche dir schöne Wochen in Neuseeland«, erklärte Hori etwas steif, als sie vor dem Haus hielten. »Leider habe ich in den nächsten Wochen viel zu tun, aber vielleicht hast du Lust, mich auf eine Insel zu begleiten, wenn wir die jungen Takahe-Pärchen dorthin bringen. Hier ist meine Karte.«

Grace nahm sie, steckte sie hastig in die Tasche und bedankte sich bei ihm. Er reichte ihr die Hand zum Abschied und sagte mit sanfter Stimme: »Schade, dass ich dich nicht unter anderen Umständen kennengelernt habe.«

»Ja, das ist wirklich jammerschade«, seufzte sie aus vollem Herzen.

»Ich wollte, du wärst meinetwegen gekommen.« Er sah ihr tief in die Augen, bevor er sich abrupt umwandte.

Sein letzter Blick löste ein Gefühlschaos in ihr aus. Wie in Trance starrte sie ihm hinterher, als er zum Auto eilte. Erst als sein klappriger Wagen um eine Ecke gebogen war, schaute sie nach oben in den glitzernden Sternenhimmel. Alles verkehrt herum, dachte sie verträumt. Sie fuhr zusammen, als eine verwaschene Stimme sie aus ihren Träumen auf die Erde zurückholte.

»Hey, wo bleibst du denn? Ich warte schon seit Stunden auf dich. Habe doch schon lange seinen knatternden Motor gehört. Warum kommst du nicht rein?«

Erschrocken wich Grace zurück. Aus dem Schatten der Veranda

torkelte Barry auf die Straße. Er war noch betrunkener als vorher. Ehe sich's Grace versah, hatte er besitzergreifend einen Arm um ihre Schulter gelegt und sie ins dunkle Haus gezogen. Beim Schein einer Kerze saßen die Mitbewohner zusammen und starrten sie aus glasigen Augen an. Ihr wurde übel von dem Gemisch aus Tabakrauch und Alkoholdünsten, das über ihren Köpfen waberte.

»Na dann, ihr beiden. Viel Spaß beim Wiedersehen«, lallte der junge Mann, der sich ihr vorhin mit dem Namen Owen vorgestellt hatte.

»Die Süße kann es gar nicht mehr erwarten«, erwiderte Barry grinsend.

Grace wollte sich mit einem Ruck aus seiner Umklammerung befreien. Das gelang ihr zunächst, aber als sie sich ein paar Schritte entfernen wollte, packte er sie grob am Arm.

Owen versuchte von seinem Stuhl aufzustehen, doch er kam ins Schwanken und fiel zurück. »Gute Nacht, ihr Turteltauben!«

»Barry, reiß dich zusammen, Mann!«, johlte ein anderer. »Ihr habt viel nachzuholen. Hoffentlich schafft das dein kleiner Barry.«

Grace versuchte erneut, sich loszumachen, aber Barry hielt sie mit eisernem Griff fest. Dann ließ er sie abrupt los und gab seinem Freund eine grobe Kopfnuss.

»Das sagst du nicht noch einmal, es sei denn, du willst im Krankenhaus aufwachen. Verstanden?«

Der Kumpel lachte dröhnend.

Barry kümmerte sich nicht mehr um seine feixenden Freunde, sondern schob Grace vor sich her eine Treppe hinauf. Oben angekommen, zog er sie in ein Zimmer, in dem es muffig roch. Lachend stieß er sie auf ein zerwühltes Bett.

»Kannst dich schon mal ausziehen. Aber ganz ehrlich, was hast du so lange mit meinem Bruder gemacht?«

Das sollte lustig klingen, aber Grace bebte vor Zorn.

»Wir haben uns wie vernünftige Menschen unterhalten. Er hat gute Manieren, im Gegensatz zu dir.«

»Hey, hey, willst du mich etwa eifersüchtig machen? Doch nicht auf meinen Bruder, Süße! Ich weiß, dass der George es nicht bringt. Der ist so was von schlaff. Der traut sich doch nur an die Frauen ran, mit denen ich was habe. Weil er weiß, dass er die sowieso nicht kriegt. Ich meine, ein erwachsener Mann, der Rallenvögel auf einsamen Inseln aussetzt, der bringt es nicht.«

»Das ist gemein. Er würde alles für dich tun.«

»Ja und? Ist das ein Grund, meine Freundinnen anzubaggern? Das war schon bei Lucy so. Stundenlang hat er mit ihr gequatscht. Und ich musste mir dann anhören, dass mein Bruder so einfühlsam ist. Vielleicht ist er ein ganz Schlauer, und das ist seine Masche. Aber wir wollen unsere Zeit nicht mit Sabbeln verplempern. Ich halte es mehr mit den Taten. Zieh dich endlich aus, Süße!«

Grace funkelte ihn wütend an. Niemals würde sie mit ihm schlafen, solange er derart betrunken war. Sie sprang energisch auf. »Barry, lass uns morgen miteinander reden. Du bist ja völlig breit. Ich möchte nicht mit dir in einem Bett schlafen, wenn du in so einem Zustand bist.«

Barry, der sich seine Hose samt Unterhose bereits ausgezogen hatte und mit seiner drängenden Männlichkeit vor ihr stand, sah sie verwirrt an.

»Süße, was soll der Unsinn? Ich habe doch nicht so lange gewartet, damit du dich jetzt zierst. Weißt du noch, unsere letzte Nacht in der Thaihütte? Wir haben kein Auge zugetan. Konnten nicht genug kriegen voneinander.«

Er ging einen Schritt auf sie zu und ließ seine Hand geschickt und fordernd unter ihre Bluse gleiten.

»Es war eine wunderschöne Nacht. Als wären wir beide allein auf der Welt. Ich spüre noch heute deine Zunge auf meiner erhitzten Haut. Komm, küss mich!«, raunte er plötzlich in einem völlig veränderten Ton. Seine Stimme war in einen Singsang übergegangen. Sie vibrierte in jener Melodie, die Grace in Thailand Schauer über den Rücken gejagt hatte. Es war wie beim ersten Mal mit ihm. Sie hatte sich gar nicht auf ihn einlassen wollen, aber er hatte sie mit seinen poetischen Worten und seiner tiefen Stimme schlichtweg verzaubert.

Schon bot sie ihm ihre Lippen dar. Doch als sie seine Fahne roch, war sie augenblicklich ernüchtert. Angewidert wandte sich Grace ab. »Nein, ich will nicht!«, keuchte sie.

»Mach dich locker, Süße! Verkrampf dich nicht so. Lass dich von mir verwöhnen.« Er schob ihr mit der einen Hand die Bluse hoch und streichelte ihr mit der anderen Hand über die nackte Brust.

»Barry, ich will nicht!«, wiederholte sie energisch.

»He, das macht mich aber gar nicht an. Lass die Spielchen!«

»Das ist mein voller Ernst. Ich will nicht.«

Er nahm seine Finger von ihrer Brust, als hätte er sich an ihrer Haut verbrannt.

»Süße, du bist doch nicht um die halbe Welt geflogen, um mir das zu sagen, oder?«

Bevor sie etwas erwidern konnte, hatte er schon unters Bett gefasst und eine Bierflasche hervorgeholt, die er in Sekundenschnelle mit einem Geldstück öffnete. »Komm, nimm einen Schluck.« Er hielt ihr die Flasche hin, doch sie stieß seine Hand beiseite.

»Bitte, versteh doch endlich. Ich bin müde und erschöpft von der langen Reise. Ich möchte nur noch schlafen, morgen aufwachen und glauben, das wäre alles nicht passiert.«

»Nein, Süße, so nicht. Wir haben kein Gästezimmer im Haus, und ich denke gar nicht daran, mit dir unter einem Dach zu schlafen, wenn du mich zur Belohnung von der Bettkante stößt. Du kannst bei und mit mir schlafen. Oder du kannst abhauen und zurückkommen, wenn du wieder bei Verstand bist. Kapiert?«

Er klang auf einmal völlig nüchtern.

Grace zog ihre Bluse glatt und machte einen Schritt in Richtung Tür.

»Okay, dann zisch ab. Ich werde dich nicht anbetteln.« Barry legte sich aufs Bett und verschränkte demonstrativ die Hände hinter dem Kopf.

Er will cool wirken, dachte Grace, aber in seinen Augen glitzert es gefährlich. Er ist wütend. Keine Frage. Sie bekam plötzlich Angst. Ob er ihr Gewalt antun würde? Nichts wie weg hier!, befahl sie sich, krampfhaft bemüht, nicht in Tränen auszubrechen.

Als sie die Tür hinter sich zugezogen hatte, brüllte er ihr hinterher: »Du brauchst gar nicht wiederzukommen, du blöde Nuss!«

Grace schnappte sich ihr Gepäck und fand sich schließlich auf einer einsamen Vorortstraße wieder, wo es offenbar keine Taxen gab. Sie straffte die Schultern und eilte davon. Sie hoffte, dass jemand sie zum nächsten Hotel mitnehmen könnte, doch sosehr sie auf ein Motorengeräusch lauschte, es blieb alles still. Erst als sie an einem Pub vorbeikam, ertönte ein ohrenbetäubender Lärm und lautes Gegröle.

»Owen, sieh mal, die Thaifrau macht den Abgang.«

Dort also wird Barry den Rest des Abends verbringen, um sich mit seinen Kumpeln die Kante zu geben, dachte Grace bitter und lief weiter, ohne auf das Pfeifen und die dummen Sprüche der Männer zu reagieren.

Grace hatte das Ortsschild bereits hinter sich und stolperte nun eine einsame Landstraße entlang, als sie hinter sich das Geräusch eines Automotors vernahm. Abrupt drehte sie sich um und hielt den Daumen raus, wie sie es früher immer getan hatte. Damals, als sie noch regelmäßig getrampt war.

Das Scheinwerferlicht blendete sie, doch der Pick-up hielt. Sie befürchtete schon, zu einem Mann einsteigen zu müssen, aber sie wurde von einer rauen Frauenstimme burschikos begrüßt.

»Hallo, Darling, das war wohl ein Schuss in den Ofen, was?«

Grace kletterte erst einmal in den Wagen, bevor sie ihrem Erstaunen Ausdruck verlieh.

»Kennen wir uns?«, fragte sie und blickte die junge Fahrerin, deren krauses schwärzes Haar in allen Richtungen vom Kopf abstand, skeptisch an.

»Nein, wir nicht. Aber ich kenne dich. Du bist seit Tagen Gesprächsthema Nummer eins. Jeder will *the German girl* sehen. Das Mädchen, das wegen Barry Tonka um die halbe Welt gereist ist. Und wohin willst du jetzt?«

»In ein Hotel nach Dunedin.«

»Okay.«

Grace betrachtete die junge Frau verstohlen von der Seite. Sie trug einen kurzen Rock und ein Top, das ihren üppigen Busen betonte. Ihr Alter war schwer einzuschätzen. War sie zwanzig oder Mitte dreißig? Auf jeden Fall floss Maoriblut in ihren Adern. Das war unschwer an ihren Gesichtszügen zu erkennen. Auch sie besaß diese vollen Lippen mit dem unverkennbar sinnlich geschwungenen Oberlippenbogen.

»Woher kennst du Barry?«, wollte Grace wissen, nachdem sie bereits eine Zeitlang schweigend gefahren waren.

»Wir waren mal zusammen, aber er hatte eine andere Vorstellung von Treue als ich. Ich bin Lucy. Bei uns in der Straße bleibt nichts geheim. Wir haben Wetten abgeschlossen, Darling, wie lange du bleibst. Ich habe gewonnen. Keine vierundzwanzig Stunden, habe ich prophezeit. Barry ist ein Arsch. Das solltest du wissen, bevor du wieder bei ihm antanzt.«

»Danke für den Tipp, Lucy, aber mein Bedarf ist gedeckt«, erwiderte Grace schnippisch. »Es ist nett von dir, dass du mich zum Hotel bringst«, fügte sie versöhnlicher hinzu.

»Ist doch kein Thema. Die Jungens im Pub haben mir gesteckt, dass du abhaust und mit deinem Gepäck in Richtung Landstraße stöckelst. Nur, da kommt kein Schwein. Ich wollte nicht, dass du am Straßenrand übernachten musst. Sag mal, das Hotel: welche Preisklasse denn?«

»Ach, egal!« Grace war erschöpft. Sie hatte nur noch einen Wunsch: endlich zu schlafen!

»Okay, dann bringe ich dich in ein einfaches Hotel, Darling. Ist das okay? Das *Albatross Inn?*«

»Hauptsache Bett!«, erklärte Grace rasch. Langsam fühlten sich ihre Glieder an, als wären sie aus formbarem Material und nicht mehr zu kontrollieren. Sie wollte einfach nur schlafen und alles vergessen.

Als der Wagen vor einem blinkenden Schild in der Innenstadt hielt, war Grace erleichtert wie selten zuvor. Der Spuk war vorüber und mit ihm die Sehnsucht nach dem fernen Geliebten. Merkwürdig, dachte Grace, als sie ihren Koffer von der Ladefläche hob, ich habe eigentlich immer nur Beziehungen, die nicht alltagstauglich sind.

»Und das Thema Barry ist für dich wirklich endgültig abgehakt?«, fragte Lucy neugierig.

»Findest du die Frage nicht ein wenig zu persönlich?«, konterte Grace.

»Wie man es nimmt, Darling. Ich wollte nur wissen, ob ich dir noch mehr Details über unseren Barry erzählen soll, damit du keine allzu große Enttäuschung erlebst«, bemerkte Lucy und steckte sich eine Zigarette an.

»Keine Sorge, ich habe keine Lust mehr, ihn wiederzusehen, falls dich das beruhigt, *Darling!*«, erwiderte Grace spöttisch.

Lucy musterte sie durchdringend.

»Ich meine es nur gut mit dir. Aber es tut mir weh zu sehen, wie er sich zu Grunde richtet und wie er mit Frauen umgeht. Dabei weiß ich gar nicht, woher er das hat. Er gehört nicht zu den Jungen aus den abgewrackten Wohnwagensiedlungen der Vorstadt, die keine Perspektive haben und deshalb saufen. Sein Vater war Lehrer an unserer Schule. Er war ein echt feiner Kerl, der viele von uns Maori vor dem Absturz bewahrt hat. Wenn der das noch hätte erleben müssen, wie Barry sich um den Verstand säuft ... Das war ein guter Mann. Kein Großmaul wie Barry. Eher so ein Typ wie Barrys großer Bruder. Der hat Stil, übernimmt Verantwortung, mit dem kann man reden, und er sieht auch noch klasse aus. Ich hätte mich damals besser in den verlieben sollen ...«

»Ja, dann vielen Dank fürs Bringen«, sagte Grace entschlossen. Sie wollte nichts mehr von Barry oder Hori hören. Schnell griff sie sich ihr Gepäck und ging davon, ohne Lucy noch einmal anzusehen, was sie umgehend bereute. Was konnte die hilfsbereite junge Maori dafür, dass sie, Grace, den Namen Tonka umgehend aus ihrem Sprachschatz streichen wollte? Ich hätte freundlicher zu ihr sein müssen, dachte sie und wandte sich um, um noch einmal zu winken, doch der Pick-up wendete bereits und fuhr davon.

Mit dem schweren Gepäck in der Hand steuerte sie auf die Rezeption zu. Sie war erleichtert, als sie erfuhr, dass noch ein Zimmer frei war.

Dort angekommen, suchte sie in der Handtasche nach ihrer Geldbörse, doch stattdessen fiel ihr Horis Visitenkarte in die Hand. *Hori George Tonka, Bird Protection Society, Dunedin* stand darauf.

Ob er der neue Freund von Lucy war – so wie sie von ihm geschwärmt hatte? Und hatte Barry nicht angedeutet, dass Hori sich nur an die Frauen wagte, die vorher einmal mit ihm, Barry, zusammen gewesen waren? Ich sollte ihn anrufen und ihm erzählen, dass Lucy mich ins Hotel gebracht hat, dachte Grace. Dann könnte ich sicher an seiner Reaktion ablesen, ob zwischen den beiden etwas läuft. Aber was geht mich das eigentlich an? Du solltest diesen Mann schnellstens vergessen, Grace, ermahnte sie sich, denn wenn du dich in ihn verliebst, könnte das eine Menge Probleme mit sich bringen.

Grace ließ sich aufs Bett fallen und starrte an die Decke. Nach einer Weile stand ihr Entschluss fest: Sie würde so schnell wie möglich wieder nach Hause fliegen und ihr gar nicht so unglückliches Single-Leben in Berlin fortsetzen, und zwar genau so, wie es vorher gewesen war. Die fruchtbare Zusammenarbeit mit Professor Heinkens, der überdies ein attraktiver Mann war, aber glücklich verheiratet. Die lustigen Abende mit ihrer Mitbewohnerin und besten Freundin Jenny, besonders, wenn sie durch die Kneipen am *Prenzelberg* zogen. Gelegentlich war ihr auf diesen Wochenendtouren ein ansprechender Mann über den Weg gelaufen. Aber die Sache war oft nach nur einer Nacht beendet gewesen. Meist hatte Grace die Männer nicht wiedersehen wollen. Ihre Träume von der großen Liebe ließen sich mit ihren hohen Ansprüchen noch nicht vereinbaren. Mit Mitte zwanzig hatte sie ihre letzte längere Beziehung gehabt. Drei lange Jahre waren sie zusammen gewesen, aber dann war die Liebe auf beiden Seiten abgekühlt, und sie hatten sich freundschaftlich getrennt. Neulich gerade hatte Jenny ihr irgendwelche Karten gelegt, in denen sie die große Liebe ihrer Freundin hatte nahen sehen.

Wie gut, dass ich an so etwas nicht glaube, dachte Grace und wischte sich hastig eine Träne weg. Sie hielt immer noch Horis Karte in der Hand. Zweifelnd betrachtete sie diese einen Augenblick. Dann zerriss sie sie kurz entschlossen und warf die Schnipsel in den Papierkorb.

Plötzlich überkam sie eine bleierne Müdigkeit. Sie schaffte es gerade noch, sich das Gesicht zu waschen, die Zähne zu putzen und Jeans und Bluse auszuziehen. Schließlich wühlte sie in ihrem Koffer nach dem Schlafshirt und zerrte es ungeduldig hervor. Dabei fielen etliche Kleidungsstücke zu Boden, aber das störte Grace nicht. Ihr letzter Gedanke vor dem Einschlafen galt Ethan. Nun hatte er also doch recht behalten! Was hatte sie, Grace Cameron, in Kiwiland zu suchen? Nun besaß sie wenigstens die Gewissheit: gar nichts!

Das Bildnis von der unendlichen grünen Weite, verbunden mit dem geheimen Lockruf, sie solle dorthin reisen, das sie seit jener Schulstunde damals nicht mehr hatte loslassen wollen, war nichts weiter als ein Trugbild gewesen!

Dunedin, 12. Februar 2009

Ein vorwitziger Sonnenstrahl, der ihr ins Gesicht schien, weckte Grace. Sie hatte in ihrer Erschöpfung sogar vergessen, die Vorhänge zuzuziehen.

Ihr erster Gedanke galt Hori. Kein Wunder, sie hatte von ihm geträumt. Sie waren zusammen einem Moa-Weibchen begegnet. Der Urvogel überragte sie um Längen und kam zutraulich herbei. Dann erst sahen sie, dass er weinte. *Wo sind meine Kinder?*, fragte das Moa-Weibchen. Grace streichelte tröstend über das Federkleid des Riesenvogels. Es fühlte sich an wie ein Fell. Hori redete sanft auf das verzweifelte Tier ein. *Wir werden deine Jungen finden und auf eine der Inseln in Sicherheit bringen. Damit du überlebst, kleiner großer Vogel.* Dann wandte sich Hori von dem Moa ab und küsste Grace ...

Grace setzte sich auf und rieb sich verwundert die Augen. Wie sehr sie sich doch wünschte, schnell wieder einzuschlafen und an der Stelle weiterzuträumen, an der sie aufgewacht war! Doch je intensiver sie sich danach sehnte, wieder in ihre Traumwelt abzutauchen, desto klarer stand ihr die Realität vor Augen. Noch einmal erlebte sie in Gedanken das enttäuschende Wiedersehen mit Barry. Bloß keinen Gedanken mehr daran verschwenden!, ermahnte sie sich nun.

Wie der Blitz sprang sie aus dem Bett und eilte ins Bad. Sie duschte so lange, bis sie das Gefühl hatte, die Erinnerung an diese schreckliche Begegnung abgewaschen zu haben. Dann beschloss sie, sich wenigstens ein paar Tage Zeit für die Erkundung der

Stadt und die Begegnung mit der Professorin zu nehmen. Schließlich hatte nicht ihr erster Eindruck von Neuseeland sie maßlos enttäuscht, sondern allein ihr Wiedersehen mit Barry Tonka.

Entschlossen holte sie aus ihrem Koffer ein violettes Sommerkleid mit einem weit schwingenden Rock, das ideal zu ihrem schulterlangen dunklen Haar passte. Kaum hatte sie es angezogen, betrachtete sie sich kritisch im Spiegel. Ich bin ja noch blasser, als ich es in Berlin gewesen bin, schoss es ihr durch den Kopf. Und mein Haar könnte auch mal wieder eine Kur vertragen. Kurz entschlossen steckte sie es hoch und schlüpfte in ein Paar Sandalen.

Erst jetzt nahm Grace die Einrichtung der Pension wahr. Sie war einfach, aber gemütlich. Ja, hier würde sie es noch einige Tage aushalten.

Nach einem ausgiebigen Frühstück unternahm sie einen Stadtbummel. Der Hauswirt hatte ihr einen Stadtplan gegeben und ihr dringend die Besichtigung der *St.-Pauls-Kathedrale* sowie einen Ausflug nach *Larnach Castle* empfohlen.

Als erstes Ziel nahm sie sich die Kathedrale vor. Sobald sie auf die geschäftige George Street getreten war, hatte sie das Gefühl, schon einmal dort gewesen zu sein. Sie blieb verblüfft stehen. Genau, der kleine Obstladen, der Schlachter und dann ... *Marco's Pizza – Pasta*. Natürlich, hier war sie gestern mit Hori gewesen. Sie beschleunigte ihre Schritte. Nicht dass sie dem netten Italiener oder gar Hori in die Arme lief ...

Grace bog in eine Seitenstraße ein, in der eine Reihe prächtiger Häuser im schottischen Stil standen. Plötzlich blieb sie unvermittelt stehen. *Ornithological Institut of Dunedin, Suzan Almond* war auf einem Schild neben dem Eingang zu lesen. Nun war sie quasi über das Institut der Professorin gestolpert.

Grace atmete tief durch und drückte auf den Klingelknopf. Da sie schon einmal hier war, konnte sie den geplanten Besuch auch gleich hinter sich bringen.

»Sie wünschen?«, fragte eine tiefe weibliche Stimme. Grace blickte auf und erschrak.

Die Frau hatte eine unübersehbare Narbe, die sich über ihre gesamte linke Gesichtshälfte zog. Außerdem blickte ihr linkes Auge seltsam starr. Grace hatte so ein lebloses Auge schon einmal zuvor gesehen. Bei einem Lehrer, der ein Glasauge hatte. Ansonsten wirkte sie sehr elegant in ihrem Kostüm und den dazu passenden Pumps. Ihr dunkles Haar hatte sie damenhaft aufgesteckt. Nicht so wild wie ich, durchfuhr es Grace, die versuchte, das Alter der Fremden zu schätzen. Sechzig? Oder älter? Ohne dass sie es wollte, wurde ihr Blick von der linken Gesichtshälfte der Frau angezogen. Ich darf sie nicht so anglotzen, sagte sich Grace, und doch konnte sie sich kaum von diesem zerstörten, aber stolzen Gesicht losreißen.

Die Frau schien nicht einmal zu bemerken, dass Grace um Fassung rang. Sie musterte ihren Gast mit einem dermaßen neugierigen Ausdruck, als wäre es deren Gesicht, das so zerstört war.

»Lassen Sie mich raten, Sie sind Grace Cameron. Richtig?« Ihre Stimme war betörend und stand in Gegensatz zu ihrem erschreckenden und zugleich faszinierenden Gesicht.

»Ja, aber woher wissen Sie das?«, stammelte Grace.

Die Fremde lächelte. Das veränderte ihren Gesichtsausdruck so sehr, dass Grace gar nicht mehr an die Narbe und das Auge dachte.

»Ach, entschuldigen Sie, ich bin Suzan Almond. Ich habe Sie bereits sehnsüchtig erwartet.«

»Sehr freundlich von Ihnen ... Aber woher wissen Sie denn, wie ich aussehe? Ich habe Ihnen doch gar kein Foto von mir gemailt ...« Grace stockte.

Die Professorin lächelte immer noch, während sie ihr die Hand zur Begrüßung reichte. »Wissen Sie nicht mehr? Ihr Artikel. Im *Ornithological Magazine*. Da war doch ein Foto von Ihnen abgedruckt.«

»Ach ja, aber es war sehr klein.« Grace war immer noch verunsichert.

»Immerhin groß genug, dass ich Sie gleich erkannt habe. Aber was stehen wir hier draußen rum? Kommen Sie herein! Wir trinken erst einmal einen Tee zusammen, und Sie erzählen mir, wie die Reise war. Ich habe natürlich gedacht, Sie würden vorher anrufen, dann hätte ich einen kleinen Imbiss vorbereitet.«

»Machen Sie sich nur keine Umstände.«, murmelte Grace, während sie der Professorin ins Haus folgte.

Schon der Eingangsbereich war beeindruckend. Die Treppe nach oben war im viktorianischen Stil gebaut, großzügig mit einem üppig verzierten Geländer. Die Wände waren dunkel vertäfelt, die Diele offen und großzügig und die Decken hoch.

»Unten arbeite ich, im Keller liegen die Knochen, und oben wohne ich«, erklärte die Professorin lächelnd. »Und wo sind Sie untergekommen?«

»In einer kleinen Frühstückspension.«

»Ja, dann holen wir nachher Ihre Sachen, denn Sie wohnen selbstverständlich bei mir. Wo ich doch so viel Platz habe...«

»Nein, danke für das großzügige Angebot, aber das ist nicht nötig. Ich werde schon in ein paar Tagen wieder zurückfliegen«, brachte Grace mühsam hervor.

»In ein paar Tagen?« Das klang verärgert. »Ich hatte auf eine längere Zusammenarbeit gehofft.«

Grace räusperte sich verlegen. »Ich wollte eigentlich bei einem Freund wohnen, bei einer Urlaubsbekanntschaft hier in Dunedin, aber das Wiedersehen war so enttäuschend, dass ich keine Lust mehr habe, Neuseeland näher zu erkunden.«

Suzan Almond sah Grace mitleidig an. »Gehen wir doch erst mal in mein Büro, damit wir uns in Ruhe unterhalten können.« Dann rief sie in einen der zahlreichen Räume, die von der Diele abgingen: »Vanessa, machst du bitte einen Tee für zwei, und vergiss die gute *Cadbury* nicht! Wir müssen Miss Cameron davon überzeugen, dass Dunedin Besseres zu bieten hat als enttäuschende Urlaubsbekanntschaften.« Und schon hatte sie Grace in das Büro ihrer Mitarbeiterin geschoben.

»Das ist meine rechte Hand Vanessa, und das ist Miss Cameron, mit der ich das Moa-Buch schreiben werde.«

Grace schluckte ihren Protest hinunter und begrüßte Vanessa, eine rothaarige Frau in ihrem Alter, die ihr auf Anhieb sympathisch war. Erst als sie im Arbeitszimmer der Professorin in einer gemütlichen Sitzecke Platz genommen hatten, sagte Grace heftiger als beabsichtigt: »Miss Almond, ich schätze Ihr Angebot sehr, aber Sie haben mich eben nicht richtig verstanden. Ich reise ab! Es wird hier keine Zusammenarbeit zwischen uns geben. Ich habe meine Pläne geändert.«

»Misses Almond!«, entgegnete die Professorin entschieden. »Ich war mal verheiratet. Genau ein Jahr hat diese dumme Ehe immerhin gehalten; aber jetzt kommen wir zu Ihnen. Natürlich habe ich gehört, was Sie mir gesagt haben, aber das bedeutet noch lange nicht, dass ich Sie verstehe.« Wieder lächelte sie dieses bezaubernde Lächeln, das die Narben in ihrem Gesicht vergessen ließ.

Wider Willen lächelte Grace zurück. »Sie wollen damit sagen, dass Sie mir zugehört haben, aber trotzdem nicht verstehen, warum ich Ihrem Land gleich wieder den Rücken kehren will?«

»Wieso meinem Land? Es ist doch auch Ihr Land.«

Grace sah die Professorin verwirrt an. »Woher wissen Sie das denn? Ich habe Ihnen, soweit ich mich entsinnen kann, gar nicht verraten, dass mein Vater Neuseeländer ist.«

»Ihr Name sagt eben alles, Kindchen. Schauen Sie mal ins Dunediner Telefonbuch. Cameron ist ein Kiwiname. Es sei denn, Ihr Vater ist Schotte.«

»Nein, nein, seine Familie lebte oder lebt wohl in Neuseeland, aber er spricht nicht darüber. Ich weiß nur, dass er im Süden der Südinsel geboren wurde.«

»Und haben Sie denn gar keine Verwandten hier?«

Grace seufzte schwer. »Mein Vater hat seit achtunddreißig Jahren, quasi seit meiner Geburt, keinen Kontakt mehr zu seiner Familie. Er ist damals nach Deutschland ausgewandert. Und wenn ich ganz ehrlich sein soll, bin ich auch nicht erpicht darauf, hier einen auf Familie zu machen, denn ich bin ohnehin nur ...«, sie unterbrach sich hastig.

Die Professorin sah sie durchdringend an. »Was wollten Sie eben sagen?«

»Ich bin adoptiert. Warum sollte ich also nach den Verwandten meines Adoptivvaters forschen, wenn die nicht mal ihn selbst interessieren? Und selbst wenn: Cameron ist ein häufiger Name in dieser Stadt, wie Sie gerade eben erwähnten. Da kann ich schlecht alle durchtelefonieren, oder?«

Das Letzte sollte ein Scherz sein, aber die Professorin lachte nicht. Im Gegenteil, sie musterte Grace so durchdringend, dass diese unangenehm berührt war, bevor sie fragte: »Und Ihre Mutter?«

»Sie war Deutsche«, erklärte Grace knapp, und in ihrem Blick stand geschrieben, dass sie keine weiteren Fragen zu ihren Eltern wünschte.

Die Professorin schien die stumme Botschaft verstanden zu haben. »Entschuldigen Sie, ich wollte Ihnen natürlich nicht zu nahe treten, aber seit ich Ihren faszinierenden Artikel gelesen und mich mit Ihnen in Verbindung gesetzt habe, interessiere ich mich auch für Sie als Person.«

Grace schenkte ihr ein verkrampftes Lächeln. Eine innere Stimme riet ihr, das Haus der Professorin schnellstens zu verlassen. Würden sie weiter über Claudia und Ethan sprechen, wären die Tränen nicht mehr weit. Und ihr stand nicht der Sinn danach, sich bei dieser Fremden auszuweinen.

»Dürfte ich wohl noch einmal kurz auf den jungen Mann zurückkommen?«

Grace zog es vor zu schweigen, was die Professorin offenbar als Zustimmung wertete.

»Ich finde es schade, wenn so eine selbstbewusste, kluge junge Frau wie Sie deshalb gleich die Flucht ergreifen und dafür sogar eine berufliche Chance wegwerfen will. Eine Chance, um die Sie viele beneiden würden.«

Grace lief knallrot an. Was fiel dieser Person ein, den Finger in ihre größte Wunde zu legen? Ja, sie war schon immer weggelaufen, wenn es ihr unangenehm wurde. Sie verabscheute Auseinandersetzungen mit all den damit verbundenen Gefühlsverirrungen. Lieber verließ sie eine Stadt und sogar ein Land, um eine unglückliche Liebe so schnell wie möglich zu vergessen. Was vorbei war, war vorbei. Und nichts mehr sollte sie daran erinnern.

Grace suchte noch nach den richtigen Worten, um sich dieser Einmischung in ihre persönlichen Angelegenheiten zu erwehren, als die Professorin ihr beschwichtigend eine Hand auf den Arm legte.

»Oje, jetzt bin ich Ihnen schon wieder auf die Füße getreten«, sagte Suzan Almond entschuldigend. »Das wollte ich nicht. Ich bin manchmal furchtbar taktlos im Umgang mit Menschen. Wenn man wie ich nur mit dem Moa beschäftigt ist, kann man sonderbar werden. Können Sie mir verzeihen?«

Grace kämpfte mit aller Macht gegen die Tränen an, die sie nur unter großer Anstrengung zurückhalten konnte.

»Ich möchte doch nur verhindern, dass Sie die Chance unserer Zusammenarbeit einfach wegwerfen, nur weil der junge Mann Ihre Gefühle verletzt hat und Sie sich nur noch weit genug fortwünschen. Es ist ja nicht so, dass ich das nicht kenne. Im Gegenteil, ich bin auch schon einmal vor einem Mann davongelaufen, doch das war der größte Fehler meines Lebens.«

»Sie haben ja recht. Es wäre dumm, aber ich kann nicht anders. Ich hätte gar nicht herkommen dürfen. Mein Vater hat mir die Reise bis zuletzt ausreden wollen.«

»Aber finden Sie das nicht ein wenig seltsam, dass er nicht möchte, dass Sie in das Land Ihrer Vorfahren reisen?«

»Ich sagte Ihnen doch bereits, dass ich adoptiert bin.«

Obwohl Grace aufgebracht wirkte, hakte ihr Gegenüber nach: »Ja, und woher kommen Ihre leiblichen Eltern?«

Wieder dachte Grace, dass es besser wäre, sie würde einfach aufstehen und gehen. Irgendetwas läuft hier schief, durchfuhr es sie eiskalt, ich muss weg, und doch rührte sie sich nicht vom Fleck. »Das Einzige, was mein Vater hat durchblicken lassen, ist die Tatsache, dass meine Eltern Neuseeländer waren, aber mehr weiß mein Vater auch nicht über sie. Haben Sie schon mal gehört, dass die Daten von adoptierten Kindern ganz offen an die Adoptiveltern weitergegeben werden? In Deutschland wird das jedenfalls diskret behandelt. Doch selbst wenn ich im Nachhinein die Namen meiner leiblichen Eltern herausfinden könnte, mich interessieren sie nicht die Bohne. Schließlich haben diese Leute mich weggegeben. Meine Eltern heißen Ethan und Claudia. Basta!«

»Kann es sein, dass Sie da etwas verdrängen?«

»Sie werden mich kaum zum Bleiben überreden, indem Sie mir den Floh ins Ohr setzen, ich müsse hier in Neuseeland meine Wurzeln finden. Ich fühlte schon immer eine Sehnsucht nach diesem Land, zugegeben. Schon seit meiner Schulzeit, als mein Erdkundelehrer uns ein wunderschönes Foto gezeigt hat. Ich werde es nie vergessen. Es zeigte einen See, aus dem ein sattgrüner Berg in einen unglaublich blauen Himmel ragte. Das war wie ein Versprechen.« Grace verstummte, als sie merkte, dass sie gerade ins Schwärmen geraten war.

»Das könnte der *Doubtful Sound* gewesen sein. Der hat seinen Namen von James Cook, der bezweifelte, dass er schaffen würde, jemals wieder aus dieser Bucht hinauszusegeln. Oder es war ...«

»Machen Sie sich keine Mühe«, unterbrach Grace Suzan, »es spielt keine Rolle. Ich bin einer Sehnsucht nachgereist, die in Wirklichkeit eine Fata Morgana ist. Aber in einem Punkt haben

Sie recht. Ich sollte mir ein wenig Zeit nehmen, mit Ihnen zu arbeiten. Ich bleibe vierzehn Tage.«

»Fantastisch!«, rief die Professorin begeistert aus. »Obwohl das für ein Buch nicht reichen wird.«

»Ich sagte, ich will mit Ihnen arbeiten. Das heißt noch lange nicht, dass wir gemeinsam ein Buch schreiben. Und die Arbeit mit Ihnen ist der einzige Grund, warum ich bleibe. Sie brauchen also nicht mehr auf der Neuseeländerin in mir herumzureiten. Die interessiert mich nicht. Punkt und aus!«

Statt ihr böse zu sein, lächelte die Professorin. »So habe ich früher auch mal geredet. Genau wie Sie! Ich habe mich lieber in die Arbeit vergraben, weil ich in der Liebe kein gutes Händchen hatte. Der Mann, der mich faszinierte, war nicht zu haben. Jedenfalls nicht für mich. Ich habe mich lange gesträubt, an so etwas zu glauben wie die zerstörerische Macht von Familiengeheimnissen und Lebenslügen – bis ich bereit für die Geschichte meiner Vorfahrinnen war. Nach dem Tod meiner Mutter habe ich ihre Aufzeichnungen über das Drama der Evans-Frauen gefunden. Sie werden es nicht glauben, aber bestimmte Muster wiederholen sich von Generation zu Generation. Angefangen bei meiner Urgroßmutter Selma, einer ungewöhnlich starken Frau ...«

Es klopfte an der Tür. Die Professorin unterbrach sich und ließ Vanessa mit dem Tablett eintreten.

»Erzählen Sie ruhig«, bemerkte Grace trocken, nachdem Suzan Almonds Mitarbeiterin das Zimmer verlassen hatte. Die Professorin sah Grace verdutzt an.

Die lächelte ermutigend, während sie sich eine Tasse Tee einschenkte.

»Ja, Sie wollten mir doch von Ihrer Urgroßmutter erzählen. Und da ich beschlossen habe, zwei Wochen zu bleiben, sind wir nicht in Eile.«

»Das heißt, Sie werden bei mir wohnen?«

Grace seufzte. »Ich habe gesagt, ich will mit Ihnen arbeiten.«

»Nun sagen Sie schon ja. Dann können wir uns ausführlich unterhalten über das Leben ...«

»... und Sterben der Moas«, ergänzte Grace rasch. Ihr war es zwar ein wenig unheimlich, wie diese Frau sie in ihren Bann zog, aber andererseits fühlte sie sich nicht unwohl in ihrer Nähe. Warum sollte sie also nicht bei ihr wohnen? Außerdem lockten die Knochen im Keller und die Forschungen der Professorin. Grace blickte ihr Gegenüber herausfordernd an.

»Sie wollen also wirklich etwas hören über meine Geschichte, Grace?«

»Sicher, aber nur unter einer Bedingung: Wenn Sie mir danach die Sammlung zeigen.«

Suzan Almond lachte. »Natürlich. Und ich hoffe sehr, dass ich Sie mit meiner Geschichte dazu herausfordern kann, Ihrer eigenen auf die Spur zu kommen, denn es geht genau um Ihr Problem, um das Geheimnis der wahren Herkunft.«

Grace schüttelte energisch den Kopf. »Sie geben wohl nicht auf, was? Aber da haben wir etwas gemeinsam. Ich kann sehr, sehr stur sein, wenn ich etwas nicht will. Und herausbekommen, wer meine Eltern sind, das will ich ganz und gar nicht. Darum: Verschwenden Sie nicht weiter Ihre kostbare Energie. Aber ich höre nun einmal liebend gern Geschichten über ungewöhnliche, starke Frauen.«

Suzan Almond warf Grace einen durchdringenden Blick zu.

»Aber gern«, raunte sie mit rauer Stimme.

Auckland, Oktober 1883

Stolz fuhr die *Hermione* im Hafen von Auckland ein. Sie war noch ein klassischer Segler, jene Art von Auswandererschiff, die selten geworden war, seit sich die Dampfschiffe durchgesetzt hatten.

Die junge Selma Parker lag zusammengerollt in ihrer Koje und traute sich nicht aufzustehen, so geschwächt war sie. Sie dachte an Will. Wie hart hatte er gespart, damit sie die dreimonatige Überfahrt von London nach Auckland nicht eingepfercht im Zwischendeck mit den anderen Passagieren überstehen mussten! Es war ihrem Mann außerordentlich wichtig, dass sie unter sich sein konnten. Ein kleines Vermögen hatte Will für den abgeschlossenen Verschlag in der vorderen Kajüte ausgegeben, wo sie zu dritt schliefen: er, sein Bruder Richard und sie.

Ihr war immer noch entsetzlich übel von dem Sturm, der die *Hermione* letzte Nacht wie eine Nussschale vor sich hergetrieben hatte. Sie wunderte sich ein wenig, dass sie allein in der Kajüte lag, aber vermutlich waren die Brüder an Deck gegangen, um die bevorstehende Ankunft in der neuen Heimat zu feiern.

Selma lauschte angestrengt, aber es blieb ungewöhnlich still. Wahrscheinlich sind sämtliche Passagiere bereits oben, um endlich einen Blick auf den ersehnten Flecken Erde am anderen Ende der Welt zu werfen, mutmaßte sie.

Ihre Gedanken schweiften zu dem Streit ab, den sie gestern mit ihrem Mann ausgefochten hatte, bevor sich der Sturm zusammenbraute. Wie Kampfhähne hatten sich Will und sie auf dem

Deck des Schiffes gegenübergestanden. Wieder einmal war es um seinen Bruder gegangen, der niemals merkte, wenn sie allein sein wollten. Immer störte er sie, wenn sie einander nahzukommen versuchten. So wie gestern Abend. Warum hatte er sich nicht diskret zurückgezogen und einen Rundgang über das Schiff gemacht, als Will zu ihr in die schmale Koje gekrabbelt war? Stattdessen hatte er seinen Bruder in ein Gespräch über die Farm verwickelt, die sie in Nelson kaufen wollten. Für diesen Traum von einem Neuanfang hatte Will die Farm seines Vaters nach dessen Tod verkauft, denn er war der alleinige Erbe. Aber Will hatte es nicht fertiggebracht, seinen Bruder, der vor dem Nichts stand, in England zurückzulassen.

Selma verstand partout nicht, warum Richard zum Dank dafür nicht wenigstens etwas einfühlsamer war. War er eifersüchtig? Allein seine begehrlichen Blicke, wenn sie sich in ihre Koje zurückzog, hatten dazu geführt, dass sie sich nur noch unter der Bettdecke entkleidete. Wie wütend sein Gerede sie gestern gemacht hatte! So zornig, dass sie aus dem Bett gesprungen und an Deck gerannt war. Will war ihr gefolgt. Sie hatte ihm an den Kopf geworfen, dass sie so niemals Kinder bekommen würden.

Selma seufzte. Sie hätte so gern ein Kind von Will, aber wenn sein Bruder ihr junges Eheleben weiterhin auf Schritt und Tritt bewachte, würde sie niemals schwanger werden.

Sie würgte, doch ihr Magen war leer. Es wäre schön, wenn endlich einer käme, dachte sie gerade, als die Tür auflog und Richard die Kajüte betrat.

»Wo ist Will?«, fragte Selma.

»Ich dachte, das wüsstest *du*. Seit eurem Streit gestern habe ich ihn nicht mehr gesehen.«

Trotz ihrer Übelkeit schnellte Selma hoch. »Wie, du hast ihn nicht mehr gesehen?«

»Danach war er wie vom Erdboden verschluckt. Ich bin euch nach, habe euren Streit an Deck beobachtet und mich dann diskret zurückgezogen. Er stand mit dem Rücken zur Reling. Du hast ihn doch nicht etwa ...«

Selma lief vor Empörung rot an. »Du willst mir doch nicht unterstellen, ich hätte ihn über Bord gestoßen?«

Richard lachte dröhnend. »Das war ein Witz, aber Tatsache ist: Seit eurem Streit hat ihn niemand mehr gesehen.«

»Er wird die Ankunft feiern. Was sonst?« Selmas Stimme klang kläglich, obwohl sie sich bemühte, unbesorgt zu klingen.

»Und wenn er bei dem Sturm über Bord gegangen ist?«, warf Richard ungerührt ein.

»Blödsinn, er ist ein Bär von einem Mann. Den pustet so leicht nichts um.«

»Selma, das war Spaß. Ich werd ihn mal suchen gehen.« Er lachte dröhnend, als er die Kajüte verließ.

Sie teilte seinen Humor nicht im Geringsten. Vor allem, weil sie ein merkwürdiges Gefühl im Magen hatte, eines, das nicht vom Schaukeln herrührte. Es war gar nicht so abwegig, dass ihm etwas zugestoßen war, denn wäre er sonst die ganze Nacht fortgeblieben, noch dazu bei diesem Sturm? Wohl kaum. Außerdem wimmelte es an Bord nur so von üblen Gestalten.

Obwohl Selma am ganzen Körper zitterte, schaffte sie es schließlich aufzustehen. Sie trug immer noch ihr Reisekleid, mit dem sie sich gestern nach dem Streit in ihre Koje gelegt hatte. Ihr war nicht nur entsetzlich übel, sondern sie spürte nun auch eine unermessliche Angst.

Mit letzter Kraft schleppte sie sich an Deck, wo sich die Menschen mitsamt ihren Habseligkeiten dicht aneinanderdrängten, um das Anlegemanöver zu beobachten. Inmitten dieser Massen hatte es keinen Sinn, nach Will zu suchen. Vor ihr standen ein paar vierschrötige Kerle, die ihr die Sicht versperrten. Aus deren Hemden und Jacken wehte der Geruch von altem Schweiß zu Selma herüber. Drei Monate auf See waren eine lange Zeit. Ihr wurde noch übler. Nur mit Mühe konnte sie sich noch auf den

Beinen halten. Sie beschloss, in ihre Kajüte zurückzukehren und dort auf Will und Richard zu warten. Es würde sicherlich noch einige Zeit dauern, bis alle Menschen von Bord waren.

Selma wankte mit Mühe zurück in ihre Kajüte und legte sich in die Koje. Ihr war heiß und kalt zugleich. Die schreckliche Übelkeit, verbunden mit einer beklemmenden Angst um Will, raubte ihr den letzten Rest ihrer Kraft. Was, wenn ihm wirklich etwas zugestoßen war? Was, wenn jemand außer Richard und ihr von dem Geld unter Wills Kopfkissen gewusst hatte?

Stöhnend rappelte sie sich noch einmal auf, um unter das Kissen im oberen Etagenbett zu fassen. Sie stutzte. Sosehr sie auch danach tastete, das Geld war fort. Selmas ohnehin wachsweißes Gesicht wurde noch bleicher. Vielleicht hat er es mitgenommen, ging ihr durch den Kopf, doch sie wusste gleich, dass das mehr als unwahrscheinlich war. Es waren immerhin fünftausend Pfund Sterling in vier Bündeln, die jeweils fünfundzwanzig Fünfziger enthielten. Die konnten doch nicht einfach verschwunden sein! Selma kletterte unter Mühen in die obere Koje, durchwühlte sie, wobei sie auch unter die Matratze schaute – indes vergeblich. Von Wills Ersparnissen fehlte jede Spur.

Selma war den Tränen nahe.

Da flog erneut die Kajütentür auf, und Richard stürzte aufregt herein. »Was treibst du denn da?«, fragte er vorwurfsvoll.

»Wills Geld ist fort«, klagte sie mit heiserer Stimme.

»Lass mal sehen!« Jetzt machte auch er sich auf die Suche – ohne Erfolg.

»Jemand hat es gestohlen«, murmelte er schließlich.

»Aber wie ist das möglich? Ich war doch die ganze Nacht hier. Ich wäre doch aufgewacht, wenn ein Fremder hier eingedrungen wäre.«

Richard sah sie mitleidig an. »Selma, sie werden denken, dass du es dir angeeignet hast, nachdem du ihn im Streit über Bord geschubst hast.«

»Hör bitte auf damit«, flehte sie verzweifelt.

»Setz dich! Du kippst mir sonst noch um. So blass, wie du bist. Ich muss dir etwas sagen.« Fast zärtlich nahm er sie bei der Hand und drückte sie auf ihr Bett.

»Nun rede schon!«, bat Selma ihn inständig, aber er atmete erst einmal tief durch.

»Heute Nacht ist tatsächlich ein Mann über Bord gegangen«, erklärte er schließlich. »Ein Matrose hat einen Schrei gehört, kurz bevor der Sturm losbrach, und dann hat er etwas untergehen sehen. Sie befürchten, es war Will. Ich habe nämlich eben beim Kapitän gemeldet, dass wir Will vermissen und dass sein Erspartes verschwunden ist.«

»Aber wie konntest du? Du hast es eben doch noch, ich meine, du konntest doch noch gar nicht wissen, dass es fort ist«, stammelte Selma entsetzt, aber ihr Schwager ging überhaupt nicht darauf ein, sondern redete einfach weiter.

»Und stell dir vor, der Matrose, der den Schrei gehört hat, behauptet, dass er eine Frau hat flüchten sehen. Der Kapitän hat sofort die Polizei alarmiert. Nun möchte dich ein Sergeant der Aucklander Polizei sprechen.«

»Aber die können doch nicht allen Ernstes glauben, dass ich ...«

»Nicht, wenn ich bezeuge, dass du zum Zeitpunkt des angeblichen Vorfalls an Deck in deiner Koje warst.«

»Aber du hast selbst gesagt, dass du unseren Streit beobachtet hast.«

»Selma. Bist du wirklich so naiv? Dass du in der Koje warst, sage ich denen nur, damit sie dir nichts anhaben können.«

»Nein, du sollst nicht für mich lügen. Ich habe nichts zu verbergen. Deshalb wird mich gewiss auch keiner ernsthaft verdächtigen ...« Sie stockte, schluchzte laut auf und schlug sich die Hände vor das Gesicht. »O lieber Gott, lass es nicht Will sein!«

»Die Polizei wartet in der Kapitänskajüte auf dich.« Richard reichte ihr die Hand und half ihr beim Aufstehen.

Selma strich seufzend ihr Kleid glatt. Sie setzte das dazu passende Hütchen auf und drückte ihr Kreuz durch.

Richard warf ihr einen besorgten Blick zu. »Schaffst du es allein?«

»Mach dir keine Sorgen, keiner wird glauben, dass ich meinen Mann umgebracht habe. Wahrscheinlich ist er längst wieder aufgetaucht, und es gibt gar keinen ertrunkenen Passagier.«

Selmas Stimme klang betont kämpferisch, aber ihr forsches Auftreten war nur gespielt. Sie ahnte, dass sich etwas Schreckliches über ihr zusammenbraute. Sie betete den ganzen Weg zur Kajüte des Kapitäns darum, dass Will sich an Deck befinden möge, aber ihre Hoffnung schwand von Minute zu Minute. Das Schiff wirkte gespenstisch leer ohne die anderen Passagiere, die inzwischen von Bord gegangen waren. Selma warf einen flüchtigen Blick auf ihre neue Heimat. An den Kaianlagen herrschte ein reges Treiben, und wenn man in die Ferne sah, ragten sattgrüne Hügel im Hinterland eines türkis glitzernden Meeres empor. Selma riss sich von dem majestätischen Anblick los, denn es war nicht der rechte Moment, um in Begeisterungsstürme auszubrechen. Trotzdem spürte sie den angenehmen Hauch des einbrechenden Frühlings, dem sie sich nicht entziehen konnte. Es wird alles wieder gut, hier sind wir in Sicherheit, redete sie sich Mut zu.

Vor der Kapitänskajüte atmete sie noch einmal tief durch, um ein wenig von der frischen Meeresluft mitzunehmen. Dann klopfte sie zaghaft. Kräftige Männerstimmen brummten: »Herein!«

Der Kapitän, der Sergeant und auch der Constable waren äußerst zuvorkommend, als Selma die Kajüte betrat. Sie überschlugen sich nahezu dabei, ihr einen Stuhl anzubieten.

Sie wusste zwar um ihre Wirkung auf Männer, aber sie konnte sich kaum vorstellen, dass dies der Grund für das überaus freundliche Verhalten der drei Herren war. Nicht nach einer dreimonatigen Seereise unter diesen Bedingungen. Was sie vor ein paar Tagen in dem winzigen Handspiegel gesehen hatte, war nicht sehr ansprechend gewesen. Ihr blondes glänzendes Haar war stumpf geworden, ihre Haut grau; überall am Körper verspürte sie einen Juckreiz. Selma sehnte sich nach einem gründlichen Bad.

»Guten Tag, die Herren«, sagte sie artig und versuchte zu lächeln. Dabei war ihr eher zum Heulen zumute.

»Misses Parker, es geht um das Verschwinden Ihres Mannes.«

Sofort traten ihr Tränen in die Augen. Die Herren haben offensichtlich keine Zweifel mehr, durchfuhr es sie eiskalt. Wenn Will noch an Bord wäre, wäre er doch spätestens jetzt wieder aufgetaucht!

»Misses Parker, ist es Ihnen recht, wenn wir den Matrosen Peter Stevensen hereinbitten?« Erschrocken blickte Selma den Sergeant an. Was wollte er von ihr? Ach ja, er wollte wissen, ob sie bereit war, die Aussage des Matrosen zu hören.

»Ja, bitte, aber Sie müssen mir glauben. Ich würde doch niemals meinen Mann über Bord stoßen«, antwortete sie mit schwacher Stimme.

Die drei Herren sahen sich fragend an. »Aber Misses Parker, das steht doch gar nicht zur Debatte. Bevor wir überhaupt in diese Richtung ermitteln konnten, hat Ihr Schwager das bereits glaubwürdig widerlegt. Wir waren kaum an Bord gekommen, nachdem der Matrose Stevensen eine Anzeige gemacht hatte, da sprach Ihr Schwager uns an. Er gab eine Vermisstenmeldung für seinen Bruder auf und bezeugte glaubwürdig, dass Sie – genauso wie er – die Kajüte seit gestern Abend nicht verlassen haben. Ihr Mann habe sich allein an Deck begeben. Und der Zeuge hat nur eine flüchtende Frau gesehen, und das von Weitem. Er kann ja nicht einmal deren Alter schätzen, geschweige denn eine Personenbeschreibung abgeben. Das muss eine andere Frau gewesen sein, die vielleicht nur vor dem aufkommenden Sturm geflüchtet ist. Oder wollen Sie damit sagen, Sie seien gestern vor dem Sturm doch noch an Deck gewesen und ihr Schwager habe das nicht bemerkt?«

Der Sergeant blickte sie durchdringend an.

Selma wollte erwidern, dass Richard für sie gelogen habe und sie aber trotzdem unschuldig sei, weil ihr Mann noch gelebt hatte, als sie nach dem Streit wutschnaubend zurück in ihre Kabine gerannt war. Aber sie brachte keinen Ton heraus. Mit offenem Mund saß sie da und konnte es kaum fassen. Richard hatte ihr also bereits ein Alibi gegeben. Sollte sie den Herren nun etwa freimütig die Wahrheit erzählen und sich damit womöglich selbst ans Messer liefern? Vor allem, da sie immer noch einen letzten Rest Hoffnung hatte, dass Will nicht über Bord gegangen war.

»Bitte, meine Herren, holen Sie den Matrosen Peter Stevensen herein!« Selma bemühte sich, gefasst zu klingen.

»Gern, nur haben wir vorher eine Frage. Sie heißen doch Selma, oder?«

Selma nickte. Der Kapitän gab dem Constable ein Zeichen, den Mann hereinzubitten.

In Selmas Kopf wirbelte alles durcheinander. Warum hatte Richard ihr nicht die Wahrheit gesagt? Dass er ihr bereits ein falsches Alibi gegeben hatte. Sie blickte angespannt zur Tür, als der Seemann verschüchtert die Kapitänskajüte betrat. In demselben Augenblick wurde sie ruhiger. Er war ja fast noch ein Kind. Ein schlaksiger, riesiger Kerl mit einem rundlichen, glattrasierten Gesicht.

Der Sergeant forderte ihn ohne Umschweife auf, zu schildern, was er am gestrigen Abend gesehen und gehört hatte. Der junge Mann räusperte sich ein paarmal. Er wirkte nervös.

»Ich . . . ich habe gegen Abend einen Gang . . . einen Rundgang über das Deck gemacht. Es roch nach Sturm . . . und ich . . . ich wollte überprüfen, dass auch wirklich keiner mehr draußen ist. Da hörte . . . hörte ich einen Schrei«, stammelte er.

Der Matrose hielt erschöpft inne und atmete einmal tief durch.

»Er kam aus dem Wasser. Ich beugte mich über die Reling und meinte noch die Arme und Hände eines Mannes zu sehen. Dann war er weg.«

»Was genau hat er denn geschrien?«

Die Stimme des Kapitäns klang gequält, als würde er die Antwort bereits kennen.

»›Selma!‹ Jedenfalls habe ich das verstanden. Ich meine, da kam Wind auf und ...«

Selma stand langsam vom Stuhl auf, doch dann wurde ihr schwindlig. Der Kapitän und die beiden Polizisten sprangen herbei, um sie zu stützen. Stöhnend ließ sie sich wieder auf ihren Stuhl zurückgleiten.

»Wieso wollen Sie meinen Namen gehört haben?«, rief sie verzweifelt.

»Weil meine Schwester auch Selma heißt und er es dreimal gerufen hat: ›Selma! Selma! Se...‹«

»Ja, danke, schon gut«, unterbrach der Sergeant ihn ungeduldig und wandte sich dem Kapitän zu. »Wir sollten dafür sorgen, dass Misses Parker sicher von Bord kommt, denn es scheint keinen Zweifel mehr zu geben, dass es sich ... Misses Parker, ich befürchte, es war Ihr Ehemann.«

Schockiert blickte Selma die Männer an: »Das kann doch nicht sein«, stammelte sie in einem fort, bevor sie mit banger Stimme fragte: »Für Sie ist der Fall also klar? Sie glauben, es ist mein Mann gewesen, der über Bord gegangen ist?«

Der Kapitän und der Sergeant sahen einander ratlos an.

»Misses Parker, alle anderen Passagiere und Besatzungsmitglieder sind heil im Hafen von Auckland angekommen. Es fehlt keiner – außer Ihrem Mann.«

»Nein, nein! Bitte nicht!«, schrie Selma verzweifelt auf und biss sich in demselben Augenblick so heftig auf die Lippe, dass sie zu bluten begann.

»Sollen wir Ihren Schwager holen?«, fragte der Kapitän besorgt.

»Nein, nicht nötig. Es geht schon wieder«, entgegnete Selma ihm hastig, während die Gedanken in ihrem Kopf wild durcheinanderwirbelten. Plötzlich dachte sie an Richards Auftauchen in der Kajüte und an die Tatsache, dass das Geld verschwunden war. Mit einem Mal beschlich sie ein unfassbarer Verdacht. Sie stand nicht unter Mordverdacht, weil Richard für sie gelogen hatte. Aber war er nicht ebenfalls an Deck gewesen? Entlastete er sich mit dieser Lüge nicht selbst? Wer sagte ihr denn, dass er seinem Bruder nach dem Streit nicht aufgelauert hatte und ... Selma traute sich gar nicht, diesen Gedanken zu Ende zu denken. Und doch, noch etwas sprach dafür: das fehlende Geld! Wer konnte mehr Interesse daran haben, es in seinen Besitz zu bringen, als der benachteiligte Bruder? Derjenige, der gar nichts geerbt hatte! Ob sie den Herren etwas von Richards merkwürdigem Verhalten berichten sollte?

Selma entschied sich dagegen. Erst einmal musste sie einen klaren Gedanken fassen, um herausfinden zu können, wie es um ihren Verdacht bestellt war. Sie hoffte, dass Richard ihr eine plausible Erklärung für sein Verhalten und das fehlende Geld liefern konnte.

»Darf ich jetzt gehen?«, fragte Selma sichtlich gefasst.

Wieder sprangen die drei Herren zugleich herbei und boten ihr den Arm. Der Kapitän ließ es sich nicht nehmen, sie bis zu ihrer Kajüte zu begleiten, und versicherte ihr, dass sie jederzeit auf ihn zählen könne, falls sie Hilfe benötige. »Aber bei Ihrem Schwager sind Sie in guten Händen«, setzte er noch hinzu, bevor Selma sich von ihm verabschiedete und in die Kajüte schlüpfte.

Selma würdigte Richard keines Blickes, sondern versuchte, ihr Gepäck allein zu tragen. Bis er sich ihr in den Weg stellte.

»Na, und wo bleibt deine Dankbarkeit?«

Selma funkelte ihn wütend an. »Wofür? Dass du für mich gelogen hast? Dafür, dass du ihnen nichts von dem Streit berichtet hast, dessen Zeuge du gewesen bist? Dafür, dass du denen versichert hast, dass ich die ganze Nacht in der Kajüte war? Ich soll dir dankbar sein dafür, dass die Herren mich nicht des Mordes verdächtigen? Ich bin der festen Überzeugung, dass sie mich auch ohne deine Lüge nicht einer solch schrecklichen Tat bezichtigt hätten. So, und jetzt lass mich gehen! Ich will um meinen Mann trauern, und zwar ohne seinen ...« Das Wort, das ihr auf der Zunge lag, verkniff sie sich. Oder sollte sie ihn offen einen Mörder schimpfen?

Richard musterte sie durchdringend. »Dir bleibt es unbenommen, das Schiff ohne mich zu verlassen. Nur befürchte ich, die Herren würden ihre Meinung schnellstens ändern, wenn sie wüssten, wo sich das Geld des armen Will befindet ...«

Selma versuchte ruhig zu bleiben.

Richard lehnte sich an die Kojen und steckte sich provozierend eine Zigarre an. »Selma, es wird alles gut, nur müsstest du mich sofort heiraten, wenn wir erst an Land sind.«

»Ich? Dich heiraten?« Selma sah ihn aus schreckensweiten Augen an.

»Oder soll ich denen wirklich sagen, wo das Geld deines Mannes ist?« Richards Ton klang bedrohlich.

»Wenn du das Versteck kennst, bitte, nur zu!«, fauchte Selma. »Damit bestätigt sich mein Verdacht, dass du meinen ...« Sie war nicht fähig weiterzusprechen, da ihr die Tränen in die Augen schossen. »Du hast ihn umgebracht«, schluchzte sie schließlich. »Ich werde jetzt sofort zum Kapitän gehen und ihm von meinem Verdacht berichten.«

Richard lachte dröhnend. »Ja, bitte, aber vorher solltest du in deinem Koffer nachschauen.«

»Was soll das?«, schrie Selma und stürzte sich mit geballten Fäusten auf ihren Schwager. Er hielt ihre Arme fest und lachte noch lauter. Dann ließ er sie los und deutete auf ihr Gepäck.

»Guck mal unter deiner Wäsche nach.«

Selma blickte ihn entgeistert an, bevor sie ihren Koffer öffnete und das Unterzeug durchwühlte. Sie wurde bleich, als ihre Hand die Geldbündel ertastete. Zitternd wandte sie sich Richard zu.

»Wie kommt das Geld da hinein?«

»Das frage ich mich auch.« Richard betrachtete sie mit strafendem Blick von oben bis unten.

»Du glaubst doch nicht, dass ich . . .«

»Pass auf, Selma, es ist alles ganz einfach. Du wirst brav mit mir von Bord gehen. Im Gegenzug werde ich niemanden dazu veranlassen, dein Gepäck zu kontrollieren. Denn wenn das jemand täte, müsste ich leider sehr geschockt tun und zähneknirschend dein Alibi widerrufen. Jeder würde verstehen, dass ich meine schöne Schwägerin vor der Strafverfolgung habe schützen wollen. Für diese kleine Gefälligkeit heiratest du mich, und wir kaufen die Farm gemeinsam.«

»Ich soll dich . . .« Selma würgte. Da war sie wieder, diese Übelkeit. Niemals würde sie sich von Richard anfassen lassen. Er war nicht mal unattraktiv, aber er war ihr noch nie sympathisch gewesen. Und mit ziemlicher Sicherheit war er Wills Mörder . . .

»Selma, du willst in deiner neuen Heimat doch nicht hinter Gittern schmoren, oder?«

Sie schluckte trocken und schwieg.

»Gut, dann tu, was ich dir sage! Wir verlassen das Schiff gemeinsam, ich sorge dafür, dass keiner auf das gestohlene Geld in deinem Koffer aufmerksam wird, und sobald wir in Auckland eine Unterkunft haben, lassen wir uns trauen.«

Richard kam ihrem Gesicht gefährlich nahe und versuchte, sie zu küssen, aber Selma wandte ihr Gesicht entschieden zur Seite.

»Nun sag schon!«, schnauzte er. »Heiraten oder Gefängnis?«

»Wir gehen erst mal von Bord«, befahl Selma und stemmte ihren großen Koffer allein. Er ist schwer, schoss es ihr durch den Kopf, aber lieber überhebe ich mich, als dass er ihn in die Finger kriegt. Dann fiel ihr Wills Gepäck ein, aber sie entschied sich, es auf dem Schiff zurückzulassen. Sie wollte nicht, dass Richard sich auch noch Wills Kleidung aneignete. Den Anblick würde sie einfach nicht ertragen. Da sollte das herrenlose Gepäck lieber nach England zurückgehen und dort hoffentlich den Armen zugutekommen.

Selmas Herz klopfte bis zum Hals, während sie vor Richard die Gangway hinunterstieg. Jeder Schritt war eine Qual, das Ganze eine Angstpartie, dass er doch jemanden herbeirufen und das Alibi widerrufen würde. Ansonsten konnte sie keinen klaren Gedanken fassen außer dem einen: Nur über ihre Leiche würde sie diesen gemeinen Kerl heiraten!

Kaum dass sie an Land waren, führte Richard seine Schwägerin zu einem Gasthaus in Hafennähe, das einen halbwegs ordentlichen Eindruck machte. Er meldete sich dort mitsamt »Ehefrau« an. Selma war wie betäubt. Was sollte sie tun? Zur Polizei gehen und ihren Verdacht mitteilen? Aber sie hatte nichts gegen Richard in der Hand, und er würde alles abstreiten. Schlimmstenfalls würde man Richard und sie gar für Komplizen halten, die gemeinsam den störenden Bruder aus dem Weg geräumt hatten.

Der Herr an der Rezeption musterte die neuen Gäste übellaunig.

»Ein Zimmer für meine Frau und mich«, verlangte Richard.

»Verzeihen Sie, aber es wäre sehr schön, wenn ich ein eigenes Zimmer bekäme«, schnurrte Selma daraufhin geistesgegenwärtig mit butterweicher Stimme. »Wir kommen gerade vom Schiff und reisen bereits morgen nach Nelson weiter. Liebling, bitte, das Kind und ich brauchen heute Nacht ein Bett für uns.«

Das schien selbst den finster dreinblickenden alten Mann an der Rezeption zu rühren. Ein Lächeln erhellte sein Gesicht.

»Ich habe da noch ein winziges Kämmerchen, das ich sonst nicht vermiete. Das gebe ich Ihnen umsonst. Dort können Sie sich von der Reise ausruhen. Sie und Ihr Kind ...« Er sah sie prüfend an, als wolle er sagen: Man sieht aber noch gar nichts von der Schwangerschaft.

»Das ist sehr lieb von Ihnen. Sie sind mein Retter«, flötete Selma.

Richard wollte gerade protestieren, doch da hatte der Alte ihr bereits einen Schlüssel in die Hand gedrückt.

»Das Gepäck Ihrer Frau trage ich nach oben«, fügte er hinzu, aber Richard kam ihm zuvor. Schon hatte er sich den Koffer gegriffen. »Nicht nötig, ich nehm den schon. Der ist sehr, sehr schwer.« Er warf Selma einen triumphierenden Blick zu, während er ihn anhob.

Selma aber war so erleichtert, weil sie nicht mit ihm in einem Raum schlafen musste, dass sie seine Gehässigkeit ignorierte. Seine nächste Bemerkung trieb ihr allerdings die Schamesröte ins Gesicht.

»Sagen Sie, könnten Sie mir wohl sagen, wo wir uns hier in der Nähe trauen lassen können?«

»Trauen lassen? Ich höre wohl nicht richtig? Sind Sie etwa gar kein Ehepaar?«, fragte der Alte abschätzend.

»Nein, aber das werden wir morgen ändern.«, giftete Richard.

»Dann versteht sich der Wunsch der jungen Dame wohl von selbst, ein Zimmer für sich allein zu wollen. Das hätte keiner Ausreden bedurft, und...« – er stockte und musterte Selma von oben bis unten – »... schwanger ist sie sicher auch nicht, oder?«

»Was geht Sie das an?«, schnauzte Richard, aber Selma schüttelte unmerklich den Kopf.

Empört sah der Alte von Selma zu ihrem angeblichen zukünftigen Ehemann.

»Und den wollen Sie heiraten? Das ist kein anständiger Kerl. Das rieche ich bis hierher! Noch können Sie sich das überlegen, Miss. Ich weiß, worauf es solche wie der da abgesehen haben. Aber nicht in diesem Haus.« Er wandte sich nun an Richard. »Und Sie geben mir mal bitte den Schlüssel für das Zimmer zurück.« Richard war zu überrascht, um ihm das zu verweigern. Der Alte griff hastig danach und reichte ihn weiter an Selma.

»Ich glaube, Ihr Begleiter wollte Ihnen das Zimmer anbieten und selbst in der Kammer nächtigen.«

Selma musste sich ein Grinsen verkneifen, als sie dem verdutzten Richard ihren Kammerschlüssel aushändigte.

»Und wenn er Ihnen auf die Pelle rücken will, schreien Sie nur nach Mister Piwi. Ich bin sofort da«, ergänzte der Alte kämpferisch.

»Ich denke, das wird nicht nötig sein«, entgegnete Selma beschwichtigend. »Ich glaube, der Herr weiß, wo seine Grenzen sind, auch wenn er manchmal ein wenig ungehobelt auftritt.«

Mit äußerster Befriedigung stellte Selma fest, dass Richard hochrote Wangen bekommen hatte. Ob es am schweren Koffer lag, an dem Kämmerchen oder daran, dass sie ihn »ungehobelt« genannt hatte, wusste sie allerdings nicht zu sagen. Bestimmt wird er den armen Mann gleich anbrüllen, mutmaßte Selma, er verliert doch so leicht die Beherrschung.

Sie nutzte den Augenblick, in dem sich Richard wutentbrannt vor Mister Piwi aufbaute und noch nach den richtigen Worten rang, um sich rasch zu entfernen. Nur mit ihrer Handtasche am Arm schob sie sich an ihrem Schwager vorbei und eilte leichtfüßig zu ihrem Zimmer, das sie auf der Stelle sorgfältig von innen verriegelte.

Kaum hatte sie sich auf das karge Bett gesetzt, als Richard auch schon gegen ihre Tür hämmerte.

»Mach auf!«, zischte er.

Selma antwortete ihm nicht. Wenn er Eintritt begehrte, musste er schon die Tür eintreten, und das würde sicherlich den hilfsbereiten Alten auf den Plan rufen.

»Ich warne dich!«, keifte er. Dann stieß er einige unflätige Flüche aus, doch sie streckte sich unbeirrt davon auf dem Bett aus und dachte nach. Was sollte sie tun? Sie konnte doch unmöglich untätig bis morgen warten und wie ein Opferlamm mit ihm zum Friedensrichter gehen. Nein, sie hatte nur eine Wahl: die Flucht!

Aber ohne einen einzigen Penny? Egal, lieber würde sie in den Straßen von Auckland betteln gehen, als den Mörder ihres Mannes zu heiraten.

Tränen schossen ihr in die Augen.

»Will, mein Will«, flüsterte sie. »Lieber, lieber Will.« Wenn sie ihm doch bloß ehrlich gesagt hätte, dass sie Richard nicht über den Weg traute. Ihr hatte es von Anfang an missfallen, dass Will seinen Bruder mitnehmen wollte. Richard sei ein Taugenichts, hatte schon der Vater der beiden stets betont. Deshalb hatte der alte Mister Parker seinen Jüngsten auch vom Erbe ausgeschlossen. Das aber hatte der gute Will mit seinem großen Herzen nicht ertragen. Schon vom Erlös der Farm hatte er dem Bruder etwas abgegeben. Und Richard hatte nichts anderes zu tun gehabt, als es zu verspielen. Ein einziges Mal hatte Selma ihren Mann zaghaft gefragt, ob es denn wirklich sein sehnlichster Wunsch sei, Richard mit nach Neuseeland zu nehmen. »Nicht mein Wunsch, es ist meine Pflicht.«, hatte der wackere Will geantwortet.

»Will, o Will!«, schluchzte Selma. Erst jetzt wurde ihr allmählich bewusst, dass sie ihn verloren hatte. Und sie vermisste ihn schon jetzt schmerzlich, obwohl es von ihrer Seite aus nicht die ganz große Liebe gewesen war. Aber nach der Liebe fragte man auch nicht in dem kleinen südenglischen Dorf, aus dem sie stammte, wenn man einen guten Ehemann suchte. Vor allem nicht, wenn die Mutter als Magd auf dem väterlichen Gut des Verehrers arbeitete. Da war es schlecht möglich, den Antrag auszuschlagen, zumal der Sohn erklärtermaßen keine andere wollte als die Tochter der Magd. Nicht, dass Selma ihn nicht gemocht hätte. Nein, sie mochte ihn von Herzen gern, aber sie empfand eben nicht diese brennende Liebe für ihn wie Elizabeth zu Mister Darcy in ihrem Lieblingsroman von Jane Austen, *Stolz und Vorurteil*. Unzählige Male hatte sie dieses Werk verschlungen. Nein, ihre Zuneigung zu Will war mehr wie ein ruhiger Fluss gewesen.

Doch die Gewissheit, ihn niemals wiederzusehen, schmerzte

sie unendlich. Wenn sie doch wenigstens ein Kind von Will unter dem Herzen trüge! Aber das hatte sein Bruder erfolgreich zu verhindern gewusst.

Unwillkürlich kam ihr die erste Begegnung mit Richard in den Sinn. Damals, als er aus London zurückgekehrt war – eine höchst unangenehme Erinnerung. Er hatte dort sein Glück machen wollen, war aber zum Missfallen seines Vaters ruiniert in sein Heimatdorf zurückgekehrt. Richards überhebliche Worte, als er sich ihr in den Weg gestellt hatte, klangen ihr noch im Ohr, als wäre es erst gestern gewesen.

»Hallo, meine Hübsche, du musst die Tochter der Magd sein. Ich erkenne es an deinem blonden Haar. Du bist ja vom hässlichen Entlein zu einem Schwan erblüht. Warst du denn auch schon mal im Heu?«

»Lass das nur nicht deinen Bruder hören!«, hatte Selma in strengem Ton erwidert.

»Ach, der spielt doch nur den Tugendhaften. Der würde liebend gern mit dir ins Heu kriechen. Wetten?«

»Meinst du? Dann werde ich ihm mal vorschlagen, eine Nacht im Heu zu schlafen statt in unserem Ehebett.«

Selma lächelte bei der Erinnerung an seinen offenen Mund, der ihn recht dämlich hatte aussehen lassen. Nie wieder hatte er sich ihr gegenüber so eine Unverfrorenheit herausgenommen – bis zum heutigen Tag. Da hatte er seine Maske fallen lassen. Nachträglich bedauerte sie zutiefst, dass sie den Vorfall damals nicht Will gepetzt hatte. Vielleicht würde er dann heute noch leben.

Selma liefen immer noch die Tränen über das Gesicht. Ihr Lächeln war verschwunden. Sie sah traurig aus. Ich muss fort, dachte sie und lauschte. Vor ihrer Zimmertür war es ruhig geworden. Wahrscheinlich hat Richard aufgegeben und wiegt sich in der Sicherheit, dass ich ohne Geld nicht weglaufen werde, mutmaßte Selma.

Vorsichtig erhob sie sich und schlich zum Fenster, um es zu öffnen. So würde er glauben, sie wäre von dort aus in die Nacht geklettert. Ihr Herz klopfte bis zum Hals, als sie schließlich leise den Türschlüssel umdrehte, die Klinke hinunterdrückte und einen Blick in den düsteren Flur warf. Richard war verschwunden. Und nun? Ob sie diesen netten Mister Piwi wirklich um Hilfe bitten sollte? Sie hatte keine andere Wahl, er war der Einzige, den sie in diesem fremden Land kannte. Behutsam einen Fuß vor den anderen setzend, war sie bemüht, das Knarren der Dielen zu vermeiden.

Erleichtert sah sie den alten Mann im Schein einer Gaslampe ein Buch lesen. In seiner Nähe konnte ihr eigentlich nichts mehr geschehen. Da knarrte die Treppe unter ihrem Tritt.

Mister Piwi fuhr herum und sah sie verwundert an.

Sie bedeutete ihm durch ein Zeichen, dass er schweigen möge und sie ihm etwas aufschreiben werde. Derweil legte sie den Zimmerschlüssel auf den Tresen.

Stumm reichte ihr der Mann einen Federhalter und ein Stück Papier. Mit zitternden Fingern schrieb sie: *Ich bin nicht freiwillig hier. Ich werde diesen Mann nicht heiraten. Bitte helfen Sie mir! Es soll so aussehen, als sei ich durchs Fenster geklettert und geflüchtet.*

Der Alte blickte sie über den Rand seiner Brille hinweg mitleidig an. In dem Moment wurden Schritte laut, verbunden mit lautem Fluchen. Keine Frage, das war Richard, der das offene Fenster bereits bemerkt haben musste.

Mister Piwi sprang behände auf, öffnete eine Tür hinter sich und machte ihr durch eine Handbewegung begreiflich, dass sie sich in seiner Wohnung verstecken solle. Das ließ sich Selma nicht zweimal sagen. In Windeseile verschwand sie darin und zog gerade noch rechtzeitig die Tür hinter sich zu. Mit klopfendem Herzen verharrte sie dort. Da hörte sie Richard auch schon brüllen: »Wohin geht das Fenster aus dem Zimmer meiner Verlobten?«

»Nach hinten, Richtung Hof«, antwortete der Alte mit Unschuldsstimme und deutete auf die Hintertür.

Selma musste in ihrem Versteck unwillkürlich lächeln. Was für ein hilfsbereiter Kerl er doch war, dieser Mister Piwi!

Richard brummelte etwas Unverständliches und polterte davon.

Selma hielt den Atem an. Wenn ihr Schwager dem Alten nur nicht auf die Schliche kam! Am ganzen Körper bebend, ließ sie sich auf einen wackligen Stuhl fallen und betete in demselben Augenblick, dass er nicht ausgerechnet jetzt mit lautem Krach zusammenbrechen würde.

Nach einer halben Ewigkeit hörte sie Richards Stimme erneut brüllen. »Das kann nicht sein! Die Mauern um den Hof sind viel zu hoch und das Tor fest verschlossen. Das offene Fenster ist bloß eine Finte. Sollten Sie meine Verlobte versteckt halten, dann Gnade Ihnen Gott!«

»Was fällt Ihnen ein, mein Herr? Zügeln Sie Ihr Mundwerk! Warum sollte ich mich wohl in Ihre Angelegenheiten mischen?«, erwiderte der Alte mit gespielter Entrüstung.

»Weil Sie das vorhin bereits getan haben. Sie haben sie nur allzu unmissverständlich davor gewarnt, mich zu heiraten. Und jetzt soll ich Ihnen glauben? Nein, mein Lieber, sie muss an Ihnen vorbei das Haus verlassen haben. Und wenn ich sie draußen nicht finde, werde ich das ganze Haus auf den Kopf stellen. Worauf Sie sich verlassen können!«

Dann war alles still. Selma aber traute sich immer noch nicht, normal zu atmen, bis die Tür aufging und Mister Piwi zögernd eintrat.

»Er ist weg. Kommen Sie schnell! Wir finden eine Lösung.«

Dann wandte er sich abrupt um, denn ein Gast trat auf die kleine Rezeption zu.

»Mister Wayne, einen wunderschönen guten Abend, ich habe das schönste Zimmer für Sie reserviert.« Der Alte reichte dem

Gast den Schlüssel. Der aber starrte, statt ihn zu nehmen, Selma an, als habe er ein Gespenst gesehen.

»Wollen Sie mir die junge Dame gar nicht vorstellen, Mister Piwi?«, fragte der junge Mann, nachdem er seine Sprache wiedergefunden hatte.

»Das ist Miss Parker, eine gerade vom Schiff gekommene junge Dame aus England, und das ist Mister Damon Wayne.«

Von draußen ertönte ein lautes Fluchen. »Jetzt weiß ich, was gespielt wird. Der Alte hat sie in seiner Wohnung versteckt! Verdammt noch mal!«

Selma wurde kalkweiß, während es in Mister Piwis Kopf fieberhaft arbeitete. In seiner Verzweiflung wandte er sich an den Gast.

»Mister Wayne, bitte, tun Sie mir einen Gefallen! Nehmen Sie die junge Dame mit auf Ihr Zimmer, und zwar schnell! Ich erkläre Ihnen alles später und . . .«

Er unterbrach sich hastig und schob Selma dem Fremden geradewegs in den Arm. Nach einer Schrecksekunde schien auch Mister Wayne zu begreifen, dass er sich sputen musste, denn die hässlichen Flüche kamen immer näher.

»Bitte, helfen Sie mir!«, flehte Selma.

Da hatte Mister Wayne bereits nach Selmas Hand gegriffen. Mister Piwi atmete erleichtert auf, als die beiden gemeinsam die Treppe hinaufeilten – gerade noch rechtzeitig, bevor Richard um die Ecke bog.

Mit wutverzerrtem Gesicht und hochrotem Kopf stürzte er sich auf den Wirt, packte ihn an den Schultern und schüttelte ihn heftig.

Als Richard drohte, einen Blick in das Zimmer hinter der Rezeption zu werfen, grinste Mister Piwi in sich hinein. Er zierte sich noch ein wenig, bis er dem Verlangen des Engländers nachgab, und weidete sich an der Enttäuschung des Mannes, nachdem er vergeblich jeden Winkel der Wohnung nach der jungen Frau durchsucht hatte.

»Ich sagte Ihnen doch, ich habe die junge Dame nicht gesehen. Hier ist sie jedenfalls nicht vorbeigekommen. Das tut mir wirklich leid.« Mister Piwi gab sich ehrlich zerknirscht.

»Und wohin soll sie wohl mitten in der Nacht gelaufen sein? So ganz ohne finanzielle Mittel? Sie ist doch nicht lebensmüde und irrt in einer wildfremden Stadt umher. Was meinen Sie, was für ein Gesocks mit an Bord war!«

Nun konnte Mister Piwi seine wahren Gefühle nicht mehr verbergen. Abschätzig musterte er den Engländer. »Das ist wohl wahr. Mit den Auswandererschiffen kommt in letzter Zeit eine Menge Gesindel ins Land. Aber Sie entschuldigen mich. Ich kann Ihnen leider nicht weiterhelfen. Die Dame wird ihre Gründe haben, sich bei Nacht und Nebel fortzustehlen. Vielleicht sollte ich die Polizei holen.«

Mister Piwi entging nicht, dass dem Engländer bei Erwähnung der Ordnungshüter jegliche Farbe aus dem Gesicht gewichen war. Habe ich mir doch gedacht, dass der was auf dem Kerbholz hat, dachte er.

»Nein, schon gut, ich werde jetzt ein wenig schlafen und mich morgen auf die Suche nach ihr machen. Die kommt nicht weit. Wissen Sie, wir haben öfter Streit. Dabei lieben wir uns. Wahrscheinlich steht sie morgen weinend vor meiner Tür und bettelt, dass ich sie heirate.«

Mister Piwi zuckte unmerklich zusammen. Er musste den Kerl dazu bringen, noch eine Weile draußen nach ihr zu suchen, damit er die junge Frau inzwischen in Sicherheit bringen konnte. Er dachte an den Dachboden des Hauses. Schließlich konnte sie nicht die ganze Nacht bei Mister Wayne im Zimmer verbringen.

»Aber wollen Sie nicht lieber jetzt gleich nach ihr suchen? Ich meine, die Gegend ist nicht ganz ungefährlich für eine Frau allein. Am besten, Sie gehen in die Straße rechts hinter dem Hotel. Da hält sich eine Menge übles Pack auf. Und wenn die junge Dame denen in die Hände fällt . . .«

Richard aber brach in dröhnendes Gelächter aus.

»Ach so? Übles Pack? Sie wollen mich wohl loswerden, was? Nein, nein, den Gefallen tue ich Ihnen nicht, ich bleibe.«

Mister Piwi fühlte sich durchschaut. Das machte die Sache nicht eben leichter. Der Kerl würde bestimmt beim geringsten Geräusch auf den Flur eilen. Und in diesem alten Haus konnte sich keiner lautlos bewegen. Die Dielen und die Stiege knarrten nun einmal ganz fürchterlich.

Ehe sich Mister Piwi das noch zu Ende ausmalen konnte, hatte sich Richard bereits auf das Sofa geflätzt, das gegenüber der Rezeption stand. »Ich habe eine bessere Idee. Ich werde hier übernachten. Dann muss sie an mir vorbei, wenn sie wiederkommt«, sagte er immer noch höhnisch lachend. »Aber was werden Sie denn so bleich, guter Mann? Sie wird ja kaum freiwillig zurückkommen. Es sei denn, sie lauert irgendwo, um den richtigen Augenblick für ihre Flucht abzuwarten. Was für ein Pech aber auch!«, fügte er feixend hinzu.

»Tun Sie, was Sie nicht lassen können«, erwiderte der Alte scheinbar ungerührt.

Er konnte nur hoffen, dass sein freundlicher Gast aus der Suite Verständnis für diese Notlage aufbrachte und dafür, dass er ihn in dieser Angelegenheit so unverblümt um Hilfe gebeten hatte. Doch wenn Mister Piwi danach urteilte, wie verzückt Mister Wayne die hübsche Lady angesehen hatte, durfte er davon ausgehen, dass es ihm ein besonderes Vergnügen bereitete, ihr aus der Patsche zu helfen.

»Was schielen Sie eigentlich immer so verstohlen zur Treppe, Mister? Haben Sie meine Verlobte vielleicht in der oberen Etage versteckt?«

Der alte Mann schreckte aus seinen Gedanken und konterte blitzschnell: »Die Zimmer oben sind alle belegt, und ich glaube kaum, dass die junge Dame zu einem unserer Gäste ins Zimmer geflüchtet ist.«

Richard lachte bellend, doch dann hielt er inne und musterte interessiert den vornehm aussehenden Herrn, der jetzt die Treppe hinuntereilte und zielstrebig auf die Rezeption zusteuerte, ohne ihn überhaupt wahrzunehmen.

»Mister Piwi, ich wollte fragen, was mit der jungen Dame ...«

»Aber Mister Wayne, wir sind doch ein diskretes Haus. Natürlich kann die junge Dame bei Ihnen übernachten. Ich meine, es ist Ihr Geld, das Sie für eine Nacht zahlen«, fuhr Mister Piwi ihm über den Mund. »Das war jetzt nicht für Ihre Ohren bestimmt, Mister Parker«, fügte er an Richard gewandt in entschuldigendem Ton hinzu, »aber wo Sie es nun schon mit angehört haben: Wir können Ihnen jederzeit eine Dame aufs Zimmer bestellen. Ich meine, weil Ihre Verlobte Ihnen doch weggelaufen ist und bestimmt nicht mehr zurückkommt.«

»Na, Sie sind mir einer, spielen den Moralapostel und betreiben ein Bordell!«, rief Richard und lachte dreckig.

Damon Wayne warf dem ungehobelten Kerl, der mit seinen schmutzigen Schuhen auf dem Sofa lümmelte, einen flüchtigen Blick zu, bevor er sich wieder an Mister Piwi wandte. Er hatte verstanden, was der alte Mann mit diesem Geplänkel bezweckte. Überschwänglich bedankte er sich bei ihm und drückte ihm einen Schein in die Hand. Im Gehen rief er Richard zu: »Es lohnt sich, Mister, es sind alles rassige Mädchen! Eine schöner als die andere!«

Mister Piwi sah Mister Wayne erleichtert hinterher, als der, immer zwei Stufen auf einmal nehmend, laut summend ins obere Stockwerk verschwand.

Selma litt Höllenqualen, seit der nette junge Mann sie im Zimmer allein gelassen hatte. Wie ein Kaninchen vor der Schlange starrte sie zur Tür. So groß war ihre Furcht, Richard würde sie hier aufspüren. Bei jedem Geräusch im Flur zuckte sie zusammen. Da hörte sie schon wieder ein lautes Knarren der Stiege. Selma hielt die Luft an. Ihr Herz klopfte zum Zerspringen, und sie zitterte am ganzen Körper. Aber es passierte nichts, außer dass jemand am Zimmer vorbei über den Flur huschte.

In ihrer ganzen Panik konnte sie überdies kaum fassen, dass sich zwei wildfremde Menschen wie Mister Piwi und dieser Mister Wayne so sehr um sie sorgten. Solche Fürsorge war ihr in diesem Maß noch nie zuvor widerfahren.

Unwillkürlich musste Selma an Will denken. Doch, er hatte sie auf Händen getragen, aber er war kein Fremder gewesen. Er hatte oft gescherzt, dass sie bei jedem Mann unwillkürlich den Beschützerinstinkt wecke. Sie mache einen so zarten und hilfsbedürftigen Eindruck. Ganz im Gegensatz zu ihrem Wesen, hatte er stets grinsend hinzugefügt. Ich kenne keine Frau, die dermaßen zäh ist und anpacken kann wie du, mein Liebling. Schon bei dem Gedanken an seine zärtlichen Worte, die sie nie wieder würde hören können, schluckte Selma trocken.

Um sich abzulenken, stand sie auf, wanderte im Zimmer umher und blieb vor der Waschkommode stehen. Über ihr hing ein Spiegel. Sie riskierte einen Blick und war erstaunt. Sie hatte vermutet, einer Vogelscheuche ins Gesicht zu blicken, aber es war alles halb so schlimm. Durch die Aufregung der letzten Stunden hatten ihre Wangen wieder ein wenig Farbe bekommen und ihre Augen einen lebendigen Glanz. Ob das auch an der Gesellschaft dieses Mister Wayne lag? Zugegeben, der Mann besaß eine vornehme Ausstrahlung, trug einen feinen Zwirn und hatte hervorragende Manieren. Ein feiner Mann, aber durfte sie ihm vertrauen?

Ein Geräusch an der Tür ließ sie zusammenfahren, aber als sie sah, dass es Mister Wayne war, entspannte sie sich. Ja, sie sollte ihm vertrauen. Wenn nicht ihm, wem dann? Außerdem hatte sie keine Wahl.

»Wird Mister Piwi mich in Sicherheit bringen?«, fragte sie mit bemüht fester Stimme.

Mister Wayne schüttelte bedauernd den Kopf. »Nein, Sie müssen mit meiner Gesellschaft vorliebnehmen und am besten hierbleiben, bis Ihr Verlobter abgereist ist.«

»Er ist nicht mein Verlobter!«, fauchte Selma wütend. »Entschuldigen Sie, es tut weh, wenn das jemand behauptet. Er ist mein Schwager«, fügte sie versöhnlich hinzu.

»Dann sind Sie also verheiratet?«

Klang da etwa Enttäuschung mit?

Selma straffte die Schultern. Allerdings musste sie noch ein paarmal schlucken, bevor sie ihm überhaupt antworten konnte. Sie wollte auf keinen Fall in Tränen ausbrechen. »Ich, nein, ich . . . mein Mann ist letzte Nacht über Bord gegangen, und ich befürchte, dass sein Bruder etwas mit seinem Tod zu tun hat.«

»Das tut mir sehr leid für Sie. Aber wir müssen sofort zur Polizei gehen«, entgegnete Mister Wayne erschrocken.

»Nein, er wird den Verdacht auf mich lenken. Kein Mensch würde mir je glauben, dass ich mit Wills Tod nichts zu tun habe, denn er und ich hatten vor seinem Verschwinden einen heftigen Streit. Richard hat uns beobachtet, aber der Polizei hat er erzählt, dass ich die ganze Nacht in der Kajüte war. Und er hat behauptet, dass er ebenfalls die ganze Nacht dort verbracht hat. Das ist nicht wahr. Er hat unseren Streit beobachtet, war also ebenfalls an Deck. Überdies gibt es einen Zeugen, der eine Frau hat flüchten sehen. Ich habe bei der Vernehmung nicht richtiggestellt, dass ich sehr wohl an Deck war, aus lauter Angst, sie würden mir den Mord an meinem geliebten Mann anhängen. Dabei bin ich mir jetzt sicher, Richard war es, der Will umgebracht und unsere gesamten Ersparnisse gestohlen hat.«

»Ja, aber dann wäre es doch wirklich besser, wir gingen gemeinsam zur Polizei . . .« Er stockte. »Nein, Sie dürfen ihm nicht begegnen. Er liegt nämlich auf dem Sofa vor der Rezeption wie ein Wachhund. Wissen Sie was? Ich hole die Polizei, schildere den

Sachverhalt und gebe den Polizisten den Hinweis, dass er das gestohlene Geld bei sich hat ...«

»Er hat es in meinem Koffer versteckt!«, unterbrach Selma ihn verzweifelt.

»Wunderbar, dann geben wir das Geld bei der Polizei ab.«

»Er hat den Koffer auf seinem Zimmer.«

»Das ist in der Tat verworren.« Mister Wayne strich sich grüblerisch durch seinen dunklen Bart.

Selma sah ihn erschrocken an. »Sie glauben mir doch, oder?«

Er nickte eifrig. »Ja, also, sagen wir einmal so: Ich bin es gewohnt, verwirrende Geschichten zu hören. Ich bin Anwalt und habe immer nur die eine Wahl: etwas zu glauben und ein Mandat zu übernehmen, oder etwas nicht zu glauben und es nicht anzunehmen. Ihres nehme ich an ...«

»Aber ... aber ich habe kein Geld, um Sie zu bezahlen«, widersprach Selma beschämt.

»Manchmal übernehme ich etwas nur, um der Gerechtigkeit zum Sieg zu verhelfen. Aber dieser Fall wird nicht ganz einfach. Ihr Schwager wird behaupten, er habe gelogen, um Sie nicht ans Messer zu liefern. Natürlich hätten Sie die Kajüte zur Tatzeit verlassen. Die Polizei wird Sie fragen, warum Sie seiner Aussage nicht widersprochen haben. Und dann die Beute in Ihrem Koffer ... Schlimmstenfalls wird man vermuten, dass Sie mit ihm unter einer Decke stecken.«

»Es ist ganz lieb von Ihnen, dass Sie mir auf diese Weise helfen wollen. Aber einmal davon abgesehen, dass ich mir wirklich keinen Anwalt leisten kann, möchte ich nur eines: Richard Parker niemals wiedersehen, auf das Geld verzichten und ein neues Leben anfangen. Ein Leben, das mich schnellstens vergessen lässt, was mir Schreckliches widerfahren ist«, brach es aus Selma heraus.

Mister Wayne schenkte ihr einen warmherzigen Blick. »Schon gut, ich werde Sie nicht weiter mit anwaltlichen Ratschlägen überfallen. Aber wollen Sie nicht wenigstens Ihr Geld? Das würde ich Ihnen weniger als Ihr frischgebackener Anwalt zurückholen, sondern eher als gesetzloser Einbrecher.«

Er lächelte gewinnend. Sie lächelte kurz zurück, bevor sie wieder ganz ernst wurde.

»Mister Wayne, es gibt keinen Weg, an mein Geld zu kommen, ohne dass mein Schwager Wind davon bekommt. Der Mann ist mit allen Wassern gewaschen. Nachher werden Sie noch als mein Komplize verhaftet. Nein, bitte, gehen Sie kein Risiko ein. Nicht für das Geld. Es gehörte nicht mir, sondern meinem Mann. Wir wollten davon eine Farm in Nelson kaufen, aber der Traum ist bis in alle Ewigkeiten auf dem Meeresgrund beerdigt. Wenn Sie etwas für mich tun wollen, dann helfen Sie mir, weit fort von hier zu kommen. Sonst findet er mich.«

»Sie wollen doch nicht etwa zurück nach England?«, fragte er erschrocken.

»Nein, ich habe mich so auf dieses grüne Land gefreut. Ich werde eine Stelle annehmen und selbst Geld verdienen.«

»Was können Sie denn?«

»Alles, was im Haushalt anfällt. Meine Mutter war bis zu ihrem Tod Magd auf dem Hof meines Schwiegervaters. Sie hat leider nicht einmal mehr erleben dürfen, wie ich ins Haus der Herrschaften umgezogen bin. Ich habe ihr früher immer gern geholfen und dann später meinem Mann und seinem Vater den Haushalt geführt, auf der Farm gearbeitet, gekocht und...«

»Ich hätte eine Stelle für Sie.« Seine Augen glänzten.

Selma sah ihn skeptisch an.

Das machte ihn verlegen. Er räusperte sich. »Meine Eltern, die suchen dringend eine Haushaltshilfe. Die alte Mama Maata braucht Unterstützung, aber sie hatte bislang an allen jungen Frauen, die sich bei ihr vorgestellt haben, etwas auszusetzen.«

Selma seufzte.

»Schauen Sie mich doch an. Sie trauen mir zwar zu, dass ich

hart arbeiten kann, aber warum sollte Ihre Mama Maata ausgerechnet mich akzeptieren?«

»Das habe ich so im Gefühl. Sie hat seherische Fähigkeiten. Sie wird erkennen, was für eine Kraft in einer zarten Person wie Ihnen steckt«, erwiderte er verschmitzt. »Und weit genug weg von Auckland ist es auch.«

»Wie weit?«

»Fast neunhundert Meilen. Reicht das aus, um Ihrem Schwager zu entkommen und ein neues Leben anzufangen?«

Selma lächelte ihn dankbar an, und doch zögerte sie noch, sein Angebot anzunehmen. Sie kannte ihn doch gar nicht, und was, wenn er im Gegenzug für seine Freundlichkeit erwartete, dass sie besonders nett zu ihm war?

Sie blickte Mister Wayne unerschrocken ins Gesicht, denn an den Augen eines Menschen konnte sie in der Regel erkennen, ob sie ihm trauen durfte oder nicht. Aus Wills offenem Blick hatte stets sein großes Herz gesprochen. Richard jedoch hatte ihr gar nicht gut in die Augen schauen können, und wenn doch, dann hatte er etwas Verschlagenes an sich gehabt. Dieser junge Mann hielt ihrem Blick stand. Er sah sie ernst und prüfend an. Selma gewann den Eindruck, dass er ein aufrechter Mensch ohne Hintergedanken war.

»Und wo genau ist das Haus Ihrer Eltern?«

»In Dunedin auf der Südinsel, einer bezaubernden Stadt mit schottischem Einschlag, die einst ganz nach dem Vorbild Edinburghs erbaut wurde. Mit einem achteckigen Zentrum, einer George Street und einem Moray Place.«

»Sie strahlen ja, wenn Sie von Dunedin sprechen. Stammen Sie aus Edinburgh?«

»Nein, aber ich liebe Dunedin. Ich mag diese Stadt, in der ich zur Schule gegangen bin und studiert habe, obwohl wir inzwischen etwas außerhalb wohnen. Auf einem Hügel in Macandrew Bay auf der Otago Peninsula. Dafür haben wir von unserem Berg einen bezaubernden Blick auf Dunedin, das auf der anderen Seite liegt. Und nein, meine Familie stammt ursprünglich nicht einmal aus Schottland, sondern aus Cornwall.«

Selmas Gesicht hellte sich auf.

»Meine auch. Wir kommen aus New Mill.«

»Wo liegt das denn?«

Selma lachte. »Das ist so winzig klein, dass Sie es sicher nicht kennen. Es liegt bei Penzance. Aber lassen Sie mich raten. Ihre Familie stammt sicher aus St. Yves.«

»Sind Sie Hellseherin?«

»Nein, aber wenn sich einmal feine Herren in unser Dorf verirrten, kamen sie immer aus St. Yves.«

»Das können dann aber nicht meine Verwandten gewesen sein. Die waren nämlich arme Fischer. Nur sagen Sie das nie meinen Eltern. Die halten sich für etwas Besseres, weil sie bereits vor achtzehnhundertsechzig nach Neuseeland kamen und es hier am schönen Ende der Welt zu etwas gebracht haben. Mein Vater hat in den Zeiten des Otago-Goldrauschs ein Riesenvermögen gemacht und seinen Traum verwirklicht, Architekt zu werden. Damit verdient er zwar weniger, als er gehofft hat, aber noch arbeitet sein Vermögen für ihn. Er hat es in ein paar Schiffe investiert, die Wolle und Fleisch nach England bringen. Meine Eltern gehören, wie man so schön sagt, zur besten Gesellschaft der Stadt. Meine Mutter, deren Vater noch ein einfacher Fischer war, glaubt inzwischen, sie wäre mit dem goldenen Löffel im Mund geboren.« Der junge Mann hielt inne und blickte sie flehend an. »Bitte, nehmen Sie mein Angebot an. Ich bringe es nicht über mich, Sie Ihrem Schicksal zu überlassen.«

»Und wenn mich Ihre Mama Maata nicht will?«

»Heißt das, Sie kommen mit?« Jetzt leuchteten seine Augen vor Freude, wie Selma gerührt feststellte.

»Ich vertraue mich Ihnen an, Mister Wayne.«

»Damon, nennen Sie mich Damon.«

»Ich vertraue mich Ihnen an, Damon, und wenn Mama Maata mich ablehnt, dann muss ich mir woanders eine Stellung suchen. Hauptsache, ich bin weit genug weg und kann ein neues Leben anfangen.« Wieder drängte sich ihr schmerzlich der Gedanke auf, dass sie Will für immer verloren hatte.

»Wer ist eigentlich Mama Maata?«, fragte sie hastig, um sich von ihrem Kummer abzulenken.

»Mama Maata ist eine Maori, die von Anfang an für meine Eltern gearbeitet hat und vor der sogar mein Vater kuscht.«

Draußen vom Flur drang plötzlich Lärm, Stimmen und schwere Schritte. Selma zuckte zusammen und starrte erschrocken zur Tür.

»Jetzt kommt er und holt mich. Er holt mich«, stammelte sie.

Damon nahm sie behutsam in den Arm. »Ruhig, ganz ruhig. Lassen Sie ihn nur kommen. Ich beschütze Sie«, sprach er tröstend auf sie ein.

Doch die Schritte und die lauten Stimmen verstummten genauso abrupt, wie sie erklungen waren.

Damon hielt Selma immer noch fest im Arm. Zögerlich ließ er sie los.

»Darf ich Ihnen mein Bett anbieten? Ich gehe auf das Sofa.«

Sie wollte protestieren, doch langsam konnte sie nicht mehr verdrängen, dass eine bleierne Müdigkeit von ihrem Körper Besitz ergriff.

»Gut, Damon, ich nehme es an. Eigentlich missfällt es mir, dass Sie meinetwegen auf Ihr Bett verzichten, aber nach den drei Monaten in der schmalen harten Koje . . .« Sie warf dem weichen Bett einen sehnsüchtigen Blick zu.

Damon bot ihr seinen Arm und führte sie dorthin. Selma setzte sich auf die Bettkante. Ihr war nicht wohl dabei, sich in ihrem Reisekleid und mit dem Schmutz der langen Fahrt auf der Haut in dieses saubere, frische Bett zu legen. Lieber würde sie erst einmal ein Bad nehmen, aber vor dem Fremden?

Als würde er ihre Gedanken lesen können, flüsterte er: »Dieses Zimmer ist das einzige mit einem eigenen Bad. Ich könnte mir vorstellen, dass Sie sich erst einmal frisch machen wollen. Sie finden Handtücher und Seife dort.« Damon deutete auf eine Tür, die von seinem Zimmer abging.

Selma rappelte sich mit letzter Kraft noch einmal von dem Bett auf und genoss den Luxus des eigenen Bades in vollen Zügen. Sie zog sich bis auf die nackte Haut aus und stieg in die Wanne. Wohlige Schauer liefen ihr über den Rücken, als ihr ganzer Körper von dem warmen Wasser umspielt wurde. Das tat unendlich gut. Sie konnte sich sogar noch dazu aufraffen, ihre Haare zu waschen, und fühlte sich danach wie neugeboren.

Hochzufrieden und nur in ein Handtuch gewickelt, kehrte sie in das Zimmer zurück. Damon blickte überrascht auf. Selma lief rot an.

»Entschuldigen Sie, dass ich ohne Kleid vor Ihnen stehe, aber ich würde das Reisekleid gern über Nacht zum Lüften aufhängen. Meine Garderobe zum Wechseln ist ja im Koffer bei meinem Schwager im Zimmer.«

»Und Sie wollen wirklich auf Ihre Sachen verzichten? Wenn Sie wollen, schleiche ich mich hin und hole den Koffer samt des Geldes.«

»Auf keinen Fall! Sie sollen sich meinetwegen nicht unnötig in Gefahr bringen. Und die Sachen würden mich nur an die Zeit mit Will erinnern und daran, dass er mich niemals wieder in die Arme nehmen wird...« In ihren Augen schimmerte es feucht.

»Sie müssen ihn sehr geliebt haben«, flüsterte Damon gerührt.

»Ja, über alles«, übertrieb Selma. Dann schlüpfte sie schnell unter die Decke.

»Es ist mir ein wenig unangenehm, mich so ungeniert in Ihr Bett zu legen, aber ich bin doch so froh, dass ich endlich die Strapazen der Reise abwaschen konnte. Und ich kann das dumme Reisekleid einfach nicht mehr sehen.«

»Selma, ich will ehrlich zu Ihnen sein. Es irritiert mich ein wenig, mit einer so hübschen jungen Dame wie Ihnen in einem Zimmer zu schlafen, aber Sie können sicher sein: Ich weiß, wie man sich benimmt. Und was Ihre Garderobe angeht, so werde ich Ihnen morgen ein paar neue Kleider besorgen, damit Sie Ihr Reisekleid endgültig hinter sich lassen können ...«

Selma strahlte ihn voller Dankbarkeit an.

»Ich weiß gar nicht, wie ich Ihnen das je danken kann. Sie sind ein Schatz!«, rutschte es ihr heraus. Dann merkte sie nur noch, wie ihr die Augen zufielen.

Damon betrachtete die schlafende Fremde noch eine ganze Weile. Sein Atem ging schnell, und sein Herz klopfte bei ihrem Anblick bis zum Hals. Er hatte es bereits bei ihrer ersten Begegnung vorhin an der Rezeption rettungslos an sie verloren. Doch sie hatte gerade erst ihren über alles geliebten Mann verloren. Ein Grund für ihn, sie alsbald nicht mit Beteuerungen, was für eine ungewöhnliche und schöne Frau sie war, zu überfallen. Damon nahm sich vor, geduldig zu warten, bis ihre Trauer über den Verlust nicht mehr so sehr schmerzte. Behauptete man nicht immer, das dauere mindestens ein Jahr? Ich habe Zeit, dachte er und betrachtete ihr friedlich schlafendes Gesicht noch einmal voller Zärtlichkeit.

Dunedin, 12. Februar 2009

Grace sah die Professorin verwundert an, nachdem diese ihre Geschichte unvermittelt unterbrochen hatte.

»Und Sie wollen an dieser Stelle wirklich aufhören?«

»Das habe ich nicht behauptet, dass ich aufhören will. Ich mache nur eine kleine Pause«, erwiderte Suzan Almond mit einem geheimnisvollen Lächeln auf den Lippen. »Sie mögen meine Geschichte also?«

»Ja, sie ist faszinierend, und ich möchte zumindest erfahren, ob es Selma und Damon gelingt, Auckland zu verlassen, ohne dass dieser Richard dahinterkommt. Und wie Mama Maata reagiert, natürlich.«

»Uns bleiben hoffentlich noch ein paar schöne Abende auf der Terrasse, damit ich Ihnen die Fortsetzung liefern kann«, erwiderte Suzan.

»Sie machen es aber sehr spannend. Wenn Sie hiermit noch einmal Ihre Einladung wiederholen wollen, dass ich bei Ihnen übernachten darf, dann, ja, dann kann ich nur zusagen. Herzlichen Dank. Denn sonst erfahre ich womöglich nie, wie es in Ihrer Geschichte weitergeht«, sagte Grace lachend.

»Und Sie werden dabei gar nicht neugierig auf ihre eigene?«

Grace lachte nicht mehr. Sie blickte Suzan forschend an.

»Glauben Sie etwa, dass ich wegen Ihrer Geschichte gleich loslaufe, um mich auf die Suche nach meinen neuseeländischen Wurzeln zu machen?«

»Ich? Nein! Es ist doch Ihre Sache ganz allein. Ich kann nur aus meiner Erfahrung sprechen. Es kann sehr heilsam sein, wenn man weiß, woher man wirklich kommt. Aber Sie wollen davon partout nichts wissen. Es ist doch wohl Ihr Leben, nicht wahr?«

»Ich bin jedenfalls total gespannt darauf, wie es weitergeht«, versuchte Grace von dem heiklen Thema der eigenen Vergangenheit abzulenken. »Und ich werde Sie heute Abend auf der Terrasse daran erinnern, dass Sie mir die Fortsetzung liefern.«

»Nichts lieber als das«, erwiderte Suzan im Brustton der Überzeugung.

Grace fühlte sich, ob sie es nun wollte oder nicht, in der Gegenwart der Professorin rundherum wohl. Während sie dem Abenteuer von Selma gelauscht hatte, war es fast ein wenig wie früher gewesen, wenn Claudia ihr spannende Gutenachtgeschichten vorgelesen hatte. Davon hatte sie nie genug bekommen können. Woher die Professorin wohl das Talent hat, so packend zu erzählen?, fragte sich Grace gerade, als Suzan ihr anbot, sie endlich zu der Knochensammlung zu führen.

»Ich sehe es Ihnen förmlich an. Es zieht Sie magisch in den Keller«, flötete Suzan.

»Sagen wir mal so: Ich hätte vorher gern noch erfahren, wie es mit Selma weiterging, aber wenn Sie es mir lieber häppchenweise und in Ihrem Rhythmus servieren wollen, dann können wir jetzt auch in den Keller gehen.«

Als Grace hinter Suzan die schmale knarrende Kellertreppe hinabstieg, war sie zunächst enttäuscht. Sie hatte sich die Sammlung der Professorin glanzvoller vorgestellt und nicht, wie es schien, in ein paar alten Kisten verpackt. Doch Suzan ging daran vorbei und öffnete die Tür zu einem weiteren Kellerraum. Auf einem Messingschild stand geschrieben: *In Erinnerung an Antonia Evans.*

Was Grace nun erblickte, ließ ihr Herz augenblicklich höher schlagen. Der Raum war wie der Ausstellungsraum eines echten Museums eingerichtet. In beleuchteten Vitrinen lagen jede Menge Exponate, an den freien Wänden hingen Abbildungen von fast allen Moa-Arten, die es jemals in Neuseeland gegeben hatte. Und am Eingang war die Nachbildung eines Dinornis-Weibchens aufgestellt.

»Wahnsinn!«, entfuhr es Grace fasziniert, als sie sich dem Riesenvogel näherte und zu seinem winzigen Kopf hinaufsah, der so gar nicht zu dem massigen Körper passen wollte. Dann stutzte sie. »Der sieht schon sehr alt aus und täuschend echt. Woher kommt er?«

Grace streckte ihre Hand aus und ließ sie vorsichtig über das Kleid des Moa wandern. »Was sind das für Federn?« Ihre Wangen glühten vor Begeisterung.

Suzan lächelte.

»So viele Fragen auf einmal. Also, es sind Emufedern, die sorgfältig und einzeln auf den Gips geklebt wurden. Ja, und der Vogel ist alt. Meine Großmutter und ihr Mann haben ihn einst gebaut. Ungefähr neunzehnhundertfünfundzwanzig.«

»Ihre Großmutter hat also auch schon über den Moa geforscht?«

Die Augen von Grace funkelten vor lauter Aufregung.

»Ja, Antonia, so hieß sie, hat einst die ersten Knochen gefunden, die Sie hier in der Sammlung sehen. Sie war die Mitbegründerin der *Ornithologischen Gesellschaft Dunedins*.«

»Das ist ja irre. Erzählen Sie mir mehr von ihr.«

Suzan lächelte hintersinnig. »Ich werde Ihnen alles über sie verraten, aber nicht jetzt. Nur so viel: Sie war Selmas einziges Kind. Wir kommen also ganz zwangsläufig auf sie zu sprechen.«

»Sie machen es wirklich spannend, aber nun gut. Nur eines, das können Sie mir vielleicht jetzt schon verraten. Als die beiden dieses Modell bauten, da dachten sie doch bestimmt fälschlicherweise, dass es sich bei diesem Riesentier um den Vertreter einer eigenen Familie handelte. Den *Dinornis giganteus*, oder?«

»Ja, das stimmt. Sehen Sie das Schild? Lesen Sie, was darauf steht. Antonia und Arthur haben ihre Nachbildung tatsächlich als Riesenmoa bezeichnet. Damals war längst noch nicht erforscht, dass die Weibchen des Dinornis bis zu zwei Meter groß und zweihundertvierzig Kilo schwer werden konnten, ihre Männer damit um ein Vielfaches überragten und fünfmal so schwer waren wie sie. Das konnte man sich wahrscheinlich damals überhaupt nicht vorstellen, dass die Natur solche mächtigen Weibchen hervorbringt«, erklärte Suzan verschmitzt.

»Trifft das eigentlich auch auf die Weibchen des *Dinornis robustus* zu, der auf der Südinsel beheimatet gewesen sein soll?«

»Ja, beide Weibchen der Familie Dinornis hatten diese gigantischen Ausmaße.«

»Ist ja Wahnsinn!«, stieß Grace begeistert aus, während sie sich von dem Moa löste und die Bilder an den Wänden betrachtete. »Er sieht einfach komisch aus, oder? Mit diesen dicken Stampfern von Beinen und dem vergleichsweise dürren Hals.«

Dann vertiefte sie sich in die Kopie eines Artikels, den der britische Zoologe Richard Owen im Jahr achtzehnhundertvierzig in einer naturkundlichen Zeitschrift veröffentlicht hatte und den sie natürlich kannte. Sie las laut vor. »*Über den Knochen eines straußenähnlichen Vogels riesigen Ausmaßes*«, bevor sie zum nächsten Kasten schlenderte. Dort befand sich einer dieser Riesenknochen, den Grace verzaubert anstarrte, als wäre er ein Weltwunder.

»Was denken Sie, warum wurde der Moa ausgerottet?«, fragte sie die Professorin verträumt.

»Mich überzeugt am meisten die Erklärung, dass der nun plötzlich von Menschen verfolgte Moa bis zu zehn Jahre brauchte, um sich fortpflanzen zu können, und dann auch nur ein einziges Ei ausbrütete. Sehen Sie, als es noch keine Menschen auf den Inseln gab, war das kein Problem. Er hatte bis auf den Haastadler keine natürlichen Feinde. Da war es völlig gleichgültig, wie lange er zur Fortpflanzung benötigte. Er muss Neuseeland in einer wesentlich größeren Population bevölkert haben, als lange Zeit angenommen.

Und dass der Moa angeblich keine fünfhundert Jahre nachdem die ersten Menschen auf die Inseln kamen gänzlich ausgerottet war, kann nicht allein daran liegen, dass er gejagt wurde, sondern dass er mit der Vermehrung nicht mehr in dem Maße nachkam, wie es sein Überleben gesichert hätte. Sie haben ja selbst in Ihrem Artikel geschrieben, dass ihm überdies sein Lebensraum, der Wald, immer weiter genommen wurde.«

Grace lauschte den Ausführungen der Professorin mit glühenden Wangen und stimmte ihr eifrig zu.

»Genau, es wurde ja lange fälschlich vermutet, dass der Moa kein Vogel des Waldes war, bis man herausfand, dass Neuseeland bis in das zwölfte Jahrhundert hinein vollständig bewaldet war und dass die Ureinwohner viel Baumbestand durch Brände zerstört haben. Und da es nur Wälder gegeben hat, müssen die Moas dort sehr wohl gelebt haben. Ich teile Ihre Ansicht, dass diese beiden Faktoren ursächlich waren für das verhältnismäßig schnelle Aussterben des Moa, wenn man bedenkt, dass die ersten Fossilienfunde aus dem Pliozän stammen. Stellen Sie sich das mal vor: Vor zweieinhalb Millionen Jahren hat es diese Tiere noch gegeben, und dann sind sie binnen eines Augenblinzelns der Geschichte einfach verschwunden, kaum dass Menschen auftauchten.«

»Meine Großmutter hat noch fest daran geglaubt, dass die *Moa-Jäger* schuld an dem Sterben der flugunfähigen Riesenvögel waren.«

»Ja, eine recht abenteuerliche Theorie Julius von Haasts, die sogar noch heute ihre Anhänger hat, obwohl es keinerlei Beweise dafür gibt, dass vor den Maori ein anderes Volk in Neuseeland gelebt hat, außer den Moriori vielleicht. Aber ich habe meine Zweifel, ob die Moriori wirklich die ersten polynesischen Einwanderer auf den Hauptinseln gewesen und von den Maori auf die *Chathams* vertrieben worden sind. Ich glaube eher, die sind von Anfang an gleich auf die *Chathams* gekommen und haben ausschließlich dort gelebt«, erwiderte Grace enthusiastisch, bevor sie zur nächsten Vitrine schlenderte. Dort war ein Schriftstück aufbewahrt, in dem der Ursprung des Namens »Moa« anhand eines Mythos der Maori aus *Waiapu* erklärt wurde.

»Das wusste ich nicht.« Sie lachte, nachdem sie die Geschichte zu Ende gelesen hatte. »Eine riesige Henne mit dem Gesicht eines Menschen, die von zwei Riesenechsen bewacht wird und jeden Eindringling zu Tode trampelt, nennen sie *Moa?*«

»Ja, ein merkwürdiger Mythos, oder? Und eine große Ausnahme. Man behauptet doch immer, der Moa käme in der gesamten Mythologie der Maori nicht vor. Ich glaube zu wissen, warum. Der Moa wurde noch schneller ausgerottet, als wir heute vermuten. Daran forsche ich zurzeit. Ich glaube fest daran, dass die Moas nicht fünfhundert, sondern bereits hundert Jahre nach Auftauchen der Maori völlig vom Erdboden verschwunden waren. Und dass es deshalb bis auf diese Ausnahme keine Legenden über den Moa gibt. Weil es so lange her ist und so schnell ging.«

»Und was halten Sie von der Vulkantheorie?«, fragte Grace interessiert.

Die Professorin zuckte mit den Schultern. »Vulkanausbrüche und Meteoriteneinschläge als Erklärung für das Aussterben ganzer Tierarten halte ich für zu einfach.«

»Aber manchmal ist es eben so simpel. Denken Sie doch nur an die Bedrohung der Kiwis durch die Nagetiere.« Grace hielt inne und musste unwillkürlich an Hori denken. Wie er ihr mit Feuereifer von seiner Arbeit erzählt hatte. Wie gern würde sie ihn einmal auf so eine Insel begleiten, aber den faszinierenden Maori wiederzusehen bedeutete Komplikationen und emotionale Verwirrung. Vergiss es, redete sie sich gut zu. Und doch stellte sie sich mit einem Mal vor, sie würde Hori die Geschichte von der Riesenhenne erzählen. Sie würden darüber bestimmt gemeinsam herzlich lachen können.

Dann erblickte sie in einer Vitrine ein Riesenei. Am liebsten hätte sie es in die Hand genommen.

»Und das ist mein Lieblingsstück«, hörte Grace die Professorin nun wie von fern sagen. Grace wandte den Blick von dem Moa-Ei ab und folgte Suzan Almond zu einer Vitrine, die ein altmodisches Schreibheft enthielt. Mit einem Griff öffnete die Professorin den Deckel, nahm das Heft heraus und reichte es Grace. In fein geschwungenen Buchstaben stand vorn auf dem Einband geschrieben: *Das Geheimnis des letzten Moa. Ein Märchen von Antonia Evans.*

»Ein Märchen?«, fragte Grace erstaunt.

»Tja, das hat meine Mutter in Antonias Nachlass gefunden. Was meinen Sie, wie meine Mutter sich gewundert hat. Meine Großmutter soll eine kühle, sachliche Person gewesen sein, die sich ungern mit Emotionen auseinandersetzte. Sie hatte ihr Leben der Forschung verschrieben und nicht der Poesie oder gar der Liebe. Und diese Geschichte ist mit dem Herzen geschrieben.«

»Darf ich sie lesen?«

»Ja, wenn der richtige Zeitpunkt gekommen ist«, erwiderte die Professorin hastig und nahm Grace das Heft vorsichtig aus der Hand.

»Sie meinen, wenn Sie in Ihrer Erzählung bei Ihrer Großmutter angelangt sind? Gut, dann werde ich mich in Geduld üben. Und mein Kompliment: Ihre Taktik funktioniert hervorragend. Ich kann es nämlich schon jetzt kaum mehr erwarten, bis Sie mit Ihrer Geschichte fortfahren. Und vor allem freue ich mich auf Antonia. Eine wirklich faszinierende Person.«

»Und wer sagt Ihnen, dass Ihre eigenen Vorfahren nicht ebenso schillernd waren?«, fragte die Professorin listig.

»Misses Almond, hatten wir uns nicht darauf geeinigt, dass Sie mich mit meinen neuseeländischen Wurzeln verschonen?«, konterte Grace ärgerlich. Langsam ging ihr die Hartnäckigkeit der Professorin auf die Nerven.

»Suzan, nennen Sie mich einfach Suzan.« Suzan reichte Grace versöhnlich die Hand.

»Gut, Suzan, ich bin Grace. Und kein Wort mehr über meine Familie. Das Thema ist tabu. Versprochen?«

»Versprochen«, erwiderte Suzan prompt und mahnte sich innerlich zu mehr Vorsicht. Wenn ich mich nicht endlich in Geduld übe, gefährde ich damit womöglich meinen ganzen schönen Plan. Sie nahm sich fest vor, kein einziges Wort mehr über die neuseeländischen Wurzeln der jungen Frau zu verlieren.

MACANDREW BAY, OKTOBER 1883

Selma stand am Fenster und zupfte immer wieder aufgeregt ihr neues Kleid zurecht. Damon hatte es ihr in Auckland gekauft und damit erstaunlicherweise genau ihren Geschmack getroffen. Es war schlicht geschnitten und ließ sie damen- und nicht mädchenhaft aussehen. Wie konnte er nur ahnen, dass mich jede überflüssige Verzierung jung und niedlich erscheinen lässt?, fragte sie sich zum wiederholten Male. Sogar die Farbe war wie für sie geschaffen. Ein helles Blau, das nicht gar so blass machte.

Sie waren gestern spät in der Nacht auf einem Berg unweit von Dunedin eingetroffen. Leider hatte es die ganze Fahrt vom Hafen bis nach oben auf den grünen Hügel in Strömen geregnet, sodass sie aus der Kutsche heraus wenig von ihrer neuen Heimat hatte erkennen können.

Dafür bot sich ihr heute aus dem Fenster ihres geräumigen Zimmers im oberen Stockwerk ein ungeahnter Blick über den Otago Harbour, der in der gleißenden Frühlingssonne glitzerte wie ein funkelnder Sternenhimmel. Darüber leuchtete ein stahlblauer Himmel, mit weißen Schönwetterwolken gesprenkelt. Und auf der anderen Seite des Wassers waren die Häuser auf den Hügeln der Stadt malerisch in ein warmes Sonnenlicht getaucht.

Bei dieser Aussicht fiel die Beklommenheit, die Selma in den letzten Tagen wie ein schwarzes schweres Tuch eingehüllt hatte, von ihr ab, und sie fühlte sich mit einem Mal leicht und beschwingt. So, wie es zu dem goldenen Funkeln und dem schimmernden Blau dort draußen passen wollte.

Das Schlimmste seit ihrer Flucht war die dumpfe Ahnung, er könnte sie doch eines Tages noch finden. Bedrohlich hatte sich das letzte Bild von Richard in ihr Gedächtnis eingebrannt. Wie er der Kutsche hinterhergerannt war; fluchend, hasserfüllt und bereit, Damon auf der Stelle zu töten. Wie er ihnen, nachdem ihm die Puste ausgegangen war, mit der Faust gedroht hatte. Selma hatte das alles genau beobachten können, denn sie waren mit einem offenen Wagen zum Schiff gefahren. Sie hatten sich bereits in Sicherheit gewähnt, da kam Richard hinter einer Häuserecke hervorgesprungen und hatte versucht, die Kutsche einzuholen.

Wieder zupfte Selma nervös an ihrem Kleid herum. Sie war wahnsinnig aufgeregt, denn Damon würde sie gleich abholen und Mama Maata vorführen.

Er sah es, so sagte er wörtlich, als *Geschenk des Himmels* an, dass seine Eltern noch in Christchurch bei einer Zusammenkunft neuseeländischer Architekten weilten.

»Sind sie denn wirklich so schlimm?«, hatte Selma ihn ängstlich gefragt.

Damon hatte einen tiefen Seufzer ausgestoßen. »Nicht schlimm, nur Vater ist schrecklich eitel und Mutter schrecklich eingebildet.«

Es klopfte an der Tür, und Selma verließ ihren Fensterplatz, um ihm aufzumachen. Vorsichtshalber hatte sie abgeschlossen, wenngleich sie sich sicher war, dass Damon niemals ungebeten in ihr Zimmer schleichen würde. Im Gegenteil, er war sehr zurückhaltend und hatte auf der ganzen Reise nicht einen einzigen Annäherungsversuch unternommen. Wahrscheinlich hilft er mir nur aus Mitleid und sieht in mir nichts anderes als eine vom Schicksal gebeutelte, mittellose Auswanderin vom Lande, mutmaßte sie.

Aber sein Blick sagte etwas völlig anderes, stellte sie überrascht fest, als sie ihm die Tür öffnete. Er musterte sie bewundernd von

Kopf bis Fuß, und das unverkennbar mit den Augen eines Mannes und nicht mit denen eines Wohltäters.

»Ich habe geahnt, dass es Ihnen stehen würde, aber dass es wie für Sie gemacht ist, alle Achtung! Es hat mich einige Mühe gekostet, es der Schneiderin abzuschwatzen, die es für eine andere Kundin angefertigt hatte. Aber ich bin davon überzeugt, an Ihnen sieht es tausendfach bezaubernder aus.«

Selma spürte, wie sie rot anlief.

»Wollen wir in die Höhle des Löwen?«, fragte sie forsch, um von ihrer Verlegenheit abzulenken.

»Also, Sie wissen, was Sie zu tun haben? Seien Sie Sie selbst. Mama Maata durchschaut leider jedes Spiel sofort. Und denken Sie daran, sie mag keine wehleidigen, keine bequemen und keine unterwürfigen Frauen, aber davon haben Sie ohnehin rein gar nichts.«

Damon reichte ihr seinen Arm und schritt mit ihr demonstrativ die breite Treppe in das Untergeschoss hinunter. Selmas Blick blieb an den schweren Ölgemälden hängen, die die Wand entlang der Treppe zierten. Alle zeigten sie gediegene Herren in feinem Zwirn, die ernst dreinschauten.

»Wer sind diese Männer?«, fragte Selma ihn leise.

Damon grinste. »Das ist unsere Ahnengalerie. Großvater William, Großvater Allan, Großonkel Benjamin, und der Jüngere dort ist Mutters unlängst verstorbener älterer Bruder Jo. Ein hiesiger Maler hat sie von einer Daguerrotypie abgemalt.«

»Ich denke, Ihre Großväter waren allesamt arme Fischer?«, bemerkte Selma skeptisch.

Damon grinste immer noch. »Ja, deshalb wurden nur ihre Gesichter gemalt, und dort, wo sie ihre Fischerkluft trugen, sind sie nun in feinen Zwirn gehüllt. Schauen Sie doch nur, sie tragen alle denselben Anzug.«

Nun konnte sich auch Selma ihr Grinsen nicht länger verkneifen. »Und das ist noch keinem aufgefallen?«

Damon zuckte mit den Schultern. »Und wenn, dann würde keiner ein Wort darüber verlieren. In der besseren Gesellschaft hier ist man sehr diskret und redet nur hintenrum. Aber das wäre Mutter wahrscheinlich längst zu Ohren gekommen, denn sie gehört zu den Damen, die über alles und jeden Bescheid wissen und die beim Lästern vorneweg sind.«

»Sie reden nicht gerade schmeichelhaft von Ihrer Mutter«, rutschte es Selma heraus.

»Ich darf das. Schließlich bin ich auch nicht ihr erklärter Lieblingssohn.«

»Und wer ist das? Haben Sie Geschwister?«

»Charles, einen älteren Bruder«, erwiderte er knapp und fügte hastig hinzu: »Wir sind da. Hinter der Tür ist Mama Maatas Reich. Ich werde Sie jetzt ihrer Obhut übergeben.«

»Aber wollen Sie denn gar nicht mitkommen?«, fragte Selma erschrocken.

»Wollen schon, aber nicht dürfen. Mama Maata würde mich achtkantig hinauswerfen. Und dabei würde sie mich einen frechen Lausebengel schimpfen. Und ganz ehrlich, liebe Selma, das wäre mir vor Ihnen unendlich peinlich. Ich warte hier. Viel Glück!«

Selma holte tief Luft und klopfte zaghaft an die Tür.

Eine tiefe Frauenstimme bat sie, einzutreten. Selma staunte nicht schlecht, als sie sich in einer riesigen Küche wiederfand, in deren Mitte eine füllige dunkelhäutige Frau mit glattem pechschwarzen Haar hinter einem Tisch thronte wie ein Wesen aus einer anderen Welt.

»So, so. Du bist also die junge Engländerin, die Mister Damon mir unbedingt verkaufen will«, knurrte sie nicht gerade freundlich.

»Ja, ich bin Selma Parker aus Cornwall.«

Statt ihr einen Platz anzubieten, stand Mama Maata schnaufend auf und trat ganz dicht an Selma heran. Die schreckte sogleich zurück, denn eine so fremdartig aussehende Frau wie Mama Maata war ihr noch nie im Leben begegnet.

»Wohl noch nie mit einer Maori Bekanntschaft gemacht, Kindchen, was? Aber keine Sorge, wir beißen nicht.«

»Entschuldigen Sie, aber ich habe wirklich noch nie zuvor einen Menschen gesehen, der aussieht wie Sie. Ich meine, bei uns auf dem Dorf sahen sie alle gleich aus, bleich, blond, rothaarig, und ... ich bin doch nie fort gewesen. Und auf dem Schiff, da gab es vor allem schmutzige weiße Männer. Ja, und in Auckland war ich die ganze Zeit auf dem Zimmer, weil ich Angst hatte, mein Schwager würde mich finden.« Ohne Vorwarnung wurden Selmas Augen feucht.

»Nein, nein, nein, Kindchen! Ein heulendes Elend kann ich hier ganz und gar nicht gebrauchen«, schimpfte Mama Maata, aber ihr Blick blieb dabei weich.

Sie hat gütige Augen, dachte Selma. Schade, dass ich es schon mit ihr verdorben habe.

»Es tut mir leid, aber ich muss immerzu weinen, wenn ich an das denke, was mir widerfahren ist. Ich hätte gern in diesem Haus gearbeitet, aber ich will Ihre Zeit nicht länger in Anspruch nehmen.« Selma wandte sich um und ging zur Tür.

»Komm her, und setz dich zu mir! Wehleidige Mädchen, die gleich weglaufen, sind mir zuwider«, schnaubte Mama Maata.

Selma machte kehrt und trat zögernd auf den Tisch zu.

»Hinsetzen, habe ich gesagt!«

Selma tat, was Mama Maata verlangte.

»So, und nun will ich wissen, was du kannst. Kochen? Nähen? Im Garten arbeiten? Servieren?«

Selma senkte den Blick.

»Bis auf Servieren alles. Bei uns auf der Farm wurde der Topf auf den Tisch gestellt, und alle haben sich bedient. Serviert wurde nur bei den feinen Herrschaften in St. Yves. Meine Freundin Kimberly hat mal bei einer reichen Familie gedient, und die musste jeden Teller an die Tafel tragen. Aber dafür kann ich gut putzen.«

»Und? Redest du immer so viel?«

Selma bekam rote Ohren. »Ich? Ja, nein ... Also bei der Arbeit nicht so viel, aber schweigsam bin ich nicht gerade. Ich meine, schon, wenn man mir ein Geheimnis anvertraut, dann schweige ich wie ein Grab.«

Ein Lächeln huschte über Mama Maatas Gesicht.

»Du bist ehrlich, und das gefällt mir. Übrigens, ich unterhalte mich gern dabei, wenn ich Berge von Geschirr abwasche. Nicht dass du mich falsch verstehst: Ich mag keine stummen Mädchen. Hörst du gern Geschichten?«

»Und wie! In New Mills gab es den alten Ian, der hat uns Kindern stundenlang Geschichten erzählt von den Kelten. Und wie es in der Welt aussieht. Er hat die ganze Erde umsegelt und kennt jeden noch so entlegenen Flecken. Von ihm habe ich mehr gelernt als in der Schule.«

»Willst du etwas über mein Volk erfahren?«

»Gern!«

»Gut, dann nimm dir einen Besen und mach die Küche sauber.«

»Heißt das, ich kann sofort anfangen?«

»Nicht sofort. Du musst dich noch umziehen. In dem feinen Kleid kannst du unmöglich das Haus putzen.«

»Aber was wird Mister Damon sagen, wenn ich sein schönes Kleid nicht mehr tragen darf?«

»Mister Damon hat dir ein Kleid geschenkt? Sag mal, Kindchen, du lässt dich doch nicht etwa von dem Lausebengel aushalten?«

Selma verstand sofort, worauf die fremdartige Frau anspielte.

»O nein, bitte denken Sie nicht so etwas. Mister Damon ist der anständigste Mann auf dieser Welt. Der würde niemals einer Frau ...«

»Das hätte mich auch gewundert«, unterbrach Mama Maata Selmas Plädoyer für den jungen Rechtsanwalt. Dabei hatte sich die Miene der Maori verfinstert. »Wenn du mir von Mister Charles empfohlen worden wärest, hätte ich keinen Zweifel daran gehegt, dass du dessen Liebchen bist, aber Mister Damon ist aus anderem Holz geschnitzt. Soll mal einer verstehen, warum die Missy das nicht sieht, sondern stattdessen den Bruder Leichtfuß vergöttert.«

»Sie mögen Mister Damons Bruder nicht, oder?«

»Das geht dich gar nichts an, Kindchen. Frag nicht so neugierig! Geh lieber dort hinüber in die Kammer, und nimm dir eins von den Arbeitskleidern. Ich glaube, wir haben auch ein winzig kleines. Spute dich, ich brauche flinke Mädchen.«

Selma stand auf. Sie lächelte bei dem Gedanken, dass sie es geschafft hatte.

»Was gibt es denn da zu grinsen?«, fragte Mama Maata unwirsch.

»Nichts«, seufzte Selma. »Es ist nur so: Mister Damon hat mir erzählt, dass Ihnen bislang keines der Mädchen zugesagt hat, und ich war in Sorge, dass Sie mich ablehnen, weil ich so zierlich wirke. Da hat Mister Damon prophezeit, dass Sie trotzdem erkennen würden, ob ich gut und viel arbeiten kann.«

Mama Maata lächelte hintergründig. »Er ist ein guter Junge, aber worauf wartest du noch? Oder willst du den lieben langen Tag mit Schwatzen verbringen?«

Hastig begab sich Selma in die Kammer und griff sich einen der unförmigen Leinensäcke. Vorsichtig zog sie ihr schönes blaues Kleid aus und hängte es sorgfältig an einen Haken.

Gerade als sie in der Arbeitskleidung die Küche betrat, kam Damon herein. In seinem Gesicht stand die blanke Neugier geschrieben.

Selma wollte noch rasch in der Kammer verschwinden, weil sie sich genierte, ihm so unter die Augen zu treten, aber da hatte er sie schon erblickt.

»Sie können alles tragen. Sogar die von Mama Maata entworfenen und eigenhändig genähten Säcke.«

Wider Willen musste Selma lachen, als Mama Maata mit gespielter Strenge den Zeigefinger hob und Damon drohte.

»Lausejunge, nichts wie raus aus meiner Küche, und halte das Mädchen nicht von der Arbeit ab!«

»Das heißt, sie hat die Stellung?«, fragte er erfreut und zwinkerte Selma zu.

»Von mir aus ja, aber das letzte Wort hat immer noch die Missy«, erklärte Mama Maata energisch.

»Das glaubst du doch wohl selbst nicht«, erwiderte Damon lachend und konnte gerade noch aus der Küche flüchten, bevor ihn ein Lappen traf, den die Maori ihm an den Kopf zu werfen versucht hatte.

Die Arbeit im Hause der Familie Wayne machte Selma von Tag zu Tag mehr Spaß. Sie lauschte beim Abtrocknen den Maorilegenden von Mama Maata, genoss ansonsten ihre mütterliche Fürsorge und sang beim Putzen ihr Lieblingslied *Away, Away! My Heart's on Fire!* aus der komischen Oper *Die Piraten von Penzance*. Sie selbst hatte diese Oper nie gesehen, aber die Familie, bei der Kimberly in Diensten stand, war dreimal in London bei einer Aufführung gewesen. Mabel, die Tochter des Hauses, kannte alle Melodien auswendig, und Kimberly hatte bei jenem Stück stets die Partie des Frederic singen müssen. Ihre Künste hatte sie dann wiederum der Freundin vorgeführt. Selma liebte dieses Lied über alles und schmetterte es gern bei der Arbeit.

Sie war gerade dabei, den Salon im oberen Stockwerk gründlich sauberzumachen, als sie jäh in ihrem Gesang unterbrochen wurde.

»Was machen Sie denn hier, und was fällt Ihnen ein, so laut zu singen? Wer sind Sie überhaupt?«

Erschrocken fuhr Selma, die gerade unter dem Esstisch kauerte, um die Beine abzuwischen, hoch und stieß sich dabei ganz fürchterlich den Kopf an der Tischkante. Sie konnte einen Schmerzensschrei gerade noch unterdrücken, als sie eine rundliche ältere Dame erblickte, die ihre Hände in die Hüften gestemmt hatte und darauf wartete, dass sie unter dem Tisch hervorkroch.

Das gelang Selma schließlich, ohne auch nur einen einzigen Klagelaut von sich zu geben, obwohl sie befürchtete, dass ihr ein Horn aus dem Kopf wachsen würde. Behände stand sie auf und hielt dem Blick der unfreundlich dreinschauenden Frau stand.

»Ich bin das neue Mädchen. Selma Parker aus Cornwall.«

Hatte die vornehm gekleidete Dame sie eben schon finster angesehen, so schien sie sie jetzt mit ihren Blicken förmlich zu durchbohren. Selma bekam es mit der Angst, denn sie ahnte sofort, wen sie da vor sich hatte.

»Misses Wayne?«, fragte sie zögernd.

»Wer hat dich denn eingestellt?«

»Mama Maata.«

»Und wo kommst du her? Ich meine, du wirst nicht vom Himmel gefallen sein, oder?«

»Nein, ich komme direkt von einem Auswandererschiff, und Ihr Sohn, ich meine, Mister Damon, hat mir netterweise angeboten, dass ich in Ihrem Haus arbeiten kann, und mich von Auckland nach Dunedin mitgenommen.«

»Und du hast es nicht für nötig befunden, abzuwarten, bis ich zurück aus Christchurch bin? Dann will ich offen zu dir sein. Ich möchte keine Auswanderinnen im Haus...«

»Aber warum... Sie sind doch selbst...« Selma stockte und biss sich erschrocken auf die Lippen.

»Hüte deine Zunge. Und mach, dass du rauskommst...« Misses Wayne griff in ihre Handtasche und zog einen Schein hervor.

»So, das nimmst du, und dann verlässt du mein Haus!«

»Was ist denn hier los?«, mischte sich nun ein älterer, gut aussehender Mann ein, der ohne Zweifel der Vater von Damon war. Er ist ihm wie aus dem Gesicht geschnitten, dachte Selma, die gleichen weichen Gesichtszüge, das dunkle Haar und die schlanke hochgewachsene Figur.

»Das möchte ich auch mal wissen. Dein Sohn hat uns direkt von einem Auswandererschiff aus Auckland diese Fremde ins Haus geholt. Das musst du dir mal vorstellen. Man weiß doch, was heutzutage so alles für Pack in unser Land geschwemmt wird...«

»Ich bin ein anständiges Mädchen aus Cornwall, das sich noch niemals etwas hat zuschulden kommen lassen. Außer, dass mein Mann während der Überfahrt über Bord ging und mich zur mittellosen Witwe gemacht hat«, erklärte Selma mit fester Stimme. Jegliche Angst vor dieser Frau, die sie immer noch ansah, als wäre sie Abschaum, war verflogen.

»Cornwall, woher denn da?«, fragte der Mann interessiert, aber seine Frau fuhr ihm rasch über den Mund.

»Hör doch nur, Adrian, was für einen frechen Ton diese Person an sich hat! Und schau sie dir doch nur an, ein Hühnchen mit Armen wie Bohnen. Wenn die mal bloß nicht die Schwindsucht hat. Nein, beim besten Willen nicht. Da siehst du mal wieder, wie rücksichtslos dein Sohn ist. Nur um den Armen und Schwachen zu helfen, bringt er uns so etwas ins Haus.«

Selma aber baute sich kämpferisch vor Misses Wayne auf.

»Ihr Sohn ist ein guter Mensch! Ich mag in Ihren Augen kränklich aussehen, aber ich bin kerngesund und kann für drei arbeiten, wenn es sein muss. Und ich stehe wenigstens dazu, dass ich aus Cornwall komme!«

Erst starrte Misses Wayne Selma völlig entgeistert an, dann schnappte sie nach Luft. »Adrian, bitte wirf sie hinaus, aber schnell!«

In diesem Augenblick kam Mama Maata hinzu.

»Was, was ist denn hier los?«, schimpfte sie, und sah prüfend zwischen Mister und Misses Wayne und Selma hin und her.

»Meine Frau meint, dass die junge Frau nicht die Richtige ist, um bei uns im Haus zu arbeiten«, erklärte Mister Wayne hilflos.

»Aber Missy, wie kommen Sie denn darauf? Dieses Mädchen ist jetzt bereits seit über einer Woche bei uns und arbeitet für drei. Sie ist gewissenhaft, sauber und aufrichtig«, sagte Mama Maata mit Nachdruck.

»Du hast doch bislang alle Mädchen abgelehnt. Warum nicht dieses?«

»Weil sie die Beste ist.«

»Ich will sie aber nicht!«

Selma beobachtete das Geplänkel inzwischen wie eine völlig Unbeteiligte. Sie hatte mit der Stellung im Hause Wayne bereits innerlich abgeschlossen. Ich besitze zwar nicht viel, um nicht zu sagen gar nichts, schoss es ihr durch den Kopf, aber meinen Stolz kann mir niemand nehmen. Sie wartete eigentlich nur noch darauf, dass Misses Wayne trotzig mit dem Fuß aufstampfte.

»Missy, aber ich will sie behalten!«

Wie zwei Kampfhennen standen sich Misses Wayne und Mama Maata inzwischen gegenüber.

»Ida, sei doch vernünftig, das Mädchen ist aus Cornwall«, mischte sich nun Mister Wayne ein.

»Na und?«, zischte seine Frau zurück.

Mama Maata hatte ihre Hände in die Hüften gestemmt. »Missy, wenn Sie mir nicht zutrauen, ein Mädchen einzustellen, das mir in meinem Alter eine echte Stütze ist, dann muss ich Sie leider verlassen. Ich habe genug gespart, und meine Familie würde sich freuen, wenn ich endlich nach Hause käme und mich von ihr verwöhnen ließe. Die schätzen ihre Alten im Dorf. Da werde ich besser behandelt als hier!«

»Mama Maata, tu mir das nicht an!«, schrie Misses Wayne hysterisch auf.

»Mama Maata, ohne dich sind wir aufgeschmissen. Ida, nun gib dir einen Ruck. Maata weiß schon, wen sie einstellt«, pflichtete Mister Wayne der Maori bei.

Stöhnend ließ sich die Dame des Hauses auf einen Stuhl fallen. »Gut, Maata, wenn du dieses Mädchen wirklich haben willst, dann werde ich es mir noch einmal durch den Kopf gehen lassen...«

Langsam wachte Selma aus ihrer Erstarrung auf. Sie war keine bloße Beobachterin mehr. Es ging hier um sie und ihr Schicksal. Und eines wusste sie genau: Sie würde sich nicht weiterhin ungestraft von dieser Frau beleidigen lassen. Und wenn ihr Stolz das Einzige war, das sie aus diesem Haus mitnahm.

»Machen Sie sich keine Mühe, Misses Wayne, ich gehe freiwillig.«

Dann wandte sie sich an Mama Maata und raunte: »Mit Ihnen zu arbeiten war das Schönste, was ich jemals erlebt habe«, bevor sie hocherhobenen Hauptes das Zimmer verließ.

Im Flur stieß Selma mit Damon zusammen, der erschrocken ausrief: »Was um Himmels willen ist denn mit Ihnen geschehen? Sie sehen aus wie ein Geist!«

»Auf Wiedersehen, Mister Wayne, und danke für alles!«

Geschockt suchte er noch nach den richtigen Worten, doch da war sie schon wie der Blitz nach oben in ihr Zimmer gerannt, um ihre wenigen Habseligkeiten zu packen.

DUNEDIN, 12. FEBRUAR 2009

Suzan hatte Grace in ein indisches Restaurant in der George Street eingeladen, nachdem sie ihre Sachen aus dem Hotel geholt hatten.

»Was hätten Sie denn gern?«, fragte der Kellner, und wie aus einem Mund antworteten die beiden Frauen: »Chicken Korma!«

Sie sahen einander verwundert an, bevor sie in lautes Gekicher ausbrachen.

»Also, für jede von Ihnen eins?« Der junge Inder grinste.

Suzan und Grace nickten kichernd.

»Wahlverwandtschaften sind doch in der Regel viel stabiler als Blutsverwandtschaften«, sagte Grace lachend. »Wissen Sie was? Ich adoptiere Sie als meine neuseeländische Familie.«

Suzans eben noch fröhliches Lachen gefror zu einer Maske.

Grace erschrak angesichts dieser unheimlichen Verwandlung. In diesem Augenblick dominierte die Narbe das Äußere der Professorin. Sie wirkte auf Grace plötzlich wie eine durch und durch verbitterte Frau, die mit dem Schicksal haderte für das, was es ihr angetan hatte.

Grace musste kurzzeitig den Blick abwenden. Als sie in der Lage war, Suzan wieder anzuschauen, war der Spuk vorüber. So als hätte es jene dämonische Fratze nur in ihrer Fantasie gegeben. Die Professorin lachte zwar nicht mehr, aber sie guckte zumindest freundlich und zugewandt.

Habe ich mir das etwa nur eingebildet?, fragte sich Grace zweifelnd, doch sie war überzeugt, diese Verwandlung beobachtet zu haben, und versuchte, sich zu erinnern, welche Worte diese Gesichtsmetamorphose genau hervorgerufen hatten. Es war folgender Wortlaut: Wissen Sie was? Ich adoptiere Sie als meine neuseeländische Familie. Das fand sie sicher total distanzlos, mutmaßte Grace.

»Entschuldigen Sie, ich wollte Ihnen nicht zu nahe treten. Ich weiß auch nicht, was in mich gefahren ist. So plump vertraulich bin ich sonst eigentlich nicht, vor allem, wenn ich jemanden noch keinen Tag kenne. Sind Sie mir böse?«

»Nein, natürlich nicht. Das haben Sie entzückend gesagt. Ich bin nur gerade mit meinen Gedanken abgeschweift und wurde plötzlich an eine unschöne Sache erinnert.«

Ob sie daran gedacht hat, wie sie zu diesen schrecklichen Verletzungen in ihrem Gesicht gekommen ist?, fragte sich Grace. Ob es wohl ein Unfall war?

»Sie möchten wissen, warum ich so entstellt bin, nicht wahr?« Suzan musterte Grace durchdringend.

»Ja, nein, nicht direkt, das würde ich nie fragen . . .«, stammelte Grace peinlich berührt, weil sie sich durchschaut fühlte.

»Ich werde es Ihnen erzählen, aber erst, wenn der richtige Zeitpunkt gekommen ist.«

Ja, ja, ich weiß, dann, wenn sie bei ihrer eigenen Geschichte angelangt ist, dachte Grace, aber sie hielt den Mund. Sie hatte sich gerade damit arrangiert, dass allein Suzan bestimmte, was, wann und wie viel sie ihr erzählte.

»Und Sie sind mir wirklich nicht böse, dass ich Ihnen zu nahe getreten bin?«, fragte sie stattdessen entschuldigend.

»Nein, Grace, es ist alles gut. Und ich will ehrlich zu Ihnen sein. Ja, ich dachte eben daran, wie das hier passiert ist.« Suzan deutete auf ihre Narbe. »Aber nun lassen Sie uns noch ein wenig über den Moa plaudern. Oder wollen Sie wissen, wie es Selma ergangen ist?«, fügte sie in betont lockerem Ton hinzu.

Grace aber hörte Suzan gar nicht mehr zu. Gebannt blickte sie zu dem Nachbartisch hinüber. Auch wenn er mit dem Rücken zu ihr saß, gab es keinen Zweifel daran, dass es Hori war. Dafür konnte sie seine Begleiterin umso besser erkennen: Lucy, die hilfsbereite Maori, die sie zum Hotel gefahren hatte. Und die gerade ganz vertraut ihre Hand auf seine legte. Also doch, schoss es Grace durch den Kopf. Sie ist seine Freundin!

Grace wollte hastig den Kopf abwenden, aber sie konnte nicht, und da war es auch schon zu spät. Lucy hatte sie erkannt und winkte ihr zu. Und prompt drehte sich auch Hori um.

»Hey, haben Sie ein Gespenst gesehen?«, fragte die Professorin neugierig.

Erschrocken wandte Grace den Blick vom Nachbartisch ab. »Nein, es ist nur so, der Mann, der am Nebentisch sitzt . . .«

Weiter kam sie nicht, weil Hori nun bereits an ihren Tisch getreten war und Suzan höflich begrüßte.

»Sie müssen die Ornithologin sein, von der Grace so geschwärmt hat.«

Suzan lächelte geschmeichelt. »Und wer sind Sie, wenn ich fragen darf?«

»Hori Tonka.« Er reichte ihr die Hand, die Suzan kräftig schüttelte. Dann begrüßte er Grace. Sie spürte einen Kloß im Hals. Hoffentlich verschlägt es mir nicht die Sprache, dachte sie noch, als er auch ihr die Hand zur Begrüßung reichte.

»Es tut mir sehr leid, wie alles gelaufen ist. Du sollst nur wissen, dass Barry ein total schlechtes Gewissen hat. Ich habe ihn zwar noch nicht selbst gesprochen, aber Lucy war gestern Abend noch bei ihm, nachdem sie dich zum Hotel gebracht hat. Er ist seitdem nur noch betrunken. Vielleicht redest du einfach noch einmal mit ihm. Es wäre doch schade, wenn eure Begegnung so unerfreulich enden müsste. Schließlich bist du für ihn um die halbe Welt gereist. Gib ihm eine Chance!«

»Mein Bedarf ist gedeckt.«

»Wenn du jemanden zum Reden brauchst, dann melde dich doch bitte. Du hast ja meine Karte, oder?«

Grace nickte. »Du solltest jetzt an deinen Tisch zurückgehen. Lucy wartet. Und ich habe mit Misses Almond wichtige Dinge zu besprechen. Bis bald.«

Sie wandte sich abrupt von ihm ab.

»Ja, dann bis bald, Grace.«

Sie aber würdigte ihn keines Blickes mehr, sondern versuchte, die verdutzte Suzan in ein Gespräch über die Fortpflanzung der Dinornis zu verwickeln.

»Entschuldigen Sie, aber was war das denn für ein Auftritt?«, fragte Suzan neugierig, kaum dass Hori und seine Begleiterin das Lokal verlassen hatten. »Ich hätte nie gedacht, dass Sie so zickig werden können. Ich will nicht indiskret sein, aber war das der junge Mann, der Sie so enttäuscht hat?«

»Nein, sein Bruder«, knurrte Grace.

»Und warum sind Sie zu ihm so unfreundlich? Er schien sich doch ganz offensichtlich um Sie zu sorgen.«

»Ich will die Sache vergessen. Basta!«

»Und trotzdem haben Sie seine Karte zuhause?«

Grace stöhnte laut auf. »Nein, die habe ich längst weggeworfen, und ich wäre Ihnen sehr dankbar, wenn Sie mich jetzt mit diesem Thema in Ruhe ließen.« Dann verfiel Grace in grüblerisches Schweigen, bis sie sich selbst laut murmeln hörte: »Da ist er doch tatsächlich mit dieser Lucy zusammen.«

Suzan räusperte sich.

»Ich hätte kein Wort mehr darüber verloren, aber nun haben Sie freiwillig davon angefangen.«

Grace blickte erschrocken auf. »Das war nur für meine Ohren bestimmt.«, entgegnete sie trotzig.

»Aber Sie haben es so laut gesagt, dass ich es auch verstanden habe. Wer ist mit Lucy zusammen? Der Mann, der Sie enttäuscht hat, oder sein Bruder?«

»Der Bruder.«

»Wissen Sie, was ich denke?« Suzan aber wartete gar nicht erst eine Antwort von Grace ab, sondern sie fügte eilig hinzu: »Sie sind eifersüchtig.«

»Und wenn, dann wüsste ich nicht, was Sie das angeht«, erwiderte Grace schnippisch. Da war sie wieder. Diese innere Stimme, die sie davor warnte, sich allzu privat auf Suzan Almond einzulassen. Diese Frau besaß die seltene Gabe, sie zu durchschauen, denn natürlich hatte es sie geärgert, Hori so vertraut mit Lucy zu treffen. Aber warum musste Suzan auch immer gleich alles aussprechen, was sie dachte? Schließlich kannten sie einander noch nicht einmal zwölf Stunden. Grace hielt viele Menschen, die sie bereits seit ewigen Zeiten kannte, mehr auf Distanz als diese Frau, die ganz ungezwungen die persönlichsten Angelegenheiten ansprach. Doch beruhte das nicht auf Gegenseitigkeit? Hatte sie Suzan nicht vor wenigen Minuten peinlicherweise gesagt, sie würde sie gern als ihre neuseeländische Familie adoptieren? Das war ansonsten gar nicht ihre Art, Fremden dermaßen nahezutreten.

Grace blickte Suzan schuldbewusst an.

»Es tut mir leid, dass ich Sie so angefahren habe. Es verunsichert mich, dass Sie mir offensichtlich auf den Grund meiner Seele schauen können. Mir gefällt die Rolle der geheimnisvollen Frau, die keiner wirklich kennt, wesentlich besser.«

»Ist das die Rolle, die Sie sonst spielen?«

»Suzan! Sie sind unmöglich. Sie fangen ja schon wieder an, intime Fragen zu stellen.«

»Wollte ich nicht. Wissen Sie, um ehrlich zu sein, ich lebe völlig zurückgezogen, seit die Sache passiert ist . . .«

Grace horchte auf. *Die Sache?* Warum nur war sie so schrecklich neugierig, was sich hinter der Sache verbarg?

»Seit damals lasse ich kaum einen Menschen – außer meinen Mitarbeiterinnen – überhaupt an mich heran. Das liegt weniger daran, dass die Menschen immer gleich zu spekulieren beginnen, warum ich wohl entstellt bin, sondern daran, das die meisten mich nicht interessieren. Und da kommen Sie plötzlich daher, und ich will Sie unbedingt näher kennenlernen. Das ist doch seltsam, oder? Sehen Sie mir also bitte nach, wenn ich im Umgang mit persönlichen Dingen ein wenig ungeübt sein sollte.«

»Ich bin ja nicht ganz unschuldig daran. Ich fühle mich Ihnen auch merkwürdig vertraut. Das rührt wahrscheinlich von Ihrer Geschichte her, die Sie mir in wohl gewählten Portionen servieren. Ich habe das Gefühl, Sie sind ein Teil dieser Geschichte, und immer, wenn Sie dann real werden und damit wirkliche Nähe zwischen uns entsteht, dann kommt bei mir die Abwehr.«

Suzan seufzte. »Schöner hätte ich das auch nicht sagen können. Sie werden lachen, es geht mir genauso.«

»Gut, dann verraten Sie mir doch einfach, ob Selma das Haus der Waynes tatsächlich verlässt.«

Suzan schenkte Grace wieder ein bezauberndes Lächeln, so als hätte es in ihrem Gesicht niemals etwas anderes gegeben als Zuneigung und Verständnis.

»Versuchen Sie das mal«, flötete die Professorin und drückte Grace eine volle Bierflasche in die Hand.

Grace war irritiert, doch dann bemerkte sie das Abbild des Riesenvogels auf dem Etikett.

»*Moa-Bier?*«, las sie ungläubig. Dann lachte sie und nahm einen kräftigen Schluck.

Macandrew Bay, 24. Dezember 1883

Selma hatte ihre Stellung bei den Waynes behalten und war nicht in eine ungewisse Zukunft geflüchtet. Aber auch nur, weil sich Misses Wayne auf Druck ihres Sohnes, und dem von Mama Maata, bei ihr entschuldigt und sie ausdrücklich gebeten hatte zu bleiben. Dass sie das niemals freiwillig getan hätte, geschweige denn, dass sie Selma in ihr Herz geschlossen hätte, wurde immer dann deutlich, wenn die beiden allein waren.

»Und vergiss ja nicht die Gläser für den Weißwein!«, keifte Ida Wayne.

Selma deckte gerade den Tisch für das Weihnachtsessen der Familie Wayne. Und als wenn das nicht Herausforderung genug wären, guckte ihr die Herrin des Hauses die ganze Zeit über penibel auf die Finger. So als könne sie gar nichts. Dabei wusste Misses Wayne genau, dass sie niemals die Gläser vergessen würde. Es war reine Schikane.

Mama Maata hatte Selma inzwischen beigebracht, was alles auf eine festliche Tafel gehörte. Selma war sehr lernwillig. Sie saugte alles, was die alte Maori ihr beibrachte, gierig auf. Sie hatte die Tafeln mittlerweile für alle großen Gesellschaften eingedeckt, die im Hause Wayne stattfanden. Und das waren so kurz vor Weihnachten nicht gerade wenige gewesen.

Nichtsdestotrotz hasste Selma die überhebliche Art von Misses Wayne, vor allem, weil sie ja wusste, dass die Dame des Hauses in Wahrheit einst auch nichts anderes als ein armes Auswanderermädchen gewesen war.

»Was ist jetzt mit den Gläsern?«

Selma biss sich auf die Lippe, um nicht das auszusprechen, was sie der überheblichen Matrone gern an den Kopf geworfen hätte. Darauf wartete die doch nur. Selma war sich sicher, dass Misses Wayne einen Vorwand suchte, sie loszuwerden, aber in einer Art, die die Dame des Hauses in einem guten Licht dastehen ließe. Und das wäre der Fall, wenn Selma sich provozieren lassen und ausfällig gegenüber ihrer Arbeitgeberin werden würde. Also hielt sie ihren Zorn im Zaum. Einfach war das nicht!

»Die Gläser werden gerade noch in der Küche poliert«, erwiderte Selma, ohne aufzuschauen.

»Und zieh zum Servieren heute nicht wieder dieses aufgedonnerte Kleid an, hörst du?«

Selma lief knallrot an. Das aufgedonnerte Kleid war kein geringeres als das schöne blaue, das Damon ihr in Auckland gekauft hatte. Er hatte ihr anlässlich ihres ersten Auftritts bei einer Gesellschaft vorgeschlagen, es zum Servieren zu tragen. Seine Mutter aber hatte sich, kaum dass die Gäste an jenem Tag gegangen waren, maßlos über das unpassende Kleid aufgeregt.

»Nein, niemals. Ich ziehe natürlich das graue mit dem weißen Kragen an, das Sie mir gegeben haben«, entgegnete Selma betont unterwürfig.

»Sag mal, hat Maata dir nicht beigebracht, die Herrschaften anzusehen, wenn sie mit dir sprechen?«

Selma hob den Kopf und blickte Misses Wayne direkt in die Augen. Dabei bemühte sie sich, so viel Kälte in ihren Blick zu legen, wie sie nur konnte.

Ida Wayne wandte sich irritiert ab, doch sie blieb trotzdem noch eine Weile neben Selma stehen und beobachtete sie. Erst als Damon ins Zimmer trat, eilte sie von dannen. »Wenn du hier fertig bist, dann schaust du noch mal nach dem Truthahn, ja?«, flötete sie, als wäre Selma ihre liebste Haushaltshilfe.

»Wie geht es Ihnen? Hat sie wieder ihren ganzen Charme bei Ihnen versprüht?«

Selma lachte, und ihr Zorn war verflogen. »Fragen Sie mich lieber nicht. Sonst werfe ich noch Ihnen all die Unflätigkeiten an den Kopf, die mir auf der Zunge liegen, die ich mir aber in Gegenwart Ihrer Frau Mutter erfolgreich verkneifen konnte.«

Damon war der Einzige, der ahnte, wie seine Mutter Selma schikanierte, und der immer auf ihrer Seite war. Selma mochte den jungen Anwalt von ganzem Herzen, und manchmal fragte sie sich, wie es in ihm wohl aussah. Und warum ein so gut aussehender junger Mann wie er keine Verlobte hatte.

Mama Maata konnte sie auch nicht fragen. Sie hatte es einmal versucht und sofort deren Argwohn geweckt. Und die Maori hatte kein Blatt vor den Mund genommen und gewettert: »Das geht dich gar nichts an, denn selbst wenn er zehnmal in dich verliebt wäre und du seine Gefühle erwidern würdest, er könnte dich niemals heiraten. Die Waynes gehören zu den ersten Familien Dunedins.«

Selma hatte, nachdem Mama Maata ihre Rede endlich beendet hatte, vor Empörung zitternd erwidert: »Ich in ihn verliebt oder er in mich? Wie kommst du auf so einen Unsinn? Und heiraten erst?«

Ansonsten liebte Selma die alte Frau über alles. Sie war wie eine Mutter zu ihr. Auch hätte sie keine bessere Lehrmeisterin finden können. Sogar das verhasste Servieren hatte ihr die alte Maori beigebracht. Anfangs hatte Selma finster dreingeschaut, wenn sie die Herrschaften bedienen sollte. Jetzt verrichtete sie diese Arbeit stets freundlich und aufmerksam. So aufmerksam, dass immer wieder neue Damen versuchten, sie abzuwerben. Sogar die beste Freundin von Ida Wayne, Dorothy Adison, hatte ihr neulich unmissverständlich zu verstehen gegeben, dass sie sie mit Kusshand einstellen werde, falls es ihr im Hause Wayne nicht mehr gefalle.

»Kann ich Sie irgendwie trösten oder Ihnen bei der Arbeit helfen? Aber Vorsicht, ich habe zwei linke Hände«, scherzte Damon.

»Halten Sie mich bloß nicht von der Arbeit ab, Mister Wayne, es ist noch so unendlich viel zu tun«, erwiderte Selma lachend. »Und stellen Sie sich vor, Mama Maata hat mich den Plumpudding zubereiten lassen, weil ich ein altes Rezept kenne und ihn jedes Jahr in New Mill gekocht habe«, erklärte sie voller Stolz; doch dann verfinsterte sich ihr Gesicht.

Sie musste plötzlich daran denken, dass es das erste Weihnachtsfest in der Fremde war. Ein Weihnachten, dass sie ohne Familie würde verbringen müssen.

Als könne Damon ihre Gedanken lesen, fragte er: »Und wie feiern Sie, wenn Sie heute Abend in der Küche fertig sind?«

Selma machte eine wegwerfende Handbewegung. »Das wird so spät sein, dass ich nur noch ins Bett falle.«

»Hätten Sie Lust, mit mir noch einen Spaziergang zu unternehmen, bevor Sie ins Bett gehen? Ich habe ein kleines Geschenk für Sie, obwohl es erst morgen so weit ist.«

Selma sah Damon gerührt an. »Wir haben in der Heiligen Nacht nach dem Essen immer einen Spaziergang im Schnee gemacht.«

Damon lächelte schief. »Na ja, Schnee kann ich Ihnen natürlich nicht bieten. Heute ist ein besonders heißer Tag. Viel zu heiß, um Truthahn zu essen, aber Mutter besteht darauf, heute und morgen das ganz große Essen zu veranstalten mitsamt der Dekoration. Ein bisschen überladen, finden Sie nicht auch? Andere essen am Vorabend von Weihnachten eine schlichte Suppe.«

»Dazu sage ich lieber nichts, denn die Girlanden und Mistelzweige hat Ihre Mutter eigenhändig aufgehängt. Und sehen Sie, sogar die Leine mit den Weihnachtskarten hat sie selbst gespannt.«

»Scheußlich, wenn Sie mich fragen.« Damon lachte.

»Aber Sie fragt ja keiner«, konterte Selma keck.

»Dann gibt es wenigstens einen Lichtblick heute Abend. Einen Strandspaziergang mit Ihnen«, seufzte Damon. »Aber jetzt muss ich mich sputen. Die Familie fährt nach St. Paul, um an der Christvesper teilzunehmen. Wer das verpasst, fällt bei Mutter in lebenslange Ungnade.«

Selma sah dem jungen Mann verträumt hinterher. Er brachte zwar nicht ihr Herz zum Klopfen, aber er strahlte eine wohltuende Wärme aus, und seine Heiterkeit war ansteckend. In seiner Gegenwart musste man sich einfach wohlfühlen. Und immer wieder schenkte er ihr ermunternde Worte. Die Frau, die ihn einmal zum Mann bekommt, ist zu beneiden, schoss es ihr durch den Kopf, während sie begann, die schweren silbernen Messer und Gabeln um die Teller zu drapieren.

Sie war so tief in Gedanken versunken, dass sie nicht einmal bemerkte, wie jemand das Zimmer betrat und sich von hinten an sie heranschlich. Erst als eine männliche Stimme – der von Damon nicht unähnlich – ausrief: »Keine Angst, aber ich muss Sie küssen!«, zuckte sie zusammen.

In demselben Augenblick fuhr sie herum und konnte gerade noch sehen, wie sich ihr ein attraktives Gesicht näherte. Sie war so erschrocken, dass sie sich nicht einmal wehrte, als wildfremde Lippen die ihren sanft berührten.

Erst als der junge Mann grinsend von ihr abließ, fand sie die Sprache wieder. »Was fällt Ihnen ein?«, schrie sie und hob die Hand, um ihm eine Ohrfeige zu versetzen, doch er hielt ihren Arm fest. »Sie können mir keinen Vorwurf machen. Ich habe diese Traditionen nicht begründet, aber zugegeben, ich genieße sie.« Und wieder wollte er sie küssen, doch dieses Mal wandte sie sich empört ab. »Sind Sie von allen guten Geistern verlassen? Sie können mich nicht einfach küssen!«, schnaubte sie.

»Ich habe keine andere Wahl. Überzeugen Sie sich selbst.« Er deutete nach oben.

Beim Anblick des Mistelzweigs direkt über ihr an der Lampe lief sie tiefrot an.

»Kennen Sie das denn nicht?«, fragte er scheinbar unschuldig.

»Dann werden Sie es jetzt kennenlernen müssen.«, fügte er verschmitzt hinzu.

Wieder näherte sich sein Mund ihrem Mund, doch sie wich zurück. »Und wenn es hundertmal Brauch ist. Ich kenne ihn, aber da, wo ich herkomme, nutzt ihn keiner so schamlos aus, um fremde Frauen zu küssen!«

Entschieden trat sie einen Schritt beiseite.

»So, jetzt stehe ich nicht mehr unter dem Mistelzweig, und Sie haben keine Ausrede mehr für Ihr unverschämtes Benehmen«, fauchte sie, doch er streckte ihr immer noch grinsend seine kräftige Hand entgegen.

Selma konnte nicht umhin festzustellen, dass er ein wirklich gut aussehender Mann war, der eine entfernte Ähnlichkeit mit Damon besaß. Nur wirkte er kräftiger und männlicher. Sein Gesicht war kantiger, und er trug keinen Vollbart, sondern lediglich ein kleines Bärtchen auf der Oberlippe. Er besaß nichts von der weichen Ausstrahlung, die Damon zu eigen war und die dieser offensichtlich von seinem Vater geerbt hatte.

Zupackend schüttelte er ihr die Hand, während er sie unverwandt ansah.

»Wie kommt so ein wunderbares Geschöpf wie Sie in den Haushalt meiner Mutter?«

»Ich wollte mit meinem Mann eine Farm kaufen, doch er ging kurz vor unserer Ankunft in Auckland über Bord. Ich stand völlig mittellos da, aber Ihr Bruder hat sich meiner angenommen. Ja, und dann hat mich Mama Maata unter ihre Fittiche genommen.«

»Sie sind doch viel zu zart, um als Hausangestellte zu arbeiten. Wenn ich etwas zu sagen hätte, ich würde das nicht erlauben, dass Sie sich für uns abschinden und Ihre schönen Hände womöglich noch bleibende Schäden davontragen.«

Er griff nach ihrer Hand, führte sie zum Mund und deutete einen Kuss an. Selma war so überrascht, dass sie ihre Hand nicht gleich wegzog. Niemals zuvor hatte ein Mann ihr die Hand geküsst. Doch dann entzog sie ihm ihre Hand, aber davon ließ sich der Sohn des Hauses nicht abschrecken. Im Gegenteil, er trat einen Schritt auf sie zu.

»Ich würde dich auf Händen tragen«, seufzte er ganz nah an ihrem Ohr, bevor er sie bei der Hüfte packte und zurück unter den Mistelzweig zog. Bevor er sie noch einmal küssen konnte, hatte sie bereits ausgeholt und ihm eine Ohrfeige verpasst. Statt ihr böse zu sein, lächelte er sie an.

»Du hast recht. Das gehört sich bei einem so entzückenden Wesen wie dir nicht. Entschuldige, aber du bist so süß, dass ich mich vergessen habe. Ich bin Charles, und wie heißt du?«

Selma war hin- und hergerissen. Obwohl er ein unverschämter Kerl war, gefiel er ihr irgendwie.

»Ich bin Selma, aber sollten Sie nicht längst mit den anderen in der Kirche sein?«

»Ja, das sollte ich eigentlich, aber ich glaube, ich bin leider verhindert, weil ich etwas Besseres vorhabe. Ich muss der reizenden Selma helfen.«

»Entschuldigen Sie, Mister Charles, aber ich muss den Tisch für das Fest der Herrschaften eindecken, und ich glaube, Ihre Mutter wäre nicht erfreut, Sie und mich unter dem Mistelzweig vorzufinden. Außerdem habe ich wirklich zu tun, und Sie sehen mir mit Verlaub nicht so aus, als würden Sie Ihre Zeit damit verschwenden, Dienstmädchen bei ihrer Arbeit zu helfen. Sie stehen ihnen höchstens im Weg.«

Er sah sie mit Unschuldsmiene an. »Was denken Sie denn von mir? Natürlich packe ich mit an, wenn ich gebraucht werde.« Mit übertriebener Geste nahm er einen der Teller, die sie noch nicht eingedeckt hatte, vom Stapel und drapierte ihn völlig schief an einem der Plätze. Das sah so komisch aus, dass Selma sich das Lachen verbeißen musste. Energisch griff sie nach dem Teller und stellte ihn in die richtige Position.

»Was meinen Sie, was Ihre Mutter, sagen würde, wenn ich die Tafel so decken würde? Und überhaupt, wie würde sie das finden, wenn sie ihren Sohn jetzt dabei sehen könnte, wie er einem Dienstmädchen den Hof macht?«

Charles blickte sie ernst an. »Sie arbeiten vielleicht bei uns, aber ich sehe Ihnen doch sofort an, dass Sie einem solchen Haushalt eher vorstehen sollten, als das Dienstmädchen zu geben.«

Selma blickte verlegen zu Boden. Mit diesen Worten hatte er ihr Innerstes berührt. Und hatte er nicht sogar recht? War sie nicht vor allzu langer Zeit Herrin auf einem eigenen Hof gewesen?

»Selma, glauben Sie mir, ich bin nicht immer so. Sie sind etwas Besonderes«, hörte sie ihn nun heiser raunen. Sie konnte sich nicht helfen, aber sie mochte ihn wirklich.

Verlegen hob sie ihren Kopf. Ihre Blicke trafen sich. Wie er sie jetzt ansah! Voller Begehren. Gut, das hatte Will auch oft getan, aber der Blick von Charles ging ihr durch Mark und Bein.

»Bitte gehen Sie jetzt und lassen mich weiterarbeiten.«

Während Selma diese Worte hervorpresste, klopfte ihr das Herz bis zum Hals. Das machte sie nur noch verlegener.

»Bitte, Mister Charles, sehen Sie mich nicht so an. Ich habe so viel zu tun. Schauen Sie nur, das ganze Geschirr muss noch eingedeckt und die Gläser aus der Küche geholt werden.«

»Habe ich nicht versprochen, Ihnen zu helfen? Sie decken ein, und ich eile inzwischen in die Küche und hole Ihnen die Gläser. Sie sollen nachher nicht behaupten, dass ich ein Aufschneider bin, der nicht hält, was er verspricht.«

Er tänzelte zur Tür, wo er mit Mama Maata zusammenstieß.

»Sie sollten in der Kirche sein. Ihre Mutter ist ganz unglücklich, dass Sie unauffindbar waren!«, fauchte diese.

»Mama Maata, immer noch so streng mit mir? Es ist doch besser, ich mache mich nützlich und helfe der jungen Dame«, sagte er und verschwand in Richtung Küche.

Mama Maata warf Selma einen strafenden Blick zu. Die senkte schuldbewusst den Kopf. Die alte Maori hielt sich nicht lange mit Vorreden auf.

»Verbrenn dir bloß nicht die Finger, mein Kind! Mister Charles ist ein gefürchteter Schürzenjäger, und wenn seine Mutter erfährt, dass er dir nachstellt, bist du die längste Zeit in ihren Diensten gewesen.«

»Aber er stellt mir ja gar nicht nach. Er wollte mir nur ein wenig helfen«, entgegnete Selma trotzig.

»Ach ja? Dann solltest du dich schnellstens in einem Spiegel betrachten. Deine Wangen glühen wie Feuer, und in deinen Augen strahlt dieser gewisse Glanz. Aber ich will gar nicht wissen, wie weit er gegangen ist. Nur so viel: Halt dich in Zukunft fern von ihm. Ich warne dich. Lass dich nicht mit ihm ein.«

Da kam Charles bereits mit einem Tablett voller frisch polierter Gläser zurück in den Salon. Er strahlte über das ganze Gesicht.

»Stell das Tablett bitte dort ab!«, herrschte Mama Maata ihn an.

»Lass mich doch helfen, Mama Maata. Das ist mein einziger Wunsch. An Weihnachten eine gute Tat zu begehen.«

»Sehr löblich, mein Junge, dann guck mir einfach dabei zu, wie ich neben jeden Teller ein Weinglas stelle, und du, Selma, gehst sofort in die Küche und kümmerst dich um den Truthahn.«

Mit gesenktem Kopf schlich sich Selma aus dem Salon. Charles wollte ihr folgen, doch da ertönte Mama Maatas strenge Stimme: »Vergiss sie nicht, deine gute Tat. Darauf warte ich jetzt schon seit einigen Jahren vergeblich. Hiergeblieben und mir bei der Arbeit zugesehen, Lausebengel!«

Erschöpft saß Selma auf einem Küchenstuhl und rieb sich die geschwollenen Füße. Das Essen wollte und wollte einfach nicht enden. Über drei Stunden hatten die Herrschaften nun schon gespeist. Es war alles gut gegangen, bis auf die Tatsache, dass Charles sie unverwandt anstarrte, jedes Mal, wenn sie einen Gang auftrug. Und das, obwohl seine Tischdame die attraktive Luisa Adison war, die Tochter von Dorothy und Gerald, den besten Freunden der Waynes.

Hoffentlich hat es keiner gemerkt, dachte Selma und war froh, dass sie nun nur noch den Plumpudding servieren und abräumen musste, bevor sie endlich Feierabend machen konnte. Sie war nicht ein einziges Mal dazu gekommen, dem verlorenen Weihnachten daheim in Cornwall hinterherzutrauern. Die kleine Pause, während die Gesellschaft den Truthahn aß, hatten sie selbst zum Essen genutzt. Hier in der Küche. Immerhin hatte es auch für das Personal einen Truthahn gegeben.

Nun war Selma für einen Augenblick allein, denn Mama Maata und die anderen Mädchen räumten gerade das Geschirr vom Hauptgang ab. Sie dachte mit Freuden daran, dass sie nachher noch mit Mister Damon einen kleinen Spaziergang unternehmen würde. Er hatte im Gegensatz zu seinem Bruder den ganzen Abend über vermieden, sie anzusehen.

Ein wenig aufgeregt war sie schon bei dem Gedanken, dass sie den Christmas Pudding allein zubereitet hatte. Hoffentlich schmeckte er den Herrschaften. Selma fand es zwar verschwenderisch, ihn bereits am Tag vor Weihnachten auf den Tisch zu bringen, aber wenn Misses Wayne es so wünschte ... So einen Luxus hatte es auf der Farm zuhause nicht gegeben, doch die Dame des Hauses verlangte an beiden Tagen das komplette Menü. Dementsprechend hatte Selma eine riesige Menge gekocht. Nun zogen neben den Düften des Geflügels auch süßliche Gerüche durch die Küche. Besonders gut roch es nach Orangenschalen und Mandeln. Außerdem wehten immer wieder Schwaden von Alkohol zu Selma herüber. Ohne Brandy war ihr Rezept nämlich nicht vollständig. Sie hatte den Pudding bereits aus der Form genommen. Der Höhepunkt würde sein, wenn sie ihn am Tisch flambierte.

Hoffentlich ist Misses Wayne nicht böse, dass es in diesem Jahr meinen speziellen Pudding gibt, dachte Selma bang. Sie hätte die Dame des Hauses gern vorher um Erlaubnis gebeten, aber Mama Maata hatte das für Unsinn gehalten. »Sie wird sich freuen«, hatte sie Selma prophezeit, denn der Pudding nach Misses Waynes Rezept hatte keinem besonders gut geschmeckt.

Selma sprang auf und zog hastig ihren Schuh an, als Mama Maata und die Mädchen nun mit Bergen von Geschirr in die Küche zurückkehrten.

»Dein Auftritt, mein Kind. Es ist alles bereit für deine Süßspeise!«, rief die Maori und machte ihr ein Zeichen, dass es mit Sicherheit gut gehen werde.

Entschieden nahm Selma das Tablett, auf dem die Kupferpfanne mit dem Pudding und eine Flasche Brandy standen. Sie atmete noch einmal tief durch. Eines der Mädchen begleitete sie, um ihr die Türen zu öffnen.

Als sie den Salon betrat, würdigte sie keiner auch nur eines Blickes. Bis auf einen, Charles, der ihr frech zublinzelte. Selma spürte, wie ihr heiß vor Scham wurde, aber keiner hatte es bemerkt. Alle lauschten der dröhnenden Stimme des alten Mister Wayne.

»Habt ihr schon gehört? Jetzt will dieser Larnach da oben auf seinem Hügel doch tatsächlich einen Ballsaal für seine Tochter Kate bauen lassen.«

»Tatsächlich?«, rief Dorothy Adison spöttisch aus. »Wahrscheinlich muss alles wieder vom Feinsten sein: Marmor aus Italien, Stein aus Aberdeen und venezianisches Glas.«

»Nicht zu vergessen die Kunsthandwerker aus Europa«, ergänzte Ida Wayne giftig.

»Ich finde es eine Schande, was der große Lawson da für einen Klotz hingestellt hat. *Larnach Castle*, dass ich nicht lache. Nur Protzerei, keine Spur von Eleganz. Eine Scheußlichkeit, wenn ihr mich fragt.«

»Ach, Adrian, nun fang doch nicht schon wieder mit deinem

Lieblingsfeind an«, lallte Gerald Adison, während er noch einen kräftigen Schluck Wein nahm. »Du kannst ihm nur nicht verzeihen, dass er damals den Wettbewerb um die Ausschreibung der *First Church* gewonnen und euch allesamt abgehängt hat.«

»Weil er mit allen Tricks gekämpft hat. Wenn einer seinen Entwurf für eine presbyterianische Kirche unter dem Pseudonym *Presbyter* einreicht, ist es kein Wunder, dass er gewinnt. Außerdem kungelt er doch mit dem Baurat. Und wir müssen mit dieser architektonischen Sünde leben! Aber der Kerl bekommt ja mittlerweile alle Aufträge hinterhergeworfen. Ob es die Hallen für die Weltausstellung sind oder das Opernhaus. Und dann dieser überkandidelte Irrenhausbau. Neogotik, dass ich nicht lache. Das Haus ist genauso verrückt wie die Leute, die sie dort einsperren werden. Und dabei gibt es schon jetzt Gerüchte, dass in den Wänden Risse sind. Aber Aufträge bekommen, während unsereins leer ausgeht.«

Ida Wayne sah ihren Mann besorgt an.

»Adrian, reg dich bitte nicht so auf. Das ist der Lawson nicht wert.«

»Deine Frau hat recht. Mann, was schert es dich überhaupt? Du bist einer der reichsten Männer der Stadt, und dein Geschäft machst du mit den Schiffen.«

»Ich bin Künstler, Gerald, und was hätte ich hier für Gebäude schaffen können, aber stattdessen verschandelt dieser Lawson ungestraft unsere Stadt!«

»Aber Schatz, du hast doch gerade erst die Villa der Hensons entworfen.«

»Die Villa von Bertram Henson? Das ist fünf Jahre her! Und was ist die Villa der Hensons gegen Kirchen, Opernhäuser? Außerdem war es die einzige Villa, die ich je gebaut habe. Dabei könnte ich wahre Kunstwerke schaffen...«

»Mutter, Vater, der Nachtisch ist da«, unterbrach Damon nun energisch das angeregte Gespräch seiner Eltern und der Gäste. Er deutete auf Selma, die wie angewurzelt mit ihrem Tablett in der Hand dastand.

Jetzt blickten sie alle erwartungsvoll an. Selma schaffte es, den Pudding ohne Probleme zu flambieren. Danach teilte sie ihn in sieben gleiche Portionen. Bevor sie ihn servierte, sagte sie mit fester Stimme: »Ich hoffe, er schmeckt Ihnen. Es ist ein Rezept aus meiner Heimat Cornwall, und wir haben ihn jedes Weihnachten genossen.«

Alle nickten ihr freundlich zu, bis auf Misses Wayne, die kritisch die Stirn runzelte. Als Selma ihr den Teller hinstellte, zischte die Dame des Hauses: »Wer hat dir erlaubt, ein eigenes Rezept auszuprobieren?« Doch da stöhnte bereits Dorothy Adison verzückt auf: »Selma, der Pudding ist großartig. Ach, wenn Sie den auch für mich machen könnten. Vielleicht darf ich Sie mir einmal ausleihen. Nur für den Weihnachtspudding.«

Ida Wayne lächelte verkniffen. »Ich habe gleich gesagt, Kindchen, versuch es doch mal mit einem eigenen Rezept. Schön, dass du das umgesetzt hast.«

»Ja, dann würde ich sagen: Ein Prosit auf die junge Köchin«, fügte Charles schmeichelnd hinzu.

»Ja, erheben wir das Glas auf unsere Perle«, ergänzte sein Vater.

Selma wusste vor lauter Verlegenheit gar nicht, wohin sie schauen sollte. Ihr war das unendlich peinlich, von sieben Menschen neugierig angestarrt zu werden. Sie hoffte inständig, dass dieser Auftritt ein rasches Ende finden würde. Unter größter Anstrengung gelang es Selma, ein Lächeln auf ihre Lippen zu zaubern. Sie hoffte, es wäre nun überstanden, aber Charles legte noch einmal nach. »Auf unsere Perle!«

Selmas Verlegenheit schlug in Wut um. Die Situation war unwürdig. Sie stand da völlig verloren am Tisch, während die Herrschaften auf ihren Stühlen hockten und sie angafften.

»Ich glaube, ihr solltet Selma jetzt entschuldigen. Schließlich ist heute Weihnachten, und sie möchte sicherlich nicht die ganze Nacht in der Küche stehen«, hörte sie nun Damon sagen. Als könnte er wieder einmal ihre Gedanken lesen.

Sie warf ihm einen dankbaren Blick zu.

»Ja, gehen Sie nur«, zischelte Misses Wayne.

Das ließ sich Selma nicht zweimal sagen.

»Hast du ein Gespenst gesehen, oder hat Misses Wayne dich vor allen runtergeputzt?«, wurde sie von Mama Maata in der Küche neugierig empfangen.

»Nein, ich bin es nur nicht gewohnt, so herablassend behandelt zu werden«, erwiderte Selma, und sie spürte, wie ihre Augen feucht wurden.

»Dir bleibt leider gar nichts anderes übrig, Kindchen«, erklärte Mama Maata tröstend. »Was meinst du, was ich als junges Mädchen habe ausstehen müssen? In meiner ersten *Pakeha*-Familie. Die haben mich wie eine Sklavin gehalten, aber ich konnte weglaufen. Und dann kam ich zu einer Familie, bei der der Sohn des Hauses glaubte, ich stände auch ihm zur Verfügung...«

Mama Maata stockte und musterte Selma nun prüfend. »Heißt der wahre Grund deiner Niedergeschlagenheit vielleicht Mister Charles? Was ist da vorhin zwischen euch geschehen? Gibt es etwas, das ich wissen sollte?«

»Nein, ich, nein, es war doch nur, weil ich unter dem Mistelzweig stand«, stammelte Selma.

»Du willst mir doch nicht sagen, er hätte dich geküsst?«

»Doch, ja, aber ich...«

»Kindchen, ich kann dir nur raten: Halte dich von ihm fern! Wenn du dich mit ihm einlässt, bist du verloren. Ich habe mich, als mir dergleichen widerfahren ist, der Missy anvertraut, der Mutter des Unholds, und die hat ihrem Sohn den Kopf gewaschen. Der hat nicht einmal mehr gewagt, in meine Richtung zu gucken. Aber von Misses Wayne kannst du dererlei kluges Verhalten nicht erwarten. Der solltest du dich nicht anvertrauen. Die

123

würde dir ohnehin kein Wort glauben, denn alles, was Charles macht, ist wohlgetan. Er hat schon einiges auf dem Kerbholz. Glaube mir, der meint es nicht aufrichtig mit dir.«

Selma hörte Mama Maata gar nicht mehr richtig zu. Was ging sie Mister Charles an? Er hatte sie frecherweise unter dem Mistelzweig geküsst. Na und? Dafür hatte sie ihm eine Ohrfeige verpasst. Das Gefühl, nicht mehr selbst über ihr Leben bestimmen zu können und die damit verbundene Traurigkeit überkamen sie mit aller Macht. Sie konnte ihre Tränen gerade noch unterdrücken, aber in ihr weinte alles. Will, dachte sie, Will.

Mama Maata legte tröstend den Arm um ihre Schulter. »Komm, Kindchen, geh in dein Zimmer. Ich erledige den Abwasch und putze die Küche.«

»Das kommt gar nicht in Frage«, protestierte Selma energisch. »Ich werde das hier erledigen, und du ruhst dich aus. Glaube mir, mich lenkt die Arbeit von meinen düsteren Gedanken ab.«

Mama Maata zögerte, aber dann nahm sie das Angebot dankend an, denn sie war müde, sehr müde sogar.

Eifrig machte sich Selma an das schmutzige Geschirr, aber ihre Gedanken kamen nicht zur Ruhe. Wie würde sie jetzt wohl Weihnachten feiern, wenn Will noch am Leben wäre? Auf jeden Fall als meine eigene Herrin!, dachte Selma wehmütig.

Sie war gerade mit allem fertig und hatte sich in der blitzsauberen Küche auf einen Stuhl fallen lassen, als Charles seinen Kopf zur Tür hineinsteckte. Wie immer schien er allerbester Laune zu sein.

»Schön, dass ich dich noch treffe.« Er trat in die Küche und holte eine Flasche hinter seinem Rücken hervor.

»Schau, das ist Champagner. Den hat Vater über das Handelshaus Adison in Frankreich bestellen lassen. Und den möchte ich mit dir in aller Ruhe trinken.«

»Nein danke, ich bin müde«, entgegnete Selma und versuchte, sich an Charles vorbeizudrücken, doch der verstellte ihr den Weg.

»Selma, bitte! Der Gedanke, mit dir ein Glas Champagner zu trinken, hat mich diesen ganzen gruseligen Abend überstehen lassen.«

Selma seufzte. Ihr Verstand riet ihr dringend, seinem Charme, den er zweifelsohne besaß, unbedingt zu widerstehen.

»Bitte, sei nicht so grausam, mir diesen Wunsch abzuschlagen«, bettelte er.

»Gut, aber nur ein Glas. Nehmen Sie zwei von den Kelchen, die ich gerade poliert habe.« Selma deutete auf die Anrichte. Dann sah sie an sich hinunter und erschrak. Sie trug immer noch ihre Küchenschürze. Schnell band sie sich das weiße Ungetüm ab und ließ es unauffällig verschwinden.

»Komm, wir gehen fort von hier. In dieser Küche will so gar keine Weihnachtsstimmung aufkommen«, sagte Charles nachdrücklich, nachdem er die Flasche und zwei Gläser in einen Korb gesteckt hatte.

»Aber wohin? Wollen wir das nicht lieber hier am Tisch trinken?«

Er lachte. »Ein bisschen romantischer hätte ich es denn schon gern. Hier würde ich immer befürchten, dass Mama Maata auftaucht, um mich mit ihrem Besen fortzukehren. Nein, wir haben etwas zu feiern. Und ich weiß auch schon, wo. Kommst du?«

Ohne ihre Antwort abzuwarten, eilte Charles voran. Zögernd folgte ihm Selma. Ihr war nicht ganz wohl bei dem Gedanken, mit dem jungen Mann allein zu sein, aber dann atmete sie auf. Er führte sie nicht zu seinem Zimmer im oberen Stockwerk, sondern nach draußen.

Eine leichte Brise wehte vom Meer herauf. Ansonsten war es noch herrlich warm. Ehe sich's Selma versah, hatte Charles sie bei der Hand genommen. »Komm, wir suchen uns unten am Strand ein kleines Plätzchen, schauen auf das Meer und beobachten die Sterne. Sieh nur, wie es funkelt.«

Selma blickte sehnsüchtig in den Himmel.

»Wer zuerst eine Sternschnuppe sieht, darf sich etwas wünschen«, murmelte sie.

»Ich weiß auch schon, was ich mir wünsche«, raunte Charles und legte den Arm um ihre Schulter. Ein Prickeln durchfuhr ihren Körper, als sie jetzt so nah beieinander den Weg zum Strand von Macandrew Bay einschlugen.

Sie wollten sich gerade dem im Mondschein funkelnden Meer nähern, als Charles flüsterte: »Warte. Sieh mal dort hinten« Er deutete auf eine Stelle auf dem Strand direkt vor ihnen. Im hellen Schein des Mondes lag eine Robbenmutter mit ihrem Baby.

»Lassen Sie uns woanders hingehen«, schlug Selma leise vor. »Wir wollen sie nicht stören.«

Sie schlichen ein ganzes Stück in die andere Richtung, bis die Robben außer Sicht waren. Hier ließen sie sich bei einem Fischerboot in den immer noch leicht warmen Sand fallen. Charles zog seinen eleganten Gehrock aus und forderte sie auf, ihn als Unterlage zu nehmen, falls es doch zu kalt würde. Nun trug er nur noch sein weißes Hemd und eine Weste darüber. Selma wurde bei diesem Anblick alles andere als kalt. Vor allem, als er sie nun zärtlich zu sich heranzog. Sie konnte nichts dagegen tun, aber sie fühlte sich ganz wohl in seinen schützenden Armen. Es war so friedlich hier draußen am Meer. Ganz leise plätscherten die Wellen auf den Strand, und nur vereinzelt störte eine kreischende Möwe diese wunderbare Ruhe. Selma wollte nur noch in diesem magischen Augenblick leben und endlich alle Finsternis der vergangenen Monate aus ihrem Gedächtnis verbannen. Verträumt sah sie auf das im Mondschein glitzernde Meer, und ihr Kopf wurde immer leerer. Vergessen waren Wills Tod und die Demütigungen, mit denen Misses Wayne sie ständig zu verletzen suchte. Sie bedauerte es fast, dass Charles sie jetzt losließ, um den Champagner zu öffnen.

Während er an dem Korken herumhantierte, fragte er scheinbar beiläufig: »Wie ist eigentlich dein Verhältnis zu Damon?«

Die Erwähnung seines Bruders brachte Selma schlagartig ins Bewusstsein, dass sie die Verabredung mit Damon völlig vergessen hatte. Jetzt ist es zu spät, zurückzueilen, versuchte sie sich einzureden, jetzt liegt er sicherlich längst im Bett.

Das Knallen des Korkens ließ sie erschrocken zusammenfahren. Voller schlechtem Gewissen wegen Damon nahm sie das Glas mit dem prickelnden Getränk entgegen.

Charles sah ihr tief in die Augen und gurrte: »Auf dein Wohl, meine kleine Selma. Und darauf, dass wir uns unter dem Mistelzweig getroffen haben.«

Selma hielt seinem Blick stand. Aus seinen Augen sprach die pure Leidenschaft. Ihr Herz klopfte bis zum Hals, und in ihrem Bauch spürte sie etwas, das sich wie süßer, warmer Weihnachtspudding anfühlte.

Sie nahm einen kräftigen Schluck. Der Weihnachtspudding fing zu brennen an, und die Hitze breitete sich in Windeseile bis in ihren Kopf aus. Sie nahm noch einen Schluck, und noch einen. Charles beobachtete sie amüsiert.

Dann war ihr Glas leer. Selma fühlte sich seltsam berauscht. Sie sah Charles herausfordernd an. Plötzlich fühlte sie sich stark und unverwundbar. Die ganzen schrecklichen Bedenken, ob sie ihm trauen durfte oder nicht, wollten sich gerade in Luft auflösen.

»Ich muss intensiv in deine Augen blicken, um festzustellen, ob du ein guter Mann bist oder nicht«, kicherte sie vertraulich, nachdem Charles ihr nachgeschenkt und sie ein zweites Glas fast in einem Zug hinuntergestürzt hatte.

Charles lächelte sie gewinnend an. »Nur zu. Ich habe nichts zu verbergen. Du wirst in meinen Augen nur lesen, dass ich dich liebe...«

Selma lächelte selig. »Sag das noch einmal«, verlangte sie mit leicht verwaschener Stimme.

»Ich habe nichts zu verbergen.«

»Das andere«, kicherte sie.

»Ich liebe dich.«

Selma vergaß vor lauter Glückseligkeit, Charles in die Augen zu sehen. Da hatte er sie auch bereits zu sich herangezogen und geküsst.

Ich liebe dich! Diese drei Worte tanzten durch Selmas Kopf und ließen sie ganz schwindlig werden. Voller brennender Leidenschaft erwiderte sie seinen Kuss. Sie wehrte sich nicht einmal, als er sie sanft auf den Boden drückte, bis sie auf dem Rücken lag. Erst als er sich über sie beugte, regte sich ihr Widerstandsgeist.

»Das geht zu weit, mein Herr«, erklärte sie mit gespielter Empörung und setzte sich abrupt auf, sodass er zur Seite rollte. Sie lachte Tränen über sein verdutztes Gesicht, und Charles fiel in ihr ansteckendes Gelächter ein.

Er füllte ihr Glas noch einmal voll und forderte sie auf, es zu trinken. Das ließ sich Selma nicht zweimal sagen. Hastig schluckte sie das prickelnde Wasser hinunter. Eigentlich schmeckte es ihr gar nicht, aber sie fühlte sich mit jedem Schluck leichter und unbeschwerter.

»Gib mir noch mehr!«, bettelte sie. Charles goss ihr belustigt nach. Nachdem sie das vierte getrunken hatte, nahm er ihr das leere Glas aus der Hand und ließ es in den Korb gleiten, bevor er sie erneut küsste. Wieder drückte er sie sanft zu Boden. Dieses Mal rollte er sich mit seinem Gewicht so auf sie, dass sie nicht mehr ohne weiteres aufspringen konnte. Während er sie küsste, nestelte er an ihrer Bluse herum auf der Suche nach Knöpfen. Schließlich fand er sie an der Seite und öffnete sie mit geschickten Fingern.

Selma erschrak, als er versuchte, ihr die Bluse auszuziehen.

»Bitte nicht«, flehte sie. Das war kein Spiel mehr. Das spürte sie trotz des angenehmen Prickelns, das ihren ganzen Körper ergriffen hatte. Aber sich ihm hingeben, nein, das wollte sie auf keinen Fall.

»Aber, meine Liebste, du bist doch keine scheue Jungfrau mehr. Du hattest bereits einen Mann. Du bist Witwe und weißt wohl, was geschieht, wenn man mit einem Herrn allein im Mondschein spazieren geht. Und bei mir willst du dich zieren? Bin ich dir denn so zuwider? Ich dachte, du magst mich ein bisschen.« Das klang ernsthaft beleidigt.

Selma wollte es ihm erklären und versuchte, sich aus dieser Lage zu befreien, aber er lag mit seinem Gewicht schwer auf ihr und hielt überdies ihre Arme fest.

»Charles, bitte, nicht, nicht so«, bettelte sie, woraufhin er sich zur Seite rollte und knurrte: »Wenn du mich nicht liebst, dann werde ich dich nicht dazu zwingen. Ich dachte, du willst es genauso wie ich. Schließlich bist du freiwillig mit mir zum Strand gegangen. Und Mädchen, die nichts von einem Mann wollen, zeigen ihm das angemessen.«

Selma setzte sich empört auf. Sie war den Tränen nahe. Er hatte ja recht. Sie benahm sich unmöglich. Insgeheim genoss sie seine Küsse und seine Berührungen. Und sie hatte ihm mit ihrem schamlosen Verhalten sehr wohl Hoffnungen gemacht. Sie schämte sich dafür, dass sie sich wie ein leichtes Mädchen benommen hatte.

»Aber Charles, versteh doch. Das mit uns hat keine Zukunft. Ich bin euer Dienstmädchen. Du könntest mich niemals heiraten. Und so will ich dir einfach nicht alles geben.«

Charles sah sie mit einem Mal ganz zärtlich an. »Ach, kleine Selma. Wie kommst du denn darauf? Natürlich kann ich dich heiraten.«

Jetzt konnte sie ihre Tränen nicht länger unterdrücken.

»Aber deine Mutter, die wird das niemals erlauben. Sie hasst mich.«

»Meine Mutter würde mir nie einen Wunsch abschlagen. Und wenn ich dich zur Frau will, dann heiraten wir. Ganz einfach. Du liebst mich doch, oder?«

»Ja, schon, aber trotzdem, wir sollten uns näher kennenlernen, bevor wir ...«

»Selma, wenn das ein unerfahrenes Mädchen sagen würde, aber du, du hast schließlich schon einmal mit einem Mann das Bett geteilt. Da will es gar nicht passen, wenn du die unberührbare Jungfrau spielst.«

»Aber er hat lange um mich geworben, und erst in der Hochzeitsnacht, da ...«, schluchzte sie.

»Die Zeit haben wir aber nicht. Ich werde gleich nach Silvester nach Wellington reisen und dort wichtige Geschäfte für meinen Vater tätigen. Er kümmert sich doch nicht um unsere Schiffe.«

»Kannst du mich nicht dorthin mitnehmen?«

Er lachte. »Als was? Als meine Köchin?«

Selma hörte sofort zu weinen auf. Sie lief puterrot an und fauchte wütend: »Von wegen heiraten! Das erzählst du mir nur, damit ich meinen Widerstand aufgebe. Jetzt hast du dich verraten.«

Charles versuchte, den Arm um ihre Schulter zu legen, doch Selma entzog sich seiner Umarmung. »Hätte ich bloß gleich auf Mama Maata gehört. Die hat mich eindringlich vor dir gewarnt und dich einen Schürzenjäger genannt.«

Statt böse zu werden, lachte Charles laut auf. »Ach, die gute Mama Maata! Sie hat immer Sorge, dass ihren Mädchen etwas geschieht.«

»Dazu hat sie ja wohl auch allen Grund. Nein, Charles, ich werde diesen Fehler nicht machen. Worauf du dich verlassen kannst.«

»Und wenn ich dich heirate, sobald ich aus Wellington zurück bin?«, fragte er mit schmeichelnder Stimme.

Selma sah ihn verblüfft an.

»Ist das dein Ernst?«

Er nickte.

»Ich glaube dir nicht. Kein Wort!«

»Dann werde ich es dir beweisen, wenn ich nach Hause zurückgekommen bin. Und ich schwöre es dir. Bei meiner Ehre.«

»Und wann wird das sein?«

Charles überlegte. »Ich denke, ich werde in drei Monaten alles erledigt haben.«

»Drei Monate«, seufzte Selma. Dieses Mal ließ sie es geschehen, als Charles sie erneut zu sich heranzog. Mehr noch, sie wehrte sich nicht, als er sich zusammen mit ihr ganz langsam auf den Gehrock gleiten ließ.

»Du bist so schön«, raunte er heiser und sah sie begehrlich an. »Du bist so zart und fein. Man möchte dich beschützen und besitzen zugleich.«

Selma dachte daran, wie es wohl wäre, seine Frau zu sein. Sie stellte es sich himmlisch vor. Bei dem Gedanken an eine Hochzeit mit ihm jubilierte alles in ihr, und sie hätte weinen können vor Glück. Nun war es auch wieder da, dieses Prickeln überall. Auch in ihrem Bauch. Sie half ihm dabei, die Bluse auszuziehen. Das Korsett schnürte er allein auf.

Charles stöhnte auf, als sich ihm ihre nackten Brüste verführerisch weiß offenbarten.

Als er sie mit den Fingerspitzen berührte, traf es Selma wie ein Blitz. Das, was Charles in ihr auslöste, war ihr fremd. In der Ehe mit Will hatte es einfach dazugehört, dass sie das Bett teilten. Bei Will hatte es nie lange gedauert. Sicher, er hatte auch gelegentlich ihre Brüste berührt, aber er hatte sie mehr geknetet, während Charles mit ihnen spielte. Mal streichelte er sie zart, dann fordernd, und als er ihre Brustwarzen küsste, befürchtete Selma, ohnmächtig werden zu müssen. So heftig spürte sie das Verlangen nach ihm und seiner drängenden Männlichkeit. O Gott, Will, dachte sie, ich weiß nicht, wie mir geschieht, aber dann existierten nur noch Charles und sie.

Sie gab sich ihm mit glühender Leidenschaft hin, und als er

schließlich erschöpft neben ihr lag, meinte sie zu wissen, was wahre Liebe war.

»Wo werden wir denn wohnen?«, fragte sie in die Stille der Nacht hinein.

»Das sehen wir dann, mein kleiner Liebling«, erwiderte er und zog sie dicht zu sich heran. Sie fühlte sich unendlich geborgen und warf einen verträumten Blick zu den Sternen hinauf. Will, dachte sie im Überschwang ihres Glückes, ich werde einen guten Mann bekommen. Mach dir keine Sorgen.

»Ich glaube, wir sollten uns langsam auf den Heimweg machen«, bemerkte Charles in ihre sentimentalen Gedanken hinein und gähnte dabei laut.

Selma hätte gern die ganze Nacht über in dem Bett verbracht, das aus seinem Gehrock und dem Strandsand bestand, aber sie sah ein, dass es vernünftiger war, zur Villa zurückzukehren. Schließlich begann ihre Arbeit bereits in den frühen Morgenstunden wieder.

Arm und Arm schlenderten sie kurz darauf den Hügel empor, auf dem die viktorianische Villa der Waynes thronte. Ob wir dort wohnen werden?, fragte sich Selma.

Vor dem eisernen Tor blieb Charles unvermittelt stehen.

»Geh du nur vor«, sagte er energisch. »Dann schleiche ich mich hinterher.«

»Aber warum können wir nicht gemeinsam ins Haus gehen? Wenn uns jemand zusammen sieht, dann sagen wir ihnen eben, was los ist.«

»Kleines, doch nicht heute Nacht. Wir müssen einen geeigneten Zeitpunkt abwarten. Nun geh schon!«

Täuschte sie sich oder klang das ein wenig unwirsch? Sie blickte ihn fragend an. Zwischen seinen Augen war nun eine scharfe Falte zu erkennen, die sie vorhin gar nicht wahrgenommen hatte.

»Gut, dann verschwinde ich schnell, bevor uns noch jemand zusammen sieht«, bemerkte sie verunsichert. Sie wunderte sich über ihre eigene Stimme. Die war ihr so fremd. Hastig ließ sie Charles los. Dabei kam sie ins Schlingern. Ohne seine stützende Hand schien plötzlich der Boden unter ihr zu wanken.

Charles aber machte keine Anstalten, sie aufzufangen, geschweige denn, sie zum Abschied zu küssen. Es kam Selma so vor, als würde sich über die Magie der vergangenen Stunden ein dunkler Schatten legen. Wo war das Lachen, wo die Leichtigkeit, wo die schmeichelnden Worte? Sie spürte, dass er mit seinen Gedanken längst woanders war. Wollte er sie loswerden? Hatte Mama Maata doch recht, und er war nichts weiter als ein Schürzenjäger?

Selma konnte keinen Gedanken zu Ende führen. Ihr wurde schummrig. Sie lehnte sich gegen das Eisentor und atmete einmal tief durch.

»Liebchen, was schaust du so traurig?« Charles nahm sie doch noch einmal in die Arme. »Glaubst du etwa, ich schäme mich deiner?«

Selma hob die Schultern.

»Wie kannst du so etwas denken? Das fällt mir doch auch schwer, dich gehen zu lassen. Und deshalb möchte ich dich auch ganz bald wiedersehen. Morgen Nacht an derselben Stelle?«

»Ich weiß nicht«, murmelte Selma.

»Und wenn ich dir verspreche, dass ich morgen eine günstige Gelegenheit suche, meiner Mutter von uns zu erzählen? Vielleicht habe ich am Weihnachtsabend bereits ihren Segen.«

Selma blickte ihn skeptisch an, doch er strahlte und küsste sie zum Abschied. Seine leidenschaftlichen Worte und der betörende Kuss überzeugten sie davon, dass sie ihm doch von Herzen trauen durfte.

Als Selma auf unsicheren Beinen durch den Park wankte, hörte sie plötzlich Schritte. Sie blieb erschrocken stehen. Aus dem Dunkel der Bäume trat Damon hervor. In der Hand hielt er ein Geschenk.

Schamesröte trat Selma ins Gesicht. Er wartete auf sie, obwohl sie ihn eiskalt versetzt hatte.

»Damon, ich, es tut mir leid, es war, ich hatte ...«

»Ich weiß, du hattest eine dringende Verabredung.« Ohne Vorwarnung zog er sie hinter einen prächtigen rot blühenden Eisenbaum. »Er muss ja nicht unbedingt mitbekommen, dass ich euch gesehen habe«, raunte Damon der verdutzten Selma zu. Sie konnte aus ihrem Versteck sehen, wie Charles jetzt summend und mit hochzufriedener Miene auf das Haus zusteuerte.

»Sie haben uns gesehen?«, fragte Selma erschrocken, nachdem alles wieder ruhig war.

»Ich habe euch an der Pforte stehen sehen. Ja, das habe ich«, erwiderte Damon ausweichend.

»Es ist nicht so, wie Sie denken. Es ist ...« Selma stockte. Ihr fiel beim besten Willen keine passende Ausrede ein.

»Ich kenne meinen Bruder. Unglaublich, dass er es immer gleich am ersten Abend schafft, die Mädchen unsterblich in sich verliebt zu machen. So verliebt, dass sie in seinen Armen sogar ihre große Liebe vergessen.« Seine Worte klangen bitter.

»Große Liebe, aber wovon sprechen Sie? Ich, ich weiß, dass ich das nicht hätte tun sollen. Nicht beim ersten ...« Sie unterbrach sich, weil sie auf keinen Fall wollte, dass Damon alles erfuhr.

»Und er macht die Mädchen betrunken und sie sich damit zu Willen. Haben Sie mir nicht erzählt, wie sehr Sie Ihren Mann geliebt haben?«, ergänzte Damon.

»Ich bin nicht betrunken«, widersprach Selma kläglich. Und dass sie ihm erzählt haben sollte, dass Will ihre große Liebe gewesen sei, vermochte sie sich beim besten Willen nicht vorzustellen.

»Ich bringe Sie auf Ihr Zimmer«, sagte er in strengem Ton.

»Aber wenn das jemand beobachtet. Nicht, dass sie vermuten, wir beide ...«

»Und wenn schon. Sollen sie doch denken, was sie wollen. Ich lasse Sie in diesem Zustand bestimmt nicht allein.«

Entschlossen hakte er Selma unter und führte sie zu ihrem winzigen Zimmer hinter der Küche, das ihr Misses Wayne zugewiesen hatte.

Sie waren gerade vor der Zimmertür angekommen, als hinter ihnen eine schneidend scharfe Stimme erklang. »Damon! Das wirst du mir aber erklären müssen. Warum bringst du Selma mitten in der Nacht zu ihrer Kammer?«

Selma erstarrte. Damon aber wandte sich entschlossen um.

»Mutter, sie ist allein im Park spazieren gegangen, und ich sah es als meine Pflicht an, sie unversehrt auf ihr Zimmer zu bringen.«

Doch da stand die sichtlich empörte Ida Wayne bereits vor ihnen und rümpfte die Nase.

»Was ist denn mit ihrem Kleid passiert? Ganz zerdrückt und voller Sand. Hat sie sich etwa am Strand herumgetrieben?« Sie trat einen Schritt auf Selma zu und schnupperte an ihr. »Und sie hat sich an unserem Wein bedient!«

Am liebsten hätte Selma der gehässigen Matrone etwas Passendes an den Kopf geschleudert, aber sie schluckte ihre Widerworte hinunter. Schließlich sollte diese Frau bald ihre Schwiegermutter werden.

»Mutter, bitte, es ist Weihnachten. Nun lass sie einfach in Ruhe.«

Misses Wayne zog ein beleidigtes Gesicht. »Ich werde doch wohl noch ein Wörtchen mitzureden haben, wenn einer meiner Söhne mit dem Personal anbändelt, oder?«

Kaum hatte sie diese vernichtenden Worte ausgesprochen, stob sie von dannen.

»Jetzt denkt Ihre Mutter bestimmt, Sie und ich haben etwas miteinander. Und Sie werden Ärger bekommen.«

»Selma, es ist mir gleichgültig, was meine Mutter denkt«, erwiderte er ihr. »Wir sind da. Gute Nacht.«

Und dann war Damon Wayne auch schon verschwunden.

Selma blieb noch eine ganze Weile wie erstarrt auf dem Flur hinter der Küche stehen. Es lässt ihn offensichtlich völlig kalt, dass Charles und ich beisammen waren, ging es ihr durch den Kopf. Er hat das mit keinem Wort kommentiert. Nicht mal die Miene hat er verzogen. Ich habe es doch immer gewusst: Er ist einfach nur ein guter Mensch, der in mir ausschließlich die hilfsbedürftige Frau sieht, die ihren Mann verloren hat. Und er glaubt, Will wäre meine große Liebe gewesen. Aber was mache ich mir überhaupt Gedanken? Mein Herz gehört schließlich seinem Bruder!

Versonnen schloss sie ihre Zimmertür auf. Ihr war immer noch ein wenig schwindlig, und sie war froh, dass sie endlich in ihr Bett fallen konnte.

Selma war nicht einmal mehr in der Lage, sich der Kleidung zu entledigen.

Sie zog sich die Decke bis zum Hals und hoffte, dass sie sofort einschlafen würde. Wenn es nach ihrer Müdigkeit ging, konnte es nicht mehr lange dauern.

Auf einmal drehte sich alles, und das Bett bewegte sich wie die Schiffschaukel, die manchmal in Penzance gestanden hatte. Selma konnte gerade noch aufspringen und den Waschtisch erreichen. Sie fühlte sich elend, als sie voll bekleidet zurück in ihr Bett kroch. Offenbar war sie betrunkener, als sie geglaubt hatte.

Plötzlich kam ihr alles, was sie in den letzten Stunden erlebt hatte, so falsch vor. Der Zauber war fort. Und doch war sie noch nie in jemanden so verliebt gewesen wie in Charles Wayne. Natürlich wollte sie seine Frau werden. Andererseits verfluchte sie ihre Bereitschaft, ihm am ersten Abend alles zu geben. Sie kannte ihn doch gar nicht. Die mahnende Stimme der Mutter klang ihr im Ohr. *Kindchen, Männer, die am ersten Abend alles von dir verlangen, sind in den seltensten Fällen wahre Kavaliere.* Und ihre Mutter wusste, wovon sie sprach, war sie doch einst, als sie noch bei feinen Herrschaften in London gearbeitet hatte, vom Sohn des Hauses geschwängert worden. Und der hatte danach nichts mehr von ihr, geschweige denn von der kleinen Selma in ihrem

Leib, wissen wollen. Im Gegenteil, seine Familie hatte sich ihrer schnellstens entledigt und sie weit weg auf einer Farm in New Mill untergebracht.

Selma seufzte tief. Ihr hatte es auf der Farm an nichts gefehlt. Ihre Mutter hatte sie über alles geliebt, sie auf Händen getragen und *meine kleine Prinzessin* genannt. Trotz aller Fürsorge hatte ihre Mutter sie aber nicht vor der Häme der Schulkinder schützen können. *Bastard, Bastard*... Das klang Selma noch heute in den Ohren. Was, wenn sie ein Kind bekam und Charles sie ebenso fallen lassen würde wie ihr Vater einst die Mutter? Warum hatte sie nicht einen Augenblick daran gedacht, dass sie womöglich dasselbe Schicksal ereilen könnte? *Bastard, Bastard*, würde man ihr Kind dann rufen.

Nein, nein und noch einmal nein, er wird es noch morgen seiner Mutter sagen, redete sich Selma verzweifelt ein. Dann fiel ihr Blick auf Damons Geschenk. Mit zittrigen Fingern packte sie es aus. Es war ein Perlentäschchen in Blau. Passend zu ihrem Kleid.

Selma strich voller Rührung über die glitzernden Perlen.

Ach Damon, du bist so gut zu mir, dachte sie, doch dann schweiften ihre Gedanken wieder zu seinem Bruder ab. Sie bereute noch einmal bitterlich, dass sie ihm gleich am ersten Abend alles geschenkt hatte. Trotzdem wollte sie an ihrer Hoffnung festhalten, dass er ein aufrichtiger Mann war, wenngleich sich in ihrem Bauch zunehmend ein anderes Gefühl breitmachte. Wie ein schleichendes Gift wuchs dort das Misstrauen heran.

Selma konnte nicht mehr ruhig liegen. Sie warf ihren Kopf hin und her. Dabei hoffte sie, die bösen Gedanken würden fortfliegen. Ich muss an etwas Schönes denken, nahm sie sich fest vor. Krampfhaft versuchte sie, sich ihr Hochzeitskleid vorzustellen. Will und sie hatten sich kein teures Hochzeitsgewand leisten können. Deshalb hatte sie in einem schlichten dunklen Sonntagskleid geheiratet, aber die Waynes würden sich bestimmt nicht lumpen und ihr ein weißes Kleid nähen lassen. Sie sah es bereits bildlich vor sich. Es besaß Verzierungen und ließ sie jung und unschuldig aussehen. Wie eine Prinzessin. Nun drehte sie sich im Kreis, ihr Bräutigam umfasste sie. Doch erst, als er sich umwandte, erkannte sie, mit wem sie da tanzte. Selma erstarrte. Sie blickte nicht in die Augen von Charles Wayne, sondern in das verschlagene Gesicht von Richard Parker.

Selma stieß einen markerschütternden Schrei aus.

Dunedin/Otago Peninsula, Ende Februar 2009

Grace wohnte nun bereits seit über zwei Wochen bei der Professorin. Die hatte ihr ein geräumiges Zimmer im Obergeschoss zur Verfügung gestellt. Grace fühlte sich dort wohl. Ihr Schreibtisch stand direkt am Fenster, und sie genoss einen malerischen Blick in den üppigen Garten. Darin wucherte es wie in einem Urwald aus Farnen und tropischen Pflanzen. Fremdartige Blumen leuchteten in allen nur erdenklichen Rottönen. Von Lachs bis Pupurrot, von Wein- bis Blutrot. Und die merkwürdigsten Vogelstimmen drangen zu ihr herauf. Zwischen dem munteren Gezwitscher verschaffte sich einer Gehör, der laut und fordernd pfiff. So, als würde er rufen: »Bleib hier! Bleib hier!«

Eigentlich hätte Grace schon längst den Rückflug buchen müssen, aber sie konnte sich partout nicht dazu durchringen. Nicht nur, weil Suzan ihr scherzhaft versichert hatte, für die Geschichte brauchte sie mindestens noch zwei Monate. Nein, es war ihr Innerstes, das sich weigerte, so schnell nach Deutschland zurückzukehren. Und schließlich hatte sie sich an der Universität für sechs Monate frei genommen. Es würde sie also keiner vermissen. Hinzu kam, dass sie hier ungestört arbeiten und darüber auch noch mit einer Fachfrau diskutieren konnte. Suzan drängte sie immer wieder, dass sie doch ein Buch zusammen schreiben sollten, aber das war Grace zu verpflichtend. Schließlich würde das bedeuten, dass sie noch Monate bleiben müsste.

Grace seufzte. Bislang hatte sie nicht viel von Dunedin gesehen, aber heute war Sonntag, und Suzan wollte mit ihr einen Ausflug auf die Otago Peninsula machen. Grace hatte darauf nicht allzu viel Lust, denn sie war mitten in der Nacht schweißgebadet aus einem entsetzlichen Albtraum erwacht und hatte danach bis zum Morgengrauen wachgelegen.

»Sind Sie fertig?«, rief Suzan von unten.

»Gleich!« Grace stand vom Schreibtisch auf und nahm sich vor, die Entscheidung über ihre Abreise bis heute Abend aufzuschieben. Es war viel zu heiß, um sich weiter den Kopf zu zerbrechen. Sie schwitzte ein wenig, obwohl sie ein luftiges Sommerkleid und Sandalen trug, denn so schön es hier oben auch war, es heizte sich mächtig auf. Die ersten Tage war ständig Regen auf das Dach geprasselt, aber nun war der Sommer mit all seiner wärmenden Kraft zurückgekehrt.

Deshalb ging sie die Treppen langsam hinunter. Unten in der Diele wurde sie bereits ungeduldig von Suzan erwartet. »Sie sehen entzückend aus. So jung und mädchenhaft!«, entfuhr es der Professorin.

Während sie in Suzans japanischem Geländewagen durch die Straßen fuhren, erzählte die Professorin ihr etwas über die Geschichte Dunedins. Grace aber hing ihren eigenen Gedanken nach und bekam nur Brocken mit wie *Goldrausch*, *schottisch* und *einst größte Stadt*. Doch als Suzan erklärte: »Die Henson-Villa dort zur Linken hat mein Urgroßvater gebaut, das einzige seiner Bauwerke, das noch steht«, horchte Grace auf. Leider zu spät. Sie waren bereits an der Villa vorbeigefahren. Dann hat Charles Selma wohl tatsächlich geheiratet, mutmaßte Grace, aber sie traute sich nicht nachzufragen. Suzan würde ihr ohnehin keine befriedigende Antwort geben. Sie würde aller Voraussicht nach sagen: »Warten Sie ab, dazu kommen wir noch.« Aber da Suzan offenbar vom alten Wayne, diesem eitlen Architekten, als ihrem Urgroßvater sprach, konnte es sich kaum anders verhalten haben. Grace musste schmunzeln. Jetzt fang ich auch schon an, wilde Spekulationen über den Fortgang der Geschichte anzustellen, dachte sie belustigt, aber es war immer noch besser, als sich über ihre eigenen Probleme den Kopf zu zerbrechen.

Plötzlich musste sie an Barry denken. Suzans Geschichte bestärkte sie nämlich in ihrer Einsicht, dass es richtig war, sich auf keine weitere Beziehung zu dem leichtlebigen Maori einzulassen. Jener Charles erinnerte sie fatal an Barry, jedenfalls, was dessen Verführungskünste anging. Schade, dass sich Selma nicht in seinen Bruder, diesen Damon, verliebt hatte. Unwillkürlich schweiften ihre Gedanken jetzt zu Hori ab. Sie hatte stets das Bild vor Augen, wie er ihr oben vom Flugzeug die Fjordlands gezeigt hatte und sich ihre Arme berührt hatten. Ein wenig bereute sie inzwischen, dass sie seine Karte einfach entsorgt und ihn bei ihrer Begegnung am folgenden Tag beim Inder so schroff behandelt hatte. Was ging es sie an, dass er womöglich mit dieser Lucy zusammen war? Sie wollte schließlich keine Beziehung mit ihm, aber es wäre schön gewesen, sich weiter mit ihm auszutauschen und ihn auf eine der Inseln zu begleiten ...

»Grace, aufwachen! Träumen können Sie heute Abend, aber jetzt müssen Sie die Aussicht genießen.«

Grace staunte nicht schlecht, als sie nun aus dem offenen Wagenfenster schaute. Es war für sie immer noch ungewohnt, aus dem linken Fenster zu blicken. Der Linksverkehr war auch einer der Gründe, warum sie sich noch keinen Wagen gemietet und die Gegend auf eigene Faust erkundet hatte. Sie befuhren eine Küstenstraße, zu deren linker Seite sich ein herrlicher Blick über den Otago Harbour bot und auf dessen anderer Seite sattgrüne Hügel emporstiegen, auf denen Schafe weideten.

Grace lachte. »Es sieht aus, als hätten die Wiesen weiße Punkte.«

»Schauen Sie nur, da ist schon Macandrew Bay!«, rief Suzan aus.

Sie durchquerten einen Badeort mit kleinen bunten Holzhäusern, in dem die Palmen an der Promenade leise im Wind wehten und ein niedliches Café zum Einkehren einlud.

»Haben Sie Lust, den Hügel zu sehen?«, fragte Suzan, als sie eine Straßenkreuzung erreichten.

»Sie meinen den Hügel, auf dem die Villa der Waynes steht?«

Suzan nickte. »Ich glaube, das ist der Weg. Ich war lange nicht mehr hier.« Sie bog in eine schmale Straße ein, die durch eine beinahe urwaldähnliche Vegetation führte.

»Ich wusste gar nicht, dass es in Neuseeland Dschungel gibt«, wunderte sich Grace.

»Ach, das ist doch noch gar nichts. Wir haben jede Menge Urwald auf unserer schönen Insel. Ich glaube, ich muss Sie eines Tages doch noch zu einer Rundreise entführen.«

»Aber ich bleibe nur noch eine Woche«, entgegnete Grace schwach.

»Ach Kindchen, machen Sie sich nichts vor. Sie haben sich doch schon entschieden, länger auf unserem wunderschönen Flecken Erde zu verweilen. Sie haben noch gar nichts vom Zauber der Insel genießen können. Und haben Sie nicht manchmal das Gefühl, Sie hätten hier noch etwas zu erledigen?«

Suzan biss sich, kaum dass sie das ausgesprochen hatte, so heftig auf die Lippen, dass es wehtat.

»Suzan, Sie sind unverbesserlich!«, fauchte Grace da auch schon. »Kommen Sie mir nicht schon wieder mit den Wurzeln! Ich dachte, Sie hätten es aufgegeben. Wissen Sie, Ihre Geschichte genügt mir völlig in Sachen Familienforschung. Ich befürchte, dagegen wäre meine ohnehin furchtbar langweilig. Ich meine, warum geben Eltern in der Regel ihre Kinder zur Adoption frei? Weil sie jung und arm sind. Was soll daran wohl interessant sein?«

»Wollen wir uns nicht duzen?«, fragte Suzan völlig übergangslos. »Wir Kiwis haben es nicht so mit den Förmlichkeiten.«

»Meinetwegen«, seufzte Grace. Der Seufzer galt allerdings mehr Suzans Art, übergangslos das Thema zu wechseln, wenn es ihr unangenehm wurde. Dann stutzte sie. Sagte man das ihr nicht auch immer nach? Dass sie galant zum nächsten Thema sprang, wenn sie keine Lust hatte, sich mit jemandem auseinanderzusetzen?

»Da, da ist es!«, sagte Suzan, als sie scharf abbremste und hielt.

Grace reckte den Hals, aber sosehr sie sich auch bemühte, sie sah nur eine grüne Wiese mit ein paar Steinen darauf.

»Komm! Wir steigen aus.«

»Aber da ist doch gar nichts.«

»Doch, ein paar Mauerreste sind noch zu erkennen. Du musst wissen, das ist eine Besonderheit dieser Gegend. Die vielen Häuser aus Stein. Im Norden wirst du überwiegend Holzhäuser finden.«

»Wurde das Haus abgerissen?«, unterbrach Grace sie neugierig.

»Nein, es brannte bis auf die Grundmauern nieder.«

Grace grinste. »Es wird wohl keinen Sinn haben, wenn ich dich jetzt fragen würde, wann das war und wie es geschehen ist.«

Suzan lächelte hintergründig. »Du kennst mich ja schon erstaunlich gut, denn du hast recht. Ich kann den Brand unmöglich aus dem Zusammenhang reißen. Alles zu seiner Zeit. Du bleibst noch etwas, oder?«

Grace blickte nachdenklich über den Otago Harbour, der dort unten in seinem leuchtenden Blaugrün wie malerisch hingegossen lag. Ihr Herz wollte *Ja* schreien, während ihr Verstand immer noch hin- und hergerissen war. Nach einer halben Ewigkeit fragte sie leise: »Reichen zwei Monate, um deine Geschichte zu Ende zu hören und endlich zu erfahren, warum du ...« Sie unterbrach sich erschrocken.

»Dich interessiert also das Ende? Gibt es bei euch in Deutschland nicht auch den schönen Spruch, den man Konfuzius zuschreibt: Der Weg ist das Ziel?«

»Den Spruch gibt es, aber ich für meinen Teil wüsste immer gern, was mich am Ziel erwartet. Sonst mache ich mich lieber gar nicht erst auf die Reise. Und wenn ich jetzt zwei Monate bleibe, ohne zu wissen, wohin es mich führt, ist das für meine Verhältnisse schon ein echtes Risiko. Denk nicht, dass ich, weil ich dermaßen unvernünftig war, nach Neuseeland zu reisen, so etwas öfter tue. Das habe ich selten getan, dass ich mich von einer unbestimmten Sehnsucht habe leiten lassen. Aber man kann sagen, was man will, es hat sich schon jetzt gelohnt. Einfach, weil ich deine Bekanntschaft gemacht habe. Zwei Monate und keinen Tag länger!«

»Dann werde ich in meiner Geschichte ein wenig schneller voranschreiten, damit wir fertig sind, wenn du zurückgehst. Aber nun fahren wir erst einmal nach Taiaroa, besichtigen das Fort und gehen zum Leuchtturm.«

Auf der weiteren Strecke die Küstenstraße entlang, die durch den Ort Portobello bis zu den Klippen von Taiaroa führte, schwieg Grace. Sie ließ ihren Blick mal flüchtig nach links und mal nach rechts schweifen, hing aber ansonsten ihren Gedanken nach. Plötzlich musste sie an ihren nächtlichen Albtraum denken, den sie bis eben hatte erfolgreich verdrängen können. Ein Traum, der sie einst über Wochen so gequält hatte, dass sie sogar einen Therapeuten aufgesucht hatte. Doch da war sie nur ein einziges Mal hingegangen.

Wie ist das Verhältnis zu Ihrem Vater?, hatte der Mann sie gefragt. Damals, mit Anfang zwanzig, hatte sie noch nicht geahnt, dass ihr Vater gar nicht ihr Vater war und ihre Mutter nicht ihre Mutter. Und trotzdem hatte sie die Frage dämlich gefunden. Sie war zu diesem Mann gegangen, um zu erfahren, was sie tun sollte, um wieder ruhig zu schlafen, und er fragte nach der Beziehung zu ihren Eltern. Und dann, kurz darauf, war der Traum von selbst weggegangen und niemals wiedergekommen. Bis gestern Nacht. Er war so lebendig gewesen, als hätte er sie nie verlassen. Grace schüttelte es bei der Erinnerung an die grellen Bilder: Sie watet durch kniehohes Wasser, doch dann färbt sich das Wasser rot. Es ist Blut, aber sie marschiert weiter, als wäre nichts geschehen.

Grace war mit pochendem Herzen aufgewacht.

»Schau nur, das ist Otakau, eine Maorisiedlung. Mama Maata kam von da.«

Grace aber hörte diese Worte nur wie von ferne. Sie war in Gedanken immer noch bei ihrem Traum.

»Grace, ist dir nicht gut? Soll ich anhalten?«

»Nein, nein, schon ok...« Grace überlegte kurz, ob sie Suzan von ihrem Albtraum erzählen sollte, aber sie befürchtete, die würde ihr dann gleich wieder mit der heilsamen Suche nach den eigenen Wurzeln kommen.

»Ist dir schlecht?«

»Nein, es ist alles in Ordnung. Ich habe heute Nacht nicht so gut geschlafen.«

»Du bist sehr blass. Ich glaube, wir besuchen erst den Strand der Gelbaugenpinguine. Dort sind wir an der frischen Luft. Oder ist es mein Fahrstil? Man sagt mir nach, dass ich gern etwas zu zügig unterwegs bin.« Sie lachte. »Dabei muss dir das hier doch wie Schneckentempo vorkommen. Erlaubt sind bei uns eigentlich nur hundert und nicht mehr. Ich bin mit meinen einhundertzehn schon eine Raserin.«

Grace stöhnte leise auf.

»Suzan, ich bin nur etwas müde, aber das mit den Pinguinen würde mir natürlich sehr gefallen.«

Schon war Suzan auf einen Parkplatz gefahren und hielt an. »Wir sind da!«

Grace war jetzt wirklich ein bisschen übel, aber sie wollte es sich nicht anmerken lassen.

»Wie wäre es: Möchtest du eine geführte Tour mitmachen? Dann können wir die possierlichen Tierchen aus Unterständen beobachten, ohne dass wir sie stören.«

Grace bejahte und war froh, dass gerade eine Führung begann. Ein junger Maori leitete diese Tour. Grace musste unwillkürlich an Hori denken, obwohl der untersetzte und beleibte Mittzwan-

145

ziger viel eher dem Bild entsprach, das Grace sich nach den Beschreibungen ihres Vaters von den Maori gemacht hatte.

Anschaulich und lebendig erzählte Lani, wie sich ihnen der junge Mann nun vorstellte, dass Gelbaugenpinguine zu den bedrohten Tierarten gehörten und dass sie nicht in Kolonien brüteten, sondern allein in versteckten Nestern im Unterholz.

Und da watschelte auch schon so ein Tierchen den Strand entlang. Über dem Kopf hatte es einen gelben Streifen. Besonders auffällig waren seine bernsteinfarbenen Augen. Wie hatte Ethan Grace früher manchmal zärtlich genannt? *Mein Gelbaugenpinguin,* weil sie auch bernsteinfarbene Augen besaß. Das Tier watschelte jetzt direkt auf den Unterstand zu, in dem die kleine Gruppe eng beieinanderhockte. »Ach, wie süß!«, kreischte eine Amerikanerin entzückt und wollte den kleinen Kerl fotografieren, was Lani gerade noch rechtzeitig verhindern konnte.

Die düsteren Gedanken an ihren Albtraum, die Grace eben auf der Fahrt hierher durch den Kopf gegangen waren, verflüchtigten sich. Es gab nur noch diese Pinguine, den weiten Strand und das glitzernde Meer. Selbst Suzan nahm Grace in ihrer Begeisterung nur noch am Rande war.

Erst als sie gemeinsam zurück zum Wagen gingen, sprachen sie wieder miteinander. »Und was meinst du, willst du jetzt das Fort besichtigen?«

»Wenn du mich schon so fragst: Nein, ich würde gern nach Hause fahren und mich ein wenig ausruhen.«

»Dir ist nicht wohl, oder?«

»Nein. Doch, ich hatte nur so einen blöden Traum heute Nacht.«

»Was hast du denn geträumt?«

Grace sah Suzan ärgerlich an. Dass sie immer so neugierig sein musste. Das konnte Grace gar nicht leiden. Und es passte eigentlich auch nicht zu dieser nach außen eher unnahbar wirkenden Frau.

»Ich möchte nicht darüber reden. Ich habe es ein einziges Mal versucht. Bei einem Seelendoktor, der gar nicht auf meinen Traum eingegangen ist, sondern wissen wollte, was für ein Verhältnis ich zu meinem Vater habe. Da habe ich natürlich nichts mehr gesagt...«

Suzan lachte bitter. »Wie solltest du auch? Denn schließlich hast du damals ja auch noch nicht geahnt, dass Ethan nicht dein Vater ist. Wie solltest du über deinen Vater reden, den du gar nicht kennst.«

»Ethan? Wie kommst du auf Ethan?«, fragte Grace mit schneidender Stimme.

»Wie meinst du das? Ich denke, das ist dein Stiefvater.«

»Ja, schon, aber woher weißt du seinen Namen?«, hakte Grace lauernd nach. Und da erwachte wieder jenes Misstrauen in ihr, dass etwas mit der Professorin nicht stimmte.

»Den Namen deines Stiefvaters hast du doch selbst bei unserer ersten Begegnung genannt. Ethan Cameron. Weißt du nicht mehr, wie ich dir erklärt habe, wodurch ich erahnen konnte, dass du Neuseeländerin bist? An dem Namen.«

»Aber ich habe dir seinen Vornamen nicht genannt«, widersprach Grace trotzig.

»Natürlich, woher sollte ich den wohl sonst kennen? Grace, ganz ehrlich, manchmal bist du so misstrauisch, dass du Gespenster siehst. Du sagtest wörtlich: Was soll ich mich auf die Suche nach den Ahnen machen, wenn ich nur adoptiert bin und Ethan selbst kein Interesse an seinen neuseeländischen Wurzeln hat?«

Grace knabberte vor lauter Anspannung an ihrem Fingernagel. Hatte sie das wirklich gesagt? Sie versuchte, sich krampfhaft zu erinnern, aber sie konnte es nicht. Aber hatte Suzan nicht trotzdem recht? Witterte sie nicht viel zu oft und zu schnell Betrug und Verrat?

»Entschuldige«, sagte sie leise. »Es ist der dumme Traum, der mich irritiert. Sicher habe ich dir seinen Namen genannt.«

147

Schweigend fuhren sie zum Leuchtturm. Es war ein gigantisches Bild. Er stand auf einer Klippe, die sechzig Meter steil nach unten ins Meer abfiel.

Obwohl Grace sich nichts sehnlicher wünschte, als endlich allein in ihrem Zimmer zu sein, stieg sie aus dem Wagen. Es wehte ein frischer Wind, der mit ihrem Sommerkleid spielte.

Grace atmete tief durch. Die frische Meeresluft tat ihr gut. Dann riskierte sie an der Absperrung einen flüchtigen Blick nach unten. Schade, dass wir nicht fliegen können, dachte sie, als über ihnen ein Albatross seine riesigen Schwingen ausbreitete. Ja, manchmal wünschte sie sich die Leichtigkeit eines majestätischen Vogels.

»Wollen wir noch eine Kleinigkeit essen gehen, oder soll ich lieber zuhause etwas kochen und wir setzen uns in den Garten?«

Grace zuckte mit den Schultern. Sie hatte gar keinen Hunger, was selten genug bei ihr vorkam.

»In der Nähe von unserem Inder gibt es einen tollen Italiener. *Marco's Pizza – Pasta*.«

»Auf keinen Fall!«, erwiderte Grace hastig. Sie soll jetzt bloß nicht fragen, ob es einen bestimmten Grund gibt, dass ich dort nicht hingehen möchte, dachte sie, Suzan aber fragte nur: »Wollen wir los?«

Die Rückfahrt verlief schweigend. Grace konnte sich nicht helfen. Sie verspürte einen leichten Groll gegen Suzan. Warum legt sie immer die Finger in meine Wunden?, fragte sie sich, um sich in demselben Moment darüber bewusst zu werden, dass sie ungerecht war. Suzan hatte das Restaurant doch völlig arglos vorgeschlagen. Und wollte sie ihr übel nehmen, dass sie sich um sie sorgte und ihr eigentlich nur zu helfen versuchte?

Vielleicht sollte sie kurzerhand Ethan anrufen und ihn auffordern, ihr die Wahrheit über ihre Herkunft zu sagen, denn er kannte sie mit Sicherheit. So rot, wie er angelaufen war, als er behauptet hatte, Adoptiveltern würden die Namen der leiblichen

Eltern nicht kennen ... Dann würde Suzan in diesem Punkt bestimmt endlich Ruhe geben. Und sie, Grace, würde merken, dass sich in ihrem Leben nichts veränderte, nur weil sie dann vielleicht wusste, wie ihre Erzeuger hießen, wenn ihr Vater überhaupt bekannt war. Wahrscheinlich bin ich das uneheliche Kind einer Mutter, die selbst noch ein Kind gewesen ist, mutmaßte Grace.

»Hat dein Adoptivvater wirklich niemals die leiseste Andeutung gemacht, wer deine Eltern sind?«, fragte Suzan plötzlich aus heiterem Himmel.

»Suzan! Bist du taub? Du sollst mich damit in Frieden lassen!«, schnaubte Grace. »Aber wenn du es unbedingt wissen willst: Nein, mein Vater hat keinen Schimmer, wer meine Eltern sind«, behauptete sie nun entgegen ihrer eigenen Überzeugung, aber was ging es die Professorin an, dass Ethan ganz offensichtlich mehr wusste, als er zugeben wollte?

»Er weiß bestimmt mehr, aber er will es dir nur nicht sagen. Vielleicht möchte er um jeden Preis verhindern, dass du Nachforschungen anstellst. Das ist ziemlich egoistisch, wenn du mich fragst«, knurrte Suzan.

»Suzan, dich fragt aber keiner! Und überhaupt! Du kennst ihn doch gar nicht. Er weiß nichts. Gar nichts. Wenn ich den Drang hätte, etwas zu erfahren, dann müsste ich bei null anfangen und auf eigene Faust nachforschen. Und ich wiederhole mich ungern, darum ein allerletztes Mal zum Mitschreiben: Ich habe keine Lust dazu!«

»Warum nicht? Es ist heilsam, wenn man weiß, dass bestimmte Dinge in der Familiengeschichte begründet sind und sich Muster wiederholen ...«

Grace stöhnte genervt auf. »Ja, ich weiß, jede deiner Vorfahrinnen hatte ihr Geheimnis. Und? Hat es dich weitergebracht, darüber Bescheid zu wissen?«

»Ja, ich weiß, dass ich ein Recht habe, mich zu wehren. So wie Selma, die sich bitter gerächt hat für all das Unrecht, das man ihr angetan hat. Man muss sein Schicksal selbst in die Hand nehmen. Man darf, nein, man muss sogar Gleiches mit Gleichem vergelten ...« Sie unterbrach sich hastig.

Grace sah sie entgeistert an. Da war sie wieder: die hasserfüllte Fratze, doch nur für den Bruchteil einer Sekunde. Dann war Suzan wieder die Alte.

»Ja, es hat mir genützt. Selma und Antonia sind meine großen Vorbilder geworden. Und ich werde dir auch genau verraten, warum. Aber erst koche ich uns etwas, und dann erzähle ich dir im Garten, was ihnen widerfahren ist.«

Suzan und Grace wollten gerade das Haus der Professorin betreten, als sie hinter sich ein lautes Räuspern vernahmen. Sie wandten sich erstaunt um.

»Du?«, fragte Grace überrascht. Vor ihr stand Barry in einem weißen Hemd, einer sauberen Hose und geschnittenem Haar. Er wirkte nicht mehr verwahrlost, sondern sah gepflegt und sehr attraktiv aus. Er war rasiert, und seine Augen strahlten sie offen an. Nichts mehr erinnerte an sein vom vielen Alkohol verquollenes Gesicht.

»Entschuldige, dass ich dich hier einfach überfalle, aber ich musste dich wiedersehen«, gurrte er mit seiner tiefen, anziehenden Stimme.

»Okay, aber das kommt jetzt sehr überraschend. Ich weiß gar nicht, ob ich dich unbedingt wiedersehen möchte.«

»Jedenfalls nicht heute«, mischte sich Suzan energisch ein. Grace sah sie verwirrt an. Wieso antwortete Suzan nun schon für sie? Das ging entschieden zu weit, aber sie wollte in Barrys Anwesenheit keinen Streit mit ihr vom Zaun brechen. Also ignorierte sie Suzans Bemerkung völlig und wandte sich demonstrativ Barry zu.

»Ich bin jetzt müde von unserem Ausflug. Vielleicht ein anderes Mal.«

»Morgen?«

Grace seufzte tief. »Gut, morgen.«

»Holst du mich bei Marco ab? Da arbeite ich nämlich seit zwei Tagen. Dann essen wir dort etwas, und danach reden wir.«

»Reden? Du?«, rutschte es Grace spöttisch heraus.

»Ich muss mich bei dir entschuldigen«, entgegnete er.

»Gut, wann?«

»Um acht?«

Grace nickte und ließ es geschehen, dass Barry sie in die Arme nahm und zum Abschied drückte. Die kleine Berührung genügte, um ihrem Körper in Erinnerung zu rufen, wie sehr er sich einst nach Barrys Umarmungen gesehnt hatte.

»Liebes, ich bin so froh, dass du mir noch eine Chance gibst«, raunte er ihr zärtlich ins Ohr, bevor er sie losließ und summend seines Weges ging.

Grace blieb wie erstarrt stehen. Suzans und ihr Blick trafen sich. Grace konnte die pure Missbilligung in dem einen, dem gesunden Auge der Professorin lesen.

»Triff ihn nicht! Er ist nicht gut für dich.«

»Ach ja? Das siehst du auf einen Blick?«

»Ja, das kann ich sehen. Aus seinen Augen spricht keine Liebe. Im Gegensatz zu seinem Bruder. Der ist verliebt in dich.«

»Woher willst du das denn nun schon wieder wissen, verdammt noch mal?«

»Ich bin nicht blind, Grace. Der hat dich so verträumt angesehen, als er beim Inder an unseren Tisch gekommen ist. Und du hast dich auch verraten, als du vor Eifersucht nahezu geplatzt bist. Der andere ist der Richtige für dich. Dieser ist ein charmanter Spieler...«

»Warum mischst du dich eigentlich immerzu in mein Leben ein? Ich habe dir schon einmal gesagt: Ich will solche Nähe nicht. Mit keinem Menschen! Hörst du? Mit keinem! Und schon gar nicht mit einer Wildfremden!«

Grace drehte sich auf dem Absatz um, betrat das Haus und knallte die Tür hinter sich zu.

Suzan aber rührte sich nicht vom Fleck. Sie spürte, wie der Hass, den sie nur mühsam unter der Oberfläche halten konnte, sie lähmte. Nur in ihrem Gesicht zuckte es gefährlich. Und doch, sie sollte sich endlich beherrschen lernen. Dabei hatte sie nur ihre Meinung gesagt. Ihre ehrliche Meinung, weil sie gegen ihren erklärten Willen begann, das Mädchen ernsthaft in ihr Herz zu schließen. Und genau das durfte nicht geschehen. Sie musste vorsichtiger sein. Ihr bloß nicht zu nahe treten. Ihr Kopf verstand es nur allzu gut, waren sie doch beide aus demselben Holz geschnitzt. Das Mädchen und sie. Kein Mensch war ihr, Suzan, je zu nahe getreten, bis auf ... Und wie ähnlich sie ihm war.

Eine Träne rann ihr aus dem gesunden Auge, doch sie konnte sie gerade noch rechtzeitig abwischen, als sich die Haustür öffnete und Grace zögernd heraustrat. »Suzan, es tut mir leid, aber in deiner Gegenwart stolpere ich ständig über meine Emotionen. Als wenn das Fußangeln wären. Nähe, Distanz, Distanz, Nähe. Ich weiß nicht wirklich, was ich will. Nur eines, das weiß ich genau: Ich würde zu gern erfahren, ob dieser Charles Selma heiratet oder das Windei ist, für das ich ihn halte.«

»Nach dem Essen«, erwiderte Suzan und atmete auf. Noch hatte sie es sich nicht mit Grace verdorben. Noch konnte sie an ihrem Plan festhalten, aber eines musste sie sich unbedingt merken: Sie durfte Grace nie mehr derart plump auf ihre Herkunftsfamilie ansprechen!

Macandrew Bay, Februar 1884

Selma schlich sich an diesem Tag schon zum wiederholten Mal in den Garten in Richtung des Eisenholzbaumes, weil ihr übel war, und sie ahnte auch, warum. Daran gab es nicht mehr die geringsten Zweifel. Ihre nächtlichen Treffen mit Charles Wayne waren nicht ohne Folgen geblieben. Am Weihnachtstag war sie nicht wie verabredet zum Strand gerannt. Viel zu beschämt war sie von Damons mahnenden Worten gewesen, doch ihre Zurückhaltung hatte ihr nichts genützt. Charles hatte sie in jener Nacht schließlich in ihrem Zimmer aufgesucht. Dort hatte sie seinen zärtlich gehauchten Liebesworten und seinen streichelnden Händen eine Zeit lang widerstehen können. Ja, sie hatte es geschafft, sich ihm so lange zu widersetzen, bis er in blumigen Worten seinen Heiratsantrag wiederholt und geschworen hatte, dass er es ernst mit ihr meine.

»Hast du schon mit deiner Mutter gesprochen?«, hatte sie ihn bang gefragt.

»Morgen, mein Herz, dann ist Weihnachten vorbei.«

An Silvester hatte er versprochen, er würde es ihr Neujahr sagen, und kurz vor seiner Abreise Anfang Januar hatte er geschworen, es nach seiner Rückkehr zu erledigen. »Du vertröstest mich«, hatte sie ihm verzweifelt vorgeworfen. »Liebling, es ist doch nur eine Formalie«, hatte er erwidert.

Nun waren zwei Monate vergangen, seit er ohne ein Wort des Abschieds fortgegangen war. Wenn sie ehrlich war, ahnte sie bereits, dass sie seinen verlockenden und hohlen Worten nur allzu leichtfertig Glauben geschenkt hatte, aber würde ihre Schwangerschaft ihn nicht dazu zwingen, Anstand zu bewahren und sein Versprechen einzulösen?

Der einzige Mensch, der außer Mama Maata nett zu ihr war, hieß Damon. Voller Dankbarkeit dachte sie daran, wie gleichermaßen freundlich und zuvorkommend er sich ihr gegenüber verhielt, obwohl er doch ahnte, wessen Liebchen sie war. Er ließ sich nichts anmerken, wenngleich sie befürchtete, dass er sie wegen ihres lockeren Lebenswandels insgeheim verachtete.

»Ist Ihnen nicht gut?«, hörte sie seine Stimme fragen, während sie noch an ihn dachte.

Erschrocken fuhr sie herum. Nicht, dass er mitbekam, wie sie gegen die Übelkeit ankämpfte und was das zu bedeuten hatte.

»Nein, ich wollte nur etwas frische Luft schnappen«, log sie.

Er musterte sie prüfend. »Sie sehen aus wie der Tod. Sie gehören schnellstens ins Bett.«

»Nein, ist schon gut, es ist nichts«, stammelte sie, während eine neue Welle von Übelkeit in ihr aufstieg. Sie konnte gerade noch herausbringen: »Verzeihen Sie«, bevor sie sich hastig abwandte.

Als sie sich wieder umdrehte, sah sie in Damons schreckensweite Augen.

»Selma, sagen Sie, dass das nicht wahr ist.«

»Ich weiß nicht, was Sie meinen.«

»Bitte, tun Sie mir einen Gefallen. Versuchen Sie nicht, mich an der Nase herumzuführen. Ich bin zwar ein unverheirateter Mann, aber ich weiß trotzdem, was mit Ihnen los ist. Und weiß er es schon?«

Tränen traten Selma in die Augen. »Ich habe ihm schon zweimal geschrieben und ihm mitgeteilt, dass ich wahrscheinlich in anderen Umständen...« Sie brach schluchzend ab.

»Und lassen Sie mich raten. Er hat Ihnen nicht geantwortet.«

»Noch nicht«, schniefte sie, »aber er hat sicherlich viel zu tun, und ich habe seine Adresse ja auch nur, weil ich zufällig beim Putzen einen Brief von ihm an Ihre Mutter gesehen habe.«

»Selma, ich will Ihnen jetzt nicht unnötig wehtun, aber er wird sich nicht mehr bei Ihnen melden, es sei denn, um ab und an in Ihr Zimmer zu schleichen, wenn er zurück ist.«

»Das ist nicht wahr. Er wird mich heiraten.«

Damon lachte gequält auf. »Er wird Sie heiraten? Glauben Sie das etwa ernsthaft? Für so naiv hätte ich Sie gar nicht gehalten.«

»Er hat mir versprochen, es Ihrer Mutter gleich nach seiner Rückkehr zu sagen, aber nun muss er es früher erledigen. Ich will doch keinen...« Es lag ihr auf der Zunge, *Bastard* zu sagen, aber sie hatte es gerade noch verschlucken können. Und wie so oft klang ihr das Gehänsel der Mitschüler in den Ohren: *Bastard! Bastard!*

»Selma, bitte, wachen Sie auf. Er wird sich nie zu diesem Kind bekennen, denn er wird bald heiraten, aber nicht Sie.«

Selma ballte die Fäuste, und ehe sie sich's versah, trommelte sie damit wie von Sinnen auf Damons Brustkorb ein.

»Sie verdammter Lügner, Sie!«, schrie sie außer sich vor Zorn.

Damon konnte ihre Hände schließlich festhalten.

»Selma, Sie wollen es offenbar nicht anders. Brauchen Sie einen Beweis? Dann kommen Sie mit, aber verhalten Sie sich ruhig.«

Wie eine Marionette folgte sie ihm ins Haus. Vor dem Salon blieb er stehen und legte einen Finger auf den Mund zum Zeichen, dass sie still sein solle. Es drangen zwei weibliche Stimmen auf den Flur. Sie waren gut zu verstehen, denn die Tür stand einen Spaltbreit offen. Und beide Damen besaßen nicht gerade leise Stimmen.

»Ach, das wird ein schönes Fest, liebste Dorothy!«, zwitscherte Ida Wayne.

»Ich habe doch immer gewusst, dass dein Charles der Richtige für mein Goldkind ist.«

»Aber dass nun alles so schnell gehen soll. So kenne ich meinen Charles ja gar nicht. Doch lies selbst: ›*Liebe Mutter, die Trauung mit Luisa soll gleich nach meiner Rückkehr stattfinden. Wir wollen das große Fest dann lieber später feiern...*‹«

»Sie wird das prächtigste weiße Brautkleid bekommen, das Dunedin je gesehen hat.«

»Genau, da werden die Herrschaften auf *Larnach Castle* vor Neid erblassen. Sie haben den größten Ballsaal weit und breit, aber wir feiern die größte Hochzeit auf der ganzen Südinsel.« Dorothy lachte triumphierend auf. Dann verstummte sie.

»Sie hat mir verraten, warum es so schnell gehen muss. Dir kann ich es ja sagen, aber bitte verrat es den Männern nicht. Gerald ist in der Hinsicht ziemlich altmodisch. Ich meine, ich auch, aber wenn ich mir vorstelle, wir haben bald ein süßes kleines...«

»Du meinst, wir können uns bald auf ein Enkelkind freuen? Das wäre wunderbar! Aber das würde bedeuten, dass sie sich bereits an Weihnachten näherkamen, wo sie so taten, als würden sie sich gar nicht näher kennen...« Misses Wayne stockte und brach in lautes Gekicher aus.

Selma hörte dieses schrille Kichern, das in ihren Ohren immer leiser wurde, bis es klang, als wäre es aus einer anderen Welt. Dann war alles still. Selma war auf dem Flurboden zusammengesackt.

Damon beugte sich erschrocken über sie und streichelte ihr über das totenbleiche Gesicht.

»Selma, bitte wachen Sie auf«, flehte er leise, damit seine Mutter und deren Freundin nicht auf sie aufmerksam wurden und Selma womöglich am Boden liegen sahen.

Zu seiner großen Erleichterung schlug sie die Augen schon wieder auf.

Im ersten Moment war Selma verwirrt und konnte sich nicht daran entsinnen, was mit ihr geschehen war, doch dann dämmerte es ihr.

»Er wird eine andere heiraten, nicht wahr?«, fragte sie unter Mühen. Ihr Mund war so trocken, dass sie kaum sprechen konnte.

Damon nickte und half ihr beim Aufstehen. Dann hakte er sie unter und führte sie zu ihrem Zimmer.

An der Tür wollte sie sich von ihm verabschieden, aber er machte keinerlei Anstalten zu gehen. Wortlos folgte er ihr.

Ihr Zimmer war karg eingerichtet. Dort standen nur ein Bett, ein Kleiderschrank und ein Tisch mit zwei Stühlen.

»Setzen Sie sich«, befahl er ihr. »Sie wollen doch nicht noch einmal umkippen, oder?«

Selma schüttelte den Kopf. Sie fühlte sich wie betäubt. Nicht einmal weinen konnte sie.

»Es tut mir leid, dass ich zu diesem Mittel greifen musste, aber Sie hätten mir sonst nicht geglaubt.«

»Ich hätte Ihnen nicht geglaubt«, echote Selma. In ihr war nichts als Leere.

»Selma, bitte, hören Sie mir zu! Ich muss Ihnen etwas sagen.« Er sah sie liebevoll an.

Sie aber starrte nur stumm zur Wand. »Ich muss fort von hier. Schnell fort«, murmelte sie schließlich. Hastig erhob sie sich, trat auf den Kleiderschrank zu und riss ihre Kleider heraus, bis Damon auf sie zutrat und in die Arme nahm.

»Ich muss fort«, stöhnte sie, doch er flüsterte: »Pscht, kleine Selma, nicht so etwas sagen!«

Je fester er sie an sich drückte, desto trauriger wurde sie. Endlich konnte sie weinen.

Er wiegte sie zärtlich in seinen Armen.

Erst als sie sich aus seiner Umarmung löste und ihn aus großen verheulten Augen ansah, sagte er leise: »Sie werden nicht von hier weggehen. Hören Sie? Sie bleiben hier.«

»Aber wie können sein Kind und ich mit ihm und seiner Familie unter einem Dach leben? Ihre Mutter wird mich auf die Straße setzen. Stellen Sie sich vor, sie erfahren, dass er uns beide zur selben Zeit geschwängert hat. Dann gehe ich lieber freiwillig, bevor ich mich wie einen räudigen Hund fortjagen lasse. Ich werde mich schon irgendwie durchschlagen.«

»Kleine tapfere Selma, ich weiß, dass Sie das könnten, aber Sie müssen es nicht. Ihr sollt ein gutes Leben haben, ihr beiden.«

»Aber wie?«

Er sah sie durchdringend an. »Wissen Sie wirklich nicht, wie ich es meine?« In seinen Augen las Selma nichts als Liebe.

»Sie würden sich um uns kümmern?«, fragte sie ungläubig.

»Ja, ich würde Sie gern heiraten.«

»Aber ... aber, das geht doch nicht. Charles würde nie erlauben, dass wir mit seinem Kind unter seinem Dach ...«

»Ich habe bereits vor geraumer Zeit ein Haus in Dunedin gekauft. Es war eigentlich viel zu groß für einen Junggesellen wie mich, aber nun bekommt alles einen Sinn. Der Garten ist riesig. Ideal für Kinder. Ja, schauen Sie nicht so, ich will noch mehr davon.«

»Aber, sie werden es nicht dulden, dass Sie mit seinem Kind ...«

»Selma, sie werden es niemals erfahren.«

»Aber ich habe es ihm doch geschrieben«, widersprach sie kläglich.

»Na und? Sie werden ihm einen kurzen Brief senden, in dem Sie ihm mitteilen, dass sich der Verdacht als unbegründet erwiesen hat, und in dem Sie ihn auffordern, Sie nach seiner Rückkehr in Ruhe zu lassen. Glauben Sie mir, mein Bruder wird niemals nachfragen. Das Einzige, was ihn stören wird, ist die Tatsache, dass Sie sich von ihm abgewandt und mich geheiratet haben. Denn wir werden *der größten Hochzeit auf der Südinsel* zuvorkommen und rasch eine kleine feine Hochzeit feiern.«

»Aber werden sie nicht skeptisch, wenn ich dann gleich schwanger bin und das Kind anderthalb Monate früher kommt, als es sich schicken würde?«

»Nein, aller Augen werden auf meinen Bruder und seinen Nachwuchs gerichtet sein. Natürlich wird Mutter mich scheel angucken, weil sie glaubt, ich hätte mich von Ihnen reinlegen lassen. Sie werden Sie für ein leichtes Mädchen halten, das sich geschickt vom Sohn des Hauses hat schwängern lassen, um gesellschaftlich aufzusteigen. Sie werden mich bemitleiden, weil ich so blöd bin, Sie aus schlechtem Gewissen zu heiraten, was meinem Bruder im Traum nicht einfallen würde. Sie werden versuchen, mir diese Ehe auszureden nach dem Motto: Wir können das mit dem Mädchen doch auch anders regeln.«

»Ja, sie werden alles dransetzen, mich loszuwerden. So ist es meiner Mutter gegangen, nachdem der hochwohlgeborene Earl sie entjungfert und geschwängert hat.«

»Oh, das könnte Mutter gefallen. Die Tochter eines Mitglieds des britischen Adels.«

Er lachte.

»Der Bastard eines Earls«, verbesserte sie bitter.

»Egal, aber in Ihnen fließt blaues Blut. Das bestärkt mich ja geradezu, Ihr Mann zu werden«, bemerkte er scherzend, aber Selma sah ihn ernst an.

»Damon? Finden Sie nicht, dass Ihr Mitleid mit mir ein bisschen zu weit geht? Sie könnten bestimmt jede Menge Frauen haben, die Ihrer Familie genehmer sind als ich.«

Damon blickte Selma zärtlich an, während er sie sanft an sich zog.

»Ich habe dich vom ersten Augenblick an geliebt«, flüsterte er und küsste sie. Erst zögerlich, dann immer leidenschaftlicher. Ihr wurde heiß. In jeder Pore spürte sie diese Hitze. Im Bauch, im Kopf und vor allem im Herzen. Als würde dort ein Feuer lodern.

»Ach Damon«, raunte sie, als sich ihre Münder voneinander gelöst hatten. »Wenn ich gewusst hätte, was du wirklich fühlst. Ich glaubte immer, du wärest aus lauter Mitgefühl so nett zu mir.«

»Ich pflege keine jungen Damen aus lauter Mitgefühl zu küssen«, erwiderte er lächelnd, während sein Mund erneut ihre Lippen suchte.

Dunedin, Ende Februar 2009

Grace hatte ein mulmiges Gefühl, als sie *Marco's Pizza – Pasta* betrat. Als Erstes traf sie auf den Chef, der sie herzlich begrüßte.

»Sorry, wenn ische letztes Mal nicht ganze so gut auf deinen Freund war zu sprechen, aber seit er ier arbeitet, ist er wie verwandelte. Pünktlich, fleißig und fröhlich«, raunte Marco ihr zu und deutete auf einen Tisch, an dem sich die Gäste vor Lachen bogen, während Barry Faxen machte. »Er ist bei meinen Gäste total beliebt.«

»Das ist schön«, erwiderte Grace gequält. Sie fühlte sich gar nicht wohl in ihrer Haut. Am liebsten hätte sie gleich wieder auf dem Absatz kehrtgemacht. Was mache ich bloß hier? Es ist vorbei, dachte sie.

»Allora, dahinten der Tische am Fenster, den hat Barry für euch reserviert. Er iste auch gleich fertig. Er kassiert nur noch ab. Setz dische schon mal. Ein Glas von dem neuseeländischen Chardonnay?«

Grace nickte und steuerte auf den Fensterplatz zu. Sie hatte sich kaum hingesetzt, als Barry auch schon herbeigeeilt kam, ein strahlendes Lächeln auf den Lippen.

»Na, meine Süße, hast du dich gelangweilt ohne mich?« Wie selbstverständlich küsste er sie auf den Mund. Als sie seinen Kuss nicht erwiderte, zog er einen Schmollmund. »Meine Süße mag mich nicht mehr«, ulkte er und schwang sich auf den Platz ihr gegenüber.

Grace fand das gar nicht komisch. Er tat ja geradezu so, als wäre alles in bester Ordnung. Dabei war sie doch nur gekommen, um seine Entschuldigung anzunehmen und ihrer Wege zu gehen.

Er sah sie aufmerksam an. »Du hast wieder ein bisschen Farbe bekommen. Das steht dir gut.«

Grace schwieg. Sie war nicht hergekommen, um seine Komplimente entgegenzunehmen, sondern um diese Sache freundschaftlich zu beenden.

»Ist das Kleid neu? Das kenne ich gar nicht aus Thailand.« Seine Stimme klang weich und einschmeichelnd. »Aber der böse Blick passt nicht zu meiner wunderschönen Prinzessin«, ergänzte er.

Grace wollte ihren Ohren nicht trauen. So hatte er sie noch nie genannt. Und es missfiel ihr außerordentlich.

»Du bist ja noch attraktiver geworden«, schnurrte er.

Sie seufzte. Es hatte sich also nichts Gravierendes geändert. Das Reden hatte er wohl immer noch nicht gelernt. Seine Art von Unterhaltung bestand allein aus Scherzen und Flirten.

»Ich dachte, du wolltest dich entschuldigen. Wirklich gelungen!«, entfuhr es ihr, und sie erschrak über ihren eigenen Ton. Der war für ihren Geschmack eine Spur zu zickig. Deshalb fügte sie einlenkend hinzu: »Barry, du hast mich gebeten, dich bei Marco zu treffen, weil du mit mir reden wolltest. Und es ist schön, dass du mir lauter Komplimente machst, aber wolltest du mit mir nicht darüber sprechen, warum du mich im Vollsuff empfangen hast?«

»Das war nicht in Ordnung, Süße. Ich habe eine Zeit lang mit den falschen Jungs abgehangen. Das sind zwar meine Kumpel, aber denen geht es im Moment nicht gut. Die meisten haben keine Arbeit, und dann trinken sie. Ich habe sie rausgeworfen, was mir nicht leichtgefallen ist, damit du bei mir wohnen kannst.«

»Du hast die Jungs meinetwegen rausgeworfen?«

»Ja, Hori meinte, das könnte ich dir nicht zumuten.«

Grace schluckte. Allein bei der Erwähnung seines Namens wurde ihr seltsam zumute.

»So, so, dein Bruder hat dir das geraten. Und nun wohnst du allein dort?«

»Nein, das könnte ich gar nicht zahlen. Das Haus gehört uns zwar, aber die ganzen Kosten ... Nein, ich wohne oben in zwei Zimmern. Die sind übrigens blitzblank. In die anderen wird Hori einziehen, und unten hat Lucy ein großes Zimmer.«

»Ach, du wohnst mit deinem Bruder und Lucy zusammen?«, hakte Grace scheinbar beiläufig nach.

»Noch nicht, aber wir planen eine Wohngemeinschaft. Hori ist, kurz nachdem du weg bist, zusammen mit Lucy zu mir gekommen und hat mir gehörig den Kopf gewaschen. Von Lucy wusste ich übrigens, dass sie dich nach Dunedin gebracht hat, und Hori hat mir den Tipp gegeben, es mal bei der Vogeltante zu probieren. Die haben gesagt, wenn ich was von dir will, dann muss ich sofort etwas verändern an meinem Lebensstil.«

»Da hast du einen prima Ratgeber in Liebesdingen«, rutschte es Grace bissig heraus.

»Ja, ich fand, dass sich mein Bruder echt super verhalten hat. Habe ich dem Kauz gar nicht zugetraut, dass er sich so für mich ins Zeug legt. Und alle Achtung, dass er sogar mit mir in einer Wohngemeinschaft lebt. Nein, Spaß beiseite, er ist echt ein feiner Kerl, der immer für mich da war. Und wenn ich in meinem Suffkopf dumm über ihn geredet habe, vergiss es! Ich kann mich ohnehin nicht mehr genau an den Abend erinnern. Wir haben auch dein Zimmer schon hergerichtet, Süße. Du bekommst das schönste und hellste. Hori hat gemeint, das sei ich dir schuldig.«

Grace hörte seinem charmanten Geplauder gar nicht mehr richtig zu. Was dachte sich dieser Hori eigentlich dabei? Dass sie mit ihm eine lustige Wohngemeinschaft gründen würde? Sie spürte eine brodelnde Wut in sich hochsteigen, aber die galt nicht Barry, sondern seinem Bruder. Hatte sie sich seine Gefühle ihr gegenüber nur eingebildet? Warum spielte er sich jetzt als Retter für ihre Beziehung mit Barry auf? Darauf legte sie gar keinen Wert, einmal abgesehen davon, dass alle wie selbstverständlich davon ausgingen, sie würde ihre Beziehung zu ihm fortsetzen wollen, wenn man ihr nur gut zuredete. Und glaubten die Tonkas und Lucy etwa, dass sie hier am Ende der Welt Wurzeln schlagen wollte?

Zweifelnd betrachtete sie ihn aus dem Augenwinkel. Hatte sie überhaupt noch Gefühle für ihn? Sie wusste es nicht. In ihr breitete sich eine seltsame Leere aus.

»Barry? Du hast dich noch nicht einmal entschuldigt für die Worte, die du mir an den Kopf geworfen hast. Und selbst, wenn du dich nicht an Einzelheiten erinnerst, wirst du ja zumindest nicht verdrängt haben können, dass du nicht besonders nett zu mir warst. Und es wäre sehr freundlich, wenn du mich fragen würdest, ob ich überhaupt noch eine Beziehung zu dir möchte, bevor du mein Zimmer bei dir einrichtest.« Ihr Ton war spitz, aber sie konnte nichts dagegen tun. Was bildeten sich diese Brüder eigentlich ein? Dass sie über sie bestimmen konnten?

»Willst du?«, fragte er und sah sie aus seinen dunklen Augen treuherzig an, sodass sie fast versucht war, ihm ein Lächeln zu schenken. Sie stieß noch einen tiefen Seufzer aus.

»Barry, du bist unmöglich!«

»Ja, mehr davon. Beleidige mich, beschimpfe mich. Ich habe es verdient. Nur bitte, erteile mir keine Abfuhr. Lass es uns versuchen!«

»Ich werde auf keinen Fall in deine Wohngemeinschaft ziehen, sondern bei Suzan wohnen bleiben. Für die zwei Monate lohnt sich kein Umzug«, stöhnte Grace.

»Alles, was du willst. Hauptsache, du gibst mir noch eine Chance, dir zu zeigen, dass du nicht umsonst nach Neuseeland gereist bist. Aber sag mal ehrlich, die Vogeltante ist ja wohl zum Fürchten. Ich meine, von ihrer ganzen Art her und wie gruselig die aussieht.

Ob die immer schon so war? Auch bevor sie diese Verletzungen erlitten hat? Weißt du, was sie so zugerichtet hat?«

In diesem Augenblick trat Marco an den Tisch und fragte nach ihren Wünschen. Grace nahm noch ein Glas Wein. Zu essen bestellte sie sich gar nichts, denn sie hatte keinen Appetit mehr.

Barry schien mit sich zu kämpfen, was er trinken sollte, doch dann fragte er grinsend: »Ein *Speights* schadet doch nichts, was, Marco?«

»Auch keine zwei, Alter. Hauptsache, du erscheinst morgen pünktlich und in alter Frische zur Arbeit.«

»Na klar. Ich kann doch meine Fans nicht enttäuschen.« Er winkte ein paar jungen Frauen an einem der anderen Tische. Marco wandte sich Grace zu.

»Und du willst wirklich nichts essen?«

Sie schüttelte den Kopf. Ihr war ausschließlich nach trinken. Das Gespräch mit Barry missfiel ihr. Allein dass Hori als Ratgeber für seinen Bruder fungierte und sich offenbar nicht annähernd für sie interessierte, bereitete ihr schlechte Laune, und wie Barry über Suzan redete, das machte sie regelrecht zornig. Sie hatte das unbedingte Bedürfnis, sie verteidigen zu müssen.

»Suzan Almond ist eine großartige Frau, und ich werde bei ihr wohnen bleiben, solange ich in Neuseeland bin, denn wir können eine Menge voneinander lernen. Und ich finde es nicht fair, sie wegen ihres entstellten Gesichtes zu verurteilen. Sie ist doch deshalb noch lange kein Monster.«

Außerdem erzählt sie spannende Familiengeschichten, fügte Grace in Gedanken hinzu.

»Na gut, das ist vielleicht ganz praktisch, wenn ihr beiden Lehrerinnen...«

»Weder Misses Almond noch ich sind Lehrerinnen. Und wenn du immer noch nicht begriffen hast, was ich beruflich mache, dann sollten wir...«

Barry unterbrach sie durch ein herzliches Lachen. »Süße, das war doch ein Witz. Natürlich weiß ich, was du so machst. Hori hat nämlich total davon geschwärmt. Ihr forscht darüber, ob es meine Ahnen waren, die dem Moa den Garaus gemacht haben, oder?«

Wider Willen musste Grace lächeln.

»So ähnlich, ja, aber nun mal im Ernst. Ich weiß nicht, ob ich überhaupt noch eine Beziehung zu dir möchte, Barry.«

»Aber Süße, das kannst du mir nicht antun!«, rief Barry bestürzt aus. »Du bist doch mein Mädchen.«

»Aber es hat doch keinen Sinn. Ich werde in spätestens zwei Monaten wieder in Deutschland sein.«

»Und warum bist du denn überhaupt erst gekommen?« Das klang beleidigt.

»Es waren unter anderem deine wunderschönen Briefe.«

»Das sagt Hori auch immer. Ich kann besser schreiben als reden.«

»Bitte, Barry, lass es mich noch einmal überdenken. Ich melde mich bei dir.«

Barry sah sie durchdringend an, nahm ihre Hand und streichelte sie zart.

»Komm, Süße, lass uns an die frische Luft gehen. Ich kenne da einen schönen Platz.«

Ohne eine Antwort abzuwarten, sprang Barry auf und zog sie vom Stuhl. Sie folgte ihm zögerlich. Sie verließen das Restaurant, ohne sich von Marco zu verabschieden. Barry steuerte auf einen Pick-up zu, der Grace entfernt bekannt vorkam.

»Ist das nicht das Auto von Lucy?«

Barry nickte und ließ sie einsteigen.

»Wohin fahren wir?«

»Lass dich überraschen.«

Grace widersprach ihm nicht, sondern sah schweigend aus dem Fenster. Sie fuhren aus der Stadt hinaus, und plötzlich kam ihr das, was dort draußen an ihnen vorüberzog, seltsam bekannt vor. Das war genau die Küstenstraße, die sie gestern mit Suzan gefahren war. Und da tauchte vor ihnen auch schon Macandrew Bay auf. Barry aber hielt sich links und stoppte ein Stück außerhalb des Ortes direkt am Wasser. Außer ihnen war keine Menschenseele dort.

»Was hast du vor?«, fragte Grace, ein wenig verärgert darüber, dass er sie im Unklaren über ihr Ziel ließ.

Er deutete auf ein Bootshaus, das auf Stelzen ins Wasser gebaut war.

»Komm schnell. Nicht dass wir den Sonnenuntergang verpassen.«

Murrend stieg Grace aus und folgte ihm erneut, obgleich ihr das nicht recht war. Sie hatte sich schon längst von ihm verabschieden wollen, aber so war es bereits in Thailand gewesen. Ihr Verstand hatte dagegen protestiert, dass sie ihm überallhin folgte, aber sie hatte es trotzdem getan. Und dieses Muster scheint immer noch zu funktionieren, ging es Grace durch den Kopf.

Beim Bootshaus angekommen, zog Barry aus einer geschnitzten Holzfigur, die den Eingang bewachte und zum Fürchten aussah, einen Schlüssel und öffnete die Tür. Er ließ sie ins Haus vorgehen. Grace hatte die Einrichtung eines Schuppens erwartet, aber stattdessen stand sie in einem lichtdurchfluteten Raum, in dem es an nichts fehlte.

»Aber das sieht ja aus wie eine Wohnung!«, rief sie erstaunt aus.

»Es *ist* eine Wohnung, Süße. Sie gehört meinem Bruder, aber er ist gerade auf einer seiner Inseln. Du weißt schon, kleine Kiwi-Kinder retten. Und danach zieht er eh zu mir.«

»Und das hier gibt er etwa auf?«

»Um Gottes willen, nein, er wird sicher oft am Wochenende herfahren, denn er hat es eigenhändig umgebaut. Er liebt sein Bootshaus über alles, und er braucht es auch, um von hier aus zu segeln.«

Grace holte tief Luft. Es war ihr ganz und gar nicht recht, dass sie nun überraschend in Horis Wohnung gelandet waren. Und doch schaute sie sich fasziniert die Fotos an den Wänden an. Sie zeigten alle den neuseeländischen Wappenvogel, aber jedes für sich war ein kleines Kunstwerk. Auf keinem der Fotos war einfach nur ein Kiwi abgebildet.

»Wer hat die Bilder gemacht?«, fragte sie neugierig.

»Hori. An ihm ist wirklich ein Fotograf verlorengegangen, aber er will unbedingt bei seinen Vögeln bleiben. Was meinst du, was man ihm schon geboten hat, aber er gibt keins von den Fotos raus. Willst du was trinken?«

Grace wollte die Frage verneinen, aber stattdessen nickte sie. Er brachte ihr ein Glas Weißwein und holte sich selbst ein Bier.

»Komm schnell! Lass uns nach draußen gehen.« Er öffnete die Schiebetüren, die zur Bucht gingen, und rief aus: »Das ist der geilste Blick auf der ganzen Otago-Halbinsel!«

Von der hölzernen Terrasse, die ins Wasser führte und ebenfalls auf Stelzen stand, bot sich ihnen in der Tat ein gigantischer Blick über den *Otago Harbour* auf die Stadt Dunedin.

»Das ist ja himmlisch«, entfuhr es ihr, während sie sich auf eine Holzbank setzte. Barry hockte sich daneben und legte den Arm um sie.

Grace sah fasziniert zu, wie die Sonne über Dunedin malerisch zu sinken begann. Sie hatte auf der Welt schon einige bezaubernde Sonnenuntergänge erlebt, aber das hier war einzigartig. Die ganze Stadt war in rotes und gelbes Licht getaucht.

Barry fragte, ob sie noch einen Wein haben wolle. Sie hielt ihm verträumt ihr Glas hin, weil sie den Blick nicht von diesem beeindruckenden Schauspiel der Farben wenden konnte. Erst als der rot glühende Feuerball hinter den Hügeln von Dunedin verschwunden war, sah sie Barry an.

Der hatte die Augen geschlossen und deklamierte: »Wo bist du? Trunken dämmert die Seele mir. Von all deiner Wonne; denn eben ist's, dass ich gelauscht, wie, goldner Töne voll, der entzuckende Sonnenjungling...«

»Wow, du sprichst ja fast perfekt Deutsch, aber das ist nicht von dir. Ich kenne es zufällig«, sagte sie lächelnd.

»Nein, das ist von Frederik Holderlein, einem deutschen Dichter.«

»Woher kennst du Hölderlin?« Grace sah ihn erstaunt an.

»Ich hatte mal eine Freundin, die war Lehrerin für deutsche Literatur.«

»Lass mich raten. Urlaubsbekanntschaft aus Thailand?«

»Nein, sie hat ein Sabbatjahr in Neuseeland gemacht.«

Grace lag die Frage auf der Zunge, die wievielte seiner Urlaubsbekanntschaften sie eigentlich war, aber sie konnte sich gerade noch beherrschen.

Barry hatte sie nun ganz dicht zu sich herangezogen. Grace wehrte sich nicht, sondern ließ ihren Kopf gegen seine Schulter sinken. Und plötzlich kam ein wenig von dem Gefühl auf, das sie auf Ko Samui für Barry empfunden hatte. Sie hatten dort so unendlich viele Sonnenuntergänge gemeinsam betrachtet. Im warmen Sand mit einer Flasche Wein und von der Illusion beseelt, die Welt würde nur aus diesem verführerischen gelb-roten Farbenspiel bestehen.

Grace wehrte sich auch nicht, als er sie von der Bank auf den Holzboden der Terrasse zog und zu streicheln begann. Im Gegenteil, auf einmal schien alles leicht und unbeschwert. Was mache ich mir nur immer für Gedanken?, ging es ihr durch den Kopf, während sich ihre Münder fanden. Sie küssten sich leidenschaftlich. Als sie flüchtig an Hori denken musste, scheuchte sie die Erinnerung energisch fort.

Stattdessen gab sie sich seinen Berührungen hin und erwiderte sie. Geschickt zog er ihr das leichte Sommerkleid aus. Dann stand er auf und entkleidete sich langsam. Sie ließ ihn nicht aus den Augen. Wie anziehend sein muskulöser Körper doch war. Nackt, wie er war, ließ er sich neben sie auf den Boden sinken, und ehe sie sich's versah, hatte er sich auf sie gerollt. Dann ging alles ganz schnell. Er war außer sich vor Begierde, während sie nichts mehr empfand – außer der Reue, mit ihm in dieses Haus gefahren zu sein.

Tränen standen ihr in den Augen, als er laut ächzend in sie eindrang, aber da war es auch schon fast vorüber.

»Süße, meine Süße«, stöhnte Barry wie von ferne, bevor er einen heiseren Schrei ausstieß. Dann rollte er sich zur Seite und murmelte schuldbewusst: »Ich habe mich so nach dir gesehnt. Entschuldige, du weißt, dass das sonst nicht meine Art ist.«

Ich möchte nach Hause, dachte Grace und wünschte sich in ihr Zimmer in der Villa der Professorin, in dem sie sich inzwischen selten heimisch fühlte. Unvermittelt sprang sie auf und eilte zurück ins Haus. Sie betrachtete noch einmal eingehend die Fotos an den Wänden und auf dem Schrank. Dort standen private Fotografien. Eine zeigte Hori am Ruder eines Segelschiffs. Er lächelte. Ihr war so, als ob dieses Lächeln ihr galt. Und plötzlich wusste sie, dass sie ihr Herz unwiderruflich in Neuseeland verloren hatte. Aber an den falschen Bruder!

»Na, Süße, das war doch ein schönes Wiedersehen mit uns beiden, was?«, murmelte Barry, während er seine Arme von hinten um ihren Bauch schlang. Er küsste sie auf den Nacken. »Verzeih mir, aber ich habe so lange auf dich gewartet. Nächstes Mal lass ich mir wieder alle Zeit der Welt«, fügte er entschuldigend hinzu.

»Wer ist das?«, fragte sie, um Zeit zu gewinnen. Sie scheute sich davor, ihm zu gestehen, dass es endgültig vorbei war. Sie deutete auf ein Foto, das einen Mann und eine Frau zeigte, die beide unverkennbar Maori waren. Der Mann sah Hori ähnlich.

»Das sind unsere Eltern«, erwiderte Barry knapp.

»Bitte fahr mich jetzt nach Hause!« Grace hatte es nicht so schroff sagen wollen, aber jetzt stand es im Raum wie ein Befehl, der deutlich zeigte, dass sie keinerlei romantische Gefühle hegte.

»Ich dachte, du kommst mit zu mir und wir wiederholen das Wiedersehen?« Barrys Verwunderung war nicht zu überhören.

»Nein, ich möchte nach Hause.« Mit diesen Worten befreite sich Grace aus seiner Umarmung, eilte auf die Terrasse, griff sich ihre verstreute Kleidung und zog sie hektisch an. Barry folgte ihr so nackt wie er war und beobachtete das Ganze ungläubig.

»Ich will gehen. Fährst du mich?«

»Jetzt sofort?«

»Ja, bitte«, erwiderte sie, bevor sie wie eine Getriebene zurück ins Haus fegte. Plötzlich erschien ein Bild vor ihrem inneren Auge: Hori, wie er sich im Flugzeug über sie gebeugt hatte. Und noch eines: Hori, wie er sie vor Barrys Haus angesehen hatte.

Ihre Knie wurden weich. Ihr Herz pochte schneller. Da half kein Verdrängen. Da half nur eines: Sie musste schnellstens fort aus diesem Land.

»Darf ich mich wenigstens noch anziehen?«, versuchte Barry zu scherzen, als er mit seiner Kleidung unter dem Arm von der Terrasse kam.

Seine Worte hörte Grace nur wie von ferne. Sie fühlte sich magisch von einem weiteren Foto angezogen. Hori mit einem Federmantel bekleidet. In der Hand hielt er einen Stock. Wie ernst er in die Kamera blickte. Und wie unberührbar er wirkte. Wie ein Krieger aus längst vergangenen Zeiten. Grace wusste nicht viel über die Traditionen der Maori, aber Hori strahlte den Stolz seines Volkes aus. Das jedenfalls meinte Grace auf dem Foto zu erkennen. Auf einem anderen Foto sah sie einen alten Mann, der denselben Federmantel trug, inmitten seiner Familie. Viele der Männer hatten Tatoos am Kinn, aber alle schienen diese ausdrucksstarken Augen zu besitzen, denselben kraftvollen magischen Blick wie Hori, ihr Abkömmling.

»Hori ist mit Vater ein paarmal zu seinem *Pa*, seinem Dorf, gefahren und hat sich von Großvater im *Mau Taiaha*, dem Stockkampf, unterrichten lassen. Hori war Großvaters Liebling, und deshalb durfte er auch den Mantel der Ahnen anziehen«, erklärte ihr Barry das Foto. Aus der Art, wie er das sagte, konnte sie schließen, dass er den Federmantel nicht hatte tragen dürfen.

Grace aber blickte nun rasch von dem Foto auf und tat desinteressiert.

»Ja, schön, aber bist du jetzt fertig?«

Statt ihr eine Antwort zu geben, legte er ihr die Hände auf die Schulter und sah sie durchdringend an. »Grace, was ist los? Du bist plötzlich so anders. Wenn wir uns in meiner Hütte geliebt haben, dann warst du danach wie Wachs in meinen Armen, hast dich an mich geschmiegt, und deine Augen haben vor Glück geleuchtet. Jetzt sind sie stumpf und ohne Glanz.«

Grace biss sich auf die Lippen. Es hatte keinen Sinn, ihm etwas vorzumachen und das Unabänderliche hinauszuschieben. Nein, sie musste all ihren Mut zusammennehmen, um es endlich hinter sich zu bringen. So war es eine Quälerei für sie – und für ihn.

»Barry«, begann sie zögernd. »Barry, ich habe mich entschieden. Ich möchte dich nicht mehr wiedersehen. Mein Herz schlägt nicht mehr für dich so wie auf Ko Samui und die ganzen Monate über, in denen wir uns geschrieben haben.«

»Wie bitte? Du bist mit mir in dieses Haus gekommen, obwohl du nichts mehr für mich empfindest? Warum hast du mir das nicht gleich gesagt, als ich dich vor dem Haus dieser schrecklichen Frau getroffen habe?«

Seine Stimme klang drohend.

»Barry, verzeih mir, aber da habe ich es selbst noch nicht so genau gewusst.«

»Ach so. Und seit wann weißt du es so genau?«

Grace kämpfte mit sich. Sie wollte unbedingt vermeiden, dass er annähernd erahnte, dass und vor allem an wen sie ihr Herz unrettbar verloren hatte.

»Schon als wir uns vorhin bei *Marco* gesehen haben, da habe ich geahnt, dass es nichts mehr werden kann mit uns. Weißt du, unsere erste Begegnung, die sitzt mir einfach zu tief in den Knochen ...«

»Erzähl keinen Blödsinn, Grace Cameron! Gib es zu, ich bin dir nicht gut genug. In Thailand war ich exotisch, aber hier im Lande der *Pakeha* ist dir bewusst geworden, dass ich nur ein Maori bin. Gib es ruhig zu.«

»Nein, das hat gar nichts damit zu tun«, protestierte sie. Wenn er wüsste, wie sehr er sich täuschte, aber sie konnte ihm doch schlecht erbarmungslos die Wahrheit sagen: *Ich liebe einen anderen Maori! Einen stolzen, aufrechten Maori! Deinen Bruder!*

»Und dann lässt du dich von mir flachlegen wie eine Nutte? Du bist wirklich das Letzte.«

Grace kämpfte mit sich. Am liebsten würde sie ihn mit einer kräftigen Ohrfeige zum Schweigen bringen. Doch sie riss sich zusammen und versuchte, an seinen Verstand zu appellieren, statt die Emotionen weiter anzuheizen.

»Das ist nicht wahr, Barry. Dass du Maori bist, hat nichts mit meiner Entscheidung zu tun. Seit unserem schrecklichen Wiedersehen weiß ich, dass wir nicht zusammenpassen. Was meine Gefühle zu dir angeht, da schwanke ich seitdem. Deshalb habe ich dich getroffen. Ich hoffte, ich würde wieder so fühlen können wie vorher. Erst in diesem Haus habe ich die Klarheit gewonnen, die ich brauche. Es geht nicht mit uns. Wir sind zu unterschiedlich.«

»Sage ich doch, der weißen Lady passt meine Hautfarbe nicht. Sie sitzt auf ihrem hohen Ross und verachtet uns Maori. Aber eines sage ich dir: Meinen Kumpeln, denen kannst du nicht das Wasser reichen.«

»Barry, jetzt halt endlich mal deinen Mund!«, schrie Grace wütend. »Es liegt nicht daran, dass du ein Maori bist, verdammt noch mal. Aber wenn du es genau wissen willst: Ich habe mich in einen anderen Mann verliebt.«

»Sag ich doch, ein *Pakeha* hat dir den Kopf verdreht!«

»Nein, du Idiot, ich liebe deinen Bruder!« Grace hielt erschrocken inne, da war es bereits zu spät. Sie spürte nur noch den brennenden Schmerz seiner Ohrfeige auf ihrer Wange, dann hatte sich Barry auf dem Absatz umgedreht und war verschwunden.

Grace setzte sich zitternd auf einen Stuhl. Was hatte sie bloß angerichtet? Warum war ihr das nur herausgerutscht? Sein Selbstmitleid hatte sie dermaßen in Rage versetzt, dass sie gegen jede Vernunft ihr größtes Geheimnis ausgeplaudert hatte.

Jetzt kann ich nur noch den nächsten Flieger nehmen, sagte sie sich, während sie die Terrassentüren sorgfältig schloss, nicht ohne noch einen wehmütigen Blick auf die im Lichterglanz erstrahlende Stadt zu richten. Unvermittelt wandte sie sich ab, wusch die Gläser ab, die sie benutzt hatten, und verließ das Haus.

Barry hatte den Schlüssel von außen im Schloss stecken gelassen. Grace überlegte, ob sie das Haus einfach offen lassen sollte. Doch dann schloss sie entschieden ab und legte den Schlüssel nach einigem Zögern der üppig geschnitzten Holzfigur, deren Augen aus Paua-Muscheln sie mit ihrem Blick schier aufzuspießen drohten, auf die weit herausgestreckte Zunge.

Hastig verließ sie den Steg in Richtung Macandrew Bay. Um diese Zeit war kaum mehr etwas los. Hier draußen herrschte völlige Stille. Schließlich stellte sich Grace an die Straße und wartete. Es dauerte eine halbe Ewigkeit, bis sie Motorengeräusche vernahm und sich zum Trampen bereitmachte. Der Wagen hielt sofort, und der Fahrer nahm sie fast bis vor das Haus der Professorin mit. Sie war heilfroh, dass der Mann wortkarg war und sie nur nach ihrem Ziel fragte, aber ansonsten keinerlei Interesse an ihr zeigte.

Grace hoffte sehr, dass ihr Suzan an diesem Abend nicht mehr begegnete. Sie wollte sich ihr auf keinen Fall anvertrauen. Wahrscheinlich würde Suzan ihr nämlich wieder an der Nasenspitze ansehen, dass etwas passiert war, und dann so lange bohren, bis sie alles ausplauderte. Es genügte, wenn sie ihr morgen schonend beibrachte, dass sie nun doch keine zwei Monate mehr bleiben konnte, sondern schon morgen den Flieger nach Auckland nehmen würde. Langsam musste Suzan sie ja für ein Fähnchen im Wind halten.

Leise versuchte Grace, an Suzans Wohnzimmer vorbeizuschleichen. Die Tür war nur angelehnt, und ein Lichtstrahl fiel auf den Flur, doch das schrille Klingeln des Telefons ließ Grace zusammenzucken. Sie blieb erschrocken stehen und hielt die Luft an. Ein Blick auf ihre Armbanduhr zeigte bald Mitternacht. Wer ruft denn um diese Zeit hier an?, fragte sie sich, als sich Suzan schon mit schroffer Stimme meldete. Hoffentlich ist es nicht Barry, dachte sie und lauschte.

»Hallo?«

Komisch, Suzan meldet sich nicht mit Namen, fiel Grace auf. Dann gab es eine längere Pause. Grace bemühte sich, nicht laut zu atmen. Der Anrufer schien Suzan den Grund seines späten Anrufs zu erklären.

»Tut mir leid. Sie ist ausgegangen«, sagte Suzan schließlich nicht gerade freundlich. »Versuchen Sie es einfach noch einmal, wenn es hier nicht mitten in der Nacht ist«, fügte sie bissig hinzu.

Grace stutzte. Wollte sie da etwa jemand aus Deutschland sprechen und hatte die Zeitverschiebung vergessen? Doch wer wusste von der Professorin und dass man sie, Grace, hier im Institut erreichen konnte? Da kamen nur zwei Personen in Frage: Professor Heinkens und ihre Freundin Jenny. Ja, denen hatte sie sogar die Telefonnummer für den Notfall gegeben. Da Ethan nichts von der Einladung der Professorin wusste, konnte er kaum jener Anrufer sein.

Grace wollte sich gerade bemerkbar machen, da hörte sie Suzan mit schneidender Stimme sagen: »Nein, da liegen Sie falsch. Was heißt, unverwechselbare Stimme? Ich muss doch sehr bitten. Woher? Nein, ich kenne Sie aber nicht. Nein, wie oft soll ich Ihnen das noch sagen? Mein Name ist Vanessa Brown. Nein, Sie irren sich. Ich war nie eine andere.«

Grace klopfte das Herz bis zum Hals. Warum verleugnete sich Suzan? Warum behauptete sie, ihre eigene Mitarbeiterin zu sein? Da war es wieder, dieses merkwürdige Gefühl, dass mit der Professorin etwas nicht stimmte. Angestrengt lauschte Grace dem weiteren Verlauf des sonderbaren Telefonats.

»Nein, Sie müssen sich nicht entschuldigen. Das kann doch jedem mal passieren. Nein, ich nehme Ihnen das gar nicht übel. Ich verwechsle auch manchmal Stimmen am Telefon. Gut, ja, natürlich kann ich ihr etwas ausrichten. Ich höre.«

Grace kämpfte mit sich, ob sie ihren Lauschposten aufgeben sollte, aber sie blieb wie angewurzelt stehen und gab keinen Laut von sich. Sie schwitzte vor lauter Aufregung.

»Das werde ich ihr sagen. Ist nicht schlimm, ich war noch wach. Auf Wiederhören!«

Dann herrschte Stille. Nun war es zu spät, sich zu zeigen. Grace betete, dass ihr Herzklopfen nicht bis ins Wohnzimmer drang. Auf Zehenspitzen wollte sie hastig in ihr Zimmer schleichen, doch dann knackte der Dielenboden. Erschrocken blieb sie stehen, aber nichts geschah. Suzan hatte sie wohl nicht gehört. Trotz ihrer wackligen Knie schaffte sie es nun, unbemerkt in ihr Zimmer zu schlüpfen.

Sie ließ sich aufs Bett fallen und atmete ein paarmal tief durch. Jetzt lief ihr der Schweiß in Strömen über das Gesicht. Wer hatte da wohl versucht, sie anzurufen? Und was hatte es zu bedeuten, dass Suzan am Telefon log? Grace ärgerte sich inzwischen maßlos darüber, dass sie nicht einfach ins Zimmer getreten war und sich den Anrufer hatte geben lassen. Insgeheim aber ahnte sie bereits, warum sie es letztlich unterlassen hatte. Sie wollte Suzan testen. Würde sie ihr von dem Gespräch berichten? Ja oder nein? Und würde sie ihr auch davon berichten, wie sie sich verleugnet hatte?

Ein zaghaftes Klopfen riss sie aus ihrer Grübelei.

»Grace, bist du da? Ich habe Schritte gehört.«

»Ja, komm doch rein«, erwiderte Grace mit heiserer Stimme. Wie erwartet, bemerkte Suzan ohne Umschweife, dass Grace schlecht aussah.

»Es war also kein schöner Abend?«, fragte Suzan sogleich.

»Es ist aus. Ich werde ihn nicht wiedersehen. Ich empfinde nicht mehr das für ihn, was für eine Beziehung nötig ist.«

»Das ist doch prima. Freu dich doch. Und, wann wirst du dich mit seinem Bruder verabreden?«

Grace wurde knallrot.

»Gar nicht! Und jetzt lass mich in Ruhe!«, fauchte sie wütend.

Suzan konnte es einfach nicht lassen. Es hätte nicht viel gefehlt und Grace hätte ihr an den Kopf geworfen, sie solle sich um ihre eigenen Angelegenheiten kümmern und ihr lieber erzählen, wer da eben für sie, Grace, angerufen hatte.

Sie hatte den Gedanken noch gar nicht ganz zu Ende geführt, da sagte Suzan wie nebenbei: »Warum ich eigentlich hier bin, eben hat dein Vater aus Deutschland angerufen. Er hatte wohl vergessen, dass es die Zeitverschiebung gibt.«

»Wie kommt der denn an meine Nummer? Ich habe sie nur Jenny, meiner Freundin, für Notfälle gegeben. Ob er sie von ihr hat? Mist! Und, was wollte er?« Grace konnte ihre Erregung kaum vor Suzan verbergen.

»Er hat sich gewundert, dass du dich noch nicht bei ihm gemeldet hast. Und er wollte wissen, ob es dir gut geht. Er war gerade auf dem Weg zum Flieger und meinte, er meldet sich wieder. Ich glaube, er sagte was von Urlaub.«

»Das wirst du richtig verstanden haben. Seine Neue ist sehr reisefreudig. Ständig muss er sich Urlaub nehmen«, bemerkte Grace giftig, was sie umgehend bedauerte, denn Suzan bekam wieder diesen fragenden Gesichtsausdruck.

»Dein Vater hat eine andere Frau? Hat er deine Mutter verlassen?«

Grace kämpfte mit sich, ob sie Suzan die Geschichte von Claudia und Ethan nicht einfach erzählen sollte. Was hatte sie zu verlieren? Morgen war sie fort. Und durch Ethans Anruf war ihr sein mieses Verhalten bei der Trennung ohnehin wieder so präsent, als sei die Trennung von Claudia erst gestern gewesen. Deshalb hatte sie sich auch nicht bei ihm gemeldet. Ihr Groll gegen ihn war längst noch nicht verraucht. Und allein bei dem Gedanken, dass er mit einer Frau, die jünger war als sie selbst, durch die Welt jettete und auf jung geblieben machte, wurde ihr schlecht. Zumal Dana, Ethans Neue, Claudia nicht mal das Wasser reichen konnte. Sie war eine permanent schmollende Kindfrau mit einer Mädchenstimme, die so tat, als könne sie ohne Mann nicht existieren. Sie war klein, zart und blond. Das ganze Gegenteil von der kräftigen, zupackenden Claudia. Sofort kam in Grace die Erinnerung an den Tag hoch, an dem sie Claudia gefunden hatten.

»Du wirst ja sowieso nicht lockerlassen, bevor du alles weißt«, seufzte Grace. »Ja, mein Vater hat meine Mutter jahrelang mit einer deutlich Jüngeren betrogen, und ja, es war seine Sekretärin. Man soll es nicht glauben, aber das kommt leider nicht nur in schlechten Filmen vor. Und als die dann schwanger wurde, ist sie mit ihrem dicken Bauch bei meiner Mutter aufgeschlagen. Mein Vater ist sofort zu der Frau gezogen, und meine Mutter verschwand daraufhin spurlos. Wochen später hat man sie mitsamt ihrem Wagen aus der Spree gezogen. In ihrem Abschiedsbrief hat sie mir gestanden, dass ich adoptiert worden bin, was meinen Vater total auf die Palme gebracht hat.«

»Das kann ich mir lebhaft vorstellen. So ist er...«, erwiderte Suzan im Brustton der Überzeugung.

Grace, die ihr Misstrauen gerade wieder halbwegs überwunden hatte, weil Suzan ihr ganz offenherzig von Ethans Anruf berichtet hatte, stutzte.

»Was heißt: So ist *er?*«

»Der Typ Mann, der sich mit seiner Sekretärin einlässt.«

»Aha. Und warum kannst du dir vorstellen, dass so einen auf

die Palme bringt, wenn seine Frau der Tochter in einem Abschiedsbrief offenbart, dass sie adoptiert worden ist? Er musste doch verstehen, dass Claudia das Geheimnis nicht mit ins Grab nehmen wollte, oder?«

»Ganz einfach. Weil sie damit erreichen wollte, dass du auf Distanz zu dem Mann gehst, der nicht einmal dein leiblicher Vater ist«, entgegnete Suzan prompt.

»So habe ich das noch gar nicht gesehen«, erwiderte Grace nachdenklich, denn der Gedanke leuchtete ihr durchaus ein. Claudia hatte einen Keil zwischen Ethan und sie treiben wollen, was ihr ja auch weitgehend gelungen war. Unser Verhältnis ist mies, seit sie tot ist, sinnierte Grace, und ich habe immer gedacht, das liegt nur an der Neuen; aber liegt es nicht auch daran, dass ich nun die Wahrheit kenne? Er ist nicht mein Vater!

Zum ersten Mal konnte sie an diese ganze schreckliche Sache denken, ohne dass ihr sofort die Tränen in die Augen traten. Sie atmete tief durch. Es tat gut, es einem so unsentimentalen Menschen anzuvertrauen wie Suzan. Und trotzdem würde es sie brennend interessieren, mit wem Ethan die Professorin verwechselt und warum sie sich ihm gegenüber als Vanessa Brown ausgegeben hatte.

»Dein Vater schien tatsächlich etwas gestresst. Die junge Frau überfordert ihn wohl. Er hat vehement behauptet, ich wäre eine Freundin aus Jugendtagen. Er meinte, es an meiner Stimme erkannt zu haben, und wurde ganz ungnädig, als ich ihm deutlich machte, das müsse ein Irrtum sein. Da habe ich ihn abgewimmelt und ihm erzählt, ich hieße Vanessa Brown. Tja, mir ist auf die Schnelle nur ihr Name eingefallen. Da hat er lockergelassen. Ein hartnäckiger Bursche, dein Vater.«

Grace atmete erleichtert auf. Suzan berichtete ihr ganz freimütig von der Verwechslung und der kleinen Notlüge. Es gab also wirklich keinen Grund, ihr zu misstrauen. Im Gegenteil, eigentlich war sie ihr zu Dank verpflichtet.

»Er versucht, dich wieder zu erreichen, sobald er von der Reise zurück ist.«

»Da wird er kein Glück haben. Ich habe mich entschlossen, morgen nach Auckland zu fliegen und von dort, so schnell wie möglich, zurück nach Hause. Diese Sache mit Barry hat mich doch mehr mitgenommen, als ich es wahrhaben wollte.«

»Du meinst wohl die Sache mit seinem Bruder, oder?«

»Ja, okay, da du ohnehin Gedanken lesen kannst . . . ja, ich bin in seinen Bruder verliebt, aber der hat eine Freundin, und außerdem will ich das Barry nicht antun. Kurz, ich muss weg!«

»Dunedin ist groß.«

»Aber nicht groß genug, um den Tonkas aus dem Weg zu gehen. Ich habe es Barry nämlich gesagt. Und der ist sehr zornig.«

»Was, du hast ihm gesagt, dass du seinen Bruder liebst?«

»Ja, und er war so wütend, dass er mir eine Ohrfeige versetzt hat, und er weiß, wo ich wohne.«

»Nein, nein, das kannst du nicht vorschieben. Der Junge wird dir mit Sicherheit nicht auflauern. Jede Wette. Er hat doch auch seinen Stolz. Dieser Maori und sein Bruder sind keine plausiblen Gründe, abzuhauen. Glaube mir. Außerdem bin ich ja auch noch da. Du hast mir dein Wort gegeben, dass wir noch zwei Monate zusammen arbeiten werden. Darauf habe ich mich eingestellt.«

»Aber . . .«

»Kein Aber. Steh dazu! Dass du mir dein Versprechen gegeben hast. Das Abhauen bringt dich übrigens auch nicht weiter.«

Grace spürte schmerzhaft, wie recht Suzan hatte. Sie sollte endlich lernen, nicht immer davonzulaufen.

»Bitte, versteh mich doch. Ich würde gern weiter mit dir arbeiten, aber . . .«

»Nein, ich habe kein Verständnis dafür. Du bist eine erwachsene Frau und hast mir dein Wort gegeben, dass du zwei Monate bleibst. Schließlich haben wir auch immer noch nicht geklärt, ob wir ein Buch daraus machen.«

Grace stieß einen tiefen Seufzer aus.

»Gut, zwei Monate und keinen Tag länger, aber wir gehen weder zum Inder noch zu *Marco's Pizza – Pasta!*«

»Einverstanden. Und es wäre doch wirklich jammerschade, wenn du nicht mehr in den Genuss kämst, Antonias Märchen zu lesen.«

»Das stimmt. Willst du es mir nicht einfach heute Nacht zum Lesen geben? Damit es mich von den Tonkas ablenkt?«

Suzan lachte. »Du bist wahrlich ein harter Brocken.«

»Du auch, denn ich kenne deine Antwort bereits: Wenn die Geschichte so weit ist, dann darfst du sie lesen.« Dabei imitierte Grace Suzans Stimme und war selbst erstaunt, wie echt das klang.

Suzan lachte. »Höre ich mich wirklich so scheußlich an?«

»Wie eine Oberlehrerin.« Grace fiel in das Lachen ein.

»Ich sehe es ein, ich muss mich sputen. Gleich morgen werde ich mit der Geschichte fortfahren.«

»Morgen? Nein, jetzt. Ich könnte eine Ablenkung gut gebrauchen«, forderte Grace lachend.

»Gut, wie du willst, aber ich muss dir vorher noch etwas von deinem Vater ausrichten.«

»Was? Dass seine Neue schon wieder schwanger ist?«

»Nein, ich soll dir sagen, dass er die ganze Geschichte nicht mehr mit seinem Gewissen vereinbaren kann. Wenn du mehr erfahren möchtest, sollst du dich an Moira Barclay wenden.«

Grace wurde leichenblass. »Wer . . . wer soll das sein? Mehr wissen worüber?«

Suzan zuckte mit den Schultern. »Keine Ahnung. Er hat nur gesagt: Bitte bestellen Sie ihr, sie soll sich unbedingt an Moira Barclay wenden.«

Otago Peninsula/Dunedin/Waikouaiti, Februar 1884

Angespannt lief Selma in ihrem Zimmer auf und ab. Schon seit über einer Stunde war Damon mit seinen Eltern im großen Salon, um ihnen den Entschluss mitzuteilen, sie zu heiraten.

Sie ahnte, dass seine Mutter nichts unversucht lassen würde, es zu verhindern. Aber Selma war sich auch sicher, dass Misses Wayne ihn nicht würde umstimmen können. Er liebte sie von ganzem Herzen. Das zeigte er ihr mit einer Intensität, die sie noch nie zuvor erfahren hatte. Dabei machte er noch nicht einmal Anstalten, sich ihr körperlich zu nähern. Außer ein paar verstohlenen Küssen.

Bei dem Gedanken daran seufzte Selma. Damon war nicht so fordernd wie sein Bruder, aber gerade diese Vorsicht, die er im Umgang mit ihr zeigte, mochte sie besonders an ihm. Überhaupt dachte sie, seit Damon ihr seine Liebe gestanden hatte, erstaunlich wenig an Charles. Und wenn, dann nur kurz, weil sein Verrat noch zu sehr schmerzte. Sie glaubte aber fest daran, dass es eines Tages nicht mehr wehtun würde. Dann, wenn sie erst Damons Frau geworden war. Jedenfalls bereitete ihr dieser Gedanke ein wohliges Gefühl. Ich glaube, ich werde ihn eines Tages von ganzem Herzen lieben, dachte sie, als Damon, ohne anzuklopfen, in ihr Zimmer trat.

Er war so bleich, dass Selma für den Bruchteil einer Sekunde befürchtete, er habe sich doch umstimmen lassen, aber dann nahm er sie schweigend in die Arme. Sofort war die Geborgenheit, die sie bei ihm empfand, wieder da.

»War es sehr schlimm?«, fragte sie zaghaft.

Zärtlich nahm er ihr Gesicht in beide Hände und blickte ihr in die Augen.

Selmas Herz klopfte bis zum Hals. Sie musste kurz an Will denken. In seinen Augen hatte sie auch stets die unbedingte Liebe zu ihr lesen können, aber Damons Blick löste in ihr ein wahres Feuerwerk der Gefühle aus. Sie spürte ein körperliches Verlangen nach ihm in sich aufsteigen.

»Mutter hat alle Register gezogen und mir gedroht, dass sie nicht länger mit dir unter einem Dach leben wird, wenn du meine Frau wirst. Und als ich sie bei der Gelegenheit davon in Kenntnis gesetzt habe, dass ich mir in Dunedin ein Haus gekauft habe, musste das Riechsalz her. Und sie hielt mir Charles als glühendes Beispiel vor. Dass er die richtige Wahl getroffen habe im Gegensatz zu mir. Da musste ich mir arg auf die Zunge beißen, um ihr nicht die ganze Wahrheit an den Kopf zu werfen. Aber so war es immer schon. Schon als Kind hatte ich manchmal die Schuld auf mich genommen, wenn er etwas ausgefressen hatte.«

Er stockte, denn Selmas Gesichtszüge waren bei seinen Worten entgleist.

»Bitte verzeih mir. Ich wollte die Bubenstreiche nicht mit seinem miesen Verhalten dir gegenüber gleichsetzen. Und dass ich dich heirate auch nicht damit, dass ich früher die Schuld auf mich genommen habe.«

»Ach Damon, das glaube ich dir doch. Ich bin nur so schrecklich empfindlich zurzeit. Das letzte sichere Zeichen, dass ich ein Kind unter meinem Herzen trage. Aber bitte, bitte, erzähl doch weiter. Du hast früher den Kopf hingehalten. Warum?«

»Weil er so unendlich viel ausgefressen hat. Und dann hat er mich angebettelt, ob ich nicht sagen könne, ich sei es gewesen. Was meinst du, wie hart Mutter mich bestraft hat, während sie ihrem guten Jungen nie wirklich böse sein konnte.«

»Und dein Vater?«

»Der hat sich immer rausgehalten oder ihr um des lieben Friedens willen nach dem Mund geredet.«

»Und was hat er zu uns gesagt?«

»Gar nichts. Er war nur schwer beleidigt, dass ich mein Haus nicht von ihm habe entwerfen lassen.«

Damon grinste schief.

»Du Armer«, seufzte Selma und strich ihm über die Wangen. Sie waren so angenehm glatt, seit er sich den Backenbart abrasiert hatte. Nun trug er nur noch einen Oberlippenbart. Ich mag das, schoss es Selma durch den Kopf, obwohl er Charles damit ähnlicher sieht denn je. Oder etwa gerade deshalb?

Selma schob den Gedanken an Charles hastig beiseite und bot Damon ihren Mund zum Kuss. Es war jedes Mal ein bisschen aufregender, wenn sie sich küssten, doch leider ging es dieses Mal für ihren Geschmack viel zu schnell vorüber.

Damon löste sich von ihren Lippen und blickte sie nachdenklich an. Er schien besorgt.

»Ich konnte Mutter nur mit Mühe überreden, dass du hier wohnen darfst, solange ich in Christchurch zu tun habe.«

»Christchurch?«, entfuhr es Selma erschrocken.

»Oh, mein kleiner Liebling, das tut mir leid. Habe ich es dir etwa nicht gesagt?«

Selma wurde blass bei dem Gedanken daran, dass er sie unter diesen Bedingungen allein im Haus seiner Eltern zurücklassen würde.

»Du musst nach Christchurch? Wann?«

»Schon morgen«, erwiderte er schuldbewusst. »Aber ich verspreche dir, ich bin in spätestens sechs Tagen wieder zurück. Ich habe dort einen Mandanten, der auf mich zählt.«

»Dann nimm mich mit!«

Damon seufzte. »Nichts lieber als das, aber denk an das Kind. So eine beschwerliche Zugfahrt ist bestimmt nicht gut für eine Schwangere. Und bestimmt nicht angenehm für dich. Dir ist doch ohnehin schon immerzu übel.«

Selma stöhnte auf.

»Du hast ja recht, Liebster.«

Damon streichelte ihr zur Bekräftigung sanft über die Wange.

»Wenn bloß mein Haus schon fertig wäre, aber mach dir keine Sorgen. Mutter wird dich nicht fressen, und ich kümmere mich darum, dass du nicht mehr im Haushalt arbeiten musst.«

»Nein, bitte, lass mir bis zu deiner Rückkehr die Arbeit. Der schönste Platz im Haus ist der bei Mama Maata.«

»Was hältst du übrigens davon, wenn ich Mama Maata bitte, mit uns zu kommen?«

Grace fiel ihm stürmisch um den Hals. »Das würdest du für mich tun? Ja, bitte, ja!«

Damon lachte. »Also, ich will ehrlich sein. Ich tue es auch für mich, denn schließlich war sie früher meine Kinderfrau, und von ihr habe ich mehr für das Leben gelernt als von meiner Mutter.«

Grace strahlte ihn dankbar an.

»Gut, mein Liebling, dann bereite ich alles vor, damit wir gleich heiraten können, wenn ich wieder zurück bin. Und dann kann dir nichts mehr passieren.«

Dann kann dir nichts mehr passieren. Selmas eben noch unfassbares Glück verwandelte sich binnen eines winzigen Augenblicks in Angst. Tief in ihrem Inneren machte sich ein ungutes Gefühl breit. Aber was sollte sie tun? Ihn anflehen, nicht zu gehen? Selma atmete tief durch. Mir wird schon nichts geschehen, redete sie sich gut zu.

Doch es half alles nichts. Die Angst blieb. Ja, sie wurde sogar noch stärker. In der Nacht träumte sie, dass ein Mann ohne Gesicht sie verfolgte.

Als sie sich am nächsten Tag unter Tränen von Damon verabschiedete, klammerte sie sich wie eine Ertrinkende an ihn. Sie kämpfte noch mit sich, ob sie ihm von ihren düsteren Vorahnungen und Albträumen erzählen sollte, doch da tauchte plötzlich seine Mutter auf. Sie übersah Selma und begrüßte nur ihren Sohn.

»Mutter!«, unterbrach Damon sie deshalb in scharfem Ton. »Bitte tu nicht so, als ob Selma Luft wäre. Sei doch einfach freundlich zu ihr, bis ich wieder zurück bin.«

»Ich werde mich bemühen«, erwiderte Ida Wayne in spitzem Ton. »Ich sollte ihr vielleicht gratulieren zu ihrem Fang. Nicht jedes mittellose Auswanderermädchen schafft es, sich so eine gute Partie zu angeln und in die feine Gesellschaft aufzusteigen«, fügte sie süffisant hinzu.

»Sie müssen es ja wissen, haben Sie es doch dank des Schürferglücks Ihres Gatten selbst vom mittellosen Auswanderermädchen zur Dame der Gesellschaft gebracht.« Erschrocken verstummte Selma. Das hatte sie auf keinen Fall aussprechen wollen, aber nun stand es im Raum wie ein Todesurteil.

»Freuen Sie sich nicht zu früh. Noch tragen Sie unseren Namen nicht, und ich bete zu Gott, dass es dazu niemals kommen möge«, zischte Misses Wayne und rauschte ohne ein weiteres Wort des Abschieds davon.

»Das war dumm von mir, oder?«, fragte Selma verzagt, aber Damon schüttelte den Kopf, nahm sie sanft in die Arme und gab ihr einen langen Abschiedskuss. Selma winkte seiner Kutsche hinterher, bis sie verschwunden war. Mit gesenktem Kopf ging sie zurück ins Haus und verkroch sich bei Mama Maata in der Küche.

»Wo bist du den ganzen Morgen gewesen?«, fauchte die Maori sie unwirsch an. »Die Arbeit macht sich nicht von selbst.«

»Ich weiß, entschuldige«, entgegnete Selma schwach, »aber es ist etwas geschehen.«

Mama Maata sah von ihrer Arbeit auf. Sie war gerade dabei, das Silber zu polieren.

»Und willst du es mir erzählen, oder muss ich dir jedes Wort aus der Nase ziehen? Es hat hoffentlich nichts mit deiner ständigen Übelkeit und einem gewissen Schürzenjäger zu tun, oder?«

Selma lief knallrot an. Vor Schreck fehlten ihr die Worte.

»Habe ich es mir doch gedacht. Hat dich dieser nichtsnutzige Bengel also rumgekriegt! Ich hätte dir lieber von der armen Sally erzählen sollen. Ein bildhübsches Ding, verlobt mit einem Burschen aus den Bergen, Joe Cameron. Dann fiel sie dem charmanten Mister Charles in die Hände. Sie hatte Glück, der Bursche, dieser Cameron, war anständig und hat sie trotzdem geheiratet. Aber sie ist kurz darauf vor Kummer todkrank geworden und gestorben. Nun ist der arme Cameron mit dem Wechselbalg allein. Und böse Zungen behaupten, der Junge sähe Charles verdammt ähnlich.«

Selma hatte die Gesichtsfarbe gewechselt. Von Tiefrot zu Kalkweiß.

»Aber ... aber, ich, ich ...«, stammelte sie.

»Kindchen, sieh mir in die Augen. Du willst mich doch nicht etwa belügen? Ich habe recht, nicht wahr?«

Selma senkte den Blick.

»Also doch. Aber du bildest dir nicht etwa ein, dass er dich heiratet, oder?«

Selma sah auf. »Nein, er heiratet demnächst Luisa Adison, und er wird niemals davon erfahren.«

»Ja, aber wie stellst du dir das vor? Bald ist es nicht mehr zu verbergen. Und ich traue der Missy zu, dass sie dich dann sofort aus dem Haus wirft.«

»Ich werde heiraten, und ich möchte, dass du mitkommst. Fort von hier!«

Mama Maata sah Selma mit einem Blick an, als hätte die den Verstand verloren.

»Mein Verlobter möchte das auch. Er hat den Vorschlag selbst gemacht.«

»Jetzt spann mich nicht länger auf die Folter. Was ist geschehen? Wen wirst du heiraten?«

»Mister Damon«, erwiderte Selma leise.

»Mister Damon?«, schrie Mama Maata empört auf. »Aber Kind-

187

chen, das darfst du nicht tun. Er ist so ein feiner Mensch. Du kannst ihm doch kein Hurenkind unterschieben!«

Selma legte der Maori beschwichtigend eine Hand auf den Arm. »Er weiß davon, und er möchte es so, aber nur unter einer Bedingung: Niemand wird je erfahren, dass er nicht der Vater ist. Du musst schweigen wie ein Grab.«

»Natürlich werde ich das.« Mama Maata stockte und wischte sich eine Träne aus dem Augenwinkel. »Aber dass er das auf sich nimmt. Er ist einfach zu gut für diese Welt.«

Selma zog ihre Hand weg. »Mama Maata, er liebt mich.«

»Und du? Du trauerst diesem Hurenbock nach und nutzt die Liebe des armen Mister Wayne aus, nicht wahr?«

»Nein, das tue ich nicht. Ich glaube, ich fange gerade erst an, ihn zu lieben. Und eines Tages werde ich keinen Gedanken mehr an den feinen Mister Charles verschwenden. Das schwöre ich dir, Mama Maata. Und, hast du dich entschieden? Kommst du zu uns?«

»Kindchen, was fragst du noch? Hier werden bald Mister Charles und diese eingebildete Miss Adison das Sagen haben. Nein, ich möchte deine Kinder aufwachsen sehen. Ach, meine Kleine.«

Die beiden Frauen umarmten einander herzlich. Selma weinte ein paar Tränen an Mama Maatas Brust, aber nicht nur um sich, sondern auch um die arme Sally, die nicht so viel Glück gehabt hatte wie sie.

Nach drei Tagen, die Damon bereits fort war, hatte sich Selmas unerklärliche Angst langsam gelegt. Ihre Gedanken galten nur noch seiner Rückkehr. Im Hause Wayne war wegen der bevorstehenden Hochzeit außerdem viel zu tun. Selma war sehr froh, dass Damon und sie zum großen Fest bereits Mann und Frau sein würden. Misses Wayne ging Selma zum Glück aus dem Weg, und wenn sie sich einmal zufällig begegneten, liefen sie einfach grußlos aneinander vorbei.

Mister Wayne hingegen musterte sie jedes Mal, wenn sie sich trafen, derart von oben herab, das es ihr schwerfiel, gleichmütig zu bleiben. Von seiner anfänglichen Freundlichkeit ihr gegenüber war nichts mehr übrig geblieben.

Selma bereitete gerade das Mittagessen für Misses und Mister Wayne vor, weil Mama Maata heute und morgen zu einem Fest in ihr Dorf gefahren war. Sie summte fröhlich vor sich hin, als Ida Wayne plötzlich wie eine Rächerin in der Küchentür stand.

»Komm mit!«, befahl sie. »Du hast Besuch.«

»Ich?« Selma fuhr zusammen. Wer sollte sie denn besuchen? Ihr wurde sofort übel. Da war sie wieder, die Angst, aus einem Traum zu erwachen und zurück in die Abgründe der Gosse gestoßen zu werden. Sie zögerte.

»Das tut mir leid, ich mache gerade Ihr Essen und . . .«

»Bist du schwerhörig? Ich sagte: *Komm!*«

Misses Wayne trat einen Schritt auf sie zu, packte sie am Arm und zog sie mit sich. Nicht einmal ihre Schürze konnte sie sich abnehmen.

Sie erstarrte, als Misses Wayne sie in den Salon schob. Dort stand neben Mister Wayne feist grinsend kein Geringerer als Richard Parker.

»Ich glaube nicht, dass ich diesen Besuch empfangen will«, brachte Selma heiser hervor. Sie drehte sich auf dem Absatz um, doch Adrian Wayne versperrte ihr den Weg zur Tür.

»Du weißt, wer dieser Herr ist?«, fragte Misses Wayne lauernd.

»Ich wiederhole. Ich möchte diesen Kerl nicht sprechen«, erwiderte Selma mit bebender Stimme.

»Aber, liebe Selma, ich glaube, du hast keine andere Wahl. Ich war leider gezwungen, den Herrschaften reinen Wein einzuschenken. Dass du unter Mordverdacht stehst. Dass du deinen Mann, meinen Bruder, umgebracht haben sollst.«

»Wir haben doch gleich gewusst, dass mit dir etwas nicht stimmt. Aber wie du es bloß geschafft hast, meinem Jungen den Kopf zu verdrehen? Wahrscheinlich ahnt er gar nichts von deinem kriminellen Vorleben«, zischte Mister Wayne.

»Ihr Sohn kennt die ganze Wahrheit. Er weiß, dass dieser Mann seinen Bruder über Bord gestoßen und dessen Geld gestohlen hat. Er weiß auch, dass er mich zur Heirat zwingen wollte, weil er mir ein Alibi gegeben hat. Und Damon hat mich in Auckland vor seinen Nachstellungen gerettet und hierher in Sicherheit gebracht.«

»Sehen Sie. Wie ich es Ihnen prophezeit habe. Sie wird Ihnen frech ins Gesicht lügen, aber mir ist es gelungen, den Zeugen, der sie nach der Tat hat wegrennen sehen, ausfindig zu machen. Ich werde ihn jetzt holen, damit ihr ein für alle Mal das Lügenmaul gestopft wird.«

»Richard, hau ab! Ich werde einen anständigen Mann heiraten und hoffe, dass du eines nicht allzu fernen Tages für deine Tat in der Hölle schmoren wirst.«

Aber Richard lachte nur dröhnend und verließ den Salon. Noch vom Flur herüber erschallte sein grausames Lachen.

»Bitte, glauben Sie mir. Nur dieses eine Mal«, flehte Selma. »Er hat meinen Mann umgebracht, und Damon hat mich aus seinen Klauen befreit. Bitte helfen Sie mir. Werfen Sie ihn hinaus. Oder sagen Sie ihm, er soll in drei Tagen wiederkommen, wenn Damon zurück ist. Der glaubt mir. Der kennt die ganze Geschichte. Bitte!«

»Dieser Mann hat recht. Du lügst ja, wenn du nur den Mund aufmachst. Und wenn dir mein Sohn tatsächlich geglaubt haben soll, dann bestimmt nur, weil du ihn entsprechend entlohnt hast«, giftete Adrian Wayne.

»Ich werde nicht zulassen, dass Damon sich lächerlich macht. Du verlässt das Haus. Heute noch«, pflichtete ihm seine Frau bei und musterte Selma triumphierend.

»Gut, dann lassen Sie mich einfach gehen. Und zwar jetzt. Oder bringen Sie mich zur Polizei! Aber übergeben Sie mich nicht den Händen dieses Mannes. Bitte. Versündigen Sie sich nicht, ich ...«

Selmas Betteln wurde unterbrochen, als die Tür aufging. Es war Richard, gefolgt von dem schüchternen Matrosen der *Hermione*, der nun die verschlissene Kleidung eines Landarbeiters trug. Richard schob ihn mitten in den Raum.

»Nun rede schon! Was hast du in jener Nacht gesehen?«

»Ich ... ich habe einen Mann und eine Frau gesehen, wie sie sich heftig gestritten haben. Und dann ... und dann hat sie ... sie ihn über Bord geschubst«, stotterte der ehemalige Seemann.

»Sie lügen!«, schrie Selma und wollte sich auf Richard stürzen, aber Mister Wayne hielt sie mit eisernem Griff fest.

»Merken Sie denn nicht, dass das ein Komplott ist? Verdammt, die beiden machen gemeinsame Sache! Bitte, lassen Sie uns auf Damon warten. Er ist mein Anwalt. Er wird mich notfalls verteidigen.«

»Oh, ein Anwalt!«, spottete Richard. »Da hat die Tochter der Magd aber einen guten Griff getan.«

»Sie ist was?«, fragte Ida Wayne mit angewiderter Miene.

»Ihre Mutter war Magd auf unserer Farm, und mein Bruder hatte sich in den Kopf gesetzt, sie zu heiraten. Wahrscheinlich hat sie ihn mit den gleichen Mitteln dazu gebracht wie Ihren Sohn.«

Selma war wie erstarrt, aber sie wollte nicht aufgeben. Noch nicht.

»Bitte, schicken Sie die Männer fort. Wenn Damon zurückkommt, dann holen Sie meinetwegen die Polizei, aber ich gehe nicht mit. Keinen Schritt.«

»Du bist wohl von allen guten Geistern verlassen?«, fauchte Mister Wayne sie an. »Nein, wir sind an keinem Skandal interessiert. Dass man sich womöglich überall erzählt, dass unser Mädchen eine gesuchte Mörderin ist. Wir wären dem Herren sehr dankbar, wenn er es übernehmen würde, dich der Polizei zu überstellen, ohne dass wir ins Gerede kommen.«

»Er wird mich nicht der Polizei übergeben. Er wird mich mitnehmen auf seine Farm und mich zwingen, ihn zu heiraten!«

Richard lachte dreckig. »Da überschätzt du deine Wirkung auf Männer aber erheblich, meine liebe Schwägerin. Und überhaupt, welche Farm? Womit sollte ich mir eine Farm kaufen können?«

»Vom gestohlenen Geld meines Mannes!«, rief Selma verzweifelt aus.

»Gib es auf. Das gestohlene Geld ist in deinem Besitz.«

Selma wandte sich flehend an Mister Wayne.

»Gut, durchsuchen Sie doch mein Zimmer. Wenn Sie dort Geld finden, bitte, dann werde ich mit diesem Kerl gehen, wenn nicht, dann warten wir auf Damon.«

»Lassen Sie sich bloß nicht darauf ein«, mischte sich Richard in scharfem Ton ein. »Wer weiß, wo sie das Geld versteckt hat. Sie wird ja nicht so dumm sein, es unter ihr Kopfkissen zu legen. Aber mir geht es gar nicht um das Geld. Soll es vermodern, wo sie es versteckt hat. Ich will allein Gerechtigkeit für meinen Bruder.«

Ehe er sich's versah, war Selma auf ihn zugesprungen und hatte ihm eine saftige Ohrfeige verpasst.

»Da haben Sie den Beweis. Sie ist unberechenbar«, spuckte Richard verächtlich aus.

»Nun nehmen Sie diese Frau schon mit!«, verlangte Adrian Wayne. »Und du packst ihre Sachen, und zwar schnell. Die Kutsche der Herren wartet«, fügte er an seine Frau gewandt hinzu.

Selma erkannte mit Schrecken, dass die Waynes nur ein Ziel hatten: sie schnellstens loszuwerden. Und zwar, ohne dass es zu einem Skandal kam. Den fürchteten sie offenbar am meisten.

»Damon!«, schrie sie verzweifelt. »Lass nicht zu, dass Richard mich entführt! Damon, bitte! Hilf mir!« Dann hielt sie inne und sah Mister Wayne flehend an, doch er wandte sich unvermittelt ab. Ich bin verloren, dachte Selma, aber dann fiel ihr ein, womit sie die Waynes vielleicht doch noch von diesem Wahnsinn abbringen konnte.

»Mister Wayne, Sie lieben Ihren Sohn, oder? Und er liebt mich. Wie um Himmels willen wollen Sie ihm erklären, dass ich plötzlich verschwunden bin? Er wird Ihnen nie verzeihen, dass Sie mich diesem Kerl ausgeliefert haben, vor dem er mich einst gerettet hat. Er wird mich suchen!«

Mister Wayne kratzte sich nachdenklich den Bart. Ihm kommen Bedenken, vermutete Selma hoffnungsvoll.

Da fuhr Misses Wayne scharf dazwischen. »Adrian, lass dich nicht beirren von diesem Frauenzimmer. Das lass mal meine Sorge sein. Mir wird schon etwas einfallen, damit er uns keine Vorwürfe macht und nicht ganz Neuseeland nach der da absucht. Ich werde ihn schon davon überzeugen, dass sie ein unzuverlässiges kleines Flittchen ist. Darauf kannst du dich verlassen.«

»Gut, dann schafft sie mir endlich aus den Augen!«, befahl Mister Wayne. »Und du, Ida, pack bitte ihre Sachen.«

Das musste er seiner Frau nicht noch einmal sagen. Eilig verließ sie das Zimmer. Im Hinausgehen warf sie Selma noch einen gehässigen Blick zu.

Als Selma Richards brutalen Griff an ihrem Arm spürte, wusste sie, dass sie verloren hatte. Sie schrie auf vor Schmerz. Es war ihr, als würde sie aus einem schönen Traum erwachen. Was hatte sie sich nur eingebildet? Dass ihr ein Glück an der Seite von Damon Wayne vergönnt war?

Nein, gewiss nicht, aber auch etwas anderes wusste sie ganz genau: Niemals würde sie mit Richard gehen! Sie war nur noch von dem einen Gedanken besessen: diesem Mann zu entkommen! Und es gab nur einen, der ihr dabei helfen könnte. Der schüchterne junge ehemalige Matrose dort, der vor lauter Scham nicht mehr wusste, wohin er gucken sollte.

Selma suchte Peter Stevensens Blick und musterte ihn durchdringend. Aus seinen Augen sprach das wandelnde schlechte Gewissen. Er sah rasch zur Seite.

»Am besten, ihr bringt sie gleich auf die Nordinsel und überstellt sie dort der Polizei«, schlug Mister Wayne vor und drückte Richard das Geld für drei Schiffspassagen von Dunedin nach Auckland in die Hand. »Dann kann mein Sohn Damon lange nach ihr suchen!«

»Wenn er erfährt, dass Sie mich diesen Verbrechern ausgeliefert haben, wird er mich auch im Norden aufspüren«, widersprach Selma trotzig.

»Wie meine Frau schon sagte: Wir werden den Besuch dieser Herren lieber nicht erwähnen, sondern ihm eine Geschichte auftischen, bei der du, mein liebes Kind, auf jeden Fall schlecht wegkommst. Ich werde doch den Ruf meiner Familie nicht aufs Spiel setzen und mitansehen, wie mein Sohn zu einer Mörderin hält.«

»Richtig, mein Herr. Ihr leichtgläubiger Sohn hat sie schon einmal dem Arm der Gerechtigkeit entrissen. Noch einmal sollte er sich nicht mit einer Verbrecherin gemein machen«, pflichtete Richard ihm in schleimigem Ton bei. Dann zischelte er an Selma gewandt: »Nun komm endlich!«

Selma aber dachte nicht daran, ihre Entführung aus diesem Haus auch noch zu unterstützen. Sie sträubte sich mit Händen und Füßen gegen Richards Versuche, sie mit sich zu ziehen.

»Nimm du die Beine«, befahl er daraufhin dem Matrosen und packte sie derweil unter den Achseln. Zögernd kam der junge Mann hinzu und bemühte sich, ihre Beine zu packen, aber sie trat nach ihm. Mit Genugtuung stellte sie fest, dass er ängstlich zurückwich.

»Mach schon, Mann!«, brüllte Richard. Selma konnte die Qual im Gesicht des jungen Mannes lesen, als er härter zupackte. Wieder schickte sie dem verschüchterten Jüngling einen durchdringenden Blick. Er lief rot an. Ja, er wird mir helfen. Dessen war sich Selma sicher. Sie konnte es wagen, mit den beiden zu gehen.

»Lasst mich runter. Ich werde dieses Haus aufrecht verlassen«, befahl sie.

Sofort ließ der ehemalige Seemann ihre Beine los, und Richard half ihr beim Aufrichten. Dabei krallte er sich fest in ihren Arm. Sie fuhr herum und herrschte ihn an: »Und du, fass mich ja nicht an! Ich habe gesagt, dass ich dieses Haus freiwillig verlasse. Und ich halte mein Wort.«

Voller Verachtung sah sie von Mister Wayne zu seiner Frau, die nun mit ihrem Koffer herbeigeeilt kam und zeterte: »Schafft mir doch endlich diese Verbrecherin aus den Augen!«

In diesem Moment durchfuhr Selma ein bislang unbekanntes Gefühl, das durch ihr Inneres tobte wie ein Flächenbrand und alles zu vernichten drohte, was sich ihr entgegenstellte. Das würden sie ihr büßen! Die kleine Selma Parker würde sich an ihnen rächen! Und an Charles. Sie überlegte einen winzigen Augenblick, ob sie es ihnen nicht an den Kopf werfen sollte. Dass sie einen Bastard ihres Sohnes Charles unter dem Herzen trug, aber sie verwarf den Gedanken sofort wieder. Ida Wayne würde sie eine Lügnerin nennen, und Mister Wayne würde seiner Gattin eifrig beipflichten.

Nein, dieses Kind gehörte ihr. Ihr ganz allein. Und sie würde es anständig durchbringen. So wie es ihre Mutter auch einst geschafft hatte. In dieser Familie hatte sie nichts mehr verloren. Selbst wenn Damon sie finden würde, sie würde ihn niemals heiraten können. Er war ein Teil dieser Sippe. Das änderte nichts daran, dass sie ihm tief im Herzen verbunden bleiben und niemals vergessen würde, was für ein wunderbarer Mann er war. Doch der Rest der Familie sollte eines Tages bitter bereuen, sie wie einen räudigen Hund aus dem Haus gejagt zu haben! Aber dann würde sie kein Erbarmen mehr kennen. Ich werde euch vernichten, schwor sich Selma Parker, als sie das Haus auf dem grünen Hügel hocherhobenen Hauptes für immer verließ.

Hätten die Waynes das auch gewagt, wenn Mama Maata hier gewesen wäre?, fragte sie sich, während sie zur wartenden Kutsche eilte. Hätte sie diese grausamen Menschen von dem Irrsinn abhalten können, sie schutzlos dem Mörder ihres Mannes auszuliefern? Und hätte Damon ihr überhaupt noch geglaubt, jetzt, wo der Matrose beschwor, die Tat beobachtet zu haben? Hätte er sie unter diesen Bedingungen überhaupt noch heiraten wollen?

Ohne noch einmal zurückzublicken, stieg Selma in die Kutsche.

»Zum Bahnhof«, befahl Richard. Dann wandte er sich an Selma. »Siehst du, mein Liebling, es hat keinen Sinn, sich mit mir anzulegen. Das musste auch der gute Mister Piwi am eigenen Leibe spüren. Er wollte mir tatsächlich den Namen deines Entführers vorenthalten, da musste ich ein wenig nachhelfen. Aber keine Sorge, nur seine Nase, die ist gebrochen.«

Selma aber sah an Richard vorbei und fixierte stattdessen den jungen Matrosen.

»Peter Stevensen? Schämen Sie sich eigentlich gar nicht, einem Mörder zu helfen? Was hat er Ihnen dafür gegeben, dass Sie für ihn lügen? Sie haben es sicher nicht freiwillig getan, oder? Sie sind doch im Grunde Ihres Herzens ein anständiger Kerl.«

Der junge Mann senkte den Blick, doch Richard lachte gehässig auf.

»Er wollte vom Schiff fortlaufen und sich in Neuseeland ein neues Leben aufbauen. Ich konnte ihm ein neues Leben bieten. Schau nicht so schuldbewusst, Peter, du hast es doch gut auf meiner Farm.«

»Du hast dir also vom Geld deines Bruders eine Farm gekauft?«, rief Selma außer sich vor Zorn.

»Ja, stell dir vor, ich züchte Schafe, und uns fehlt zu unserem Glück nur noch eine treusorgende Ehefrau.« Ohne Vorwarnung griff er ihr unter das Kinn und sah sie drohend an. »Und du wirst mir nicht noch einmal fortlaufen. Wenn ich dich sogar am Ende der Welt aufspüre, werde ich es überall schaffen. Und Nelson ist ein beschauliches Städtchen. Es wird dir gefallen.«

Als der Kutscher schließlich am Bahnhof von Dunedin hielt, stieg Richard als Erster aus und reichte Selma seine Hand. Sie aber ignorierte diese Geste und schnappte sich stattdessen rasch ihren Koffer.

»Aber der ist doch zu schwer für dich. Lass mich das machen, Liebes«, gurrte Richard.

»Ich trage mein Gepäck allein«, schnaubte sie, bevor sie ihm ächzend in einen Warteraum folgte. Sie hatten noch zwei Stunden Zeit bis zur Abfahrt des Zuges nach Christchurch. Christchurch? Ob sie ihm dort fortlaufen und nach Damon suchen sollte? Aber wo? Sie hatte keinerlei Anhaltspunkte, wo er sich befand. Nein, sie würde gar nicht erst in diesen Zug steigen.

»Ich gehe noch ein wenig spazieren«, schlug sie nach einer Weile scheinbar beiläufig vor.

»Gern, liebste Selma, aber nur in Begleitung meines jungen Freundes. Ich selbst bin zu müde«, säuselte Richard.

Selma funkelte ihn wütend an. »Traust du mir etwa nicht? Ich lasse dir auch meinen Koffer hier.«

Er lachte laut und dröhnend. »Das hast du schon einmal getan, meine Liebe. Und dann warst du mit diesem Laffen fort. Nein, Peter wird dich begleiten, und glaube mir, er ist stärker, als du glaubst. Und auch nicht so zimperlich, wie er tut.«

Bebend vor Zorn verließ Selma den Warteraum. Peter folgte ihr auf dem Fuß. Eine Zeit lang gingen sie schweigend nebeneinanderher. Bis Selma unvermittelt stehen blieb und sich an den ehemaligen Matrosen der *Hermione* wandte.

»Peter? Können Sie es wirklich mit Ihrem Gewissen vereinbaren, einem Mörder zu helfen, nur weil Sie bei ihm auf der Farm schuften dürfen? Ich kann Ihnen kein Geld bieten und auch keine Farm, aber trotzdem bitte ich Sie: Lassen Sie mich gehen!«

»Misses Parker, bitte, das kann ich nicht, die Farm ist alles, was ich habe. Mein Auskommen und eine Verlobte, die dort arbeitet, habe ich auch. Wenn ich Ihnen helfe, wird er mich fortjagen.«

»Bitte, Peter! Wollen Sie Ihr Glück darauf aufbauen, dass Sie mein Leben zerstören? Sie haben gar nichts gesehen in jener Nacht. Habe ich recht?«

Selma sah ihn durchdringend an.

»Ja, nein, doch, ich sah jemanden, der bei Ihrem Mann war.«

»Und wer war das?«

Der junge Mann stöhnte gequält auf. »Es war Mister Parker, aber ich kann ihn doch nicht verraten. Er hat so viel für mich getan. Und hat mich für diese Gefälligkeit reichlich entlohnt. Er ist ein guter Mann.«

Selma lachte spöttisch auf. »Ein guter Mann? Der erst seinen Bruder umbringt, ihn bestiehlt, die Polizei belügt, Zeugen kauft und dann versucht, die Witwe des Toten zu seiner Frau zu machen?«

Peter machte einen betretenen Eindruck, und Selma nutzte seine Unsicherheit aus. »Peter, wenn Sie nicht mit ihm zusammen im Gefängnis enden wollen, dann tun Sie etwas. Sie können doch nicht verantworten, dass der Mörder meines Mannes mich entführt. Noch können Sie zurück!«

»Ich kann nicht. Dann werde ich meine Verlobte niemals wiedersehen.« Er war jetzt den Tränen nahe. Selma empfand Mitleid mit dem Jungen, aber davon durfte sie sich nicht erweichen lassen.

»Wenn Sie mich jetzt gegen meinen Willen auf die Farm mitnehmen, werde ich Ihrer Verlobten sagen, was Sie getan haben. Dann wird sie wahrscheinlich die längste Zeit Ihre Braut gewesen sein.«

»Gehen Sie!«, murmelte der ehemalige Matrose unter Tränen. »Nun gehen Sie schon!«

Selma ließ sich das nicht zweimal sagen. Langsam, ganz langsam entfernte sie sich von Peter, doch kaum war sie die ersten Schritte zurückgewichen, kam Richard gerannt. Er hatte dem jungen Mann also doch nicht über den Weg getraut. Selma wandte sich um und lief los. Aber wohin? Sie drehte sich im Kreis und nahm in sich auf, was auf dem Bahnhofsvorplatz in diesem Augenblick vor sich ging. Richard war schnell. Wie ein Pfeil schoss er auf sie zu. Da erblickte sie eine alte Frau, die gerade in eine geschlossene Kutsche einstieg. Selma zögerte nicht, sondern sprang mit einem Satz auf das Trittbrett, als sich die Kutsche in Bewegung setzte. Richard versuchte, nach ihr zu greifen. Der Kutscher aber, der nicht mitbekam, was hinter seinem Rücken vor sich ging, trieb die Pferde an. Richards Hände streiften ihren Körper, konnten ihn aber nicht fassen. Schon entriegelte Selma die Tür und schlüpfte ins Innere der Kutsche.

Der einzige Fahrgast, die alte Dame, schrie erschreckt auf. »Was fällt Ihnen ein? Das ist keine öffentliche Kutsche. Die gehört mir. Was meinen Sie, warum ich nicht mit der Eisenbahn fahre? Weil ich meinen Wagen dort mit anderen Menschen teilen muss!« Ihre Stimme vibrierte vor lauter Empörung. Dann rief sie: »Sam, anhalten!«

Selma hatte das Gefühl, ihr Herzschlag müsse aussetzen, aber die Kutsche fuhr weiter. Der Kutscher schien den Ruf der alten Dame nicht gehört zu haben.

»Bitte, bitte, gute Frau, nehmen Sie mich mit, wohin Sie auch fahren. Bitte!«

»Warum sollte ich?« Sie machte Anstalten, erneut nach dem Kutscher zu rufen, aber dann musterte sie Selma, die sich auf die gegenüberliegende Bank gekauert hatte, durchdringend. »Wie sehen Sie überhaupt aus? Sind Sie ein Dienstmädchen? Ich meine, wer geht sonst mit Schürze auf die Straße?«

»Ich ... ich ... ja, ich habe in einem Haushalt, ich ...«, stammelte Selma und band sich verlegen die Schürze ab. »Ich werde verfolgt!«, fügte sie gehetzt hinzu.

Die alte Dame betrachtete Selma kopfschüttelnd durch ihr Lorgnon.

»Warum?«

Selma blieb ihr eine Antwort schuldig. Es hatte doch keinen Sinn. Sollte sie ihr etwa die ganze Geschichte erzählen? Die alte Dame würde ihr ohnehin kein Wort glauben.

»Also, ich frage Sie zum letzten Mal. Warum sollte ich Sie in meiner Kutsche mitnehmen? Nennen Sie einen vernünftigen Grund.«

»Sagen wir so. Ich bin ein Dienstmädchen und kann nicht mehr zu meinen Herrschaften zurück.«

»Hast du etwa gestohlen?«, fragte die alte Dame mit scharfer Stimme.

»Nein, ich erwarte ein Kind vom Sohn des Hauses. Da wollte man mich loswerden und jagte mich davon.«

Die alte Dame runzelte die Stirn und murmelte: »So, so. Und wo willst du hin?«

»Ich weiß es nicht.«

»Hast du denn keine Verwandten, die dich aufnehmen können?«

»Nein, ich bin erst im Oktober letzten Jahres aus Cornwall hierhergekommen und habe meinen ...« Sie stockte, überlegte und sagte dann rasch: »Ja, und dann kam ich zu den Herrschaften. Das sind die einzigen Menschen, die ich in Neuseeland kenne. Außer dem Sohn des Hauses natürlich.«

»Kannst du kochen und backen?«

Selma nickte eifrig.

»Gut, dann werde ich es mit dir versuchen, aber ich kann dir nicht versprechen, ob ich dich behalte. Ich bin sehr eigen mit den Menschen, die ich in meiner Nähe dulde, doch nach dem ersten Eindruck zu urteilen, gefällst du mir. Ich kann mir nicht helfen, du erinnerst mich an mich selbst, als ich in deinem Alter war. Aber der erste Eindruck kann auch täuschen.«

Selma sah sie ungläubig an. »Aber, ich ... ich bekomme ein Kind. Und ich werde es im Leben nicht weggeben, falls Sie das von mir verlangen.«

Die alte Dame lächelte. »Warum sollte ich? Ich bin eine gläubige Presbyterianerin und sehe es als meine Christenpflicht an, dir meine Hilfe anzubieten. Wenngleich ich keinerlei Verständnis dafür habe, wie man sich leichtfertig einem anderen als seinem

Ehemann hingeben kann. Ich hoffe, du entpuppst dich nicht als haltloses Geschöpf.«

»Sie wollen mich wirklich mit zu sich nehmen?« Selma konnte ihr Glück kaum fassen.

»Ich sage ungern Dinge zweimal, ich will es versuchen.«, entgegnete die alte Dame streng und streckte ihr förmlich die Hand entgegen. »Ich bin Misses Amanda Buchan.«

Selma nahm die Hand der alten Dame, die einen erstaunlich kräftigen Händedruck hatte. »Ich bin Selma Parker.«

Selma betrachtete die alte Dame nun näher. Sie rätselte, wie alt Misses Buchan wohl war. Ihr Alter zu schätzen war nicht einfach, denn sie hatte wenig Falten, aber eisgraues Haar. Wahrscheinlich ist sie älter, als sie aussieht. Aber über siebzig ist sie allemal, mutmaßte Selma.

»So, mein Kind, wir haben noch einen kleinen Weg vor uns. Wie wäre es, wenn du mir nun die ganze Geschichte erzählst? Oder willst du behaupten, der Mann, der versucht hat, dich von der Kutsche zu zerren, war ein feiner Herr?«

»Aber . . . aber woher wissen Sie, dass . . .«

»Mein Kind, noch bin ich nicht ganz taub und blind! Ich habe sein entsetzliches Fluchen bis in die Kutsche gehört und dann aus dem Fenster gesehen, bis du hier eingedrungen bist.«

»Nein, das war natürlich kein feiner Herr. Das war mein Schwager.«

»Das wird ja immer schöner. Erst kennst du gar keine Menschenseele in Neuseeland und nun hast du schon einen Schwager. Meine Liebe, ich kann dir nur raten: Erzähl mir die Wahrheit. Ich kann Lügner nicht ausstehen und dulde sie nicht in meiner Nähe. Das würde ich sehr bedauern, aber ich müsste dich dann schnellstens irgendwo rauslassen.«

Selma konnte nichts dagegen tun. Tränen rollten ihr die Wangen hinunter. Schließlich begann sie schluchzend, Misses Buchan ihre ganze Geschichte zu erzählen.

201

Die alte Dame schwieg eine Weile, nachdem Selma ihre Erzählung beendet hatte. Sie hatte nichts ausgelassen. Nur den Namen, den Namen Wayne hatte sie nicht genannt. Was, wenn Misses Buchan diese Herrschaften der feinen Gesellschaft kannte und ihr, dem Dienstmädchen, deshalb kein Wort glauben würde? Ihrer nachdenklichen Miene nach zu urteilen, traut sie mir ohnehin nicht über den Weg, dachte Selma traurig. Sie hält mich nicht nur für eine Lügnerin und ein leichtes Mädchen, sondern womöglich auch noch für eine Mörderin.

»Nun sagen Sie Ihrem Kutscher schon Bescheid, dass er anhalten soll. Ich sehe es Ihnen doch an, dass Sie mich für eine Lügnerin halten.«

»Ich kämpfe noch mit mir. Mein Verstand glaubt dir in der Tat kein Wort, mein altes Herz aber sagt mir, dass es nichts als die Wahrheit ist. Und je älter ich werde, desto öfter höre ich darauf, was mir mein Herz rät. Ich glaube dir.«

Selma sah die alte Frau ungläubig an. »Misses Buchan, jetzt, da Sie alles wissen, können Sie mir versprechen, dass wir nie mehr über meine Vergangenheit reden? Ich möchte nämlich ein neues Leben anfangen. Mein Kind soll niemals erfahren, was man mir angetan hat«, murmelte Selma.

»Sicher, ich spreche sowieso ungern über die Vergangenheit. Sie ist unwiederbringlich vorüber, und ich werde mich daran gewöhnen müssen, dass mein Art mich verlassen hat.«

»Ist das Ihr Mann?«, fragte Selma neugierig und biss sich auf die Lippen. Sie wollte nicht aufdringlich sein.

Misses Buchan aber nickte. »Ja, es ist noch keine zwei Monate her, dass er ... Ach, Kind, er hatte noch so viel vor.« Misses Buchans Augen wurden feucht.

»Das tut mir leid«, sagte Selma leise. »Erzählen Sie mir doch von ihm.«

Die alte Dame zögerte einen Moment, aber dann begann sie mit ihrer angenehm tiefen Stimme zu sprechen.

»Wir kamen im Jahr 1861 gemeinsam aus Schottland nach *Gabriel's Gully*. Mein Mann wollte mich erst gar nicht mitnehmen wegen der rauen Sitten auf den Goldfeldern, aber ich war robust genug. Es war eine herrliche Zeit. Wir waren noch jung. Von dem Geld haben wir uns ein riesiges Grundstück bei Waikouaiti gekauft. Wir nannten es *Otahuna*, was soviel heißt wie: der kleine Hügel unter den Hügeln. Einer unserer Maorihelfer hat uns auf den Namen gebracht. Lange Jahre haben wir dort Schafe gezüchtet und die Wolle verkauft. Das Schicksal war uns gnädig, bis, ja bis wir unter tragischen Umständen unsere Tochter verloren haben. Nicht genug, dass wir den Verlust unseres Kindes zu beklagen hatten, ich konnte danach auch keine Kinder mehr bekommen, aber Art hat es mir nie vorgeworfen...« Sie unterbrach sich und sah Selma entschuldigend an. »Jetzt plaudere ich doch von der Vergangenheit. Du musst sagen, wenn ich dich langweile.«

»Aber das tun Sie ganz und gar nicht. Sie erzählen so lebendig, dass meine kreisenden Gedanken endlich zur Ruhe kommen. Bitte reden Sie weiter, obwohl es gerade furchtbar traurig ist.«

»Ach Kind, das ist das Leben. Art hat immer gesagt, man kann nicht alles haben. Wir konnten gut von dem Export der Wolle leben, bis mein Mann irgendwann von der fixen Idee besessen war, man müsse mehr mit dem Fleisch der Tiere anfangen. Damals wurde viel Fleisch einfach weggeworfen, da keiner diese Mengen essen konnte. Er lernte Thomas Brydon von der *Land Company* kennen, den dasselbe Thema quälte. Wie konnte man Fleisch gekühlt nach Europa schaffen? Und sie hatten fast zeitgleich eine ähnliche Idee. Fleisch auf den weiten Weg zu bringen, schien ein Ding der Unmöglichkeit, weil es nach drei Monaten garantiert vergammelt wäre. Die beiden waren einer Lösung ganz nahe, aber dann zerstritten sie sich. Brydon tat sich mit William Davidson zusammen. Mein Mann kam auf den genialen Gedanken, unten in einem gecharterten Schiff eine Gefrieranlage einzubauen. Er investierte viel Geld in seine ehrgeizigen Pläne, aber die anderen beiden waren schneller. Der erste Versuch seiner Gegenspieler scheiterte allerdings. Die Anlage fiel noch im Hafen aus; doch dann lief die *SS Dunedin* am 15. Februar 1882 aus Port Chalmers aus und erreichte drei Monate später London. Und nur eine einzige gefrorene Hälfte war verdorben. Wegen der Kühlanlage haben sich sogar Passagiere geweigert, auf dem Schiff mitzufahren. Man befürchtete, die Segel würden Feuer fangen oder die Anlage würde durch den Schiffsboden brechen. Im Mai lief dann die *Mataura* aus und erst im Juni die *Port Chalmers*, die mein Mann gechartert hatte. Jedenfalls hat uns das Geschäft mit dem gefrorenen Fleisch reich gemacht. Längst reicht uns das Fleisch der eigenen Zucht nicht mehr, und wir werden von etlichen Farmen zusätzlich beliefert. Bei uns werden die Tiere dann geschlachtet und schon gekühlt mit Wagen nach Port Chalmers gebracht. Ja, und Art war sehr stolz darauf, welcher Wohlstand auf *Otahuna* herrschte. Mir persönlich waren ja die Erträge der Wolle völlig ausreichend, aber Art war besessen von dem Kühlfleisch, sodass wir heute nur noch mit Fleisch handeln.«

Misses Buchan verfiel nach ihrer langen Rede in grüblerisches Schweigen. Nach einer ganzen Weile sah sie Selma, die sich nicht traute, neugierige Fragen zu stellen, prüfend an.

»Selma Parker, willst du eigentlich gar nicht wissen, wo dein neues Zuhause ist?«

»Doch, schon«, entgegnete sie hastig. Dabei war es ihr gleichgültig, wohin die Reise ging. Ihr war gleichgültig, wo *Otahuna* lag. Hauptsache, es war weit genug weg vom grünen Hügel der Waynes. Schon bei dem Gedanken an diese Menschen erzitterte sie vor Wut. Sofort fielen ihr all die Demütigungen ein, die sie heute hatte erleiden müssen. Und wieder ergriff dieser teuflische Wunsch nach Rache von ihr Besitz.

Waikouaiti, März 1885

Immer wieder schielte Selma verliebt in die Wiege, die Misses Buchan ihr geschenkt hatte. Die hatte dieses Prachtstück einst für ihr Kind schreinern lassen und auf dem Dachboden gelagert, nachdem das Mädchen gestorben war. Selma hatte das kostbare Geschenk erst gar nicht annehmen wollen, aber Misses Buchan hatte darauf bestanden. Überhaupt verhielt sich die alte Dame wie eine echte Großmutter. Sie konnte gar nicht genug davon bekommen, das Kind zu herzen und zu verwöhnen.

Antonia sei das hübscheste Baby weit und breit, pflegte sie in einem fort von dem kleinen Mädchen zu schwärmen. Dass sie hübsch war, das fand Selma allerdings auch. Antonia hatte blonde Locken, blaue Kulleraugen und ein bezauberndes Lächeln. Selma liebte dieses kleine Wesen, seit sie es Anfang September des vergangenen Jahres auf die Welt gebracht hatte, über alles. Und sie war froh darüber, dass die Kleine ihr ähnlich war und auf den ersten Blick nichts von der Familie Wayne besaß.

Misses Buchan hatte sich an diesem regnerischen Herbsttag ein wenig hingelegt. Seit Tagen schon fühlte sie sich nicht wohl. Bislang hatte sie sich geweigert, deshalb das Bett zu hüten. »Pah, das bisschen Husten. Ich bin doch nicht krank«, hatte sie ihren Zustand abgetan. Heute nun hatte sie Selma gebeten, die liegengebliebene Post durchzusehen. Selma war längst nicht mehr in der Küche und im Haushalt beschäftigt, sondern eine Art rechte Hand für die alte Dame geworden. Sie begleitete Misses Buchan zu allen geschäftlichen Terminen, richtete die von Misses Buchan verhassten, aber notwendigen Gesellschaften aus und nahm ihr den lästigen Papierkram ab. Nur die Post, die hatte die alte Dame bislang immer noch persönlich erledigt.

Es fiel Selma nicht leicht, sich von der schlafenden Antonia abzuwenden, aber Misses Buchans Schreibtisch quoll förmlich über. Auf der linken Seite waren die bereits gelesenen Briefe gestapelt, auf der anderen die ungeöffneten. Seufzend machte sich Selma an die Arbeit. Sie wunderte sich selbst am meisten darüber, dass sie sich so rasch eingearbeitet hatte. Am Anfang hatte es sie ein wenig gegruselt, dass Misses Buchan auf ihrem Anwesen in Waikouaiti einen eigenen Schlachthof betrieb, aber mittlerweile hatte sie sich auch daran gewöhnt. Sie wollte ihn nur nicht besichtigen. Ein paarmal hatte Misses Buchan sie schon dorthin mitnehmen wollen, aber das hatte Selma stets abwenden können. Irgendwann würden ihr wohl die Ausreden ausgehen, und sie musste der alten Dame wohl oder übel gestehen, dass sie kein Blut sehen konnte.

Die Schreibarbeit ging ihr flink von der Hand. Den linken Stapel hatte sie fast abgearbeitet. Sie ordnete die Briefe wiederum in zwei Stapel. Auf dem einen platzierte sie die Post, die sie ohne Absprache mit Misses Buchan beantworten konnte, und auf dem anderen die Anfragen, wegen der sie Rücksprache halten wollte.

Sie hatte sich gerade den letzten Brief vom linken Stapel gegriffen, als sie erstarrte. Auf dem Briefkopf prangte fett der Name Wayne. Sie schluckte trocken. Auch die Adresse stimmte überein. Am liebsten hätte sie den Brief ungelesen weggeworfen, aber dann öffnete sie ihn doch: *Hochverehrte Misses Buchan, nachdem wir nun bereits so viele Jahre erfolgreich zusammenarbeiten, darf ich Ihnen persönlich mitteilen, dass ich das Geschäft ab sofort an meinen Sohn Charles Wayne übergebe. Nach dem tragischen Verlust meines Sohnes Damon...*

Selma las die letzten Zeilen wieder und wieder, aber sie war zu geschockt, um weinen zu können. Erst nach einer halben Ewigkeit konnte sie weiterlesen: *... werde ich ausschließlich meiner Tätigkeit als Architekt nachgehen. Mein Sohn würde Sie gern einmal persönlich aufsuchen, weil er Ihnen unser neuestes Schiff anbieten möchte. Es würde sich hervorragend dazu eignen, es als Kühlschiff zu befrachten. Charles hat in der letzten Märzwoche in Christchurch zu tun und würde Ihnen auf dem Weg dorthin einen Besuch abstatten. Bitte teilen Sie mir mit, ob es Ihnen genehm wäre ...*

Selma ließ den Brief sinken und starrte wie betäubt vor sich hin. Dann nahm sie sich einen von Misses Buchans Briefbögen und begann mit zittrigen Fingern eine Antwort zu verfassen.

Sehr geehrter Mister Wayne, ich spreche Ihnen auf diesem Weg mein herzlichstes Beileid aus und will nicht neugierig sein, aber da ich auch einst mein Kind verloren habe, darf ich Sie vielleicht fragen, was genau mit Ihrem Sohn geschehen ist. Was den Besuch Ihres Sohnes Charles angeht, muss ich Ihnen leider mitteilen, dass ich Ende März nicht in Waikouaiti sein werde. Ich denke, das werden wir zu einem späteren Zeitpunkt nachholen.
Hochachtungsvoll
Ihre
Amanda Buchan

Selma steckte den Brief hastig in ein Kuvert und adressierte ihn. Dann ließ sie den Kopf auf den Schreibtisch sacken und schluchzte laut auf. Die Nachricht von Damons Tod wollte ihr schier das Herz brechen. Erst als Antonia aufwachte und wie am Spieß brüllte, trocknete Selma ihre Tränen und holte das Kind aus der Wiege, um es zu füttern.

Nachdem sie mit der Arbeit fortgefahren war, meldete sich ihr schlechtes Gewissen. Sie konnte doch unmöglich diesen Brief hinter Misses Buchans Rücken abschicken. Schließlich waren Mister Wayne und die alte Dame Geschäftspartner. Die Lüge würde schneller ans Licht kommen, als ihr lieb war. Und was, wenn sie

Misses Buchan nach so vielen Monaten erzählte, dass es die Waynes gewesen waren, die sie so schlecht behandelt hatten? Würde Misses Buchan sich nicht zwangsläufig auf die Seite der feinen Herrschaften schlagen?

Sie zuckte zusammen, als die Tür klappte und Misses Buchan auf einen Stock gestützt eintrat. Die alte Lady sah entsetzlich aus. Ihr Gesicht war blass und faltig, das feine Haar hing ihr in Strähnen vom Kopf, und sie trug nur einen abgetragenen Morgenmantel.

»Erschrick nur nicht, Kind, ich gehe gleich wieder ins Bett. Ich habe mich wohl verkühlt...« Ein bellender Husten unterbrach ihren Satz. War das wirklich nur eine harmlose Grippe, wie Misses Buchan die ganze Zeit über steif und fest behauptete? Selma sprang auf und half der Kranken, sich auf einen Stuhl zu setzen.

»Das ist wirklich nichts«, versuchte die alte Dame Selma zu beschwichtigen, nachdem das letzte Keuchen verklungen war. »Aber ich muss dringend einen Brief beantworten, der schon über eine Woche bei mir liegt. Hast du den zufällig in den Händen gehabt? Er ist von einem Reeder, bei dem wir Schiffe chartern. Mister Adrian Wayne in Dunedin. Sein Sohn wird das Geschäft übernehmen. Das wurde aber auch höchste Zeit. Der Mann interessiert sich ohnehin nicht für Schiffe, hält sich für einen Künstler und versucht, mich ständig zu überreden, mir ein neues Wohnhaus zu bauen, das er entwerfen will. Im viktorianischen Stil. So ein Blödsinn. *Otahuna* ist eine Farm und kein Königshof.«

Während sich Misses Buchan weiter über Mister Wayne ausließ, arbeitete es fieberhaft in Selmas Kopf. Was sollte sie bloß tun? Schweigen, ihr Antwortschreiben verschwinden lassen und riskieren, eines nicht allzu fernen Tages Charles Wayne gegenüberzusitzen, oder Misses Buchan die Wahrheit anvertrauen?

Sie kämpfte noch mit sich, als die alte Dame sie unvermittelt fragte: »Ist etwas? Du siehst aus, als hättest du ein Gespenst gesehen.«

Ohne weiter zu überlegen, griff Selma nach dem Antwortschreiben und reichte es Misses Buchan mit den Worten: »Charles Wayne ist Antonias Vater, und seine Familie hat mich aus dem Haus geworfen. Damon ist der Mann, der mich heiraten wollte.«

Misses Buchan vertiefte sich in den Brief und blickte Selma schließlich durchdringend an. »Meinst du, das ist genug?«, fragte sie nach einer ganzen Weile.

»Ich verstehe nicht, ich . . . es tut mir leid, dass ich . . .«, stammelte Selma mit hochrotem Kopf.

»Reicht das aus, um deine Wunden zu heilen?«

»Nein, ich meine, ich wollte verhindern, dass er hier auftaucht, und natürlich möchte ich wissen, was mit Damon geschehen ist.«

»Gut, dann schicke ihn so ab. Nein, halt, schreib ihn noch einmal, es fehlt etwas Wichtiges.«

Selma sah Misses Buchan fassungslos an. Sie hatte fest damit gerechnet, dass die alte Dame zornig sein würde.

»Auf diese Weise wirst du wenigstens erst einmal erfahren, was mit dem jungen Mann passiert ist. Aber genügt das, um deinen Rachedurst zu stillen?«

»Rache? Ich?«

Misses Buchan lachte, aber dann ging ihr Gelächter in blechernen Husten über. Hilflos musste Selma mitansehen, wie sich ihre Wohltäterin in Krämpfen wand.

»Ich hole sofort einen Arzt«, sagte Selma, aber Misses Buchan winkte ab. »Nein, keinen Arzt.«

»Aber Sie brauchen dringend einen Arzt.«

»Wenn es dich beruhigt, er war schon da.«

Das beruhigte Selma ganz und gar nicht. Im Gegenteil. Er hatte bestimmt mehr als eine einfache Erkältung festgestellt, und die alte Dame spielte das jetzt herunter. Selma wollte diesen Verdacht gerade äußern, doch Amanda Buchan ließ sie nicht zu Wort kommen.

»Also, hast du verstanden? Schicke den Brief, und zwar mit folgendem Zusatz, ab: *Ich habe mich doch dazu durchgerungen, eine Villa auf Otahuna zu bauen. Und ich könnte mir vorstellen, dass Sie der richtige Mann sind, sie zu entwerfen. Ob Sie, werter Adrian, mir schon einmal einen Entwurf im viktorianischen Stil machen könnten?*«

»Sie wollen den Mann als Architekten beauftragen? Aber Sie haben doch eben selbst gesagt...«

»Kind, ganz ruhig. Überleg mal, was ich damit bezwecke. Was wird der eitle Mister Wayne tun?«

»Sich in die Arbeit stürzen und mit stolzgeschwellter Brust damit angeben, dass er für *Otahuna* eine Villa entwirft.«

»Genau, und was tue ich, wenn er sich die ganze Arbeit gemacht hat?« Misses Buchan begann zu kichern wie ein junges Mädchen, das einen Streich aushecht.

Selmas Gesichtszüge erhellten sich.

»Sie werden ihm bedauerlicherweise eine Absage erteilen. Weil sie den Auftrag lieber an Robert Lawson vergeben haben.«

Misses Buchan kicherte immer noch.

»Das mit Mister Lawson ist gut. Das werde ich genauso schreiben.«

»Ja, und ich wäre gern dabei, wenn er das Schreiben bekommt. Wenn sein überheblicher Blick zu gefrieren droht.« Selma merkte gar nicht, dass ihre Augen hasserfüllt funkelten, während sie das sagte. Der Gedanke, der Familie Wayne Schaden zuzufügen, gab ihr ein Gefühl tiefster Befriedigung.

»Und wenn ich mir vorstelle, Sie würden diesem gemeinen Kerl Charles Wayne auch eine Lektion erteilen und Ihre Schiffe in Zukunft woanders chartern, das wäre...«

»... das wäre der Ruin für die Reederei Wayne. Sie haben sich inzwischen ganz dem Verchartern ihrer Schiffe als Kühlschiffe verschrieben. Nur mit dem Exportgeschäft von gefrorenem Fleisch machen sie ihr Vermögen. Und sie verchartern nur an mich.«

»Das heißt, wenn Sie Ihre Schiffe woanders chartern, dann, dann...«

»... genau, dann ist der Bankrott nicht mehr weit, denn Anbieter von Schiffen gibt es inzwischen genügend. Vor allem von neuen Schiffen. Also, Selma, wir werden nach Port Chalmers fahren und neue Schiffe chartern, wenn ich wieder gesund bin.«

»Ja, das machen wir. Und dann wird Mister Charles bitter bereuen, dass er mich wie ein Stück Dreck fortgeworfen hat, und Mister und Misses Wayne werden mir dafür büßen, dass sie mich einem Mörder ausgeliefert und vielleicht sogar ihren Sohn auf dem Gewissen...«

Selma ballte die Fäuste: »Wer weiß, was mit ihm geschehen ist! Wer weiß, was sie ihm erzählt haben!«

Erst das kräftige Gebrüll aus der Wiege brachte sie in die Gegenwart zurück. Und ihr Gesicht, das während des Gesprächs über die Waynes hart und unversöhnlich geworden war, glättete sich wie von Zauberhand und wurde liebevoll und weich.

Dunedin, Ende Februar 2009

Schweißgebadet erwachte Grace aus ihrem immer wiederkehrenden Albtraum. Erst das Wasser, dann das Blut. Was hatte das zu bedeuten? Warum merkte sie immer erst zu spät, dass es kein Wasser, sondern Blut war?

Sie setzte sich hastig auf und schaltete das Licht an. Der Wecker zeigte kurz nach vier Uhr morgens. Demnach hatte sie erst zwei Stunden geschlafen, denn bis zwei Uhr nachts hatte Suzan ihr von Selma erzählt. Grace überlegte, ob sie sich nicht einfach umdrehen und weiterschlafen sollte, aber sie wusste, dass das nicht funktionieren würde. Wenn die Gedanken erst einmal kreiselten, dann ging es in ihrem Kopf wie in einem Bienenstock zu, und sie kam nicht mehr zur Ruhe. Also stand sie auf, öffnete das Fenster und ließ die warme Sommerluft herein. Sie atmete ein paarmal tief durch und fragte sich verzweifelt, warum der Traum über ein Jahrzehnt verschwunden war und ausgerechnet jetzt wiederkehrte.

War doch etwas an Suzans Geschwätz dran, dass man mit alten Ängsten erst aufräumen konnte, wenn man seine wahren Wurzeln erforscht hatte? Grace schüttelte den Gedanken daran energisch ab. Was für Suzan galt, musste für sie keinerlei Bedeutung haben. In Suzans Geschichte ging es um das Drama eines unehelichen Kindes und um die damit verbundenen Verstrickungen. Bei ihr, Grace, lag der Fall doch ganz anders. Sie war schlichtweg adoptiert worden und hatte keinerlei Interesse, ihre leiblichen Eltern zu finden. Da gab es kein dunkles Geheimnis aus der Vergangenheit aufzuspüren, in dem die Ursache für ihre Albträume lag. Vielleicht hängt es ja alles mit Claudias Tod zusammen, mutmaßte Grace, und es schleicht sich nur etwas zeitversetzt in meine Träume. Natürlich, Wasser und Blut. Das ist die Lösung. Grace stutzte. Doch warum hatte sie diesen Traum schon mit Anfang zwanzig gehabt?

Seufzend ließ sie sich auf ihren Schreibtischstuhl fallen. Sie war hellwach, und bevor ihre Gedanken sie wieder quälten, wollte sie lieber ein wenig arbeiten. Doch sosehr sie auch auf jene Artikel starrte, die Suzan ihr über das Aussterben des Moa gegeben hatte, konnte sie sich nicht auf den Urvogel konzentrieren. Immer wieder schweiften ihre Gedanken zum gestrigen Abend ab. Der Name Moira Barclay wollte ihr nicht mehr aus dem Kopf. Sie hatte ein ungutes Gefühl dabei. Warum tat Ethan so etwas? Warum nannte er ihr plötzlich den Namen einer Frau, die ihr angeblich etwas über ihre Eltern sagen konnte? Das hatte er Suzan zwar nicht explizit ausrichten lassen, aber was konnte er denn anderes damit gemeint haben? Warum sollte sie sich wohl sonst an diese Frau wenden? Was sie im Nachhinein schwer wunderte, war die Tatsache, dass Suzan in keiner Weise kommentiert hatte, dass Ethan ihr nun freiwillig einen Hinweis auf ihre leiblichen Eltern gegeben hatte. Und warum hatte er ihr nicht einfach den Namen ihrer Mutter genannt, sondern nur den dieser Moira Barclay?

Die Gedanken summten dermaßen durch ihren Kopf, dass sie nicht mehr länger stillsitzen konnte. Sie sprang mit einem Satz auf und lief wie ein Tiger im Käfig durch das Zimmer. Sie konnte sich nicht helfen. Das wollte alles nicht so recht zusammenpassen. Mit einem Mal wusste sie, was sie zu tun hatte. Sie musste versuchen, Ethan zu erreichen. Auch wenn sie den festen Vorsatz gefasst hatte, ihn nicht anzurufen, solange sie in Neuseeland war. Aber er war der Einzige, der ihr bestätigen konnte, ob sich das Telefongespräch genauso zugetragen hatte, wie Suzan ihr weiszumachen versuchte. Sie konnte nichts dagegen tun. Da war es wieder: Dieses bohrende

Misstrauen. Grace überlegte fieberhaft. In Deutschland war es jetzt später Nachmittag, aber selbst wenn er vor dem nasskalten Februarwetter auf die Kanaren geflüchtet sein sollte, müsste er dort längst gelandet sein. Und so, wie sie ihn kannte, schaltete er auf dem Flughafen als Erstes sein Handy ein. Ich muss mit ihm sprechen, dachte sie entschieden, sonst wird mein Misstrauen mich noch zerfressen.

Leise öffnete sie ihre Zimmertür und schlich sich an Suzans Schlafzimmer vorbei den Flur entlang und die Treppe hinunter. Sie wollte im Büro telefonieren, um zu vermeiden, dass ihre Gastgeberin etwas davon mitbekam. Was, wenn das alles nur Hirngespinste waren, die ihr als Folgen des entsetzlichen Albtraums durch den Kopf gingen? Überhaupt, was sollte Suzan für ein Interesse haben, sie zu belügen? Grace kam sich langsam selbst ein wenig überspannt vor. Trotzdem, sie brauchte die Gewissheit, denn das mit der Verwechslung der Stimme wollte ihr partout nicht aus dem Kopf gehen. Wieso verwechselte Ethan ausgerechnet Suzans Stimme und mit wem? Der einzig plausible Grund wäre, dass sich die beiden tatsächlich kannten.

Sie hatte keine andere Wahl. Sie würde erst wieder ruhig schlafen können, wenn sie aus seinem Munde gehört hatte, wie dieses Telefonat abgelaufen war, und vor allem, was hinter dem Hinweis auf diese Moira Barclay steckte, wenn der überhaupt von ihm stammte...

Entschieden setzte sie ihren Weg fort. Unten in der Diele atmete sie tief durch. Sie wollte ihr laut pochendes Herz beruhigen, aber das half nichts. Es klopfte ihr weiter bis zum Hals.

Vorsichtig schlich sie sich bis zu Suzans Büro. Die Tür knarrte ein wenig, als sie in den dunklen Raum schlüpfte. Der Mond beleuchtete den Schreibtisch der Professorin. Das genügte ihr als Lichtquelle, um das Telefon zu bedienen.

Mit bebenden Fingern wählte sie seine Handynummer.

»Ethan Cameron«, meldete sich ihr Stiefvater geschäftsmäßig

wie immer, doch in diesem Augenblick trat Suzan wie ein weißes Gespenst ins Zimmer. Der Mond fiel auf ihr bleiches, verzerrtes Gesicht, es sah zum Fürchten aus.

»Leg auf«, zischte Suzan.

Wie in Trance tat Grace, was Suzan von ihr verlangte.

»Er hat mir gar nicht ausrichten lassen, dass ich mich an Moira Barclay wenden soll, oder?«, fragte sie tonlos, ohne den Blick von diesem zerschundenen Gesicht zu lassen.

»Ruf ihn doch an«, entgegnete Suzan kalt. »Dann kannst du sicher sein, dass du keine befriedigende Antwort bekommst. Oder vertraue mir.«

»Dir vertrauen? Wie sollte ich das? Du hast mich belogen. Ethan hat den Namen Moira Barclay nicht genannt, oder? Komm, gib es wenigstens zu. Ich habe dich durchschaut. Du hast zu viele Fehler gemacht. Ich musste einfach misstrauisch werden.«

»Du bist doch von Natur aus misstrauisch«, erwiderte Suzan und lächelte sogar. Ihr Gesicht hatte nun wieder jeglichen Schrecken verloren.

»Hör auf, mir zu sagen, wie ich bin und was ich tun soll!«, schrie Grace Suzan an. »Sag mir lieber die Wahrheit. Die ganze Wahrheit. Warum hast du mich belogen? Was wird hier gespielt? Wer bist du? Was weißt du über mich? Wenn du mich weiter an der Nase herumführst, reise ich morgen ab!«

»Tu, was du nicht lassen kannst. Ich bin es leid, dich ständig auf den Knien anzuflehen, doch bitte, bitte hierzubleiben. Dann hau endlich ab, bevor du das Geheimnis dieses Landes und das deines Lebens gelüftet hast!«, schnaubte Suzan. »Ich habe es nur gut mit dir gemeint. Das eine darfst du mir glauben, ich habe mich vielleicht nicht immer geschickt angestellt, aber ich wollte verhindern, dass du dermaßen unwissend zurück in deine Welt fährst.«

»Du hast in meinem Interesse gelogen? Na, wenn das dein Verhalten nicht rechtfertigt!«, brüllte Grace außer sich vor Wut.

»Komm, beruhige dich doch erst einmal. Ich werde dir die

Wahrheit sagen. Eigentlich wollte ich es dir stückchenweise beibringen und hatte gehofft, dass du selbst darauf stößt. Aber das ging wohl gründlich daneben. Setz dich.«

Unwillig ließ sich Grace in Suzans Schreibtischsessel fallen. »Ich höre! Wobei ich Zweifel daran habe, dass es eine plausible Rechtfertigung für dein Verhalten gibt.«

»Ich habe deine Mutter gekannt. Nur flüchtig, aber ihr Schicksal hat mich sehr beschäftigt.«

»Dann war es gar kein Zufall, dass du mich nach Neuseeland gelockt hast?«

»Nicht direkt. Ich habe deinen Artikel gelesen und war sehr beeindruckt. Dann bin ich über deinen Namen gestolpert, und mir fiel die ganze alte Geschichte wieder ein, aber ich wollte dich ja ohnehin kennenlernen.«

»Na wunderbar. Du hast mich also unter Vorspiegelung falscher Tatsachen eingeladen!«

»Nein. Ich habe wirklich ausschließlich die Chance gesehen, mit dir zusammen endlich das Buch zu schreiben. Du und ich, das waren wie zwei Teile von einem Puzzlespiel. Ich habe es allein nicht geschafft, aber ich wusste, mit dir zusammen ...«

»Red nicht darum herum! Was sollte dieser Blödsinn mit Moira Barclay?«

»Sie war eine Freundin deiner Mutter, und ich denke, wenn jemand etwas über ihren Verbleib weiß, dann sie.«

»Verdammt, verschon mich damit!« Grace hielt sich die Ohren zu. Als sie ihre Hände wieder sinken ließ, fuhr Suzan ungerührt fort.

»Ethan Cameron war unsterblich verliebt in deine Mutter. Und als ...«

»Ich will wissen, warum es dir so wichtig ist, dass ich mich mit meiner Vergangenheit beschäftige, und nicht, wer in meine Mutter verliebt war!«, überschrie Grace die Worte der Professorin. Dabei stimmte es nicht, was sie sagte. Natürlich wollte sie es nun wissen, ja, sie musste es sogar wissen, jetzt, wo man sie in diese Sache wie in ein Schlammloch hineingestoßen hatte.

»Ich finde es einfach wichtig, dass man über seine Herkunft Bescheid weiß, und wollte dir damit helfen. Ich habe damals mitbekommen – also, wie gesagt, ich kannte deine Mutter nicht näher –, dass sie spurlos verschwunden ist. Und dass sie kurz zuvor ein Kind bekommen hat, das sie ausgerechnet Ethan Cameron zur Adoption überließ.«

»Moment mal, das heißt, du kennst also meinen Adoptivvater doch näher!«

»Ja, den kannte ich schon. Er ist nämlich ein entfernter Verwandter von mir. Du erinnerst dich. Charles hatte doch schon einmal ein Dienstmädchen geschwängert.«

»Sally«, entfuhr es Grace tonlos.

»Genau, diese Sally. Und aus dieser Cameron-Nachkommenschaft stammt Ethan. Eine Familie von Erbschleichern, auf die wir nicht gut zu sprechen waren. Und deshalb hat es mich brennend interessiert, warum deine Mutter das Kind ausgerechnet ihm und diesem Au-pair-Mädchen aus Deutschland gegeben hat. Eine merkwürdige Geschichte.«

»Das kann doch alles nicht wahr sein. Du hast meine Mutter gekannt, und meinen Adoptivvater auch, und so getan, als würde es dir allein um die Zusammenarbeit gehen. Hast du mich deshalb nach Neuseeland gelockt? Um herauszufinden, ob ich tatsächlich jenes Kind bin? Das ist doch alles nicht zu fassen!«

»Ja und nein. Als ich deinen Namen las, habe ich mir sofort gedacht, dass du es sein musst. Ich wollte dich, wie ich bereits sagte, ohnehin unbedingt kennenlernen, beruflich meine ich. Aber dann kam noch das private Interesse hinzu. Ich habe gehofft, bei der Gelegenheit von dir Näheres zu erfahren, doch dann habe ich gleich gemerkt, dass du völlig ahnungslos bist. Und das fand ich nicht fair, und ich versuchte, bei dir Interesse an deiner Herkunft zu wecken.«

»Und warum hast du mir nicht offen und ehrlich gesagt: Grace, hör mal zu, ich weiß etwas über deine Geschichte, was dich vielleicht interessieren könnte? Ich kenne nämlich deinen Adoptivvater und deine Mutter. Und warum hast du diese Moira Barclay ins Spiel gebracht und mir nicht gleich den Namen meiner Mutter genannt?«

Suzan zuckte mit den Schultern. »Weil sie die Einzige ist, die womöglich weiß, wo deine Mutter abgeblieben ist. Sie heißt übrigens Deborah Albee...«

»Ich will das nicht wissen!«, schrie Grace, und doch brannte sich der Name ihrer Mutter sofort in ihr Gedächtnis ein. In ihrem Kopf hämmerte es so heftig, als müsse er gleich platzen. »Verrate mir lieber, warum du dich vor Ethan als Vanessa ausgegeben hast«, fügte Grace bissig hinzu.

Ungerührt bemerkte sie, wie Suzans gesundes Auge nervös zu zucken begann, doch dann straffte die Professorin die Schultern.

»Weißt du was? Ich bin es leid, von dir verurteilt zu werden. Frag doch deinen Vater. Du wirst ihn bestimmt gleich anrufen, damit er dir seine Lügen auftischt, so wie er dich dein ganzes Leben lang belogen hat. Mensch, Mädchen, er hat deine Mutter gekannt und dir nichts davon erzählt ... Es wird höchste Zeit, dass du sie findest. Seine leibliche Mutter kann man nicht verleugnen. Du wirst es dein ganzes Leben mit dir herumschleppen, dass es diese Frau gibt und du sie nicht kennst. Spring über deinen Schatten, und Moira Barclay kann dich dem Ziel mit Sicherheit näherbringen.«

»Ich will sie aber nicht finden, weil sie mich nicht die Bohne interessiert. Also, wenn du nicht möchtest, dass ich sofort meine Sachen packe, dann akzeptiere, dass ich nichts über diese Frau und alles, was mit ihr zu tun hat, wissen will. Für mich ist das Thema Vergangenheit hiermit erledigt. Ich habe genug mit Claudias Selbstmord zu tun und will mich nicht mit einer merkwürdigen Vergangenheit befassen. Aber du kannst dich darauf verlassen, wenn ich wieder zuhause bin, wird Ethan mir erklären müssen, warum er mich zeitlebens belogen hat. Also, du hast die Wahl: Mund halten oder ich gehe!«

»Ich habe dir gesagt, ich lasse mich nicht länger von dir erpressen!«, fauchte Suzan.

»Meine Bedingungen lauten: Kein Sterbenswort mehr über meinen Adoptivvater oder meine Mutter. Ein falsches Wort und ich reise auf der Stelle ab«, fuhr Grace ungerührt fort. »Wenn ich dich nicht als Forscherin über alles schätzen und seltsamerweise trotz allem immer noch mögen würde, ich wäre längst weg«, ergänzte sie versöhnlicher.

»Akzeptiert! So wichtig ist mir deine Geschichte dann auch wieder nicht. Die Moas stehen mir näher. Und was ist mit Selma? Darf ich dir weiter von ihr erzählen?«

Grace versuchte zu lächeln, aber es wollte ihr nicht so recht gelingen. »Selmas Geschichte fasziniert mich nach wie vor. Vor allem solltest du bald zu Antonia kommen, sonst bin ich noch versucht, in deinen Keller zu steigen und mir ihre Geschichte vom *Geheimnis des letzten Moa* hinter deinem Rücken zu holen. Ich kann sowieso nicht schlafen. Wie wäre es, wenn du mir die Fortsetzung von Selmas Schicksal jetzt gleich als Gutenachtgeschichte servierst? Ich kuschle mich schon mal unter die Decke. Und du sollst bitte auf dem Stuhl danebensitzen. So wie meine...«, sie stockte, »...Claudia es immer getan hat.«

Mit diesen Worten verließ Grace das Büro.

Suzan blieb noch eine ganze Weile wie betäubt stehen. Bis sie endlich begriff, wie haarscharf sie einer Katastrophe entkommen war. Ein einziges Telefonat mit Ethan hätte ihren ausgeklügelten Plan zunichte machen können. Sie war glücklicherweise gerade noch rechtzeitig gekommen, um das Schlimmste zu verhindern. Nun hatte sie erst einmal Ruhe. Sie würde Grace mittels Selmas Geschichte genüsslich zu dem Punkt treiben, an dem diese ihre Augen vor der Wahrheit nicht mehr verschließen konnte. Es würde nicht mehr allzu lange dauern. Dann würde Grace sich aus eigenem Antrieb auf die Suche nach ihrer Mutter machen. Und sie, Suzan, würde sich an ihre Fersen heften und eine längst fällige Rechnung begleichen. Dann endlich war der Augenblick der Genugtuung gekommen. Obwohl Suzan sich diesen Moment gerade in allen Einzelheiten ausmalte, bereitete ihr der Gedanke mit einem Mal nicht mehr jenes befriedigende Rachegefühl, das sie sonst in heißen Wellen durchströmt hatte. Sie stieß einen tiefen Seufzer aus. Es war äußerste Vorsicht geboten, denn sie hatte die junge Frau tatsächlich in ihr Herz geschlossen. Viel mehr, als es ihrem Plan zuträglich war.

WAIKOUAITI, APRIL 1885

Selma hatte alle Hände voll zu tun, seit Misses Buchan bettlägerig war. Die alte Dame hatte es schließlich nicht mehr verheimlichen können, dass sie an einer Tuberkulose litt. Nur Antonias wegen hatte sie es letztendlich zugegeben. Das Kind durfte sich auf keinen Fall anstecken, und Miss Buchan konnte es deshalb nicht mehr in den Arm nehmen und küssen. Selma war überhaupt der einzige Mensch außer dem Hausarzt, den sie noch in ihre Nähe ließ.

Damit Selma alles schaffte, was im Kontor und bei der Betreuung der alten Dame anfiel, hatte sie sich eine Hilfe geholt. Harata hieß die junge Maori, die sich nun vornehmlich um Antonia kümmerte. Selma kam während des Tages kaum dazu, Zeit mit ihrer Tochter zu verbringen. Nur abends nach getaner Arbeit schaffte sie es, die Kleine kurz an sich drücken, aber dann fiel sie auch schon völlig erschöpft in ihr Bett. Selmas einziger Trost war, dass Harata Antonia abgöttisch liebte, was ganz auf Gegenseitigkeit beruhte, so wie die Kleine strahlte, wenn sich die Maori ihrer Wiege näherte.

Selma war froh, dass auch dieser arbeitsreiche Tag endlich zur Neige ging und sie nur noch die Post erledigen musste. Gleich der erste Brief, den sie öffnete, jagte ihr kalte Schauer über den Rücken. Adrian Wayne hatte Misses Buchan einen langen Brief geschrieben, in dem er sich wiederholt bedankte, dass sie an ihn als Architekten für ihr neues Domizil gedacht hatte, und in dem er ihr versicherte, dass er ihren Geschmack treffen werde. Ihre aufkeimende Schadenfreude konnte Selma allerdings nicht genießen, weil sie nur an einem interessiert war: Was war mit Damon geschehen?

Endlich, ganz am Schluss des Briefes, ging Mister Wayne auf den Tod seines Sohnes ein. Ein bedauerlicher Unfall, wie er schrieb. Selma wurde speiübel, während sie die folgenden verlogenen Worte las:

Es ist umso tragischer, dass sich dieser Zusammenstoß der Kutschen ereignet hat, als mein armer Sohn auf der Suche nach einem schrecklichen Frauenzimmer war, das ihm den Kopf verdreht hatte. Er wollte uns partout nicht glauben, dass diese Frau mit einem anderen Mann durchgebrannt war. Nahezu besessen war er von dem Gedanken, dieses Weib wiederzufinden. Er ist in jeder freien Minute wie ein Wahnsinniger kreuz und quer durchs Land gereist. Er war zum Schluss nur ein Schatten seiner selbst. So hat er letztlich ihretwegen sein Leben verloren und nicht nur seines, sondern auch das der von uns allen geachteten Mama Maata, unserer treuen Perle, die in seinen Haushalt gewechselt war und die ihn, der Himmel weiß warum, auf seiner Suche begleitet hatte.

Selma ballte die Fäuste und starrte regungslos vor Schmerz und Zorn auf diese niederschmetternden Worte, bis sie vor ihren Augen verschwammen. Das werdet ihr mir büßen, dachte sie hasserfüllt. Misses Buchan hatte recht. Sie wollte mehr! Sie wollte Rache üben. Auch für Damon und Mama Maata. Fortan würde sie nichts unversucht lassen, die Waynes ins Unglück zu treiben.

Als sie wenig später nach Misses Buchan sah, hoffte sie, dass sie eine Gelegenheit finden würde, ihr diesen Brief zu zeigen.

Sie hatte Glück. Misses Buchan war ausgesprochen munter an diesem Abend, sodass Selma nicht lange zögerte und ihr schließlich das Antwortschreiben des alten Wayne reichte.

»Man müsste ihnen sofort die Aufträge wegnehmen«, knurrte die alte Dame, nachdem sie es gelesen hatte.

»Ja, das machen wir, wenn Sie wieder gesund sind. Denn das ist jetzt die Hauptsache«, entgegnete Selma gequält.

»Nein, so lange können wir nicht warten, liebes Kind, denn ich werde nicht mehr gesund. Es ist nur eine Frage der Zeit, wie lange es noch dauert.«

»Sagen Sie doch nicht so etwas!«

»Einmal müssen wir darüber sprechen. Solange ich in der Lage bin, das zu tun. Und bitte, sag Amanda zu mir.«

Selma sah die alte Dame erschrocken an.

»Gern, Amanda, aber trotzdem, du schaffst das!«

»Ich will mich nicht mit dir streiten, aber jetzt unterlasse es auf der Stelle, mir zu widersprechen, und höre mir gut zu. Wie du weißt, habe ich keine Kinder und keinen, dem ich das hier alles vererben möchte. Gut, eine gewisse Summe vermache ich der Presbyterianischen Kirche, aber nur einen kleinen Teil. Ich möchte, dass *Otahuna* in gute Hände kommt. Und da fällt mir nur ein Mensch ein, den ich als meinen Nachfolger sehe. Du, mein Kind.«

»Ich, aber ich kann doch nicht ... ich meine, ich kann das nicht ...«, stammelte Selma.

»Was kannst du nicht?«

»Nimm zum Beispiel den Schlachthof. Ich kann kein Blut sehen.«

Amanda lachte glockenhell auf.

»Dann stelle einen anständigen, kräftigen Kerl ein, der den Teil der Arbeit übernimmt. Geld ist genügend vorhanden. Du kannst mehr Helfer beschäftigen, als ich sie jemals hatte. Du bestimmst in Zukunft, was hier geschieht. Du sollst meine Geschäfte weiterführen.«

»Ich kann doch kein Kontor leiten.«

»Du hast so viel gelernt in den letzten Monaten. Du kannst es! Ich habe bereits alles schriftlich festgelegt.« Sie richtete sich keuchend auf und griff in die Nachttischschublade, aus der sie ein paar Papiere hervorholte, die sie Selma reichte.

»Das ist mein Testament. Testamentsvollstrecker ist der junge Anwalt, Mister Frederik Koch aus Dunedin. Mit ihm zusammen habe ich es aufgesetzt. Er weiß Bescheid und wird auch der Kirche den entsprechenden Teil zukommen lassen. Und er wird dir bei allen Fragen, was die Verträge angeht, zur Verfügung stehen. Die Vereinbarungen mit den Waynes hat er bereits überprüft. Der Zeitpunkt ist günstig. Wenn wir ihnen jetzt kündigen, sind wir die Kerle bald los. Und deshalb habe ich das bereits in die Wege geleitet. Die Kündigung liegt bei Mister Koch.«

»Das ist ja großartig!«, entfuhr es Selma, und sie erschrak über ihre eigenen Worte. Wie konnte sie in dieser Lage nur an die Befriedigung ihrer Rachegelüste denken?

»Sie haben es nicht anders verdient«, bekräftigte Amanda im Brustton der Überzeugung, und sie fügte verschwörerisch hinzu: »Du weißt, ich bin ein frommer Mensch, aber dass die Bibel kein bisschen Platz für Rache lässt, ist dumm. Das kann nicht Gottes Wort sein. Oder glaubst du, der Arzt, der damals betrunken zu uns kam, als es meiner kleinen Margret so schlecht ging, hat sich seines Lebens erfreuen können, nachdem er unsere Tochter auf dem Gewissen hatte? Nein, fortgezogen aus Waikouaiti ist er; soll bald darauf ganz dem Suff verfallen sein. Er hatte keine Patienten mehr, denn ich habe nicht geruht, bis . . .« Ein Hustenanfall unterbrach ihre feurige Rede. Sie keuchte und schnappte nach Luft, dass es Selma angst und bange wurde. Die Quälerei dauerte eine halbe Ewigkeit, und als Amanda erschöpft in ihre Kissen zurückfiel, war sie bleich wie der Tod.

Sie war nun zu schwach zum Sprechen, und Selma wachte an ihrem Bett, bis Amanda endlich eingeschlafen war. Als Selma auf ihr eigenes Lager fiel, war es bereits später Abend, und sie war zu erschöpft, noch zu Harata zu gehen und ihr Kind in die Arme zu nehmen. Dass dies fortan zur Gewohnheit werden sollte, ahnte Selma noch nicht, als sie voll bekleidet auf dem Bett einnickte.

Port Chalmers, Juni 1885

Selma hatte den Kragen ihres Mantels hochgeschlagen, aber auch das schützte sie nicht vor dem eisigen Wind, der ihr im Hafen von Port Chalmers entgegenpfiff. Genauso wenig, wie ihr Hut sie vor dem peitschenden Regen bewahrte, doch ihr machte das nicht viel aus. Sturm und Regen hatte sie bereits als Kind in Cornwall geliebt. Sie hatte nie verstanden, warum die anderen so versessen nach dem Sommer waren. Sie mochte den Herbst und auch den Winter.

Allein das Salz, das sie auf ihrer Zunge spürte, gab ihr das befriedigende Gefühl, am Meer zu sein. Mit einem Seitenblick auf das Wasser stellte sie fest, dass es mächtig bewegt war. So bewegt, dass heute mit Sicherheit keine Schiffe mehr auslaufen würden.

Sie hatte sich mit ihrem Anwalt, Frederik Koch, in ihrem Kontor im Hafen verabredet. Der Gedanke, dass es jetzt ihr Kontor und ihr Anwalt waren, erschien ihr immer noch fremd.

Amanda war noch in derselben Nacht gestorben, nachdem sie mit ihr über das Testament gesprochen hatte. Am nächsten Morgen lag sie leblos in ihrem Bett. Sie hatte ausgesehen, als ob sie schliefe. Seitdem war Selma unentwegt auf den Beinen. Erst hatte sie sich um die Beerdigung gekümmert, dann musste sie gleich ins Geschäft einsteigen. Inzwischen hatte sie einen jungen Mann als ihre rechte Hand und eine von Haratas Schwestern als Haushaltshilfe eingestellt. Harata sollte sich nun ausschließlich um Antonia kümmern. Und die Suche nach einem neuen Partner für die zu charternden Schiffe hatte ihr großes Vergnügen bereitet. Die Wahl war auf den sympathischen Bernard Scott gefallen, den sie gleich noch treffen würde.

Selma blieb kurz stehen und beobachtete, wie eine hohe Welle gegen die Kaimauer klatschte. Die Gischt spritzte fast bis zu ihr herüber. Sie genoss es, als ein paar Tropfen des kalten Wassers ihre Wangen besprenkelten.

Als sie weiterging, kamen ihr zwei Männer entgegen, die sie aber erst erkannte, als sie sich ihr in den Weg stellten. Selma wunderte sich über sich selbst. Sie zitterte nicht, ihr Herz klopfte nicht schneller als zuvor, und sie verzog keine Miene. Sie empfand nichts. Nur Eiseskälte.

»Was machst du denn hier? Hat man dich denn nicht eingesperrt? Dann sollte man das schnellstens nachholen. Du hast nicht nur deinen Mann, sondern auch meinen Sohn auf dem Gewissen.« Adrian Wayne hob eine Hand, als wolle er sie schlagen, aber Charles hielt ihn fest. »Vater, mach dich nicht unglücklich. Das ist doch so eine wie die gar nicht wert.« An Selma gewandt fuhr er fort: »Na, hast du dir deine Freiheit auf demselben Wege erschlichen, wie du es geschafft hast, meinen Bruder zu verhexen?«

Er musterte sie mit einer Mischung aus Interesse und Ablehnung. Sie hielt seinem Blick stand. »Wären die Herren jetzt so freundlich, mir aus dem Weg zu gehen. Sonst wäre ich gezwungen, nach der Polizei zu rufen«, sagte sie mit kalter Stimme.

»Du willst mir drohen? Du? Pass bloß auf. Sonst schleife ich dich an den Haaren zur nächsten Polizeistation.«

»Sind Sie taub, Mister Wayne? Gehen Sie mir sofort aus dem Weg!« Sie versuchte, an Mister Wayne vorbeizukommen, aber der hielt sie am Ärmel fest.

Da trafen sich erneut Selmas und Charles' Blicke. Täuschte sie sich, oder sah sie Bewunderung und Begierde aus seinen Augen blitzen? Ihr wurde übel.

»Vater, ich glaube, es ist besser, wenn du mich das hier regeln lässt. Geh schon mal vor. Ich werde die junge Dame in ihre Schranken weisen.«

»Dame? Dass ich nicht lache. Aber gut, ich lass dich allein mit ihr.« Widerwillig ließ Mister Wayne ihren Ärmel los und eilte davon.

Selma wollte es ihm gleichtun, doch nun war es Charles, der sie festhielt.

»Freust du dich denn gar nicht, dass wir uns wiedersehen?«, fragte er mit schmeichelnder Stimme und näherte sich ihr bedrohlich.

Selma holte tief Luft. Sie würde kein einziges Wort mit diesem Mann wechseln.

»Du bist ja noch schöner geworden. Eine richtige Lady. Woher hast du so ein teures Kleid? Du bist doch nicht etwa unter die käuflichen Damen vom Hafen gegangen, oder? Doch selbst wenn, ich muss dich unbedingt wiedersehen, hörst du? Wir hätten es richtig schön haben können, aber du wolltest mir ja plötzlich ein erfundenes Kind unterschieben, nur um mich zu heiraten. Bei meinem lieben Bruder hast du es danach ja erfolgreich geschafft. Hast du ihm auch vorgelogen, dass du von ihm schwanger bist? Egal, du gefällst mir noch immer. Lass uns dort weitermachen, wo wir aufgehört haben. Dir hat es doch schließlich auch Spaß gemacht.«

Selma holte stumm aus, versetzte ihm mit voller Wucht eine Ohrfeige, riss sich los und rannte, bis sie die rettende Kontortür erreicht hatte. In ihrem Büro angekommen, fingen ihre Beine so zu zittern an, dass sie sich erst einmal setzen musste.

Sie war froh, dass ihr bis zu dem Treffen mit Mister Koch noch ein wenig Zeit blieb, denn der Schock über die Begegnung mit den beiden gemeinen Kerlen setzte mit Verzögerung ein. Selma durchliefen eiskalte Schauer. Sie zitterte vor innerer Kälte.

Kaum dass sie sich von dem Schrecken des unverhofften Wiedersehens erholt hatte, klopfte jemand an die Tür. Selma war sehr gespannt, wer sie um die Mittagszeit in ihrem Kontor aufsuchte.

Vielleicht hatte es sich bereits herumgesprochen, dass sie Amandas Tradition fortsetzte, immer am Mittwoch nach Port Chalmers zu kommen, um die Verfrachtung des gefrorenen Fleisches zu beaufsichtigen. Jeden Mittwoch, wenn der Wind es zuließ, lief nämlich eines der gecharterten Schiffe von hier nach London aus. Noch war es eines der Wayne-Schiffe. Aber nicht mehr lange, dachte Selma befriedigt, als die zwei Männer den Raum betraten.

Sie fuhr vor Schreck zusammen, denn Mister Wayne und Charles hatte sie am allerwenigstens erwartet. Dabei hätte sie sich eigentlich denken können, dass die beiden eines Tages bei ihr aufkreuzen würden. Sie hatten schon einen Haufen Briefe an Misses Buchan geschrieben. Schleimige Bettelbriefe, in denen sie diese förmlich anflehten, die Kündigung ihres Vertrages zurückzunehmen. Selma hatte sie allesamt vernichtet.

Vater und Sohn Wayne waren nicht minder geschockt. Die Gesichtsfarbe des alten Mister Wayne wechselte in Sekundenschnelle von einem hellen Rot zu einem kalkigen Weiß. Selbst Charles, den sein sonst so vorwitziges Mundwerk selten im Stich ließ, schien sprachlos. Die beiden starrten sie an wie einen Geist.

Selma fand als Erste die Sprache wieder. »Sie wünschen, meine Herren?« Und sie fragte sich in dem Moment, ob die beiden wohl wussten, dass Amanda verstorben war.

»Bist du etwa die Sekretärin von Misses Buchan?«, fragte Charles ungläubig. Damit war Selmas Frage beantwortet. Sie waren also völlig ahnungslos. Umso besser, dachte Selma schadenfroh.

»Nein, aber ich arbeite hier und kann deshalb meine Frage nur noch einmal wiederholen. Was wünschen Sie?«

Mister Wayne war offenbar verstummt. Er stierte sie einfach nur an.

»Wir möchten Misses Buchan sprechen«, brachte Charles schließlich heraus.

»Das ist leider nicht möglich«, erwiderte Selma ungerührt.

»Wann ist sie denn zu sprechen?«

»Gar nicht.«

»Mensch, Mädchen, jetzt reicht es. Du spielst dich aber mächtig auf. Was meinst du, Vater? Wir werden die alte Dame mal darüber aufklären müssen, was für eine Laus sie sich in den Pelz gesetzt hat. Und du ...«, Charles funkelte Selma wütend an, »... du gibst uns jetzt einen Termin bei Misses Buchan. Wir sind nämlich ihre wichtigsten Geschäftspartner.«

»Das ist nicht ganz richtig, Mister Wayne. Sie waren einmal ihre wichtigsten Geschäftspartner.«

»Woher weißt du das denn?«, zischte Charles.

»Ich höre mir das nicht länger mit an. Du gibst uns jetzt einen Termin mit Misses Buchan. Oder soll ich dir Beine machen?«, giftete der alte Wayne.

Selma stand unvermittelt auf und stellte sich angriffslustig vor die beiden Männer. »Meine Herren, ich darf Sie dann bitten, mein Kontor zu verlassen. Und ich darf Ihnen versichern, selbst wenn ich wollte, könnte ich Ihnen keinen Termin mit Misses Buchan verschaffen.«

Selma fing an, dieses Spiel zu genießen. Es ist angenehm, Macht zu haben, dachte sie befriedigt. Besonders über solche Menschen, die dein Glück zerstört haben. Sie suchte Charles' Blick und musterte ihn voller Verachtung. Doch dann erstarrte sie. Die Nase, die römische Nase, die hatte Antonia zweifellos von ihm. Allein der Gedanke daran ließ sie erschaudern.

»Genug! Jetzt tu, was wir sagen. Wir wollen zu Misses Buchan!«, schrie der alte Wayne, packte Selma grob bei den Schultern und schüttelte sie.

Als er sie wieder losließ, maß Selma ihn lediglich mit einem abschätzigen Blick. »Sie können sie besuchen. Auf dem Friedhof von Waikouaiti. Es ist ein prächtiges Grab, gleich links neben der Presbyterianischen Kirche. Und jetzt verschwinden Sie, sonst werde ich Sie rauswerfen lassen.«

Das reine Entsetzen spiegelte sich auf den Gesichtern der beiden Waynes.

Charles hatte sich als Erster wieder gefangen und lachte schallend. »Du willst uns drohen? Deine Stelle ist schneller weg, als du denken kannst, wenn wir ihrem Erben erzählen, was du für eine bist.«

Selma setzte sich wieder hinter ihren Schreibtisch. Die Uhr zeigte fünf Minuten vor eins. Gleich würde Mister Koch eintreffen und die Waynes mit größtem Vergnügen an die Luft setzen. Darauf würde sie nun genüsslich warten.

So vertiefte sie sich demonstrativ in ihre Arbeit und würdigte die beiden Männer keines Blickes mehr. Sie reagierte auch nicht auf deren unverschämte Bemerkungen, sondern blätterte in dem Vertragsentwurf für Mister Scott, den sie heute unterzeichnen wollten.

Als der Anwalt schließlich ins Zimmer trat, stürzten sich Vater und Sohn Wayne sogleich völlig außer sich auf ihn.

»Wie gut, Sie hier zu treffen, Mister Koch. Endlich ein vernünftiger Mensch. Diese Person da ist eine Zumutung!«, rief der alte Wayne erleichtert aus. »Sie werden doch Misses Buchans Nachfolger sicher davon überzeugen können, dass er weiterhin unsere Schiffe chartert.«

»Das glaube ich kaum«, erwiderte Mister Koch und schickte Selma einen fragenden Blick. Sie signalisierte ihm, noch nicht zu verraten, wer dieser ominöse Nachfolger war.

»Vielleicht war die alte Dame nicht mehr im Besitz ihrer geistigen Kräfte, als sie uns den Vertrag gekündigt hat. Denn wer wüsste besser als Sie, verehrter Mister Koch, wie fruchtbar unsere Zusammenarbeit war. Wahrscheinlich wissen Sie gar nichts von der Kündigung, oder?«, bemerkte Charles anbiedernd.

»O doch, ich habe das Kündigungsschreiben selbst verfasst, und ich kann Ihnen versichern, Misses Buchan war an jenem Tag in bester Verfassung, jedenfalls geistig.«

»Aber warum?«, fragte der alte Wayne verzweifelt. »Sie wollte sich doch von mir sogar ein neues Haus für *Otahuna* bauen lassen.«

»Davon weiß ich nichts«, entgegnete der Anwalt kühl.

»Gut, dann verschaffen Sie uns bitte einen Termin bei ihrem Erben. Der wird diesen Unsinn rückgängig machen!«, fauchte Adrian Wayne. Dann zeigte er auf Selma und fügte giftig hinzu: »Und wir werden den Herrn auch über die Machenschaften dieser Person aufklären. Er wird sie entlassen.«

Wieder suchte der Anwalt Blickkontakt mit Selma. Die machte ihm ein Zeichen, dass er dem Versteckspiel nun langsam ein Ende bereiten solle.

Der Anwalt grinste: »Ja, meine Herren, den ersten Wunsch kann ich Ihnen auf der Stelle erfüllen. Den zweiten, so befürchte ich, weniger.«

»Das werden wir ja noch sehen«, knurrte der alte Wayne. »Gut, dann sagen Sie uns, wann wir wiederkommen sollen.«

»Das wird nicht nötig sein, meine Herren. Die Erbin der lieben Verstorbenen ist bereits anwesend.« Er deutete galant auf Selma.

Mister Wayne fasste sich nach einer Schrecksekunde ans Herz und wurde grün im Gesicht. Der Anwalt schob ihm rasch einen Stuhl hin. Charles hingegen lächelte Selma charmant an. Ein Lächeln, das ihr einmal Herzklopfen verursacht hatte. Nun ließ es sie völlig kalt. Wie abgrundtief sie ihn dafür verachtete, dass er sie benutzt und fortgeworfen, belogen und betrogen hatte. Auch die arme Sally fiel ihr wieder ein. Hasserfüllt musterte sie ihn.

»Du siehst entzückend aus, wenn deine Augen vor Zorn funkeln. Direkt zum Verlieben.«

Adrian Wayne starrte seinen Sohn entgeistert an. »Charles, wie redest du denn mit Miss Parker? Ich meine, das ändert doch alles. Wir werden bestimmt eine Lösung finden; ich meine, wir sind keine Unbekannten für sie, aber ich glaube nicht, dass dieser vertrauliche Ton...«

Selma wandte sich an ihren Anwalt. »Mister Koch, ob Sie die Herren nun hinausbegleiten würden? Ich glaube, sie möchten gehen. Und wir müssen uns endlich den Verträgen für die neuen Schiffe widmen. Wir wollen sie gleich unterschreiben.«

»Aber Selma, das kannst du doch nicht machen!«, jammerte Charles Wayne.

»Miss Parker, dann lassen Sie uns wenigstens über das neue Haus sprechen«, flehte sein Vater.

Selma lachte auf. »Misses Buchan hatte niemals vor, auf *Otahuna* ein neues Haus bauen zu lassen. Und schon gar nicht von Ihnen. Sie verabscheute Ihren Stil. Wenn überhaupt, dann hätte sie Mister Lawson beauftragt.«

Adrian Wayne wankte und griff nach der Stuhllehne, um sich daran festzuhalten. »Nein, das ... mein Herz, nein, das ...«, stammelte er.

»Meine Herren, ich glaube, Sie haben die Geduld von Miss Parker bereits über Gebühr strapaziert. Ich darf Sie jetzt hinausbegleiten«, bemerkte Mister Koch mit strenger Stimme.

Der Anwalt war ein Bär von einem Mann. Entschlossen trat er auf die beiden Männer zu und deutete zur Tür. Die Waynes versuchten auch gar nicht erst, sich diesem deutschstämmigen Hünen zu widersetzen. Gebückt wie ein alter Mann schlich Adrian Wayne durch den Raum. Charles folgte ihm, doch als sie schon bei der Tür waren, kam er noch einmal zurück und baute sich vor ihrem Schreibtisch auf.

»Bitte, Selma, bitte, ich entschuldige mich für alles, was ich dir angetan habe. Von Herzen. Wir haben uns einmal sehr nahegestanden. Ich mag dich immer noch. Da kannst du doch nicht zulassen, dass meine Existenz zerstört wird. Wenn wir keine Schiffe mehr an die *Otahuna-Company* verchartern, sind wir raus aus dem Geschäft. Sie können nur als Kühlschiffe fahren. Meinen Ruin kannst du nicht wollen!«

»Mister Wayne, Sie haben reich geheiratet. Es wird der Familie

Adison sicherlich eine wahre Freude sein, Sie an ihrem Reichtum teilhaben zu lassen. Allerdings sollten Sie in Zukunft aufpassen, wenn Sie vorhaben, Ihre Frau zu betrügen. Mittellose Schürzenjäger sind wenig attraktiv«, erwiderte Selma kühl. Dann wandte sie sich an den Anwalt: »Mister Koch, wenn die Herren nicht freiwillig gehen, würden Sie dann ein wenig nachhelfen?«

Mister Koch trat schweigend auf Charles zu und fasste ihn beim Arm.

»Das kannst du nicht tun!«, brüllte der Charmeur und musste von Mister Koch aus dem Kontor gezerrt werden. Er machte immer wieder Anstalten, sich loszureißen und sich auf Selma zu stürzen. Der alte Wayne aber stand in der Tür und starrte leeren Blickes vor sich hin. So als würde er den Verstand verlieren. Doch dann wandte er sich noch einmal zu ihr um. Er war um Jahre gealtert. »Ein Dienstmädchen sind Sie. Weiter nichts!«, krächzte er.

Dann schob Mister Koch auch ihn auf den Flur hinaus und schloss die Tür hinter sich. Er wollte sie wohl bis nach draußen begleiten, um sicherzugehen, dass sie wirklich verschwanden.

Selma atmete ein paarmal tief durch. Sie triumphierte bei dem Gedanken, dass sie jetzt am längeren Hebel saß. Und Charles wird nie erfahren, dass seine Tochter das hier alles eines Tages erben wird, dachte sie befriedigt. Antonia würde sie kein Sterbenswort über ihre wahre Herkunft verraten. Nein, das hatte sie sich alles reiflich überlegt. Antonias Vater hieß Will Parker. Und an dieser Legende würde sie arbeiten, bis alle daran glaubten. Sogar sie, Selma Parker!

Bei dem Gedanken lächelte sie listig in sich hinein.

Doch ihre Schadenfreude war von kurzer Dauer, denn der Durst nach Rache, der in ihren Eingeweiden brannte, war noch lange nicht gestillt. Erst an dem Tag, an dem die Waynes ihr Haus verlieren und vor dem Nichts stehen würden, könnte sie sich befriedigt zurücklehnen. Mister Koch würde sicherlich herausbekommen, wenn es so weit war, damit sie das Haus auf dem grünen Hügel kaufen konnte. Dann würde es nur noch eines geben, was ihr zum vollkommenen Glück fehlte: Richard Parker sollte seine gerechte Strafe bekommen! Kein unüberwindliches Hindernis mehr, wenn sie bedachte, dass sie nun in der glücklichen Lage war, dem ehemaligen Matrosen Peter Stevensen eine gute Stellung und ihm und seiner Braut ein gemütliches Heim zu bieten...

Sie würde Mister Koch umgehend den Auftrag erteilen, nach Nelson zu reisen, um Stevensen heimlich zu treffen. Und um ihm bei der Gelegenheit ein Angebot zu unterbreiten, das der junge Mann schwerlich würde ablehnen können. Richards Kopf gegen eine gut bezahlte Stellung auf *Otahuna*.

Selma rieb sich befriedigt die Hände. Sie stellte sich gerade vor, wie dieser feige Mörder im Gerichtssaal schwitzen und um eine milde Strafe betteln würde. Und wie sie ihn dann dazu verurteilen würden, den Rest seiner Tage auf einer Gefangeneninsel dahinzuvegetieren. Selma erschrak, als jemand in irres Gelächter ausbrach, bis sie merkte, dass dieser Jemand kein Geringerer war als sie selbst.

Dunedin, März 2009

Mit Feuereifer hatte Grace sich in die Arbeit gestürzt. Sie verbrachte täglich mehrere Stunden im Archiv, um Antonias Notizen über den Moa zu studieren. Nur um das Märchen schlich sie herum wie eine Katze um den heißen Brei. Das wollte sich Suzan ja unbedingt aufheben, bis sie endlich bei Antonias Geschichte angelangt waren.

Seit dem denkwürdigen Abend vor über einer Woche hatte Suzan ihr merkwürdigerweise gar nichts mehr von Selma erzählt. Auch verlor sie, wie verabredet, kein Wort mehr über die Sache mit Moira Barclay.

Grace war einerseits froh darüber, dass Suzan sich an die Vereinbarung hielt, keinerlei Andeutungen mehr über Ethan oder ihre Mutter zu machen, andererseits war es auch ein wenig unheimlich. Ihr kam es nämlich so vor, als ob Suzan überhaupt auf Distanz zu ihr ging. Mehrmals schon hatte Grace sie gefragt, ob sie nicht zusammen kochen wollten, aber Suzan gab jedes Mal vor, müde zu sein. Und abends zog sie sich immer früher in ihre Räume zurück, wo Grace sie nicht stören wollte.

Wenn Grace ehrlich war, vermisste sie die gemütlichen Abende und mit ihnen Selmas Geschichte. Um diese Sehnsucht zu verdrängen und nicht in endlose Grübeleien zu verfallen, arbeitete sie oft bis tief in die Nacht hinein. Nur nützte das wenig, da ihre Gedanken immer wieder zu Selma abschweiften. Wie gern hätte sie gewusst, ob sie ihre Rachepläne in die Tat umgesetzt hatte.

Eben gerade hatte ihre Neugier gesiegt. Sie war Suzan auf der Treppe ins Archiv begegnet. Die hatte sich nach einem kleinen unverbindlichen Geplauder schnell an ihr vorbeidrücken wollen. Da hatte sich Grace ein Herz gefasst und sie gebeten, heute unbedingt mit Selmas Geschichte fortzufahren.

Grace ging nun der genaue Wortlaut des Gespräches durch den Kopf.

»Wenn du möchtest, Grace.«

»Ja, ich bin sehr gespannt, was aus Selma und vor allem aus Antonia wird.«

»Ob ich dir heute schon von Antonia erzähle, kann ich dir nicht versprechen.«

»Sag mal, Suzan, hast du was?«

»Nein, was soll ich denn haben?«

»Das frage ich mich auch, denn wenn hier jemand verstimmt sein könnte, dann wäre das doch wohl ich, nach dem, was ich erfahren musste. Dass du mich absichtlich hergelockt hast.«

»Ich glaube, das Thema hatten wir neulich erledigt, und ich wüsste nicht, was es dazu noch zu sagen gäbe. Du hast mir sehr deutlich zu verstehen gegeben, dass mich dein Privatleben nichts angeht, und daran halte ich mich. Es geht allein um unsere Arbeit, und auf die stürze ich mich genauso intensiv wie du. Zufrieden?«

»Schon gut.«

»Ach ja, Grace, wenn wir hier schon über Befindlichkeiten sprechen, ich würde jetzt gern von dir eine verbindliche Aussage bekommen, ob wir das Buch zusammen schreiben.«

»Ich sage dir nachher Bescheid.«

Dann waren sie ihrer Wege gegangen, und Grace hatte versucht zu arbeiten. Aber sie konnte sich nicht konzentrieren. Sie starrte das Moa-Modell an, so als hoffe sie auf Inspiration, aber es war heute nicht mehr und nicht weniger als ein stummes Gebilde aus Pappmaché.

Schließlich dachte Grace über das Buchprojekt nach. Warum zierte sie sich eigentlich so? Es wäre doch eine Ehre, gemeinsam mit der Ornithologin Suzan Almond dieses Werk zu schaffen. Professor Heinkens wäre sicherlich stolz auf sie. Ihr blieben noch fast sechs Wochen. In dieser Zeit würden sie sich sicherlich auf das Konzept und die Frage, wer von ihnen welche Kapitel schreiben sollte, geeinigt haben. Und den Rest konnten sie sich einander dann per Mail übermitteln.

Grace seufzte. Obwohl sich in ihrem Bauch ein leises Grummeln bemerkbar machte, entschied sie sich, Suzan eine Zusage zu geben. Vielleicht ist sie dann nicht mehr ganz so kühl, dachte Grace und erschrak über ihren eigenen Gedanken. Wollte sie darüber etwa wieder mehr Nähe zur Professorin herstellen?

Dann schweiften ihre Gedanken zu Selmas Schicksal ab. Was dieser Charles auch immer verbrochen hatte, war es nicht Antonias gutes Recht, zu erfahren, dass er ihr Vater war?

Kaum hatte Grace diesen Gedanken zu Ende gedacht, da pochte ihr Herz merklich schneller. Antonia billigte sie das Recht, die Identität ihres Vaters zu erfahren, zweifelsfrei zu, aber war sie nicht in einer ähnlichen Lage? Hatte man ihr nicht auch die Identität ihrer leiblichen Eltern vorenthalten? Und zwar absichtlich, wie sich nun herausgestellt hatte. Machte sie sich nicht etwas vor, wenn sie sich weiterhin vehement einredete, ihre eigenen Wurzeln seien ihr völlig gleichgültig?

Nun konnte sie sich gar nicht mehr auf ihre Arbeit konzentrieren. In ihrem Kopf fuhren die Gedanken Achterbahn. Alles drehte sich nur noch um die eine Frage: Warum hatte Ethan ihr nie etwas von ihrer Mutter erzählt, obwohl er sie doch offensichtlich gekannt und – wenn sie Suzans Worten Glauben schenken durfte – sogar geliebt hatte? Sosehr sie sich auch dagegen sträubte, im Nu fand sie sich in einem Sog von Spekulationen wieder. Wusste Ethan auch, wer ihr Vater war? Warum war ihre Mutter plötzlich spurlos verschwunden? Und warum hatte sie ihr Kind zur Adoption freigegeben? Und warum ausgerechnet an Ethan? Warum ans andere Ende der Welt?

Grace spürte, wie ihr übel wurde. Ich muss die Wahrheit wissen, hämmerte eine starke Stimme in ihrem Inneren, während eine andere, nicht minder eindringliche Stimme sie anflehte, die Sache unbedingt auf sich beruhen zu lassen. Ihr Kopf dröhnte, und sie wusste beim besten Willen nicht mehr, was sie tun sollte.

Und da war noch eine dritte Stimme, deren Botschaft Grace erzittern ließ: Wie du dich auch immer entscheidest, nichts wird mehr so sein wie vorher!

Grace rieb sich die Schläfen, um den Schmerz in ihrem Kopf zu betäuben. Und plötzlich hörte sie nur noch eine einzige Stimme befehlen: Nun geh schon! Du hast keine andere Wahl! Die Stimme, die nach Aufklärung drängte, hatte endgültig gesiegt!

Wie in Trance verließ sie das Archiv und stieg gedankenverloren die Stufen hinauf. In der Diele war alles still. Grace sah auf ihre Armbanduhr. Es war Mittagszeit. Da gingen Suzan und Vanessa meist etwas essen. Grace begleitete sie grundsätzlich nicht. Zu groß war ihre Furcht, Barry über den Weg zu laufen. Die beiden Frauen brachten ihr meistens etwas mit.

Grace rechnete die zwölf Stunden Zeitunterschied zurück. Wenn es hier ein Uhr Mittag war, dann war es zuhause gerade einmal ein Uhr nachts. Eigentlich keine gute Zeit, um in Deutschland anzurufen, aber Ethan war ein Nachtmensch. Selten ging er vor drei Uhr morgens ins Bett. Wenn sie Glück hatte, erwischte sie ihn noch in wachem Zustand. Immer gesetzt den Fall, er war überhaupt schon wieder in Berlin und nicht mehr im Urlaub.

Eilig verschwand Grace in Suzans Büro und wählte ohne zu zögern Ethans Nummer. Ihr Herz klopfte bis zum Hals, aber es meldete sich keiner. Sie sind noch unterwegs, dachte Grace, aber sie versuchte es trotzdem noch einmal. Dann vernahm sie am anderen Ende eine ärgerlich klingende Frauenstimme. Es war Dana, die sie offenbar aus dem Schlaf gerissen hatte. Grace wollte schon auflegen, doch dann nahm sie all ihre Kraft zusammen. Unmissverständlich verlangte sie nach ihrem Vater.

»Hast du sie noch alle, hier mitten in der Nacht anzurufen!«, keifte Dana ins Telefon. Grace hielt den Hörer weit weg vom Ohr.

Wenig später meldete sich Ethan. Er machte ihr als Erstes einen Vorwurf, dass sie Dana geweckt habe, die wegen des Babys ohnehin nie durchschlafen könne.

Grace war versucht, umgehend aufzulegen, aber dann schluckte sie ihre Wut mitsamt den zynischen Bemerkungen, die ihr auf der Zunge lagen, hinunter.

»Es ist dringend. Und es geht schnell. Du sollst mir nur das eine sagen: Was weißt du über den Verbleib meiner Mutter, und warum hat sie mich ausgerechnet dir zur Adoption gegeben?«

Ethan zog nervös an einer Zigarette. Das hörte Grace selbst über diese Entfernung.

»Ich dachte, du wolltest es aufgeben wegen deines Nachzüglers«, bemerkte Grace spöttisch.

»Ich habe dir bereits gesagt, dass ich deine leiblichen Eltern nicht kenne. Nun glaub mir doch endlich! Man sagt Eltern von Adoptivkindern nicht, wer ihre leiblichen Eltern sind.«

»Ethan, hör auf mit deiner verlogenen Märchenstunde!«, fuhr Grace ihn in scharfem Ton an. »Du warst in meine Mutter verliebt, du kanntest sie sogar sehr gut! Warum tust du mir das an? Warum verheimlichst du mir die Wahrheit?«

»Mist, ich hatte recht!« fluchte Ethan. »Ich habe mich nicht geirrt. Es war ihre Stimme. Grace, ich werde dir alles sagen, aber bitte komm zurück. Verlasse umgehend das Haus dieser Frau. Sie wird dich belügen«, ergänzte er flehend.

»Ich befürchte, wenn einer lügt, dann bist du es. Schließlich hast du mir geschworen, man wisse als Adoptiveltern ja nie, wer die leiblichen Eltern seien. Du aber hast mich adoptiert, weil du meine Mutter kanntest. Wie soll ich dir je wieder glauben? Du

239

hast Claudia belogen und betrogen. Und nun mich. Wie soll ich dir trauen, Ethan?«, brüllte Grace außer sich vor Wut in den Hörer, aber sie war noch nicht fertig. Der Zorn ließ ihren ganzen Körper vibrieren. »Ich habe trotz alledem weiterhin meinen Vater in dir sehen wollen, aber ich kann nicht mehr. Weder deine zickige Dana noch deine ständigen Lügen, ich ertrage es nicht!«

»Bitte, setz dich in den nächsten Flieger. Ich schwöre, ich werde dir alles erklären«, flehte Ethan verzweifelt.

»Zu spät! Ich habe dir eben eine faire Chance gegeben, und du hast sie nicht genutzt. Mach's gut, Ethan.«

Entschlossen legte Grace auf. Plötzlich fühlte sie sich entsetzlich verlassen. Auch wenn sie in letzter Zeit erhebliche Differenzen mit Ethan hatte, er war immerhin ihr einziger Verwandter. Und sie liebte ihn immer noch wie einen Vater, ungeachtet dessen, was vorgefallen war.

Doch es gab kein Zurück mehr! Ethan log, Suzan mauerte, sie, Grace, war bei der Wahrheitssuche auf sich allein gestellt.

Ihr Blick fiel auf das Dunediner Telefonbuch. Mechanisch griff sie danach und blätterte den Namen Barclay auf. Ihr wurde abwechselnd heiß und kalt. Was tue ich nur?, fragte sie sich, aber da fuhr sie auch schon mit dem Finger die Spalte der *Barclays* ab. Es gab nicht wenige mit diesem Namen in der Stadt. Aber keine Moira. Ihr Herz klopfte zum Zerbersten, als sie stattdessen auf eine M. Barclay stieß. Grace atmete tief durch. Jetzt oder nie!

Mit zitternden Fingern tippte sie die Nummer aus dem Telefonbuch ein. Es meldete sich keiner. Sie wollte schon auflegen, als eine Frauenstimme krächzte: »Barclay!«

Bevor Grace etwas sagen konnte, hörte sie Stimmen in der Diele. Hastig legte sie auf, huschte in das Gästebad neben dem Büro und schloss die Tür hinter sich ab. Wenn sie aus der Toilette kam, würde keiner Verdacht schöpfen. Auch nicht Suzan, der man doch sonst nie etwas vormachen konnte.

Laut und verständlich drangen die Stimmen durch die Tür. Grace konnte jedes Wort verstehen. Mit Begeisterung schien die Professorin jemandem von ihrem gemeinsamen Buch zu berichten. Das ärgerte Grace maßlos. Schließlich hatte sie ihr noch gar nicht mitgeteilt, dass sie zu dieser Zusammenarbeit bereit war.

»Und wir werden alle verfügbaren – die wahrscheinlichen und die märchenhaften – Theorien zum Leben und Sterben des Urvogels darlegen. Grace hat einmal einen wunderbaren Artikel darüber geschrieben. Wir werden auch die abseitigen Theorien von dem ominösen *Moa-Jäger* einfließen lassen. Sogar unsere Herren Kryptozoologen werden wir kurz erwähnen, die heute immer noch in den Fjordlands nach Moas suchen. Und wir werden das Ganze *Das Geheimnis des letzten Moa* nennen.«

Bevor sich Grace erneut über die Eigenmächtigkeit der Professorin aufregen konnte, erkannte sie die zweite Stimme und erstarrte. »Ich bin eigentlich hergekommen, um mit Grace über meinen Bruder zu reden. Nachdem er sich mit ihr getroffen hat, ist er richtiggehend durchgedreht. Er säuft wieder, hat seinen Job geschmissen und mich gebeten, nicht zu ihm zu ziehen. Vorher war ihm so wichtig, dass ich in mein Elternhaus zurückkehre, aber jetzt? Vielleicht weiß Grace, was in ihn gefahren ist. Mit mir redet er nicht darüber. Vielleicht kann sie mal zu ihm fahren und ihm ins Gewissen reden.«

Grace ballte die Fäuste. Wieso erzählte er Suzan so freimütig private Dinge, die sie gar nichts angingen? Und was spielte er sich schon wieder als Kuppler zwischen ihr und seinem Bruder auf? Ärgerlich registrierte sie, dass ihr Herz trotz allem wie wild pochte, seit sie Horis Stimme erkannt hatte.

»Vanessa, schaust du mal unten im Archiv nach und holst Grace?«, bat Suzan ihre Assistentin. Schritte entfernten sich.

»Und was machen Ihre Kiwi-Babys?«, fragte Suzan nun Hori.

Grace wagte kaum zu atmen, denn eines war ihr klar: Nach seinen Worten zu urteilen, hatte Barry seinem Bruder offensichtlich nicht weitergegeben, was sie ihm wirklich an den Kopf geworfen hatte. Grace wurde es heiß und kalt. Ihr Versteck würde sie erst verlassen, wenn Hori fort war.

»Wir fahren demnächst wieder auf eine der Inseln. Ich wollte Grace fragen, ob sie vielleicht mitkommen möchte«, sagte er nun.

Was für eine wohlklingende Stimme er hat, durchfuhr es Grace. Warum sage ich ihm nicht einfach, dass es aus ist mit Barry und mir und dass ich liebend gern mitkomme? Aber sie blieb stumm. Keine Komplikationen, redete sie sich gut zu, nur keine Komplikationen. Ihre Knie zitterten. Sie setzte sich leise auf den Toilettendeckel. Sonst kippe ich noch um, fürchtete sie.

»Nein, unten ist sie nicht und auch nicht auf ihrem Zimmer«, erklärte Vanessa bestimmt.

»Grace!«, rief Suzan laut. »Grace! Besuch für dich!«

Grace gab keinen Laut von sich.

»Tja, dann ist sie wohl ausgegangen. Kann sie Sie anrufen?«, fragte Suzan eifrig.

»Ja, sie hat meine Karte. Und bitte sagen Sie ihr, es ist dringend!«

»Natürlich. Aber vielleicht sind Sie so freundlich und schreiben mir Ihre Adresse auf. Grace ist so entsetzlich unordentlich. Wahrscheinlich hat sie Ihre Karte längst verlegt. Kommen Sie. Wir begleiten Sie noch zur Tür. Wir müssen nämlich gleich wieder fort. Jemand bietet uns einen Moa-Knochen für unsere Sammlung an. Mal sehen, ob er echt ist.«

Die Stimmen entfernten sich, und Grace wagte wieder, normal zu atmen.

Doch erst, als alles still war, schlüpfte sie aus ihrem Versteck zurück ins Büro. Dort lag das Telefonbuch, immer noch aufgeschlagen.

Grace wählte erneut die Nummer von M. Barclay. Wieder ertönte die krächzende Frauenstimme. Grace schluckte trocken. Dann sagte sie heiser: »Ich möchte gern Moira Barclay sprechen.«

Es herrschte Totenstille in der Leitung, bis auf den rasselnden Atem auf der anderen Seite, der Grace kalte Schauer über den Rücken jagte.

»Ich möchte Moira Barclay sprechen«, wiederholte Grace nach einer Weile zögernd.

»Hier gibt es keine Moira Barclay. Wie oft soll ich Ihnen das noch sagen?«, zischte die Frau, und dann ertönte nur noch das Amtszeichen. M. Barclay hatte aufgelegt.

2. Teil

ANTONIA

KIA MATE URUROA, KEI MATE WHEKE
KÄMPFE WIE EIN HAI UND GIB NICHT AUF
WIE EIN TINTENFISCH

Maori-Weisheit

WAIKOUAITI/DUNEDIN, SEPTEMBER 1902

Bis zuletzt hatte Antonia gehofft, dass ihre Mutter pünktlich zu ihrem Geburtstag aus Alexandra zurück sein würde, doch nun brach bereits die Abenddämmerung an.

»Sie hat es versprochen«, seufzte sie.

»Sei nicht traurig«, sagte Harata sanft, »du weißt doch, wie gern sie gekommen wäre. Wahrscheinlich hat sie den letzten Zug verpasst, weil sie noch nicht alle Schafzüchter getroffen hat, die ihr Fleisch liefern können.«

»Ja, ja, sie hat immer Wichtigeres zu tun, als da zu sein, wenn ich sie brauche«, murrte Antonia. »Denk doch nur an unsere Schulaufführung oder das letzte Fest. Immer gehe ich mit Annes Eltern hin. In der Otago Girls fragen uns schon alle, ob wir Schwestern sind.«

»Toni, ich kann dich ja verstehen, aber sei nicht ungerecht. Schließlich muss deine Mutter *Otahuna* verwalten. Das ist bestimmt nicht immer ganz einfach.«

Antonia zog einen Schmollmund. »Ich bin auch die Einzige in der Klasse, die keinen Vater hat.«

»Aber das kannst du doch nicht deiner Mutter anlasten. Du weißt, wie tragisch dein Vater ums Leben gekommen ist.«

»Ja, ja, ich weiß. Das erzählt sie mir immer und immer wieder. Und dass sein Bruder Richard für den Mord an meinem Vater hinter Gittern schmort.« Antonia klang genervt.

»Ja, ich erinnere mich. Du warst noch kein Jahr alt. Da ist sie zu dem Prozess gereist.«

»Warum hat Mutter eigentlich nie wieder geheiratet?«

Harata zuckte mit den Schultern. »Keine Ahnung. Sie war, nein, sie ist immer noch eine umschwärmte Frau. Das kannst du mir glauben. Früher, wenn sie Gesellschaften gegeben hat, hatte sich stets eine Traube von Verehrern um sie versammelt. Aber keiner von ihnen konnte ihr Herz erweichen. Der arme Mister Koch, der versucht es heute noch. Und er ist wirklich ein herzensguter Kerl. Ich verstehe gar nicht, dass sie ihn nicht erhört.«

»Na gut, das kann ich schon verstehen, Mister Koch ist nicht gerade eine Augenweide oder das, was ich stattlich nennen würde.«

»Aber er hat ihr über all die Jahre treu zur Seite gestanden. Außerdem weiß ich gar nicht, was du hast. Er ist groß...«

»Ja, und er hat einen dicken Bauch und kaum Haare auf dem Kopf.«

Harata stöhnte. »Du bist aber auch streng, was die Herren der Schöpfung angeht.«

Antonia lachte, doch dann wurde sie sofort wieder ernst.

»Mutter sagt immer, sie kann Vater nicht vergessen. Glaubst du ihr das? Ich meine, wenn ich das Bild von ihm so betrachte...« Sie warf einen verstohlenen Blick auf das Hochzeitsbild von Selma und Will. »Ich meine, er sieht nicht gerade unwiderstehlich aus, während Mutter eine echte Schönheit ist.«

»Jetzt bist du aber ungerecht. Ich finde, er ist ein schmucker Mann.«

Antonia lachte verschmitzt. »Ja, dir gefällt ja auch Peter Stevensen.«

Harata wurde rot. »Damals, als deine Mutter ihn als Verwalter für den Schlachthof eingestellt hat, da hat er mir auf den ersten Blick gefallen. Er war so schüchtern, aber... aber leider kam er mit seiner Braut zu uns.«

»Die aber schon viele Jahre tot ist! Du solltest dein Glück noch einmal versuchen oder ihm zumindest zeigen, dass du nicht abgeneigt wärest.« Antonia lachte. »Oder ist er etwa nicht der Grund, warum du nie geheiratet hast?«

Harata drohte ihr scherzhaft mit dem Finger. »Ich hätte niemals einen *Pakeha* heiraten dürfen, das hätte mein Vater gar nicht erlaubt.«

»Aber er ist schon lange bei den Ahnen, wie du immer so schön sagst. Ich glaube, da ist er weit genug weg, um es dir verbieten zu können. Schau doch nur, dort draußen geht Peter gerade vorbei.«

Ohne weiter zu überlegen, trat Harata ans Fenster und blickte ihm sehnsüchtig hinterher.

»Siehst du, du bist rot geworden. Das muss Liebe sein.«

»Du hast ein ganz schön vorlautes Mundwerk«, erwiderte Harata. »Was verstehst du überhaupt von der Liebe? Du bist ja noch ein Kind.«

»Pah, ein Kind! Ich bin heute achtzehn geworden. Da haben andere schon längst einen Bräutigam.«

»Ja, andere, aber das würde deine Mutter niemals erlauben. Und die ist noch nicht bei den Ahnen und würde Himmel und Hölle in Bewegung setzen, damit du nicht mit einem Mann fortgehst. Sie hat ohnehin keine gute Meinung von den Herren der Schöpfung im Allgemeinen.«

»Ich weiß. Sie sagt immer: Halte dich von den Männern fern. Du wirst einmal *Otahuna* leiten, und das wird deine ganze Kraft in Anspruch nehmen.«

»Und damit hat sie auch recht. Du siehst es doch an ihr. Sie hat eben keine Zeit herumzutändeln.«

»Sie vielleicht nicht, aber ich möchte eine richtige Familie. Mit vielen Kindern und . . .«

Ein Klingeln an der Haustür unterbrach Antonias Rede, und ein Strahlen erhellte ihr Gesicht.

»Ich gehe schon. Das wird Anne sein. Sie darf über das Wochenende bei mir übernachten.«

Antonia freute sich sehr auf den Besuch der Freundin. Das würde sie über die Enttäuschung, dass ihre Mutter es nicht zu ihrem achtzehnten Geburtstag geschafft hatte, hinwegtrösten. Wie ein Wirbelwind eilte sie zur Tür.

Sie umarmte die Freundin zur Begrüßung, doch dann hielt sie inne. Jetzt erst nahm sie den jungen Mann wahr, der neben Anne vor der Haustür stand. Und ihr wurde bei seinem Anblick sofort klar, dass es sich nicht um den Kutscher handelte.

»Ach, das ist übrigens James Henson, mein Cousin aus Milton. Er ist über das Wochenende bei uns zu Besuch. Ich muss leider morgen schon wieder zurück. Mom und Dad wollten mich eigentlich gar nicht zu dir lassen. Doch als James angeboten hat, dass er mich in seinem Automobil herbringt, hier übernachtet und wir morgen wieder zurückfahren, konnte ich sie erweichen. Ich wollte doch wenigstens an deinem Geburtstag bei dir sein. Aber ich hatte ganz vergessen, dass Mutters Bruder, Bertram Henson, morgen eine Gesellschaft gibt, weil sich seine älteste Tochter verlobt. Und da sind wir alle eingeladen. Sag mal, willst du nicht einfach mitkommen? Mutter hat bestimmt nichts dagegen. Vielleicht sind da ein paar interessante Leute. Und du weißt doch, für meine Eltern bist du ohnehin wie ein eigenes Kind. Die würden sich eher wundern, wenn du nicht mitkämest. James, was meinst du? Das wäre doch wunderbar, nicht wahr?«, sprudelte es aus Anne heraus.

»Genauso wunderbar, wie es wäre, wenn du erst einmal Luft holen und Miss Parker die Gelegenheit geben würdest, uns zu begrüßen«, bemerkte er spöttisch und nahm seine Cousine in den Arm.

Antonia lächelte ihm dankbar zu. Sie kannte kein Mädchen, das so schnell und aufgeregt plappern konnte wie Anne Medlicott. Das tat ihrer Zuneigung zu der quirligen Freundin allerdings keinen Abbruch. Selma konnte Anne aber nicht leiden. Antonia verstand nicht, was ihre Mutter gegen Anne und deren

Familie hatte. Die Medlicotts taten alles, um ihr ein zweites Zuhause zu geben. Doch jedes Mal, wenn sie Selma zu einer Gesellschaft in ihr Haus einluden, erfand sie irgendwelche Ausreden, sich davor zu drücken. Antonia war das immer äußerst unangenehm, und sie war inzwischen dazu übergegangen, Selma gegenüber die Medlicotts gar nicht mehr zu erwähnen. Trotzdem litt sie unter der Unhöflichkeit, mit der ihre Mutter den Menschen begegnete, die sich außer Harata wirklich um sie kümmerten.

»Kommt doch erst einmal ins Haus.«

»Sag mal, erlaubt das deine Mutter? Ich meine, dass James hier übernachtet? Ihr habt ja so viel Platz und . . .«

»Mutter hat es nicht geschafft, rechtzeitig hier zu sein«, unterbrach Antonia den Redefluss der Freundin und wandte sich James zu.

»Ich bin Antonia Parker.«

»Ich habe schon viel von Ihnen gehört«, erwiderte er höflich. Er hatte eine volle, wohlklingende Stimme, war groß, breitschultrig und glatt rasiert. Unter seinem Hut schaute braunes lockiges Haar hervor. Um den Mund hatte er einen spöttischen Zug.

Er gefiel Antonia. Keine Frage. Dieser Mann fiel bei ihr unter die Kategorie *stattlicher Herr*.

Sie trat mit Anne und ihm ins Haus und betete, dass Harata ihr nicht verbieten würde, James Henson auf *Otahuna* übernachten zu lassen.

Die Maori schien nicht gerade erfreut, als die Mädchen ihr Anliegen vorbrachten. Sie selbst hatte keine Bedenken, dass der junge Mann im Haus nächtigte, aber sie kannte doch Missy Selma. Die war sehr streng, wenn es um ihre Tochter ging. Sie hatte noch nicht eine einzige Gesellschaft für das Mädchen gegeben und ließ es so gut wie gar nicht ausgehen. Wahrscheinlich will sie Toni nicht in Versuchung führen, dachte Harata, während sie den jungen Mann neugierig musterte.

»Mein Name ist James Henson«, sagte er höflich und machte eine formvollendete Verbeugung. »Ich hoffe, es macht Ihnen keine Umstände, mir ein Gästebett zu bereiten.«

»Natürlich nicht«, flötete Harata und gab ihren Widerstand auf. Diesem jungen Mann konnte sie einfach keinen Wunsch abschlagen. Und außerdem würde die Missy ohnehin erst morgen im Laufe des Tages zurückkommen. Der letzte Zug war längst in Waikouaiti angekommen.

»Dann setzt euch ruhig schon einmal in den Salon. Ich lasse euch etwas zum Essen bringen.«

»Und eine Flasche Champagner«, verlangte Antonia übermütig.

»Kind, du bist erst achtzehn«, widersprach Harata.

Wieder zog Antonia ihren Schmollmund. »Eben, aber ein Kind bin ich lange nicht mehr!«

»Ich werde darauf achten, dass die beiden jungen Damen Maß halten«, mischte sich James schelmisch ein.

Antonia musterte ihn aus den Augenwinkeln. Wie alt er wohl war? Auf jeden Fall war er anders als die Jungen aus der Knabenschule. Älter, reifer, ja, er war schon ein richtiger Mann.

»Und Sie sind aus Milton? Was machen Sie denn da?«, fragte sie keck, nachdem sie sich gesetzt hatten.

»James ist Schafzüchter«, erwiderte Anne vorlaut.

»Ja, damit hat meine Cousine bereits alles über mich gesagt«, bemerkte er spöttisch.

»Nein, ich sollte noch erwähnen, dass die Hensons aus Milton eine der größten Farmen Süd-Otagos besitzen«, setzte Anne grinsend hinzu.

Sosehr Antonia ihre Freundin auch liebte, in diesem Augenblick wünschte sie sie weit weg. Wie schön wäre es, mit dem jungen Schafzüchter allein zu sein. Wie eindringlich er sie ansah. Dieser Blick ging ihr durch und durch. Der Mann verwirrte sie, aber nicht auf unangenehme Weise.

»Und was ist das genau für ein Fest, auf das ihr morgen geht?«, fragte sie, um ihre Verunsicherung zu überspielen.

»Ach, das ist die Verlobung unserer gemeinsamen Cousine Gloria. Es wird die ganze feine Gesellschaft Dunedins erwartet. Deshalb möchte Mutter, dass ich mitgehe, aber nicht ohne dich. Das wäre doch fein, wenn sie mitkommen dürfte, nicht wahr, James?«

»Das wäre sogar sehr fein«, erwiderte James und lächelte.

Antonia hob die Schultern.

»Ich weiß nicht, ob meine Mutter es erlauben wird.«

»Dann hoffen wir einfach, dass sie bis zu unserer Rückfahrt nach Dunedin noch nicht wieder daheim ist. Und Harata wird es dir erlauben. Da bin ich mir sicher«, flötete Anne aufgeregt.

»Was werde ich dir erlauben?«, fragte die Maori neugierig. Sie war mit einem Tablett voller kleiner Leckereien von den jungen Leuten unbemerkt ins Zimmer getreten.

»Anne will mich morgen auf ein Fest nach Dunedin mitnehmen, und wenn Mutter nicht rechtzeitig zurück ist, wollte ich dich fragen . . .«

»Und du glaubst, ich werde das erlauben, obgleich ich weiß, dass die Missy nicht begeistert sein würde?«

»Ich verspreche Ihnen, ich passe auf Miss Parker auf und bringe sie morgen Abend unversehrt zurück.« James lächelte Harata gewinnend an.

»Es kommt die gesamte feine Dunediner Gesellschaft«, fügte Anne gewichtig hinzu.

»Wir werden sehen«, murmelte Harata, doch im Grunde genommen war sie bereits überzeugt. Das wäre eine günstige Gelegenheit, das Kind endlich einmal ausgehen zu lassen. Und gegen die feine Dunediner Gesellschaft konnte die Missy wirklich nichts einzuwenden haben. »Aber Sie fahren doch so ein schreckliches Automobil. Ist die Fahrt nicht zu gefährlich?«, fügte sie hinzu.

253

»Aber ganz im Gegenteil. Machen Sie doch gleich eine Spritztour mit mir. Dann können Sie sich davon überzeugen, wie harmlos mein Wagen ist.« Er lachte.

Harata hob abwehrend beide Hände. »Niemals steige ich in so ein Gefährt ein. Niemals!«, kreischte sie.

Antonia strahlte über das ganze Gesicht, als Harata in der einen Hand, die sie theatralisch gen Himmel hob, eine kalte Flasche Champagner hielt. Sie reichte sie nun James.

»Machen Sie das lieber, mein Herr. Ich hasse es, diese Flaschen zu öffnen. Das macht sonst immer meine Schwester, die für den Haushalt zuständig ist, aber die hat heute frei.«

Vorsichtig entkorkte James die Flasche, ohne dass es einen lauten Knall gab.

»Sie sind ja ein echter Könner«, schwärmte Harata und ließ sich die Flasche geben. Sie schenkte drei Gläser ein, wobei sie das, was für Antonia bestimmt war, nicht so vollgoss wie die anderen.

Antonia stöhnte laut auf. »Sie denkt, ich bin ein Kind.«

»Sind Sie das denn nicht mehr?«, fragte James und sah ihr tief in die Augen.

Dieser Blick entging Harata allerdings nicht, und sie nahm sich vor, ihre Entscheidung noch einmal zu überdenken. Vielleicht verstand sie nicht viel von der Liebe, aber immerhin so viel, um zu spüren, dass es zwischen Antonia und diesem James mächtig knisterte.

Nachdem Harata ihnen die Häppchen und den Champagner serviert hatte, ließ sie die jungen Leute allein. Sie brauchte noch ein wenig frische Luft. Das, was Antonia über Peter gesagt hatte, war ihr sehr nahegegangen. Wenn ihr Schützling nur wüsste, wie sehr sie sich wünschte, dass er endlich einen Schritt auf sie zumachte. Es war jetzt weit über zehn Jahre her, dass seine Frau im Kindbett gestorben war und mit ihr sein Sohn.

Sie machte sich auf den Weg zu den Ställen. Es war kühl draußen. Sie zog ihr wollenes Umhängetuch fester um die Schultern. Als sie die Tür zum Stall öffnete, schlug ihr angenehm die Wärme der Tiere entgegen, und sie wurde von hundertfachem Blöken empfangen. Bald würden die Schafe wieder auf den grünen Hügeln weiden, aber die Winter waren hier so kalt, dass ihnen selbst die dicke Wolle nicht genügend Schutz gegen die eisigen Winde bot.

Harata trat so dicht an die Tiere heran, dass sie eines davon kraulen konnte. Ihre Gedanken schweiften noch einmal zu Antonia ab. Im Grunde ihres Herzens tat es ihr weh, zu sehen, wie weit sich Misses Selma und ihre Tochter voneinander entfernt hatten. Natürlich hatte die Missy viel zu tun. Das stand außer Frage, aber warum holte sie sich nicht mehr Hilfe? Harata wurde den Eindruck nicht los, dass die Missy vor etwas davonlief. Sie schien es zu brauchen, Tag und Nacht mit *Otahuna* beschäftigt zu sein. Sie konnte ja nicht einmal fünf Minuten stillsitzen. Ahnte sie überhaupt, dass ihre Tochter reif für die Liebe war? Trotzdem, ich darf sie nicht hinter ihrem Rücken mit diesem jungen Mann in die Stadt ziehen lassen. Schweren Herzens entschloss sie sich, es Antonia zu verbieten, selbst auf die Gefahr hin, dass sie deren Zorn abbekam. Doch das kannte sie schon. Schließlich erzog sie das Mädchen fast allein. Mit ihrer Mutter streitet sich Antonia kaum noch. Wann auch?, dachte Harata und stieß einen tiefen Seufzer aus.

»Bitte, erschrick nicht, ich ... ich ...«, stammelte hinter ihr eine wohlbekannte Stimme.

Sie fuhr wie der Blitz herum und sah in das verlegene Gesicht von Peter. Er lächelte schief. »Ich ... ich wollte noch mal nach dem Rechten sehen«, versuchte er sein plötzliches Auftauchen zu erklären. »Und außerdem wollte ich fragen, ob du, ich meine ... wir machen morgen Abend ein kleines Fest. Wir scheren ein paar Schafe. Also, ich wollte fragen, ob du mich begleitest.«

Harata atmete einmal tief durch. Nicht, dass sie ihr Ja zu schnell und freudig herausbrachte.

Peter sah sie verunsichert an. »Ich würde mich freuen, wenn du mitkämst, denn es wird auch getanzt.«

»Ja, gern«, flüsterte Harata und überlegte noch, ob er sie wohl küssen würde. Da hatte er ihr bereits einen unbeholfenen Schmatz auf die Wange gedrückt. Das Herz der Maori klopfte bis zum Hals vor Aufregung. Eigentlich hatte sie die Hoffnung schon aufgegeben ...

Am nächsten Morgen strahlte die Frühlingssonne mit solcher Kraft auf *Otahuna*, als wolle sie all seinen Bewohnern einen besonders schönen Tag schenken.

Antonia hatte in der vergangenen Nacht kaum ein Auge zugetan. Sie war spät ins Bett gegangen, und beim Einschlafen perlte nicht nur der Champagner durch ihren Körper. Nein, auch die Erinnerung an jede Einzelheit des Abends mit James. Anne war zwar auch dabei gewesen und hatte wie immer viel zu viel geredet, aber Antonia dachte nur an die Blicke, die James ihr zugeworfen hatte, und an jedes seiner Worte. Beinahe aus jedem Satz hatte Antonia eine Botschaft herausgehört, die nur ihr galt und die sein Interesse an ihr bewies.

Auch beim Aufwachen galt ihr erster Gedanke James Henson.

»Ist er nicht süß?«, murmelte sie verzückt.

»Süß ist er nicht. Er kann ein ganz schönes Ekelpaket sein«, bemerkte Anne verschlafen. »Falls du gerade von meinem Lieblingscousin geschwärmt haben solltest«, fügte sie spöttisch hinzu.

»Ich finde ihn wunderbar«, flötete Antonia und streckte sich noch einmal genüsslich in ihrem Bett aus. »Meinst du, er mag mich auch?«

»Das kann man bei ihm nie genau wissen. Aber er kommt gut bei den Frauen an«, entgegnete Anne ungerührt.

Empört fuhr Antonia hoch. »Was willst du denn damit sagen? Du bist mir vielleicht eine Freundin!«

»Ich meine nur. Wenn es nach meinem Onkel ginge, wäre er längst verheiratet. Schließlich ist er im besten Alter: sechsundzwanzig. Aber sehr wählerisch, was die Dame seines Herzens angeht, sagt meine Tante immer.«

»Ich will ihn ja nicht gleich heiraten. Ich habe nur gesagt, dass er mir gefällt!«, fauchte Antonia.

»Entschuldige, ich wollte dich nicht kränken. Wir werden heute Abend mal sehen, wie oft er mit dir tanzt.«

»Wenn ich überhaupt mitgehen darf.«

»Warum nicht?«

»Meine Mutter wird es nicht erlauben, und außerdem...« – Antonia sprang unvermittelt aus dem Bett und riss ihren Schrank auf – »... habe ich nichts zum Anziehen. Ich war noch nie auf einem Ball. Sieh selbst! Ich kann doch nicht in Rock und Bluse tanzen gehen.«

Unwillig folgte Anne ihr und warf einen skeptischen Blick auf die Kleider der Freundin.

»Du hast recht. Aber lass den Kopf nicht hängen. Du kannst ein Kleid von mir ausleihen und...« Sie stockte und schaute die Freundin fragend an.

Antonia legte die Stirn in Falten. »Das ist lieb von dir, aber ich glaube, das ist keine Lösung.«

Niemals passen mir ihre Kleider, dachte Antonia. Anne war mittelgroß und eher rundlich, während sie, Antonia, ganz nach ihrer Mutter kam. Sie war klein und zierlich. Mutter? Bei dem Gedanken leuchteten Antonias Augen. »Komm, ich glaube, ich weiß was.« Aufgeregt zog sie ihre Freundin zum Schlafzimmer der Mutter und öffnete den Schrank. Sorgfältig aufgereiht hingen dort jede Menge festlicher Kleider. Kleider, an die sich Antonia nur noch dunkel erinnerte. Ich muss noch ein Kind gewesen sein, als Mutter sie zum letzten Mal getragen hat, dachte Antonia. Sie ist zum Gutenachtsagen an mein Bett gekommen, sie duftete herrlich und sah aus wie eine Prinzessin.

Die Freundinnen zogen ein Kleid nach dem anderen hervor und beäugten es kritisch.

»Sie sind schön, aber ein bisschen altmodisch«, bemerkte Anne schließlich.

»Ich bleibe zuhause«, stöhnte Antonia auf, doch dann entdeckte sie in der hintersten Schrankecke ein rotes Kleid, dessen Anblick ihr Herz höher schlagen ließ. »Sieh nur, wenn Harata die Spitze am Arm wegnimmt, dann könnte das sehr hübsch aussehen.«

»Zieh es erst einmal an.« Anne schien die Begeisterung der Freundin nicht zu teilen.

Antonia ließ sich von Anne in das rote Kleid helfen und drehte sich zweifelnd vor dem Spiegel. Sie kam sich plötzlich wie eine Lady vor.

»Das kleidet dich großartig!«, rief Anne überrascht und ehrlich begeistert aus. »Und wenn Harata noch die Spitzen an den Trägern entfernt, kommt auch dein Dekolleté besser zur Geltung«, fügte sie aufregt hinzu.

»Dann nichts wie los!«, entgegnete Antonia übermütig.

»Aber doch nicht in dem Kleid. Stell dir vor, wir begegnen James. Er darf dich nicht in dem Kleid sehen ...«

»... auf keinen Fall, denn er wird glatt in Ohnmacht fallen.« Antonia lachte, schälte sich aus dem Festkleid und zog sich wieder das Nachthemd an.

Nachdem sich die Freundinnen fertig angekleidet hatten, suchten sie Harata in der Küche auf. Wie einen Schatz trug Antonia das rote Kleid über dem Arm.

»Harata«, säuselte sie. »Kannst du dem Kleid die Rüschen abnehmen? Ich würde es gern heute Abend tragen.«

Harata erschrak, als sie das rote Kleid erkannte. Sie erinnerte sich daran, als sei es gestern gewesen, als Selma in diesem Kleid nach Hause gekommen war. Durchnässt und totenbleich, mit einem Gesichtsausdruck, als habe sie ein Gespenst gesehen. »Ziehen Sie bloß das Kleid aus. Ich richte es Ihnen wieder her«, hatte sie Misses Selma angeboten, aber die hatte nur müde abgewunken. »Ich brauche keine Ballkleider mehr. Ich will nicht Gefahr laufen, ihm noch einmal in meinem Leben zu begegnen.« Dann hatte sie plötzlich wütend geschrien: »Verdammt, er wird immer wieder auf die Füße fallen! Und die Frauen sind so dumm und vertrauen ihm. Er hat es tatsächlich gewagt, mir hinter dem Rücken seiner jungen Frau Avancen zu machen. Widerlich!« Danach war Misses Selma nie wieder zu einer Gesellschaft gegangen. Und Harata hatte bis heute nicht erfahren, über wen die Missy dermaßen geflucht hatte.

»Ich weiß nicht, ob es deiner Mutter recht ist. Und überhaupt, wer sagt dir denn, dass ich dir erlaube, auf dieses Fest zu gehen?«

Antonia zog einen Schmollmund. »Bitte, bitte! Ich verspreche dir auch, dass ich ihr nichts davon verrate. Bitte, das wäre mein schönstes Geburtstagsgeschenk. Ich werde auch bestimmt nicht so spät zurückkommen.«

»Und was sage ich deiner Mutter, die heute im Laufe des Tages ganz sicher nach Hause kommen wird?«

»Ach, sag ihr einfach, ich bin bei Anne. Von dem Fest brauchst du ja nichts zu erzählen. Bitte!«, flehte Antonia.

Harata wollte eigentlich streng sein, aber die Erinnerung an die Begegnung mit Peter gestern Abend ließ sie weicher als beabsichtigt werden. Und außerdem würde es doch ganz gut passen, wenn Toni heute Abend selbst etwas vorhatte. Dann konnte sie unbeschwert mit Peter zum Tanz gehen.

»Meinetwegen, aber ich sage dir, wenn du nicht um Mitternacht zurück bist, war es das letzte Mal, dass ich dir so etwas erlaube.«

»Du bist ein Schatz«, zwitscherte Antonia und drückte der Maori einen Kuss auf die Wange. »Und machst du diese altmodischen Spitzen weg? Sonst sieht man gar nichts von meinem Dekolleté.«

»Das soll man auch gar nicht«, erwiderte Harata prompt und nahm ihr trotzdem das Kleid ab, um es sofort zu ändern. »Der junge Mann sitzt übrigens schon am Frühstückstisch und wartet sehnsüchtig auf die beiden Damen«, fügte sie mit einem Lächeln hinzu.

Antonias Wangen glühten verräterisch, als sie sich auf den Weg zum Salon machte.

»Du bist verliebt. Gib es zu«, bemerkte Anne, die dem Schritt der Freundin kaum folgen konnte.

»Unsinn«, erwiderte Antonia forsch und konnte es doch gar nicht erwarten, James zu begrüßen. Er sieht noch besser aus, als ich ihn in Erinnerung hatte, schoss es ihr durch den Kopf, als sie ihn am Frühstückstisch sitzen saß. Er blickte von seiner Zeitung auf und lächelte Antonia an. »Haben die Damen endlich ausgeschlafen?«, fragte er, und wieder lag in seiner Stimme dieser spöttische Unterton, der Antonia verunsicherte und zugleich herausforderte, ihm ebenso spöttisch zu antworten.

»Sie wollen doch heute Abend mit zwei ausgeschlafenen Damen ausgehen, oder?«, fragte sie kokett.

»Heißt das, Sie kommen mit?«

»Haben Sie etwas dagegen?«

»Im Gegenteil, Ihre Begleitung macht mir den Gedanken, in der feinen städtischen Gesellschaft zu feiern, erst angenehm.«

Antonia warf ihrer Freundin einen triumphierenden Blick zu, als wolle sie sagen: Jetzt sieh doch endlich, was er mir für Komplimente macht!

Anne grinste und nickte unmerklich.

Harata standen Tränen in den Augen, als sie ihnen hinterherwinkte. Sie war schier überwältigt von Antonias Anblick. Wie eine Märchenprinzessin sah sie aus. Harata ahnte aber auch, dass die Kindheit ihres Schützlings unwiederbringlich vorüber war. Wie erwachsen sie an der Seite von Mister James wirkte. Sie saß stolz auf dem Beifahrersitz wie eine richtige Lady. Und was für ein schönes Paar die beiden waren. Hoffentlich würde das Misses Selma eines nicht allzu fernen Tages genauso sehen. Harata winkte dem Wagen hinterher, bis nur noch eine Staubwolke zu sehen war.

Antonia hatte die Minuten bis zur Abfahrt in die Stadt förmlich gezählt. Die Panik, ihre Mutter könne noch vorher zurückkommen und ihr dieses Ausgehen verbieten, saß ihr bis zuletzt im Nacken. Umso erleichterter war sie, als sich James' abenteuerliches, nagelneues Gefährt endlich in Bewegung gesetzt hatte.

Je weiter sie sich von *Otahuna* entfernten, desto aufgeregter wurde Antonia bei dem Gedanken, in Begleitung dieses stattlichen Mannes zu dem Fest zu gehen. Aber auch Annes Worte drängten sich wieder in ihr Bewusstsein: Er kommt gut bei den Frauen an.

Was, wenn er mich heute Abend gar nicht beachtet, weil ihn andere umschwärmen?

»Antonia, Sie ziehen ein Gesicht, als würden Sie etwas Schreckliches erwarten. Wo ist ihr bezauberndes Lächeln geblieben?«, fragte James.

Antonia lief rot an. Sie fühlte sich ertappt und rang sich zu einem gequälten Lächeln durch. »Entschuldigen Sie, aber ich dachte an etwas ganz anderes. Jetzt bin ich wieder bei Ihnen. Erzählen Sie mir noch ein wenig von Ihrer Cousine, die sich heute verlobt. Es wäre doch dumm, wenn ich gar nichts über sie weiß.«

Die Antwort kam prompt hinten vom Rücksitz.

»Also, Gloria ist die Tochter von Mutters Bruder Bertram und James' Vater Ryan ...« Anne kicherte laut. »Nein, das ist Blödsinn. Also, meine Mutter, Onkel Bertram und Onkel Ryan sind Geschwister. Und Gloria ist Onkel Bertrams Tochter, und die heiratet jetzt einen reichen Mann. Ich finde ja, dass der viel zu alt für sie ist ...«

»Harald Wilkens ist zehn Jahre älter, um genau zu sein«, unterbrach James das Geplapper seiner Cousine.

Fast so viel, wie der Altersunterschied zwischen James und mir, schoss es Antonia durch den Kopf.

»Jedenfalls ist er im Gegensatz zu uns uralt, aber seiner Familie gehört das größte Handelshaus in Dunedin, und es wird ein riesiges Fest. Es sind alle eingeladen, die in der Stadt Rang und Namen haben. Stell dir vor, Onkel Bertram hat sogar einen Ballsaal an seine Villa anbauen lassen, damit er vor der neuen Verwandtschaft angeben kann. Muss er auch, denn unsere Cousine Gloria ist nicht gerade eine Schönheit.«

»Und meine Cousine Anne ist ein kleines Lästermaul. Gut, Gloria ist ein wenig stämmig, aber wer es mag?«

Er schenkte Antonia einen warmherzigen Blick. »Ich ziehe allerdings das Reich der Elfen vor.«

Antonia wollte schlagfertig sein, etwas Lustiges erwidern, aber seine Worte trafen sie mitten ins Herz. O Himmel, ich bin verliebt, dachte sie und wusste vor lauter Verlegenheit gar nicht, wohin sie gucken sollte. Sie wandte sich um. Ihr Blick traf sich mit dem von Anne. Die gab ihr ein unauffälliges Zeichen, aus dem Antonia lesen konnte, dass James sich auch für ihr Dafürhalten mächtig ins Zeug legte.

Antonia aber traute sich nun nicht einmal mehr in seine Richtung zu sehen. Sie befürchtete, er werde es ihr an der Nasenspitze ansehen, wie sehr es sie erwischt hatte.

Deshalb blickte sie krampfhaft auf die vorbeiziehende Landschaft. Kurz darauf waren sie in der Stadt angekommen und hielten schließlich vor dem Haus der Medlicotts. Annes Mutter öffnete ihnen bereits aufgeregt die Tür.

»Ihr seid spät dran. Beeilt euch, ihr müsst euch noch umziehen.« Dann erblickte sie Antonia in ihrem Ballkleid. »Du siehst bezaubernd aus, mein Kind.«

»Mutter, ich konnte dich nicht vorher fragen, aber darf sie mit?«

»Ich kann sie doch schlecht in diesem wunderschönen Kleid wieder nach Hause schicken«, entgegnete Misses Medlicott mit weicher Stimme.

Antonia schluckte trocken. So eine Mutter hätte sie auch gern.

Misses Medlicott war immer für ihre Tochter da und begegnete auch ihr, Antonia, mit mütterlicher Fürsorge. Als sie zum Schulfest alle etwas zum Essen hatten mitbringen sollen, hatte Misses Medlicott auch für Antonia etwas gezaubert, weil Selma wieder einmal verhindert war. Wenn ich es recht bedenke, war Mutter niemals zu einem der Feste in der Schule gekommen, schoss es Antonia durch den Kopf.

»Vielen Dank, Misses Medlicott«, sagte sie mit belegter Stimme. Zu dumm, dass ihr ausgerechnet jetzt zum Weinen zumute war. Sie konnte doch unmöglich vor James Henson wie ein kleines Mädchen in Tränen ausbrechen.

»Anne, James, nun zieht euch aber schnell um. Die Kutsche kommt gleich.«

»Kutsche? Soll ich euch nicht in meinem Automobil mitnehmen?«

»O nein, lieber James, lass es uns machen wie immer. Ich traue diesen Ungetümen nicht. Und ich habe mir sagen lassen, man braucht einige Zeit, um sie in Gang zu bringen.«

»Ach Tantchen, die braucht man auch, um Pferde anzuspannen.«

»Nein, nein, wir fahren alle zusammen mit der Kutsche. Keine Widerrede. In einer halben Stunde. Schafft ihr das?«

Anne und James nickten und entschuldigten sich. Nun waren Antonia und Misses Medlicott allein. Die Dame des Hauses trug auch bereits ihre Abendgarderobe. Sie ist lange keine so elegante Erscheinung wie meine Mutter, dachte Antonia, aber man möchte sie immerzu in die Arme nehmen. Das Bedürfnis habe ich bei Mutter nicht. Nein, Antonia erinnerte sich nicht, wann sie ihre Mutter das letzte Mal geherzt und geküsst hatte.

»Ach, mein Kind, ich habe dir noch gar nicht gratuliert.« Und als würde sie Antonias geheime Wünsche erraten, nahm sie sie herzlich in die Arme. Dann holte sie aus der Anrichte ein Päckchen hervor und reichte es Antonia. Wieder musste sie gegen die

Tränen ankämpfen. Misses Medlicott hatte sogar ein Geschenk für sie. Ganz im Gegensatz zu ihrer eigenen Mutter.

»Für mich?«, fragte sie gerührt.

»Nur eine Kleinigkeit«, entgegnete Annes Mutter bescheiden, wie sie nun einmal war.

Als Antonia die Schachtel öffnete, traute sie ihren Augen nicht. Darin lag eine Brosche aus einem in Silber gefassten roten Stein, die zu diesem Kleid wie gemacht war.

»Die ist ja wunderschön«, hauchte Antonia. Jetzt konnte sie ihre Tränen nicht länger zurückhalten. Mit zittrigen Fingern steckte sie sich das Schmuckstück an.

»Danke«, schluchzte sie. »Sie sind so gut zu mir. Es ist ein entzückendes Stück. Der edelste Schmuck, den ich je bekommen habe.«

»Wirklich eine hübsche Brosche«, hörte sie nun wie von ferne James sagen. Hastig wischte sie sich mit dem einen roten Handschuh, die sie passend zum Kleid trug, die Tränen von den Wangen.

Sie erwartete eine seiner spöttischen Bemerkungen, weil sie sich wie ein kleines Mädchen gebärdete, aber stattdessen legte James wie selbstverständlich den Arm um sie und raunte: »Nicht weinen, ich verspreche dir, es wird alles gut.«

Nun kamen auch Mister Medlicott und Anne herbeigeeilt.

Antonia sah die beiden plötzlich in einem ganz anderen Licht, als sie es noch vor zehn Minuten getan hätte. Diese Umarmung hatte alles verändert. Seine Worte wirkten wie ein Zauber, der alles wunderschön erscheinen ließ. Sie hätte die ganze Welt umarmen können. Die Freundin sah in ihrem grünen Seidenkleid reizend aus, und auch der gemütliche Mister Medlicott wurde in seinem festlichen Gehrock zu einer stattlichen Figur. Von James in seinem vornehmen Anzug ganz zu schweigen. Als er ihren Arm nahm und sie zur Kutsche führte, wusste sie, dass sie diesen Mann und keinen anderen heiraten wollte. Sie war nicht dafür geschaffen, als einsame und unnahbare Herrin von *Otahuna* ihr Leben zu fristen. Nein, sie wollte eine Familie, und sie sehnte sich in James Arme.

Die Fahrt zur Henson-Villa erlebte sie wie im Rausch. James saß dicht neben ihr. Ihre Körper berührten sich, und heiße Schauer durchfuhren sie. Auch Anne schien den Zauber der Liebe zu bemerken, denn sie drückte verstohlen Antonias Hand zum Zeichen des geheimen Einverständnisses.

An seinem Arm betrat Antonia schließlich den neuen Festsaal der Villa. Dafür, dass sie noch nie zuvor eine solche Gesellschaft besucht hatte, fühlte sie sich erstaunlich sicher. Sie schob das auf James, der ihr mit seiner Anwesenheit das Selbstbewusstsein gab, das sie brauchte. Doch auch als er sich schließlich kurz entschuldigte, um ein paar entfernte Verwandte zu begrüßen, war sie keineswegs verunsichert. Sie fühlte sich wie in einem Märchen und konnte sich nicht sattsehen: an den vielen festlich gekleideten Menschen, dem prächtigen Saal, den riesigen Lüstern und ihrem Spiegelbild, aus dem ihr eine Prinzessin entgegensah.

Kaum dass sie allein war, kam Anne herbeigeeilt und flüsterte: »Ihr hättet ja beinahe die Kutsche in Brand gesetzt. So habe ich meinen Cousin noch nie erlebt. Und es ist doch wohl Ehrensache, dass ich deine Brautjungfer werde.«

Antonia fühlte sich ertappt und wies den Gedanken an eine mögliche Hochzeit der Freundin gegenüber weit von sich. So vehement, dass Anne das mit einem breiten Grinsen zur Kenntnis nahm.

»Ich sollte mich wohl ranhalten, wenn ich mit dir Schritt halten will, aber noch sehe ich keinen jungen Herrn, der mir gefallen könnte.«

Antonia lachte. »Sag mir lieber, was das alles für Leute sind. Ich kenne keinen von ihnen. Das ist also die Dunediner Gesellschaft. Wer ist die Frau dort, die wie eine Ente watschelt?«

Anne kicherte: »Das ist meine Cousine Gloria, und der Riese

an ihrer Seite ist ihr Verlobter, Mister Harald Wilkens. Er ist auch nicht gerade ein Bild von einem Mann, oder?«

Antonia schämte sich plötzlich dafür, dass sie so hässlich über die Gastgeber sprach. »Aber sie sehen sehr glücklich aus«, seufzte sie.

»Ja, ich glaube, sie sind wirklich furchtbar glücklich miteinander«, bestätigte Anne den Eindruck ihrer Freundin.

»Das vermute ich auch«, mischte sich nun James ein, der das Geplänkel der beiden mit angehört hatte. Dann wandte er sich grinsend an Antonia. »Was möchtest du noch wissen? Wer die junge kokette Lady ist, die immerfort zu uns herüberstarrt?«

»Nein, das will ich gar nicht wissen«, erwiderte Antonia trotzig, als sie sich vergewissert hatte, dass jene hübsche Frau sie tatsächlich mit ihren Blicken aufzufressen schien. »Kennst du die?«, fragte sie spitz.

»Natürlich. Sie ist die Tochter vom Schwager des Bräutigams.«

»Ach James«, fuhr Anne ungeduldig dazwischen, »wenn du schon die Verwandtschaftsverhältnisse erklären willst, dann aber richtig. So kann das doch nichts werden. Also hör zu, Toni. Der Bräutigam hat eine Schwester, Nora. Und Nora Wilkens ist auch sehr, sehr reich, denn sie hat nach dem Tod des Vaters die Hälfte des Vermögens geerbt. Die reiche Erbin hat dann den da geheiratet.« Anne deutete auf einen hochgewachsenen, gut aussehenden Mann um die vierzig. »Das ist Charles Wayne. Er stammt aus gutem Hause, hatte wohl früher selbst mal Geld, hat dann aber alles verloren. Und mit seiner ersten Frau Luisa hat er eine Tochter, Patricia, die Dame dort in unserem Alter, die so auffällig verknallt meinem Cousin zuwinkt. Seine erste Frau, eine Adison, wollte sich, so munkelt man, von ihm scheiden lassen, als seine Familie nicht mehr standesgemäß erschien und er zu allem Überfluss ständig fremdgegangen sein soll, aber sie ist vorher gestorben. So wurde er Erbe ihres Vermögens, aber in der feinen Gesellschaft spielt er erst wieder mit, seit er mit Nora eine verdammt gute Partie gemacht hat.«

»Du redest zu viel, Cousinchen«, spottete James. »Jedenfalls ist die junge kesse Dame Patricia Wayne, die Tochter von Luisa und Charles. Ein verwöhntes Ding, aber hübsch«, ergänzte er.

Anne stieß ihm unsanft ihren Arm in die Rippen. »Man schwärmt in der Gegenwart seiner Angebeteten nicht von anderen Frauen«, tadelte sie ihn flüsternd.

Antonia aber besaß gute Ohren. »Erstens bin ich nicht seine Angebetete, und zweitens, soll er doch schwärmen, von wem er will«, knurrte sie mit einem verstohlenen Blick auf Patricia Wayne. Obwohl sie noch kein Wort mit der jungen Dame gewechselt hatte, stand ihr Urteil fest: Sie konnte sie nicht leiden! Vielleicht lag es daran, dass sie ein ganz ähnlicher Typ Frau war wie sie selbst. Jedenfalls besaßen sie dieselbe Nase. Aber diese Patricia hatte die dunklen Locken ihres Vaters geerbt. Ein stattlicher Mann, auch für sein Alter noch, ging es Antonia durch den Kopf, als Charles Wayne bereits auf sie zutrat.

Er begrüßte hastig Anne und James, bevor er charmant lächelnd flötete: »Und wer ist diese ausgesprochen entzückende junge Dame, und warum habt ihr sie mir bislang vorenthalten?«

Ich traue seiner Freundlichkeit nicht, dachte Antonia.

»Ganz einfach, lieber Charles, weil Sie sie eigentlich erst auf unserer Verlobung kennenlernen sollten«, entgegnete James ungerührt und legte Antonia den Arm um die Schultern.

Antonia wusste nicht, wie ihr geschah, doch trotz ihrer Verwirrung beobachtete sie, wie sich das Gesicht des eben noch breit lächelnden Mister Wayne im Nu verfinsterte.

»Sie gedenken also diese junge Dame zu heiraten, James?«, fragte er lauernd.

»Wen gedenkt James zu heiraten?«, mischte sich Patricia neugierig ein, die währenddessen hinzugekommen war und sich dicht neben ihren Angebeteten stellte.

»Diese junge Dame, deren Namen wir nicht kennen«, erwiderte Charles Wayne spitz.

»Wie bitte?«, rutschte es Patricia empört heraus, und sie rückte gleich ein Stück von James ab. Sie schien jetzt erst wahrzunehmen, dass James Antonia im Arm hielt. Feindselig starrte sie ihre Konkurrentin an.

Antonia kämpfte mit sich. Er hätte sie fragen müssen, ob sie seine Frau werden wolle; doch die Vorstellung, ihn bald zu heiraten, hüllte sie in eine wohlige Wolke. Ich werde ihm meine Meinung sagen, wenn wir unter vier Augen sind, nahm sie sich fest vor, doch erst einmal setzte sie ihr strahlendstes Lächeln auf.

Patricia funkelte sie zornig an. »Dann kann ich Ihnen ja nur herzlich gratulieren. Wenn Sie mir denn mal Ihren Namen verraten würden«, schnaubte sie.

»Antonia, ich heiße Antonia«, zwitscherte Antonia mit liebreizender Stimme, und sie streckte der jungen Frau versöhnlich die Hand entgegen. Die Enttäuschung stand der eben noch kecken jungen Lady deutlich ins Gesicht geschrieben. Es war nicht zu übersehen, dass sie sich ernsthafte Hoffnungen auf James gemacht hatte.

Patricia aber ignorierte die freundliche Geste ihrer Konkurrentin und zischelte: »Dann gratuliere ich recht herzlich zu diesem Fang, Antonia«, und rauschte zornig von dannen. Charles folgte ihr sichtlich irritiert.

»Da hast du aber eine Feindin fürs Leben gewonnen«, sagte Anne kichernd.

»Das schreckt mich nicht«, entgegnete Antonia betont forsch. »Und du hättest mich wenigstens vorher fragen können«, fügte sie an James gewandt hinzu.

»Nein, das hätte ich nicht, denn wenn ich nicht für klare Verhältnisse gesorgt hätte, wäre mir Patricia wohl den ganzen Abend nicht von der Seite gewichen.«

»Aber warum? Hast du ihr jemals Hoffnungen gemacht? Wolltest du sie womöglich heiraten?«

»Ich habe zumindest mit dem Gedanken gespielt«, erwiderte er mit ernster Miene. »Bis gestern jedenfalls.«

Antonia blickte ihn fassungslos an.

»Ja, wäre es besser, ich würde dich belügen und dir erzählen, ich hätte mich niemals für eine andere Frau interessiert? Meine Mutter liegt mir seit einigen Jahren in den Ohren, ich solle heiraten und...«

Wie gerufen eilte Helen Henson auch schon herbei. Ihre kleinen mausgrauen Augen blitzen neugierig.

»James? Was muss ich da von Charles hören? Du willst heiraten?«

»Mutter, bitte, nicht so laut. Sonst stehlen wir den Verlobten ihr Fest. Aber wenn es dich beruhigt: Ja, ich werde Miss Antonia Parker aus Waikouaiti heiraten. Das ist Antonia, Mutter. Antonia, das ist meine Mutter.«

Die beiden Frauen schüttelten einander die Hand.

»Gut, mein Sohn«, erwiderte Misses Henson. »Ich erwarte deine zukünftige Braut mit ihren Eltern am nächsten Sonntag nach der Kirche zum Mittagessen in Milton.«

»Das tut mir leid, Misses Henson«, erwiderte Antonia leise, »aber mein Vater ist tot. Doch meine Mutter kommt sicher gern, wenn sie nicht geschäftlich unterwegs ist.«

»Was führt Ihre Mutter denn für Geschäfte?« Das klang streng.

»Sie ist die Herrin über *Otahuna*. Das ist unser Anwesen bei Waikouaiti. Mutter lässt gefrorenes Lammfleisch von Port Chalmers nach Europa verschiffen.«

»Aber sind diese Geschäfte nicht alle nach Christchurch abgewandert?«

»Sie haben recht, aber Mutter konnte sich bislang in Otago halten.«

»Also gut, Antonia, sorgen Sie dafür, dass Ihre Mutter Zeit hat.

Ich meine, es wird ihr ja schließlich nicht gleichgültig sein, die zukünftigen Schwiegereltern ihrer Tochter kennenzulernen. Was sagt sie denn überhaupt zu diesen überstürzten Plänen von Ihnen und meinem Sohn?«, fragte Misses Henson lauernd.

Antonia lief tiefrot an. »Ich ... ich weiß ... ich ...«

»Sie ist natürlich wie alle anderen Mütter glücklich, wenn ihre Tochter glücklich ist, liebe Tante«, fuhr Anne lächelnd dazwischen.

Antonia atmete auf.

»Sie wird sich schon an mich gewöhnen«, scherzte James. »Und du, Mutter, geh lieber wieder zu den anderen. Sonst werden wir doch noch zu den Hauptpersonen des Abends, und das steht uns nicht zu. Es ist unfair, Gloria den Abend zu verderben.«

»Ich freue mich darauf, Ihre Frau Mutter kennenzulernen«, sagte Misses Henson in einem Ton, der eher nach einer Drohung klang. Dann ging sie kopfschüttelnd zurück an den Tisch, an dem ihr Mann und Charles saßen. Die beiden Männer waren in ein angeregtes Gespräch verwickelt und blickten unentwegt zu Antonia und James herüber.

»Wir sollten uns jetzt auch an unseren Tisch begeben. Es gibt etwas zu essen«, schlug James vor, aber Antonia sah ihn durchdringend an. »Hast du nicht etwas Wichtiges vergessen?«

James blickte sie verständnislos an, bis sich nach einer Weile sein Gesicht aufhellte.

»Natürlich, ich dummer Esel, ich. Liebste Antonia, willst du meine Frau werden? Ich für meinen Teil möchte, seit du gestern die Tür geöffnet hast, keine andere Frau mehr heiraten.«

Antonia musste wider Willen lachen. »Was soll ich dazu sagen? Mir geht es genauso. Ja, ich möchte nichts lieber als deine Frau werden ...«

»Aber nur unter einer Bedingung«, mischte sich Anne ein, deren Gegenwart das junge Paar völlig vergessen hatte. »Ich werde eure Brautjungfer.«

»Ja«, erwiderten Antonia und James wie aus einem Munde.

Als James sie küssen wollte, sagte Antonia leise: »Lieber nicht, die Leute gucken alle schon. Ich fände es deiner Cousine gegenüber wirklich gemein, wenn wir uns in den Vordergrund drängen. Und schau mal, wie Patricias Vater und deine Mutter die Köpfe zusammenstecken. Ich glaube, der ist gekränkt, dass du nicht seine Tochter heiratest.«

»Meinst du? Vorsicht, da kommt er auch schon wieder.«

Mit hochrotem Kopf trat Charles auf sie zu.

»Noch eine Frage hätte ich. Misses Henson sagte mir gerade, dass Sie aus Waikouaiti stammen; um es genauer zu sagen, von *Otahuna*. Heißt Ihre Mutter Selma Parker?«

Antonia nickte, und James bemerkte ärgerlich: »Charles, nun fragen Sie sie doch nicht so aus.«

»Ich bin gleich fertig«, entgegnete er ungerührt. »Und wären Sie so freundlich, mir den Namen Ihres Vaters zu nennen?«

»Will, Will Parker«, antwortete Antonia prompt, obwohl ihr die plump vertrauliche Art und Weise, wie dieser Mann sie anredete, ganz und gar nicht behagte.

Charles Wayne aber lachte nur schrill auf und murmelte kopfschüttelnd: »So ein betrügerisches Weib. Da hat sie uns doch alle reingelegt. War in anderen Umständen und wollte uns tatsächlich ihr Balg unterschieben. Unglaublich!« Dann wandte er sich grußlos ab.

Antonia zitterte am ganzen Körper. Ihre Ablehnung gegenüber diesem Mann hatte sich in Angst verwandelt.

»James, bitte bring mich von hier weg. Ich möchte nach Hause«, flehte sie ihren Begleiter an, obwohl sie Sorge hatte, er würde sie für überspannt halten. »Bitte versteh das, der Kerl ist mir unheimlich.«

»Das kann ich sehr gut verstehen, mein Liebes. Was fällt dem guten Charles eigentlich ein? Na warte, das wird ein Nachspiel haben«, flüsterte er ihr zu und nahm sie zärtlich in den Arm. Unauffällig verließen sie den Saal.

Erst draußen vor der Tür fand Antonia ihre Sprache wieder. »Was hat er wohl gemeint, dieser Wayne? Wovon spricht er? Was weiß er von meiner Mutter? Woher kennt er sie?«

James zuckte bedauernd mit den Schultern. »Das wüsste ich auch gern, aber erst einmal musst du mir verzeihen. Nur weil ich dich derart überfallen und als meine zukünftige Braut vorgestellt habe, hat sich der gute Charles von seiner schlechtesten Seite gezeigt. Und du hast wirklich keinen Schimmer, was er mit seiner garstigen Andeutung meinen könnte?«

Antonia seufzte tief. »Nein, ich habe den Namen Wayne noch niemals aus dem Mund meiner Mutter gehört.«

»Hat sie ihn vielleicht gekannt, bevor sie deinen Vater geheiratet hat und zu ihm nach *Otahuna* gegangen ist?«

»Mein Vater hat niemals auf *Otahuna* gelebt. Er starb bei der Überfahrt meiner Eltern von England nach Neuseeland. Kurz vor dem Ziel hat sein Bruder ihn über Bord gestoßen, um sein Vermögen an sich zu bringen.«

»Um Himmels willen. Das ist ja eine gruselige Geschichte. Gut, dass ich das weiß. Wenn du das Mutter bei Tisch erzählt hättest, wäre sie tot umgefallen. Ein Mörder in deiner Familie. Das sollten wir ihr lieber verschweigen. Sie ist nämlich stets um den guten Ruf der Familie besorgt. Und wie ist deine Mutter dann an *Otahuna* gekommen, wenn sie es nicht von deinem Vater geerbt hat?«

»Sie hat es von einer alten Frau geerbt, die selbst keine Kinder hatte«, erwiderte sie. »Aber ich bin es leid, dass mich alle ausfragen. Und wenn es dir peinlich ist, dass mein Onkel ein Verbrecher war, dann heirate doch lieber Patricia Wayne. In deren Familie gibt es sicherlich nicht solche schwarzen Schafe«, fügte sie gereizt hinzu.

»Das würde ich nicht mit gutem Gewissen behaupten wollen. Bevor ihr Großvater, der übrigens einst dieses scheußliche Haus entworfen hat, sein eigenes Anwesen auf dem grünen Hügel in

Macandrew Bay verkaufen musste, weil sein Vermögen aufgebraucht war, hat er es lieber angezündet.«

»Das ist ja entsetzlich!«, entfuhr es Antonia.

»Ja, er hat die Schmach nicht ertragen, plötzlich nicht mehr dazuzugehören. Und deshalb ist er im Haus geblieben. Er hat sich betrunken in sein Bett gelegt, um mit dem Haus unterzugehen. Seine Frau ist kurz darauf vor Kummer gestorben.«

»Tut mir leid, dass ich dich so angefaucht habe«, seufzte Antonia, »aber du musst verstehen, das war heute alles ein wenig viel für mich. Und diese gemeinen Andeutungen über meine Mutter gehen mir schreckliche nahe. Es ist nicht so einfach, ohne Vater aufzuwachsen. Das kannst du mir glauben.« Ihre Augen wurden feucht.

»Du hast recht, Liebling. Ich höre jetzt auch auf damit. Nicht weinen. Jetzt hast du mich, und ich werde dich in Zukunft beschützen.« Sanft zog James Antonia an sich. Seine Lippen suchten ihren Mund. Erst vorsichtig, dann immer leidenschaftlicher küssten sie sich. Nachdem sich seine Lippen von ihren gelöst hatten, raunte er zärtlich: »Ich liebe dich.«

»Ich liebe dich auch«, erwiderte sie mit bebender Stimme. So hatte sie sich in ihren schönsten Träumen die Liebe vorgestellt. Und doch breitete sich schleichend ein unbestimmtes Gefühl der Angst in ihr aus. Sie versuchte, sich Charles Waynes Worte noch einmal ins Gedächtnis zu rufen, aber es gelang ihr nicht. Sie zuckte allein bei dem Gedanken an seinen gehässigen Ton zusammen, doch James legte schützend den Arm um sie und brachte sie zu einer Kutsche.

»Wir lassen uns zum Haus meiner Tante bringen, und ich fahre dich mit dem Wagen nach *Otahuna*. Und dann warte ich, bis deine Mutter kommt, um bei ihr um deine Hand anzuhalten. Ich werde *Otahuna* nicht verlassen, bevor sie uns ihren Segen gibt«, erklärte er.

Als sie schließlich in dem Wagen durch die kalte Nacht fuhren, kuschelte sich Antonia ganz dicht an James heran.

Nur mit Mühe hatte Selma den letzten Zug aus Alexandra erreicht, der nun in den Bahnhof von Waikouaiti einfuhr. Sie hatte nur noch den einen Wunsch: sich hinzulegen und auszuschlafen.

Ein älterer Herr half ihr, den Koffer aus dem Zug zu hieven, und versuchte dabei, mit ihr ins Gespräch zu kommen. Selma aber nahm ihr Gepäck und eilte nach einem kurzen Gruß auf den Bahnhofsvorplatz. Zum Glück stand eine Droschke bereit, auf die Selma sofort zusteuerte.

Sie fröstelte auf der ganzen Fahrt nach Hause. Und sie war so schrecklich müde, dass sie ein paarmal beinahe eingenickt wäre. Heute kam ihr die Strecke nach *Otahuna* endlos vor.

Sie war heilfroh, als der Kutscher endlich vor dem prächtigen Portal des Haupthauses hielt. Das hatte sie erst vor ein paar Jahren bauen lassen, und sie war sehr stolz darauf. Es verlieh dem Haus etwas Hochherrschaftliches. Genau so ein Eingangsportal hatte die Villa der Waynes auf dem grünen Hügel.

Selma wunderte sich zunächst nicht weiter darüber, dass alles dunkel war, als sie das Haus betrat, denn sie vermutete, dass Harata und Antonia bereits schliefen. Sofort meldete sich ihr schlechtes Gewissen. Nicht nur, dass sie es nicht rechtzeitig zum Geburtstag ihrer Tochter nach Hause geschafft hatte, sie war nicht einmal dazu gekommen, ihr ein Geschenk zu besorgen. Dafür würde sie den morgigen Tag ganz ihrem Kind widmen. Das hatte sie sich jedenfalls fest vorgenommen. Aber erst, nachdem sie ihrem guten Freund und Vertrauten, dem Anwalt Frederik Koch, einen Besuch abgestattet hatte. Der eingefleischte Junggeselle hatte sicher nichts dagegen, wenn sie ihn an einem Sonntag aufsuchte. Im Gegenteil, er freute sich über jeden ihrer Besuche. Der gute Frederik, dachte sie, er hofft wohl immer noch, dass ich ihn eines Tages erhöre, aber das wird nicht geschehen. Selma hatte sich damals nach Damons Tod geschworen, sich nie wieder mit einem Mann einzulassen, und war ihrem Vorsatz all die Jahre über treu geblieben.

Ein Hustenanfall holte sie aus ihren Gedanken. Ja, sie durfte keinen Tag verlieren. Schon morgen musste sie Frederik von ihren Plänen in Kenntnis setzen. Noch ahnte keiner außer sie selbst, was da in ihrem Körper wütete. Sie aber kannte die Anzeichen nur allzu gut vom Sterben ihrer Wohltäterin, der guten Misses Buchan.

Die Schafzüchter in Alexandra hatten ihr eine schlimme Erkältung als Erklärung für den immer heftiger werdenden Husten abgenommen. Und es war ein Wink des Schicksals, dass sie vor Ort einen Kaufmann getroffen hatte, der ihr viel Geld für den Verkauf von *Otahuna* geboten hatte. Je mehr sie darüber nachdachte, desto klarer wurde ihr, dass sie rasch agieren musste. Der Handel mit dem gefrorenen Fleisch wurde inzwischen fast vollständig über Christchurch abgewickelt, und zwar mittels all jener technischen Erneuerungen, die ihr fehlten. Nein, es war an der Zeit, sich zu schonen und sich endlich um ihre Tochter zu kümmern. Schließlich hieß es ja nicht zwangsläufig, dass sie gleich daran sterben würde, selbst wenn es wirklich Tuberkulose war, an der sie litt.

Allein der Gedanke an diese Krankheit löste einen neuerlichen Hustenanfall aus. Als sich ihr bebender Körper wieder beruhigt hatte, überlegte sie, ob sie nach Antonia schauen sollte. Da meinte sie plötzlich von draußen Musik zu hören. Sie eilte ans Fenster und öffnete es. Tatsächlich, von den Schafställen schallte die Musik eines Akkordeons herüber. Nun fiel es Selma auch wieder ein. Ihre Arbeiter machten heute ein Fest mit Schafschur und Tanz, bevor sie die Schafe in den nächsten Tagen wieder aus den Ställen hinaus ins Freie trieben. Peter hatte sie ausdrücklich um Erlaubnis für diese Feier gebeten.

Selma schloss das Fenster wieder und entschied sich, doch noch einen Blick auf ihre schlafende Tochter zu werfen. Auf Zehenspitzen schlich sie sich in das geräumige Mädchenzimmer. Das Mondlicht, das durch das Fenster fiel, wies ihr den Weg zu Antonias Bett. Vorsichtig beugte sie sich hinunter, um ihr einen Kuss auf die Wange zu geben, doch dann erstarrte sie. Das Bett war nicht nur leer, es war unbenutzt. Antonia hatte noch gar nicht darin gelegen. Schnell wie der Blitz eilte Selma zurück auf den Flur und steuerte auf Haratas Zimmer zu. Wahrscheinlich schlief Antonia wieder einmal bei der Maori. Das tat sie oft, auch jetzt noch, obwohl Selma sie dafür tadelte. Du bist doch kein Kleinkind mehr, pflegte sie Antonia jedes Mal vorzuhalten, wenn sie ihre Tochter dabei erwischte. Und auch Harata hatte sie mehrfach aufgefordert, Antonia in ihr Zimmer zurückzuschicken. Na wartet, dachte Selma verstimmt, das lasse ich nicht durchgehen.

Vor Haratas Tür zögerte Selma kurz. Sollte sie da wirklich hineinplatzen? Es war weit nach zehn Uhr. Sie würde die beiden wahrscheinlich aus tiefstem Schlaf holen.

Ich muss, entschloss sich Selma seufzend, sonst wird Antonia gar nicht mehr auf mich hören. Leise öffnete sie die Tür und trat an Haratas breites Bett, doch auch hier bot sich ihr das gleiche Bild: Das Bett war noch gar nicht benutzt.

Selma blieb wie angewurzelt stehen und dachte fieberhaft darüber nach, wo sie wohl sein könnten. Sie wird dem Kind doch wohl nicht erlaubt haben, mit ihr zu dem Fest zu gehen, schoss es Selma durch den Kopf. Eigentlich konnte sie sich das von Harata nicht vorstellen, aber eine andere Möglichkeit fiel ihr in diesem Augenblick nicht ein. Zurück auf dem Flur rief sie laut nach Antonia und Harata, aber sie bekam keine Antwort. Es blieb alles still, bis auf die von fern klingende Musik.

Selma überlegte, ob sie ihr Reisekostüm ausziehen sollte, aber eine innere Unruhe hielt sie davon ab. Hastig verließ sie das Haus und eilte den Hügel hinauf in Richtung der Ställe. Oben angekommen, sah sie unten auf der anderen Seite ein Lagerfeuer brennen, um das ausgelassen getanzt wurde. Lautes Lachen drang bis an ihr Ohr. Und das Akkordeon spielte ein englisches Seemannslied. Voller Inbrunst sang eine Frau dazu: *What hills, what hills are those, my love, that are so bright and free, those are the hills of Heaven, my love, but not for you and me.*

Selma blieb unvermittelt stehen. Sie kannte das Lied. Will hatte es früher oft gesungen, aber er hatte es stets umgedichtet. *Those are the hills of Heaven, and they belong to us, my love.* Und die letzte Strophe, die hatte er immer weggelassen, doch nun schallte die tiefe Frauenstimme bis zu Selma herauf, und der Text wollte ihr schier das Herz zerreißen. *What hills, what hills, are those, my love, that are so dark and low, those are the hills of hell, my love, where you and I must go.*

Selma schluckte trocken. Passte diese Strophe nicht viel besser zu ihrem Leben? Die dunklen Berge der Hölle, die für Will und sie bestimmt gewesen waren? Sie spürte, wie ihr die Knie weich wurden. Wie lange hatte sie schon nicht mehr an Will Parker gedacht? Wenn sie überhaupt an einen Mann dachte, dann ausschließlich an Damon. Wie wäre ihr Leben wohl verlaufen, wenn es ihnen vergönnt gewesen wäre, ihre Liebe zu leben? Obwohl er schon so viele Jahre tot war, sehnte sie sich in diesem Augenblick schmerzhaft nach ihm. Ja, sie spürte förmlich noch, wie seine Lippen ihre berührt und er sie mit zärtlichem Blick gemustert hatte. Wie gern wäre sie seine Frau geworden und hätte ihm alles gegeben. Da ihnen das nicht vergönnt gewesen war, hatte sie auch kein anderer Mann besitzen sollen. Und jedes Mal, wenn sie an diese verlorene Liebe dachte, kochte der Hass auf seine Familie hoch, als wäre alles erst gestern gewesen. Daran hatte weder die Tatsache etwas geändert, dass der alte Wayne sich selbst gerichtet hatte, nachdem Frederik als ihr Strohmann das Haus hatte kaufen wollen, noch dass Misses Wayne ihm alsbald in die Hölle gefolgt war.

Um ihr Blut in Wallung zu bringen, musste sie nur an das triumphierende Gesicht denken, das Charles Wayne aufgesetzt hatte, als sie einander vor vielen Jahren überraschend auf einer Dunediner Gesellschaft begegnet waren. Wie eine Trophäe hatte er die reiche und blutjunge Nora Wilkens an diesem Abend mit sich geführt. Dank der reichen Erbin war er wie Phönix aus der Asche wieder auf dem gesellschaftlichen Parkett Dunedins aufgetaucht, von dem er seit der Pleite seiner Familie zu Selmas großer Freude verschwunden war. Und er hatte sich nicht einmal geniert, ihr ein abgedroschenes Kompliment zu machen. Selma wurde allein bei der Erinnerung daran übel. Sie war seit jenem Abend vor elf Jahren keiner einzigen Einladung mehr zu einem Fest in Dunedin gefolgt. Nein, sie hätte es nicht ertragen, diesem Kerl noch einmal zu begegnen. Wie sehr hatte sie gehofft, er würde auch untergehen, aber dieser Mann war zäh.

Am liebsten wäre Selma auf der Stelle umgekehrt, hätte sich in ihr Bett gelegt und die Decke über den Kopf gezogen, um alles zu vergessen, aber die Sorge um Antonia ließ sie schließlich den Berg hinunterstolpern. Mit einem Blick auf ihre feinen Schuhe stellte sie fest, dass diese ganz und gar nicht dazu geeignet waren, mit ihnen über Stock und Stein zu hetzen.

Einige Köpfe wandten sich erstaunt um, als die Herrin von *Otahuna* energisch an das Lagerfeuer trat.

»Ich möchte euer Fest gar nicht stören. Ich will nur wissen, wo Harata steckt.«

»Sie müssten dahinten irgendwo sein. Ich habe sie hinter die Ställe gehen sehen«, erwiderte einer der Arbeiter eilfertig.

Selma bedankte sich höflich und schlug den Weg zu den Schafställen ein. Sie hegte keinerlei Zweifel, dass der Mann Harata und Antonia gemeint hatte. Umso entsetzter war sie, als sie Harata in den Armen eines Mannes vorfand, der sich bei näherem Hinsehen als Peter Stevensen entpuppte.

Die beiden stoben erschrocken auseinander, als Selma mit schneidender Stimme fragte: »Wo ist meine Tochter?«

Harata wurde aschfahl im Gesicht, was vom Licht des Vollmondes noch betont wurde.

»Ich, also, sie ... sie kommt gleich wieder ...«

»Was soll das heißen? Sie kommt gleich wieder?«, schrie Selma außer sich vor Zorn. »Wo ist sie, verdammt noch mal? Wo steckt sie? Treibt sie sich hier irgendwo herum?«

»Nein, sie ist in der Stadt.« Harata zögerte kurz, doch dann entschied sie sich, Selma die Wahrheit zu sagen. »Sie ist auf einem Fest in Dunedin, zu dem Annes Eltern sie mitgenommen haben.«

»Sie ist auf einem Fest in Dunedin? Bist du von allen guten Geistern verlassen? Wie kommst du dazu, ihr hinter meinem Rücken so etwas zu erlauben? Du weißt doch, dass sie noch zu jung ist, um auszugehen. Ich kann es nicht fassen, dass du mich dermaßen hintergehst!«, brüllte Selma. Ihr Gesicht war knallrot angelaufen, und sie ballte die Fäuste.

»Bitte, Misses Parker, seien Sie nicht so grob mit ihr. Sie hat es sicher nur gut gemeint.«

»Was geht es dich an, Peter? Deine Meinung interessiert mich nicht. Es ist meine Tochter, und ich bestimme, ob sie alt genug ist, um auf Gesellschaften zu gehen!«, fauchte Selma den ehemaligen Matrosen an.

»Es tut mir leid, aber es hat sich einfach so ergeben. Toni hat schrecklich gebettelt. Und Miss Anne und ihr Cousin haben dermaßen auf mich eingeredet, dass ich es ihr nicht verbieten konnte. Und außerdem bringt Mister James sie vor Mitternacht zurück.«

Selma funkelte die Maori wütend an und fragte drohend: »Wer ist Mister James?«

Harata räusperte sich mehrfach, bevor sie zugab, dass es sich um einen charmanten jungen Kavalier handelte.

»Du hast sie mit einem jungen Mann ausgehen lassen?«, schrie Selma fassungslos. »Was hast du dir nur dabei gedacht? Ich würde dich am liebsten aus dem Haus jagen für diese Dummheit.«

»Bitte, Misses Parker, machen Sie sich nicht so schuldig wie damals die ...«

»Halt deinen Mund, Peter, und mach, dass du wegkommst! Ich möchte mit Harata unter vier Augen sprechen!«

Peter zögerte und sah Harata treuherzig an.

»Geh nur«, sagte sie leise. »Die Missy spricht im Zorn, und der wird schon verrauchen, wenn ich ihr versichere, in was für gute Hände ich Antonia gegeben habe.«

Immer noch zweifelnd, trollte sich Peter.

»Wir gehen jetzt ins Haus, und du wirst mir genau erzählen, was es mit diesem jungen Mann auf sich hat!«, giftete Selma und eilte voraus. Harata konnte ihr kaum folgen. Sie schnaufte wie eine Lokomotive, während sie hinter Selma den Berg emporstolperte. Nur eine kleine Pause war ihr vergönnt, weil Misses Parker einen Hustenfall bekam. Doch danach raste Selma wortlos weiter, als sei nichts geschehen.

In der Diele angekommen, musterte Selma die Maori strafend. »So, und jetzt will ich genau wissen, was geschehen ist. Wie kam dieser James überhaupt in unser Haus?«

»Anne hat ihn mitgebracht. Sie wollte Antonia wenigstens an ihrem Geburtstag sehen, war aber für den nächsten Abend auf einer Verlobungsfeier eingeladen. Ihre Eltern haben ihr nur erlaubt, über Nacht zu bleiben, wenn ihr Cousin sie am nächsten Tag rechtzeitig in seinem Automobil zurückbringen würde«, erwiderte Harata kleinlaut.

»Heißt das etwa, dass dieser Mann unter unserem Dach geschlafen hat?«, stöhnte Selma ungläubig.

Die Maori nickte. »Aber er schlief im anderen Flügel drüben im Gästezimmer«, erklärte sie dann hastig.

»Ach ja? Und das soll mich jetzt beruhigen? Ich kann es einfach nicht fassen, wie du mich hintergehst. Ich habe dir vertraut . . .«

»Sie war so unglücklich, dass Sie nicht zu ihrem Geburtstag gekommen sind.« Haratas Stimme klang trotzig.

»Damit willst du rechtfertigen, dass du sie mit fremden Männern zu einer Gesellschaft gehen lässt? Das ist ungeheuerlich.«

Selma schnappte nach Luft, als plötzlich die Haustür aufging. Sie starrte ihre Tochter in dem roten Ballkleid an wie einen Geist. Antonia trug jenes Kleid, in dem sie, Selma, vor elf Jahren zum letzten Mal auf einem Ball war.

»Geh sofort auf dein Zimmer! Wir sprechen uns noch!«, zischte Selma ihr zu, als ein gut aussehender junger Mann auf sie zutrat und eine formvollendete Verbeugung vor ihr machte.

»Gnädige Frau, mein Name ist James Henson, und ich bringe Ihnen Ihre Tochter zurück.«

»Henson?«, wiederholte Selma tonlos. Dieser Name reichte, um böse Erinnerungen wachzurufen. Hatte doch Damons Vater vor Jahren die Villa der Hensons entworfen. Also war es anzunehmen, dass dieser Mister Henson gesellschaftlich mit Charles Wayne verkehrte.

»Mutter, ich kann dir alles erklären. Bitte, sei nicht böse«, flehte Antonia.

»Ich habe gesagt, auf dein Zimmer! Ich habe mit deinem Begleiter unter vier Augen zu sprechen!«, fauchte Selma. »Und du kannst auch gehen«, zischelte sie Harata zu.

James stellte sich schützend vor die Maori.

»Bitte, geben Sie mir die Schuld. Ich habe Antonia mit zu der Verlobung meiner Cousine Gloria genommen, ohne Sie um Erlaubnis gefragt zu haben. Das ist unverzeihlich. Und Harata haben wir überrumpelt. Wenn Sie auf jemanden böse sein müssen, dann auf mich.«

»Sie sind doch wohl von allen guten Geistern verlassen, in meiner Abwesenheit unter meinem Dach zu schlafen und meine Tochter mit in die Stadt zu nehmen! Das ist das Letzte! Und nun verlassen Sie auf der Stelle mein Haus!«

»Nein, den Gefallen kann ich Ihnen leider nicht tun, denn ich komme mit einem Anliegen zu Ihnen.«

»Raus!«, schrie Selma.

»Aber Mutter, James hat dir etwas zu sagen.«

»Seid ihr taub? Ich sagte, ihr sollt verschwinden! Alle!«

»Nun hören Sie doch erst, was er zu sagen hat, Missy«, mischte sich Harata ein.

»Hast du nicht verstanden? Du sollst mir schnellstens aus den Augen gehen. Sonst vergesse ich mich!«, schnaubte Selma.

Harata sah fragend zu Antonia. Die nickte stumm. Schnellen Schrittes entfernte sich die Maori aus der Diele.

»Antonia, ich sage es jetzt zum allerletzten Mal: Geh auf dein Zimmer!«

»Nicht, bevor du James angehört hast«, entgegnete Antonia trotzig.

»Gut, Mister Henson, dann reden Sie, aber nur, wenn Sie mir im Gegenzug versprechen, danach auf der Stelle mein Haus zu verlassen und es niemals mehr zu betreten.«

James sah sichtlich mitgenommen aus. Seine Selbstsicherheit bröckelte angesichts dieser unversöhnlichen Worte von Minute zu Minute mehr. Er verstand nicht, warum sie ihn so vehement ablehnte. Er war es gewohnt, dass Mütter zufrieden lächelten, wenn er auch nur den Hauch von Interesse an ihren Töchtern zeigte. So etwas war ihm noch nie zuvor passiert. Dabei sah sie gut aus. Sehr gut sogar für ihr Alter, wie er fand. Antonia war ihr wie aus dem Gesicht geschnitten.

»Gnädige Frau, mein Anliegen ist einfach, ich . . .«

»Nun reden Sie schon«, unterbrach Selma ihn unwirsch.

»Ich möchte hiermit um die Hand Ihrer Tochter anhalten«, brachte James hastig heraus.

Selma lachte hysterisch auf. »Sie erwarten nach allem, was geschehen ist, doch nicht ernsthaft, dass ich sie Ihnen auch gebe!«, schnaubte sie.

James wich vor Schreck über ihre Schroffheit einen Schritt zurück. »Aber ich muss doch sehr bitten«, stöhnte er. »Ich bin Schafzüchter. Uns gehört eine der größten Farmen in Süd-Otago. Und ich kann Ihrer Tochter wirklich ein sorgenfreies Leben bieten . . .«

»Dazu wird es nicht kommen, junger Mann. Denn unsere Vereinbarung hieß: Sie bringen Ihr Anliegen vor und dann verlassen Sie mein Haus.«

»Aber Mutter, ich liebe ihn«, schluchzte Antonia.

»Sehen Sie, was Sie angerichtet haben? Meine Tochter ist völlig durcheinander. Also Schluss jetzt mit dem Theater. Und kommen Sie niemals wieder! Haben Sie verstanden? Niemals!«

James straffte die Schultern. »Gnädige Frau, ich werde jetzt gehen, aber glauben Sie deshalb nicht, dass ich meinen Antrag zurücknehme. Ich werde Ihre Tochter heiraten. Ob es Ihnen passt oder nicht.«

»Hinaus mit Ihnen! Sonst lasse ich sie rauswerfen.«

James blickte Selma ungläubig an, aber dann trat er zögernd den Rückzug an. Ganz langsam bewegte er sich zur Tür. Kurz bevor er den Ausgang erreichte, flog ihm Antonia in die Arme.

»Ich will mit dir gehen«, flehte sie.

»Sehen Sie, was Sie aus ihr gemacht haben?«, knurrte Selma abschätzig. »Sie ist ja willenlos.«

»Liebling, du bleibst hier«, sprach James nun sanft auf Antonia ein. »Aber sei sicher: Ich komme wieder. Du wirst meine Frau.«

Antonia lächelte verzweifelt und ließ ihn widerwillig los. Als er, ohne sich noch einmal umzuwenden, hocherhobenen Hauptes aus der Haustür geschritten war, schluchzte Antonia ungehemmt auf.

»Was bist du nur für eine Mutter?«, heulte sie. Hasserfüllt funkelte sie Selma an, die sich bleich auf einen Stuhl in der Diele hatte fallen lassen. »Dieser schreckliche Mister Wayne scheint recht zu haben. Mit dir stimmt was nicht ...«

»... Charles Wayne?«, unterbrach Selma ihre Tochter fassungslos.

»Der Schwager des Bräutigams, ein unangenehmer Zeitgenosse. Der kannte dich. Lass mich überlegen. Wie nannte er dich noch?

Ja, jetzt fällt es mir wieder ein: ein betrügerisches Weib.« Antonia spuckte die Worte förmlich aus.

»Geh auf dein Zimmer!«, befahl Selma mit letzter Kraft.

»Und wenn du mich einsperrst, ich schwöre dir, ich werde diesen Mann heiraten. Ob es dir passt oder nicht!«, brüllte Antonia ein letztes Mal und rannte laut schluchzend die Treppe hinauf.

Selma starrte ihr eine Weile wie betäubt nach. Dann schlug sie die Hände vor das Gesicht und fing entsetzlich zu husten an. Nachdem sie sich wieder beruhigt hatte, atmete sie einmal tief durch. Eines war klar: Sie hatte keine Zeit mehr zu verlieren, denn das, wovor sie sich seit Jahren am meisten fürchtete, war nun trotz all der Vorsicht, die sie hatte walten lassen, eingetreten. Antonia war ihrem Vater begegnet!

Was, wenn Charles Wayne gar eine Ähnlichkeit festgestellt und einen Verdacht geschöpft hatte? Mit einer reichen Erbin als Tochter würde sich dieser skrupellose Kerl sicher gern schmücken. Nicht auszudenken! Antonia durfte das um keinen Preis erfahren. Sie war ihre Tochter ganz allein und keine verdammte Wayne! Ein neuerlicher Hustenanfall erschütterte Selmas ohnehin geschwächten Körper. Als sie sich schließlich nach oben in ihr Zimmer schleppte, wurde sie nur noch von dem einen Gedanken getrieben: Bevor Charles Wayne einen Anspruch auf seine Vaterschaft würde erheben können, wären sie bereits weit fort von hier.

WAIKOUAITI, OKTOBER 1902

Die angespannte Stimmung auf *Otahuna* wurde für Harata von Tag zu Tag unerträglicher. Selma hatte ihr klare Anweisungen gegeben, was sie von ihr erwartete, wenn sie weiter für sie arbeiten wollte. Es lief darauf hinaus, dass sie Antonia rund um die Uhr bewachte. Das Mädchen durfte nur noch in ihrer Begleitung oder der ihrer Mutter nach draußen. Ausflüge nach Dunedin waren verboten, und Harata hatte Anordnung, niemanden ins Haus zu lassen. Vor allem keine Besucher für Antonia.

Zu allem Überfluss war Harata seit ein paar Tagen allein mit Antonia im Haus, weil Misses Selma in Begleitung von Mister Koch nach Christchurch und *Oamaru* gereist war. Die Maori wusste nicht, was es dort so Dringendes zu erledigen gab, aber es herrschte seit Selmas Rückkehr aus Alexandra eine aufgeregte Geschäftigkeit. Es wollte Harata jedes Mal schier das Herz brechen, wenn Antonia sie anflehte, James doch bitte ins Haus zu lassen. Schon zwei Mal war er hier gewesen, aber Harata hatte ihn beide Male erfolgreich wegschicken können. Peter hatte indessen die tobende Antonia festgehalten und sie daran gehindert, aus dem Haus zu stürmen.

Heute hatte sie sich wieder einmal in ihrem Zimmer eingeschlossen, verweigerte das Essen und weinte den ganzen Tag. Lange würde Harata das nicht mehr aushalten. Was sich Misses Parker nur dabei dachte? Was hatte sie bloß gegen diesen jungen Mann? Er war anständig, eine sogenannte gute Partie und besaß überdies ein höfliches Benehmen. Warum war sie so grausam zu ihrem Kind? Sogar das rote Kleid hatte sie ihr fortgenommen und weggeworfen. Harata konnte beim besten Willen nicht verstehen, was in Misses Selma gefahren war.

Als die Türglocke erklang, hoffte die Maori, dass es nicht schon wieder Mister Henson war, doch zu ihrer großen Erleichterung war es nur Anne. Harata stieß einen tiefen Seufzer aus. »Ich darf dich nicht ins Haus lassen, mein Kind.«

Anne blickte sie flehend an. »Bitte, bloß für zehn Minuten. Ich weiß doch gar nicht, was geschehen ist. James hat nur erzählt, dass Misses Parker Toni seit dem Fest wie eine Gefangene hält.«

»Ja, mit mir als Wärter«, knurrte Harata und schlug sich erschrocken die Hand vor den Mund.

»Geben Sie Ihrem Herzen einen Stoß und lassen mich nur für ein paar Minuten zu ihr.«

Harata überlegte noch fieberhaft, als sie Peter auf die Haustür zusteuern sah. Das lenkte sie für einen Augenblick von Anne ab, die das ausnutzte und sich an der Maori vorbei ins Haus drückte.

Das war Harata allerdings nicht wirklich unlieb. Sie hätte ohnehin nicht die Kraft aufgebracht, das Mädchen vor der Tür stehen zu lassen.

»Aber nur für zehn Minuten!«, rief sie ihr nach.

»Hat Misses Parker nicht jeglichen Besuch für ihre Tochter verboten?«, fragte Peter zweifelnd.

»Ja, das hat sie, aber ich schaffe es nicht. Mein Kindchen ist so unglücklich, und ich verstehe beim besten Willen nicht, warum die Missy so hart und grausam zu ihr ist. Möchtest du eine Kleinigkeit essen? Ich habe gerade eine Suppe gekocht, und das Kind isst ja doch nichts.«

Das ließ sich Peter nicht zweimal sagen. Schweigend folgte er ihr in die Küche.

»Ich verstehe das auch nicht«, bemerkte er nach einer ganzen Weile, in der er nachdenklich seine Suppe gelöffelt hatte. »Sie sollte doch am besten wissen, wie weh es tut, wenn man wie eine Verbrecherin behandelt wird ...« Erschrocken hielt er inne.

»Wie meinst du das?«, fragte Harata neugierig.

Zögernd erzählte Peter Harata, was er über Misses Parker wusste. Er ließ nichts aus. Weder, wie er Zeuge des Mordes an Will Parker geworden war, noch dass dessen Bruder und Mörder ihn mit einem hohen Schweigegeld und einer Anstellung auf seiner Farm bestochen hatte. Auch nicht, wie er vor den Waynes, bei denen Misses Parker damals als Dienstmädchen gearbeitet hatte, bezeugt hatte, dass sie die Mörderin ihres Mannes wäre. Er schilderte in allen Einzelheiten, auf welche gemeine Art und Weise diese Menschen sie dem schrecklichen Mister Richard ausgeliefert hatten. Auch dass Damon Wayne, ein Sohn des Hauses, Selma hatte heiraten wollen, verschwieg er nicht.

Harata hörte ihm fassungslos zu.

»Und dann kam eines Tages dieser Mister Koch und bot mir an, auf *Otahuna* zu arbeiten und dort mit meiner Frau ein kleines Häuschen zu beziehen. Unter der Bedingung, dass ich zur Polizei gehen und die Wahrheit sagen würde. Ja, und das habe ich dann ohne zu zögern gemacht. Und endlich konnte ich wieder ruhig schlafen, denn das war vorher angesichts meines schlechten Gewissens oft ein Problem gewesen. Der Mörder Richard Parker wurde vor Gericht gestellt. Misses Parker hatte sich in einem Hotel in Nelson eingemietet und den gesamten Prozess mit bewegungsloser Miene verfolgt. Er wurde schuldig gesprochen und zu einer lebenslangen Gefängnisstrafe verurteilt.«

»Von dem Prozess wusste ich, aber ich wusste nicht, welche Rolle du bei der Sache gespielt hast. Und warum hat man dich nicht bestraft? Du hast doch schließlich gemein gelogen.«

»Misses Parker hat ein flammende Rede auf meinen guten Charakter gehalten und erklärt, meine Angst, an Land keine Arbeit zu finden, habe mich dazu getrieben.«

»Und war das so?«

Peter nickte beschämt.

»Je mehr du mir von dem, was ihr widerfahren ist, erzählst, desto weniger verstehe ich, warum sie ihr eigenes Kind so schlecht behandelt. Sie hat doch am eigenen Leib erfahren, wie es ist, aus dem Haus des Bräutigams geworfen zu werden. Wetten, den feinen Herrschaften kam eure Lügengeschichte gerade recht, um sie loszuwerden! Und nun hält dieser Mister Henson ganz anständig um die Hand ihrer Tochter an und sie setzt ihn vor die Tür. Warum?«

Peter räusperte sich verlegen. »Meinst du nicht, wir sollten Anne jetzt lieber bitten, wieder zu gehen?«

»Lass ihnen noch ein bisschen Zeit. Ich glaube, es tut Antonia gut, mit ihrer Freundin zu schwatzen.«

Antonia hatte Anne atemlos zugehört und dabei vor lauter Aufregung gerötete Wangen bekommen. Das war ein ungeheuerliches Angebot! Sie konnte es kaum glauben.

»Und da fragst du noch, ob ich will? Und ob! Das wird das Schönste und Aufregendste, was ich je erlebt habe!«, rief Antonia begeistert aus. Dann senkte sie die Stimme. »Und er will das Risiko wirklich auf sich nehmen?«

»Ja, wenn ich es dir doch sage«, erwiderte Anne. »Ach, wenn ich mir vorstelle, ein Mann würde mich entführen wollen«, fügte sie verzückt hinzu.

»Nun erzähl mir schon die Einzelheiten. Was hat er genau gesagt?«

Anne stöhnte genervt auf. »Das habe ich dir doch mindestens schon zehn Mal erzählt.«

»Ich will es aber noch ein elftes Mal hören. Es ist so schön! Bitte!«

»James hat wörtlich gesagt: Er sieht dem Elend nicht länger tatenlos zu ...«

»Und dann?« Antonia klatschte vor lauter Aufregung in die Hände.

»Dann hat er seinen Eltern gesagt, dass er dich heiraten wird. Meine Tante hat ein Riesengezeter veranstaltet, weil ihr Charles Wayne nämlich unter dem Siegel der Verschwiegenheit gesteckt hat, dass deine Mutter in Wirklichkeit ein ordinäres Dienstmädchen sei und sich das Erbe der armen Misses Buchan auf unredliche Weise erschlichen habe ...«

»Blödsinn, Mutter war die rechte Hand und später die einzige Vertraute der kinderlosen Misses Buchan. Mutter kann doch nicht einmal eine Suppe kochen. Dienstmädchen? Meine Mutter? Wenn es nicht so traurig wäre, was dieser Kerl an Gemeinheiten verbreitet, müsste ich herzlich lachen.«

»Jedenfalls gibt sein Vater nichts auf dieses dumme Geschwätz. Er hat wohl zu James gesagt, diese Herrin von *Otahuna* müsse nicht ganz bei Trost sein, wenn sie seinem Sohn die Hand ihrer Tochter verweigere. Und von ihm kommt die Idee, dich zu entführen.«

»Von seinem Vater? Das hast du mir noch gar nicht erzählt.«

»Ja, mein Onkel hat gesagt: Hol dir das Mädchen, heirate sie und besuche deinen Cousin Walter in Sydney. Und wenn du nach einem Jahr mit deiner schwangeren Frau zurückkehrst und meine Farm übernimmst, kräht kein Hahn mehr danach, wie du sie geheiratet hast.«

»Aber warum kommt er mich erst in einer Woche holen? Dann ist Mutter wieder zurück, und die wird mich keine Sekunde aus den Augen lassen.«

»Aber sie wird nicht mit dir in einem Zimmer schlafen, und deshalb müssen wir jetzt schauen, ob es nicht viel zu gefährlich ist.«

Hastig holte Anne ein Seil unter ihrem Mantel hervor. Sie hatte es sich um den Körper geschlungen und sah sich nun prüfend um. Am Fuß des Kleiderschrankes befestigte sie es schließlich.

»Lass es mich versuchen. Wenn sie dich erwischen, wie du an einem Seil aus dem Fenster baumelst, kannst du den ganzen schönen Plan vergessen. Außerdem konnte ich schon immer besser klettern als du.«

Anne öffnete das Fenster und ließ das andere Ende des Seils nach unten fallen. Dann stieg sie beherzt auf das Fensterbrett und hängte sich mit ihrem ganzen Gewicht daran.

»Hält es?«, rief sie.

Antonia trat ans Fenster und nickte. »Aber jetzt komm wieder rein. Mir wird allein vom Zusehen ganz schwindlig«, bemerkte sie ängstlich.

Anne aber lachte und hatte sich im Nu am Seil hochgezogen und zurück auf das Fensterbrett geschwungen.

»Du darfst keine Angst haben«, befahl sie streng, »und auf keinen Fall nach unten sehen oder loslassen. Schaffst du das?«

Antonia war wachsweiß im Gesicht geworden. »Ja, natürlich schaffe ich das.«

»Gut, dann ziehen wir es jetzt am besten schnell hoch und verstecken es unter deinem Bett. Und dann verschwinde ich lieber, bevor Harata Verdacht schöpft.«

Anne schien die Umsetzung des Plans sichtlich Freude zu bereiten. Antonia aber spürte plötzlich, wie ihr der Gedanke, ihre treue Kinderfrau so einfach zu verlassen, die Kehle zuschnürte. Ihre Mutter hatte es nicht anders verdient, aber die Maori? Antonia versuchte, diesen Gedanken wie eine lästige Fliege zu verscheuchen.

»Sag ihm, ich liebe ihn«, flüsterte sie der Freundin ins Ohr.

»Du bist also bereit? Heute in einer Woche um zehn Uhr in der Nacht?«

»Heute in einer Woche um zehn Uhr in der Nacht«, wiederholte Antonia mit belegter Stimme.

Die nächsten Tage vergingen für Antonia quälend langsam. Dabei gab es genügend zu tun. Da sie nicht viel mitnehmen konnte, musste sie genau überlegen, was sie in ihre kleine Tasche packen würde.

Immer wenn sie an James und daran dachte, dass sie bald seine Frau sein würde, wurde ihr warm ums Herz. Doch immer, wenn sie Harata ansah, meldete sich ihr schlechtes Gewissen. Manchmal war sie versucht, sich ihrer Kinderfrau anzuvertrauen, aber das Risiko ließ sie jedes Mal schnell Abstand davon nehmen. Wahrscheinlich würde sich die Maori nicht so einfach zur Mitwisserin ihres verwegenen Fluchtplans machen lassen. Nein, sie würde es wahrscheinlich ihrer Mutter erzählen.

Eine Nacht noch, dann war es endlich so weit. Aber erst einmal würde ihre Mutter heute von der Reise zurückkehren. Antonia hatte sich vorgenommen, sich von ihrer besten Seite zu zeigen, um auch nicht den geringsten Verdacht aufkommen zu lassen, dass sie ihre Flucht plante.

Sich unbeschwert und fröhlich zu geben, war allerdings gar nicht so leicht, wie sie es sich vorgestellt hatte. Das merkte sie spätestens, als sie mit ihrer Mutter und Mister Koch beim Abendessen saß. Was sie da ganz nebenbei erfahren musste, ließ ihr das Blut in den Adern gefrieren. Ihre Mutter hatte *Otahuna* kaltblütig verkauft, ohne ihr ein Wort davon zu sagen, und wollte, sobald alles Geschäftliche abgewickelt war, mit ihr nach *Oamaru* ziehen. Das war eine Stadt, die mindestens siebzig Meilen entfernt im Norden lag. Obwohl Antonia wusste, dass sie niemals mit dorthin gehen würde, konnte sie sich nicht länger beherrschen.

»Was sollen wir denn dort? Wir kennen keinen Menschen!«, stieß sie empört hervor.

Aus dem bedrückten Gesichtsausdruck des Anwalts schloss Antonia, dass auch Mister Koch seine Zweifel an diesem überstürzten Umzug hegte. Deshalb wandte sie sich direkt an ihn. »Was sagst du dazu, Frederik?«, fragte sie ihn lauernd.

»Ich, ja, also ich respektiere die Entscheidung deiner Mutter«, stammelte der Anwalt verlegen.

»Und das solltest du auch tun«, entgegnete Selma unwirsch. »Denn dass ich das Geschäft abgestoßen habe, hat wirtschaftliche Gründe. Es wird immer schwieriger, Fleisch aus Port Chalmers nach Europa zu verkaufen. Noch habe ich einen guten Preis für das Anwesen erzielen können. Das musst du zugeben, Frederik, oder?«

Der Anwalt nickte eifrig. »Ja, der Preis war gut.«

»Aber dann hätten wir uns doch wenigstens hier in der Nähe ein anderes Haus kaufen können«, widersprach Antonia energisch. Und zum ersten Mal, seit sie Mister Koch kannte, wünschte sie sich insgeheim, dass der treue Anwalt eines Tages doch noch Erfolg mit seinem Heiratswunsch haben würde. Dann wüsste sie ihre Mutter wenigstens in guten Händen.

»Ich habe Dunedin noch nie gemocht«, erwiderte Selma schnippisch.

»Aber denkst du gar nicht daran, dass du mir all meine Freunde nimmst? Ich mag Dunedin nämlich.«

Selma lachte trocken. »Ach, was sind das schon für Freunde? Anne, die dir ständig Flausen in den Kopf setzt und dich zum Ungehorsam verführt? Und dann noch dieser unverschämte Kerl, der es wagt, ohne mich zu fragen unter meinem Dach zu übernachten und dich mit auf ein Fest zu nehmen?«

»Ich liebe ihn«, entgegnete Antonia trotzig.

»Trotzdem wirst du ihn dir aus dem Kopf schlagen müssen. Er ist kein Umgang für dich.«

»Er verkehrt in der feinen Dunediner Gesellschaft.«

»Pah, feine Gesellschaft, dass ich nicht lache!«

»Sag mal, Mutter, kann es sein, dass du vor etwas flüchtest? Oder kannst du mir sonst erklären, woher dieser Mister Wayne dich kennt und warum er Lügen über dich verbreitet und behauptet, dass du ein Dienstmädchen gewesen bist?«

Selma wurde bleich. »Das ist wohl der beste Beweis, dass es mit der feinen Gesellschaft nicht so weit her ist«, fauchte sie.

Antonia aber funkelte sie wütend an. »Du hast mir noch immer nicht auf meine Frage geantwortet, woher du ihn kennst.«

»Das kann ich dir erklären, Antonia«, mischte sich der Anwalt hastig ein. »Mister Wayne war einst ein Vertragspartner der alten Misses Buchan. Auf den Schiffen der Waynes hat sie das gefrorene Lamm nach London bringen lassen. Und als deine Mutter das Geschäft geerbt hat, hat sie den Vertrag gekündigt, weil sie wesentlich neuere Schiffe zu einem besseren Preis chartern konnte. Seitdem erzählt er Schauergeschichten über sie. Davon ist rein gar nichts wahr.«

Selma warf Frederik einen dankbaren Blick zu. Dann funkelte sie ihre Tochter wütend an.

Antonia machte einen zerknirschten Eindruck.

»Entschuldige, Mutter, ich bin etwas durcheinander, weil du James keine Chance geben willst. Und nun ziehen wir auch noch weg. Ich verstehe dich einfach nicht!«

»Du wirst einen anderen Mann finden«, erklärte Selma versöhnlich. »Das ist bloß eine kleine Schwärmerei. Nichts weiter. Und außerdem kennst du den Mann doch gar nicht. Am zweiten Tag einen Heiratsantrag, das halte ich für wenig seriös. Ob der junge Mann immer so schnell zu entflammen ist?«

Antonia schluckte ihre Widerworte hinunter. Und sie musste plötzlich an diese Patricia denken. Hatte er nicht erwähnt, dass er mit dem Gedanken gespielt hatte, sie zu heiraten? Lag ihre Mutter also gar nicht so falsch?

Antonia schützte eine Übelkeit vor, um rasch vom Tisch aufstehen zu dürfen. In ihrem Zimmer angekommen, warf sie sich auf das Bett und vergrub ihr Gesicht tief in die Kissen. Zweifel an der Richtigkeit ihres Plans überfielen sie mit solcher Macht, dass sie laut aufschluchzte. Und immer wieder fragte sie sich, ob nicht doch ein Fünkchen Wahrheit in den Worten ihrer Mutter lag.

Vielleicht lastete der Druck, endlich heiraten zu müssen, so schwer auf James, dass er alles überstürzte. Aber würde er mich dann gegen den Willen seiner Mutter entführen?, fragte sich Antonia zweifelnd. Nein, er liebt mich, und ich liebe ihn. Und ich muss Mutter verlassen. Sie wird mich sonst weiter wie ein Kind behandeln, dachte sie entschieden, zog sich aus und legte sich zum Schlafen nieder.

Doch sosehr sie sich auch bemühte, ihre aufgewühlten Gedanken zu beruhigen, in ihrem Kopf tobte alles wild durcheinander. In einem Augenblick spielte sie mit dem Gedanken, James um etwas Geduld zu bitten und den Antrag in ein paar Wochen in *Oamaru* zu wiederholen. Dann verwarf sie das wieder, weil sie fürchtete, er würde ihr nicht nachreisen, oder ihre Mutter würde ihn selbst, wenn er das wagte, mit derselben Vehemenz ablehnen.

Der Morgen graute, und Antonia hatte immer noch kein Auge zugetan. Sie fühlte sich matt und elend. Immerhin hatte sie eine Entscheidung getroffen: Sie würde heute Abend mit James Henson fliehen, um seine Frau zu werden. Die anders lautenden inneren Stimmen hatte sie allesamt zum Schweigen gebracht.

Antonia traute sich an diesem Morgen gar nicht erst zum gemeinsamen Frühstück, denn ein Blick in den Spiegel zeigte ihr, dass man ihr die inneren Qualen und die durchweinte Nacht am Gesicht ablesen konnte. Das bestätigte sich, als Harata ihr das Frühstück ins Zimmer brachte.

»Kind, wie siehst du denn aus? Bleib nur im Bett. Wie gut, dass der Arzt nachher kommt. Dann soll er dich gleich mit ansehen!«, rief die Maori besorgt aus.

»Nein, schon gut, ich habe nur schlecht geschlafen«, seufzte Antonia. »Aber wieso kommt ein Arzt ins Haus?«, fügte sie neugierig hinzu.

»Ach, das hat Mister Koch gegen den Willen deiner Mutter veranlasst. Was meinst du, wie sie deshalb tobt.«

»Warum holt er gegen Mutters Willen einen Arzt ins Haus?«

Harata zuckte mit den Schultern. »Ich weiß es nicht. Es war schon spät gestern. Die beiden haben entsetzlich gestritten. Es war so laut, dass ich selbst auf dem Flur alles verstehen konnte. Er hat geschrien, dass er nicht zusieht, wie sie sich umbringt. Dann hat deine Mutter fürchterlich gehustet und ihm an den Kopf geworfen, er solle sich um seine eigenen Angelegenheiten kümmern und nicht wie ein liebeswunder Kater um sie herumschleichen. Sie würde ihn trotzdem nicht heiraten.«

»Das hat sie gesagt?«

»Nicht gesagt, gebrüllt hat sie das. Gut, bei ihr kenne ich das, aber dass Mister Koch so laut sein kann, hätte ich ihm niemals zugetraut. Er brüllte noch: ›Morgen kommt ein Arzt! Das ist das Letzte, was ich für dich tue. Du kannst ihn ja eigenhändig hinauswerfen!‹ Dann hat er türenschlagend das Haus verlassen. Tja, und nun verlangt deine Mutter, dass ich den Doktor unverrichteter Dinge fortschicke, aber das werde ich nicht tun. Ich finde, ihr Husten hört sich tatsächlich nicht gut an, und unter uns, der arme Mister Koch hat es wirklich nicht verdient, so von ihr behandelt zu werden.«

Antonia schwieg nachdenklich. Sie konnte nur hoffen, dass ihrer Mutter nichts Ernsthaftes fehlte, denn sie kannte sich. Niemals würde sie es übers Herz bringen, ihre kranke Mutter zu verlassen. Sie ist stark wie ein Eisenholzbaum an Weihnachten, redete sich Antonia gut zu, ihr fehlt nichts.

Vom Frühstück rührte sie nichts an. Sie brachte keinen Bissen hinunter. Als Harata das Zimmer verlassen hatte, begann sie, die Kleider auszusuchen, die sie mitnehmen wollte, doch ihr fehlte der rechte Antrieb. Plötzlich musste sie an das rote Ballkleid ihrer Mutter denken. Wie eine Wahnsinnige war sie noch an jenem Abend des Festes in der Henson-Villa in ihr Zimmer gestürzt, hatte sich das Kleid gegriffen und war damit verschwunden. Harata hatte es wenig später zerfetzt im Müll gefunden.

Antonia stöhnte auf, während sie an den Abend dachte, an

dem James Henson sie nach Hause gebracht hatte. Sie hatte ihre Mutter noch niemals dermaßen außer sich erlebt. Wovor hat Mutter Angst? Dass ich in die Hände eines skrupellosen Verführers gerate?, fragte sich Antonia zum wiederholten Mal. Aber er hat doch um meine Hand angehalten. Glaubwürdiger konnte er seine guten Absichten gar nicht beweisen. Ich verstehe sie nicht. Und dass sie mich jetzt wie eine Gefangene bewachen lässt!

Seufzend ließ Antonia sich auf ihr Bett fallen. Ihr war die Lust vergangen, Kleider auszuwählen. Plötzlich stand ihr Entschluss fest. Bevor ich sie verlasse, werde ich sie fragen, was sie wirklich umtreibt. Ich nehme ihr einfach nicht ab, dass sie James nicht für integer hält. Jede andere Mutter würde sich freuen, wenn einer der begehrtesten Junggesellen um die Hand ihrer Tochter anhält. Nein, es steckte etwas anderes dahinter, und sie hatte das Recht zu erfahren, was.

Entschieden eilte Antonia zum Zimmer ihrer Mutter.

Selma saß an ihrem Damensekretär und war in den Vertrag für das neue Haus in *Oamaru* vertieft. Eigentlich hätte sie noch ein paar Punkte mit dem alten Eigentümer zu klären, doch nun konnte sie nicht mehr einfach nach Frederik rufen. Er war überstürzt nach Dunedin abgereist. Vielleicht ist es auch besser so, dachte sie, sonst hätte er mich ständig in Oamaru besucht. Und schließlich habe ich den Ort gewählt, um weit fort von Dunedin zu sein. Ach, wenn wir doch bloß schon weg wären!

Ihre Gedanken schweiften zu Antonia ab. Deren aufsässiges Verhalten bereitete ihr Kummer. Und sie betete, dass dieser James Henson so viel Anstand besaß, nicht eines Tages in Oamaru aufzutauchen und noch einmal um Antonias Hand anzuhalten. Er mochte ja ein netter Kerl sein, aber darauf konnte sie jetzt keinerlei Rücksicht nehmen. Charles Wayne verkehrte in seinen

Kreisen. Und das genügte für Selma als Grund, warum er Antonia niemals heiraten durfte. Innerlich verfluchte sie sich dafür, dass sie nicht besser auf ihre Tochter aufgepasst hatte und es zu diesem Zusammentreffen mit Charles Wayne kommen konnte. Selmas einziger Trost war die Tatsache, dass er sich noch nicht gemeldet und auf seine Rechte als Vater gepocht hatte. Wahrscheinlich hegt er keinen Verdacht, und das Ganze ist noch glimpflich abgelaufen, dachte Selma. Wie gut, dass Antonia Charles bis auf die Nase nicht ähnlich sieht. Sie hat weder sein dunkles Haar noch seine Größe geerbt. So könnte Selma zur Not leugnen, dass sie seine Tochter war. Aber trotzdem, solange sie in seiner Nähe lebten, war die Gefahr zu groß, dass sie einander wieder begegnen und dass bei ihm doch noch der Groschen fallen würde. Nein, da half nur eines: so schnell wie möglich fort von hier!

»Mutter?« Selma fuhr herum und erschrak. Antonia sah aus wie ein Gespenst. Ein entsetzlicher Gedanke durchfuhr sie. Ob ihre Tochter etwa bereits in anderen Umständen war? Vielleicht ging das mit diesem James und Antonia schon länger. Ihr wurde übel bei dem Gedanken, und bevor sie sich noch überlegte, ob es gut wäre, ihre Tochter mit so einer Frage zu konfrontieren, stand sie schon im Raum.

»Du bist doch nicht etwa schwanger?«

Antonias Gesichtsfarbe wechselte im Nu von Weiß zu Dunkelrot. »Mutter!«, rief sie empört aus. »Du selbst hast mir einmal erklären wollen, dass noch kein Mädchen vom Küssen schwanger geworden ist. Damit ich nicht so naiv bin wie du damals, als du Vater kennengelernt hast. Jedenfalls hast du das mal wörtlich so zu mir gesagt.«

»Entschuldige, mir geht es nicht so besonders. Ich ...« Ein Hustenanfall hinderte sie am Weitersprechen.

»Das hört sich gar nicht gesund an«, bemerkte Antonia besorgt. »Wie gut, dass der Arzt gleich kommt.«

»Ich brauche keinen Arzt«, schnaubte Selma, nachdem der Anfall vorüber war. »Und vergiss, was ich eben gesagt habe. Es ist im Augenblick alles ein wenig viel. Der Verkauf von *Otahuna* und der bevorstehende Umzug nach Oamaru. Aber ich habe ein wunderschönes Haus gefunden. Du wirst es mögen. Und zu dem Besitz gehört noch eine Strandhütte direkt am Meer...«

»Mutter, sagst du mir auch die Wahrheit? Gibt es nichts, was du mir verschweigst? Warum müssen wir Waikouaiti so überstürzt verlassen? Und kennst du Mister Wayne wirklich nur, weil du ihm einst einen Vertrag gekündigt hast?«

»Ja, sicher, warum zweifelst du denn daran?«

»Weil ich nicht verstehe, was du gegen James und die Dunediner Gesellschaft hast. Du machst ihn schlecht, wo du nur kannst. Dabei hat er doch alles richtig gemacht.«

»Richtig gemacht nennst du das? Muss ich das alles noch einmal wiederholen? Ich schätze junge Männer nicht, die ohne Erlaubnis unter meinem Dach schlafen. Und die dich in ihrem Wagen zu einer Gesellschaft entführen, ohne es vorher mit mir abgesprochen zu haben. Und ich finde nicht, dass ein Schafzüchter unbedingt eine erstrebenswerte Partie für meine Tochter ist. So einer ist doch viel zu ungehobelt für dich zartes Persönchen. Zu dir passt eher ein ...«

»Ich will gar nicht wissen, wer deiner Meinung nach zu mir passt. Ich werde das verdammte Gefühl nicht los, dass deine Panik etwas mit Charles Wayne zu tun hat.«

»Jetzt reicht es. Ich will diesen Namen in meinem Hause nicht mehr hören. Nie mehr...!« Die letzten Worte hatte sie herausgeschrien, bis ihre Stimme von einem bellenden Husten erstickt wurde. Selma wand sich regelrecht in Krämpfen. Es klang grausam. Antonia eilte hinzu und stützte ihre Mutter, doch dann stieß sie einen entsetzten Schrei aus. Das eben noch weiße Papier des Vertrages war mit kleinen Blutflecken übersät.

Selma ließ sich kraftlos in Antonias Arme sinken. Die hakte ihre Mutter unter und schaffte es auf diese Weise, sie zu ihrem

Bett zu bringen. Dann lief Antonia zur Tür und rief nach Harata. Die kam sofort herbeigerannt.

»Mutter hat Blut gespuckt!«, rief Antonia wie von Sinnen und deutete auf den Schreibtisch. Harata starrte fassungslos auf die winzigen hellroten Flecken.

In diesem Augenblick ging die Türglocke. Die Maori riss sich von dem erschreckenden Anblick los und eilte nach unten zur Haustür. Wenig später kam sie in Begleitung des Arztes zurück. Antonia saß am Bett ihrer Mutter und hielt ihr den Kopf. Selma wurde schon wieder von einer schweren Hustenattacke gequält.

Der Arzt setzte eine besorgte Miene auf, als er an ihr Bett trat. Bevor er sie untersuchte, schickte er Antonia und Harata energisch aus dem Zimmer.

Die beiden Frauen ließen sich auf das Sofa in der Diele fallen. Antonia kuschelte sich in Haratas Arm. Sie wollte weinen, aber sie konnte nicht. Die Maori strich ihr tröstend über die blonden Locken. »Es wird gut, es wird alles gut«, murmelte sie und begann, Antonia mit leiser Stimme das Märchen vom Kiwi zu erzählen.

»*Eines Tages ging Tanemahuta, der Gott des Waldes, durch sein Reich. Er schaute hinauf zu seinen Bäumen und bemerkte, dass sie von Käfern zerfressen wurden. Er wollte, dass einer der Vögel, über die sein Bruder Tanehokahokas herrschte, aus den Baumkronen hinunterstieg und fortan auf dem Boden lebte, um die Bäume zu schützen. Erst wandte er sich an den Flötenvogel und bat ihn, von seinem Blätterdach hinabzusteigen. Tui, der Flötenvogel, sah hinunter zum Waldboden, sah die kalte, dunkle Erde und schüttelte sich. ›Es ist mir zu düster‹, sagte er. Dann wandte sich der Waldgott an das Sumpfhuhn, doch Pukeko sah hinunter zum Waldboden, sah die kalte, dunkle Erde und schüttelte sich. ›Es ist mir zu feucht‹, sagte er. Schließlich wandte er sich an den Kuckuck, doch Pipiwharauroa schaute sich um und sah seine Familie an. ›Ich bin im Moment damit beschäftigt, mein Nest zu bauen‹, sagte er. Auch Tanehokahokas war traurig, weil er wusste, dass nicht nur sein Bruder seine Bäume verlieren würde, wenn keines seiner Kinder aus den Baumkronen herunterkommen wollte; auch die Vögel hätten dann keine Heimat mehr. Schließlich wandte er sich an den Kiwi ...«*

»Und der Kiwi hat die Bäume und die Vögel gerettet«, vollendete Antonia diese Geschichte, die sie bereits als Kind geliebt hatte. Und auch schon früher hatte Harata Antonia mit ihren Geschichten trösten können.

In diesem Augenblick trat der Arzt hinaus auf die Diele. Leise schloss er die Tür zum Schlafzimmer hinter sich. Sein besorgter Gesichtsausdruck sagte alles.

»Sie schläft jetzt.«

»Was ist mit ihr?«, fragte Antonia mit bebender Stimme.

Der Arzt räusperte sich ein paarmal. »Sie leidet unter Tuberkulose.«

»Nein!«, entfuhr es Antonia entsetzt.

»Das heißt nicht, dass Ihre Mutter gleich daran sterben muss. Sie darf sich nur nicht anstrengen, muss viel liegen, und am besten wäre ein Haus direkt am Meer.«

»Wenn es ihre Gesundheit erlaubt, werden wir nach Oamaru ziehen«, entgegnete Harata leise, bevor sie in Wehklagen ausbrach. »Die arme Missy! Die arme Missy!«

»Das Meer wird ihr guttun, aber nun lassen Sie sie schlafen, und die nächsten Tage strenge Bettruhe und keinerlei Aufregung. Alles, was sie schwächt, kann ihren Zustand dramatisch verschlechtern. Bis hin zum Tod!« Mit diesen Worten verabschiedete sich der Arzt aus Waikouaiti von Antonia und Harata.

Die beiden Frauen blieben fassungslos zurück. Eine ganze Weile saßen sie schweigend auf dem Sofa, bis Antonia mit tränenerstickter Stimme fragte: »Du kommst aber mit nach Oamaru, nicht wahr?«

Harata nickte.

Der Kampf, den Antonia soeben in ihrem Inneren ausgefochten hatte, war kurz gewesen. Sie hatte keine andere Wahl.

»Und was ist mit Peter?«

»Er begleitet uns ebenfalls, denn ohne ihn würde ich nicht mitgehen. Außerdem können wir gut einen Mann im Haus gebrauchen.«

»Tust du mir einen Gefallen?«, fragte Antonia die Maori nach einer Weile des Schweigens mit leiser Stimme. Und ohne deren Antwort abzuwarten, fuhr sie fort: »Ich ziehe mich jetzt, solange Mutter schläft, in mein Zimmer zurück, um einen Brief zu schreiben. Kannst du diesen heute Nacht um zehn James Henson übergeben?«

»Aber wo ... ich meine, wie ...«

»Und bitte, frag mich nichts. Er wird um zehn Uhr unter meinem Fenster stehen, und du wirst ihm nur den Brief aushändigen. Hast du gehört? Vertrau mir.«

Mit diesen Worten sprang Antonia auf und eilte in ihr Zimmer. Sie wollte nicht, dass Harata Zeugin wurde, wie ihr die Tränen wie Sturzbäche aus den Augen rannen. Die Maori würde sie durchschauen und wissen, wem diese Trauer galt. Es war nicht ihre Mutter, um die sie weinte, sondern James Henson. Sie würde nicht viele Worte machen, nur so viele: Ich kann nicht mit dir gehen und auch nicht deine Frau werden. Leb wohl, und finde dein Glück woanders. Es war ein schöner Traum, aber viel zu kurz. In meinem Herzen wirst du immer einen Platz haben.

Während sie diese Worte schließlich aufschrieb, tropften unaufhörlich salzige Tränen auf das Papier, die alles sofort wieder verschmierten. Sie brauchte drei Anläufe, bis sie den Abschiedsbrief an James leserlich zu Papier gebracht hatte. Es wollte ihr das Herz zerreißen, aber sollte sie riskieren, ihre Mutter mit dieser Flucht ins kühle Grab zu bringen? Nein, sie konnte ihr Glück doch nie und nimmer auf Selmas Tod bauen ...

Dunedin, Anfang April 2009

Nachdenklich saß Grace am Fenster ihres Zimmers und ließ den Blick wie so oft über den Garten schweifen. Immer wieder gab es etwas zu entdecken. Heute war es ein taubenähnlicher Vogel, der allerdings viel gedrungener und dafür um einiges langschwänziger war als sein entfernter Verwandter in Europa. An diesem sonnigen Sonntag, an dem sie ausnahmsweise nicht an ihrem gemeinsamen Buch schrieben, hatte Suzan gleich nach dem Frühstück, wie versprochen, die Geschichte von Selma und Antonia weitererzählt.

Inzwischen wusste Grace allerdings nicht, ob sie eine Fortsetzung der Geschichte wirklich noch hören wollte. Es war ganz merkwürdig, aber jetzt, wo es um Antonia ging, konnte sie das Ganze nicht mehr so distanziert sehen wie zuvor. Im Gegenteil, sie fühlte sich emotional völlig in deren Schicksal hineingezogen. Sie litt mit Antonia, und Selmas Verhalten machte sie regelrecht wütend. Und je mehr sie sich darüber ärgerte, wie hartnäckig Selma Antonia die Identität ihres leiblichen Vaters verschwieg, desto weniger ließ sich das eigene Problem verdrängen. Langsam konnte sie die Augen nämlich nicht mehr davor verschließen, dass in ihrem Körper etwas vor sich ging. Noch hoffte sie, dass sich ihre Monatsblutung nur ein wenig verspätet hatte. Sie mochte sich gar nicht vorstellen, womöglich schwanger zu sein. Schwanger von einem Mann, den sie nicht mehr liebte und mit dem sie kein Kind wollte. Doch wenn es tatsächlich so wäre, durfte Barry das niemals erfahren. Grace stutzte. Dann würde ich mich ebenso schuldig machen wie Selma Antonia gegenüber, schoss es ihr durch den Kopf. Mit aller Macht versuchte sie, den Gedanken zu verdrängen und sich auf die Frage nach ihrer eigenen Herkunft zu konzentrieren. Wie oft hatte sie sich in den letzten Tagen den Kopf darüber zerbrochen, wie sie nun, nachdem der Hinweis auf Moira Barclay ihr keine Hilfe gewesen war, dem Verbleib ihrer Mutter auf die Spur kommen konnte.

Sollte sie es noch einmal bei Ethan versuchen? Aber das schien ihr keine gute Idee. Wahrscheinlich würde er sie nur weiter belügen.

Sollte sie Suzan löchern, was sie alles über Deborah Albee wusste? Doch würde das nicht dem Versprechen zuwiderlaufen, das sie sich von der Professorin hatte geben lassen? Und an das Suzan sich eisern hielt? Sie hatte die leidige Geschichte mit keinem Wort mehr erwähnt. Im Gegenteil, sie verhielt sich geradezu gleichgültig ihrem Privatleben gegenüber. Was zählte, war nur noch das gemeinsame Buch, auf das sie sich mit Feuereifer gestürzt hatte. Suzan schrieb gerade das Vorwort, aber sie wollte es Grace erst zeigen, wenn sie ihr die Geschichte von Antonia zu Ende erzählt hatte, weil sie auf deren Märchen Bezug nahm. So jedenfalls begründete sie ihre Geheimniskrämerei.

Es ist doch merkwürdig, sinnierte Grace, jetzt, wo in mir das Bedürfnis wächst, herauszufinden, wo meine Wurzeln sind, zieht sich Suzan von mir zurück. Dabei hat sie das Ganze doch ins Rollen gebracht. Und ich kann mir nicht helfen. Ich nehme ihr nicht ab, dass allein die Neugier, was aus einer entfernten Bekannten geworden ist, sie dazu getrieben hat. Sie muss ein eigenes Interesse haben, aber welches?

Plötzlich überkam Grace ein vager Verdacht: Wenn das alles nur Taktik war? Was, wenn Suzan darauf gesetzt hatte, dass sie, Grace, nicht mehr anders würde handeln können, sobald sie mit Antonias Geschichte konfrontiert wäre? Das Herz klopfte Grace bis zum Hals. Sie hat gehofft, dass ich mich, wenn sie mich auf

Distanz hält, hilfesuchend an sie wenden und bitten werde, mir bei der Suche nach meiner Mutter behilflich zu sein.

Sie wusste zwar nicht, was sie so sicher machte, auf der richtigen Fährte zu sein, aber sie fühlte es stark, dass hier der Schlüssel zu Suzans ungewohnter Zurückhaltung zu finden war. Und sie ahnte, dass es nur einen Weg gab, der Wahrheit auf die Spur zu kommen. Sie musste sich noch einmal an diese Moira Barclay wenden, und zwar ohne Ethan oder Suzan einzuweihen.

Ach, wenn ich mich doch nur mit jemandem beraten könnte, dachte sie wehmütig. Wenn wenigstens Jenny in der Nähe wäre! In demselben Augenblick verspürte sie eine tiefe Sehnsucht nach ihrer besten Freundin. Ich muss sie anrufen. Ich brauche ihren Rat. Und zwar sofort. In Neuseeland ist es jetzt zehn Uhr morgens, dann ist es zuhause zweiundzwanzig Uhr, und sie geht nie vor zwölf ins Bett, überlegte Grace und eilte, ohne weiter darüber nachzudenken, nach unten in Suzans Büro. Sie erschrak, als sie die Tür öffnete. Suzan saß an ihrem Schreibtisch.

»Guten Morgen, Grace.«

»Oh, entschuldige bitte, ich wollte hier nicht einfach hereinplatzen, ohne anzuklopfen. Ich dachte, du wärst oben in deinem Zimmer. Weil doch Sonntag ist.«

»Macht nichts. Komm rein. Was kann ich für dich tun?«

»Ich ... ich würde gern mal meine Freundin in Deutschland anrufen«, stammelte Grace verlegen.

Suzans Blick verfinsterte sich. »Aha, eine Freundin willst du anrufen. Nur zu!« Sie erhob sich hastig. »Du willst sicherlich ungestört sein.« Und schon klappte die Tür hinter ihr zu.

Grace wartete, bis Suzans Schritte verhallt waren, aber auch dann traute sie dem Frieden nicht. Sie hatte das ungute Gefühl, Suzan wollte wissen, weshalb und mit wem sie telefonierte. Ob sie wohl an der Tür lauschte? Trotzdem wählte Grace Jennys Nummer und wartete gespannt, ob sie rangehen würde.

Als die Freundin sich meldete, atmete sie erleichtert auf. Mit belegter Stimme nannte Grace ihren Namen. Jenny freute sich riesig, etwas von ihr zu hören, aber sie merkte auch sofort, dass die Freundin etwas auf dem Herzen hatte. »Was ist geschehen?«, fragte sie ohne Umschweife.

Grace schluckte trocken und vertraute der Freundin im Flüsterton an, dass Ethan ihre leibliche Mutter gekannt habe und dass es da ein Geheimnis geben müsse. Jenny war die Einzige, die wusste, dass sie von den Camerons adoptiert worden war. Suzan und deren merkwürdige Rolle in diesem Spiel erwähnte Grace vorerst mit keinem Wort. Jenny war sichtlich geschockt angesichts dieser Neuigkeiten. »Aber dann kennt Ethan ihren Namen. Dann könntest du ihn doch danach fragen . . .«

Grace unterbrach sie hastig. »Nicht nötig, ich kenne den Namen meiner Mutter inzwischen. Deborah Albee. Ich könnte also zumindest darüber versuchen herauszufinden, wo meine Wurzeln sind. Aber ich weiß nicht, ob ich das wirklich will. Das genau ist mein Problem. Was würdest du tun? Würdest du die Sache auf sich beruhen lassen oder Nachforschungen anstellen?«

»Natürlich würde ich unbedingt wissen wollen, wer meine Eltern waren und was mein Adoptivvater mit ihnen zu tun hat. Wenn du mich brauchst, ich nehme mir sofort Urlaub und helfe dir.«

Das kam so überraschend, dass Grace ihre Tränen nicht länger zurückhalten konnte. Sie versuchte, leise zu weinen, aber Jenny ließ sich nicht täuschen. »Süße, so kenne ich dich ja gar nicht!« Die Freundin schien ehrlich besorgt.

»Ach, es ist so schön, dass es dich gibt«, schniefte Grace und fügte hastig hinzu: »Eigentlich wollte ich schon längst wieder bei dir sein, aber inzwischen tendiere ich schon eher dazu, meine Mutter zu finden.«

»Weißt du denn, ob sie noch lebt und wo?«

»Nicht genau, aber ich habe den Namen einer Frau bekommen, die angeblich etwas über den Verbleib meiner Mutter weiß.

Aber die wurde böse am Telefon, als ich sie anrief. Sie hat aufgelegt. Also habe ich gar nichts außer ihrem Namen.«

»Aber das ist doch ein wichtiger Hinweis. Am besten, du suchst erst einmal diese Frau auf, die angeblich etwas weiß, und konfrontierst sie von Angesicht zu Angesicht mit der Frage nach deiner Mutter. Dann merkst du, ob sie mauert. Ach, ich wäre so gern bei dir. Das ist doch alles unheimlich aufregend.«

Grace lachte gequält. »Ich könnte gut und gern auf die ganze Aufregung verzichten. Aber ich danke dir für deinen Rat.«

»Bitte, Süße, lass nicht mehr so viel Zeit vergehen. Ruf an. Und was ist mit deinem Barry?«

»Bis bald, Jenny!«, erwiderte Grace hastig und wollte auflegen, doch da sagte die Freundin bereits: »Ich glaube, dein Vater ahnt, dass du irgendetwas herausfinden könntest. Er war neulich hier in unserer Wohnung, stand völlig neben sich und beschwor mich, ihm deine neuseeländische Nummer zu geben, weil dein Handy abgeschaltet sei. Er behauptete, es sei wirklich dringend, ja, und da habe ich sie ihm gegeben. Ich hoffe, das war in Ordnung ...«

»Kein Problem«, erwiderte Grace hastig.

»Er wirkte sehr hektisch, aber nun erzähl schon von deinem Barry ...«

»Später, meine Süße, ich kann hier nicht so lange sprechen«, wehrte Grace ab und legte auf, bevor die Freundin weitere Fragen stellen konnte. Um ihr von der Sache mit Barry und dem vagen Verdacht, dass ihr kurzes Zusammensein in Horis Wohnung nicht ohne Folgen geblieben war, zu erzählen, fehlte ihr die Kraft. Sie war für ihre Verhältnisse heute ohnehin viel zu nah am Wasser gebaut. Jenny wird sich sicherlich fragen, ob ich unter die Heulsusen gegangen bin, befürchtete Grace. Noch ein untrügliches Zeichen, dass mein Hormonhaushalt verrückt spielt, schoss es ihr durch den Kopf.

Mit klopfendem Herzen suchte sie im Telefonbuch von Dunedin noch einmal nach M. Barclay. Sie wohnte in der Stafford

Street. Grace schrieb sich die Adresse auf und fasste den Entschluss, ihren Besuch bei der Dame so schnell wie möglich hinter sich zu bringen.

Eilig verließ sie das Büro. Sie hatte eigentlich erwartet, Suzan mit dem Ohr an der Tür zu erwischen, aber auf dem Flur war keine Menschenseele. Du leidest langsam unter Verfolgungswahn, meine Liebe, ermahnte Grace sich selbst und holte rasch die Handtasche mit dem Stadtplan aus ihrem Zimmer. Mit einem Blick stellte sie fest, dass sie dahin leicht zu Fuß laufen konnte. Ein Spaziergang bei dem schönen Wetter würde ihr sicher guttun.

Trotz der Wärme schien auch am anderen Ende der Welt langsam der Herbst Einzug zu halten. Die einheimische Flora war zwar in der Regel immergrün, aber vereinzelt gab es aus Europa eingeführte Bäume, die ihr Laub abwarfen.

Schnellen Schrittes eilte Grace die sonntäglichen Straßen entlang. Aus vielen Häusern zogen ihr die Düfte des Mittagessens entgegen. Grace hatte diese Stadt inzwischen in ihr Herz geschlossen. Auf der einen Seite herrschte städtisches Leben, und dann gab es die Nebenstraßen, die von Holzhäusern mit ihren Veranden gesäumt wurden, was auf Grace eher ländlich und sehr gemütlich wirkte.

In der Stafford Street gab es beides. Prächtige Bauten aus Stein und einige bescheidene Holzhäuser. Grace war sehr gespannt, in welchem M. Barclay wohnte. Als sie endlich davorstand, war sie ein wenig enttäuscht. Es handelte sich mit Abstand um das kleinste, das überdies nicht besonders schön anzusehen war. Dafür blühte es im Vorgarten in einer üppigen, alle Farben umfassenden Pracht, als wäre es noch mitten im Sommer.

Auf dem getöpferten Schild stand: *M. und M. Barclay.* Grace klopfte das Herz bis zum Hals. Ein paarmal zog sie ihren Finger vom Klingelknopf zurück, ohne ihn betätigt zu haben. Am liebsten wäre sie fortgelaufen, doch schließlich fasste sie sich ein Herz und drückte. Eine Glocke ertönte, und wenig später stand eine grauhaarige Frau in Suzans Alter vor ihr und musterte sie kritisch von Kopf bis Fuß.

»Was wollen Sie?«, fragte sie in unfreundlichem Ton.

Grace schnappte nach Luft. Mit der Dame war nicht zu spaßen. Das konnte man auf den ersten Blick erkennen. Sie war der Typ uneitle ältere Frau, das graue Haar stand ihr störrisch in alle Richtungen vom Kopf ab, und sie trug eine fleckige Jeans mit einem schlichten T-Shirt.

»Ich wollte Sie nicht stören«, entschuldigte sich Grace verunsichert.

»Und warum tun Sie es dann?«, giftete die Frau zurück.

Grace atmete einmal tief durch. »Ich suche Moira Barclay. Es ist dringend. Sind Sie das?«

»Nein, bin ich nicht, und ich kann Ihnen auch nicht sagen, wo sich meine Schwester aufhält. Schickt diese Frau Sie?«

»Welche Frau?«

»Eine gewisse Suzan, fragen Sie mich nicht nach dem Nachnamen, ich hab ihn vergessen. Etwas mit A ... Al, Al ...«

»Almond?«, fragte Grace bang.

»Pah, was weiß ich, kann sein. Meinetwegen auch Almond. Jedenfalls nannte sie sich bei den ersten Anrufen so. Dann änderte sie ihre Namen, aber sie hat eine markante Stimme. Die kann sie nicht verstellen. Schickt diese Person, diese Almond, Sie?«

Grace bemühte sich, ihre Aufregung zu verbergen.

»Nein, ich weiß nicht, von wem Sie reden«, log sie und hoffte, dass sie nicht rot wurde.

»Egal, ich habe der Dame klar und deutlich zu verstehen gegeben, dass Moira auf Nimmerwiedersehen mit dieser Frau fort ist. Und dass sie mir keine Adresse hinterlassen hat. Und dass sie mich nicht noch einmal belästigen soll. Sonst hole ich die Polizei.«

»Bitte, Misses Barclay, mir geht es in erster Linie um diese andere Frau. Es kann sein, dass es sich bei ihr um meine leibliche Mutter handelt. Ich bin nämlich adoptiert worden, und nun suche ich meine Eltern. Es wäre also nett von Ihnen, wenn Sie mir helfen würden.«

M. Barclay zögerte. »Ja, nun kommen Sie schon rein«, knurrte sie schließlich. »Aber das heißt nicht, dass ich etwas weiß. Moira hat aus dieser Frau ein großes Geheimnis gemacht und auch, wohin sie mit ihr gegangen ist. Bevor sie diese Brieffreundschaft begonnen hat, haben wir uns alles erzählt.« Die Bitterkeit in ihrer Stimme war nicht zu überhören.

Sie führte Grace durch einen dunklen holzvertäfelten Flur in ein geräumiges Wohnzimmer. »Setzen Sie sich. Möchten Sie Tee?«

»Machen Sie sich keine Mühe«, beeilte sich Grace zu sagen.

»Mühe haben Sie mir schon gemacht, als ich Sie ins Haus gelassen habe. Also Tee, oder wie wäre es mit einem Bier?«

Grace trank selten Bier, aber jetzt kam ihr das Angebot gerade recht, um etwas lockerer zu werden.

»Ja, ich nehme ein Bier.«

Die Frau griff in einen Kühlschrank und hielt bereits zwei Flaschen in der Hand, die sie mit einem Öffner, der an der Kühlschranktür baumelte, geschickt öffnete.

Sie scheint öfter Bier zu trinken, dachte Grace, und das passt auch zu ihrem burschikosen Auftreten.

»Wie heißen Sie eigentlich?«, fragte sie, während sie der Dame zuprostete.

»Maureen.«

»Prost, Maureen, ich bin Grace.«

»Okay, Grace, dann haben Sie bestimmt nichts dagegen, wenn ich Ihnen ein paar Bilder von meiner Schwester und mir zeige, oder?«

»Nein, ganz und gar nicht«, entgegnete Grace artig.

Und schon schlug Maureen ein Fotoalbum auf, das zwei blonde, jungenhaft wirkende Mädchen zeigte, die wie ein Ei dem anderen glichen.

»Zwillinge?«

»Ja, wir waren unzertrennlich. Haben immer hier zusammengelebt, nie geheiratet, bis Moira eine Brieffreundschaft mit dieser Frau begonnen hat.« Wieder klang ihre Stimme bitter wie Galle.

»Lebte die andere...« – Grace schluckte trocken. Sollte sie vielleicht sagen: die andere, die vielleicht meine leibliche Mutter ist? – »... ich meine, wohnte die andere Frau denn nicht in Neuseeland? Weil sie von Brieffreundschaft sprechen.«

»Das ist doch das Mysteriöse. Meine Schwester hat geschwiegen wie ein Grab. Und auch die Briefe, die postlagernd auf dem Postamt eingingen, hat sie stets vor mir verborgen. Einmal habe ich einen Blick auf den Umschlag erhaschen können, und stellen Sie sich vor, der Brief kam aus Dunedin. Eine Brieffreundschaft in einer Stadt. Das beweist doch, wie verrückt die ganze Sache ist. Jedenfalls war meine Schwester besessen von dieser Person. Sie war ja kaum mehr wiederzuerkennen. Und immer, wenn ich sie gefragt habe, was es mit dieser Person auf sich hat, hat sie behauptet, das könne sie mir nicht verraten. Ich würde sie sowieso nicht verstehen. Irgendwann habe ich dann geschwiegen, und wir haben uns voneinander entfernt...«

»Und wie lange ist das jetzt her?«, unterbrach Grace sie aufgeregt.

»Das mit dem Schreiben fing vor über fünfundzwanzig Jahren an, und eines Tages, vor ungefähr zwanzig Jahren, war Maureen einfach weg. Bei Nacht und Nebel hat sie sich fortgeschlichen. Hat mir einen Brief hinterlassen, in dem sie mir versichert hat, sie könne nicht anders, sie müsse sich um diese Frau kümmern. Es sei ihre ganz große Liebe.«

»Ihre große Liebe?« Grace blieb vor lauter Erstaunen der Mund offen stehen. »Sie meinen, meine Mutter und Ihre Schwester waren ein Liebespaar?«

»Was weiß ich. Sah für mich jedenfalls so aus. Und für Männer hat sich Moira ohnehin nie interessiert. Jedenfalls hat mir diese Frau meine Schwester genommen. Und das Einzige, was ich von Moira jede Woche bekomme, ist das da.«

Verächtlich zog sie einen Stapel Postkarten aus einer Kiste.

»Sie kommen alle aus Invercargill.«

»Meinen Sie, sie lebt dort?«

»Und wenn schon. Sie glauben doch nicht, dass ich mich auf die Suche nach meiner verrückten Schwester mache, oder? Sie hat mich verlassen. Aber vielleicht nützt Ihnen das etwas. Nehmen Sie einfach eine mit.«

»Oh, vielen Dank!«, sagte Grace und griff sich zögernd eine Karte.

»Und wo liegt dieses Invercargill?«

»Ganz am südlichen Zipfel, wo keine Robbe begraben sein möchte.«

»Darf ich die Karte lesen?«

»Warum nicht? Steht doch immer dasselbe Blabla darauf.«

Grace drehte die Karte um, überflog den nichtssagenden Text, doch dann erstarrte sie. *Es grüßen dich Moira und Alma.*

»Wer ist Alma?«, fragte Grace tonlos.

»Ich nehme mal an, dass Alma die Frau ist, mit der Moira zusammenlebt, denn alle Karten sind so unterschrieben. Moira und Alma.«

Enttäuscht ließ Grace die Karte sinken. »Gut, dann werde ich mal gehen. Entschuldigen Sie, dass ich hier so reingeplatzt bin, aber ich befürchte, dass ich auf der falschen Fährte bin. Meine Mutter heißt anders.«

»Schade. Ich hätte Ihnen gegönnt, dass sie fündig werden. Aber nur, weil Sie einen verzweifelten Eindruck machen und nicht so unverschämt auftreten wie diese aufdringliche Frau. Der hätte ich niemals einen Hinweis gegeben, obwohl sie mir sogar Geld geboten hat.«

Grace hörte der alten Dame gar nicht mehr zu. Die Enttäuschung stand ihr ins Gesicht geschrieben.

Die Frau hieß Alma, nicht Deborah!

»Und sagt Ihnen der Name Deborah Albee vielleicht etwas?«

»Nein, noch nie gehört«, erwiderte Maureen entschieden.

»Ihre Schwester soll einmal eine Freundin von ihr gewesen sein.«

Maureen zuckte bedauernd mit den Schultern.

Und wenn meine Mutter nun ihren Namen geändert hat?, durchfuhr es Grace eiskalt. In ihr wuchs langsam, aber sicher der Verdacht heran, dass hinter der Frage ihrer Herkunft ein finsteres Geheimnis lauerte, das vielleicht besser doch nicht gelüftet werden sollte.

DUNEDIN, DEZEMBER 1918

Antonia war überglücklich, als sie in Dunedin aus dem Zug stieg. Die Sonne strahlte vom Himmel, und sie atmete den Duft der Freiheit tief in jede Pore ein. Es war ein Segen, dass sie endlich einmal einen triftigen Grund gefunden hatte, dem strengen Regiment ihrer Mutter zu entfliehen. Selma hütete zwar die meiste Zeit das Bett, aber es ging ihr jedes Mal um ein Vielfaches schlechter, wenn Antonia versuchte, sich ein wenig Eigenleben zu verschaffen. Und gegen die alten Knochen hatte ihre Mutter nun wirklich nichts Vernünftiges vorbringen können. Voller Stolz trug Antonia ihren Koffer zur Droschke.

»Zum *Southern Cross Hotel*«, sagte sie und ließ es sich nicht nehmen, den Koffer eigenhändig in den Wagen zu hieven.

Der chinesische Droschkenkutscher lachte. »Flau machen alles selbel. Haben Schatz in Koffel?«

Antonia grinste. »Genau, und was für einen Schatz!«

Als sie vor dem Hotel hielten, gab sie ihm reichlich Trinkgeld. Während sie die Lobby durchquerte, verrenkten sich einige der anwesenden Herren die Hälse nach der grazilen, nicht mehr jungen Schönheit, die ein seliges Lächeln auf den Lippen hatte. Sie aber bemerkte die Blicke der Männer kaum, war sie doch zu sehr in ihr Glück versponnen. Es grenzte an ein Wunder, dass dieser Professor Evans sie wirklich treffen wollte. Und daran, dass sie die Blicke der Männer auf sich zog, wo auch immer sie sich aufhielt, hatte sie sich mit den Jahren gewöhnt. Das war nicht anders, wenn sie sich in den Straßen von *Oamaru* bewegte. Vor Verehrern konnte sich Antonia kaum retten, obwohl sie die dreißig bereits überschritten hatte. Das änderte allerdings nichts an ihrer jungmädchenhaften Ausstrahlung. Man schätzte sie in der Regel höchstens auf Mitte zwanzig. Das amüsierte sie. Wenn die Herren der Schöpfung ahnen würden, dass sie auf dem besten Wege war, eine alte Jungfer zu werden. Keiner dieser Herren hatte es jemals geschafft, ihr Herz auch nur annähernd zu erobern. Das gehörte immer noch dem einen, dem sie vor nunmehr sechzehn Jahren Lebewohl gesagt hatte. Doch selbst wenn sie sich in einen der Kavaliere verlieben würde und der überdies ernste Absichten hätte, er würde sich in den Mauern der Kalksteinvilla in *Oamaru*, die Antonia Harata gegenüber stets spöttisch als die *Festung des Todes* bezeichnete, eine Abfuhr holen. Selma war strikt dagegen, dass sich ihre Tochter auf eine Liebschaft einließ. Wie sagt sie noch immer?, fragte sich Antonia amüsiert, während sie auf die Rezeption zutrat. Ach ja, die Männer schwängern dich und lassen dich dann sitzen. Sie wusste zwar nicht, woher ihre Mutter solche Binsenweisheit nahm, aber Selmas Wort war in der Festung Gesetz.

»Professor Evans hat ein Zimmer für mich reserviert«, sagte Antonia, und ihr Herz klopfte vor Freude. Ein Zimmer für sich allein weit weg von ihrer Mutter. Etwas Schöneres konnte sie sich gar nicht vorstellen. Lächelnd nahm sie den Schlüssel entgegen und ließ sich von dem Pagen, der den Koffer trug, zu ihrem Zimmer führen.

Es ist das beste Haus am Platz, hatte der Professor ihr geschrieben. Sie lächelte in sich hinein. Wie sollte er auch ahnen, dass sie Dunedin aus ihrer Jugend kannte und sehr wohl um den guten Ruf des Hotels wusste, obwohl sie es noch nie zuvor von innen gesehen hatte. Es war jedenfalls prächtiger, als sie es sich in ihrer Fantasie vorgestellt hatte. Das Zimmer geräumig und hell, die Möbel ganz im englischen Stil gehalten, mit einem großen Fenster nach hinten hinaus, das einen Blick auf den wunderschönen Garten gewährte.

Antonia drehte sich ein paarmal übermütig im Kreis. Sie genoss es, ihre eigene Herrin und endlich einmal wieder in Dunedin zu sein. Und sie fand es wunderbar, wie eine richtige Lady behandelt zu werden und nicht wie eine alternde Tochter. Schließlich gab sie dem Pagen, der sie verwundert musterte, ein üppiges Trinkgeld und ließ sich kichernd auf das Bett fallen. Wie wunderbar weich es doch war! Ein Blick auf ihre Uhr zeigte ihr, dass ihr noch eine gute Stunde blieb, bis der Professor sie aufsuchte, um ihren Schatz zu begutachten, bevor er sie anschließend zum Essen in das Hotelrestaurant ausführen wollte.

Mit hochroten Wangen öffnete sie den Koffer und holte zunächst die Knochen hervor. Einen nach dem anderen fasste sie behutsam an wie ein kostbares Schmuckstück und dekorierte ihn auf dem Tisch. Besonders stolz war sie auf den großen Knochen, der kaum in ihren Koffer gepasst hatte. Ob es wirklich der Unterschenkelknochen eines Moa war? Wenn, dann würde sie es jedenfalls bald erfahren. Den allergrößten Knochen hatte sie zu ihrem großen Bedauern nicht transportieren können, aber sie hatte ihn dem Professor in einem Brief ausführlich beschrieben. Wenn er vom Moa stammte, dann von seinem Oberschenkel.

Antonia erinnerte sich voller Stolz an den Tag vor vielen Jahren, an dem sie wieder einmal aus der *Festung des Todes* in das Strandhaus geflüchtet war. Ihre Mutter hatte, wie so oft, einen schlechten Tag und an allem etwas auszusetzen gehabt. Vor allem daran, dass sie, Antonia, zum ersten Mal seit damals auf James Henson zu sprechen gekommen war. Die Reaktion ihrer Mutter war ein würgender Hustenanfall gewesen, als wolle sie ihr vorwerfen, dass sie seinen Namen überhaupt in den Mund genommen hatte. Und als ihre Mutter wieder Luft bekommen hatte, hatte sie theatralisch ausgerufen: »Willst du mich umbringen?« Woraufhin Antonia aus dem Zimmer geeilt und nach *Bushy Beach* gefahren war.

Ein wenig mehr Dankbarkeit hätte Antonia sich schon von

ihrer Mutter gewünscht, denn schließlich hatte sie ihretwegen auf ein eigenes Leben und die große Liebe verzichtet. Deshalb war sie so glücklich gewesen, als sie an jenem Tag die Knochen gefunden und damit endlich etwas spannendes Eigenes entdeckt hatte. Sie hatte vom Strandhaus aus einen langen Spaziergang auf die Ebene unternommen. An jede Einzelheit dieses denkwürdigen Tages erinnerte sie sich, als wäre es gestern gewesen: die merkwürdige Entdeckung am Waldrand. Was für große Knochen, und dann der Schreck, es könne sich um menschliche Überreste handeln. Der kleine Schädel schließlich, der eindeutig von einem Vogel stammte, ließ sie erleichtert aufatmen. Rasch hatte sich ihr die Frage aufgedrängt: Wie passen die großen Knochen mit dem kleinen Kopf zusammen? Antonia hatte sich daraufhin an das Buch über den straußenähnlichen Urvogel Neuseelands erinnert, das ihr erst jüngst in die Hände gefallen war. Mit pochendem Herzen hatte sie die Knochen unter Ästen und Gestrüpp versteckt und war am nächsten Tag mit Peter Stevensen zurückgekehrt, um ihren Fund mit seiner Hilfe nach *Oamaru* zu bringen. Dann war sie in die Bibliothek gefahren und dort auf die Werke von Richard Owen und Julius Haast über den Moa gestoßen. Jahrelange Studien folgten. Plötzlich hatte ihr Leben einen Sinn bekommen.

Schließlich hatte sie bei ihren Forschungen ein Buch des Zoologen Professor Arthur Evans über das Ende des Urvogels entdeckt. Er schrieb von einem Volk, das angeblich vor den Maori Neuseeland bevölkert haben sollte: den *Moa-Jägern*. Antonia war fasziniert von seinen Aufzeichnungen.

Doch erst kürzlich, viele Jahre nach dem Fund, hatte sie sich getraut, ihm zu schreiben. Und diese Kapazität auf dem Gebiet der Moa-Forschung hatte ihr tatsächlich geantwortet und sie sogar um ein Treffen gebeten. Mit seinem freundlichen Brief war sie jubelnd durch die *Festung des Todes* gerannt. Selma hatte ein langes Gesicht gezogen. Mit aller Macht hatte sie ihr die Reise nach Dunedin und die Verabredung mit dem Professor auszureden versucht. »Nach Dunedin? Nur über meine Leiche!«, hatte sie wie von Sinnen gebrüllt, aber Antonia hatte sich in dieser Angelegenheit dem Wort ihrer allmächtigen Mutter widersetzt und ihr unmissverständlich erklärt, sie würde mit oder ohne ihre Erlaubnis fahren. Schließlich sei sie vierunddreißig Jahre alt und kein Kind mehr. Ihre Mutter hatte sofort einen Rückfall erlitten, aber Antonia war durch nichts aufzuhalten gewesen. Auch nicht durch den schrecklichen Hustenanfall ihrer Mutter am heutigen Morgen. Wie immer war ihr der Abschied von Harata schwerer gefallen als der von ihrer Mutter.

Harata? Ein merkwürdiges Gefühl beschlich Antonia. Harata hatte heute Morgen zum Abschied bezaubernd ausgesehen in ihrem schönsten Kleid, weil sie nämlich ihren Mann Peter zurückerwartete. Er war kurz vor Ende des Krieges noch zu den Truppen eingezogen wurden, die Samoa von den Deutschen befreit hatten.

Harata hatte sie heute zum Abschied so herzlich gedrückt, als würden sie einander niemals wiedersehen. Dann hatte sie geraunt: »Bitte, Toni, wenn ich meine Reise zu den Ahnen antrete, sorge dafür, dass Peter mich zu unserem Versammlungshaus nach Waikouaiti bringt.«

»Du überlebst uns alle«, hatte Antonia lachend erwidert, aber ihr war trotzdem mulmig zumute gewesen. Harata besaß so etwas wie den siebten Sinn. Wenn sie etwas spürte, dann täuschte sie sich selten. Aber warum sprach sie von ihrem Ende? Sie strotzte nur so vor Gesundheit. Die Ehe mit Peter tat ihr gut. Was würde ich nur ohne sie machen?, schoss es Antonia durch den Kopf.

Energisch versuchte sie, die Gedanken an die *Festung des Todes* abzuschütteln, und wandte sich stattdessen ihrer Garderobe zu. Sie hatte ein paar sehr schöne Kleider mitgenommen. Auch in dem Punkt hatte sie sich gegen ihre Mutter durchsetzen können und für die Reise so viele Kleider gekauft und schneidern lassen, wie ihr Herz begehrte. Schließlich war Geld im Überfluss vorhanden. Der Verkauf von *Otahuna* hatte mehr gebracht, als ihre Mutter jemals würde ausgeben können. Und darüber hinaus würde der Erlös auch Antonia lebenslang versorgen, zumal Mister Koch einen Teil des Geldes in den Abbau des *Oamaru-Steines* investiert hatte. Dieser Kalksandstein wurde unweit von *Oamaru* in Winston gewonnen. Wie immer, wenn Mister Koch seine Hände im Spiel hatte, führten die Geschäfte zum Erfolg.

Mister Koch war vor etwa fünf Jahren überraschend in *Oamaru* aufgetaucht und gehörte seitdem zu den Bewohnern der großen Villa. Aber er hatte seine eigenen Zimmer, weit entfernt von denen ihrer Mutter.

Antonia konnte allerdings nicht verstehen, dass sich der arme Mann von seiner Angebeteten noch immer wie ein Lakai behandeln ließ. Sie fand ihn zwar nach wie vor nicht besonders attraktiv, aber er war herzensgut und fast wie ein Vater für sie geworden.

Egal, dachte Antonia und versuchte, die Gedanken an *Oamaru* erneut abzuschütteln. Das war gar nicht so einfach. Sie klebten an ihr wie ein Schmutzfleck, der sich nicht abwaschen ließ.

Seufzend entschied sie sich für eine klassische weiße Bluse und einen grauen Rock. Schließlich wollte sie dem Professor nicht gleich in Abendgarderobe gegenübertreten. Dann nimmt er mich wahrscheinlich nicht mehr ernst, befürchtete sie. So würde sie ihn wohl bitten müssen, mit dem Abendessen auf sie zu warten, denn dafür wollte sie sich auf jeden Fall umkleiden.

Ihre Aufregung wuchs von Minute zu Minute. Das war schließlich das erste Mal in ihrem Leben, dass sie etwas Eigenes besaß. Sie wollte auf keinen Fall wie ein unbedarftes, alterndes Mädchen wirken, das noch bei seiner Mutter lebte.

Als es klopfte, saß sie kerzengerade an ihrem Tisch, rauchte eine Zigarette, die sie sich von Peter für diesen Auftritt ausgeliehen hatte, und rief in manieriertem Ton: »Bitte treten Sie ein!«

Professor Arthur Evans war mittelgroß und schlank. Er hatte

drahtiges graues Haar, das ihn wahrscheinlich älter machte, als er war.

Ein stattlicher Mann, dachte Antonia, aber er könnte mein Vater sein.

»Ach, wie schön, dass Sie die Reise möglich gemacht haben«, sagte er lächelnd zur Begrüßung. Der Professor wirkte so herzlich und natürlich, dass ihr jedes weitere Getue albern erschien.

»Setzen Sie sich doch bitte«, bat Antonia und versuchte nicht mehr zu verbergen, dass sie wahnsinnig aufgeregt war. Doch erst einmal drückte sie die Zigarette aus, die ihr ganz und gar nicht schmeckte.

»Sind das die Knochen?«, fragte er und griff sich ohne Umschweife den größten davon. Eine Weile betrachtete er ihn prüfend über den Rand seiner Brille. Dann nickte er anerkennend. »Unterschenkel Moa!«

»Sie meinen, dass sie wirklich vom Urvogel stammen?« Ihre Wangen glühten vor Begeisterung.

»Kein Zweifel, es gibt kein anderes Tier in Neuseeland, von dem sie sein könnten«, erklärte der Zoologe sachkundig und betrachtete den Knochen ehrfürchtig von allen Seiten. »Und nun erzählen Sie mir, wo und wie Sie die Knochen gefunden haben.«

Mit Feuereifer schilderte sie dem Professor in allen Einzelheiten von ihrer Entdeckung am Waldrand.

»Am Waldrand, sagen Sie, das ist seltsam. Wir gehen davon aus, dass er nicht im Wald gelebt hat«, sinnierte er. »Und was haben Sie mit Ihrem Fund vor?«

»Das habe ich mir noch gar nicht überlegt«, antwortete Antonia verlegen. »Aber ich möchte weitersuchen und mich intensiv mit dem Moa beschäftigen. Ich will alles über ihn erfahren. Und ich habe schon eine kleine Sammlung angelegt. Bücher und Zeichnungen.«

»Das möchte ich auch: alles über ihn erfahren«, erwiderte der Zoologe prompt. Antonia kam sich plötzlich ziemlich naiv vor.

Schließlich hatte sie niemals studiert, sondern ihr Wissen aus den zahlreichen Büchern.

»Ich meine, wenn Sie Verwendung dafür haben, dann kann ich sie auch Ihnen überlassen«, sagte sie verunsichert.

»Natürlich hätte ich Verwendung, aber ich glaube kaum, dass Sie diese Schätze aus der Hand geben möchten. Ich dachte da eher an eine Zusammenarbeit.«

»Zusammenarbeit?«, wiederholte Antonia erstaunt.

»Ja, ich würde gern mit Ihnen gemeinsam über den Moa forschen. Mir schwebt ohnehin vor, später eine eigene vogelkundliche Gesellschaft zu gründen. Wenn Sie wollen, können Sie auch bei mir studieren.«

»Oh, wie gern ich das tun würde«, entfuhr es Antonia seufzend. »Aber meine Mutter ist krank, und ich muss sie pflegen. Sie würde mich niemals nach Dunedin gehen lassen.« Sie lächelte schief. »Und, Herr Professor, ich bin älter, als ich aussehe«, fügte sie bedauernd hinzu.

Arthur Evans musterte sie durchdringend. »Ich glaube fest daran, dass wir eines Tages zusammenarbeiten werden. Vielleicht später einmal. Und in meinen Augen sind Sie jung und schön.«

Antonia wurde rot. »Aber ... aber ... ich ... ich habe keine Vorbildung, ich ...«, stotterte sie.

»Aber Sie brennen für die Sache. Ich kann Ihnen Ihre Begeisterung förmlich von den Augen ablesen.«

»Ja, restlos begeistert bin ich, seit ich die Knochen gefunden habe.«

»Was halten Sie davon, wenn wir gleich beim Essen weiterreden? Ich habe nämlich großen Hunger«, schlug der Zoologe vor und lächelte sie gewinnend an.

»Gern, aber ich müsste Sie bitten vorzugehen, denn ich würde mir gern etwas Passendes anziehen. Ich sah vorhin, dass die Damen alle in großer Robe dinieren.«

Arthur Evans musterte sie durchdringend von Kopf bis Fuß. »Sie gefallen mir auch so, Miss Parker.«

Antonia spürte, wie ihr die Hitze in die Wangen schoss und sie erneut rot werden ließ.

»Entschuldigen Sie, ich wollte Sie nicht in Verlegenheit bringen, aber ich musste Ihnen einfach ein Kompliment machen. Wir sehen uns gleich.« Er drehte sich um und verließ das Hotelzimmer.

Antonia aber rührte sich nicht vom Fleck und starrte nur die Tür an, durch die er eben verschwunden war. Er will mit mir arbeiten. Ich gefalle ihm, dachte sie und konnte es gar nicht fassen.

Erst nach einer ganzen Weile rührte sie sich und zog eilig ihr lilafarbenes Taftkleid an. Als sie sich damit vor dem Spiegel drehte, war sie sich völlig fremd. Schon bereute sie es, auf den Rat der Schneiderin gehört zu haben, die ihr ein spitzes, tiefes Dekolleté empfohlen hatte. Sie befürchtete, zum Blickfang der anwesenden Herren zu werden. Und das würde dem Professor bestimmt missfallen. Kurz überlegte sie, ob sie nicht doch in Bluse und Rock zum Dinner erscheinen sollte, aber dann beschloss sie, es zu wagen.

Entschieden griff sie nach ihrer Abendtasche, legte sich ihre Stola um die Schultern und stolzierte hocherhobenen Hauptes zum Speisesaal, was auf den Schuhen mit den hohen Absätzen gar nicht so einfach war. Zuhause trug sie meist praktische Stiefeletten. Sie kam sich verkleidet vor, als sie den prächtigen Saal mit den ausladenden Kronleuchtern betrat. Wie bereits befürchtet, wandten sich ihr augenblicklich etliche interessierte Blick zu. Erleichtert atmete sie auf, als sie den Professor entdeckte, der ihr zuwinkte. Schnellen Schrittes ging sie auf den Tisch zu.

In seiner Begleitung fühlte sie sich gleich besser. Insgeheim bewunderte sie ihn für seine weltmännische Ausstrahlung. Sie war es von zuhause zwar gewöhnt, dass es mehrgängige Menüs gab, aber auswärts essen war sie so gut wie noch nie gewesen.

Bevor der vornehme Kellner im Frack an ihren Tisch kam, flüsterte sie: »Bitte übernehmen Sie die Bestellung, Herr Professor. Ich mag so gut wie alles.«

»Arthur«, raunte er zurück. »Nennen Sie mich Arthur.«

»Aber nur, wenn Sie Antonia zu mir sagen.«

»Antonia, Sie sehen umwerfend aus. Wenn Sie mich nicht schon auf den ersten Blick entzückt hätten, ich wäre es spätestens jetzt.«

Wieder lief Antonia rot an, aber bevor sie etwas erwidern konnte, fragte der Kellner bereits nach ihren Wünschen. Arthur gab gerade die Bestellung auf, als Antonias Blick auf einen der benachbarten Tische fiel und dort hängen blieb. Es fuhr ihr durch Mark und Bein. Kein anderer als James Henson starrte sie an wie einen Geist. Seine Gesichtsfarbe wechselte von Weiß zu Rot, als er sich erhob und langsam mit starrer Miene auf sie zu kam. Bitte nicht, betete sie noch, da war er bereits an den Tisch getreten.

»Guten Abend, gnädige Frau, das ist ja ein Zufall, dass wir uns hier treffen.«

Antonia aber blickte ihn nur mit offenem Mund an. Selbst wenn sie gewusst hätte, was sie hätte sagen sollen, wäre es nicht gegangen. Ihr Mund war so trocken, dass die Zunge am Gaumen zu kleben schien.

»Zufall würde ich das nicht nennen«, scherzte Arthur, der die brenzlige Situation noch nicht erkannt hatte. »Es ist ja einer der wenigen Orte in der Stadt, in dem ein Glas Wein zum Essen serviert werden darf. Ja, dann stelle ich mich mal vor. Ich bin Professor Arthur Evans, Zoologe an der hiesigen Universität. Und mit wem habe ich die Ehre?«

Aber auch James hatte es nun ganz offensichtlich die Sprache verschlagen. Er stierte Antonia fassungslos an. Selbst die Hand, die ihm Arthur zur Begrüßung immer noch hingestreckt hielt, nahm er nicht wahr. Erst als Antonia aus ihrer Erstarrung erwachte und murmelte: »Schön, Sie zu sehen«, kam auch James wieder zu sich.

»Oh, Verzeihung, ich bin James Henson, Schafzüchter aus Milton.«

»Das ist Professor Evans«, sagte Antonia hastig.

Arthur sah fragend von ihr zu dem Fremden. »Ja, ich hatte mich dem Herrn bereits vorgestellt. Wollen Sie sich vielleicht setzen?«

»Nein, nein, ich kann meinen Geschäftspartner nicht allein am Tisch sitzen lassen; aber Antonia, würden Sie mir vielleicht verraten, wie ich Sie erreichen kann?«

»Ich bin Gast im Hotel«, erwiderte sie, während ihr Herz wild klopfte. »Sagen Sie mir nur rasch, was ist aus Anne geworden?«

»Sie hat einen reichen Mann aus London gcheiratet und lebt mit ihm dort.«

»Schön«, erwiderte Antonia knapp.

»Dann will ich nicht länger stören. Nur eines noch: Wie lange bleiben Sie in Dunedin?«

»Eine Woche.«

»Gut, dann hören Sie von mir. Und zwar sehr bald. Ich wünsche einen guten Appetit.«

Antonia starrte ihm verwirrt hinterher.

»Ein Bekannter von Ihnen?«, fragte Arthur lauernd.

»Ein alter Bekannter. Es ist sechzehn Jahre her, dass ich ihn zum letzten Mal gesehen habe.«

Während des Essens wünschte sich Antonia nur eines: Schnellstens auf ihr Zimmer zu flüchten. Der Gedanke, mit James in einem Raum zu sitzen, war ihr unbehaglich. Er war so nah und doch so fern. Sie bemühte sich den Rest des Abends nach Kräften, mit Arthur eine normale Unterhaltung zu führen, doch es gelang ihr nicht. Sie wurde immer stiller. Ständig schielte sie zu dem Tisch hinüber, an dem James in ein scheinbar angeregtes Gespräch mit seinem Geschäftsfreund vertieft war. Ihr kam es so vor, als ob er ihre Blickrichtung absichtlich mied.

»Antonia, ich glaube, es ist besser, wenn wir uns morgen weiter unterhalten. Ich hole Sie gegen zehn Uhr ab und zeige Ihnen unsere Sammlung zum Thema Urvogel.«

Sie schreckte hoch.

»Gut, gegen zehn«, wiederholte sie und verließ wie betäubt an Arthurs Seite den Speisesaal.

Zurück in ihrem Zimmer, riss sie erst einmal das Fenster auf und holte tief Luft. James Henson hatte genauso attraktiv ausgesehen wie damals. All die Jahre hatte sie sich nur eines gewünscht: in seinen Armen ihre Unschuld zu verlieren – und jetzt war sie allein in einem Hotelzimmer, und er wusste es. Antonia kam gar nicht mehr dazu, sich auszumalen, was das bedeutete und ob es überhaupt noch immer ihrem Wunsch entsprach, da klopfte es auch schon. Mit wackeligen Knien ging sie zur Tür und ließ James eintreten. Stumm stand er vor ihr und blickte ihr tief in die Augen. Nach einer halben Ewigkeit fragte er: »Warum? Warum bist du damals nicht mit mir gekommen?«

»Ich konnte nicht. Meine Mutter war schwerkrank, und ich brachte es nicht übers Herz, ihr das anzutun. Sie hätte es wahrscheinlich nicht überlebt.«

»Und an mich hast du gar nicht gedacht?«

»Doch, es ist seitdem kein einziger Tag vergangen, an dem ich nicht an dich gedacht habe.«

Ohne zu zögern zog James sie in seine Arme und küsste sie. Antonia erwiderte seine leidenschaftlichen Küsse und ließ sich schließlich willig zum Bett führen. Sie spürte nur noch seine Hände, die überall auf ihrem Körper zugleich zu sein schienen. Als sie seine Hand am Ansatz ihrer Brust fühlte, stöhnte sie leise auf. Einen winzigen Augenblick haderte sie und fragte sich, ob sie das wirklich wollte, aber ihr Körper sprach eine andere Sprache. Auch sie begann ihn zu berühren. Erst vorsichtig und dann immer intensiver. Als er schließlich aufstand und sich auszog, ohne den Blick von ihr zu lassen, tat sie es ihm gleich. Dann umarmten sie sich und drückten ihre nackten Körper aneinander. So ließen sie sich zurück auf das Bett gleiten und wurden nicht müde, einander zu streicheln und zu küssen.

Als er mit den Fingerspitzen über ihre Schenkel strich, durchfuhr ein wohliger Schauer ihren Körper. Sie sehnte sich mit jeder Pore danach, ihm ganz zu gehören, aber er ließ sich Zeit. Immer wieder streichelte er ihr zart über die Wangen, den Hals, die Brüste, den Bauch und die Oberschenkel. Als er schließlich in sie eindrang, stöhnte sie heiser: »Ja!« und immer wieder »Ja!« Selbst das kurze Ziehen zwischen ihren Schenkeln, das sie im ersten Moment durchzuckte, bereitete ihr nichts als pure Lust. Sie wollte ihm von ganzem Herzen gehören. Sie war so überwältigt von ihren Gefühlen, dass ihr Tränen über das Gesicht rannen.

Als sie schließlich keuchend und verschwitzt nebeneinander lagen, hauchte James mit belegter Stimme: »Wenn ich gewusst hätte, dass ich der erste Mann für dich bin, wäre ich noch vorsichtiger gewesen.«

»Es war wunderbar. Ich habe all die Jahre auf diesen Augenblick gewartet, ohne dass ich es ahnte«, erwiderte sie verzückt und räkelte sich wohlig.

James beugte sich über sie und blickte sie zärtlich an. »Dann ist der Professor also kein Verehrer von dir?«

Antonia lächelte verschmitzt. »Das kann ich dir nicht mit Gewissheit sagen. Ich kenne ihn erst seit heute.«

»Aber warum triffst du einen wildfremden Mann?« Das klang verärgert.

Antonia setzte sich auf und erzählte ihm die ganze Geschichte mit den Knochen. Er musterte sie bewundernd, während sie mit Feuereifer über den Fund sprach.

»Das heißt, du lebst jetzt in *Oamaru*?«, fragte er schließlich, nachdem sie ihre Erzählung beendet hatte.

Antonia nickte.

»Ich bin in jener Nacht, nachdem mir Harata den Brief gegeben hat, wütend in meinen Wagen gestiegen und davongebraust. Ich wollte dich niemals wiedersehen. Aber dann, nach etwa drei Wochen, bin ich bei Nacht und Nebel nach *Otahuna* gefahren mit dem festen Vorsatz, deine Mutter auf Knien um deine Hand zu bitten; doch ihr wart fort. In eurem Haus wohnten Fremde. Das war vielleicht ein Schock für mich.«

»Ja, und ich habe von Mutters Umzugs- und Verkaufsvorhaben auch erst am Abend vor unserer geplanten Flucht erfahren und hegte keinen Zweifel, dass ich dann schon mit dir weit fort sein würde ...« Sie seufzte tief, bevor sie fortfuhr. »Aber dann ist meine Mutter zusammengebrochen. Der Arzt hat gesagt, dass sie an Tuberkulose leidet und dass ihr Leben in Gefahr sei, wenn sie sich aufregt. Ich wollte nicht schuld an ihrem Tod sein. Kannst du das verstehen?«

»Meine Liebe, wenn ich das geahnt hätte. Ich dachte, du hättest nur mit mir gespielt. Ich nahm an, du wärst ein dummes kleines Ding, noch gar nicht reif, eine ernsthafte Beziehung einzugehen.«

»Aber wie konntest du so etwas überhaupt denken? Ich habe dich die ganze Zeit über geliebt, aber meine Mutter hat auf alles, was die Dunediner Gesellschaft betrifft, übersteigert reagiert. Besonders auf den Namen Charles Wayne. Er soll hässliche Dinge über meine Mutter verbreitet haben. Ich wüsste zu gern, woher die beiden sich kennen. Ich wage nämlich zu bezweifeln, dass er nur ein Geschäftspartner der alten Misses Buchan war, der meiner Mutter übel genommen hat, dass sie den Vertrag gekündigt hat. Aber ich traue mich nicht mehr, das Thema überhaupt anzurühren, aus lauter Furcht, dass sie gleich einen Rückfall erleidet. Denn auch damals, als sie zusammengebrochen ist, habe ich sie nach diesem furchtbaren Kerl gefragt. Siehst du ihn noch manchmal?«

James schluckte trocken und nickte. Täuschte sie sich, oder war er bei der Erwähnung dieses Namens blass geworden? Plötzlich kam ihr ein schrecklicher Verdacht.

»Sag bitte nicht, dass er dein Schwiegervater geworden ist!«
»Doch«, stöhnte James. »Ich habe Patricia geheiratet.«
»Wann?«
James stöhnte wieder auf. »Kurz nachdem du fort warst.«
»So wenig habe ich dir also bedeutet?«
»Nein, mein Herz, du bist die Frau, die ich damals geliebt habe und die ich immer noch liebe, aber meine Mutter hat die Waynes mehrfach zu uns eingeladen. Und Charles hat Wind davon bekommen, dass du mich abgewiesen hast, und ist wieder mit dieser dummen Geschichte gekommen, deine Mutter sei nichts als ein kleines Dienstmädchen, das sich das Erbe von Misses Buchan erschlichen habe. Und er hat überdies behauptet, deine Mutter sei eine Mörderin.«

»Warum tut er so etwas?«, rief Antonia verzweifelt aus.
»Ich habe ihm gesagt, ich würde nur unter einer Bedingung um Patricias Hand anhalten: wenn er niemals mehr schlecht über deine Mutter oder dich spricht. Er hat sich daran gehalten.«

»Und im Gegenzug hast du seine Tochter geheiratet?«, fragte Antonia fassungslos. »Habt ihr Kinder?«
James sah Antonia gequält an. »Keine. Es hat nicht geklappt all die Jahre.«

»Das tut mir leid«, erwiderte Antonia ein wenig versöhnlicher. »Es steht mir auch nicht zu, dir deine Heirat vorzuwerfen...« Sie spürte, dass ihr die Tränen kamen, aber sie kämpfte tapfer dagegen an.

James nahm sie zärtlich in den Arm. »Ich war sehr eifersüchtig, als ich dich mit dem grauhaarigen Herrn gesehen habe. Aber wenn es dich tröstet, ich habe in all den Jahren oft und viel an dich gedacht. Ich liebe dich von ganzem Herzen. Und es klingt vielleicht abgedroschen, aber es ist die Wahrheit: Mit Patricia bin ich alles andere als glücklich. Sie ist entsetzlich launisch, und wir führen eigentlich eine Ehe zu dritt. Ihr Vater lebt seit dem Tod seiner zweiten Frau Nora bei uns in Milton und verwöhnt seine Tochter immer noch so, als wäre sie ein Kind. Tja, wenn wir selbst Kinder hätten, wäre es sicherlich erträglicher, aber so? Ich gehe sogar so weit zu sagen, ich würde sie verlassen für ...«

Antonia legte ihm einen Finger auf den Mund, damit er nicht weitersprach. »Sag so etwas nicht. Selbst wenn ich wollte, ich könnte nicht deine Frau werden, solange Mutter lebt.«

Statt ihr eine Antwort zu geben, fing er wieder an, sie zu streicheln. Diese Berührungen entfachten ihre Leidenschaft von Neuem, und sie liebten sich ein zweites Mal in dieser Nacht, von der Antonia sich wünschte, sie möge nie zu Ende gehen.

Antonia wachte in seinen Armen auf, als die Sonne in das Zimmer schien. Bei all ihren leidenschaftlichen Umarmungen und Küssen hatten sie vergessen, die schweren Samtvorhänge zuzuziehen. Auch James war schon wach und sah sie liebevoll an.

»Es ist also doch kein Traum gewesen, du bist noch da«, seufzte sie und schmiegte sich eng an ihn.

Etwas Trauriges und Verlorenes lag in seinem Blick. »Ja, noch, aber ich muss dich bald verlassen. Ich bin gleich mit meinem Schwiegervater verabredet. Er ist mit mir aus Milton gekommen und hat im Haus der Hensons übernachtet. Du erinnerst dich vielleicht? An das Haus, in dem wir damals gefeiert haben? Dort lebt jetzt Gloria mit ihrem Harald. Und Harald ist doch der Bruder seiner verstorbenen Frau Nora.«

»Ich erinnere mich. Ihr habt mir die Verwandtschaftsverhältnisse damals recht munter zu erklären versucht.« Sie bemühte sich, unbeschwert zu klingen, um ihre aufkeimende Traurigkeit zu überspielen.

Nur keine Tränen, sprach sie sich gut zu, doch da war es bereits zu spät. Ihre Augen wurden feucht, und sie wischte hastig mit dem Handrücken darüber.

»Liebe Antonia, bitte nicht traurig sein. Es ist kein Abschied für immer«, sagte er erschrocken. »Du glaubst doch nicht, ich gehe ohne die Aussicht, dich wiederzusehen. Wann bist du das nächste Mal in Dunedin?«

Antonia zuckte mit den Schultern. »Ich glaube, so bald nicht. Mutter war dermaßen aufgebracht wegen meiner Reise. Das kann ich ihr nicht allzu oft antun, aber glaube mir, wenn sie nicht wäre, ich würde in dieser Stadt leben, allein schon, um mit dem Professor zusammenzuarbeiten.«

James Gesicht verfinsterte sich. »Das heißt, du weißt nicht, wann wir uns wiedersehen?«

Antonia überlegte fieberhaft. Sie wollte ihn baldmöglichst treffen, aber wie und vor allem wo konnte sie ihn sehen, ohne den Argwohn ihrer Mutter zu erregen?

Es gab eigentlich nur einen Ort, wohin die Mutter sie problemlos allein fahren ließ. Das Strandhaus am *Bushy Beach*. Ihre Mutter begleitete sie schon lange nicht mehr zu dem Haus, das idyllisch auf einer grünen Wiese über dem Meer lag. Direkt an einem Strand, zu dem man über einen Felsenweg gelangte. Wie oft war Antonia dorthin geflüchtet, wenn ihr der raue Ton in der *Festung des Todes* wieder einmal auf die Stimmung geschlagen war. In dem abgelegenen Strandhaus hatte sie jedes Mal neue Kraft geschöpft. Entweder war sie mit ihrem Pferd über die Ebenen geritten, hatte stundenlang den Pinguinen zugesehen oder war förmlich über Moa-Knochen gestolpert. Die Luft dort war herrlich frisch und salzig. Sie liebte diesen Ort des Friedens auch bei Wind und Wetter.

»Antonia, du willst mich nicht mehr sehen, nicht wahr?« Seine Stimme klang belegt.

Sie lächelte. »Ganz im Gegenteil, mein Liebling. Ich habe mir gerade den Kopf zerbrochen, wo wir uns ungestört treffen könnten. Und ich habe sogar einen passenden Ort gefunden. Kannst du demnächst, vielleicht so Anfang Januar, wenn die Festtage vorüber sind, eine kleine Reise nach *Oamaru* unternehmen?«

Er sah sie verwirrt an. »Ich glaube nicht, dass deine Mutter sehr erfreut wäre.«

Antonia lachte. »Nein, du sollst uns mit Sicherheit nicht zuhause beehren. Es gibt in der Nähe ein abgelegenes Strandhaus, zu dem nur ich allein den Schlüssel besitze.«

»Das hört sich einladend an, meine Liebste«, erwiderte James schmunzelnd. »Und das erleichtert mir den Abschied ungemein.« Er küsste sie inniglich, bevor er das Bett verließ und sich hastig anzog.

Antonia sah ihm dabei zu und betrachtete genüsslich seinen wohlgeformten Körper. Bei diesem Anblick regte sich ihre Lust nach einer neuerlichen Umarmung.

»Wann soll ich dort sein?«, fragte er, und aus seinen Augen funkelte bereits die Vorfreude.

»Was hältst du davon, wenn wir uns einmal im Monat treffen? Vier Wochen sind nicht lang, aber auch nicht so kurz, dass wir uns verdächtig machen.«

»Du bist nicht nur bildhübsch, nein, du bist auch blitzgescheit.« Er beugte sich hinunter und gab ihr einen Kuss. »Heute in vier Wochen? Am frühen Nachmittag?«

»Ich werde dort sein und kann es gar nicht mehr erwarten. Es liegt am *Bushy Beach*. Oben über dem Strand ist eine grüne Wiese. Darauf steht nur einziges Haus. Das ist meins«, flötete Antonia und zog ihn noch einmal zu sich hinunter, um ihn voller Leidenschaft zu küssen.

James stöhnte auf. »Ach, wenn ich bloß nicht fortmüsste. Ich würde sofort wieder zu dir ins Bett kriechen.«

»Ich werde noch ein wenig liegen bleiben und mich ab und zu kneifen, um sicherzustellen, dass es kein Traum war.«

James wandte sich an der Tür noch einmal um und warf ihr eine Kusshand zu.

Antonia streckte sich wohlig auf dem Bett aus. Dann vergrub sie ihr Gesicht in seinem Kopfkissen und rief sich die letzte Nacht noch einmal ins Gedächtnis. Jede Berührung, jeden Kuss. Sie war nicht einmal mehr traurig darüber, dass er sie hatte verlassen müssen. Im Gegenteil, sie war erfüllt von der Erinnerung und aufgeregt bei der Vorstellung eines baldigen Wiedersehens. Der einzige Wermutstropfen war die Tatsache, dass es diese andere Frau gab, doch ihr Mitgefühl für die Betrogene hielt sich in Grenzen. Wenn sie sich recht erinnerte, war ihr diese Patricia Wayne nicht besonders sympathisch gewesen. Dennoch, bei dem Gedanken an die Familie Wayne wurde Antonia plötzlich unruhig.

Sie konnte nicht mehr länger im Bett bleiben, sondern brauchte dringend Bewegung. Mit einem einzigen Satz sprang sie auf und kleidete sich hastig an. Sie wusch sich nicht, wie sie es sonst morgens zu tun pflegte. Sie wollte noch ein wenig nach ihm riechen. Es drängte sie in die warme Sommerluft hinaus. Sie hatte sich für ein luftiges Kleid entschieden und hüpfte übermütig wie ein Kind die Treppen hinunter. Als sie die Rezeption erreichte, hatte sie das Gefühl, ihr Herzschlag müsse aussetzen. James war gerade dabei, sein Hotelzimmer zu bezahlen. Ihr erster Impuls war, sich in seine Arme zu stürzen, als sie sich sogleich ihrer prekären Lage bewusst wurde. Sie war seine Geliebte, nicht seine Frau! Niemals würde sie sich in der Öffentlichkeit unbeschwert in seine Arme werfen oder auch nur seine Hand nehmen können.

Ihre überbordende Freude bekam durch diese schlichte Erkenntnis einen schweren Dämpfer. Unbemerkt schlich sie hinter seinem Rücken zum Ausgang.

Es war ein herrlicher Tag, und sie beschloss, einen langen Spaziergang zu unternehmen, bevor Professor Evans sie abholte, um mit ihr zur Universität zu fahren. Sie hatte sich noch keine drei Schritte vom Hotel entfernt, als sich ihr ein Mann in den Weg stellte. Erschrocken blickte sie ihn an. Es war Charles Wayne.

»Was machen Sie denn hier?«, fragte er sie unfreundlich.

»Entschuldigen Sie bitte, aber ich glaube, das geht Sie gar nichts an«, erwiderte Antonia rasch. Nur keine Unsicherheit zeigen, redete sie sich gut zu.

»Das sehe ich aber anders. Es gibt mir sehr wohl zu denken, dass Sie aus dem Hotel spazieren, in dem mein Schwiegersohn wohnt.«

»Ich bin Ihnen keine Rechenschaft schuldig«, entgegnete sie in scharfem Ton, bevor sie einfach an ihm vorbeiging und ihren Weg scheinbar unbeirrt fortsetzte.

»Ich gebe Ihnen einen guten Rat. Finger weg von James!«, schrie er ihr hinterher.

Antonias Herz pochte so heftig, dass sie kaum Luft bekam. Sie beschleunigte ihren Schritt und war froh, als sie sich in einen Park flüchten konnte. Dort setzte sie sich auf eine Bank und rang nach Luft.

Was ihr vor nicht einmal einer halben Stunde wie eine süße Verheißung erschienen war, entpuppte sich nun als Albtraum. An die Konsequenzen ihres Handelns hatte sie weder heute Nacht noch am Morgen in seinen Armen gedacht. Aber jetzt wusste sie eines sicher: Sie war nicht dazu geschaffen, seine heimliche Geliebte zu sein!

Oamaru, eine Woche später, Dezember 1918

Im Haus war alles still. Seufzend stellte Antonia ihren Koffer in der Diele ab und lauschte. Es war eine unheimliche Stille, die da über der *Festung des Todes* lag. Vielleicht schlief ihre Mutter und Harata war drüben bei Peter im Haus. Und es war ihr gar nicht so unlieb, dass keiner sie mit Fragen nach der Reise überfiel. Was hätte sie auch sagen sollen? Ich bin die Geliebte von James Henson geworden, der Professor möchte mit mir arbeiten und liegt mir arg in den Ohren, ob ich nicht nach Dunedin ziehen könnte, um bei ihm zu studieren? Nein, das würde sie alles schön für sich behalten müssen.

Antonia wollte gerade die Treppen nach oben steigen, als sie ein leises Schluchzen vernahm. Es drang aus dem Zimmer, in dem Harata übernachtete, wenn sie, Antonia, außer Haus war. Damit Selma nicht allein war. Ansonsten lebte sie mit ihrem Mann in einem eigenen Haus.

Der Schreck fuhr Antonia durch alle Glieder, und sie riss, ohne zu klopfen, die Tür auf. Das Bild, das sich ihr dort bot, ließ sie schwanken. Sie schaffte es gerade noch, einen rettenden Stuhl zu erreichen.

»Nein!«, schrie sie. »Lieber Gott, nein!«

Peter sah sie aus verweinten Augen verzweifelt an. Antonia aber starrte ungläubig auf das Bett. Dort lag Harata in ihrem schönsten Kleid, die Augen geschlossen und ihre hellbraune ebenmäßige Haut blauschwarz verfärbt.

Ihre beste Freundin war tot.

»Was ... was ist passiert?«, stammelte sie.

»Ich bin schuld«, stöhnte Peter. »Auf dem Schiff müssen Soldaten gewesen sein, die an der Flu erkrankt waren. Ich habe ein wenig gehustet, aber das war alles. Doch Harata ...« Ein lautes Schluchzen hinderte ihn am Weitersprechen. »Sie sagen, die flandrische Grippe erwischt die Maori besonders schlimm. Schon kurz nach meiner Rückkehr hatte sie Fieber. Dann kam der schreckliche Husten hinzu, sie blutete aus der Nase, dann verfärbte sich ihre Haut, und heute Morgen ist sie in meinen Armen gestorben.«

Antonia war wie erstarrt. Sie weigerte sich immer noch zu glauben, dass Harata so sang- und klanglos von ihnen gegangen war. Sie sehnte sich nach erlösenden Tränen, aber sie konnte nicht weinen. Eine eisige Kälte überfiel sie, und sie fror so heftig, dass ihre Zähne unkontrolliert aufeinanderklapperten.

Peter blickte sie mitleidig an. »Ich habe noch eine schlechte Nachricht. Harata hat deine Mutter angesteckt ...«

»Ist sie tot?«

»Nein, aber der Arzt ist bei ihr, und er hat keine Hoffnung mehr. Sie ist zu geschwächt, um der Grippe etwas entgegenzusetzen.«

Antonia schluckte trocken. Wie betäubt stand sie auf.

»Ich werde nach ihr sehen.«

Wie in Trance eilte Antonia zum Zimmer ihrer Mutter. Der Arzt fing sie an der Tür ab und verlangte flüsternd von ihr, sich ein Tuch vor den Mund zu binden. Als Schutz vor der ansteckenden Grippe.

»Ihre Mutter schläft gerade, aber es wäre gut, wenn Sie bei ihr blieben. Ich befürchte, sie überlebt den heutigen Tag nicht.« Er machte einen sichtlich erschütterten Eindruck. »Ich habe so etwas noch nicht gesehen. Wir waren so froh, dass die erste große Welle, die Europa und weite Teile der übrigen Welt überschwemmt hat, *Oamaru* nicht erreicht hat. Und im November wurden wir auch verschont. Aber jetzt? Ich kann nur beten, dass es Einzelfälle sind. Es sollen in aller Welt schon Millionen von Menschen daran gestorben sein. Aber was rede ich nur? Entschuldigen Sie, dass ich nicht mehr Rücksicht nehme. Ihre Mutter liegt im Sterben, und ich jammere hier, aber es wäre verheerend, wenn die Krankheit sich weiter ausbreitete. Deshalb bitte, halten Sie Abstand. Entfernen Sie das Bettzeug, wenn . . . Gehen Sie nicht zu nahe heran, und bitte, küssen Sie sie nicht.«

»Machen Sie sich keine Sorgen. Ich verstehe Sie. Diese Grippe ist eine teuflische Krankheit, und meine Mutter ist einfach zu geschwächt, um dagegen ankämpfen zu können.«

»Ja, sie hat sofort eine Lungenentzündung bekommen. Und bitte erschrecken Sie nicht. Ihr Körper ist überall verfärbt.«

»Ich weiß, ich habe das eben bei Harata . . .« In diesem Augenblick brach sich das Schluchzen Bahn. Antonia heulte ungehemmt auf. Der junge Arzt nahm sie tröstend in die Arme.

»Antonia«, krächzte es plötzlich vom Bett herüber, gefolgt von einem entsetzlichen Husten. Antonia trat zu ihrer Mutter und nahm deren Hand, obwohl der Arzt ihr einen warnenden Blick zuwarf.

»Antonia«, sagte ihre Mutter nun noch einmal mit heiserer Stimme.

»Mutter, ich bin da. Es ist alles gut«, presste Antonia gequält hervor und versuchte, den Blick von den schrecklichen Verfärbungen im Gesicht ihrer Mutter zu wenden.

»Antonia, ich muss dir etwas sagen.« Aus weit aufgerissenen Augen starrte Selma ihre Tochter an. »Es geht um deinen . . .« Sie konnte nicht weitersprechen. Ein entsetzlicher Hustenanfall hinderte sie daran. Antonia erschrak zutiefst, als sie das Blut auf dem weißen Nachthemd ihrer Mutter entdeckte. »Bitte, verzeih mir, aber ich kann nicht gehen, ohne dass ich es dir . . .«

Wieder hustete sie. Das Nachthemd war sofort blutgetränkt. Antonia hielt die Hand ihrer Mutter ganz fest. Tränen traten ihr in die Augen. Im Angesicht des Todes spürte sie eine Liebe für diese Frau, die sie überwältigte. Sie wollte sie auf keinen Fall verlieren, aber es gab keine Hoffnung mehr. Selma war zu schwach, die Augen offen zu halten. Sie schien Antonia unbedingt etwas mitteilen zu wollen, doch ihrer Kehle entrang sich nur noch ein heiseres Stöhnen. Antonia meinte etwas herauszuhören, das wie *Charles Wayne* klang, aber das hielt sie für eine Täuschung. Warum sollten die letzten Worte ihrer Mutter diesem Kerl gelten? Die Hand ihrer Mutter, die Antonia immer noch hielt, wurde schließlich schwer, und Selmas Kopf sackte zur Seite.

Der Arzt war unbemerkt von Antonia ans Bett herangetreten. »Sie ist erlöst von ihrem Leiden«, flüsterte er, bevor er Antonia sanft daran hinderte, sich schluchzend über den Körper ihrer toten Mutter zu werfen. Doch kaum hatte sich Antonia aufgerichtet und mit gefalteten Händen vor das Bett gestellt, als ein herzzerreißendes Heulen ertönte. Mister Koch war ins Zimmer gekommen, und als er erkannte, was geschehen war, war er in ein unmenschliches Klagen ausgebrochen. Sosehr der Arzt ihn auch zurückhalten wollte, den Hünen konnte er nicht daran hindern, sich über den Körper seiner großen Liebe zu werfen und ihn schluchzend an sich zu drücken.

Antonia war beschämt, als sie erlebte, in was für eine tiefe Verzweiflung ihn der Schmerz über diesen Verlust stürzte. Sie wollte ihn mit seiner großen Liebe allein lassen.

Auf Zehenspitzen schlich sie aus dem Zimmer, um sich von dem Menschen zu verabschieden, dessen Tod ihr schier das Herz brechen wollte.

Peter saß immer noch wie erstarrt da.

»Du musst sie zum Versammlungshaus ihres Stammes bringen«, raunte Antonia ihm zu.

»Nein, sie hat ihre Verwandten lange nicht mehr gesehen. Die haben sich geweigert, mit uns Hochzeit zu feiern. Sie wird hier begraben«, widersprach er ihr trotzig.

»Peter, bitte, es ist ihr Wunsch. Bringe sie zu ihren Verwandten. Sie werden sich im Versammlungshaus von ihr verabschieden, und bleib du bitte auch bei ihr. Ich würde alles geben, um mit dir zu gehen, aber ich kann Mutter nicht allein lassen.«

»Wie geht es ihr?«, fragte er schwach.

»Sie ist der Grippe erlegen, und ich werde mich um ihre Beerdigung kümmern, während du Harata nach Hause bringst. Wirst du das tun, Peter?«

Er nickte schwach.

Antonia beugte sich zu Harata hinunter, gab ihr allen Warnungen zum Trotz einen Kuss auf die Stirn und flüsterte: »Gute Reise! Jetzt ist das Haus wirklich zur Festung des Todes geworden.« Dann erhob sie sich rasch und eilte zurück an das Bett ihrer toten Mutter.

Dunedin, Anfang April 2009

Leise schluchzend saß Grace in ihrem Zimmer. Sie wollte unbedingt allein sein, nachdem Suzan vorhin an ihrer Tür geklopft und sie förmlich mit der Fortsetzung von Antonias Geschichte überfallen hatte. Hatte sie sich in den letzten Tagen noch übertrieben abweisend verhalten, benahm sie sich heute extrem aufdringlich. Sie wollte vorhin sogar mit ihrer Erzählung fortfahren, nachdem Grace sie ausdrücklich um eine Unterbrechung gebeten hatte. Sie musste Suzan regelrecht aus dem Zimmer komplimentieren.

Grace wurde weder aus Suzan schlau, geschweige denn aus sich selbst. Sie war süchtig nach der Geschichte, aber seit es um Antonia ging, musste sie ständig mit den Tränen kämpfen. Und diese Blöße wollte sie sich vor Suzan auf keinen Fall geben. Doch kaum hatte die Professorin das Zimmer verlassen, hatte Grace ihre Gefühle nicht mehr zurückhalten können. Die Geschichte ging ihr regelrecht an die Nieren. Sie rechnete es Selma hoch an, dass sie wenigstens versucht hatte, Antonia den Namen ihres leiblichen Vaters zu nennen. Aber ob Antonia wohl jemals erfahren würde, was ihre Mutter noch hatte sagen wollen?

Grace war so tief in Gedanken versunken, dass sie nur von ferne die Hausglocke hörte, doch das Pochen an ihrer Zimmertür wenig später ließ sie hochschrecken. Suzans Klopfen klang anders.

»Herein!«, sagte sie eine Spur zu forsch und wischte sich hastig die verräterischen Spuren aus dem Gesicht.

So blickte sie neugierig zur Tür und traute ihren Augen nicht, als ein attraktiver, ihr wohlbekannter Mann zögernd das Zimmer betrat. Er wirkte auf sie noch größer, durchtrainierter und männlicher als beim letzten Mal.

»Du?«, fragte sie und bereute diese dümmliche Frage sofort.

»Ja, Suzan war so freundlich, mich hereinzubitten.«

Grace atmete einmal tief durch. Bei allem Ärger über Suzans Eigenmächtigkeit konnte sie eine gewisse Wiedersehensfreude nicht verhehlen.

»Wie geht es deinem Bruder?« Auch diese Frage bedauerte Grace schon in demselben Augenblick. Warum fragte sie nicht erst einmal nach seinem Befinden? Außerdem wollte sie lieber gar nicht an Barry denken, bis sie endlich ihre Regel bekam, die sich allerdings so ganz und gar nicht einstellen wollte.

»Wenn er wüsste, dass ich dich besuche, bestimmt wieder schlechter. Er ist sehr sauer auf dich. Er behauptet, du hast ihn verführt und danach wenig freundlich abserviert. Und das wegen eines anderen Mannes.« Hori blickte sie durchdringend an.

»Das hat er dir erzählt?«, fragte Grace erschrocken.

Hori stieß einen tiefen Seufzer aus. »Ja, aber keine Einzelheiten. Und ehrlich gesagt möchte ich auch nicht unbedingt wissen, was ihr beide im Bett macht. Er ist seitdem unerträglich schlecht gelaunt. Ich wollte eigentlich zu ihm ins Haus ziehen, aber er will nicht mehr mit mir zusammenwohnen. Lucy kümmert sich nun um ihn. Ich hoffe ja, die beiden kommen wieder zusammen ... jetzt, wo du einen neuen Freund hast.«

Grace wurde es abwechselnd heiß und kalt. Offensichtlich hatte Barry seinem Bruder verschwiegen, dass er selbst jener Mann war, in den sie sich verliebt hatte. Und so soll es auch bleiben, dachte Grace, ich darf ihm meine Gefühle auf keinen Fall offenbaren.

»Bitte entschuldige, dass ich so indiskret bin«, fügte Hori hastig hinzu. »Aber ich hatte eigentlich gehofft, wenn es mit dir und Barry wirklich nichts mehr wird, könnte ich eine Chance bei dir haben.« Er lächelte gequält.

Grace betete, dass er das laute Pochen ihres Herzens nicht

hören konnte. Wie gern würde sie ihm in die Arme fallen, aber es ging nicht. Jetzt noch weniger als zuvor. Jetzt, wo sie höchstwahrscheinlich von seinem Bruder schwanger war.

»Ich bin aber nicht hier, um mit dir über Barry zu sprechen. Ich möchte dich einladen«, sagte Hori nun mit ernster Stimme.

»Wozu?«

»Wir haben bei unserem Ausflug nach *Maud-Island* in vierzehn Tagen noch einen Platz frei, und da wollte ich dich fragen, ob du uns begleitest. Wir könnten gut noch eine Biologin gebrauchen. Zumal du dich doch so für den Moa interessierst. Dieses Mal setzen wir Takahe-Pärchen aus. Und schließlich galt die Takahe-Ralle auch bereits als ausgestorben...«

»...genau, bis der Ornithologe Doktor Orbell, der besessen war von der Idee, dass der Takahe irgendwo überlebt hat, 1948 in einem abgelegenen Tal beim Lake Te Anau tatsächlich fündig wurde. Dort gab es überlebende Takahe-Rallen. Eine Sensation. Daraufhin brach nicht nur das Takahe-, sondern auch das große Moa-Fieber aus. Angeblich wurden auch davon etliche lebende Exemplare gesichtet. Ach, ich würde es zu gern erleben, wie die kleinen Takahes eine neue Heimat bekommen.«

»Dann begleitest du uns also?« Hori sah sie freudig an.

Grace erkannte, dass sie ihm im Überschwang der Gefühle falsche Hoffnungen gemacht hatte. »Ich werde es mir überlegen«, erwiderte sie hastig.

»Gut, wir treffen uns am Freitag übernächster Woche am Octagon. Um acht Uhr abends. Am Burns-Denkmal. Wir fahren die Nacht durch und schlafen im Bus. Am nächsten Morgen geht es dann von Picton aus mit dem Schiff durch den Marlborough Sound.«

»Ich weiß aber nicht, ob es so eine gute Idee ist, wenn wir etwas zusammen machen«, stieß Grace heftiger als beabsichtigt hervor.

»Ich würde mich freuen, wenn wir zumindest beruflich etwas Gemeinsames unternehmen würden.« Hori sah sie bittend an.

Ihr Herz klopfte ihr immer noch bis zum Hals.

»Muss ich dir jetzt schon zusagen?«, fragte sie ausweichend.

»Nein, entweder du bist am Octagon oder nicht. Ich halte einen Platz für dich frei.«

»Ja, dann sehen wir uns vielleicht.«

»Ich will nicht aufdringlich sein, aber die Professorin hat mir eben von ihrer Sammlung vorgeschwärmt. Würdest du mir die vielleicht zeigen?«

»Natürlich, Hori. Und bitte entschuldige mein unhöfliches Benehmen. Ich bin gerade völlig durcheinander. Und ich ...«

Weiter kam Grace nicht, weil Hori sie einfach in die Arme nahm und küsste. Sie erwiderte seinen Kuss voller Leidenschaft, was sie zutiefst bereute, kaum dass sich ihre Lippen voneinander gelöst hatten.

»Hori, ich will das nicht. Das ist mir zu kompliziert. Ich kann keine zusätzliche Verwirrung gebrauchen.«

Er blickte sie offen an. »Du hast ja recht. Ich sollte das nicht tun. Schon Barrys wegen nicht. Wenn der erfährt, dass ich dich besucht habe, dreht er eh durch. Und ich hatte mir auch ganz fest vorgenommen, dich nicht zu bedrängen. Wenn gestern nicht einer meiner Mitstreiter abgesagt hätte und ein Platz frei geworden wäre, ich wäre wieder nur an diesem Haus vorbeigegangen, ohne zu klingeln. Aber es wäre mir unfair vorgekommen, es dir nicht wenigstens anzubieten. Ich werde nie vergessen, wie deine Augen geleuchtet haben, als ich dir davon erzählte.«

»Soll ich dir jetzt die Sammlung zeigen?«, fragte Grace rasch und heftete ihren Blick auf den Boden. Seine warmherzigen Worte machten sie verlegen. Noch so eine nette Geste, und sie würde tatsächlich in seine Arme fliegen und ihm ihre Liebe gestehen. Ohne seine Antwort abzuwarten, eilte sie voran. Hori hatte Schwierigkeiten, ihr zu folgen.

Als sie im Ausstellungsraum das Licht andrehte, rief er begeistert aus: »Das ist ja Wahnsinn!« Dann stürzte er sich auf den Nachbau des *Dinornis*-Modells.

»Das hat die Großmutter der Professorin zusammen mit ihrem Mann, Arthur Evans, selbst gebaut.«

»Wie riesig die Weibchen gewesen sind. Und das da sind echte Knochen?« Er deutete auf die Vitrine mit den Schenkelknochen.

Grace nickte, aber sie war nicht ganz bei der Sache. Ihre Gedanken kreisten allein um seine Begeisterung, mit der er sich hier umsah. Genauso hatte sie reagiert, als sie die Ausstellung zum ersten Mal gesehen hatte. Am liebsten würde sie ihn auf der Stelle verführen. Stattdessen erklärte sie ihm mit sachlicher Stimme die einzelnen Ausstellungsstücke und erzählte von Antonia und ihrem Fund.

Als sie den Rundgang beendet hatten, war Grace den Tränen nahe. Allein der Gedanke, dass er gleich fort sein würde, deprimierte sie. Wie gern würde sie den restlichen Tag mit ihm verbringen, mit ihm nach Macandrew Bay fahren und in seinem Haus auf dem Wasser ...

»Ich muss jetzt leider weiterarbeiten«, sagte sie stattdessen mit schroffer Stimme, nachdem sie wieder oben angekommen waren.

»Verzeih, falls ich deine Zeit gestohlen haben sollte«, entgegnete Hori höflich.

»Nein, nein, die kleine Unterbrechung kam mir ganz gelegen.«

»Ja, dann mach's gut, Grace.«

»Ich bringe dich noch zur Tür.«

An der Haustür blieb er einen Augenblick unschlüssig stehen. Er überlegt, ob er mich noch einmal küssen soll, ging es Grace durch den Kopf, und insgeheim wünschte sie sich, dass er sich traute. Aber Hori winkte ihr nur noch einmal kurz zu und sagte mit fester Stimme: »Ich hoffe, wir sehen uns wieder. Freitag in vierzehn Tagen um acht Uhr abends am Burns-Denkmal.«

Ich werde ihn niemals wiedersehen, dachte Grace und spürte bei dem Gedanken eine tiefe Traurigkeit in sich aufsteigen.

OAMARU, JULI 1919

Antonia sortierte voller Stolz ihre neuen Funde. Sie hatte ganz in der Nähe des ersten Fundorts tatsächlich noch weitere Knochen gefunden, offenbar von kleinen Moas. Und in ein paar Tagen würde Professor Evans sie besuchen und mit ihr gemeinsam eine Exkursion auf die Ebene zu einer alten Dame machen, die behauptete, in der Nähe von Glenavy ein heiles Moa-Ei gefunden zu haben. Eine kleine Sensation, wenn es denn den Tatsachen entsprach. Der Professor bekam viele solcher Briefe, doch oft entpuppten sich die Funde als etwas völlig anderes, nur nicht als Überreste des Urvogels.

Antonia und Arthur Evans standen in regem Briefverkehr. Der Professor machte keinen Hehl daraus, dass sie in seinen Augen nun keinen Vorwand mehr besaß, sich vor einer Zusammenarbeit mit ihm und einem Umzug nach Dunedin zu drücken.

Wenn er wüsste, dachte Antonia, dass es nun nicht mehr Mutter ist, die mich daran hindert, nach Dunedin zu gehen, sondern meine heimliche Beziehung zu James Henson. Sie trafen sich inzwischen einmal oder immer öfter sogar zweimal im Monat im Strandhaus am *Bushy Beach*. Antonia hatte ihm beim ersten Mal allerdings klipp und klar gesagt, sie könne nicht auf ewig seine Geliebte bleiben. James hatte ihr zärtlich versichert, er werde sich scheiden lassen und sie heiraten. Doch immer, wenn sie sich nach dem Stand der Dinge erkundigte, vertröstete er sie. Beim letzten Treffen hatte es deswegen einen heftigen Streit gegeben, und zum ersten Mal hatten sie schon seit über fünf Wochen nichts voneinander gehört.

Meist schrieb James ihr nach *Oamaru* und bat um ein neues Wiedersehen, doch dieses Mal hatte sie die Initiative ergriffen. Frederik Koch, der auch nach Selmas Tod im Haus wohnen geblieben war, hatte alles andere als begeistert darauf reagiert, dass sein Name und seine Adresse als Absender für einen heimlichen Liebesbrief herhalten musste. Er ahnte von der Affäre, und Antonia sah nicht mehr die Notwendigkeit, alle Indizien panisch verschwinden zu lassen. Deshalb hatte sie ihn auch ganz offen gebeten, den Umschlag zu beschriften, damit im Hause Henson keiner Verdacht schöpfte. Denn es gab außer ihrer Sehnsucht nach James noch einen triftigen Grund, warum sie ihn dringend sehen musste: Ihre Regelblutung war ausgeblieben, und ihre Brust spannte schmerzhaft. Zunächst war sie geschockt gewesen bei dem Gedanken an eine Schwangerschaft, und das in ihrem Alter. Mittlerweile sah sie darin ein Geschenk des Himmels. Niemals hatte sie damit gerechnet, dass es ihr noch vergönnt sein würde, ein Kind zu bekommen.

Dann wird er sich endlich entscheiden müssen, dachte sie mit einem Anflug von Bedauern wegen des dummen Streits. Ich liebe ihn, und er liebt mich. Wir gehören zusammen. Gerade jetzt, wo ich ein Kind von ihm erwarte. Der Gedanke, dass sie bald eine richtige Familie sein würden, jagte ihr wohlige Schauer über den Rücken. Ihr Kind würde im Gegensatz zu ihr einen richtigen Vater bekommen. Sie wären zwar nicht mehr die jüngsten Eltern, aber mit Sicherheit die glücklichsten. Wie sehr hatte sich James doch ein eigenes Kind gewünscht ...

Das Klingeln der Hausglocke riss sie aus den schwärmerischen Gedanken an die gemeinsame Zukunft. Fröhlich summend ging sie zur Tür, doch als sie sah, wer der Besucher war, verstummte sie und funkelte ihn zornig an. Sie war fest entschlossen, ihn in Sturm und Regen draußen stehen zu lassen.

»Ich bin ansonsten ein höflicher Mensch, sollten Sie wissen, aber ich glaube, meine Mutter wäre nicht erfreut, wenn ich Sie in ihr Haus ließe.«

Charles Wayne musterte sie herablassend. »Mein Besuch gilt nicht Ihrer Mutter, sondern Ihnen.«

»Es tut mir leid, ich bin nicht daran interessiert, Mister Wayne«, erwiderte Antonia in scharfem Ton. »Und was meine Mutter angeht: Ich bin es ihr schuldig, Sie nicht ins Haus zu bitten. Sie haben allerlei Unsinn über sie verbreitet.«

Antonia überlegte kurz, ob sie ihn über den Tod ihrer Mutter aufklären sollte, aber sie entschied sich dagegen. Was ging es diesen Kerl an? Nur keine Gefühle zeigen, redete sie sich gut zu.

»Also, Mister Wayne, ich wüsste nicht, was wir uns Wichtiges zu sagen hätten.« Sie wollte ihm gerade die Tür vor der Nase zuschlagen, als er seinen Fuß dazwischenstellte.

»Dann muss ich Ihrem Gedächtnis wohl ein wenig auf die Sprünge helfen.« Er zog einen zerknitterten Briefumschlag aus seiner Manteltasche. Eine Windbö zerrte daran. Er hatte Mühe, ihn festzuhalten, und hielt ihn ihr provozierend hin. »Kennen Sie den?«

Antonia konnte nur mit Mühe ein Zittern unterdrücken. Es war der Brief an James in Frederik Kochs Schrift und mit seinem Absender.

Sie zuckte mit den Schultern. »Nein, das ist ein Schreiben vom Anwalt meiner Mutter. Kenne ich nicht.«

Er grinste dreckig.

»Ach nein, auch den Inhalt nicht?«

Jetzt erst sah sie, dass der Brief geöffnet war.

»Sie haben ihn doch nicht etwa aufgemacht?«

Er lachte bitter. »Glauben Sie, ich konnte zulassen, dass er in die falschen Hände gerät? Ich weiß, dass Mister Koch Ihrer Mutter treu ergeben ist. Also konnte es nur eine neue Gemeinheit gegen meine Familie sein; aber dass Sie meinen Schwiegersohn in ein Strandhaus bestellen, das ist an Frechheit wohl kaum zu überbieten.«

»Kommen Sie rein«, sagte sie heiser.

Charles Wayne folgte ihr in die Diele.

»Sie hat es wirklich weit gebracht, die gute Selma«, zischte er.

Antonia ballte die Fäuste. Am liebsten hätte sie ihrem Besucher die Augen ausgekratzt, aber die Vernunft siegte. Immerhin war er im Besitz ihres Briefes und wusste Bescheid. Es wäre zwecklos, ihn anzugreifen. Am besten wäre es wohl, sie würde so tun, als ob sie auf seine Forderungen, was er auch immer von ihr verlangte, einging und dann versuchte, auf andere Weise Kontakt zu James aufzunehmen. Sie war sich sicher, dass er von diesem versöhnlichen Brief nichts ahnte. Warum hatte sie ihn in ihrem Zorn auch bloß einen wankelmütigen Feigling genannt? Das war ungerecht, und sie wusste es, aber er hatte ihr keine Möglichkeit zur Entschuldigung gegeben, sondern das Strandhaus wutschnaubend verlassen.

Antonia stieß einen tiefen Seufzer aus und führte ihren ungebetenen Gast in den großen Salon. Sogar seinen nassen Mantel nahm sie ihm ab. Mit einem Seitenblick musste sie neidlos feststellen, dass Charles Wayne, der ungefähr im Alter ihrer Mutter, wenn nicht gar älter sein musste, immer noch ein ausgesprochen ansehnlicher Mann war.

»Kann ich Ihnen etwas anbieten?«

»Gern, ich nehme einen Whiskey, wenn Sie haben.«

Wortlos schenkte sie ihm ein Glas davon ein.

»Was wollen Sie von mir?«, fragte sie nun und fixierte ihn kühl.

»Was wollen Sie von meinem Schwiegersohn?«

Antonia kämpfte mit sich. Einerseits hätte sie diesem überheblichen Kerl gern an den Kopf geworfen, dass James und sie sich liebten, aber dieses Geständnis würde sie nur schwach und verletzlich machen. Je weniger der Mann über ihr Verhältnis wusste, desto besser. Obwohl es gar nicht so einfach war, ihm nicht in sein arrogantes Gesicht zu schleudern, dass James längst entschieden hatte, Patricia zu verlassen. Und dass sie bald eine Familie sein würden.

»Wie kommen Sie eigentlich darauf, dass ich etwas von Ihrem Schwiegersohn möchte?«, fragte Antonia, um Zeit zu gewinnen.

»›*Liebster, unser Streit tut mir sehr leid. Ich muss dich dringend sehen. Passt es dir am Freitag in vierzehn Tagen von heute? Im Strandhaus. Ich liebe dich, A.*‹«, zitierte er daraufhin wörtlich ihren Brief.

»Ja und? Was beweist das?«, fragte Antonia scheinbar gefasst zurück, während ihr Herzschlag verrückt spielte.

»Meine Liebe, nun tun Sie nicht so. Sie haben ein Verhältnis mit meinem Schwiegersohn. Geben Sie es ruhig zu. Oder spielen Sie meinetwegen weiter die Ahnungslose. Damit machen Sie es auch nicht besser. Aber ich dulde nicht, dass Sie meiner Patty wehtun, Sie Hure, verstanden?«

»Was fällt Ihnen ein, so mit mir zu sprechen?« Empört sprang Antonia von ihrem Stuhl auf und wanderte ein paarmal durch den Salon, um sich zu beruhigen.

»Ich würde sagen, Sie sind in der Tat die Tochter Ihrer Mutter. Jedenfalls, was Ihre Durchtriebenheit angeht.«

»Hören Sie verdammt noch mal endlich auf, meine Mutter zu verunglimpfen!« Antonia hatte sich mit verschränkten Armen vor ihm aufgebaut.

Charles Wayne lachte laut auf und streckte ihr sein leeres Glas entgegen. »Noch einen, der ist ausgezeichnet. Ja, die Lady hat sich wirklich hochgearbeitet!«

Antonia atmete tief durch. Am liebsten hätte sie dem Mann mitten in sein freches Gesicht geschlagen, aber stattdessen tat sie, was er von ihr verlangte.

»Vielleicht wissen Sie gar nicht, was Ihre Mutter für ein Spiel getrieben hat?«

»Bitte. Erzählen Sie mir ruhig Ihre Lügen, aber damit können Sie mich nicht schrecken.«

»Ihre Mutter war einst Dienstmädchen bei meinen Eltern. Sie hat versucht, mir ihr vaterloses Kind, also Sie, unterzuschieben.«

»Was soll das heißen?« Antonia wurde speiübel.

»Das, was ich sage. Ich hatte mit unserem durchaus attraktiven Mädchen Selma ein Techtelmechtel. Und kurz darauf bekam ich einen Brief, in dem stand, dass sie schwanger sei...«

»... Sie hatten mit meiner Mutter ein...« Antonia brach ab. Der Boden drehte sich unter ihren Füßen. Sie musste sich an einem Stuhl festhalten.

»Ja, sie hat sich auf mich eingelassen, um mir ihr Kind unterzuschieben, und als ich nicht auf ihre Erpressungsversuche reagiert habe, wollte mein Bruder sie heiraten. Aber vorher haben meine Eltern sie glücklicherweise aus dem Haus geworfen...«

Antonia hörte ihm gar nicht mehr zu, sondern spürte nur noch, wie ihr schwindlig wurde, bevor ihre Beine nachgaben und sie zusammensackte.

Wie von ferne hörte sie Frederik wutentbrannt brüllen. »Was haben Sie ihr angetan, Sie Schwein?«

»Ich habe ihr nur die Wahrheit gesagt. Dass ihre saubere Mutter versucht hat, mir dieses Balg unterzujubeln.«

Dann hörte Antonia einen lauten Schmerzensschrei.

Unter Mühen schaffte sie es, die Augen zu öffnen. Charles Wayne lag am Boden, seine Lippe blutete. Frederik stand drohend über ihm. »Wenn Sie es noch einmal wagen, solchen Unsinn über Selma zu verbreiten, bringe ich Sie um. Sie sollten ganz vorsichtig sein mit dem, was Sie von sich geben. Sie sind doch der Schuft. Sie und Ihre Familie – bis auf Ihren Bruder. Das war ein Ehrenmann, aber Sie haben Selma doch...« Frederik stockte und bekam einen knallroten Kopf.

»Sie Spinner, Sie!«, zischte Charles Wayne. »Meine Eltern haben sie aus dem Haus gejagt, weil sie ihren Mann umgebracht hat.«

»Das war eine verdammte Intrige, Sie Idiot! Sie hat niemanden umgebracht. Ihr Schwager hat ihr den Mord unterzuschieben versucht!«, fauchte Frederik.

»Es gab einen Zeugen.«

»Ja, Peter Stevensen, der hat gelogen. Und ist später im Prozess als Zeuge gegen den wahren Mörder aufgetreten. Richard Parker hat seine gerechte Strafe bekommen.«

»Woher soll ich denn das wissen?«, entgegnete Charles Wayne schnippisch, während er sich aufrappelte.

Antonia versuchte ebenfalls, aufzustehen. Frederik reichte ihr seine Hand. Nachdem er ihr auf einen Stuhl geholfen hatte, wandte er sich mit hochrotem Kopf an Charles Wayne.

»Und Sie verschwinden, und wenn Sie schon kein Ehrenmann sind, halten Sie einfach Ihren Mund aus Pietät. Sie ist nämlich noch nicht einmal ein Jahr tot.«

»Selma?«, fragte Charles dümmlich, aber Frederik antwortete ihm gar nicht, sondern deutete in Richtung Ausgang. »Raus!«

»Gut, ich gehe, aber nicht, bevor ich die da gewarnt habe. Finger weg von meinem Schwiegersohn! Und Sie...«, er zeigte mit dem Finger auf Frederik, »... und Sie sollten sich gar nicht so aufspielen, wo Sie sich für solche Täuschungsmanöver wie diesen Brief hergeben.« Dann trat er einen Schritt auf Antonia zu und zischte: »Aber, Miss Parker, das eine sage ich Ihnen: Wenn das schwache Herz meiner Tochter aufhört zu schlagen, weil Sie ihr eiskalt den Mann wegnehmen, werden Sie Ihres Lebens nicht mehr froh!«

»Schwaches Herz?«, wiederholte Antonia bestürzt.

»Ja, der Arzt hat kürzlich festgestellt, dass sie einen Herzfehler hat und dass die geringste Aufregung tödlich für sie sein kann. Und ich denke, James weiß, was seine Pflicht ist. Wagen Sie es ja nicht, ihn davon abzubringen. Dann haben Sie meine Tochter auf dem Gewissen! Sie sehen ihn nie wieder! Haben wir uns verstanden?«

»Raus!«, schrie Frederik. »Oder ich mache Ihnen Beine!«

Charles Wayne schnaubte noch einmal verächtlich: »Hure!«, bevor er den Salon verließ. Wenig später fiel die Haustür mit einem lauten Knall zu.

Frederik holte sich einen Stuhl, rutschte damit ganz nahe an Antonia heran und legte tröstend einen Arm um ihre Schultern. Sie waren einander nach Selmas Tod noch nähergekommen.

Nach einer Weile des Schweigens fragte Antonia: »Frederik, was wolltest du vorhin sagen?«

Erschrocken rückte er von ihr ab. »Ich weiß gar nicht, was du meinst.«

Antonia musterte ihn durchdringend. »Du sagtest: Das war ein Ehrenmann, aber Sie haben Selma doch ... Dann hast du den Satz abgebrochen.«

»Daran kann ich mich gar nicht mehr erinnern«, erwiderte Frederik hastig.

»Auch nicht, wenn ich dir verrate, dass ich von James Henson ein Kind erwarte?«

»Um Himmels willen!«

»Und wenn ich dir außerdem verrate, dass Mutter mir etwas hat sagen wollen, bevor sie starb, es aber nicht mehr konnte, und ich glaubte, den Namen Charles Wayne verstanden zu haben.«

»Toni, lass die Vergangenheit ruhen. Du hast dich sicherlich verhört.«

»Frederik, es war Mutters Wunsch, dass ich die Wahrheit erfahre. Und wenn sie auch noch so grausam für mich sein sollte, denn glaube mir: Selbst wenn der Mistkerl mein Vater wäre, wird es nichts an meinen Gefühlen ändern. Ich hasse ihn!«

Frederik senkte den Kopf. »Deine Mutter hat mir damals alles anvertraut, und ich habe ihr geholfen, damit sie sich an den Waynes rächen konnte. Aber ich musste schwören, es selbst unter Folter nicht preiszugeben ...«

»Ist er mein Vater? Ja oder nein?«, unterbrach Antonia ihn unwirsch.

Frederik nickte schwach. »Richard Parker hat Selma übel mitgespielt und wollte sie, nachdem sie vom Schiff kamen, zwingen, seine Frau zu werden. Damon Wayne, der Bruder von Charles, hat sie vor seinen Nachstellungen gerettet und mit nach Dunedin genommen. Er liebte deine Mutter wirklich, aber sie erlag Charles' Verführungskünsten, der ihr übrigens die Ehe versprach. Als sie schwanger wurde, zeigte er sein wahres Gesicht. Er heiratete eine andere. Als Damon davon erfuhr, machte er ihr einen Antrag und wollte dir ein guter Vater sein. Aber da kreuzte, während Damon auf einer Geschäftsreise war, Richard auf und beschuldigte sie, ihren Mann über Bord gestoßen zu haben. Er hatte einen gekauften Zeugen dabei. Den ehemaligen Matrosen Peter Stevensen. Das kam den Waynes, die Damons Eheschließung mit dem Dienstmädchen ohnehin verfluchten, gerade recht, und sie jagten sie mit Schimpf und Schande aus dem Haus. Und nicht nur das, sie lieferten sie Richard aus, obwohl sie flehte, man möge Damons Rückreise abwarten. Doch die Waynes kannten kein Pardon. Selma konnte dem Verbrecher allerdings noch rechtzeitig entkommen und fand Schutz ausgerechnet in der Kutsche von Misses Buchan. Ja, und die beiden wurden enge Vertraute. Dann erfuhr Selma, dass Damon auf der Suche nach ihr tödlich verunglückt war, und sie war nur noch von zwei Gedanken besessen: von dem nach Rache und der Sorge, Charles Wayne könne jemals erfahren, dass du seine Tochter bist.«

»Er wird es niemals erfahren«, raunte Antonia heiser, während sie aufzustehen versuchte, aber da spürte sie nur noch, wie ihr erneut schwarz vor Augen wurde.

351

Dunedin, Anfang April 2009

Grace fragte sich zum wiederholten Mal, warum sie nicht einfach ihren Koffer packte und die restliche Zeit in ein Hotel zog. Suzan bedrängte sie regelrecht mit Antonias Geschichte. Und das Schlimmste war, Grace konnte sich dem nicht entziehen, weil sie sich von Antonias Schicksal beinahe magisch angezogen fühlte.

Grace wurde den Verdacht nicht los, als habe Suzan sie vorhin absichtlich im Treppenhaus abgepasst. »Na, ist der nette Mann schon weg?«, hatte Suzan neugierig gefragt. Grace war ihr eine Antwort schuldig geblieben. Und dann hatte Suzan ihr vorgeschlagen, weiterzuerzählen. Grace hatte gezögert, sich darauf einzulassen, und fieberhaft nach einer Ausrede gesucht, aber Suzan hatte sie damit gelockt, endlich zu Antonias Märchen zu kommen. Und das interessierte Grace nun einmal brennend. Und so war sie Suzan widerwillig in deren Büro gefolgt.

Doch während der Erzählung war Grace wieder ganz schnell an ihre Grenzen gestoßen. Ihr wurde die ganze Sache langsam unheimlich, weil sie sich zunehmend mit Antonia identifizierte. Deshalb hatte sie eben um eine kleine Unterbrechung gebeten.

»Kein Problem, ich muss sowieso noch etwas besorgen«, hatte Suzan verständnisvoll gesagt und ihr Büro verlassen.

Nun saß Grace allein an Suzans Schreibtisch und wusste einfach nicht mehr, was sie tun sollte. Einerseits war sie geradezu süchtig nach einer Fortsetzung der Geschichte, aber sie sich weiter anzuhören tat ihr nicht gut. Außerdem wurde sie den Verdacht nicht los, dass Suzan mit der Geschichte etwas bezweckte.

Grace fühlte sich seltsam hilflos. Sie verstand selbst nicht, warum sie dem Ganzen kein Ende bereitete. Suzan hatte sie schließlich nicht eingesperrt. Ich muss schwanger sein, dachte sie, denn ich könnte schon wieder heulen.

Natürlich wusste Grace, dass ihre Dünnhäutigkeit noch einen weiteren Grund hatte: den Überraschungsbesuch von Hori Tonka, gepaart mit dem Entschluss, den Maori aus ihrem Leben zu streichen, bevor er für mehr Verwirrung sorgen konnte.

Bei dem Gedanken, sich Hori aus dem Herzen zu reißen, wurden ihre Augen feucht, doch sie wischte sich mit dem Ärmel ihres Pullovers über das Gesicht, um die verräterischen Spuren ihrer Trauer rasch zu beseitigen.

»Ist Ihnen nicht gut? Kann ich Ihnen helfen?«, fragte eine Frauenstimme freundlich. Grace fuhr herum.

»Sie hätte ich heute hier nicht erwartet. Ist es nicht Ihr freier Tag?«, fragte sie erstaunt, als sie Suzans Mitarbeiterin Vanessa erblickte.

Diese erwiderte lachend: »Sie geht demnächst auf eine Vortragsreise über den Moa und will bei der Gelegenheit Ihr gemeinsames Buchprojekt vorstellen. Da steht viel Arbeit an.«

»Aha, und wohin geht diese Reise?«

»Nach Wellington und Auckland. Ich wundere mich nur, dass Sie Ihnen noch gar nichts davon gesagt hat, denn sie möchte, dass Sie sie begleiten.«

»Ich? Aber wann soll das denn sein?«

»In knapp vierzehn Tagen soll es losgehen.«

»Tja, da werde ich wohl bereits im Flieger sitzen. Vielleicht ist das der Grund, warum sie mich noch nicht gefragt hat.«

»Aber was ist mit Ihrem gemeinsamen Buch?«

»Kein Problem. Wir haben die Kapitel aufgeteilt und können uns über E-Mail austauschen.«

Vanessa seufzte. »Es ist nicht immer einfach mit Suzan. Sie ist eine Einzelgängerin und äußerst menschenscheu.«

Grace horchte auf. »Wie lange kennen Sie die Professorin eigentlich schon?«

»Ich habe bei ihr studiert. Sie hat mich gleich von der Uni weg für die *Ornithologische Gesellschaft* gewonnen. Ja, sie forscht über den Moa und ich über sonstige ausgestorbene Vögel, besonders über einen erklärten Feind des Moa, den Haastadler.«

»Wissen Sie eigentlich, was ihr Gesicht so verunstaltet hat?«, hörte sich Grace mit einem Mal fragen. Sie war selbst erschrocken darüber. »Verzeihen Sie, das ist mir einfach so herausgerutscht. Ich sollte Suzan lieber direkt darauf ansprechen.«

Vanessa lächelte hintergründig. »Ich weiß, dass es nicht so leicht ist, sie zu fragen. Glauben Sie mir. Ich habe sieben Jahre eng mit ihr zusammengearbeitet, ohne diese Frage zu stellen. Bis sie mir eines Tages auf den Kopf zusagte: ›Ich schätze Ihre Diskretion, Vanessa, und ich weiß, dass Sie mich niemals danach fragen werden, aber möchten Sie nicht wissen, wie es geschehen ist?‹ Ich war völlig perplex und habe keinen Hehl daraus gemacht, dass ich natürlich neugierig war.«

»Und dann hat Sie es Ihnen erzählt?«

Vanessa nickte.

»Aber trotzdem müssen Sie es nicht weitertragen. Ich kann sie wirklich selbst fragen...«

»Haben Sie denn noch sieben Jahre Zeit, bei uns zu bleiben?«, erwiderte Vanessa. »Ich glaube, es ist einfacher, wenn ich Ihre Neugier befriedige«, fügte sie lächelnd hinzu.

»Gut, das ist ein Angebot, das ich nicht ablehnen kann.«

»Sehen Sie hier«, erklärte Vanessa verschwörerisch, griff zielsicher in Suzans Schreibtischschublade, holte ein Foto hervor und reichte es Grace. Bei näherem Hinsehen erkannte Grace, dass es nur die eine Hälfte eines Bildes war, bei der man die zweite Person fein säuberlich abgeschnitten und entfernt hatte. Das Foto zeigte eine junge Frau, und es schien aus den fünfziger Jahren des zwanzigsten Jahrhunderts zu stammen. Das erkannte Grace an der

Kleidung. Die Frau trug ein Kleid mit einem weitschwingenden Rock und einem breiten Gürtel. Das lange dunkle Haar war zu einer Hochfrisur aufgetürmt. Sie hatte lange, wohlgeformte Beine und streckte dem Fotografen keck die Zunge raus. Eine hübsche Frau, dachte Grace, dann starrte sie Vanessa ungläubig an. »Das ist doch nicht etwa ...?«

»Doch, das war Suzan mit Anfang zwanzig.«

»Das heißt, damals war sie noch unversehrt. Dann muss ihr Unfall später gewesen sein«, sinnierte Grace.

»Genau, es ist wohl erst viele Jahre später geschehen, aber es war kein Unfall ...«

Grace hörte ihr gar nicht mehr richtig zu, sondern blickte gebannt in die Schublade. »Schauen Sie nur, hier ist noch eines.« Vorsichtig zog Grace ein Foto heraus, auf dem dieselbe Frau mit einem Mann abgebildet war. Sie wirkten sehr verliebt, und ihre Gesichter waren klar zu erkennen. Suzan besaß sinnlich volle Lippen, ausgeprägte Wangenknochen und grüne Katzenaugen. Auf diesem Foto war sie offenbar schon ein paar Jahre älter, aber nicht minder attraktiv. Sie trug einen frechen Minirock, einen eng anliegenden Pullover und strahlte pure Erotik aus.

»Oh, das hat sie mir gar nicht gezeigt. Was für ein schönes Paar!«, rief Vanessa sichtlich beeindruckt aus.

Grace aber drehte das Foto neugierig um. *Bushy Beach*, Januar 1971, stand in akkurater Schrift auf der Rückseite geschrieben. Dann betrachtete sie noch einmal ganz intensiv das Foto, und ihr Blick blieb an dem Gesicht des Mannes hängen. Seine Augen fesselten ihre Aufmerksamkeit. Sie hatte solche Augen schon einmal gesehen. Ihr Herz klopfte plötzlich wie verrückt.

»Ist hier irgendwo eine Lupe?«

Vanessa reichte ihr rasch ein Vergrößerungsglas. »Aber beeilen Sie sich. Wir dürfen uns auf keinen Fall dabei erwischen lassen, wie wir in ihren persönlichen Sachen kramen. Das kann mich meinen Job kosten und Sie ...«

355

Grace aber hörte Vanessa nicht mehr zu. Der Mann mit dem dunklen Lockenkopf besaß klare bernsteinfarbene Augen. Der Kupferstich war dabei besonders ausgeprägt. Und um die Pupille herum glänzte ein dunkelbrauner Kranz. Augen in dieser Farbmischung hatte sie bisher nur bei einem einzigen Menschen gesehen. Nämlich dann, wenn sie sich selbst im Spiegel betrachtete. Doch sie kam nicht mehr dazu, sich von ihrem Schock zu erholen, weil ihr Suzan, die unbemerkt ins Büro gekommen war, das Foto fluchend aus der Hand riss.

»Was fällt euch ein, in meinen persönlichen Sachen zu wühlen? Das ist ja wohl das Letzte. Raus hier!«

Mit hochrotem Gesicht stopfte sie das Foto zurück in die Schublade und knallte sie zu.

Vanessa war leichenblass geworden. »Es ist alles meine Schuld. Ich wollte ihr nur zeigen, wie du vor der Geschichte ausgesehen hast...«

»Du hast ihr doch nicht etwa erzählt, was geschehen ist?«, schrie Suzan außer sich vor Zorn.

»Nein, aber wenn du nicht gekommen wärst, hätte ich es wohl getan.«

Grace, die sich immer noch wie betäubt fühlte, warf Vanessa einen anerkennenden Blick zu. Es war mutig, dass sie dazu stand.

»Das ist ein verfluchter Vertrauensbruch!«

»Vielleicht, und es ist für dich sicher hart, damit zu leben, aber du musst auch die anderen verstehen. Die dich sehen, aber sich nicht trauen, danach zu fragen. Ich habe es sieben Jahre lang nicht gewagt. Du machst es einem nicht einfach, dir nahezukommen.«

»Du bist auch nicht hier, um mir nahezukommen, sondern um für mich zu arbeiten! Und nun lass uns allein. Aber wenn es dich beruhigt, ich werde es ihr erzählen. Ich wollte es ihr von Anfang an erzählen, aber erst, wenn der Zeitpunkt dafür gekommen ist.«

Vanessa zögerte, aber Suzan machte eine Geste, die so viel bedeutete wie: Raus hier! Wortlos verließ die Mitarbeiterin das Büro.

Suzan wandte sich Grace zu.

Grace zuckte vor Schreck zusammen, als sie in Suzans bis zur Unkenntlichkeit verzerrtes Gesicht blickte. Da war sie wieder, diese hasserfüllte Maske, die ihr das Antlitz eines verletzten Raubtiers verlieh, das zum letzten, dem tödlichen Sprung ansetzte. Doch der Gedanke an die bernsteinfarbenen Augen schenkte Grace den Mut, die Frage, die ihr auf den Lippen brannte, trotz ihrer aufkeimenden Angst vor dieser Frau zu stellen.

»Wer ist der Mann auf dem Foto?«

Suzan funkelte sie aus ihrem gesunden Auge wutentbrannt an. »An der Stelle der Geschichte sind wir noch nicht, meine Liebe! Noch lange nicht«, schnaubte sie.

Grace hielt ihrem Blick stand. Auch ihr stand jetzt die kalte Wut ins Gesicht geschrieben.

»Ich habe kein Interesse mehr an deiner dummen Geschichte. Du verschweigst mir etwas. Entweder du sagst mir auf der Stelle und ohne Umschweife, was für ein widerliches Spiel du mit mir treibst, oder ich reise sofort ab.«

»Du kannst doch gar nicht mehr zurück. Du bist längst reif. So reif wie eine Frucht, die gleich vom Baum zu fallen droht. Du gierst förmlich danach zu erfahren, wo deine Wurzeln und wer deine Eltern sind. Und ich schwöre dir, es gibt nur einen Weg, die Wahrheit zu erfahren: indem du dir meine Geschichte bis zum Ende anhörst.«

»Na und? Selbst wenn ich so reif wäre, wie du es behauptest, was geht es dich an? Dann werde ich Mittel und Wege finden, die Wahrheit herauszubekommen. Ich betone, die Wahrheit. Und keine Märchen und Geschichten, die du mir häppchenweise servierst. Ich habe kein Interesse mehr an deiner Lebensgeschichte. Hörst du? Antonia ist deine Großmutter und nicht meine. Ihr Schicksal ist mir gleichgültig . . .«

Grace stockte, denn es stimmte nicht ganz, was sie sagte. Sie war geradezu versessen darauf, alles über Antonia zu erfahren, aber sie würde es vor Suzan nicht zugeben.

»Wenn ich an etwas Interesse habe, dann nur noch an meiner eigenen Geschichte!«, fügte sie trotzig hinzu.

Suzan brach in ein hysterisches Lachen aus. »Dann, meine Liebe, hör gut zu, denn alles, was ich dir erzähle und bereits erzählt habe, ist deine eigene Geschichte! Hast du das etwa immer noch nicht gemerkt? Es ist deine ganz genauso wie meine!«

Grace erstarrte.

Glenavy, Juli 1919

Antonia wusste nicht so recht, wie sie es geschafft hatte, die vergangene Woche zu überstehen. Sie konnte immer noch nicht an Charles Waynes Worte denken, ohne in Tränen auszubrechen. Wenn sie sich vorstellte, dass dieser widerliche Kerl ihr Vater und seine verwöhnte Tochter ihre Halbschwester war, drehte sich ihr jedes Mal der Magen um. Sie konnte nur von Glück sagen, dass Charles Wayne zu borniert war, um die richtigen Schlüsse aus allem zu ziehen. Er hielt sie für Will Parkers Tochter, und so sollte es auch bleiben.

Antonia marschierte gerade hinter Arthur Evans über ein Geröllfeld an der Mündung des Waitiki-Flusses. Ihren Wagen hatten sie an der Pferdestation in Glenavy stehen gelassen. In einem Haus auf der anderen Seite des Ortes wollten sie eine Frau besuchen, die angeblich ein intaktes Riesenei gefunden hatte. Davon jedenfalls hatte die Dame Arthur in einem Brief ganz aufgeregt berichtet. Er war skeptisch, ob dies auch der Wahrheit entsprach, aber allein die vage Aussicht, in den Besitz eines solchen Schatzes zu gelangen, war jede noch so beschwerliche Reise wert.

Antonias Gedanken schweiften zu James ab. Ihr wollte es schier das Herz brechen, dass er niemals erfahren würde, dass sie ein Kind von ihm erwartete. Sie war so tief in Gedanken versunken, dass sie stolperte, doch der Professor, der sich in dem Augenblick zu ihr umwandte, konnte sie gerade noch rechtzeitig auffangen.

Ich sollte mich auf den Moa konzentrieren und nicht auf meine ungewollte Verwandtschaft mit der Familie Wayne, ermahnte sich Antonia. Doch schon war sie in Gedanken wieder bei dem Brief, den sie gestern von James erhalten hatte. Sie hatte ihn so oft gelesen, dass sie ihn inzwischen auswendig kannte.

Liebste, was für ein dummer Streit. Lass ihn uns begraben und uns am ersten Mittwoch im August im Haus treffen. Ich bin dann auf dem Weg nach Christchurch zu einem Wollhändler. Verzeih, dass es so lange gedauert hat, aber es ist inzwischen etwas geschehen, was mich in tiefe Verzweiflung gestürzt hat. Aber jetzt weiß ich, dass es trotz alledem nur einen Weg gibt: den Weg zu dir! In Liebe, James

Immer wenn sie sich seine Worte ins Gedächtnis rief, wurden ihre Augen feucht. Was sollte sie davon halten, dass er sich trotz Patricias gesundheitlichem Zustand mit ihr treffen wollte? Ist er entschlossen, seine kranke Frau zu verlassen? Oder will er mich davon überzeugen, dass ich trotz allem seine Geliebte bleibe, während er zuhause den fürsorglichen Ehemann spielt?, rätselte Antonia bitter.

»Wir sind da. Und passen Sie auf, sonst stolpern Sie noch einmal über ihre eigenen Füße.« Mit diesen strengen Worten holte Arthur sie unsanft aus ihren Gedanken.

»Entschuldigen Sie, aber ich, ich habe an etwas ganz anderes gedacht«, stammelte sie und fühlte sich, wie so oft, von Arthur durchschaut.

Er musterte sie prüfend. »Wissen Sie eigentlich, dass Sie leichenblass sind? Ist Ihnen nicht gut?«

»Doch, doch, alles in Ordnung«, log sie. Er aber hörte nicht auf, sie zu fixieren. Antonia blickte verlegen zu Boden, aber da ging auch schon die Haustür auf, und eine aufgeregte alte Frau trat heraus.

»Sind Sie der Professor?«, fragte sie ehrfürchtig. »Kommen Sie rein.« Beinahe hätte sie Antonia die Tür vor der Nase zugeschlagen, aber als Arthur sie als seine Assistentin vorstellte, ließ sie auch sie eintreten. Das Innere des Hauses erinnerte mehr an eine Hütte. Antonia hatte so etwas noch nie zuvor gesehen. Es war nur ein einziger düsterer Raum, in dem die Alte lebte. Dagegen war selbst das Strandhaus am *Bushy Beach* ein Palast. Dort gab es immerhin zwei Wohnräume, eine Küche, und alles war hell und freundlich. Jedes Mal nach einem leidenschaftlichen Wiedersehen hatten James und sie das Fenster weit geöffnet und gemeinsam verträumt über das Meer geblickt ...

Antonia konnte gar nichts dagegen tun. Allein der Gedanke, nie wieder in seinen Armen zu liegen, trieb ihr heiße Tränen in die Augen. Wie sie seine Berührungen vermissen würde, seinen begehrlichen Blick, wenn sie sich ihrem Liebesspiel nach einer kleinen Pause nur noch leidenschaftlicher hingaben, seine zärtlich gemurmelten Worte, wenn sie schließlich erschöpft in seinem Arm lag. Antonia wischte sich mit dem Handrücken über die Augen und zwang sich, dem Geschehen in dieser Hütte zu folgen und nicht in einen Traum abzuschweifen, in dem zu schwelgen sie sich für alle Zeiten versagt hatte. Um sich abzulenken, musterte sie die alte Frau intensiv.

»Was möchten Sie trinken?«, krächzte diese gerade und sah dabei nur den Professor an.

Die Alte hatte einen leicht gebeugten Rücken und erinnerte Antonia an die Geschichte mit der Hexe aus einem Buch mit deutschen Märchen, das Harata ihr immer wieder hatte vorlesen müssen. Von einem Geschwisterpaar, das von den Eltern im Wald ausgesetzt worden und dort einer bösen Hexe begegnet war. Die Maori hatte dieses Märchen gar nicht gern gemocht. Sie hatte ihr lieber alte Maorilegenden erzählt. Die hatten die kleine Antonia zwar auch fasziniert, aber immer wieder hatte sie gebettelt: »Toni will Hexe!« Und immer wieder hatte sie von der Maori wissen wollen, warum die Eltern so böse waren und einfach ihre Kinder in den Wald schickten. Harata war daran manchmal schier verzweifelt. Einmal hatte sie gesagt: »Weil es ein dummes *Pakeha*-Märchen ist.«

»Nein danke, Misses Baldwin. Ich möchte gar nichts trinken«, sagte Arthur höflich, doch schon hatten Antonia und er jeweils ein halb volles Whiskeyglas vor sich auf dem Tisch stehen.

»Miss Baldwin, ich bin Miss Baldwin, ich war nie verheiratet, aber Sie können mich auch Lucille nennen«, kicherte die alte Frau, goss sich mindestens noch einmal das Doppelte ein und trank es in ein paar wenigen kräftigen Schlucken aus.

»Ich habe es gesehen«, raunte sie schließlich geheimnisvoll, während sie sich das zweite Glas einschenkte.

»Ja, Miss Baldwin, deshalb haben wir uns auch auf den Weg gemacht, um Ihren Fund zu begutachten.«

»Ach, das dumme Ei«, schnarrte sie. »Das meine ich nicht. Ich habe es wirklich gesehen. Das Tier. Ach, was rede ich, mehrere.«

Arthur warf Antonia einen fragenden Blick zu.

»Was genau haben Sie gesehen, Miss Baldwin?«, fragte Antonia.

»Eine Moa-Familie. Dort hinten auf der Ebene, dort, wo die Knochen gelegen haben.«

»Aber der Moa ist doch schon lange ausgestorben«, widersprach Antonia ihr heftig.

»Ach, was verstehst du schon von Moas, Kleine? Meine Augen sind so scharf wie die eines Adlers. Es war ein Weibchen mit ihrem Kind.«

Arthur seufzte tief. »Miss Parker hat recht. Es gibt keine Moas mehr. Ich glaube fest daran, dass das Volk der *Moa-Jäger*, das lange vor den Maori hier lebte, sie vollständig ausgerottet hat.«

»Ich habe sie gesehen«, entgegnete die Alte trotzig und stampfte zur Bekräftigung mit dem Fuß auf. Dann schenkte sie sich ein weiteres Glas voll. Während des Zuprostens sah sie Antonia, die noch keinen Schluck davon angerührt hatte, auffordernd an. Widerwillig nippte Antonia an dem Whiskey und schüttelte sich. Die alte Frau lachte heiser auf.

»Ich habe Ihr Buch über die *Moa-Jäger* gelesen, Professor, aber Sie müssen mir glauben, ich habe sie gesehen.«

Antonia ahnte nun, warum die Alte Moas sah, wo keine sein konnten. Wahrscheinlich hatte sie zu tief ins Glas geguckt.

»Erst stand die Mutter vor mir. Diese dicken Beine und dieser kleine Kopf, und dann kam das Kind. Als ich mich näherte, liefen sie weg.«

»Sehr aufregend, Miss Baldwin, aber nun zeigen Sie uns doch mal das Ei«, bemerkte Arthur ungeduldig.

»Ich sehe es an Ihrem Blick, Professor, Sie glauben mir nicht! Aber ich bin nicht die Einzige. Die alte Ruthi oben in den Bergen, die hat sogar schon mal eine ganze Horde gesehen ...«

Arthur verdrehte genervt die Augen.

Antonia musste sich ein Lachen verbeißen. Jetzt waren sie hierhergereist, weil sie beide gespannt auf dieses ominöse Ei waren, und nun versuchte die Alte, ihnen einzureden, dass der längst ausgestorbene Urvogel ausgerechnet auf einer Ebene am Waitiki-Fluss überlebt hatte.

»Gut, Professor, Sie wollen also nur glauben, was Sie mit eigenen Augen sehen. Und genau deshalb habe ich Sie hergebeten. Damit Sie sich mit eigenen Augen davon überzeugen.« Mit diesen Worten knallte sie das Ei auf den Tisch.

Sofort ging ein Strahlen über Arthurs Gesicht.

»Vorsicht, nicht werfen. Sie könnten es beschädigen! Behandeln Sie es wie ein rohes Ei.« Er begann zärtlich über das unbeschädigte Riesenei zu streichen. »Das ist Wahnsinn. Noch keiner hat je ein so großes Moa-Ei gefunden. Es ist mindestens achtzig- bis neunzigmal so groß wie ein Hühnerei. Das ist sensationell! Miss Baldwin, was wollen Sie dafür haben? Ich zahle Ihnen jeden Preis.«

»Pah, das ist nur ein totes Ei. Sind Sie nur deshalb hergekommen? Dann hätten Sie sich die Reise sparen können. Ich dachte, Sie legen sich gemeinsam mit uns auf die Lauer. Mit Ruthi und mir.«

»Nein, ich bin ausschließlich wegen des Moa-Eies gekommen.« Er musterte das Objekt seiner Begierde unverhohlen und bemerkte nicht, dass die alte Dame beleidigt die Unterlippe vorschob.

»Aber ich habe Ihnen doch geschrieben, dass ich auch einen Moa gesehen habe«, erklärte sie und stampfte mit dem Fuß auf.

Hilfesuchend wandte Arthur sich an Antonia. Die ahnte, dass er das vor lauter Begeisterung über das Ei einfach überlesen hatte.

»Liebe Miss Baldwin, ich öffne seine Post und habe ihm das unterschlagen, weil ich es für Unsinn halte, dass Sie tatsächlich einen gesehen haben. Also, seien Sie böse auf mich, nicht auf den Professor.«

Arthur schenkte ihr einen dankbaren Blick.

»Ja, meine Mitarbeiterin hat recht. Wir sind wirklich nur hergekommen, um darüber zu verhandeln, was Sie für das Ei haben wollen«, bekräftigte er Antonias Worte.

Die Alte schnaubte verächtlich. »Dann werde ich es eben behalten. Ich habe gedacht, Sie sind einer von uns, aber da habe ich mich wohl geirrt. Wenn Sie sich nicht mit uns auf die Lauer legen, bekommen Sie auch kein Ei.«

Arthur stieß einen tiefen Seufzer aus.

»Aber wer sagt denn, dass wir nicht mitgehen? Natürlich begleiten wir sie«, erklärte Antonia bestimmt.

»Sie glauben diesen Blödsinn doch nicht etwa?«, zischelte er ihr zu.

Antonia sah ihn bittend an. In ihrem Blick stand geschrieben: Wir sollten diese Frau nicht gänzlich verärgern. Denken Sie an das Ei. Und natürlich halte ich das für Humbug.

»Gut«, brummte Arthur. »Wir gehen mit, aber woher wollen Sie wissen, dass uns ausgerechnet heute ein ausgestorbener Moa über den Weg läuft?«

»Professor, sparen Sie sich Ihren Spott. Ich weiß es eben.«

Dann zog sich Lucille entschieden ihren Mantel an und bat die beiden schroff, ihr zu folgen.

Sie kämpften sich eine halbe Stunde schweigend durch Regen und Sturm zur Hütte von Ruth. Diese Frau erschien Antonia noch verschrobener als Miss Baldwin. Sie war noch älter als ihre

Freundin, hatte ein gänzlich verknittertes Gesicht, eine Knollnase und kicherte fortwährend.

Trotzdem fand Antonia zunehmend Gefallen an diesem Ausflug. Er lenkte sie von ihrem Kummer ab. Nur einmal ganz flüchtig musste sie an James denken, aber dann galt ihre Aufmerksamkeit schnell wieder dem eisigen Wind, der ihr bei jedem Schritt ins Gesicht wehte und die Luft zum Atmen nahm. Wenigstens regnete es nicht mehr. Zusammen mit Ruth wanderten sie eine ganze Weile über grüne Hügel. An einer Stelle mussten sie einen Bach durchqueren. Das Wasser war zwar nicht einmal knöcheltief, aber sie mussten barfuß hindurchwaten, was ihre Füße taub vor Kälte werden ließ. Und danach wurden sie auch nicht mehr richtig warm. Antonia aber beklagte sich nicht. Sie hatte eher Sorge, dass der Professor sich nicht mehr lange beherrschen und diesem Treiben ein unrühmliches Ende bereiten würde. Er sah jedenfalls nicht gerade fröhlich aus, sondern machte einen grimmigen Eindruck.

»Lächeln Sie. Denken Sie an das Riesenei«, raunte sie ihm aufmunternd zu.

»Ich lächle, wenn ich es in meinen Händen halte und dieses Theater endlich vorüber ist«, knurrte er zurück. »Aber wenn noch ein Bach kommt, wird es dazu nicht kommen, weil ich umkehre. Dann werde ich es wohl stehlen müssen«, fügte er rasch hinzu.

Nach einer halben Ewigkeit gelangten sie zu der Stelle am Waldrand, an der Lucille ihr Ei gefunden hatte. Die alte Frau befahl Antonia und dem Professor nun, sich hinter einem besonders mächtigen immergrünen Rimu-Baum auf die Lauer zu legen.

»Ich habe es im Urin, sie werden heute wiederkommen«, kicherte Ruth. Da verspürte Antonia, wie sie von einem schrecklichen Lachreiz in der Kehle gekitzelt wurde. Es war alles so absurd: die grüne Ebene, die nun zu allem Überfluss im Nebel zu versinken drohte, die kichernde Ruth, das versteinerte Gesicht des Professors und ihr lächerliches Versteck. Antonia versuchte alles, um sich das Lachen zu verbeißen, doch da prustete es bereits ungehemmt aus ihr heraus.

Die drei anderen sahen sie entgeistert an. Sie aber konnte nicht mehr aufhören. Sie lachte und lachte. Dann dachte sie mit einem Mal an James, und ihr überdrehtes Lachen ging in lautes Schluchzen über. Die beiden alten Frauen schickten einander fragende Blicke zu, während der Professor Antonia einfach in den Arm nahm.

Sofort wurde sie ganz still und ließ ihren Kopf gegen seine Schulter sinken. Die Geborgenheit, die ihren Körper und ihre Seele augenblicklich umhüllte, beruhigte sie ungemein.

»Meine Damen, eine Stunde gebe ich Ihnen«, sagte Arthur nach einer ganzen Weile. »Wenn der Moa bis dahin nicht aus seinem Versteck kommt, werde ich mich verabschieden, und wir werden uns auf den Heimweg machen.«

»Sie können im Dunklen unmöglich den Bach überqueren. Sie finden ohne uns gar nicht die richtige Stelle, und wir bleiben hier, bis sie kommen«, erwiderte Lucille unwirsch.

»Bis sie kommen. Ich glaube es nicht. Sollen wir hier etwa die Nacht verbringen? Ich befürchte, da würden wir erfrieren. Wo werden Sie denn nächtigen, meine Damen?«, zischte der Professor.

»Wir übernachten in einer Hütte, in der im Sommer ein Schafhirte wohnt, aber da ist kein Platz für Sie beide. Doch wenn Sie den Hügel dort überqueren, kommen Sie zu einer alten Goldgräberherberge«, entgegnete Ruth ungerührt.

»Hier gab es einmal Gold?«, fragte Arthur erstaunt.

»Eben nicht«, kicherte Ruth. »Das Gerücht hat ein Betrüger gestreut. Es sollen viele gierige Goldsucher darauf reingefallen sein. Der Betrüger hat abkassiert dafür, dass er sie an die angeblich richtigen Stellen geführt hat.«

»Ruthi, red nicht so viel. Du verscheuchst uns noch die Moas!«, schimpfte Lucille.

»Übernachten Sie dort!«, fügte Ruth leise hinzu, bevor sie verstummte.

Antonia lehnte immer noch regungslos in Arthurs Arm. Abgesehen von der Geborgenheit, die er ausstrahlte, wärmte er sie. Plötzlich wurde sie unendlich müde. Eine Zeitlang kämpfte sie dagegen an, dass ihr die Augen zufielen, doch dann schlief sie ein.

Sie erwachte von dem heiseren Ruf: »Da sind sie!« Antonia riss die Augen weit auf und versuchte, etwas zu erkennen, doch der Nebel war noch dichter geworden. Aber dann sah sie es auch. Es bewegten sich Schatten im Nebel, Schatten, die eilig auf sie zukamen. Doch diese besaßen beileibe nicht die Gestalt eines Moas. Als es im Nebel zu blöken begann, entpuppten sich die Urvögel als Schafe.

Jetzt lachte sogar Arthur laut auf.

»Kommen Sie, wir versuchen, vor der Dunkelheit in Glenavy zurückzusein«, raunte er Antonia zu. Und laut sagte er: »Wir machen uns jetzt auf den Weg.«

»Aber wollen Sie sie denn gar nicht sehen?«, fragte Ruthi enttäuscht.

»Meine Damen, ich weiß nicht, was Sie beim letzten Mal gesehen haben, aber Moas waren das nicht, und deshalb werde ich mich jetzt verabschieden. Denn Schafe kann ich auch in Dunedin beobachten.«

»Dann hauen Sie ab, aber tun Sie uns einen Gefallen, übernachten Sie in der Herberge. Sonst müssen wir Sie begleiten, weil Sie den Weg über die schmale Stelle am Bach nicht allein finden«, fauchte Lucille. Und knurrend fügte sie hinzu: »Wir holen Sie morgen früh bei der Herberge ab. Dann können Sie meinetwegen das olle Ei mitnehmen. Ich brauche es nicht.«

»In Ordnung«, entgegnete Arthur knapp, half Antonia auf die Beine und legte den Arm um ihre Schultern. Hastig entfernten sie sich. Kaum dass sie außer Hörweite der beiden alten Damen waren, brach er in lautes Gelächter aus.

»Unglaublich«, stieß er glucksend hervor. »Aber dank Ihres selbstlosen Einsatzes haben wir nun das Ei.«

Antonia fiel in das Lachen ein. »Das haben wir uns auch hart verdient. Dafür, dass wir auf Schafe im Nebel gewartet haben.«

»Ich habe ja schon viel erlebt. Man hat mir auch schon Geschichten zugetragen, in denen Menschen behaupten, sie hätten den Moa gesehen, aber die beiden sind an Skurrilität kaum zu übertreffen. Was meinen Sie? Sollen wir es wagen, nach Glenavy zu gehen, oder nächtigen Sie mit mir in dem verlassenen Hotel?«

»Ich befürchte, uns bleibt nichts anderes übrig. Wenn die beiden uns morgen hier nicht vorfinden, gibt uns Lucille außerdem nicht ihr Ei. Oder hatten Sie vor, die Damen bald wieder zu beehren?«

Arthur grinste breit. »Nein, mein Bedarf ist gedeckt.«

Als sie oben auf dem Hügel ein großes Holzhaus auftauchen sahen, beschleunigten sie ihre Schritte. Es handelte sich bei näherem Hinsehen eher um eine geräumige Blockhütte als um ein Haus. Die Tür stand weit offen, sodass der Wind den Flur entlangpfiff. Der Empfangsbereich machte den Eindruck, als würde jeden Augenblick jemand kommen und sie nach ihren Zimmerwünschen fragen. Sogar Schreibgerät lag bereit. Hinter dem Tisch war ein Schlüsselbord angebracht, doch bei ihrem anschließenden Rundgang stellten Antonia und Arthur fest, dass es nur einen einzigen Schlafsaal gab und keine einzelnen Gästezimmer. Die anderen Räume waren eine Küche, ein Speisesaal und Wirtschaftsräume. Überall standen Gegenstände herum, als wäre die Herberge noch in Betrieb. Die schönste Entdeckung waren ein offener Kamin im Speiseraum und ein Stapel Holz daneben.

»Wissen Sie was?«, sagte Arthur entschieden. »Wir holen uns zwei der Betten und schlafen hier am Ofen, wenn ich ihn denn in Gang bekomme.«

»Wir beide in einem Raum?«, fragte Antonia erstaunt zurück.

Er zuckte mit den Schultern. »Also, meinethalben ja«, bemerkte er sichtlich verlegen. »Oder wollen Sie allein in diesem Saal nächtigen?«, fügte er hinzu.

Antonia sah sich kritisch um. »Lieber nicht. Dann kümmern Sie sich um den Kamin, und ich schau mal nach, ob irgendetwas Ess- oder Trinkbares zu finden ist.«

Lächelnd machte sie sich auf die Suche nach einer Abstellkammer. Tatsächlich fand sie dort ein paar frische Lebensmittel. Sie vermutete, dass diese Hütte häufig von Wanderern benutzt wurde. Nun musste sie nur noch überlegen, was sie aus den Kartoffeln, dem Speck und den Eiern zaubern sollte. Sie entschied sich, die Kartoffeln zu kochen und mit dem Speck zu braten, aber woher sollte sie Wasser bekommen?

Sie wunderte sich, wie unbeschwert ihr zumute war. Wie schon lange nicht mehr! Und zum ersten Mal dachte sie mit Liebe an das Kind, das sie bekommen würde. »Wir schaffen das allein«, sagte sie laut, bevor sie mit einem Topf in der Hand in die Kälte hinaustrat. Vielleicht gab es einen Brunnen, aber sosehr sie danach Ausschau hielt, sie fand keinen. Dann hörte sie es leise plätschern. Hinter dem Haus floss ein Bach, dessen klares Wasser sie nun im Topf auffing. Erst als sie ins Haus zurückkehrte, merkte sie, dass sie fröhlich vor sich hin summte. Und zwar ein Schlaflied, das Harata ihr immer gesungen hatte. Antonia blieb abrupt stehen und drehte sich noch einmal um. Der Sturm hatte sich gelegt, und es herrschte eine friedliche Stille hier draußen. Sie wandte ihren Kopf nach oben. Die Wolken hatten sich verzogen, und über ihr funkelte ein klarer Winterhimmel. Wenn ich diesen Augenblick einfangen und mitnehmen könnte, dachte sie sehnsüchtig; war er doch ein winziger Moment des Glücks.

Dann riss sie sich von dem zauberhaften Anblick los und ging zum Speisesaal, um Arthur zu bitten, ihr den Herd anzuheizen. Sie staunte nicht schlecht, als er ihr stolz das Kaminfeuer präsentierte. Auch zwei der Betten hatte er schon aus dem Schlafsaal geholt.

Er folgte ihr in die Küche und deutete überrascht auf den Topf voller Wasser in ihrer Hand.

»Antonia, Sie sind nicht nur hübsch und intelligent, sondern auch noch praktisch veranlagt. Sie kann man problemlos mit auf eine Exkursion nehmen. Eine Frau, die in der Wildnis auf eine Quelle stößt. Alle Achtung.«

Sie lachte. »Na ja, es war eher ein Bach. Aber wenn Sie mir vielleicht noch den Herd anheizen könnten, würde ich den Beweis antreten, dass ich sogar eine gute Köchin bin.«

Sie sahen einander lange in die Augen. Dann nahm er sie einfach in die Arme und gab ihr einen Kuss auf den Mund. »Wenn ich mich nicht schon längst in Sie verliebt hätte, dann wäre es jetzt um mich geschehen«, bemerkte er heiser, nachdem er sie wieder losgelassen hatte. Dann wandte er sich dem Herd zu, als wäre nichts geschehen.

Antonia aber rührte sich eine ganze Weile nicht vom Fleck. Ihr war selten wohlig zumute. Es war ein völlig anderes Gefühl als bei James, wenn der sie küsste. Bei ihm fühlte sie eine brennende Begierde, gepaart mit der tiefen Sehnsucht, miteinander zu verschmelzen. In Arthurs Gegenwart aber wurde sie nicht aufgeregt, sondern sie entspannte sich eher. Er ist ein Freund, dachte Antonia, ein guter Freund. Mehr nicht.

Und doch konnte sie den Blick nicht von ihm wenden. Wie er da vor dem Herd saß und mit ernster Miene versuchte, das Feuer zu entfachen.

»Geschafft!«, sagte er schließlich erleichtert. »Jetzt steht Ihren Kochkünsten nichts mehr im Weg. Darf ich Ihnen dabei zusehen?«

Sie rollte mit den Augen. »Hm, ich weiß nicht so recht. Ich möchte Ihnen eigentlich keine Einblicke in meine Küchengeheimnisse geben«, erwiderte sie schmunzelnd. »Aber wenn Sie mir unbedingt auf die Finger schauen müssen, will ich Ihnen lieber gleich die Wahrheit sagen. Ich kann nicht kochen. Das hat immer Harata gemacht und nach ihrem Tod unser neues Mädchen, aber ich habe zumindest einen Einfall, was ich mit den

Sachen anfangen könnte.« Sie deutete auf den Speck, den sie auf ein Brett legte. »Ich brauche nur noch ein wenig Fett zum Braten.«

Arthur warf einen prüfenden Blick über die Zutaten. »Ich glaube, es geht auch anders.«

»Ja? Wie denn?«

»Dann will ich mich mal offenbaren. Seit meine Frieda verheiratet und mit ihrem Mann fort ist, versorge ich mich allein. Ihre Nachfolgerin blieb nämlich nicht einmal eine Woche bei mir.«

»Oje, was ist geschehen?«

»Sie hat versucht, meinen Schreibtisch aufzuräumen, und da verstehe ich keinen Spaß.« Er zog dabei ein dermaßen zerknirschtes Gesicht, dass Antonia in lautes Lachen ausbrach. Wann war ich mit James jemals so fröhlich beisammen?, schoss es ihr durch den Kopf.

»Jedenfalls brate ich den Speck immer aus. Darin lassen sich die Kartoffeln wunderbar zubereiten.«

»Dann werde ich Ihren Rat befolgen.«

Während Antonia das Essen machte, plauderte sie unentwegt mit Arthur. Bald waren sie wieder bei ihrem gemeinsamen Lieblingsthema angelangt, dem Moa.

»Sie kennen ja mein Buch über die *Moa-Jäger*, doch manchmal überkommen mich Zweifel, ob ein Volk sie durch die bloße Jagd wirklich so schnell hat ausrotten können.«

»Sie haben das Argument in Ihrem Buch doch selbst geliefert. Die Moas hatten bis dahin keine natürlichen Feinde außer dem Adler vielleicht. Deshalb war es wahrscheinlich keine allzu große Mühe, sie zu erlegen. Die haben sich ihren Jägern arglos angeboten. Sie verfügten nicht über Fluchtimpulse. Die Jäger mussten sie wahrscheinlich nicht einmal jagen, sondern einfach nur mit Knüppeln erschlagen.«

»Ach, und das habe ich wirklich geschrieben?«, fragte der Professor lächelnd.

»Na ja, so in der Art auf jeden Fall, aber Sie haben schon recht. Das muss in kürzester Zeit geschehen sein. Und wenn es doch eine Naturkatastrophe war?«

Arthur zuckte mit den Schultern. »Das werden wir wohl niemals erfahren. Vielleicht sind künftige Generationen schlauer, weil sie andere Möglichkeiten haben, etwas über die Moas herauszufinden.«

Sie plauderten angeregt weiter über den Urvogel, bis das Essen fertig war. Es duftete herrlich nach Speck und gebratenen Kartoffeln. Zum Abschluss schlug Antonia die Eier darüber.

Arthur übernahm es, Geschirr aus den Schränken zusammenzusuchen und den Tisch zu decken.

Und wieder war Antonia schier verzaubert, als sie mit dem fertigen Essen und einer Flasche Wein, die sie in der Kammer gefunden hatte, in den Speisesaal trat. Sogar ein paar Kerzen hatte er aufgetrieben und am Ende des großen Holztisches liebevoll eingedeckt. Selbst Weingläser hatte er in einem Schrank gefunden. Ein Festmahl könnte nicht feierlicher sein, dachte Antonia.

Das Essen verlief schweigend. Beide hingen ihren Gedanken nach, doch Antonia entging nicht, dass er sie mehrfach intensiv musterte.

Plötzlich fragte er in die Stille hinein: »Antonia, gibt es eigentlich noch diesen Herrn in Ihrem Leben?«

»Welchen Herrn?«, fragte sie erschrocken und kam sich ziemlich dumm dabei vor. Natürlich wusste sie genau, wen er meinte.

»Ich spreche von dem jungen Mann – jedenfalls verglichen mit mir –, wegen dessen Anwesenheit im Hotelrestaurant Sie für den Rest des Abends nicht mehr ansprechbar waren.«

Antonia fühlte sich sofort ertappt. Es hatte keinen Sinn zu leugnen. In den Augen des Professors konnte sie lesen, dass er ahnte, wie nahe James und sie einander gewesen waren.

»Ich werde ihn niemals wiedersehen, falls Sie das meinen«, erwiderte sie ausweichend.

Er runzelte die Stirn. »Gut, das genügt mir eigentlich. Dann werde ich Sie jetzt in aller Form um Ihre Hand bitten. Antonia, wollen Sie meine Frau werden? Ich liebe Sie.«

»Aber ... aber das ... ich bin doch viel zu alt ...«

»Sehen Sie, ich habe niemals geheiratet. Nicht, weil ich der Damenwelt abgeneigt bin. Im Gegenteil. Trotzdem habe ich bislang ein recht einsames Leben geführt, weil mir keine Frau begegnete, mit der ich tagtäglich zusammen sein wollte. Bis ich Sie traf. Erst dachte ich, der Altersunterschied wäre zu groß. Ich bin bestimmt an die fünfzehn Jahre älter als Sie, aber sollte das ein Hindernis für uns sein?«

Antonia zuckte bei seinen zärtlichen Worten zusammen. Eine innere Stimme riet ihr, den Antrag sofort anzunehmen: Das ist das Beste, was dir in deiner Lage passieren kann. Eine andere Stimme redete dagegen: Du kannst es nicht tun. Du liebst ihn nicht. Du erwartest ein Kind von James.

Sie atmete ein paarmal tief durch. Ihr wurde auf einmal übel. Die Leichtigkeit, mit der sie diesen Tag erlebt hatte, war wie verflogen. Ihr Inneres verdüsterte sich. Es ist mir nicht vergönnt, unbeschwert zu sein, dachte sie bitter.

»Du wirst ihn zwar nicht wiedersehen, aber in deinem Herzen trägst du ihn noch mit dir herum, nicht wahr?«, fragte Arthur leise.

Antonia nickte. »Ja, ich kann nicht deine Frau werden, solange ich ihn noch liebe.«

»Warum nicht?«

Sie blickte ihn erstaunt an. »Du würdest mich heiraten, obwohl du von meinen Gefühlen zu James weißt?«

»Ich würde hoffen, dass diese Liebe eines Tages wie eine trockene Blume verdorrt.«

»Das hoffe ich auch«, erwiderte sie aus vollem Herzen.

»Willst du also meine Frau werden?«

Antonia war beinahe versucht, ihm unter diesen Bedingungen

ihr Jawort zu geben, aber sollte sie ihm wirklich verschweigen, dass sie ein Kind erwartete? Sollte sie diesem wunderbaren Mann nach der Hochzeit vorlügen, dass er Vater würde? Wie würde sie sich wohl vorkommen, wenn sie mit ihm das Bett teilte, allein, um ihm ihr Kind unterzuschieben? Nein, das ist nicht meine Art. Damit werde ich nicht glücklich!, sagte sie sich entschieden. Und ehe sie sich's versah, hatte sie die Wahrheit bereits ausgesprochen.

»Arthur, ich glaube, dass ich dich eines Tages von ganzem Herzen lieben könnte, so wie ich mich schon jetzt in deiner Gegenwart derart unbeschwert und verstanden fühle wie bei keinem anderen Mann, doch es gibt noch einen triftigen Grund, warum ich nicht deine Frau werden kann.«

»Nenn ihn mir.«

Sie stieß einen tiefen Seufzer aus. »Ich trage das Kind von James unter meinem Herzen.«

»Und was gibt es für einen Grund, den Vater deines Kindes nicht mehr zu treffen?«

»James ist verheiratet.«

»Gut, dann hast du gewusst, auf was du dich einlässt.«

»Ich habe ihn an jenem denkwürdigen Abend im Hotel nach vielen Jahren zufällig wiedergetroffen. Als ich achtzehn war, wollte ich ihn heiraten und, als meine Mutter uns ihren Segen verweigerte, sogar mit ihm flüchten, doch dann wurde sie schwerkrank. Ich brachte es nicht übers Herz. Stattdessen bin ich mit meiner Mutter nach *Oamaru* gezogen, ohne ihm jemals genau zu sagen, warum. Damals ahnte ich noch nicht, warum Mutter James ablehnte und mit ihm die ganze feine Dunediner Gesellschaft...«

»Das kann ich allerdings sehr gut verstehen. Das mit der Dunediner Gesellschaft. Einige tragen die Nasen sehr hoch und haben doch nichts anderes zu bieten als ein großes Vermögen«, bemerkte Arthur verächtlich.

»Bei meiner Mutter hatte die Abneigung ganz andere Gründe,

wie ich später erfahren musste. Jedenfalls habe ich James dann erst an jenem Abend wiedergesehen.«

»Wir hätten einfach woanders essen gehen sollen«, versuchte Arthur zu scherzen.

»In jener Nacht ist unsere Liebe erneut entflammt, und wir wurden ein Paar. James suchte nach dem richtigen Augenblick, seiner Frau zu gestehen, dass er die Scheidung wolle.«

»Ja, ja, das behaupten sie alle. Dann kenne ich das Ende vom Lied.«

»Nein Arthur, das kennst du nicht«, entgegnete Antonia sanft. »Ich glaube, er meinte es ernst, aber dann bekam ich Besuch von seinem Schwiegervater Charles Wayne, der verlangte, ich solle James Henson in Ruhe lassen. Und der mir mitteilte, dass seine Tochter ein schwaches Herz habe und jede Aufregung sie umbringen könne.«

»Und deshalb hast du dich entschieden, auf ihn zu verzichten?«

»Ja, genau! Und gestern erhielt ich einen Brief von ihm...« Sie stockte.

»Du kannst mir ruhig davon erzählen. Schließlich möchte ich wissen, was du noch mit diesem Herrn zu schaffen hast.«

Antonia spürte, wie ihre Augen feucht wurden, aber sie konnte die Tränen unterdrücken. »Er schrieb mir: *Liebste, was für ein dummer Streit. Lass ihn uns begraben und uns am ersten Mittwoch im August im Haus treffen. Ich bin dann auf dem Weg nach Christchurch zu einem Wollhändler. Verzeih, dass es so lange gedauert hat, aber es ist inzwischen etwas geschehen, das mich in tiefe Verzweiflung gestürzt hat. Aber jetzt weiß ich, dass es trotz alledem nur einen Weg gibt: den Weg zu dir! In Liebe, James.*«

Arthur war blass geworden. »Aber warum willst du ihn dann nicht mehr sehen? Nach solchen klaren Worten? Er schreibt, dass er sich trotzdem für dich entschieden hat. Worauf wartest du noch? Willst du wirklich ein zweites Mal auf ihn verzichten, weil jemand anders krank ist und damit gedroht wird, dass die Person stirbt, wenn du glücklich wirst?« In seinen Worten lag ein galliger Unterton.

»Ich muss! Sein Schwiegervater Charles Wayne ist nämlich mein leiblicher Vater, was ich eigentlich nie erfahren sollte.«

»O Gott! Und damit ist die Frau von diesem James deine Schwester?«

»Genau, ich kann sie zwar nicht besonders gut leiden, denn ich lernte sie einst auf einem Fest kennen, aber ich bringe es nicht übers Herz, ihr den Mann wegzunehmen. Ich möchte nicht meine eigene Schwester auf dem Gewissen haben. Und ich will auf jeden Fall vermeiden, dass diese Verwandtschaftsverhältnisse bekannt werden, denn Charles Wayne ahnt nichts von alledem. Ich könnte nicht ertragen, wenn er erfährt, wer ich bin. Ich verabscheue ihn. Er soll nicht mein Vater sein. Er darf nicht wissen, dass ich sein Enkelkind, das Patricia ihm niemals schenken konnte, unter dem Herzen trage. Er hat mich eine Hure genannt. Soll er bis an sein Lebensende glauben, dass ich genau das bin . . .« Sie stockte, denn nun konnte sie ihre Tränen nicht länger zurückhalten.

Arthur nahm ihre Hand und drückte sie fest. Dann sah er ihr in die Augen. Zärtlich strich er ihr eine Träne aus dem Gesicht.

»Das heißt, du hast für dein Kind, wenn ich dich recht verstehe, dasselbe Schicksal vorgesehen, das du selbst erlitten hast. Dein Kind darf auch nicht erfahren, wer sein Vater ist, nicht wahr?«

»Auf keinen Fall!«, erwiderte Antonia heftiger als gewollt.

»Mir persönlich missfallen derartige Heimlichtuereien, aber wenn du es so willst, ich kann damit leben. Vor allem, wenn ich auf diesem Weg ein Kind bekäme. Glaube mir, ich werde es lieben, als wenn es mein eigenes wäre. Überleg doch einmal: Niemals habe ich damit gerechnet, mit knapp fünfzig noch Vater zu werden. Das ist ein Geschenk des Himmels.«

Antonia sah Arthur zärtlich an.

»Das empfinde ich genauso wie du. Als Geschenk des Himmels. Und ich wäre froh, wenn ich niemals erfahren hätte, wer mein Vater ist. Dann hätte ich weiter an das Märchen von Will Parker geglaubt. Dabei ist meine Mutter als Dienstmädchen der Familie von dem feinen Mister Charles geschwängert und verlassen worden. Ich fühlte mich betrogen, als ich die Wahrheit erfuhr. Um meinem Kind das zu ersparen, werde ich es ihm nicht einmal auf meinem Totenbett verraten. Das schwöre ich dir, so wahr ich hier sitze.«

»Wenn es dein Wunsch ist, werde ich der Vater deines Kindes und dieses Geheimnis für alle Zeiten in mir verschließen. Trotzdem, du kannst, soweit ich das beurteilen kann, James nicht mit diesem Charles Wayne gleichsetzen. Ich meine, der junge Mann hätte schon ein Recht zu erfahren...«

»Bitte, Arthur, quäle mich nicht!«, unterbrach Antonia ihn unwirsch. »Glaube mir, es war viel einfacher für mich, zu glauben, dass mein Vater ein ermordeter Auswanderer war, als zu erfahren, dass er ein überheblicher, gemeiner Kerl ist, der meiner Mutter übel mitgespielt hat. Ich bin es ihr schuldig. Die Familie Wayne existiert für uns nicht. Und er ist nun einmal der Schwiegervater von James. Nein, bitte, nein, hör auf damit!«

»Kleines«, flüsterte Arthur zärtlich, »ich werde alles tun, was du verlangst, und verspreche dir, dass ich unserem Kind ein guter Vater sein werde. Niemals mehr, solange ich lebe, sollen mir die Namen James Henson oder Charles Wayne über die Lippen kommen. Und niemals werde ich dir einen Vorwurf daraus machen, dass du es deinem Kind vorenthältst. Weil ich weiß, dass du es nur aus einem Grund machst: um es zu schützen. Lass uns fortan eine kleine glückliche Familie ohne diese Schatten der Vergangenheit sein.«

Antonia war so gerührt, dass sie einfach aufsprang und ihn stürmisch umarmte.

»Du bist ein Schatz«, flötete sie. Als er sie auf seinen Schoß ziehen wollte, zuckte sie merklich zurück und flüchtete auf ihren Stuhl.

Eine ganze Weile schwiegen die beiden. Antonia ließ ihren Blick durch den Raum schweifen, der schließlich bei den beiden Betten hängen blieb. Ob er wohl von mir erwartet, dass ich ihn unter meine Decke lasse?, grübelte Antonia, und der Gedanke daran behagte ihr ganz und gar nicht.

»Ich habe Zeit«, sagte Arthur leise. »Viel Zeit. Es ist deine Entscheidung, ob du zu mir kommst. Ob es heute, morgen oder erst im nächsten Jahr ist oder ob du es niemals tust, ich werde dich nicht dazu drängen, dich mir hinzugeben. Ich wünsche mir zwar nichts sehnlicher als das, denn ich sehe dich mit den Augen eines Mannes und nicht eines väterlichen Freundes, aber ich verlange, dass du mir deutlich zeigst, wenn du es eines Tages von ganzem Herzen möchtest. Und bitte mache es niemals aus Dankbarkeit oder Mitgefühl. Glaube mir, ich bin ein erfahrener Mann und weiß, wann eine Frau mit ihrer ganzen Seele dabei ist...«

»Ich verspreche es dir«, erwiderte Antonia sichtlich bewegt. Ihre Gedanken überschlugen sich. Ihr Kind hatte einen Vater, den sie, Antonia, verehrte, schätzte und in dessen Gegenwart sie so etwas wie Glück empfand. Was wollte sie mehr? Doch kaum hatte sie sich dem wohligen Gefühl hingegeben, Arthur zu heiraten, als sie mit Macht die Sehnsucht nach James überkam.

Sie hoffte inständig, dass sie eines schönen Tages aufwachen und ihr ganzes Sehnen wie von Zauberhand verschwunden sein würde.

Dunedin, Anfang April 2009

Grace hatte sich die ganze Zeit, während Suzan ungefragt und hektisch mit der Geschichte fortfuhr, nicht vom Fleck gerührt. Sie stand wie betäubt da.

»Wer bist du?«, fragte sie mit bebender Stimme, als Suzan kurz Luft holte, um ihr unbeirrt die Geschichte von Antonia und Arthur weiterzuerzählen. »Was, verdammt noch mal, willst du damit sagen? Dass es auch meine Geschichte ist?«

»Das wirst du noch früh genug erfahren. Hab Geduld. Ich komme schon noch zu der Geschichte deiner Eltern und vor allem zu dir.«

Grace trat drohend einen Schritt auf Suzan zu. »Lass deine falschen Spielchen. Und sag mir endlich, was wir beide miteinander zu tun haben, wer meine Eltern sind, wo sie sind und ...«

»Ich bin auf dem besten Weg, aber du hast mich ja unterbrochen ...« Suzan machte Anstalten, ungerührt weiterzumachen, aber Grace fuhr ihr schroff über den Mund.

»Hör endlich auf damit! Wenn du mir nicht die Wahrheit sagen willst, dann werde ich sie eben allein herausfinden!«, fauchte sie wütend und verließ, ohne sich noch einmal umzudrehen, Suzans Büro. Mit klopfendem Herzen rannte sie nach oben in ihr Zimmer und warf wahllos ihre Sachen in den Koffer. Wenn sie auch sonst nicht wusste, wie es weitergehen sollte, eines aber wusste sie genau: Dieses Haus würde sie schnellstens und auf Nimmerwiedersehen verlassen!

Als sie mit dem Packen der Kleidung fertig war, machte sie sich am Schreibtisch zu schaffen. Überall hatte sie ihre Notizen für das Buch verstreut. Es gibt kein Buch, dachte sie zornig und wollte ihre Zettel schon in den Papierkorb werfen, doch dann zögerte sie. Natürlich werde ich ein Buch über den Moa schreiben, dachte sie wütend, aber ohne Professorin Suzan Almond!

Grace sammelte die Zettel, die auf dem Schreibtisch lagen, hastig ein und verstaute sie ebenso wie ihren Laptop in der Computertasche. Dann schnappte sie sich ihren Koffer und stolperte die Treppe hinunter. Sie betete, dass ihr bloß Suzan nicht begegnen würde.

Grace hatte Glück. Sie kam ungesehen in der Diele an, doch ihre Freude war nur von kurzer Dauer, denn Suzan kam gerade in diesem Moment aus ihrem Büro. Sie war leichenblass und sah uralt aus. Wenn sie mir nicht so übel mitgespielt hätte, sie könnte mir leidtun, dachte Grace und versuchte, Suzan zu ignorieren.

»Grace, bitte, ich hatte meine Gründe, dich so zu beschwindeln. Ich weiß, dass es nicht in Ordnung war, aber ich dachte, du könntest mir vielleicht helfen, sie zu finden.«

»Wen?«, fragte Grace scharf und fixierte Suzans gesundes Auge.

»Deine Mutter.«

»Du hast mich hergelockt, damit ich für dich meine Mutter finde? Was geht nur in deinem kranken Hirn vorn? Ich bete, dass wir nicht verwandt sind, denn du bist irrsinnig!«

»Bitte, Grace, lass mich dir die Geschichte zu Ende erzählen ...«

»Ich will keine Geschichten! Ich will die Wahrheit!«, schrie Grace außer sich vor Zorn.

»Ich ... ich will sie dir doch nicht vorenthalten!«

»Dann sagst du mir jetzt auf der Stelle, was wir beide miteinander zu tun haben und warum deine Geschichte angeblich auch meine Geschichte ist! Keine Ausflüchte mehr! Ich zähle bis drei. Dann bin ich weg, und du wirst mich nie wieder sehen ...«

»Später«, erwiderte Suzan heiser. Sie schien plötzlich verzweifelt und den Tränen nah.

Grace wunderte sich darüber, warum diese unnahbare Frau auf einmal so verletzlich wirkte, aber sie empfand keinerlei Mitleid. Zu tief hatte es sie getroffen, dass Suzan sie offensichtlich für ein gemeines Spiel missbrauchte, dessen Regeln sie nicht kannte, geschweige denn verstand. Sie drückte sich schweigend an der Professorin vorbei.

»Bleib doch! Bitte sag, was du von mir möchtest«, flehte Suzan, doch Grace blieb ihr eine Antwort schuldig. Ich habe ihr gesagt, was ich von ihr will. Mehr kann ich nicht tun, dachte sie. Schnellen Schrittes durchquerte sie die Halle. An der Haustür blieb sie abrupt stehen. Ich werde gehen, aber nicht, ohne Antonias Geschichte mitzunehmen, schoss es ihr durch den Kopf. Wenn es auch meine Geschichte ist, gehört sie mir! Vorsichtig drehte sich Grace um. Suzan war fort. Leise stellte Grace ihren Koffer ab und schlich sich in den Keller. Ihr war nicht ganz wohl, aber sie hatte keine andere Wahl. Auf Zehenspitzen ging sie zur Tür des Ausstellungsraums und drückte vorsichtig die Klinke hinunter. Glücklicherweise wusste sie bereits blind, wo sich der Lichtschalter befand. Der Raum wurde sofort in ein sanftes Licht gehüllt. Zielstrebig steuerte Grace auf die Vitrine mit der Geschichte zu, griff sich Antonias Heft und stopfte es in ihre Laptoptasche. Ihr war mulmig zumute, sie fühlte sich wie eine Diebin, und sie ärgerte sich darüber, dass sie Suzan trotz allem, was inzwischen vorgefallen war, nicht ohne schlechtes Gewissen hintergehen konnte. Ich habe diese Frau in mein Herz geschlossen, dachte Grace verzweifelt. Sie verstand es ja selbst nicht, aber wenn nicht diese seltsame Geschichte zwischen ihnen stehen würde, sie hätten echte Freundinnen werden können. Aber sie steht nun einmal zwischen uns, dachte Grace bedauernd, sie hat gewollt, dass ich meine Mutter finde. Warum? Egal, Suzan hatte kein Pardon verdient. Diese Frau konnte keine ehrlichen Absichten hegen. Warum sagte sie ihr sonst nicht einfach, ob und in welcher verwandtschaftlichen Beziehung sie zueinander standen?

Trotzdem, Grace konnte sich nicht helfen. Als sie schließlich mit Antonias Geschichte aus dem Haus schlich, fühlte sie sich wie eine Einbrecherin.

Kaum hatte sie einen nahe gelegenen Park erreicht, konnte sie ihre Neugier nicht länger zügeln. Sie setzte sich auf eine Bank und holte beinahe ehrfürchtig das Schulheft hervor. Ein bisschen war es so wie damals, als sie sich einmal Claudias Tagebuch »ausgeliehen« hatte. Dabei war es ganz langweilig gewesen. Sie hatte nur über Ethan geschrieben und ihn so verklärt, dass Grace hatte schmunzeln müssen. Damals, als sie noch geglaubt hatte, dass die beiden ihre Eltern waren.

Mit zittrigen Fingern schlug sie das Heft auf. *Das Geheimnis des letzten Moa. Ein Märchen von Antonia Evans, gewidmet meinem geliebten Mann Arthur und unserer Tochter Barbra,* stand dort in einer schnörkeligen, aber gut leserlichen Frauenhandschrift geschrieben. Grace holte noch einmal tief Luft, bevor sie sich in das Märchen vertiefte.

Tuia, das Moa-Mädchen, weinte bitterlich, als es seine Mutter hilflos am Boden liegen sah. Wie der Blitz war ein Speer durch die Luft geschwirrt und hatte den großen Laufvogel niedergestreckt. Blut tropfte aus dem gewaltigen Leib des Vogels. Vergeblich versuchte das Mädchen mit seinem Schnabel, die Spitze aus dem dichten Federkleid zu ziehen.

»Hör gut zu, kleine Tuia. Rette dich!«, röchelte die Mutter. »Sei nicht traurig. Kümmere dich nicht um mich, sondern mach dich auf und versteck dich in den Wäldern, denn dort bist du sicher. Dort lebt der Rest der Unseren in seinen Verstecken. Ich bin nicht deine Mutter. Ich habe dich nur großgezogen, weil die Menschen deine Eltern umgebracht haben, als wir tiefer in den Wald hinein flüchten wollten. Ich wurde hinter dem Stamm eines Kauribaumes Zeugin des feigen Mordes und konnte dich retten, weil du zu klein warst, um gejagt zu werden. Die Menschen werden uns immer mehr von unserer Heimat nehmen, die Wälder, in denen wir leben, mit ihren Feuern zer-

stören und uns jagen, bis keiner mehr übrig ist. Du und ich, wir gehören zu den Letzten unserer Art. Darum beeil dich, und lauf gen Westen. Bevor der Jäger dich auch noch bekommt...« Die Stimme des riesigen Moa-Weibchens brach.

Tuia schluchzte, als der Riesenvogel sie aus toten Augen anstarrte. Sie konnte sich nicht losreißen, obwohl ihr die mahnenden Worte ihrer Ziehmutter noch in den Ohren brannten.

Gerade als sie loslaufen wollte, hörte sie das Knacken von Ästen, und sie fuhr herum. Sie erschrak beinahe zu Tode, als sie den dunkelhäutigen Mann mit der bunten Bemalung auf dem halbnackten Körper zwischen den Bäumen auftauchen sah. Wie so oft fragte sie sich, warum sie nicht fliegen konnte. Dann würde sie jetzt ihre Schwingen erheben und durch die Lüfte davonflattern. Doch statt sie anzugreifen, wich der Mann einen Schritt zurück.

»Wer bist du?«, fragte er in einem angenehmen Singsang.

»Ich bin Tuia, und das ist meine Ziehmutter Ava«, erwiderte das Moa-Mädchen.

»Aber... woher kommt ihr?«

»Aus dem Wald. Wir sind Moas.«

»Moas?«

Der Mann sah sie fragend an.

»Was fragst du denn so dumm? Du hast meine Mutter umgebracht, um sie zu essen«, erwiderte Tuia zornig. »Du bist ein böser Moa-Jäger.«

»Aber nein, ich hörte hinter mir ein Knacken und vermutete, dass mich der Häuptling eines verfeindeten Stammes verfolgt, um mich zu töten. Es tut mir leid.«

Er beugte sich zu Ava hinunter. »Was für ein Riesenvogel!«, entfuhr es ihm erstaunt.

»Du willst mir wirklich nichts tun?«

»Aber nein. Ich wusste nicht einmal, dass es euch gibt.«

Das kleine Moa-Mädchen, das ihm bis zur Schulter reichte, sah ihn traurig an. »Dann werde ich jetzt die Unseren in den Wäldern suchen. Wir sind die Letzten unserer Art. Aber versprich mir eines: Behalte es für dich, dass du mich gesehen hast.«

»Ich werde es in meinem Herzen bewahren und keinem Menschen je erzählen. Aber nun lauf, bevor dich ein anderer entdeckt, der dir nicht so wohlgesinnt ist.«

Das Moa-Mädchen zögerte, doch dann rannte es auf seinen kurzen dicken Beinchen so schnell fort, wie es nur konnte.

Tuia streifte geduldig durch den Wald und fragte jedes Tier, das sie traf, ob es einen Moa gesehen hatte, doch keines wusste etwas über den Verbleib der Riesenvögel. So lebte sie fortan allein im tiefen Wald und ernährte sich von den Früchten, die sie fand.

Manchmal weinte sie sich in den Schlaf, weil sie so schrecklich einsam war. Wenn sie doch bloß endlich jemanden ihresgleichen finden würde. Nie blieb sie lange an einem Ort, sondern durchquerte rastlos den Wald. Schon lange war sie kein Mädchen mehr, sondern zu einem stattlichen Moa-Weibchen herangewachsen.

Eines Tages traf sie im Wald auf einen uralten Kiwi. Er war das erste Tier, das sie nicht wie ein Wunder bestaunte. »Ich bin ein Moa und suche die Letzten der Unseren«, sagte Tuia.

»Ich weiß«, entgegnete der Kiwi.

»Du weißt, wo sie sind?«, fragte der Moa aufgeregt.

Er nickte und sah traurig aus. »Sie haben verzweifelt nach dir gesucht, aber dann haben die Menschen ein Feuer gemacht, das den Wald und alle Moas gefressen hat. Ich konnte mich noch in Sicherheit bringen, aber sie...« Er brach ab, als Tuia in verzweifelte Tränen ausbrach.

»Dann werde ich also für alle Zeiten allein bleiben«, schluchzte sie.

»Bitte, verzweifle nicht! Es gibt noch einen einsamen Moa, der sich in den Wäldern versteckt hält. Wenn du ihn findest, kannst du mit ihm eine neue Familie gründen«, schlug der Kiwi vor.

Die traurige Tuia bedankte sich und machte sich auf, das Moa-Männchen zu finden, doch es sollte noch viele Jahre dauern, bis sie ihm eines Tages begegnete. Inzwischen war sie eine weise alte Moa-Frau geworden, bei der sich die Tiere des Waldes Rat holten. Sie hatte sich ihn anders vorgestellt, denn er war auch schon ein betagter Moa-Mann. Die beiden beschlossen, die Jahre, die ihnen noch blieben, gemeinsam zu verbringen. Manchmal beweinten sie, dass sie einander zu spät begegnet waren, um eine Familie zu gründen. Und als sich Tuias Weggefährte zum Sterben hinlegte, war sie untröstlich. Sie wollte nicht länger allein bleiben und wurde von Tag zu Tag schwächer. Sie verweigerte die Nahrung und wartete geduldig auf ihr Ende. Die meiste Zeit schlief sie, doch eines Tages wurde sie von einer menschlichen Stimme geweckt.

»Wer bist du?«, fragte der dunkelhäutige Mann erstaunt.

»Ich bin der letzte Moa«, entgegnete Tuia mit letzter Kraft.

»Ein Moa?«, fragte er und hockte sich zu ihr auf den Boden. Vorsichtig streichelte er über das Federkleid des sterbenden Vogels.

»Ich bin ein Maori«, flüsterte er. »Und ich erzähle meinen Leuten Geschichten. Vielleicht kann ich dich in einer meiner Legenden weiterleben lassen.«

»Ich danke dir, Maori, aber wenn du mir einen Gefallen tun willst, dann lass uns Moas mit mir zusammen in Frieden sterben.«

Der Maori blieb bei Tuia, bis sie ihren letzten Atemzug getan hatte. Dann zog er betrübt von dannen und bewahrte bis an sein Ende tief im Herzen, dass er dem letzten Moa begegnet war.

Grace wischte sich hastig eine Träne fort. Was wohl in Antonia vorgegangen sein muss, als sie dieses traurige Märchen geschrieben hat?, fragte sie sich. Nun werde ich wohl nie erfahren, ob sie mit Arthur wirklich glücklich geworden ist.

»Grace, bitte, gib mir noch eine Chance!« Suzans flehende Stimme riss sie aus ihren Gedanken. Sie zuckte zusammen, sah von der Geschichte auf und reichte Suzan wortlos das Heft. »Ich habe es mir ausgeliehen«, raunte sie heiser. Dann stand sie auf und ging. Suzan aber folgte ihr: »Bitte, komm zurück! Ich habe einen schlimmen Fehler gemacht. Ich war blind vor Rache und habe nicht gemerkt, dass ich dich damit verlieren würde... Bitte, warte doch...« Aber Grace wandte sich nicht um.

»Bitte, bitte, komm mit nach Hause. Ich will dir alles erklären, aber du darfst deine Mutter nicht auf eigene Faust finden. Das wäre grausam. Sie will nicht gefunden werden. Glaube mir. Und ich möchte nicht, dass du es so erfährst. Grace, in meiner Fantasie habe ich mir das oft ausgemalt und gehofft, ich würde endlich Frieden finden, wenn du und sie, wenn ihr beide aufeinandertrefft. Dabei habe ich längst etwas gefunden, was viel wichtiger ist als alle Rachegedanken. Dich! Bitte, komm zurück. Bitte tue es nicht!«

Ihre letzten Worte hatte Grace schon nicht mehr gehört, denn trotz des Gepäcks, das sie bei sich trug, war sie blindlings losgerannt. Der Koffer, den sie über den Parkweg hinter sich herzog, machte Geräusche, als ob er gleich die Räder verlieren würde. Doch Grace hetzte wie eine Wahnsinnige weiter, so als wäre der Teufel hinter ihr her. Auch als sie den Park schon längst verlassen hatte, hörte sie immer noch nicht auf zu laufen. Erst als sie die George Street erreicht hatte, blieb sie atemlos stehen und wandte sich um. Von Suzan keine Spur. Sie hatte die Professorin abgehängt.

3. Teil

Barbra und ihre Töchter

Pö atarau
E moea iho nei
E haere ana
Koe ki pämamao
Haere rä
Ka hoki mai anö
Ki i te tau
E tangi atu nei

On a moonlit night
I see in a dream
You going away
To a distant land
Farewell,
But return again
To your loved one,
Weeping here

Der Text für das Lied *Pö Atarau* wurde 1915 geschrieben,
um die Maori-Soldaten zu verabschieden,
als sie in den Ersten Weltkrieg zogen.

Invercargill, Mitte April 2009

Grace wohnte schon seit fast zwei Wochen im *Victoria Railway Hotel* in Invercargill. Es war eines der besten Häuser am Platz, aber Grace konnte den Charme der schottischen Gemütlichkeit kaum genießen. Sie hielt sich in ihrem Zimmer nur zum Schlafen auf.

Ansonsten durchstreifte sie rastlos die südlichste Stadt Neuseelands, getrieben von dem einen Wunsch: Moira Barclay zu finden. Das scheußliche Wetter mit Sturm und Dauerregen war wie ein Spiegelbild ihrer Verfassung. Selten hatte sie sich so einsam und verlassen gefühlt wie hier am äußersten Zipfel der Welt. Soviel sie wusste, kamen gen Süden nur noch ein paar Inselchen und dann die Antarktis. Nicht einmal an der kulinarischen Spezialität der Stadt konnte sie sich erfreuen, denn sie mochte keine Austern. Und die gab es in der hiesigen Meerenge, der Foveaux Strait, im Überfluss. Grace hatte das in einem Reiseführer gelesen, den sie sich allerdings nicht gekauft hatte, um die Sehenswürdigkeiten der Stadt zu erkunden, sondern um sich vor Ort besser orientieren zu können.

Wie so oft in den vergangenen Tagen spielte sie mit dem Gedanken, ihre Zelte in Invercargill abzubrechen, mit ihrem Mietwagen den Highway 1 nach Norden zu nehmen, den Wagen erst am Flughafen in Auckland wieder abzugeben und endlich heimzufliegen. Ohne einen Blick zurückzuwerfen und ohne einen weiteren Gedanken an ihre dubiose Herkunft zu verschwenden.

Ihr Verdacht, schwanger zu sein, war zur Gewissheit geworden.

Dazu brauchte sie nicht einmal einen Test. Ihre Regelblutung war ausgeblieben, ihre Brust spannte, ihr wurde andauernd schlecht und wegen jeder Kleinigkeit kamen ihr die Tränen. Sie war fester denn je entschlossen, Barry nichts davon zu verraten, sondern ihr Geheimnis mit nach Hause zu nehmen.

Es ist Wahnsinn, was ich hier treibe, dachte Grace trübsinnig, während sie in einer Regenpause erschöpft am *Oreti Beach* hockte und auf das graue Meer hinausblickte. Erstens wusste sie gar nicht, ob Moira Barclay wirklich mit ihrer Mutter zusammenlebte. Schließlich hatte Maureen Barclay ihr einen ganz anderen Namen genannt, doch ihr Bauchgefühl sagte ihr, dass es sich bei Alma und Deborah um ein und dieselbe Person handelte. Trotzdem, wie konnte sie sicher sein, dass die beiden hier in der Nähe lebten? Vielleicht handelte es sich bei den Postkarten aus Invercargill auch nur um eine Finte. Damit Maureen ihre Schwester irrtümlich hier im abgelegenen Süden vermutete.

Grace sog die frische Meeresluft bis in die Spitzen ihrer Lunge ein.

Und wenn Moira tatsächlich in Invercargill lebte, wie konnte sie sicher sein, sie zu erkennen, sollte sie ihr zufällig begegnen, wo sie diese Frau doch nur von einem alten Foto her kannte? Und selbst wenn, warum sollte sie ausgerechnet in den großen Supermarkt am Rande der Stadt gehen, während Grace dort gerade lauerte? Vielleicht war sie dann gerade auf der Post, die Grace vorher observiert hatte. Nein, es hat keinen Zweck mehr, dachte Grace entschieden, erhob sich und klopfte den Sand aus ihrer Wetterkleidung. Ganz plötzlich überfiel sie ein Gefühl von absoluter Heimatlosigkeit. Was erwartete sie denn in Berlin außer Jenny und ihrer Arbeit? Ihr Stiefvater Ethan, der sie nach Strich und Faden belogen hatte? Und der ohnehin längst eine neue Familie besaß? Außerdem hatte sie eine schwere Entscheidung zu treffen: Wollte sie dieses Kind behalten oder nicht? Eigentlich hatte sie schon vor Jahren mit dem Thema Schwangerschaft abgeschlossen.

Tränen traten ihr in die Augen, und sie wünschte sich mit einem Mal in Horis Arme. Immer wieder hatte sie es geschafft, den Gedanken an ihn zu verdrängen, aber jetzt überkam die Sehnsucht sie mit geradezu schmerzhafter Intensität. Noch ein Grund mehr, mich schleunigst auf den Highway zu begeben, dachte Grace entschieden.

Sie wandte sich abrupt vom Meer ab und eilte zu ihrem Wagen. Bevor sie im Hotel auscheckte und ihre Sachen holte, wollte sie sich noch ein wenig Proviant für die lange Reise besorgen. Sie hielt gerade auf dem Parkplatz des Supermarktes, als neben ihr eine Frau aus einem Auto ausstieg, die sofort ihre ganze Aufmerksamkeit auf sich zog. Sie war Maureen Barclay wie aus dem Gesicht geschnitten und trug das struppige graue Haar ebenso kurz wie sie. Kein Zweifel, es war Moira Barclay! Grace klopfte das Herz bis zum Hals. Erst überlegte sie, ob sie sie sofort ansprechen sollte, aber dann blieb sie im Wagen sitzen und beschloss, ihr zu folgen, sobald sie wegfuhr.

Sie zitterte vor lauter Aufregung, ihre Hände waren feucht, und in ihrem Magen grummelte es ganz furchtbar. Was, wenn Moira sie tatsächlich zu ihrer Mutter führte? Was, wenn sie spätestens dann bitter bereute, sich auf die Suche nach ihren Wurzeln gemacht zu haben? Ihr vages Gefühl, dass es nichts Angenehmes war, was sie erwartete, wuchs stetig. Trotzdem, sie hatte keine andere Wahl. Sie konnte nicht mehr zurück. Mit starrem Blick fixierte sie den Eingang des Supermarktes. Als ihr ein vorbeifahrender Wagen die Sicht versperrte, glaubte sie für den Bruchteil einer Sekunde Suzans Gesicht erkannt zu haben, aber das schob sie auf ihre nervöse Überreiztheit.

Es dauerte unendlich lange, bis Moira voll bepackt mit Einkaufstaschen zu ihrem Auto zurückkehrte. Grace versuchte, sich in ihrem Wagen ganz klein zu machen.

Kaum dass Moira den Parkplatz verlassen hatte, folgte Grace ihr in sicherem Abstand. Sie fuhren eine kurvige Küstenstraße entlang, von der aus man einen atemberaubenden Blick auf das reichlich bewegte Meer hatte, an einigen Stellen sogar zu beiden Seiten. Grace aber konzentrierte sich ausschließlich auf den Geländewagen, der da in rasantem Tempo vor ihr über die Küstenstraße flitzte. An der Art und Weise, wie Moira die Kurven nahm, konnte Grace unschwer erkennen, dass sie diesen Weg häufig fuhr. Nach einer knappen halben Stunde erreichten sie einen kleinen Ort. *Bluff* stand auf dem Ortsschild. Grace hatte den Eindruck, nun tatsächlich am Ende der Welt angekommen zu sein, aber der Wagen durchquerte auch diese verschlafene Ortschaft und fuhr bis zu einem allein stehenden Haus, das wie ein kleiner Leuchtturm über dem Meer thronte. Grace war so fasziniert von der wilden Natur, in der sie sich wiederfand, dass sie fast versäumt hätte, ihren Wagen auf einem Sandstreifen neben der Straße anzuhalten und sich das Ganze erst einmal aus sicherer Entfernung zu betrachten. Sie war unsicher, ob sie sich gleich bemerkbar machen oder lieber warten sollte. Ihr war immer noch schlecht vor Aufregung bei dem Gedanken, ihre Mutter womöglich wirklich hier am Ende der Welt ausfindig gemacht zu haben.

Moira schleppte nun Tüte für Tüte in das malerische weißgetünchte Haus. Unschlüssig beobachtete Grace, wie sie den Kofferraum schloss und mit den letzten Tüten auf die Haustür zusteuerte. Da fasste sich Grace ein Herz und stolperte aus dem Wagen.

»Hallo!«, rief sie über die Straße weg. »Warten Sie, Miss Barclay!«

Erschrocken drehte sich Moira um und machte genau das gleiche abweisende Gesicht wie kürzlich ihre Schwester. Sie waren unverkennbar Zwillinge. Grace kam es so vor, als wäre es Maureen, die sie böse anfunkelte.

»Was wollen Sie von mir? Wer sind Sie?« Auch die raue Stimme war unverkennbar die von Maureen Barclay.

»Ich möchte zu Deborah Albee«, verlangte Grace mit kämpferischer Stimme. Dabei wurde ihr so übel, dass sie befürchtete, sich auf der Stelle übergeben zu müssen.

»Ich kenne keine Deborah Albee«, erwiderte Moira schwach. Ihr gesamtes burschikoses Auftreten fiel binnen Sekunden in sich zusammen. Sie wirkte schwach und ängstlich. Mit der einen Hand stützte sie sich am Wagen ab, die andere zitterte.

Grace aber blieb hart. »Das bezweifle ich. Natürlich hätte ich Sie auch fragen können, ob ich Alma sprechen kann, aber was soll das Versteckspiel? Ob Sie nun die Freundlichkeit besäßen, mich ins Haus zu bitten, damit ich mein Anliegen Deborah Albee selbst vorbringen kann?«

Moira war noch blasser geworden und baute sich mit ausgebreiteten Armen vor der Haustür auf.

»Nur über meine Leiche. Hauen Sie ab, wer Sie auch immer geschickt hat. War sie es?«

Grace zuckte mit den Schultern. »Ich weiß leider nicht, wen Sie meinen, aber mich hat keiner geschickt. Im Gegenteil, mich haben sie alle belogen, und Sie versuchen es auch gerade, aber ich lasse mich nicht abwimmeln. Nicht, bevor ich mit meiner Mutter gesprochen habe und weiß, warum meine Eltern mich an Ethan Cameron verkauft haben!«

»Um Himmels willen! Lieber Gott! Gott, nein ... ach ja, bis auf die Augen, der Mund, die Nase ... Ich ... ich ... Bitte, gehen Sie. Tun Sie sich und ihr das nicht an«, stammelte Moira.

Grace verschränkte angriffslustig ihre Arme vor der Brust und schwieg. Sie versuchte, die Fassung zu wahren, denn damit hatte sich ihr Verdacht endgültig bestätigt. Ihre Mutter wohnte hinter jener Tür und war zum Greifen nahe.

»Bitte, Sie dürfen nicht zu ihr. Das überlebt sie nicht.«

»Ach ja, sie überlebt es nicht? Und was ist mit mir? Sie wollen mir verbieten, durch jene Tür zu gehen, um das Geheimnis meiner Herkunft zu erfahren. Verlangen Sie da nicht ein bisschen viel?«

»Bitte, bitte, gehen Sie. Lassen Sie uns in Ruhe. Sie hat doch alles getan, damit Sie niemals erfahren, was geschehen ist. Hören Sie, das hat sie nur für Sie getan. Um Sie zu schützen.«

Grace lachte bitter. »Sie hat mich zu meinem Besten weggegeben? Das würde ich dann aber gern aus ihrem Mund hören, und ich bin gespannt darauf, wie sie mir diese Notwendigkeit erklären will. Und überhaupt, wer sind Sie eigentlich? Ihr Wachhund? Ach nein, Sie sind ja ihre gute Freundin«, bemerkte sie ironisch.

Moira wurde puterrot. »Das müssen Sie gar nicht so verächtlich sagen. Ja, ich bin ihre beste Freundin. Seit über fünfundzwanzig Jahren. Und ich dulde nicht, dass ihr wehgetan wird.«

»Wissen Sie was? Das interessiert mich gar nicht, was Sie dulden oder nicht. Deborah ist meine Mutter, und ich habe ein Recht darauf, zu erfahren, was damals geschehen ist.«

Moira kämpfte mit sich. »Gut, Sie sollen es erfahren, aber von mir, nicht von Ihrer Mutter.«

»Und warum sollte ich mich darauf einlassen, mich mit Ihrer Geschichte abspeisen zu lassen, statt meine Mutter persönlich zu fragen?«

»Weil Ihre Mutter lieber sterben würde, als zuzulassen, dass Sie die Wahrheit erfahren«, erwiderte Moira leise. »Und deshalb mache ich Ihnen ein Angebot. Sie kommen mit mir in die Küche, einen Raum, den Debbie um diese Zeit gewiss nicht betritt. Und dort werde ich Ihnen erzählen, was Sie wissen wollen. Sie dürfen mir glauben. Debbie hat mir alles über ihre Familie hundertmal erzählt. Als sie sich noch daran erinnerte. Und sie hat nichts beschönigt. Danach gehen Sie wieder, und Debbie wird niemals erfahren, dass Sie sie aufgespürt haben.«

Grace zögerte eine Weile, doch dann nickte sie zustimmend. »Gut, Sie erzählen es mir, und ich entscheide dann, ob ich sie danach noch sehen will oder nicht.« Sie blickte Moira prüfend in die Augen. »Wie kann ich mir sicher sein, dass Sie die Wahrheit sagen?«

»Ich schwöre es. Wenn Sie Debbie in Ruhe lassen, werde ich nichts verschweigen. Gar nichts. Und am Ende werden Sie verstehen, warum wir es ihr nicht zumuten können, dass Sie ihr leibhaftig gegenüberstehen. Vertrauen Sie mir. Bitte!« Das klang flehend.

Grace konnte sich nicht helfen, aber sie vertraute dieser Frau tatsächlich. Moira handelte ganz offensichtlich nicht aus purem Egoismus, sondern sie schien Deborah wirklich über alles zu lieben und beschützen zu wollen.

»Gut. Ich bin einverstanden, aber wenn ich das Gefühl habe, dass Sie mich genauso betrügen, wie mein Stiefvater oder Misses Almond es tun...«

»Sie kennen Debbies Schwester?« Die pure Panik stand in ihren Augen.

»Ihre Schwester?«, gab Grace schockiert zurück. Das waren also die familiären Bande. Dann war Antonia ihre... Grace wurde schwindlig.

»Ja, Suzan Almond ist Debbies Schwester. Und die hat Ihnen nicht verraten, was damals geschehen ist? Was soll das? Was führt sie im Schilde? Und sind Sie sicher, dass sie Ihnen nicht gefolgt ist?«, fragte Moira mit überschnappender Stimme.

»Ja, ich kenne sie, aber ich wusste nicht, dass sie ihre Schwester ist. Ich habe erst vor ein paar Tagen erfahren, dass sie mich nach Neuseeland gelockt hat, damit ich mich auf die Suche nach meiner Mutter mache. Nur den Grund dafür kenne ich nicht. Deshalb mochte ich ihr auch nicht mehr vertrauen. Nein, sie ist mir nicht gefolgt. Da dürfen Sie sicher sein. Ich habe sie schon in Dunedin abgehängt.«

Moira atmete erleichtert auf. Grace überlegte, ob sie sofort nachfragen sollte, warum Moira Suzan so fürchtete, aber das würde sie sich für später aufheben. Sie musste erst einmal den Schock überwinden, dass Suzan Almond offensichtlich ihre Tante war. Was für ein Albtraum!, dachte Grace.

»Also, sollten mir die geringsten Zweifel an Ihrer Geschichte kommen, werde ich mich direkt an meine Mutter wenden. Ist das klar? Ob sie dann stirbt oder nicht, das ist mir dann ziemlich egal!«, bemerkte sie bissig.

Zögernd ließ Moira ihre Arme, die sie immer noch schützend vor die Tür gehalten hatte, sinken.

»Kommen Sie, aber bitte leise. Nicht dass Debbie aufwacht. Sie wird jetzt bestimmt noch zwei Stunden schlafen. Und ich bin mir sicher, dass Sie, nachdem ich Ihnen alles erzählt habe, darauf verzichten werden, Sie mit Ihrer Gegenwart zu konfrontieren.«

Grace folgte Moira schweigend ins Haus.

Dunedin, Februar 1935

Barbra stand am Grab ihres Vaters, Arthur Evans, und weinte bittere Tränen. Er fehlte ihr so entsetzlich. Und jedes Mal, wenn sie den Friedhof besuchte, wurde sie schmerzhaft daran erinnert, wie sie ihn gefunden hatte. Unten im Keller reglos neben der Nachbildung des Riesenmoa am Boden liegend. Sie hatte lange nicht glauben wollen, dass er nie wieder mit ihr lachen und scherzen würde. Es war am heutigen Tag genau ein Jahr her, seit sein Herz einfach aufgehört hatte zu schlagen. Barbra suchte sein Grab häufig auf und hielt dann Zwiesprache mit ihm. Besonders dann, wenn sie traurig war. Und das war sie seit seinem Tod meistens. Im Gegensatz zu ihrer Mutter, die sich nur noch intensiver in ihre Arbeit vergraben hatte. Heute Abend sollte im Festsaal der Universität eine Ehrung für Arthur Evans stattfinden, und ihre Mutter hatte alle Hände voll damit zu tun, das große Ereignis vorzubereiten. Sie wollte nichts dem Zufall überlassen. Und wenn Antonia keine Feste plante, kümmerte sie sich unermüdlich um die Fortführung der *Ornithologischen Gesellschaft Dunedins*, die sie zusammen mit ihrem Mann gegründet hatte.

Barbra schniefte. Sie tat sich selbst leid. Ihr Vater hatte bei all seiner beruflichen Eingespanntheit immer noch Zeit gefunden, sich um sie zu kümmern, während ihre Mutter ausschließlich für die alten Knochen im Keller lebte. Und außerdem trauerte sie nach Barbras Empfinden viel zu wenig um ihren Mann. Gut, sie hatte anfangs viel geweint, aber jetzt? Sie schien ihn nicht wirklich zu vermissen.

»Vater«, schluchzte Barbra, »ich hasse diese Knochen. Bitte verzeih mir, aber ich wünschte, sie wären fort.«

Sie meinte, die Stimme ihres Vaters beschwichtigend sagen zu hören: »Kleines, geh hin zu ihr. Sag ihr, dass du sie brauchst. Sie meint es nicht böse. Sie merkt es gar nicht. Glaube mir!«

Mit diesen Worten hatte er sie bereits zu Lebzeiten jedes Mal aufzuheitern versucht, wenn sie sich über das Desinteresse ihrer Mutter beschwert hatte. Eines war für Barbra so klar wie das Amen in der Kirche: Sie würde sich niemals so sehr in eine Arbeit verbeißen wollen. Nein, sie wollte sich nur um ihre Familie kümmern, wie es die meisten anderen Mütter ihrer Mitschülerinnen taten. Ihr machte auch die Schule nur bedingt Spaß, doch ihre Mutter beschwor sie ständig, sich anzustrengen. Dann nämlich könne sie später einmal in die Fußstapfen ihres Vaters treten. Doch nichts lag Barbra ferner als das. Vögel interessierten sie überhaupt nicht, und ausgestorbene schon gar nicht. Barbra hoffte, sobald es an der Zeit war, dem Mann zu begegnen, der sie liebte und der sie heiraten wollte.

»Ach, lieber, lieber Dad«, seufzte sie verzweifelt. »Schade, dass du mich nicht zum Altar führen kannst. Weißt du, dass er groß sein und blondes Haar haben soll? O ja, ich will einen attraktiven Mann.«

Barbra hielt inne. Sie glaubte, sein herzliches Lachen und ihn sagen zu hören: »Aber Schatz, du bist noch ein Kind.«

Aber ich werde schon in einem Monat fünfzehn, dachte sie sehnsüchtig, und dann ist es höchstens noch zwei Jahre hin, bis ich mich verloben darf.

»Ich muss dich leider wieder verlassen, weil ich sonst zu spät komme. Mutter will zu deinem Ehrentag alles besonders gut machen. Sogar ein neues Kleid habe ich bekommen. Es ist fliederfarben, hat einen Gürtel auf der Hüfte, vorn und hinten einen spitzen Ausschnitt und einen Volant. Mutter sagt, ich sehe zu alt darin aus, aber ich habe ihr gedroht, nicht mitzukommen, wenn sie mich in ein Kinderkleid steckt. Das ist doch albern bei meiner Größe.« Barbra stieß einen tiefen Seufzer aus, bevor sie sich rasch umwandte und nach Hause eilte.

Antonia wartete schon ungeduldig auf sie, doch bevor sie schimpfen konnte, pfiff Barbra anerkennend durch die Zähne, als sie ihre Mutter in einem prachtvollen Kleid vor sich stehen sah. »Du siehst wie immer wunderschön aus«, schwärmte sie. Antonia schenkte ihr ein dankbares Lächeln, und Barbra tat es bereits leid, dass sie sich eben am Grab ihres Vaters so bitterlich über die Mutter beklagt hatte. Eines muss man ihr lassen: Sie ist die schönste Mutter der Welt, dachte Barbra voller Stolz, sie ist wie eine Elfe. Keiner würde jemals darauf kommen, dass sie auf die fünfzig zugeht. Ohne zu zögern umarmte Barbra sie stürmisch.

»Kleines, denk an meine Frisur!«, rief Antonia lachend. »Und nun schnell, zieh dich um. Peter ist schon mit dem Wagen vorgefahren«, fügte sie mahnend hinzu.

Barbra rannte die Treppen hinauf, immer zwei Stufen auf einmal nehmend. Sie beeilte sich, in ihr neues Kleid zu schlüpfen, und als sie in den Spiegel sah, juchzte sie vor lauter Begeisterung laut auf. Die Farbe passte ideal zu ihrem dunklen Bubikopf. Auch den hatte sie sich hart erkämpfen müssen. »Er macht dich zu alt«, hatte Antonia die moderne Frisur verhindern wollen, doch Barbra hatte sich durchgesetzt, wie sie überhaupt immer ihren Willen bekam. Mit hartnäckigem Betteln schaffte sie es stets.

Sie hat recht, ich sehe mindestens aus wie siebzehn, dachte Barbra hocherfreut. Natürlich lag es auch an ihrer Größe. Sie überragte ihre Mutter mindestens um einen Kopf. Überhaupt gab es zwischen ihnen kaum eine Ähnlichkeit. Barbra sah immer aus, als wäre sie gerade in der Sonne gewesen, während Antonia sich ihre vornehme Blässe bewahrte. Barbra hatte dickes schwarzes Haar, während Antonia feine blonde Löckchen besaß. Du kommst nach deinem Vater, pflegte Antonia immer zu sagen, er war als junger Mann auch so dunkelhaarig. Auf jeden Fall hatte Barbra nichts von der jungmädchenhaften Ausstrahlung ihrer Mutter. Nein, sie war auf dem besten Wege, sich zu einer Frau zu entwickeln. Vielleicht hält man mich auch schon für achtzehn, hoffte Barbra, während sie ihrem Spiegelbild noch einen letzten prüfenden Blick zuwarf.

Peter wartete bereits ungeduldig im Wagen, als Antonia und sie angehetzt kamen. »Misses Evans, Sie sind die Hauptperson des Abends und dürfen auf keinen Fall zu spät kommen«, knurrte er. Er war der Einzige im Haus, der so mit Antonia reden durfte, weil er sie schon ihr ganzes Leben lang kannte. Peter Stevensen hatte damals für ihre Eltern jenes prächtige Haus gebaut, in der ihre Mutter und sie heute noch lebten. Für sich selbst hatte er ein Gartenhaus auf dem Grundstück errichtet. Peter war einfach unentbehrlich. Er chauffierte sie, er reparierte alles, und er hielt den Garten in Ordnung. Sogar kochen konnte er. Das hatte ihm seine verstorbene Frau beigebracht. Und Maori-Legenden konnte er erzählen, als wäre er selbst ein Maori. Die hatte er auch von seiner Frau. Immer, wenn er über seine Harata sprach, füllten sich seine Augen mit Tränen.

Barbra liebte den alten Mann wie einen Großvater und konnte kaum glauben, dass er bald siebzig Jahre alt wurde.

»Du schaffst das schon, Peter. Dann fährst du eben ein bisschen schneller«, sagte Antonia entschuldigend.

Als Barbra und Antonia wenig später den festlichen Saal betraten, waren fast alle Plätze besetzt. Sie mussten an den gesamten Honoratioren vorbei, weil man für sie in der ersten Reihe reserviert hatte. Dort saßen die Professorenkollegen. Kaum dass sie ihre Plätze eingenommen hatten, sah sich Barbra unauffällig um. Sie blieb an einem Paar tiefgrüner Augen hängen, die sie interessiert musterten. Verlegen senkte Barbra den Blick und versuchte, sich auf die erste Rede zu konzentrieren, doch es gelang ihr nicht. Wieder drehte sie den Kopf in Richtung des jungen Mannes. Ihre

Blicke trafen sich. Er lächelte sie an. Sie lächelte zurück. Allerdings hatte sie das Gefühl, sie würde dabei knallrot anlaufen. Der junge Mann, den sie auf Anfang zwanzig schätzte, sah umwerfend aus. Er hatte dichte blonde Locken und ein markantes Gesicht. Wenn der wüsste, dass ich noch keine sechzehn bin, dachte sie und wandte sich abrupt ab. Er muss mich für ein kokettes Ding halten, wenn ich ihn weiter so anstarre. Obwohl die Versuchung groß war, hielt Barbra die Augen für den Rest der Veranstaltung starr nach vorn gerichtet. Trotzdem bekam sie kein Wort von dem, was dort vorn geredet wurde, mit. Ihre Gedanken kreisten unablässig um den jungen Mann. Sie spürte seinen Blick förmlich auf ihren Wangen brennen. Erst als ihre Mutter zum Rednerpult ging, schaffte Barbra es zuzuhören. Antonia war eine gute Rednerin. Sie zog alle Aufmerksamkeit auf sich. Und nicht nur die Männer hingen ihr an den Lippen, wie Barbra mit einem Blick in Richtung des jungen Mannes feststellte, der ihr gebannt zuhörte. Auch einige Damen zogen verstohlen ihre Taschentücher hervor, als Antonia die Geschichte erzählte, wie ihr geliebter Mann und sie einst das Modell eines Riesenmoa aus Pappmaché und Gips gebastelt und es mit Emufedern versehen hatten. Das erste laute Schluchzen ertönte, als sie von ihm in höchsten Tönen als Vater ihrer gemeinsamen Tochter schwärmte. Da wurde auch Barbra ganz anders zumute. Tränen rannen ihr über das Gesicht, und sie verschwendete keinen Gedanken daran, was der junge Mann wohl dazu sagen würde, dass sie in aller Öffentlichkeit heulte.

Als Antonia auf ihren Platz zurückkehrte, griff sie nach Barbras Hand und drückte sie zärtlich. So vereint lauschten sie der Musik, die zum feierlichen Abschluss gespielt wurde. Danach gab es Arthur zu Ehren ein Essen. Auf dem Weg in die Mensa begegneten sie einem von Arthurs Professorenkollegen, der auch eine Rede gehalten hatte und sich zu Barbras Entzücken in Begleitung des jungen Mannes aus der ersten Reihe befand.

»Gnädige Frau, Ihre Worte waren anrührend«, sagte er sichtlich bewegt.

»Danke, Professor Leyland. Ihre Rede hätte Arthur allerdings auch begeistert«, entgegnete Antonia höflich und deutete auf Barbra. »Darf ich Ihnen unsere Tochter Barbra vorstellen?« Artig reichte Barbra dem Professor die Hand.

Während er sie schüttelte, stellte er ihnen den jungen Mann vor. »Und das ist mein Sohn Thomas. Er ist gerade von seinen Studien aus London zurückgekehrt. Leider tritt er nicht in meine Fußstapfen, sondern ist mehr an der Welt der Streithähne interessiert als an der echten Tierwelt. Er wird Anwalt.«

»Guten Tag, Misses Evans«, begrüßte Thomas Antonia formvollendet und wandte sich dann strahlend an Barbra. »Schön, Sie kennenzulernen, Miss Evans.« Barbra stellte befriedigt fest, dass er gut einen Kopf größer war als sie.

»Miss Evans, wie sich das anhört. Sie ist doch noch ein Kind, Mister Leyland«, hörte Barbra ihre Mutter nun wie von ferne sagen. Sie spürte, wie ihr die Zornesröte in die Wangen schoss. »Mutter, bitte!«, entfuhr es ihr empört.

Thomas lächelte Barbra an. »Ach, Miss Evans, so sind unsere Eltern nun einmal. Glauben immer noch, dass wir Kinder sind. Nicht wahr, Vater? Du hast mich doch auch kaum nach London gehen lassen wollen.«

»Aber junger Mann, das ist wohl ein kleiner Unterschied. Sie sind ja schon erwachsen, aber meine Tochter ist vierzehn…«

»Ich werde im nächsten Monat fünfzehn«, schnaubte Barbra.

»Sehen Sie, das sind nur fünf Jahre Altersunterschied«, bemerkte Thomas und verschlang Barbra förmlich mit seinen Blicken.

»Kommen Sie, Misses Evans, wir können bei Tisch weiterreden, denn ich bin Ihr Tischherr und Thomas der Ihrer Tochter«, sagte der Professor, der das kleine Geplänkel offenbar schnell beenden wollte. Zur Bekräftigung seiner Worte reichte er Antonia seinen Arm und führte sie den langen Flur entlang. Barbra und Thomas schlenderten langsam hinterher. Sie hatten es beide nicht besonders eilig.

»Wo ist denn Ihre Braut?«, fragte Barbra unverblümt.

»Meine Braut?«, erwiderte Thomas sichtlich irritiert. »Wie kommen Sie denn darauf?«

Barbra musterte ihn keck. »Weil die Männer in Ihrem Alter doch alle schon eine Verlobte haben. Deshalb.«

»Tja, dann bin ich wohl die Ausnahme«, seufzte er. »Ich muss wohl noch zwei Jahre warten, bis ich meinen Antrag machen kann«, fügte er grinsend hinzu.

»Zwei Jahre? Warum das denn?«, fragte sie völlig arglos zurück.

Er blieb abrupt stehen. »Na, bis Sie siebzehn werden. Vorher wird Ihre Mutter das wohl kaum gutheißen.«

Barbra blieb vor Verblüffung der Mund offen stehen. »Sie... Sie meinen, ich... Sie wollen mich veräppeln, oder?«, stammelte sie.

»Nun gut, also nageln Sie mich nicht auf den Antrag fest. Aber Sie sind bei Weitem das hübscheste weibliche Wesen, das mir seit langem begegnet ist, und ich möchte eine Familie. Überlegen Sie mal, was wir beide für schöne Kinder bekommen würden.«

»Kinder?«, wiederholte Barbra fassungslos.

»Ja natürlich, oder wollen Sie etwa keine?«

»Und ob ich will«, entgegnete Barbra und merkte, dass ihre Wangen erneut zu glühen begannen.

»Gut, dann kann ich nur hoffen, dass Sie inzwischen keinem anderen Verehrer den Vorzug geben.«

»Wenn keiner kommt, der mir besser gefällt als Sie, stehen Ihre Chancen gar nicht schlecht.«

»Sie sind nicht nur das hübscheste weibliche Geschöpf, Sie sind auch das süßeste.« Und ehe sie sich's versah, hatte Thomas sie in eine Nische gezogen, in der sie keiner sehen konnte, und ihr einen langen Kuss gegeben.

Barbra wurde schwindlig, ihre Knie zitterten, doch da hatte Thomas sie bereits wieder losgelassen.

»Damit Sie mich nicht vergessen«, flötete er. »Aber jetzt müssen wir uns sputen, sonst lässt Ihre Mutter Sie noch suchen. Noch könnte sie mir den Kopf abreißen dafür, dass ich Sie geküsst habe«, fügte er feixend hinzu und beschleunigte seinen Schritt.

Wie betäubt folgte sie ihm an ihren Platz und erlebte das Essen wie in Trance. Sie brachte kaum einen Bissen hinunter und traute sich nicht, ihren Tischnachbarn anzusehen. Aus lauter Furcht, er könne sie doch für ein unreifes Ding halten, das nichts anderes zustande brachte, als immerfort rot zu werden.

Außerdem entgingen ihr keineswegs die skeptischen Blicke ihrer Mutter.

Das Essen zog sich endlos hin. Thomas versuchte ein paarmal, ein Gespräch in Gang zu bringen, aber Barbra blieb einsilbig. »Bin ich Ihnen etwa zu nahe getreten?«, flüsterte er ihr schließlich zu. »Sind Sie böse auf mich, dass Sie so gar nicht mehr mit mir sprechen wollen?« Das klang ehrlich besorgt.

Barbras Herz klopfte bis zum Hals.

»Nein, es ist nur so, ich frage mich die ganze Zeit, ob ich träume«, raunte sie ihm zu.

»Ich schwöre. Es ist mein heiliger Ernst. Sie sind entzückend«, erwiderte er prompt. Um seine Worte zu unterstreichen, legte er ihr unter dem Tisch eine Hand aufs Knie. Ein Prickeln durchfuhr ihren ganzen Körper.

Ein strafender Blick ihrer Mutter ließ sie zusammenfahren. Hoffentlich hat sie nicht mitbekommen, dass er auf mein Knie gefasst hat, dachte Barbra.

Nach dem Essen aber verabschiedete sich Antonia rasch von ihrem Tischherrn und forderte Barbra schroff auf, es ihr gleichzutun. Sie weiß was, durchfuhr es Barbra eiskalt.

»Auf Wiedersehen, Mister Leyland«, sagte sie steif zu Thomas.

»Auf Wiedersehen, Barbra. Schön, Sie kennengelernt zu haben«, säuselte der Sohn des Professors, während er ihr tief in die Augen blickte. Doch da zog ihre Mutter sie bereits mit sich fort.

»Unverschämter Kerl!«, zischte Antonia, kaum dass sie außer Hörweite waren.

»Ich finde ihn zauberhaft«, zwitscherte Barbra verträumt.

»Das nennst du zauberhaft, dass dir ein Kerl unter dem Tisch ans Bein fasst? Ich nenne das schlechtes Benehmen.«

»Aber woher weißt du, dass er ...?«, fragte Barbra erschrocken.

»Weil ich Augen im Kopf habe. Und jetzt komm. Wie gut, dass du ihn nicht wiedersiehst.«

»Wer sagt dir denn, dass ich ihn nicht wiedersehe?«, entgegnete Barbra trotzig.

»*Ich* sage das! Du bist noch ein Kind.«

»Du bist gemein. Und wenn du es genau wissen willst, er wird mir in zwei Jahren einen Antrag machen.«

Antonia schüttelte den Kopf. »Liebes, ich habe nichts gegen ihn, wenn er nicht gerade meinem kleinen Mädchen aufs Knie fasst. Aber er ist einfach viel zu alt für dich.«

Barbra lachte höhnisch auf. »Zu alt? Mom, er ist gerade mal fünf Jahre älter als ich. Dad war fünfzehn Jahre älter als du.«

»Das war etwas völlig anderes.«

»Wieso?«

»Ich habe ihn kennengelernt, da war ich weit über dreißig und aus dem heiratsfähigen Alter schon fast wieder raus.«

»Ja und? Was macht das für einen Unterschied? Thomas wird dich auch erst um meine Hand bitten, wenn er glaubt, du wirst sie ihm nicht mehr verweigern, weil ich zu jung bin.«

Antonia stöhnte genervt auf. »Gut, lass uns nicht mehr darüber reden. Warten wir ab. Wenn der junge Mann an deinem siebzehnten Geburtstag vor unserer Tür steht und dich heiraten will, werde ich dir bestimmt keine Steine in den Weg legen. Sein Vater ist eine Kapazität auf dem Gebiet der Zoologie. Dann könnte ich immer mit dem alten John fachsimpeln...«

»Mom, du bist die Beste!«, rief Barbra gerührt aus und umarmte ihre Mutter stürmisch.

Als Antonia wieder Luft bekam, stöhnte sie: »Ich habe gesagt, *wenn* er vor deiner Tür steht. Sieh mal, zwei Jahre sind für einen jungen Mann wie ihn wie eine halbe Ewigkeit. Es würde schon an ein Wunder grenzen, wenn ein so stattlicher, gestandener Kerl auf ein Kind wie dich wartet.«

Letzteres überhörte Barbra vor lauter Glück. »Du findest ihn also stattlich?«

Antonia rollte mit den Augen. »Er ist nett anzusehen«, erwiderte sie ausweichend.

»Er ist umwerfend«, schwärmte Barbra verzückt.

Sie hatten inzwischen das Universitätsgelände verlassen und gingen in Richtung George Street. Antonia hatte sich gewünscht, zu Fuß zurückzuschlendern, um nach dem Essen noch ein wenig frische Luft zu schnappen.

Gerade überquerten sie eine Straße, doch Barbra sah weder nach links noch nach rechts. Antonia packte sie energisch am Arm. »Wenn du so weiterträumst, wirst du es nicht mehr erleben, dass er vor der Tür steht«, schimpfte sie.

»Ach Mom, es wird wunderbar!«

Antonia nahm ihre Tochter seufzend in den Arm, als wollte sie sagen: So naiv wie du war ich auch mal. Dann fragte sie ihre Tochter, wie ihr die Feier gefallen habe. Barbra, beflügelt durch die Worte ihrer Mutter, deren skeptischen Unterton sie ausblendete, machte ihrer Mutter Komplimente wegen ihrer Rede.

»Vater hätte sich sehr geschmeichelt gefühlt«, verkündete Barbra im Brustton der Überzeugung, als sie gerade am Octagon ankamen.

Plötzlich blieb Antonia abrupt stehen und starrte entgeistert auf die drei Menschen, die ihnen entgegenkamen. Zwei Männer und ein junges Mädchen.

Mit schreckensweiten Augen wandte sich Antonia Barbra zu. »Komm, lass uns umkehren. Schnell!«

Barbra aber blieb wie angewurzelt stehen. Einer der Männer, der jüngere von beiden, kam ihr entfernt bekannt vor. Dieser volle sinnliche Mund, das kantige Kinn, die dunklen Locken, sie hatte das schon einmal gesehen, aber wo?

»Bitte, komm!«, flehte Antonia und zog sie mit sich fort. Und zwar so heftig, dass Barbra stolperte und sich gerade noch aufrecht halten konnte. Was war nur mit ihrer Mutter los? Sie war leichenblass und murmelte immerzu: »Nein, bitte nicht, nein!«

Völlig außer sich zog Antonia Barbra am Ärmel ihres Mantels auf die Straße und versuchte, rasch auf die andere Seite zu gelangen. Im letzten Augenblick sah Barbra den heranrasenden Wagen und wollte ihre Mutter zurückziehen, aber das schwere Auto hatte Antonia bereits erfasst und durch die Luft geschleudert. Zum Glück hatte sie Barbra noch rechtzeitig losgelassen. Die stand nun zitternd mitten auf der Straße, bis sich ihrer Kehle ein unmenschlicher Schrei entrang.

Sie wollte zu ihrer Mutter stürzen, die verrenkt vor dem Denkmal lag, doch da spürte sie nur noch, wie jemand sie mit Gewalt auf das Trottoir zurückzerrte, bevor ihr Retter zu Antonia eilte, sie vorsichtig aufhob und über die Straße trug.

Barbra starrte entsetzt ihre Mutter an, die stöhnend in den Armen des fremden Mannes lag, der ihr auf den ersten Blick so seltsam bekannt vorgekommen war. Aber sie konnte sich beim besten Willen nicht daran erinnern, wo sie ihm zuvor schon einmal begegnet war.

»Es wird alles gut, Liebes, es wird alles gut«, hörte sie den Fremden flüstern.

»Das kann nicht sein. Nein, nein«, murmelte der andere Mann, ein alter Mann mit schlohweißem Haar.

Barbra wandte sich verwirrt zu ihm um. Er stierte nun abwechselnd von Barbra zu Antonia und wiederholte: »O nein, o nein, das ist doch nicht möglich.«

»Wer sind Sie?«, fragte Barbra ihn mit bebender Stimme.

Sie bekam keine Antwort.

»Mein Rücken, mein Rücken«, stöhnte Antonia. Als Barbra in das schmerzverzerrte Gesicht ihrer Mutter blickte, biss sie sich fest auf die Lippen, um nicht laut aufzuschluchzen.

»Mom«, flüsterte sie, »Mom, lass mich nicht allein. Ich habe doch niemanden außer dich ...«

Antonia fiel ihr mit schwacher Stimme ins Wort. »... Barbra, bitte hör mir gut zu. Mir bleibt nicht mehr viel Zeit. Du bist nicht allein. Ich habe dich belogen.«

Antonia griff nach der Hand des Fremden, bevor sie angestrengt fortfuhr: »Das ist dein Vater James. Der wird sich ab jetzt um dich kümmern.«

»Warum?«, fragte er kaum hörbar. »Warum hast du mir das verschwiegen?«

»Er ...«, Antonia deutete mit letzter Kraft auf Charles Wayne, »... er hat mir von Patricias Herzschwäche erzählt und mir angedroht, wenn ich dich weiterhin träfe, hätte ich sie auf dem Gewissen. Das würde sie sicher ins Grab bringen ...« Sie hielt erschöpft inne und stöhnte gequält auf. »Da konnte ich es dir nicht mehr sagen und habe Arthur Evans geheiratet.«

»Ich habe dich immer geliebt, mein Engel, ich habe nie aufgehört, dich zu lieben. Wir hätten glücklich werden können, du Dummerchen.« James schluchzte laut auf. Dann küsste er ihr beide Wangen. »Mein Liebes, es wird alles gut. Ich verspreche es dir. Jetzt kann uns nichts mehr trennen.«

»Bitte, James, reiß dich zusammen. Das bist du meiner Tochter schuldig«, zischelte Charles Wayne erbost.

Antonia rang sich zu einem letzten Lächeln durch. »Welcher von beiden, Mister Wayne?«

Das überhörte er geflissentlich.

»Ich rechne Ihnen hoch an, dass Sie ihn damals in Ruhe gelassen haben, aber was soll meine Enkelin von diesem Theater denken?« Zur Bekräftigung seiner Worte nahm er das Mädchen in den Arm.

»Fragen Sie sie doch selbst, Mister Wayne! Dort steht sie.« Antonia deutete auf Barbra.

»Sind Sie von allen guten Geistern verlassen?«

»Mein Rücken, und meine Beine, ich spüre sie gar nicht mehr«, ächzte Antonia.

»Vater, lass sie in Ruhe. Du siehst doch, wie sie leidet. Geh! Lass mich mit ihr allein. Und nimm Norma mit!«, fauchte James seinen Schwiegervater an und strich Antonia sanft über das Gesicht.

Barbra sah dem Ganzen mit stummem Entsetzen zu. Die Worte ihrer Mutter kamen nicht wirklich bei ihr an. Sie fühlte sich seltsam unbeteiligt, so als säße sie im Kino von Dunedin. Staunend, mit offenem Mund, wie kürzlich bei *Alice im Wunderland.*

Antonia versuchte nun, sich aufzurichten, und fixierte Charles verächtlich, auch als sie in die Arme des Fremden zurücksank, weil es ihr nicht gelingen wollte.

»Ach, Mister Wayne, was meinen Sie, wie ich darunter gelitten habe, als ich erfahren musste, wer mein Vater ist! Der Mann, der mich zuvor noch als Hure beschimpft hatte. O nein, glücklich hat mich diese Wahrheit bestimmt nicht gemacht!«

»Sie sind ja völlig verrückt!«, schnaubte Charles.

»Will Parker starb im Oktober 1883, ich bin im September 1884 geboren. Das war genau neun Monate später, nachdem Sie meine Mutter verführt hatten, denn Ihr Bruder erwies sich im Gegensatz zu Ihnen als Ehrenmann. Er soll meine Mutter wirklich geliebt haben. Und jetzt lassen Sie uns allein. Meinen Mann, meine Tochter und mich...« Ihre Stimme wurde mit jedem

Wort schwächer. Sie wandte sich James zu. »Und das Mädchen? Hast du mich belogen? Ist sie deine Tochter?«

James schüttelte energisch den Kopf. »Sie ist die Tochter von Freunden, die tödlich verunglückt sind. Wir haben sie damals als Baby adoptiert. Patricia glaubte, das würde unsere Ehe und ihr Leben retten, aber sie starb noch in demselben Jahr.«

Das Mädchen, von dem die Rede war, kämpfte mit den Tränen. Charles Wayne nahm sie bei der Hand und zog sie mit sich fort. »Komm, Norma, Patricia hat dich wie ein eigenes Kind geliebt. Und für mich bist du meine einzige Enkelin. Wir haben hier nichts mehr verloren.«

Barbra verzog keine Miene. Das, was sich gerade vor ihren Augen abspielte, war nichts weiter als ein böser Film. Sie würde gleich von ihrem Kinosessel aufstehen, das düstere Kino verlassen und nach draußen ins Licht gehen. Auch als Antonia nach ihrer Hand griff und sie in James Hand legte, wachte sie nicht aus ihrer Erstarrung auf, sondern ließ es teilnahmslos geschehen.

»Ich liebe euch«, stöhnte Antonia, bevor sie sich noch einmal aufbäumte und ihr Kopf leblos zur Seite kippte.

Barbra zeigte keinerlei Regung, während James weinte und schrie, Antonias Körper an sich drückte und ihr Gesicht mit Küssen bedeckte. Barbra fühlte sich immer noch wie erstarrt. In ihrem Inneren machte sich eine eisige Kälte breit. Ihre Zähne schlugen unkontrolliert aufeinander.

Das war der Moment, in dem James Henson seinen Blick von der toten Geliebten losriss, sie langsam auf den Boden gleiten ließ und Barbra ohne Vorwarnung in seine Arme nahm. Sie wollte schreien, sich wehren, ihn schlagen, doch kaum dass er sie umfasst hatte, wurde sie von einer alles wärmenden Geborgenheit umhüllt, die ihren Widerstand erlahmen ließ. Endlich kamen die befreienden Tränen, während James sie in seinen Armen wiegte wie ein kleines Kind. Dann stutzte sie und sah ihm mitten ins Gesicht. Und plötzlich wusste sie, wo sie diese Gesichtszüge schon einmal gesehen hatte. Vorhin, als sie sich selbst im Spiegel betrachtet hatte.

Sie riss sich aus seiner Umarmung los und stieß einen nicht enden wollenden Schrei aus.

MILTON, JANUAR BIS MÄRZ 1936

Barbra sprach nicht viel, seit James Henson sie vor einem Jahr mit auf seine Farm nach Milton genommen hatte. Sie hatte Peter Stevensen allein in der Dunediner Villa zurückgelassen. Er sollte ihr Elternhaus hüten, solange sie auf der Farm lebte. »Ich komme bald wieder nach Hause«, hatte sie ihm versprochen.

»Und was soll ich mit der Sammlung deiner Eltern machen?«, hatte der treue Peter sie gefragt. »Ach, lass sie einfach im Keller stehen«, hatte Barbra geantwortet. Sie hoffte, er merkte nicht, wie gleichgültig ihr die alten Knochen waren. Das Einzige, was sie vom Moa mitgenommen hatte, war das Märchen. Barbra hatte es in der Nachttischschublade ihrer Mutter gefunden. Antonia hatte es selbst geschrieben, und Barbra las es beinahe jeden Tag, seit sie in Milton war. Und jeden Tag weinte sie aufs Neue. Sie vermisste nicht nur Arthur, sondern auch ihre Mutter schmerzlich.

Auf der Schaffarm war James der Einzige, mit dem sie überhaupt ein Wort wechselte, wenngleich sie sich hartnäckig weigerte, ihn *Vater* zu nennen. Sie zweifelte zwar nicht daran, dass er es wirklich war, denn dafür sprach ihre frappierende Ähnlichkeit mit ihm, aber für sie blieb Arthur ihr geliebter Dad.

Um Norma machte sie einen Riesenbogen. Das schien auf Gegenseitigkeit zu beruhen, denn wenn Norma ihr überhaupt einen Blick schenkte, dann glühte er vor Hass. Auch mit dem alten Mann wollte Barbra nichts zu tun haben, und wenn er zehnmal ihr Großvater war.

Manchmal hatte sie den Eindruck, dass es in dem großen schönen Haus zwei Parteien gab. James und sie auf der einen, Norma und den alten Charles auf der anderen Seite.

Bei den Familienessen, zu denen Barbra anwesend sein musste, gab es wenig Konversation. Doch die Blicke, die der Großvater und Norma einander zuwarfen, sprachen Bände. Nur James war stets bemüht, ein Gespräch in Gang zu bringen.

Barbra zuckte zusammen, als es an ihrer Zimmertür klopfte. Es war James, der ihr, wie so oft, einen kleinen Besuch abstattete.

»Na, mein Liebes, hast du einen schönen Tag gehabt?«, fragte er lächelnd.

Barbra verzog verächtlich ihr Gesicht. »Was kann man schon erleben inmitten all der Schafe fernab der Stadt?«, gab sie schnippisch zurück.

»Deswegen bin ich hier. In zwei Wochen ist dein Geburtstag. Willst du nicht ein kleines Fest machen und deine Freunde aus Dunedin einladen? Sie können alle bei uns übernachten.«

»Hm«, Barbra überlegte. »Ich habe nicht viele Freunde«, sagte sie schließlich, doch dann erhellte sich ihr Gesicht. »Doch, ja, ich gebe ein Fest. Es werden zwar nicht viele kommen, aber ich lade Peter ein, meine Freundin Helen und Thomas Leyland.«

»Wer ist Thomas Leyland?«, hakte James neugierig nach.

»Das ist ein sehr netter junger Mann.«

»Aber du bist noch ein Kind.«

Barbra verdrehte theatralisch die Augen. »Jetzt fängst du auch schon an wie Mom. Darf ich ihn jetzt einladen oder nicht?«

»Natürlich, schreib ihnen nur. Ich habe morgen in Dunedin zu tun und werfe die Einladungen höchstpersönlich ein. Und, sag mal...«, er stockte, »... wäre das nicht ein guter Anlass, auch Norma einzuladen?«

»Niemals! Sie hasst mich.«

James stieß einen tiefen Seufzer aus. »Das glaube ich nicht. Sie ist nur ein wenig verwöhnt. Mein Schwiegervater vergöttert sie so, wie er einst ihre Mutter vergöttert hat, und lässt ihr alles durchgehen. Sieh mal, sie hat es auch nicht leicht gehabt. Ihre Eltern sind verunglückt, als sie ein Baby war, und dann starb Patricia so kurz nachdem wir sie zu uns geholt haben. Sie klammert sich total an ihren Großvater, der sie von Anfang an verwöhnt hat. Jetzt hat sie Sorge, dass er sie nicht mehr beachten könnte, nachdem du aufgetaucht bist, seine leibliche Enkelin...«

»Das alte Ekel kann sie gern für sich haben. Ich mag ihn nämlich nicht«, erklärte Barbra grimmig.

»Gut, das kann ich sogar verstehen, aber was kann Norma dafür?«

Barbra hörte ihm gar nicht mehr zu.

»Warum hast du meine Mutter nicht geheiratet?«, entfuhr es ihr.

»Ich habe mich in deine Mutter verliebt, als sie achtzehn war, aber deine Großmutter Selma wollte mich partout nicht zum Schwiegersohn. Sogar entführen wollte ich Toni, aber da wurde ihre Mutter schwerkrank, und sie ging nicht mit mir fort, sondern zog mit ihrer Mutter weg. Warum deine Großmutter so gegen unsere Beziehung war, hat damals keiner so recht verstanden. Inzwischen ahne ich, warum. Sie wollte verhindern, dass Toni erfährt, wer wirklich ihr Vater ist. Mein Schwiegervater hatte sich damals recht schäbig deiner Großmutter gegenüber verhalten...«

Barbra sprang wie angestochen von ihrem Stuhl. »Ich will das alles gar nicht hören. Alles Lügen, alles Betrug. Ich werde nie so leben wie ihr alle. Das ist doch total krank!« Dann stutzte sie. »Aber Mom ist gar nicht so früh schwanger geworden. Sie hat mich bekommen, da war sie Mitte dreißig! Wie passt das in deine Geschichte?«

»Richtig, wir verloren uns aus den Augen. Ich heiratete Patricia, die Tochter von Charles Wayne, ihre Halbschwester, was aber zu dem Zeitpunkt keiner ahnte. Bis auf deine Großmutter Selma.

Und ich war sehr unglücklich. Ich sah Toni wieder, als sie sich zum ersten Mal mit Arthur Evans in Dunedin getroffen hat. Wegen der Moa-Knochen, die sie gefunden hatte. Sie wurde noch in derselben Nacht meine Geliebte, und ich war fest entschlossen, mich von meiner Frau zu trennen. Dann erfuhr ich, dass Patricia einen Herzfehler hat ...«

»Und da bist du lieber bei deiner Frau geblieben und hast uns allein gelassen!«, spuckte Barbra verächtlich aus.

»Ich wusste doch nichts von dir, und Toni ließ nichts mehr von sich hören. Ich schrieb ihr einen Brief. Ich wollte mich trotzdem von meiner Frau trennen, aber Toni antwortete nicht. Ich fuhr sogar nach *Oamaru*, dort teilte man mir mit, Miss Parker sei nach Dunedin gezogen, zu ihrem Mann! Ich musste doch glauben, sie hätte mich zum zweiten Mal verlassen. Und erst als sie sterbend in meinen Armen lag, habe ich erfahren, dass Charles bei ihr gewesen ist und ihr von Patricias Krankheit erzählt hat. Ach, mein Kind, du glaubst gar nicht, wie glücklich es mich macht, dass es dich gibt.«

James wollte Barbra in die Arme nehmen, doch sie wich einen Schritt zurück. Körperliche Nähe zu ihm war ihr immer noch zu viel. Sie kam sich jedes Mal so vor, als würde sie den guten Arthur hintergehen.

»Okay, Norma kann kommen«, ergänzte sie versöhnlicher.

»Es ist mir wichtig, dass ihr euch versteht. Ihr seid beide meine Töchter. Es ist auch für mich schrecklich verwirrend.«

»Ich mag dich doch«, flüsterte sie entschuldigend, »und eines Tages verstehe ich mich auch mit Norma, versprochen! So, und jetzt lass mich bitte allein. Ich will die Einladungen schreiben.«

»Gut, mein Kind«, erwiderte er leise und ging zur Tür. Dort wandte er sich noch einmal um. »Da wäre noch etwas«, bemerkte er sichtlich verlegen. »Es gibt noch einen Enkel des Alten, der nächste Woche aus seinem Internat in London nach Hause zurückkehrt. Alexander. Darf er mitfeiern?«

»Wie, einen Enkel? Hast du etwa auch einen Sohn?«

James schüttelte energisch den Kopf. »Nein, er stammt aus dem Verhältnis meines Schwiegervaters mit einem Dienstmädchen, das dann kurz nach der Geburt ihres Kindes starb. Sie hatte vorher einen anderen Mann, einen Joe Cameron geheiratet, der wusste, dass der kleine Joe – so hieß auch der Junge – nicht sein Kind war. Dessen Eltern, bei dem das Kind nach dem frühen Tod des Mannes aufwuchs, fanden schließlich heraus, dass der leibliche Vater von Joe Charles Wayne ist. Sie haben lange Jahre Schweigegeld von meinem Schwiegervater erpresst. Aber als der kleine Joe, der inzwischen zwanzig war, zusammen mit seiner Frau tödlich verunglückte und einen elternlosen Sohn zurückließ, hat Charles dem Ganzen ein Ende gesetzt und den Camerons ein Angebot gemacht: Er wollte seinen Enkel aufnehmen und sich um ihn kümmern. Im Gegenzug sollten die Camerons ihn endlich in Ruhe lassen. Sie sind darauf eingegangen, haben noch einmal die Hand aufgehalten und ihm schließlich Alex gegeben. Damit hatten sie einen Esser weniger und wir ein Kind mehr in der Familie!«

Sehr glücklich sieht er nicht aus, wenn er von dieser Familie Cameron spricht, ging es Barbra beim Anblick seiner finsteren Miene durch den Kopf.

»Gut, der kann meinetwegen auch kommen, aber sag Norma, wenn sie mich auf meinem eigenen Fest so feindselig ansieht, wie sie es sonst zu tun pflegt, muss sie leider abhauen.«

Wieder machte James sich zum Gehen bereit, und wieder drehte er sich um. »Sag mal, was war Arthur Evans eigentlich für ein Mensch?« Er wirkte gequält.

»Er war ein wunderbarer Vater, und Mom und er haben sich blind verstanden. Es gab niemals Streit. Klar, sie waren gleichsam verrückt nach dem Moa, aber trotzdem hatten sie viel Spaß. Bei uns wurde immer viel gelacht...« Sie unterbrach sich, weil James so entsetzlich mitgenommen aussah, doch dann fuhr sie zögernd fort: »Er hat immer viel mehr mit mir unternommen als Mom. Er hat mir Gutenachtgeschichten vorgelesen, zu ihm bin ich gerannt, wenn ich mir das Knie aufgestoßen hatte und er pusten sollte...« Plötzlich liefen ihr die Tränen nur so über die Wangen. »Ich will dich nicht verletzen«, schluchzte sie entschuldigend.

Nun konnte sich auch James nicht mehr beherrschen. »Kind, ich bin doch froh, dass du einen guten Vater gehabt hast. Es ist nur so: Nichts im Leben hätte ich lieber getan, als dich aufwachsen zu sehen. Jetzt bist du schon so groß«, gestand er ihr mit tränenerstickter Stimme.

»James, Dad, ich hab dich wirklich lieb. Das musst du mir glauben, aber ich bin nicht glücklich in deinem Haus.«

»Ich weiß, es ist nicht so einfach, aber glaube mir, es kann nur besser werden«, seufzte er. In diesem Augenblick hätte Barbra ihn gern umarmt, aber da hatte er das Zimmer bereits eilig verlassen. Wahrscheinlich soll ich nicht sehen, dass er wieder weint so wie bei Moms Tod, dachte Barbra, denn Männer weinen ja eigentlich nicht. Sie war jedenfalls noch nie zuvor einem weinenden Mann begegnet.

Als Barbra an ihrem sechzehnten Geburtstag zum Frühstück erschien, erwartete sie ein Blumenmeer. James empfing sie sogar mit einem Ständchen. Selbst Norma schien ihr gegenüber ein wenig freundlicher gesonnen als sonst. Jedenfalls nickte sie ihr aufmunternd zu. Nur Charles fehlte.

Als James Barbras Blick auf den leeren Stuhl bemerkte, klärte er sie auf. Der alte Wayne war zum Bahnhof nach Milton gefahren, um seinen Enkel abzuholen.

»Willst du nicht deine Geschenke auspacken?«, fragte James lauernd. Barbras Blick fiel nun auf die Pakete, die um ihren Stuhl herum lagen.

»Wollen wir nicht erst frühstücken?«, fragte sie höflich.

Norma kicherte laut auf. »Komm, du bist doch bestimmt genauso neugierig wie ich. Nun mach schon.«

Barbra sah ihre Stiefschwester erstaunt an. Das war der erste Satz, den sie an sie gerichtet hatte, seit sie auf der Schaffarm in Milton lebte. Sie lächelte. »Gut, aber nur, um dir einen Gefallen zu tun«, erwiderte Barbra verschmitzt. James strahlte über das ganze Gesicht. Ihm war anzumerken, wie es ihn erfreute, dass das Eis zwischen den beiden Mädchen endlich gebrochen war.

»Ich ahne, warum du so gute Laune hast«, neckte er Norma. »Hat das mit einem frischgebackenen Schulabsolventen zu tun?«

»Dad! Hör auf!«, kreischte Norma mit überschnappender Stimme.

Barbra aber kümmerte sich nicht um das Geplänkel zwischen den beiden, sondern wickelte aus, was da liebevoll in Seidenpapier verpackt worden war. Zum Vorschein kam ein glitzerndes weinrotes Kleid.

»Wie Marlene Dietrich in Marokko!«, rief Barbra begeistert aus.

»Deine Mutter hat dir doch nicht etwa erlaubt, ins Kino zu gehen, oder?«, fragte James irritiert.

Barbra rollte mit den Augen. »Nein, nur in Kinderfilme. Wie *Alice im Wunderland*. Aber in Dunedin gab es Magazine zu kaufen, die Mom verschlungen hat und die ich mir stibitzt habe. Zufrieden?«

»Und mich hat er mitgeschleppt, damit ich es anprobiere«, maulte Norma. »Ich habe noch nie so ein schönes Kleid bekommen.«

»Das ist nicht wahr. Ich bringe dir jedes Mal eines mit, wenn ich in Dunedin oder Christchurch bin«, protestierte James.

Barbra hielt das prächtige Kleid wie einen wertvollen Schatz im Arm und fragte sich, wie Thomas sie wohl darin finden würde. James hatte ihr mehrfach schwören müssen, dass er die Einladung ordnungsgemäß im Haus der Leylands abgeliefert hatte. Zu Barbras Kummer aber nicht direkt bei Thomas, sondern bei dessen Vater.

Ob er wohl kommen wird? Barbra war entsetzlich aufgeregt bei der Vorstellung, von Thomas einen Geburtstagskuss zu bekommen. Deshalb konnte sie sich auch kaum mehr auf das Gespräch am Frühstückstisch konzentrieren. Immer wieder schweiften ihre Gedanken zu dem jungen Mann ab. Schließlich entschuldigte sie sich und eilte hinaus. Es war ein herrlicher Spätsommertag. Die Luft über der Farm stand förmlich still, weil sich kein einziger Windhauch regte. So heiß hatte Barbra das weite Land selten erlebt. Ziellos wanderte sie über die grünen Wiesen, bis sie endlich an einen Zaun kam. Erst hier endete die Henson-Farm. Was, wenn ich hier aufgewachsen wäre?, fragte sie sich, während sie zurückschlenderte. Norma ist eigentlich gar nicht so übel, dachte sie, als sie das Wohnhaus der Hensons auf dem Hügel vor sich auftauchen sah. Vielleicht können wir ja doch noch Freundinnen werden.

Den Rest des Tages verkroch sie sich in ihrem Zimmer. James hatte versprochen, alles zu ihrer Zufriedenheit zu organisieren. Nun war es nur noch eine knappe Stunde bis zum Fest. Während sie ihr neues Kleid anzog, dachte sie plötzlich an ihre Mutter, die vor einem Jahr tödlich verunglückt war. War es rechtens, dass sie fröhlich feierte, während sie im kühlen Grab auf dem Friedhof in Dunedin lag? Sie würde es gutheißen, sagte sich Barbra entschieden und schenkte ihrem Spiegelbild einen bewundernden Blick. Das Kleid passte wie angegossen, und sie sah sehr erwachsen darin aus, wenngleich ihr der Rock ein wenig gewagt vorkam. Er bedeckte gerade einmal das Knie. Doch wie kritisch sie ihre Beine auch betrachtete, sie musste dennoch feststellen, dass sie es gut tragen konnte.

Ein Klopfen holte sie aus ihren Gedanken. Zögernd trat Norma ein. Sie war auch schon für das Fest angekleidet und sah bezaubernd aus.

»Darf ich reinkommen?«, fragte sie.

»Gern, wenn du mir sagst, ob das Kleid nicht zu gewagt ist.«

»Nein, gar nicht. Ich wollte dir nur sagen, es tut mir leid, dass ich immer so ekelhaft zu dir war. Dad hat mir erzählt, dass Großvater nicht nett zu deiner Mutter gewesen ist. Und dass du nicht vorhast, mich zu verdrängen, nur weil du seine echte Enkelin bist.«

Barbra lächelte. »Nein, ich möchte lieber, dass wir Freundinnen werden.«

»Freundinnen?« Norma strahlte. »Das wäre schön, denn hier draußen kann es manchmal ganz schön einsam sein, wenn Alex fort ist.«

Barbra musterte Norma eindringlich. »Bist du etwa in ihn verliebt? Deine Augen funkeln ja wie Sterne«, fragte sie neugierig und hakte ihre Halbschwester entschieden ein. »Komm, wir gehen. Ich kann es gar nicht mehr erwarten.«

Arm in Arm stolzierten sie in das Esszimmer, das festlich geschmückt war, und erwarteten in trauter Eintracht die Gäste. Der Erste war Peter Stevensen, der ihre Freundin Helen aus Dunedin mitgebracht hatte.

»Wer ist das denn?«, fragte die Freundin unverblümt und deutete auf Norma.

»Sie ist meine Schwester.« Barbra zog ihre Freundin in eine Ecke. »Ich erkläre dir das alles heute Nacht in unserem Bett, denn du schläfst bei mir im Zimmer.«

Die Freundin aber hörte ihr gar nicht mehr zu. Sie starrte gebannt auf einen Neuankömmling. »Und wer ist das? Dein Bruder?«, fragte sie sichtlich angetan.

Barbra zuckte mit den Schultern, obwohl sie bereits ahnte, wer der große junge Mann mit dem roten Haar und den geröteten Wangen war. Er sieht aus wie ein waschechter Schotte, schoss es ihr durch den Kopf.

»Stell ihn mir vor«, verlangte Helen, als der Hüne auf Barbra zusteuerte und sie von Kopf bis Fuß musterte.

»Du bist also auch meine Cousine, hat mir Großvater gerade gesagt. Und ich bin Alexander, ein Bastard der Familie Wayne.« Er hielt ihr zur Begrüßung seine kräftige Hand hin.

Barbra wusste nicht, was sie von diesem jungen Mann halten sollte, als er sich zu ihr hinunterbeugte und ihr ins Ohr flüsterte: »Du siehst umwerfend aus. Schenkst du mir einen Tanz?«

Erst in diesem Augenblick nahm Barbra die Kapelle wahr, die ihr Vater für sie bestellt hatte und die nun einen Swing spielte.

»Darf ich bitten?«, fragte Alexander. Er wartete ihre Antwort gar nicht erst ab, sondern zog sie an der Hand auf die Tanzfläche. Sie fand sein Benehmen ziemlich unverschämt, aber er tanzte hervorragend. Das hielt sie davon ab, ihn einfach auf der Tanzfläche stehen zu lassen.

»Nenn mich Alex, und wie heißt du?«, raunte er ihr beim Tanzen ins Ohr.

»Barbra«, erwiderte sie hastig. Sie hatte ein merkwürdiges Gefühl. So, als ob sie beobachtet würde. Und als sie zum Rand der Tanzfläche sah, wusste sie, warum sie sich so unwohl fühlte. Da war er wieder, der hasserfüllte Blick ihrer Ziehschwester. Dachte Norma etwa, sie wollte ihr den Mann ausspannen? Mitnichten. Der rotgesichtige Alex interessierte Barbra nicht im Geringsten. Sie sehnte sich nur nach dem einen: nach Thomas Leyland; doch sosehr sie auch auf ihn wartete, er kam an diesem Abend nicht und ließ auch in den folgenden Monaten nichts von sich hören.

Milton, März 1937

Wenn Barbra auf das vergangene Jahr zurückschaute, wurde sie nur noch missgelaunter. Alles, woran sie sich erinnerte, war, dass sie ständig versucht hatte, Alexanders Annäherungsversuche abzuwimmeln, und dass Norma immer schmallippiger geworden war. Und natürlich an ihren Kummer darüber, dass sie gezwungen gewesen war, sich Thomas Leyland aus dem Herzen zu reißen. Helen hatte ihr nämlich eines Tages unter dem Siegel der Verschwiegenheit erzählt, dass er inzwischen mit ihrer älteren Schwester Julia zusammen war. Also hatte ihre Mutter Recht behalten. Ein Mann wie er wartete keine zwei Jahr auf ein kleines Mädchen wie sie.

Wenn ich wenigstens Norma zum Reden hätte, dachte sie wehmütig, während sie in das grüne Kleid schlüpfte, das ihr James zu ihrem heutigen siebzehnten Geburtstag geschenkt hatte. Aber ihre Stiefschwester war geradezu besessen von dem Gedanken, sie würde sich für Alexander interessieren. Mehrfach hatte Barbra ihr geschworen, dass sie sich nicht das Geringste aus ihm machte, und dann war Norma ausgerechnet in dem Moment dazugekommen, als Alex lautstark von Barbras wunderschönen Augen geschwärmt hatte. Da war es endgültig vorbei gewesen mit ihrer Freundschaft, und Barbra war nur noch einsamer geworden.

James versuchte zwar ständig, sie aufzuheitern, aber sie wurde das Gefühl nicht los, langsam genauso trübsinnig zu werden wie ihre Schwester. Das Einzige, was sie erfreute, war die Tatsache, dass der alte Wayne bettlägerig geworden war und sie nicht täglich seinen abweisenden Blick ertragen musste. Sie konnten einander nicht leiden. Daran hatte sich nichts geändert. Und jeder im Hause Henson wusste es.

Gelangweilt sah Barbra in den Spiegel. Gut, das Kleid steht mir ausgezeichnet, und ich bin inzwischen zu einer richtigen Frau herangereift, stellte sie teilnahmslos fest, doch wofür und, vor allem, für wen putze ich mich so heraus? Damit Alex mir wieder unverblümt Avancen macht? Dabei wusste sie eines genau: Wenn er der einzige Mann sein würde, der ihr je einen Antrag machte, würde sie lieber zur alten Jungfer werden. Davon abgesehen, dass sie ihn nicht besonders attraktiv fand, mochte sie sein Wesen nicht. Sie hatte ständig Sorge, dass er etwas Unrechtes im Schilde führte. Außerdem trank er und prügelte sich gern. Was Norma nur an ihm fand?

Barbra hatte jedenfalls gar nicht feiern wollen, doch James wollte unbedingt ein Essen für sie geben. Was soll das schon werden?, dachte Barbra trübsinnig. Alexander wird mich mit seinen Blicken auffressen und Norma mich dafür mit ihren töten wollen.

Lustlos verließ Barbra ihr Zimmer und betrat mit hängenden Schultern das Esszimmer. Die anderen saßen bereits bei Tisch. James hatte sich dank seiner fleißigen Haushaltshilfe wieder mächtig ins Zeug gelegt. Ihr Platz war blumengeschmückt.

»Danke, Dad«, sagte sie höflich und versuchte zu lächeln. Es gelang ihr halbwegs, und sie bemühte sich, die Rolle der gut gelaunten Tochter zu spielen, während ihr Vater eine flammende Rede auf sie hielt.

Als ihr Blick den von Alexander traf, sah sie ihre schlimmsten Befürchtungen bestätigt. Er schmachtete sie förmlich an. Wie erwartet, beobachtete Norma das mit zusammengepressten Lippen.

Kaum dass James seine Rede beendet hatte, stieß Alexander mit seiner Gabel an ein Glas, sprang eifrig von seinem Stuhl auf und strahlte Barbra an. »Lieber James, liebe Norma, liebe Barbra, ich will nicht länger mit meinen Gefühlen hinter dem Berg halten. Ungeduldig habe ich deinen siebzehnten Geburtstag erwartet, um dir endlich einen Antrag zu machen. Ich bin kein Mann der großen Worte. Nur das eine: Willst du meine Frau werden, Barbra?«

Statt ihn anzusehen, blickte Barbra zu Norma hinüber. Die aber wandte den Blick zutiefst verletzt ab.

»Na, das ist ja eine Überraschung«, sagte James. Das klang alles andere als begeistert.

Barbra schluckte trocken. Offenbar erwartete man von ihr eine Antwort. Zögernd wandte sie sich Alexander zu. »Ich weiß gar nicht, was ich sagen soll ...«

»Ja!«, schnaubte Norma hämisch. »Ja, sollst du sagen!«

»Nein«, erklärte Barbra entschieden. »Ich werde dich nicht heiraten, denn ich liebe dich nicht.«

Das brachte ihr einen anerkennenden Blick ihrer Stiefschwester ein. Zum ersten Mal seit langer Zeit huschte der Anflug eines Lächelns über Normas Gesicht.

Alexander sah Barbra sprachlos an. Sein Mund stand vor Erstaunen halb offen. In dieses Schweigen hinein ertönte der Klang der Haustürglocke.

»Hast du noch jemanden eingeladen?«, fragte James erstaunt.

Barbra schüttelte den Kopf, doch da hörte sie draußen im Flur eine ihr wohlbekannte Stimme sagen: »Doch, Miss Evans erwartet mich heute.«

Vor lauter Aufregung drohte Barbras Herzschlag auszusetzen. Sie starrte gebannt zur Tür. Als Thomas die Tür öffnete und in das Esszimmer trat, begann sie am ganzen Körper zu zittern. Er sah noch genauso umwerfend aus wie damals vor zwei Jahren. Er lächelte ihr zu, doch dann steuerte er zielstrebig auf James zu und streckte ihm die Hand zur Begrüßung entgegen, die dieser irritiert nahm.

»Mister Henson, ich möchte mich in aller Form dafür entschuldigen, dass ich hier anscheinend unangemeldet hereinplatze, aber ich hatte Miss Evans versprochen, dass ich sie am heutigen Tag aufsuche. Inzwischen ist mir zu Ohren gekommen, dass Sie der Vater der jungen Dame sind, und deshalb darf ich Sie auch persönlich um die Hand Ihrer Tochter bitten.«

Daraufhin herrschte Totenstille, bis sie durch Normas hysterisches Kichern unterbrochen wurde.

Das ließ auch Barbra aus ihrer freudigen Erstarrung erwachen, und ihr fiel ein, was Helen ihr über ihre Schwester und Thomas erzählt hatte. »Thomas, ich würde dich gern unter vier Augen sprechen«, sagte sie nun streng, während sie aufstand, ihn bei der Hand nahm und auf den Flur hinauszog.

»Liebste«, raunte er.

»Was ist mit Julia?«, entgegnete sie schroff, während sie seiner Umarmung auswich.

»Welche Julia?«

Kämpferisch stemmte Barbra die Hände in die Hüfte. »Sag bloß, du weißt nicht, von wem ich spreche. Jetzt tu nicht so. Julia Cunningham, die Schwester meiner Freundin Helen.«

»Ach, deshalb hat die kleine Helen mich immer so böse angesehen. Jetzt verstehe ich.« Thomas lachte.

»Du leugnest also nicht, mit ihr verlobt zu sein?«, fragte Barbra empört.

»Mein Liebes, das weise ich weit von mir. Es war ein kleines Techtelmechtel. Nicht von Bedeutung. Und es ist vorbei!«

»Du gibst also zu, mit ihr ein Verhältnis gehabt zu haben?«

»Warum nicht? Wir leben nicht mehr im Viktorianischen Zeitalter, wo man das nur heimlich zu tun pflegte. Sie wird auch einen anderen heiraten. Oder willst du mich etwa nicht mehr?«

Er trat auf sie zu und zog sie sanft zu sich heran. Dann küsste er sie. Barbras Knie wurden weich, als sie den Kuss erwiderte.

Als sie Arm in Arm ins Esszimmer zurückkehrten, hatte sie das Gefühl, auf Wolken zu schweben.

»Dad«, flötete sie. »Ich möchte Thomas Leyland heiraten.«

»Ach, Sie sind dieser Thomas Leyland, auf den meine Tochter letztes Jahr vergeblich gewartet hat? Warum haben Sie sie denn da versetzt?«, knurrte James.

»Weil wir erst für dieses Jahr verabredet waren, oder, mein Liebling?«, erwiderte Thomas prompt und warf Barbra einen verschmitzten Blick zu.

Barbra strahlte über das ganze Gesicht. Vergessen waren Julia und mit ihr all die Tränen, die sie seit ihrem letzten Geburtstag wegen Thomas vergossen hatte.

»Dann sollten wir uns noch ein Gedeck bringen lassen und Sie in der Familie willkommen heißen«, bemerkte James nun versöhnlich und bat Thomas, sich zu setzen.

»Was fällt dem Kerl ein? Schneit hier einfach rein und schwingt große Reden«, protestierte Alexander und warf dem Eindringling einen abschätzigen Blick zu.

»Wenn es nicht so traurig wäre, müsste ich die ganze Zeit lachen«, murmelte Norma und fing schon wieder zu kichern an.

»Halt doch die Klappe!«, herrschte Alexander sie daraufhin wütend an. Er wirkte sichtlich angeschlagen. Die herbe Niederlage schien ihn ernstlich mitzunehmen. Das Gesicht war versteinert, aber in seinen Augen funkelte es gefährlich.

Er sieht so aus, als ob er auf Rache sinnt, schoss es Barbra durch den Kopf, doch als sich Thomas nun neben sie setzte und zärtlich ihre Hand streichelte, hatte sie nur noch Augen für ihn.

Erst das erneute Geräusch eines klingenden Glases ließ sie aufhorchen. Es war Alexander, der ungeschickt aufsprang und dabei ein Glas umwarf, doch er kümmerte sich nicht um den Rotwein, der sich über das blütenweiße Tischtuch ergoss.

»Liebe Norma, lieber James, ich habe einen unverzeihlichen Fehler begangen, als ich Barbra vorhin so leichtfertig einen Antrag gemacht habe. Wie konnte ich vergessen, dass wir verwandt miteinander sind? Sie ist meine Cousine. Das sollte man niemals tun. Wir sehen ja an den europäischen Herrscherhäusern, wohin diese Ehen unter Familienangehörigen geführt haben...« Er unterbrach seine Rede, um sich an den Kopf zu tippen. »Erst durch das Auftauchen des Herrn dort...«, er deutete auf Thomas, »... habe ich begriffen, wem meine Zuneigung wirklich gilt. Ich habe es nicht gemerkt, weil wir uns schon von Kindheit an kennen und wie Geschwister aufgewachsen sind. Dabei sind wir gar nicht richtig miteinander verwandt. Norma, willst du mich heiraten?«

Bevor Norma ihm eine Antwort geben konnte, mischte sich James hektisch ein.

»Junge, nun überstürz doch nichts. Wir verstehen alle, dass es nicht einfach für dich ist, aber nun warte erst einmal ab, und lass Gras über die Sache wachsen.«

Er will nicht, dass sie ihn heiratet. Er mag Alex nicht, schoss es Barbra durch den Kopf.

»Hättest du den Kerl etwa geheiratet, wenn ich nicht gekommen wäre?«, flüsterte ihr Thomas nun ins Ohr.

»Niemals! Lieber wäre ich eine alte Jungfer geworden«, raunte sie zurück und drückte zur Bekräftigung ihrer Worte seine Hand.

»Dad, ich möchte Alex gern heiraten«, sagte Norma nun laut und vernehmlich. Sie kicherte nicht mehr.

»Aber Kinder, überlegt es euch gut. Ich meine, Norma, er hat dich eben vor uns allen nicht sehr freundlich behandelt.«

James mahnende Worte wurden durch lautes Wehgeschrei, das vom Flur bis in das Esszimmer tönte, unterbrochen. Da stand auch schon die Köchin in der Tür und jammerte: »Ich wollte Mister Wayne seine Suppe bringen, aber er hat sich nicht gerührt. Erst habe ich gedacht, er schläft, aber er ist...« Die Köchin schluchzte laut auf. Norma fiel in das Weinen ein. Selbst Alexanders Augen wurden feucht.

Nur Barbra verzog keine Miene.

Bluff, Mitte April 2009

»Entschuldigen Sie, aber mir ist ...«, presste Grace gerade noch hervor, bevor sie mit vorgehaltener Hand aus der Küche ins Freie lief. Dort übergab sie sich. Dann atmete sie ein paarmal tief durch, sog begierig die würzige Meeresluft ein und ließ ihren Blick über das aufgewühlte Meer schweifen. Gerade bahnte sich ein einzelner Sonnenstrahl den Weg durch die Wolkenberge und traf weit unten auf das raue Wasser. Grace war seltsam berührt von diesem Anblick. Und dann sah sie in der Ferne auf einem Strand Hunderte von Robben, und sie hatte zum ersten Mal das sichere Gefühl, dass ihr Herz in diesem Land zuhause war.

»Nun kommen Sie doch. Die Zeit drängt!«, unterbrach Moira, die ihr nach draußen gefolgt war, ihre Gedanken. Sie deutete auf ihre Uhr. »Sie wird zwar bis vier Uhr schlafen, aber mir wäre es lieb, wenn Sie um halb vier das Haus verlassen haben würden.«

»Das nenne ich generalstabsmäßige Planung«, spottete Grace, aber sie folgte Moira zurück ins Haus.

Sie konnte immer noch nicht fassen, dass dies wirklich die Geschichte ihrer eigenen Familie sein sollte und Barbra aller Wahrscheinlichkeit nach ihre Großmutter. Ein paarmal war sie versucht gewesen, Moira zu unterbrechen und zu brüllen: »Ich will wissen, warum sie mich weggegeben haben! Und ausgerechnet an einen Cameron!«, doch sie tat es nicht. Viel zu groß war ihre Angst vor der Wahrheit. Solange diese noch nicht ausgesprochen war, durfte sie immer noch hoffen, dass es halb so schlimm sein würde wie befürchtet.

Als sie die Küche betraten, erstarrte sie. Am Tisch saß eine apart aussehende, zierliche ältere Frau mit blond gefärbtem Haar und schaute sie skeptisch, ja beinahe ängstlich an.

»Moira, wer ist das?«, fragte sie und ließ Grace dabei nicht aus den Augen.

»Ich bin ...« Grace war fest entschlossen, die Wahrheit nicht länger zu verbergen, doch Moira schnitt ihr lautstark das Wort ab.

»Sie ist von der Kirchengemeinde. Unser Reverend hat sie hergeschickt.«

»Ach, dann bin ich ja beruhigt«, seufzte die Frau erleichtert. »Dann setzen Sie sich doch. Es ist sicherlich anregend, wenn ich mich mal mit jemand anders unterhalte als mit Moira. Machst du uns bitte einen Tee? Sie mögen doch Tee, oder?«

Grace stand immer noch wie angewurzelt da. »Und Sie, Sie sind Misses ...?«, fragte sie schließlich, obwohl sich ihre Zunge so pelzig anfühlte, dass ihr das Reden schwerfiel.

Doch wieder unterbrach Moira sie hastig. »Das ist Misses Alma Vaughn.«

»Ach so, Sie sind Misses Alma Vaughn«, wiederholte Grace tonlos.

»Moira, nun steh doch nicht so da und starre die Dame an wie einen Geist. Kommen Sie, junge Frau, ich möchte mit Ihnen plaudern und ...«

»Die Dame interessiert sich für deine Familiengeschichte. Ich habe ihr das Wichtigste bereits erzählt«, unterbrach Moira erneut das Gespräch.« Dann wandte sie sich drohend an Grace. »Wollten Sie nicht gerade gehen?«

Grace funkelte nicht minder wütend zurück.

»Nein, ich habe das Ende der Geschichte noch gar nicht gehört. Sie hatten mir nur von Barbra erzählt. Ja, genau, von ihrem siebzehnten Geburtstag, als sie sich mit Thomas Leyland verlobt hat.«

»Ach ja, Vater«, seufzte Deborah, oder Alma, wie sie sich heute nannte, verträumt. »Damals war Mutter so rasend in ihn verliebt. Ich meine, Vater war aber auch ein Charmeur. Ich habe ihn später viel zu selten zu Gesicht bekommen. Mutter hat das, so oft sie konnte, verhindert, aber ich war gern bei ihm. Im Gegensatz zu Suzie. Sie hat ihn verurteilt, weil Mutter ihn doch so gehasst hat. Dass ich ihn vergötterte, durfte ich ihr gegenüber natürlich nicht zugeben.« Sie lächelte beseelt und schien in ihrer Erinnerung förmlich in die Vergangenheit abzutauchen. »Ich habe mir als Kind immer gewünscht, dass der Mann, den ich einmal heirate, auch so blendend aussieht und mindestens ebenso charmant ist wie mein Vater. Und wissen Sie was? Ich hatte Glück. Mein Mann war genauso attraktiv. Suzie hat mich wegen meines Faibles für gut aussehende Männer immer geneckt, weil sie meinte, es käme auf die inneren Werte an. Pah, aber sie war schon immer ein fürchterlicher Blaustrumpf. Sie hat keinem Mann schöne Augen gemacht, bis . . .« Deborah verstummte plötzlich, und der kindliche Ausdruck in ihrem Gesicht verwandelte sich in den verbitterten Blick einer zutiefst enttäuschten Frau. Hatte sie auf Grace eben noch den mädchenhaften Eindruck einer Frau gemacht, die nie erwachsen werden wollte und unbeschwert drauf losplapperte, wirkte sie nun wie ein Mensch, der viel Leid hatte erfahren müssen. Nur eines konnte sich Grace beim besten Willen immer noch nicht vorstellen: Dass diese völlig fremde Frau ihre Mutter sein sollte!

»Alma, ich glaube, du solltest dich noch ein wenig hinlegen. Du hast nicht einmal eine Stunde geschlafen«, mahnte Moira streng.

»Behandle mich nicht immer wie ein Kleinkind«, murrte Deborah. »Und mach endlich den Tee für die Dame von der Kirche. Vielleicht haben wir noch welche von den guten englischen

Keksen. Sie mögen doch Kekse, Misses ... Wie war noch gleich Ihr Name? Ich glaube, ich habe ihn vergessen. Es ist schrecklich. Ich vergesse immer alles. Das ist entsetzlich, wenn man gar nicht mehr weiß, was man holen wollte, wenn man in die Küche gegangen ist.«

»Ich hatte mich Ihnen noch gar nicht vorgestellt, aber ich bin ...« Grace zögerte, doch dann sagte sie hastig: »Ich bin Deborah!« Ihr wurde heiß, als sie den echten Namen ihrer Mutter aussprach.

Deborah strahlte über das ganze Gesicht. »Deborah? Was für ein Zufall. So hieß ich auch einmal. Jedenfalls, bevor sie mich eingesperrt haben.«

»Alma, jetzt ist gut. Du wolltest Fremden gegenüber nicht über die Sache sprechen. Du weißt schon ...«

»Moira, aber sie ist doch keine Fremde. Der Reverend hat sie geschickt.«

»Sie sagten, sie hätten Ihren Vater später nicht oft sehen dürfen. Lebte er denn nicht bei Ihnen?«

Grace hoffte, dass das laute Pochen ihres Herzens sie nicht verriet, aber Deborah brach nun in ein lautes Gekicher aus.

Grace sah sie entsetzt an. Es war ein Irrsinn. Diese Mischung aus einem nicht erwachsen werden wollenden Püppchen und einer verwirrten Alten sollte ihre Mutter sein?

»Nein, er lebte woanders. Wollen Sie wissen, warum? Ich meine, ich war noch zu klein, aber Mom hat uns die ganze Geschichte immer und immer wieder erzählt. Dad ist jedes Mal ausgewichen, wenn ich ihn darauf angesprochen habe. Wollen Sie es hören?«

»Nein, ich glaube, solche persönlichen Dinge, die deine Eltern betreffen, interessieren unseren Gast nicht. Ich glaube, sie hat genug gehört und möchte jetzt gehen«, mischte sich Moira ein.

Grace warf ihr einen drohenden Blick zu. »Sie irren. Ich finde das alles unglaublich spannend.«

»Schön!«, bemerkte Deborah und klatschte vor Begeisterung in die Hände. »Ich habe das nämlich alles so lange keinem mehr erzählt. Und ich hatte es auch irgendwie vergessen, aber gerade sehe ich das alles vor mir, als wäre es gestern gewesen.«

Moira rollte mit den Augen und servierte den Tee.

Deborah hingegen musterte Grace durchdringend. »Sie kommen mir irgendwie bekannt vor«, raunte sie schließlich.

Dunedin, Dezember 1944

Barbra war nur von dem einen Gedanken beseelt: Thomas einen königlichen Empfang zu bereiten, wenn er heute aus dem Krieg zurückkehrte. Er war seit Beginn der Pazifikkämpfe als Bomberpilot im dauernden Einsatz, aber nun sollte er noch vor Weihnachten wieder zuhause sein. Barbra war überglücklich. Sie vermisste ihn entsetzlich. Natürlich, sie hatte die Mädchen, aber ohne ihren Mann fühlte sie sich irgendwie unvollständig. Eigentlich war sie in Thomas noch immer so verliebt wie am ersten Tag. Das wurde ihr immer dann besonders bewusst, wenn sie Norma und Alex traf. Dass die beiden keine glückliche Ehe führten, war unübersehbar. Daran änderte auch deren aufgeweckter Sohn Ethan nichts, den Norma noch im Jahr ihrer Hochzeit zur Welt gebracht hatte. Barbra hatte sie damals glühend um ihr Mutterglück beneidet. Sie hatte nämlich noch zwei lange Jahre warten müssen, bis sie ihr erstes Kind zur Welt gebracht hatte.

Mit gemischten Gefühlen betrachtete Barbra ihre Stiefschwester, die auf dem Wohnzimmersofa schlief. Norma war heute Nacht mit einem Koffer und ihrem Kind an der Hand bei ihr aufgekreuzt. Alex war in aller Frühe betrunken nach Hause gekommen und hatte sich gegen ihren Willen über seine Frau hergemacht. Aber damit nicht genug. Nachdem er mit ihr fertig war, hatte er sie beschimpft, aus dem Bett gezerrt und ihr einen Tritt in den Unterleib verpasst. Norma war, während Alex seinen Rausch ausschlief, nach Dunedin geflüchtet. Gerade eben erst war Norma, nachdem sie den Rest der Nacht geweint und ihr Schicksal beklagt hatte, endlich vor lauter Erschöpfung auf dem Sofa eingeschlafen. Ethan hatte bei den Mädchen im Zimmer geschlafen und war mit ihnen gleich nach dem Frühstück zum Spielen in den Garten gerannt.

Gegen Suzans burschikosen Ton hat Ethan keine Chance, dachte Barbra, als sie ihren Blick aus dem Fenster schweifen ließ und die tobenden Kinder beobachtete. Sie hatten sich gerade unter dem blühenden Eisenholzbaum eine Höhle gebaut. Alles hörte dabei auf Suzans Kommando. An ihr war ein Junge verlorengegangen! Dabei kam sie vom Äußeren ganz nach Barbra. Das schwarze dicke Haar, die Nase, der Mund … Deborah hingegen war klein und zierlich. Sie ähnelte ihrer Großmutter Antonia. Sie lief ihrer großen Schwester stets wie ein Hündchen hinterher und war ansonsten eine kleine Prinzessin, die schon jetzt alles bekam, was sie wollte. Wenn sie ihren Schmollmund zog, konnte ihr keiner widerstehen. Besonders Thomas schlägt ihr keinen Wunsch ab, dachte Barbra mit einem Lächeln auf den Lippen. Ach, wie sie sich auf ein Wiedersehen mit dem geliebten Mann freute. Sie hatte noch keinen einzigen Tag bereut, sich für ein Leben als Ehefrau und Mutter entschieden zu haben. Daran änderte auch nichts, dass die Sammlung ihrer Eltern nun im Keller vor sich hin gammelte. Sie hatte die alten Knochen eigentlich Professor Leyland, Thomas' Vater, schenken wollen, aber der war inzwischen nach Australien gegangen.

Barbra seufzte tief. Was sollte sie nur mit Norma anfangen? Sie konnte sie und das Kind doch schlecht hier wohnen lassen, wenn Thomas wieder zuhause war. Der brauchte seine Ruhe, und außerdem konnte er Norma nicht allzu gut leiden. Er verstand partout nicht, dass sie sich von Alexander so schlecht behandeln ließ. Sie scheint das Leiden zu pflegen, bemerkte er manchmal recht spöttisch. Wenn Dad doch bloß noch leben würde, dachte Barbra betrübt. Ja, sein plötzlicher Herztod war ein schwerer Schlag für sie gewesen. Er war ihr in den letzten Jahren ein echter Vater geworden. Nun aber hauste der schreckliche Alexander in

Milton und wirtschaftete langsam, aber sicher die schöne Farm zugrunde. Aber ich kann sie doch auch nicht zurückschicken zu ihrem Mann, dachte Barbra zweifelnd. Wieder seufzte sie tief. Für ein oder zwei Nächte können sie erst einmal hierbleiben, dann müssen wir weitersehen, entschied sie.

Barbra deckte Norma fürsorglich mit einer Wolldecke zu und ging in die Küche. Ein warmes Essen würde allen guttun. Sie wollte gerade mit dem Kochen anfangen, als es an der Tür klingelte. Barbra nahm hastig ihre Schürze ab und öffnete. Vor ihr stand eine fremde Frau. Sie war zierlich, hatte blonde Locken und ein spitzes Gesicht. Barbra konnte sich nicht helfen, die Frau war ihr nicht sympathisch, auch wenn sie das entfernte Gefühl hatte, ihr schon einmal begegnet zu sein.

»Sie wünschen?«, fragte Barbra.

»Aber kennst du mich denn nicht mehr?«

Jetzt erst sah Barbra, dass die Frau rot verweinte Augen hatte. Aber erinnern, wo sie diese Frau schon einmal gesehen hatte, konnte sie sich beim besten Willen nicht.

»Kann ich Ihnen helfen?«, fragte sie höflich.

Ehe sich's Barbra versah, hatte sich die Frau bereits schluchzend an ihre Brust geworfen. Barbra war das sehr unangenehm, aber sie wusste nicht, wie sie sich dieser Annäherung erwehren sollte, ohne diese Person grob von sich zu stoßen. Nun aber trat die Frau einen Schritt zurück und musterte Barbra skeptisch. »Du hast wirklich keine Ahnung, wer ich bin, nicht wahr?«

»Nein, es tut mir leid.«

»Ich bin Julia, früher Julia Cunnigham, Helens ältere Schwester.«

Barbra zuckte unwillkürlich zusammen. Sie hatte Helen völlig aus den Augen verloren und demnach auch nie mehr etwas über Julia erfahren. Und das war ihr auch ganz recht gewesen. Trotzdem bemühte sie sich, freundlich zu bleiben. Dabei war sie nicht sonderlich erpicht darauf, der ehemaligen Freundin ihres Mannes zu begegnen.

»Oh, das hätte ich nicht gewusst. Ich meine, es ist lange her, und wir haben uns ja nicht so oft gesehen«, sagte sie zögernd. »Willst du hereinkommen?«, fragte sie schließlich aus reiner Höflichkeit, denn eine innere Stimme warnte sie davor, Julia in ihr Haus zu lassen. Dieser Eindruck verstärkte sich, als Julia sich neugierig – zu neugierig für Barbras Geschmack – im Hausflur umschaute. Barbra bat sie, ihr in die Küche zu folgen, damit sie Norma nicht stören. Sie bot ihr einen Stuhl an und setzte sich ihr gegenüber. »Möchtest du etwas trinken?«

Julia verneinte und sah Barbra durchdringend an. Tränen standen ihr in den Augen. »Barbra, ich will nicht lange darum herumreden, mein Mann Randolph und dein Mann sind bei derselben Einheit im Pazifik. Ich habe heute die Nachricht erhalten, dass sie von einem Einsatz nicht zurückgekehrt sind.«

»Wer ist nicht zurückgekehrt?«, fragte Barbra, bevor ihr ein Kloß im Hals die Sprache raubte.

»Drei Kampfflugzeuge kehrten nicht zurück. In einem saß Randolph, in dem anderen . . .« Sie schluchzte laut auf. »Im anderen saß Tom. Hast du denn keinen Brief bekommen?«

Barbra aber brachte kein Wort mehr heraus, sondern starrte Julia nur an wie einen Geist. Wie konnte sie einfach hier hereinspazieren und ihr so etwas mitteilen? Das konnte nicht sein! Das durfte nicht sein! Sie erwartete Thomas' Rückkehr jeden Augenblick. Er hatte es ihr versprochen. Und weil es nicht sein konnte, richtete sich Barbras ganze Aufmerksamkeit auf den vertraulichen Ton, mit dem Julia von *Tom* sprach.

Barbra schluckte trocken. »Ich glaube das nicht. Niemals. Ich würde das fühlen. Nein, er lebt. Ich spüre es hier drinnen.« Sie deutete auf ihr Herz.

»Aber ich spüre genau mit derselben Intensität, das ihm was zugestoßen ist. Ich finde seit Tagen keinen Schlaf, ich kann nicht mehr essen . . .« Sie schluchzte erneut auf.

Ein eisiger Schauer lief Barbra über den Rücken. In einem

Winkel ihres Herzens ahnte sie bereits, was das alles zu bedeuten hatte, aber sie wollte und konnte es nicht zulassen. Solange es keiner aussprach, war es nicht mehr als eine dumpfe Ahnung, die bestimmt völlig unbegründet war.

»Julia, ich verstehe, dass es dir schlecht ergangen ist. Du hast gespürt, dass deinem Mann etwas geschehen ist«, brachte Barbra heiser hervor. »Es tut mir so leid für dich, aber ich wäre jetzt gern allein, denn ich weiß, dass mein Mann unversehrt zurückkehren wird«, fügte sie kaum hörbar hinzu.

»Sag mal, willst du mich nicht verstehen?«, fragte Julia verächtlich. Sie hatte aufgehört zu weinen. »Wir trauern um denselben Mann. Jetzt, wo er tot ist, müssen wir uns doch nichts mehr vormachen. Tu nicht so, als wüsstest du von nichts!«

Barbra war froh, dass sie saß, denn ihre Knie wurden bei Julias Worten weich wie Pudding.

»Ich darf dich jetzt wirklich bitten zu gehen«, wiederholte Barbra mit fester Stimme.

Julia stand langsam auf, aber sie fixierte Barbra dabei starr. »Hätte ich mir denken können, dass du ihn nicht so liebst wie ich. Sonst würdest du wenigstens jetzt dein Ehefraugetue lassen und um ihn trauern«, zischte sie.

In diesem Augenblick ertönte lautes Geschrei und Gejohle von draußen. Kinder juchzten, und Thomas' fröhliche Stimme rief: »Kinder, lasst mich bloß heil!«

Barbra hatte das Gefühl, sie würde die Besinnung verlieren, aber sie wurde nicht ohnmächtig, sondern musste mit ansehen, wie die Tür aufging und sich Julia auf Thomas stürzte. Suzan, Deborah und Ethan ließen von ihm ab und beobachteten mit offenen Mündern, wie sich diese fremde Frau ihrem Vater und Onkel an den Hals warf und unaufhörlich schluchzte: »Dass dir nichts passiert ist, mein Liebling!«

Barbra betrachtete das Geschehen, als wäre es eine Szene aus einem dieser Filme, die sie manchmal im Kino von Dunedin sah.

Das hatte ihr schon früher in manch schwieriger Situation geholfen, diese erträglicher zu gestalten; indem sie alles von außen betrachtete, als hätte sie damit nichts zu tun.

Thomas aber suchte ihren Blick. Sein Gesicht war dunkelrot verfärbt. Unsanft befreite er sich aus Julias Umarmung.

»Mein Schatz, ich freue mich, wieder bei dir zu sein«, flötete er, während er einen Schritt auf Barbra zumachte.

»Fass mich nicht an«, sagte sie leise, aber so gefährlich, dass er erschrocken zurückwich. Dann wandte sie sich an die Kinder. »Bitte, tut Mama einen Gefallen, geht noch eine Weile spielen.«

»Nö«, murrte Ethan. »Onkel Thomas hat uns etwas mitgebracht. Das wollen wir jetzt auch haben.«

»Ich habe gesagt, später! Und nun raus mit euch!«, befahl Barbra in einem strengen Ton, den die Kinder gar nicht von ihr kannten. Erschrocken und ohne Widerrede trollten sie sich.

Kaum waren sie aus der Tür, wandte sich Barbra Thomas zu, der immer noch wie erstarrt dastand. Neben ihm Julia, die er aber gar nicht anzuschauen wagte.

»Wie lange geht das schon?«, fragte Barbra.

Thomas räusperte sich verlegen, doch Julia entgegnete ungerührt: »Seit ich achtzehn war. Damals haben wir uns ineinander verliebt. Aber meine Eltern wollten, dass ich Randolph heirate, und Thomas hat dann dich zur Frau genommen. Er hat nie aufgehört, mich . . . «

»Halt doch endlich deinen Mund!«, fauchte Thomas.

»Nein, Julia, rede nur. Schließlich habe ich ja ein Recht darauf zu erfahren, dass ich offenbar von Anfang an in einer Ehe zu dritt gelebt habe.«

»Was willst du eigentlich, du verwöhntes Frauchen?«, giftete Julia. »Du bist seine Frau, hast mit ihm Kinder, feierst mit ihm Weihnachten, und ich hatte ihn nur in Hotelzimmern und . . . «

»Hör auf!«, schrie Thomas und hielt sich die Ohren zu.

Julia schwieg auf der Stelle, aber ihre stechenden Blicke in Barbras Richtung erzählten die ganze Geschichte einer großen heimlichen Leidenschaft aus der Sicht der Geliebten, die gern an ihrer Stelle gewesen wäre.

Thomas hatte seine Hände sinken lassen. »Barbra, es tut mir leid«, seufzte er und sah sie mit einem innigen Augenaufschlag an, der sonst garantiert ihr Herz zum Schmelzen gebracht hätte, sie nun aber völlig kalt ließ.

»Dann habt ihr doch Glück, ihr beiden«, erklärte Barbra bitter, während sie sich kämpferisch vor Thomas aufbaute. »Ihr Mann wird wohl nicht aus dem Krieg zurückkehren, und ich gebe meinen Mann frei. Was wollt ihr mehr? Sie hat mir eben die traurige Nachricht gebracht, dass du im Krieg geblieben bist. Dass du tot bist. Ja, und das bist du nun auch für mich. Mausetot! Und nun raus hier! Alle beide.«

»Aber du kannst mich nicht ...« Thomas wurde unterbrochen, weil Norma verschlafen in die Küche trat. »Weißt du, wo Ethan ...« Sie stockte, als sie die betretenen Gesichter wahrnahm.

»Hallo, Thomas, schön, dass du zurück bist«, sagte sie höflich und wollte die Küche wieder verlassen, doch Barbra hielt sie zurück. »Bleib nur. Thomas wollte gerade wieder gehen. Er zieht jetzt zu Julia, seiner Geliebten.«

Norma sah Barbra fassungslos an.

»Ja, sie waren bereits ein Paar, als er mich, das kleine dumme Ding, geheiratet hat. Ich war leider zu naiv und verliebt, um etwas zu bemerken. Ich habe ihm all die auswärtigen Termine abgenommen oder die viele Arbeit, wenn er erst im Morgengrauen nach Hause zurückkehrte. So, und jetzt zum letzten Mal: Haut endlich ab!«

»Aber du kannst mich doch nicht ...«

»Und wie ich das kann. Das Haus gehört mir, wie dir nicht entgangen sein dürfte.«

Thomas war leichenblass geworden. Er protestierte nicht einmal mehr, als Julia ihn sanft am Arm nahm und zur Tür zog. Dort drehte er sich noch einmal um: »Aber glaub mir, ich liebe dich ...« Der Rest des Satzes ging in lautem Krach unter. Barbra hatte mit voller Wucht die Tür hinter den beiden zugeknallt.

Norma war ebenfalls schneeweiß im Gesicht geworden. »Du willst ihn deshalb wirklich rauswerfen und in die Arme dieser Frau treiben?«

Barbra aber hörte ihr gar nicht mehr zu. Sie war auf einen Stuhl gesunken und starrte die Wände an. Natürlich würde sie liebend gern bittere Tränen um den verlorenen Traum einer Familie vergießen, aber in ihr war nichts als Leere. Und wenn ein Gefühl aufblitzte, dann der blanke Hass.

»Wenn er es einmal getan hätte, fernab im Pazifik, meinetwegen auch hier in der Stadt, glaube mir, Norma, ich wäre gekränkt gewesen, aber der Gedanke hätte unsere Liebe nicht töten können, doch dass er mich von Anfang an betrogen hat ...« Sie schüttelte sich. »Nein, selbst wenn ich wollte, mein Herz fühlt sich an, als hätte es sich in Stein verwandelt. Mir kommen zu viele Erinnerungen. Wie er damals, als ich mit Suzan schwanger war, angeblich eine Woche in Christchurch bei einem Mandanten war. Ich will Thomas niemals wiedersehen. O Gott, wie konnte ich nur so dumm sein!«

»Bitte, Barbra, überleg es dir noch einmal. Ihr wart doch immer so glücklich. Er hat dich auf Händen getragen. Ihr liebt euch doch ...«

»Norma, Schluss jetzt!«, zischte Barbra energisch. »Ich sage dir auch nicht, du sollst zu deinem gewalttätigen Saufbold zurückkehren ...« Sie stutzte und lächelte hintergründig. »Dann kannst du doch jetzt mit Ethan bei mir einziehen.«

Norma blickte ihre Stiefschwester kopfschüttelnd an. »Barbra, bitte, zeig doch ein Gefühl. Schrei oder weine, aber so bist du mir unheimlich.«

»Ist es so besser?«, fragte Barbra spöttisch und stieß einen hysterischen Schrei aus.

Bluff, April 2009

Der nächste Anfall von Übelkeit überkam Grace so überraschend und heftig, dass sie es nur noch knapp schaffte, aufzuspringen und vor die Tür zu rennen. Das Schlimme war, sie konnte sich nicht mehr erbrechen, weil sie nichts mehr im Magen hatte. Dieses Mal wurde ihr schwindlig, sodass sie sich auf eine Bank setzen musste. Es wehte mittlerweile ein eisiger Wind vom Meer herüber, der ihr fast die Luft zum Atmen nahm. Auf dem Wasser tanzten Schaumkronen, die sie vorhin so noch nicht wahrgenommen hatte, wenn sie überhaupt schon dort gewesen waren. Grace hatte den Eindruck, die Natur spiegle ihr Inneres wieder. Dort tobte nämlich ein Orkan der widerstreitenden Gefühle. Eine innere Stimme flehte sie an, sich auf der Stelle in ihren Wagen zu setzen und vor der letzten Wahrheit zu flüchten. Doch eine andere Stimme riet ihr, auszuharren und sich dem zu stellen, was auch immer Schreckliches auf sie zukam. Dass es entsetzlich sein würde, daran hegte Grace keinerlei Zweifel mehr. Sie fühlte sich, als rase sie ungebremst auf einen Abgrund zu. Und es gab nur noch eine Chance zu überleben: aus dem fahrenden Wagen zu springen.

Grace rieb sich stöhnend die Schläfen, denn auch in ihrem Kopf hämmerte es, als wolle er gleich platzen.

Allein wenn sie sich vorstellte, dass diese Kindfrau dort im Haus ihre Mutter sein sollte, wollte sich ihr gleich noch einmal der Magen umdrehen. Ganz normal ist diese Frau mit Sicherheit nicht, dachte Grace, und sie fröstelte, was nicht nur an der Kälte hier draußen lag. Nein, auch in ihrem Inneren fühlte es sich eiskalt an.

Dann quälte sie sich zum wiederholten Male mit der Frage, was bloß der verdammte Grund gewesen sein konnte, dass ihre Eltern sie ausgerechnet Ethan Cameron mit nach Deutschland gegeben hatten. Und was war überhaupt mit ihrem Vater? Dem Mann mit den bernsteinfarbenen Augen? Wo war er? Bei dem Gedanken beschleunigte sich ihr Herzschlag merklich. Warum war sie die ganze Zeit über eigentlich nie auf den Gedanken gekommen, ihn zu suchen?

»Erschrick nicht, Grace, ich bin es!«, hörte sie nun eine raue, unverkennbare Stimme hinter sich sagen.

Grace fuhr erschrocken herum.

»Hast du mich etwa verfolgt?«, zischte sie.

»Nein, ich war noch einmal bei Maureen, und die hat mir schließlich gesagt, was sie dir erzählt hat, und deshalb habe ich dich überall in Invercargill gesucht. Und im Hotel wurde ich fündig. Die haben mir deinen Mietwagen beschrieben. Und so bin die ganze Gegend nach dem Auto abgefahren. Und hier stand er nun ...«

»Und warum hat Maureen dir dieses Mal verraten, wo du ihre Schwester eventuell finden könntest?«

»Weil ich ihr die Wahrheit gesagt und geschworen habe, dass ich dich davor bewahren muss, deiner Mutter gegenüberzustehen ...« Sie stockte und sah Grace mitleidig an. »Komme ich zu spät?«

»Wie man es nimmt«, entgegnete Grace in sarkastischem Ton. »Wenn du wissen willst, ob ich deine Schwester bereits kennengelernt habe ... ja, gerade eben erst hatte ich das zweifelhafte Vergnügen, aber sie hält mich für eine Dame von der Kirche. Und wir sind nicht weiter als bis zu Thomas' Betrug an Barbra gekommen. Ob ich mir den Rest anhören soll, werde ich mir noch einmal reiflich überlegen.«

»Das ist gut. Sehr gut. Tu es nicht! Komm mit mir. Bitte. Ich war vor Rache blind. Wollte, dass sie leidet, wenn sie erfährt, dass du ihre Tochter bist, die nun die ganze schreckliche Wahrheit kennt ...«

»Du solltest das Wort Wahrheit lieber nicht in den Mund nehmen. Klingt irgendwie merkwürdig«, spottete Grace.

»Bitte, ich flehe dich an, komm mit mir.« Suzan versuchte, Grace am Ärmel mit sich zu ziehen, doch Grace sperrte sich.

»Ich habe mich gerade entschieden!«, fauchte sie ihre Tante an. »Je mehr du es plötzlich verhindern willst, desto neugieriger machst du mich. Du führst doch sicher eine neuerliche Gemeinheit im Schilde. Ich sollte unbedingt in das Haus zurückgehen, um zu erfahren, warum man mich an Ethan Cameron verschachert hat. Apropos Ethan. Das war ja auch nur wieder eine deiner verdammten Lügen. Dass er ein entfernter Verwandter aus der Cameron-Sippe war. Du bist mit ihm aufgewachsen! Hau endlich ab, und lass mich in Ruhe! Ich glaube dir eh kein Wort mehr, Tante Suzan.«

Letzteres hatte sie verächtlich ausgespuckt.

»Grace, bitte sei vernünftig.« Wieder hatte sie ihre Nichte am Ärmel gepackt.

»Lass mich los!«

»Bitte, vertrau mir doch nur noch dieses eine Mal. Ich will dir nicht wehtun, und ich brauche die Genugtuung nicht mehr. Bitte, ich flehe dich an. Ich ...«, Suzan schluchzte auf, »... ich habe doch etwas viel Wertvolleres gefunden. Etwas, das ich im Leben schmerzlich vermisst habe. Ich will dich nicht verlieren!«

»Das hättest du dir früher überlegen müssen!«, schrie Grace und wollte sich an Suzan vorbeidrücken, doch dieses Mal packte diese härter zu. Sie krallte sich förmlich in den Oberarm von Grace.

»Aber eines, das kann sie dir nicht erzählen, weil sie es nicht weiß oder, besser gesagt, partout nicht wissen will.«

Grace rollte genervt mit den Augen. »O nein!«

»Ich muss es dir sagen, auch wenn du mich, nach allem, was ich dir angetan habe, nie wieder sehen willst.«

»Das hast du gut erkannt. Wenn ich das hier hinter mir habe, hält mich nichts mehr in Neuseeland. Also, lass mich los.«

»Bitte, höre mir nur noch dieses eine Mal zu. Es ist wichtig!«

»Ich höre!« Grace verschränkte abwehrend die Arme vor der Brust.

»Komm, es dauert etwas länger. Hier draußen ist es zu ungemütlich. Siehst du die dunklen Wolken? Ich glaube, es regnet gleich. Lass uns zum Wagen gehen.«

»Nun mach es doch nicht so spannend. Und was kann denn schon so wichtig sein, dass ich es unbedingt erfahren muss?«, fragte Grace verärgert, während sie ihrer Tante widerwillig folgte.

»Dass er die Liebe meines Lebens war«, entgegnete Suzan, und während sie diese Worte sprach, wurde ihr Gesicht auf einmal ganz weich.

Wie ein junges Mädchen sieht sie plötzlich aus, dachte Grace, und nicht einmal die Narbe konnte diesen Eindruck schmälern.

Dunedin, Januar 1957

Suzan liebte es, ungestört im *Moa-Verlies*, wie ihre Schwester Deborah den Keller spöttisch bezeichnete, zu stöbern. Jeden Tag fand sie in den zahlreichen Kisten neue spannende Schätze, die sie mit Feuereifer in die Vitrinen einsortierte. Für Suzan stand fest, dass sie gleich nach dem Schulabschluss im April Biologie studieren und in die Fußstapfen Großmutter Antonias und Großvater Arthurs treten würde. Das, was ihre Mutter und Schwester als *tote Knochen* bezeichneten, faszinierte Suzan über die Maßen. Ihr größtes Ziel war, der seit Antonias Tod verwaisten *Ornithologischen Gesellschaft Dunedins* neues Leben einzuhauchen und herauszufinden, warum der Urvogel ausgerottet worden war, und wie es dazu kommen konnte, dass dies binnen einer relativ kurzen Zeitspanne geschehen war, wie es neuere Forschungen bewiesen.

Suzan packte gerade eine Kiste mit alten Büchern aus, als ihr ein Schulheft in die Hände fiel. Neugierig las sie die Aufschrift: *Das Geheimnis des letzten Moa. Ein Märchen von Antonia Evans.* Nachdem Suzan den gröbsten Staub weggepustet hatte, strich sie ehrfürchtig über den Deckel, auf dem ihre Großmutter in fein geschwungener Schrift eine Widmung für Arthur und Barbra verfasst hatte. Suzan hockte sich auf einen Schemel und schlug das Heft auf.

Kaum hatte sie die Geschichte zu Ende gelesen, liefen ihr die Tränen über das Gesicht. Sie musste plötzlich an ihre unglückliche Mutter denken, die zurzeit wieder einmal gänzlich unleidlich war. Nach Tante Normas Tod war es mit ihren Launen nur noch schlimmer geworden. Ganz im Gegensatz zu ihrer jüngeren Schwester nahm sich Suzan die ständigen Sticheleien ihrer Mutter sehr zu Herzen.

An Debbie prallte das alles ab. Sie war viel zu sehr mit dem Heer ihrer Verehrer beschäftigt. Da konnte Barbra tausendmal mahnen, dass ihre Töchter sich bloß vor jungen Männern in Acht nehmen sollten. Barbra behauptete immer, die würden alle Frauen nur belügen und betrügen. Diese Worte ihrer Mutter aber erreichten Suzans quirlige Schwester nicht im Entferntesten. Sie wurde umschwärmt wie eine Prinzessin und genoss das sichtlich. Kein Mädchen, das Suzan sonst kannte, konnte den Männern so charmant zu verstehen geben, dass sie ihr allesamt etwas bedeuteten. Und keine konnte sich so herrlich über diese armen Kerle amüsieren, kaum dass sie aus der Tür waren. Debbies Verehrer gaben sich in der *Evans-Villa*, wie Barbra und ihre Töchter das Haus nannten, obwohl sie doch Leyland hießen, förmlich die Klinke in die Hand. Und das zu Barbras großem Kummer.

Suzan seufzte. Sie konnte ja verstehen, dass ihre Mutter den Betrug ihres Mannes niemals ganz verwunden hatte, aber warum wurde sie nach so langer Zeit immer unleidlicher? Und warum ließ sie ihre schlechten Launen immer häufiger an ihr, an Suzan, aus? Es war doch schließlich Debbies Verhalten, das ihren Unmut erregte. Sie pflegte die vielen Männerbekanntschaften und das enge Verhältnis zu ihrem Vater, was Barbra mit Missfallen beobachtete.

Suzan hingegen hielt Abstand zu Thomas. Nicht, um ihrer Mutter einen Gefallen zu tun, sondern weil sie nie richtig warm geworden war mit diesem gut aussehenden Charmeur. Sie hielt ihn für oberflächlich. Früher hatte er versucht, auch Suzan mit seinem Charme einzuwickeln, aber sie war schon als Kind immun gegen seine Schmeicheleien gewesen. Stets hatte er Dinge versprochen, die er später nicht gehalten hatte. Anfangs war sie jedes Mal enttäuscht gewesen, doch schließlich hatte sie ihm kein

Wort mehr geglaubt. Sie besuchte ihn nur, wenn es unbedingt sein musste. Wenn er Geburtstag hatte oder in den Ferien. Und immer, wenn Suzan bei ihm und Julia zuhause war, wurde ihr schmerzlich bewusst, dass ihr Vater die Mutter von Anfang an mit dieser Frau betrogen hatte. Deshalb konnte sie auch ihre Schadenfreude darüber kaum verhehlen, dass ihr Vater gänzlich unter Julias Fuchtel stand und immer unglücklicher wurde. Julia kontrollierte jede seiner Handlungen. Sie würde er wohl kaum so gemein betrügen können, weil er ihr über alles Rechenschaft ablegen musste.

Debbie schien das alles nicht zu stören. Für sie zählte allein, dass Thomas ihr jeden Wunsch erfüllte. Und so war es schon früher gewesen. Seine zweite Ehe war kinderlos geblieben, sodass Debbie bei ihm weiter die Rolle der Prinzessin spielen konnte.

Wenn Suzan ehrlich war, störte sie auch die Oberflächlichkeit der kleinen Schwester manchmal erheblich. Sie selbst grübelte ständig über den Sinn des Lebens nach und konnte sich beim besten Willen nicht vorstellen, wie ihre Mutter zu enden. Voller Groll und ohne jegliche Aufgabe im Leben. Und auch Debbies Träume von einem Traummann und einer Familie entsprachen so gar nicht ihren, Suzans, Wünschen.

Wie so oft überlegte Suzan, ob sie nicht lieber in Wellington studieren sollte, um Distanz zu ihrer Familie zu schaffen, aber diese Idee scheiterte letztendlich an dem Mitgefühl für ihre unglückliche Mutter. Nein, das konnte sie Barbra nicht antun. Noch nicht! Die pflegte nämlich stets voller Überzeugung zu sagen: Debbie wird den Fehler machen und eines Tages heiraten. Du aber wirst immer bei mir bleiben, denn du interessierst dich ja nicht für Männer.

Wenn Mom bloß wüsste, wie es wirklich in mir aussieht, dachte Suzan beklommen. Niemals würde sie mit ihrer Mutter länger als nötig unter einem Dach leben wollen. So wie ihre Großmutter Antonia etwa, die von Urgroßmutter Selma regelrecht im Haus festgehalten worden war und deshalb sogar auf Großvater James verzichtet hatte. Suzan schüttelte sich bei dem Gedanken. Nur noch das Studium, dann bin ich fort und führe mein eigenes Leben, dachte sie entschlossen. Und wer sagte überhaupt, dass sie ihr Leben lang auf Männer verzichten würde? Später einmal konnte sie sich eine Ehe durchaus vorstellen, aber wenn, dann musste er ein Forscher sein wie Großvater Arthur, und am besten gleich einer, der mit ihr zusammenarbeitete. Mom hat doch keine Ahnung, was mich bewegt, ging es ihr bedauernd durch den Kopf. Natürlich mag ich Männer, aber im Augenblick ist es mir wichtiger, die Ornithologische Gesellschaft wieder aufzubauen, als einen Ehemann zu finden. Ich bin achtzehn, ich habe noch alle Zeit dieser Welt.

Ihr Herz klopfte bei dem Gedanken, dass sie erst vor ein paar Tagen einen entscheidenden Schritt gewagt hatte, die Gesellschaft zu retten. Für den heutigen Abend hatte sie einen wissenschaftlichen Mitarbeiter der Universität von Otago zu sich eingeladen. Einen jungen Zoologen. Sie kannte ihn bislang gar nicht persönlich, nur seinen Namen. Es war eine Empfehlung ihrer Biologielehrerin, Miss Albee, deren Neffe er war. Miss Albee unterstützte ihre fleißige Schülerin bei ihren ehrgeizigen Plänen und glaubte fest daran, dass ihr eine vielversprechende Karriere als Vogelkundlerin bevorstand. Hoffentlich kann ich ihren Neffen auch wirklich für die alten Knochen begeistern, dachte Suzan bang, während sie die Stufen aus dem Keller emporeilte.

In der Diele traf sie auf ihre Mutter, die ihr sogleich mit vorwurfsvoller Miene vorhielt, dass sie wieder im *Moa-Verlies* gewesen sei. Suzan verkniff sich eine freche Bemerkung, sondern nickte nur.

»Ihr seid nie da, wenn ich euch brauche«, beklagte sich Barbra und rieb sich leidend die Schläfen. »Und ich habe wieder so entsetzliche Migräne.«

»Mom, das tut mir leid, aber heute treffe ich mich mit einem Zoologen, dem ich gern Großmutters Sammlung zeigen möchte...«

»Mit einem Mann?«

Suzan rollte mit den Augen. »Ja, Mom, er ist männlich, aber ich kenne ihn nicht. Wahrscheinlich ist er hässlich wie die Nacht. Und außerdem soll er die Knochen der alten Moas beäugen und nicht mich.«

»Mach dich ruhig lustig über mich. Und kannst du mir bitte sagen, wo deine Schwester steckt?«

Suzan zuckte mit den Schultern und wollte sich hastig an ihrer Mutter vorbeidrücken.

»Halt, mein Fräulein. Dann wirst du eben die Besorgungen für mich erledigen. Kannst dich dann ja bei Debbie beschweren.«

»Mutter, ich möchte mich noch vorbereiten auf den heutigen Abend...«

»Keine Widerrede. Hier ist der Zettel, und nun geh.«

Zähneknirschend nahm Suzan ihn entgegen und eilte an Barbra vorbei zur Treppe. So war es immer. Debbie trieb sich irgendwo herum, und sie musste sich dafür die Vorwürfe anhören.

Als sie am Zimmer ihrer Schwester vorbeikam, hörte sie leises Kichern. Sie blieb stehen und spürte, wie die Wut in ihr hochkochte. Debbie amüsierte sich, während sie deren Arbeit mitmachen sollte. Nein, das kam gar nicht in Frage. Sie wollte ihr ordentlich die Meinung sagen, doch dann stutzte sie. Jedes Wort, das drinnen gesprochen wurde, drang auf den Flur. Und das, was sie hörte, ließ sie erstarren.

»Ethan, jetzt geh doch schon. Nein, ich werde dich nicht heiraten. Was für ein Blödsinn. Ich bin sechzehn. Da kann man noch gar nicht heiraten.«

»Aber ich will nur dich. Du wirst doch bald siebzehn. Ein, maximal zwei Jahre, und ich kann deine Mutter bitten...«

»Untersteh dich! Ich werde dich niemals heiraten, und wenn wir hundert sind. Du bist mein Cousin.«

»Aber das stört dich doch auch nicht, wenn ich mich nachts in dein Bett schleiche...!«

449

»Pah, das ist doch was ganz anderes. Deshalb muss ich dich noch lange nicht heiraten. Nur, weil wir uns küssen und anfassen. Aber ich werde weder mit dir schlafen noch dich heiraten. Basta!«

Suzan wagte kaum zu atmen. Immer noch hielt sie die Klinke in der Hand und traute sich nicht, die Tür wieder zu schließen. Sie wollte um keinen Preis, dass Debbie und Ethan sie auf ihrem Lauschposten entdeckten. Doch da war es bereits zu spät. Die Tür flog nach außen auf, und Suzan landete im Flur auf dem Hinterteil.

»Was machst du denn hier?«, fragte Ethan entsetzt, und er rief Debbie zu: »Deine Schwester hat uns belauscht!«

Wie der Blitz trat Deborah auf den Flur hinaus und stierte Suzan fragend an. Die rappelte sich stumm vom Boden auf.

»Seit wann spionierst du mir nach?«, fauchte Deborah ihre Schwester an.

»Ich wollte das nicht, ich wollte dich lediglich bitten, dass du deinen Einkauf erledigst, denn laut Haushaltsplan bist du damit dran«, entgegnete Suzan wütend und reichte Debbie den Zettel. Die aber zog sie am Ärmel ins Zimmer.

»Du bleibst draußen!«, herrschte Debbie Ethan an, als dieser mit hineinschlüpfen wollte. Dann knallte sie ihm die Tür vor der Nase zu und wandte sich zornig an Suzan. »Was soll das alles? Warum belauschst du mich?«

»Ich habe dich nicht absichtlich belauscht, verdammt noch mal. Aber es war sehr interessant, was ich da erfahren musste. Du treibst es also mit Ethan!«

»Blödsinn. Wir haben ein bisschen geknutscht. Das ist völlig harmlos. Und er macht gleich eine Riesensache daraus.«

»Er schleicht sich in dein Bett, und das nennst du harmlos?«

Debbie rollte genervt mit den Augen. »Du lebst doch völlig hinter dem Mond, Suzie. Alle meine Freundinnen knutschen schon mit Jungen. Solange wir nicht schwanger werden ... Aber woher sollst du das auch wissen? Wo du doch eine verknöcherte Jungfer bleiben wirst!«

Ohne zu überlegen holte Suzan aus und versetzte ihrer Schwester eine schallende Ohrfeige. Erst Deborahs ungläubiger Blick machte ihr klar, was sie da soeben getan hatte.

»Debbie, es tut mir leid. Das wollte ich nicht, aber ich finde es gemein, was du mit Ethan treibst. Merkst du denn gar nicht, dass er unsterblich in dich verliebt ist?«

Deborah zuckte mit den Schultern. »Ja und? Schlimmer wäre doch, ich würde ihm falsche Hoffnungen machen. Ich bin, wenn du so willst, ganz aufrichtig zu ihm. Aber wie dem auch immer sei, das ist für dich noch lange kein Grund, mich zu schlagen. Ich werde es Mom erzählen.«

Suzan hatte sich fest vorgenommen, ruhig zu bleiben. Schließlich hatte sie ihrer Schwester gerade eine Ohrfeige versetzt. Das war im Grunde genommen unverzeihlich, aber Debbies unverschämter Ton reizte Suzan so sehr, dass sie zurückzischte: »Bitte, erzähl es Mom nur. Aber dann wundere dich nicht, wenn ich ihr verrate, dass gelegentlich Cousin Ethan zu dir ins Bett kriecht.«

Deborah war bleich geworden. »Du hast gewonnen«, seufzte sie.

»Noch nicht ganz. Versprich mir, dass das mit Ethan sofort aufhört! Warte doch, bis einer kommt, in den du dich wirklich verliebst.«

»Ach, die sind alle so schrecklich grün hinter den Ohren«, bemerkte Deborah verächtlich.

»Mensch, Debbie, du bist selbst noch keine siebzehn!«

»Aber du weißt doch, dass Mädchen immer reifer sind als die Jungen.«

Suzan verkniff sich eine weitere Gegenrede. Sie kannte das schon. Es hatte wenig Sinn, mit ihrer kleinen Schwester zu streiten, denn Argumenten war Debbie nicht zugänglich. Deborah fand immer für alles und jedes eine Rechtfertigung. Und wenn sie dann noch wie ein kleines Kind ihren Schmollmund zog, hatte man bereits verloren.

»Gut, versprich mir, dass das mit Ethan aufhört. Und ganz unter uns, was findest du bloß an ihm? Er sieht aus wie ein tapsiger Bär und folgt dir wie ein Schoßhündchen.«

»Er küsst gut, und er macht auch sonst alles, was ich will.« Debbie deutete grinsend auf den Einkaufszettel ihrer Mutter, den Suzan immer noch in der Hand hielt. »Er nimmt mir alle anfallenden Arbeiten ab, der Gute!«

»Du bist unmöglich«, erwiderte Suzan und musste wider Willen lächeln.

Nun hatte sich Ethan tatsächlich in das Heer der Verehrer eingereiht, die ihrer kleinen kapriziösen Schwester die Schulbücher trugen, sie mit netten Geschenken überhäuften und sich glücklich schätzten, wenn sie nur in Debbies Nähe sein durften. Doch dann wurde Suzan gleich wieder ernst. Ethan war kein Fremder, sondern eher wie ein Bruder. Schließlich waren sie miteinander aufgewachsen, seit Norma seinen Vater Alexander verlassen hatte. Und Ethan war im Grunde ja auch ein netter Bursche. Aber er hatte keine eigene Meinung und schien sich ganz und gar abhängig von Debbie zu machen. Suzan hegte schon länger die Befürchtung, dass Debbie ihm völlig den Kopf verdreht hatte. Aber wie hätte sie ahnen sollen, dass er ihrer Schwester schon dermaßen nahegekommen war! Würde er so gutmütig bleiben, wenn Debbie ihn weiterhin in ihr Bett ließ, ihm aber gleichzeitig in aller Offenheit zu verstehen gab, dass er kein Mann für sie sein konnte? Und neigten unglücklich Verliebte nicht zu allerlei unvernünftigen Handlungen?

»Versprich es mir!«, wiederholte Suzan nachdrücklich.

»Meinetwegen.«

»Gut, dann sind wir uns einig. Dann kannst du dich gleich auf den Weg in die Stadt machen, um für Mom einzukaufen. Und wehe, du schickst Ethan!«

»Du bist gemein!«, schnaubte Deborah.

»Das haben große Schwestern nun mal an sich«, erwiderte Suzan belustigt und verließ eilig Debbies Zimmer. Ihre Koketterie wird sie noch einmal in Teufels Küche bringen, dachte sie, doch dann versuchte sie, die Gedanken an ihre Schwester endgültig abzuschütteln. Es gab noch einiges zu tun, bevor der Zoologe zu Besuch kam.

Nachdem Suzan noch einmal in das *Moa-Verlies* geeilt war, um ein paar letzte Ausstellungsstücke vorteilhaft in den Vitrinen zu präsentieren, stand sie nun verschwitzt vor ihrem Spiegel und überlegte, was sie anziehen sollte. In ihrem verstaubten Trainingsanzug wollte sie Mister Albee auf jeden Fall nicht empfangen. Sie entschied sich nach einigem Zögern für ihren Lieblingsrock, einen weit schwingenden schwarzen Tellerrock mit weißen Punkten. Sie machte sich eigentlich nichts aus Mode, aber zu diesem Kleidungsstück hatte Debbie sie neulich überredet. Der Schrank ihrer Schwester quoll nämlich über vor geblümten und gemusterten Kleidern und den dazu passenden Taschen, Schuhen und Gürteln. Obwohl es Barbra gar nicht leiden konnte, dass sich ihre Jüngste so ausstaffierte, ließ sie sich doch immer wieder erweichen, ihr das Geld zum Einkaufen zu geben. Geld war dank Antonias, Arthurs und auch einem Großteil von James' Erbe kein Problem in der Evans-Villa. Nur der alte Charles Wayne hatte dafür gesorgt, dass seine Enkelin Barbra keinen Cent von seinem Vermögen bekommen hatte.

Suzan entschied sich für eine weiße Bluse und schwarze flache Schuhe. Auf diesen schrecklich hohen Absätzen, die zurzeit modern waren, konnte sie keinen Schritt laufen. Kritisch drehte sie sich vor dem Spiegel. Es war ihr dichtes langes, zu allen Seiten störrisch vom Kopf abstehendes Haar, das ihr missfiel. Entschieden band sie es zu einem Pferdeschwanz zusammen und war danach wesentlich zufriedener mit ihrem Aussehen.

Er soll ja, wie ich bereits Mutter gegenüber deutlich gemacht habe, nicht mich beäugen, sondern die Knochen, sagte sich Suzan entschieden. Und trotzdem wollte sie ihm einen netten Empfang bieten. Erst würde sie ihn zu einem kleinen Imbiss ins Wohnzimmer bitten. Zu diesem Zweck hatte sie sich aus dem Weinkeller ihrer Mutter eine Flasche Wein stibitzt. Der Genuss italienischer Weine sei das einzige Vergnügen, das ihr noch bliebe, pflegte Barbra stets zu betonen. Den hatte Thomas sich schon vor dem Krieg immer über ein hiesiges Handelshaus aus Italien liefern lassen. Barbra hatte diese Tradition fortgesetzt, wenngleich sie ansonsten überaus erpicht darauf war, in ihrer Umgebung nichts mehr an Thomas Leyland erinnern zu lassen.

Suzan kannte sich nicht aus mit Weinen, sie trank in der Regel keinen Alkohol und hatte sich einfach eine Flasche von dem Roten gegriffen. Dazu wollte sie ein paar Häppchen servieren, wie sie es einmal bei Barbra gesehen hatte, als diese eine ihrer seltenen Gesellschaften gegeben hatte. Dann lud sie die Nachbarsfrauen ein, aber nur die Frauen. Die Ehemänner dieser Damen, die ihre Frauen nach Strich und Faden betrogen, wie Barbra bei jedem von ihnen vermutete, durften keinen Fuß über ihre Schwelle setzen.

Suzan war gerade dabei, alles in ansprechender Weise auf dem Couchtisch zu drapieren, als Barbra eintrat und ihr kleines Arrangement skeptisch betrachtete.

»Ist das für deinen *Vogelmann?*«, fragte sie abschätzig.

»Mom, ja, ich hoffe doch so sehr, dass ich ihn für die Gesellschaft begeistern und er dann seinerseits die Herren Professoren für meine Pläne gewinnen kann.«

In dem Moment klingelte es an der Haustür. Pünktlich auf die Minute, wie Suzan mit einem Blick auf ihre Armbanduhr anerkennend feststellte.

Rasch eilte sie die Treppen hinunter und öffnete ihm. Ein Paar bernsteinfarbener Augen blickten sie neugierig an.

»Guten Tag, Miss Leyland«, sagte er mit einer angenehmen, sonoren Stimme.

Suzan aber hatte Mühe, sich von diesen Augen loszureißen. Noch niemals zuvor hatte sie einen Mann mit solch faszinierenden Augen gesehen.

»Ja, Mister ... Mister Albee ... ich meine, herzlich willkommen, äh, ja, dass Sie sich die Zeit genommen haben«, stammelte Suzan und ließ ihn schließlich ins Haus.

Zu ihrem großen Entsetzen spürte sie, dass ihr Wellen von Hitze in die Wangen schossen. Sie befürchtete, knallrot angelaufen zu sein.

»Schön haben Sie es hier«, bemerkte Mister Albee höflich, während er ihr die Treppen hinauffolgte.

»Ja, meine Mutter hat vieles so belassen, wie es ihre Mutter einst eingerichtet hatte. Das Haus haben sich meine Großmutter und mein Großvater Arthur bauen lassen. Meine Mutter ist hier aufgewachsen, bis sie zu ihrem ...« Suzan hielt erschrocken inne. Was plapperte sie denn da? Es hätte nicht viel gefehlt und sie hätte diesem Fremden die Geschichte mit Großvater James erzählt. Suzan atmete einmal tief durch. Sie war aufgeregt, keine Frage, aber ihr war sehr daran gelegen, dass der junge Zoologe es nicht bemerkte.

»Meine Tante erzählte mir, dass es sich bei ihren Großeltern um Professor Arthur Evans und seine Frau Antonia handelt. Ich verehre die beiden. Kaum jemand hat sich so intensiv mit dem Moa beschäftigt.«

Suzan beschlich erneut das ungute Gefühl, dass sie vor lauter Verlegenheit rot anlief.

»Ja, wahrscheinlich ist das Interesse daran vererblich, denn ich möchte unbedingt herausfinden, warum er ausgerottet wurde. Meine Großeltern glaubten ja, dass es das Volk der *Moa-Jäger* gewesen ist«, entgegnete sie hastig.

Mister Albee runzelte die Stirn. »Ich weiß, das vermuten auch heute noch diverse Wissenschaftler. Ich bin da sehr skeptisch. Dann hätte man doch Überreste dieser anderen Kultur finden

455

müssen. Ich denke, es waren die ersten Einwanderer aus Polynesien, denen die Moas, die keinerlei Fluchtimpulse kannten, förmlich vor ihre Keulen gelaufen sind, also die Maori.«

Sie waren jetzt beim Wohnzimmer angekommen. Suzan bereute inzwischen zutiefst, dass sie nicht erst mit ihm in den Keller gegangen war. Dort fühlte sie sich sicherer, dort gab es genug zu sehen, worüber man dann sprechen konnte. Aber was, wenn ihr im Wohnzimmer der Gesprächsstoff ausgehen würde?

Ihr Herz pochte bis zum Hals. Sie musste sich schnell etwas einfallen lassen, sonst würde er ihr womöglich anmerken, wie sehr sie seine Anwesenheit verunsicherte. Ich muss ihn in den Keller lotsen, schoss es ihr durch den Kopf, und sie fasste sich ein Herz.

»Mister Albee, eigentlich wollte ich Sie erst einmal bei einem Glas Wein kennenlernen, aber was halten Sie davon, wenn wir vorher die Sammlung ansehen?«

Zu ihrer großen Erleichterung funkelte Mister Albee sie aus seinen bernsteinfarbenen Augen begeistert an.

»Aber gern. Ich kann es kaum noch erwarten. An der Universität spricht man voller Hochachtung über die Schätze, die Ihre Großeltern zusammengetragen haben. Der Wein kann warten.«

Er blickte Suzan direkt an und reichte ihr seine Hand. »Nennen Sie mich Sean.«

Ein angenehmer Schauer rieselte ihren Rücken hinunter, als Sean Albee nun ihre Hand nahm und kräftig drückte. Nicht zu fest und auf keinen Fall zu lasch. Ihr wurde heiß. Rasch entzog sie ihm ihre Hand.

»Ich heiße Suzan«, sagte sie und versuchte, ihn nicht allzu schwärmerisch anzusehen. Sean war mit Abstand der attraktivste junge Mann, der ihr je begegnet war. Seine Locken trug er länger, als es die Mode erlaubte, aber gerade das gab ihm einen verwegenen Ausdruck. Wie hinreißend sie sein kantiges Gesicht umrahmen, schoss es Suzan durch den Kopf. Er wirkt so frei und unabhängig. Und er ist ein echter Mann. Sie schätzte ihn auf Mitte bis Ende zwanzig. Hastig wandte sie ihren Blick von ihm ab und bat ihn, ihr in den Keller zu folgen.

Erst kürzlich hatte sie eine neue Beleuchtung einbauen lassen. Ihre Mutter hatte zwar gemurrt, aber Suzan hatte ihr vorgehalten, dass die Kosten einen Bruchteil dessen betrugen, was ihre Schwester für ihre Garderobe ausgab.

Nicht ohne Stolz knipste sie die neuen Lampen an, als sie den dunklen Raum betraten. Und wie erwartet, staunte Sean nicht schlecht.

»Das ist ja eine echte Schatzkammer«, entfuhr es ihm begeistert. Und mit einem Mal fiel alle Scheu von Suzan ab, und sie zeigte ihm wie selbstverständlich das Vermächtnis ihrer Großeltern. Plötzlich konnte sie ihm sogar in die Augen sehen, ohne schwärmerisch an dem braun schimmernden Kranz, der seine Pupillen umrahmte, hängen zu bleiben.

Der Zoologe war sichtlich fasziniert. Besonders von der lebensechten Nachbildung des Moa. Aber auch die Knochen nahm er einen nach dem anderen staunend in die Hand und betrachtete sie wie einen seltenen Schatz von allen Seiten.

Schließlich verriet er ihr, dass er demnächst einige Gelder erhalten würde, um gründlich über den Urvogel forschen zu können.

»Und ich würde gern die *Ornithologische Gesellschaft Dunedins* wieder zu neuem Leben erwecken«, gestand Suzan ihm schließlich voller Begeisterung.

»Meine Unterstützung haben Sie«, entgegnete Sean, und der intensive Blick, mit dem er sie dabei musterte, ging ihr durch und durch. Sie konnte selbst in ihren Gefilden, hier unten im *Moa-Verlies,* seinem Blick nicht standhalten, ohne gleich wieder rot zu werden.

»Ich finde es bewundernswert, dass sich eine junge und überaus attraktive Frau wie Sie so für den Moa interessiert. Das muss wirklich vererbt sein. Sonst haben die jungen Damen in Ihrem Alter doch ganz andere Dinge im Kopf.«

Sean sah sie immer noch prüfend an.

»Wie gesagt, es liegt mir im Blut«, erklärte Suzan hastig. Dieses Kompliment hatte sie wieder mächtig in Verlegenheit gebracht. Ihre Wangen glühten. Sie hoffte inständig, dass er es nicht zur Kenntnis nahm.

»Darf ich Sie fragen, wie alt Sie sind?«, fragte Sean und legte den Kopf schief, als würde er ihr Alter schätzen wollen.

»Ich bin achtzehn und werde noch in diesem Jahr mit der Schule fertig.«

»Ich hätte Sie für älter gehalten. Sie wirken so überaus reif und vernünftig.«

»Dieses Jahr mache ich meinen Abschluss. Dann gehe ich zur Universität und studiere Biologie«, erwiderte Suzan schnell.

»Bei uns in Dunedin?«

Suzan nickte. »Ich würde auch gern nach Wellington gehen, aber das Studium über muss ich wohl noch zuhause wohnen.«

»Höre ich da etwa einen gewissen Widerwillen heraus? Also, mir würden Sie einen großen Gefallen tun, wenn Sie in Dunedin blieben. Dann könnten wir uns nämlich regelmäßig im Institut sehen. Das vereinfacht die enge Zusammenarbeit wesentlich. Wenn es Ihnen recht ist, werde ich beantragen, dass Sie mir in Zukunft assistieren.«

Suzan schluckte trocken. Das war allerdings mehr, als sie zu hoffen gewagt hatte.

Sean lächelte ihr aufmunternd zu. »Ich freue mich auf unsere Zusammenarbeit, Suzan.«

Allein wie er ihren Namen aussprach, genügte, um ein neuerliches Feuerwerk in Suzans Innerem zu entfachen. Sie wunderte sich selbst darüber, was dieser Mann in ihr auslöste. Sie hatte vermutet, die Liebe würde eines Tages wie ein ruhiger Fluss auf sie zukommen, aber einen reißenden Wasserfall, der mit Tosen herandonnerte, hatte sie nicht erwartet.

»Ich verlasse diese Schatzkammer nur ungern«, raunte Sean nun, »aber ich würde jetzt gern mit Ihnen auf diesen erhebenden Moment anstoßen. Sagten Sie vorhin nicht etwas von Wein?«

»Wissen Sie, wie meine Mutter und meine Schwester diese Räume bezeichnen?«

»Nein, aber ich hoffe, Sie verraten es mir.«

»Das *Moa-Verlies*!«

»Ich darf daraus schließen, dass die Moa-Leidenschaft Ihrer Großeltern sich nicht auf Ihre gesamte Familie vererbt hat.«

»Es liegt vielleicht daran, dass wir nur mit Antonia wirklich verwandt sind. Arthur Evans hat meine Mutter zwar großgezogen, war aber nicht ihr leiblicher Vater.« Noch während Suzan ihm das erzählte, ermahnte sie sich streng, ihm nicht gleich ihre ganze Familiengeschichte anzuvertrauen. Warum war sie in seiner Gegenwart nur so schrecklich schwatzhaft? Die Antwort gab sie sich gleich selbst. Sie versuchte krampfhaft, ihre sekündlich wachsende Verliebtheit zu überspielen.

»Jedenfalls werde ich von meiner Mutter und meiner Schwester als schrullig belächelt.«

Sean lachte laut auf. Er hatte ein tiefes und kehliges Lachen.

»Das kenne ich. Meine Familie hält mich auch für reichlich verschroben. Mein Vater und meine Brüder haben sich ganz dem Fremdenverkehr verschrieben. Sie organisieren Reisen zum *Mount Cook*, besitzen Boote in Queenstown, um die Menschen über den See zu schippern. Und an welch abgelegenen Ort Sie auch reisen, mit Sicherheit nennt Dad dort schon ein Hotel sein Eigen. Er pflegt stets zu sagen: ›Junge, ich habe noch nie von einem Zoologen gehört, der Geld macht.‹ Seine größte Sorge ist, dass ich meinen Teil seines Erbes nicht gewinnbringend anlegen könnte. Er ist sehr froh, dass meine Geschwister eher nach ihm kommen.«

Suzan fiel in sein ansteckendes Lachen ein. »Gesagt hat Mom so etwas noch nicht, aber wahrscheinlich denkt sie ähnlich.«

Sean sah sie immer noch unverwandt an. »Was bin ich froh, dass Sie genauso nett sind, wie meine Tante Sie mir beschrieben hat.«

»Ihre Tante ist meine Lieblingslehrerin«, sagte Suzan schnell. Denn da war sie schon wieder: ihre Unsicherheit Sean gegenüber. Vor lauter Verlegenheit knipste sie ohne Vorwarnung das Licht im Ausstellungsraum aus und eilte voraus. Sean folgte ihr. Auf der Treppe in die erste Etage begegnete ihnen Barbra, die den jungen Mann skeptisch von Kopf bis Fuß musterte.

»Mom, das ist Mister Albee. Mister Albee, das ist meine Mutter, Barbra Leyland.«

Während Sean Barbra wohlerzogen die Hand reichte, schwärmte er von den Kostbarkeiten, die er soeben im Keller begutachtet hatte. Barbra aber schien ihm gar nicht zuzuhören, sondern fuhr ungeniert fort, ihn kritisch anzustarren.

»Einen Zoologen habe ich mir allerdings anders vorgestellt«, stieß sie schließlich beinahe verächtlich aus.

Suzan war diese Bemerkung äußerst peinlich. Es fehlte nur noch, dass Barbra ihm an den Kopf warf, auch nur einer dieser Männer zu sein, der Frauen belog und betrog.

Barbra aber begnügte sich damit, ihrer Tochter einen mahnenden Blick zuzuwerfen, der ihr genau das signalisieren sollte: Vorsicht vor diesem Mann!

Doch Suzan wollte sich von ihrer Mutter partout nicht die Stimmung verderben lassen.

»Mom, nicht jeder Wissenschaftler sieht aus wie Großvater Arthur, wobei man von ihm behauptet, er sei keine allzu unattraktive Erscheinung gewesen. Ich meine, auch auf den Fotos sieht er recht männlich aus.«

Barbra reagierte sichtlich verstört auf Suzans Offenheit. Ihre

Augenlider flatterten nervös, und es schien ihr regelrecht die Sprache verschlagen zu haben.

Das nutzte Suzan, um lächelnd zu ergänzen: »Und es ist sehr schön, dass ihr beiden euch jetzt kennengelernt habt. Denn du wirst Mister Albee in Zukunft wohl öfter sehen. Stell dir vor, er wird mir tatsächlich helfen, der *Ornithologischen Gesellschaft Dunedins* neues Leben einzuhauchen. Aber jetzt entschuldige uns bitte, wir wollen das ein wenig feiern.«

Suzan drückte sich an ihrer Mutter vorbei, doch Sean blieb stehen und verabschiedete sich ausgesucht freundlich von der verdutzten Barbra. Doch kaum war sie außer Sichtweite, flüsterte er amüsiert: »Oje, mit Ihrer Mutter sollte man sich aber nicht anlegen. Sie hat mich angesehen, als wolle sie mich fressen.«

Suzan verzog ihr Gesicht zu einem schiefen Lächeln. »Wenn Sie wüssten, wie nahe Sie damit an der Wahrheit sind«, rutschte ihr heraus, und sie schlug sich erschrocken die Hand vor den Mund.

»Hat Sie etwas gegen Männer?«, fragte Sean neugierig.

»Sagen wir mal so: Besonders gegen gut aussehende Männer. Als wir klein waren, hat sie herausgefunden, dass mein Vater sein Verhältnis zu der Freundin, die er vor der Ehe hatte, all die Jahre niemals ganz aufgegeben hat. Jetzt ist er mit jener Dame verheiratet, weil Mutter sich von ihm getrennt hat. Nun denkt sie, das Schicksal blüht uns auch.«

Sean lachte. »Das kann ich mir bei Ihnen aber kaum vorstellen, dass Sie sich so dreist betrügen lassen.«

»Nun ja, meine Mutter hätte sich das auch nicht erträumt.«

»Aber Sie sind ein völlig anderer Typ Frau als Ihre Mutter. Bei Ihnen denkt man sofort, dass Sie auch allein durchs Leben kommen. Man will Ihr Freund sein, aber kein Beschützer.«

»Mein Freund? Na, das haben Sie aber charmant gesagt«, bemerkte Suzan ironisch. »Das klingt so ähnlich wie *Blaustrumpf*. So jedenfalls nennt mich meine kleine Schwester immer.«

»Nein, so habe ich das nicht gemeint«, gab Sean empört zurück. »Ich mag solche Frauen wie Sie. Wenn ich mal heirate, dann möchte ich eine Frau, mit der ich über alles sprechen kann. Die nicht mit einer Schürze auf mich wartet und das Essen serviert. Ich weiß, das ist eine ungewöhnliche Vorstellung, die ich da habe. Meine Freunde wünschen sich allesamt eine Frau, die ihnen das Leben versüßt und den Rücken freihält . . .« Er seufzte.

Suzan war froh, dass sie gerade in diesem Augenblick das Wohnzimmer erreicht hatten und er damit beschäftigt war, sich einen Platz zu suchen, statt sie anzusehen. Sie war sich nämlich ganz sicher, dass ihre Wangen bei seinen Worten schon wieder dieses verräterische Rot angenommen hatten.

Er meint mich, dachte sie ungläubig, während sie sich noch fragte, ob sie sich wohl einfach neben Sean auf das Sofa setzen sollte, jetzt, nachdem er ihr schon wieder ein Kompliment gemacht hatte. Doch sie traute sich nicht und entschied sich für den Sessel. Kaum dass sie saßen, führten sie ihr Gespräch angeregt fort. Und je länger sie miteinander redeten, desto intensiver stellte sich bei ihr ein Gefühl der Vertrautheit ein. Die anfängliche Unsicherheit war verflogen. Sie mochte alles an ihm. Seine Stimme, seine Augen, seine Locken, sein Gesicht, seine Ansichten, seinen Humor, seine offene Art, ihr Komplimente zu machen. Außerdem hatte er gute Manieren. Er lobte den Wein und die Häppchen und gab ihr unablässig zu verstehen, was für eine außergewöhnliche junge Frau sie sei. Und sie konnte sich seine Schmeicheleien schließlich anhören, ohne rot zu werden. Natürlich hoffte sie, er könne keine Gedanken lesen, denn Suzans Herz machte immerzu Sprünge bei dem Gedanken, dass sie den Mann gefunden hatte, der zu ihr passte und den sie nie wieder loslassen wollte.

Als er mitten in einem Satz ihre Hand nahm, schien ihr Glück perfekt, aber es dauerte nur einen kurzen Moment, als Debbie, ohne anzuklopfen, ins Zimmer platzte und ungefragt auf das Sofa zusteuerte. Sean ließ sofort Suzans Hand los und betrachtete die junge Frau, die sich dicht neben ihn gesetzt hatte, mit einer gewissen Skepsis. Er warf Suzan einen fragenden Blick zu, doch die war viel zu erschrocken, als dass sie ihm gleich unbeschwert ihre Schwester hätte vorstellen können.

Deborah blickte neugierig von ihrer Schwester zu dem Fremden.

»Schwesterchen, willst du mir deinen außergewöhnlich attraktiven Herrenbesuch denn gar nicht vorstellen?«, zwitscherte sie und rückte noch ein wenig näher an Sean heran. Dann streckte sie ihm lächelnd ihre Hand entgegen. »Hat es euch die Sprache verschlagen? Dann muss ich das wohl selbst erledigen. Ich bin Debbie, Suzans kleine Schwester, und wer sind Sie?«

»Das ist Mister Albee, aber wir haben etwas Berufliches zu besprechen«, entgegnete Suzan in scharfem Ton. Ihr passte es überhaupt nicht, dass Debbie so dreist hereingeschneit war. Und wie hübsch sie wieder einmal aussah! Suzan verspürte selten Eifersucht auf ihre kleine zarte Schwester, aber in diesem Augenblick kam sie sich im Gegensatz zu der jungen Lady in dem weit schwingenden Kleid wie ein Trampeltier vor. Alles an Deborah war perfekt aufeinander abgestimmt: der Lippenstift, das Kleid, die hochhackigen Schuhe, das kecke Haarband. Kein Mensch würde vermuten, dass Debbie erst sechzehn war.

Suzan schluckte trocken. Ein böser Verdacht überfiel sie. Wenn es vielleicht gar kein Zufall war, dass Debbie ins Wohnzimmer geplatzt war? Was, wenn ihre Mutter sie ihnen auf den Hals geschickt hatte, um ihre Zweisamkeit zu stören? Was, wenn Debbie gehört hatte, dass ein attraktiver Mann zu Besuch war, und sich deshalb so in Schale geworfen hatte?

»Debbie, du hast meinen Besucher jetzt begrüßt. Dann lass uns doch bitte allein. Wir haben etwas zu besprechen . . .«

»Ach, lassen Sie nur, Suzan«, mischte sich Sean ein. »Wir haben ja alles Wesentliche geklärt, und ich gehe davon aus, dass wir uns in Zukunft regelmäßig sehen.«

Er warf Suzan einen vieldeutigen Blick zu.

»Sie können übrigens auch Sean zu mir sagen«, sagte er charmant zu Debbie. Sehr zu Suzans Ärger. Warum schenkte er dem Küken überhaupt so viel Aufmerksamkeit?

»Musst du nicht ins Bett?«, fragte Suzan lauernd. »Sie müssen wissen, meine kleine Schwester braucht mit ihren sechzehn Jahren noch viel Schlaf«, fügte sie mit gespielter Freundlichkeit hinzu, doch Debbie ignorierte die kleine Gemeinheit ihrer Schwester einfach. Stattdessen strahlte sie Sean an und gurrte: »Guten Abend, Sean, ich bin Debbie und werde übrigens bald siebzehn.« Dann schlug sie ihre Beine so übereinander, dass man einen freien Blick auf ihre schlanken Fesseln und ihre wohlgeformten Waden hatte.

Suzan spürte eine ungeheure Wut in sich aufsteigen. Auch gegen sich selbst. Da führte ihr das dumme kleine Gör von Schwester doch tatsächlich vor, wie man mit Männern umzugehen hatte. Sean schien nämlich sichtlich angetan von der geballten Weiblichkeit und machte beileibe nicht den Eindruck, als würde ihn die Anwesenheit der kleinen Schwester stören. Suzan hatte keine Wahl. Sie musste etwas unternehmen, denn Debbie dachte mit Sicherheit nicht daran, das Feld freiwillig zu räumen. Im Gegenteil, sie schmachtete Sean ungeniert an.

Suzan kochte vor Wut, als Debbie zärtlich eine seiner Locken berührte und flötete: »Ich wollte nur sichergehen, dass sie echt sind. Sie haben das schönste Haar, das ich je bei einem Mann gesehen habe.« Debbie blickte ihn lächelnd an. »Und die schönsten Augen«, gurrte sie.

Da half nur eines. Sean musste gehen, doch wie sollte Suzan das anstellen? Seine ganze Aufmerksamkeit war nun bei Debbie. »Ich habe gehört, Sie interessieren sich nicht für die Knochen unten im *Moa-Verlies*«, bemerkte er mit einem verschwörerischen Seitenblick auf Suzan.

»Ach, hat sich mein Schwesterherz bei Ihnen beklagt? Sie übertreibt. Natürlich bewundere ich Großvater Arthur und Großmutter Antonia. Und die Lebendrekonstruktion des Vogels ist doch einfach wunderbar. Sie forschen auch über den Moa, hat Mutter mir erzählt. Ich finde das spannend. Vielleicht studiere ich später auch einmal Biologie.«

Angesichts dieser faustdicken Lügen schnappte Suzan nach Luft. Das ist der Beweis, Mutter hat sie hergeschickt, schoss es ihr durch den Kopf. Das halte ich keine Minute länger aus.

Abrupt sprang Suzan auf. »Mister Albee, ich möchte ungern das anregende Gespräch zwischen meiner Schwester und Ihnen unterbrechen, aber die Kleine gehört nun wirklich ins Bett, und ich hatte auch einen harten Tag«, knurrte sie und bereute ihren Ton bereits in demselben Augenblick. Wie konnte sie sich nur so gehen lassen und ihre Verletzung dermaßen offen zur Schau stellen? Da konnte sie sich ja gleich ein Schild an die Brust heften, auf dem zu lesen stand: Rasend eifersüchtig!

Sean wandte sich nun aber von Debbie ab und Suzan zu.

»Sie haben recht, Suzan, ich bin schon viel zu lange geblieben.«

Er wollte aufstehen, doch Debbie legte ihm frech eine Hand auf den Oberschenkel und sah ihn flehend aus ihren großen Augen an. »Bitte, bleiben Sie doch noch. Es ist so angenehm, mit Ihnen zu plaudern.«

Sean aber nahm ihre Hand, drückte sie einmal kurz und erhob sich.

»Ein anderes Mal vielleicht. Jetzt muss ich wirklich fort.« Sean blieb vor Suzan stehen und sah ihr tief in die Augen: »Suzan, es war ein wunderbarer Abend.«

Suzan lächelte verkrampft. »Ich bringe Sie noch zur Tür.«

Als sie aus dem Augenwinkel sah, dass Debbie vom Sofa aufsprang und Anstalten machte, sie zu begleiten, warf sie ihr einen warnenden Blick zu. Ihre Schwester zögerte, schien zu überlegen, ob sie sich den weiteren Zorn der Älteren zuziehen sollte, und ließ sich murrend zurück auf das Sofa fallen.

Suzan und Sean waren noch nicht ganz aus der Tür, da zwitscherte Debbie ihnen hinterher: »Sean? Dürfte ich Sie bei Gelegenheit einmal in der Universität besuchen? Ich möchte doch so gern etwas über das Studium erfahren. Wer könnte mir besser erklären, wie man Zoologe wird, als Sie?«

Sean drehte sich sichtlich geschmeichelt zu ihr um.

»Aber selbstverständlich. Gern. Kommen Sie nur einfach ins Zoologische Institut in den ersten Stock. Auf dem Flur finden Sie eine Tür mit meinem Namen.«

»Danke. Sie sind ein Schatz«, flötete Debbie.

Suzan spürte, wie ihr körperlich übel wurde und ein unbändiger Zorn Besitz von ihr ergriff. Und nicht nur auf ihre Schwester, sondern auch auf Sean Albee. War er wirklich so dumm, dass er das Spielchen ihrer kleinen Schwester nicht durchschaute? Fühlte er sich tatsächlich geschmeichelt durch dieses kindliche Gebrabbel? Debbie und Biologie, das war der größte Witz, den sie je gehört hatte. Nur leider konnte sie nicht darüber lachen. Ob Sean ihr das ernsthaft abgenommen hatte? Oder sollte gar ihre Mutter Recht behalten, was den Charakter von Männern anging?

Sie strafte ihn mit eisigem Schweigen.

»Wiedersehen, Mister Albee«, sagte sie kühl, als sie unten an der Haustür angekommen waren.

Sean aber trat ohne Vorwarnung einen Schritt auf sie zu und umarmte sie.

»Es war schön mit Ihnen«, flüsterte er. »Und was die kleine Störung angeht: Ihre Schwester ist entzückend, aber an Biologie und dem Moa so wenig interessiert wie Sie und ich daran, Geld zu scheffeln.«

Dann gab er ihr einen zärtlichen Kuss auf die Wange, lächelte sie noch einmal an und wandte sich zum Gehen. Fröhlich pfeifend machte er sich auf den Heimweg.

Suzan aber blieb wie angewurzelt im Türrahmen stehen, bis er schon lange um eine Ecke verschwunden war. Schließlich trat sie einen Schritt vor die Tür und atmete tief die salzige Luft ein, die der Ostwind in die Stadt geweht hatte. Dann wandte sie ihren Blick zum Himmel und lächelte zu den Sternen empor. Sie hatte das Gefühl, als würden sie um die Wette funkeln, um ihr einen persönlichen Gruß von dort oben zu überbringen. Sie konnte ihr Glück kaum fassen. Wie hatte sie nur so an seinem Charakter zweifeln können?

Mitten in ihre liebestrunkenen Gedanken hörte sie wie aus einer anderen Welt Debbie seufzen: »Er ist so süß!«

Erschrocken fuhr Suzan herum. Das war keine Sinnestäuschung, sondern ihre Schwester, die unverblümt von Sean schwärmte.

Suzan wollte etwas erwidern, ihr deutlich zu verstehen geben, dass Sean Debbie durchschaut und kein Interesse an ihr hatte, als diese trotzig sagte: »Suzie, ob du das willst oder nicht, ich werde Sean Albee heiraten und keinen anderen!«

Das wirst du nicht tun!, dachte Suzan wutentbrannt, während sie, ohne Debbie noch eines weiteren Blickes zu würdigen, hinaus in die Nacht lief und erst haltmachte, als sie einen nahe gelegenen Park erreicht hatte. Atemlos ließ sie sich auf eine Parkbank fallen. Sosehr sie sich auch bemühte, den unbeschreiblichen Augenblick des Kusses in ihre Erinnerung zurückzuholen, er wurde jedes Mal von Debbies Worten überschattet. Und in Suzans Herz, das eben vor Liebe schier hatte überquellen wollen, breitete sich wie ein schleichendes Gift ein völlig anderes Gefühl aus: eine unbestimmte Angst!

Dunedin, Mitte April 1957

Barbra war ganz und gar nicht von Suzans Idee angetan, zu deren Schulabschluss ein kleines Fest zu geben. Besonders nicht, als sie hörte, dass auch jener Zoologe kommen sollte, mit dem Suzan in den letzten Wochen öfter einmal ausgegangen war.

Suzan hingegen konnte es kaum mehr erwarten. Sie hatte sich extra zur Feier des Tages ein weißes Kleid mit großen roten Punkten, einem weit schwingenden Rock und einem Gürtel gekauft, der ihre schmale Taille vorteilhaft betonte. Dazu trug sie das schwarze Haar hochgesteckt mit einer roten Blume verziert. Das soll wirklich ich sein?, fragte sie sich, während sie sich vor dem Spiegel drehte. Übermütig streckte sie ihrem Spiegelbild die Zunge heraus. Das Bild, das sich ihr bot, war fremd, aber überaus ansprechend. Wenn ich ein Mann wäre, ich würde mich hübsch finden, dachte sie. Dabei war sie weit davon entfernt, eitel zu sein. Deshalb spielte sie auch mit dem Gedanken, sich ihrer entsetzlichen Pumps zu entledigen. Sie machten zwar ein graziles Bein, aber sie drückten unerträglich. Suzan wollte sie gerade in hohem Bogen von sich schleudern, als sich Debbie vor den Spiegel drängelte und sie nun verdeckte – bis auf ihren Kopf, um den Suzan die Schwester überragte.

Ihr stockte der Atem. Debbie trug ein cremefarbenes Kleid ohne Träger. Es wurde auch nicht im Nacken gehalten. Ihre Schultern waren völlig nackt. Dazu trug sie eine Strasskette aus den Beständen von Großmutter Antonia und das passende Armband. Alles glitzerte und funkelte an ihr. Besonders ihre Augen. Sie sieht aus wie eine Braut, dachte Suzan missmutig. Und da war er wieder, der Neid auf die kleine Schwester, den sie in letzter Zeit immer häufiger empfand. Vor allem seit sie wusste, dass Debbie Sean tatsächlich ein paar Besuche in der Universität abgestattet hatte. Das Einzige, was sie tröstete, war die Tatsache, dass er ihr sofort amüsiert davon berichtet hatte. Ansonsten hätte sie wohl nichts davon erfahren, denn ihre Schwester hatte es ihr verschwiegen.

»Ist das nicht ein Traum von einem Kleid?«, flötete Debbie.

»Es ist hübsch«, erwiderte Suzan kühl und hoffte, die Schwester würde endlich wieder verschwinden. Diese wiegte sich stattdessen kokett hin und her, drehte sich und klatschte vor Begeisterung in die Hände.

»Ich sehe doch aus wie zwanzig, oder?«

Suzan rollte genervt mit den Augen. Sie war es leid, ihre Schwester zu bewundern. Vor allem war es nur allzu offensichtlich, für wen sie sich so herausgeputzt hatte. Obwohl Suzan sicher zu wissen glaubte, dass Sean sich nichts aus Debbie machte, wurde sie zunehmend missgelaunter. Und ehe sie sich's versah, hatte sie es bereits ausgesprochen.

»Pass mal auf, Debbie! Du weißt schon, dass es sich nicht gehört, es darauf anzulegen, der Schwester den Verlobten auszuspannen, oder?«

Debbie wandte sich erschrocken um. »Er ist dein Verlobter? Seit wann?«

Suzan lief rot an. »Ich glaube, er wird mir heute einen Antrag machen.«

»Ach so! Er hat dich noch gar nicht gefragt!«, rief Debbie erleichtert aus.

Suzan ging einen Schritt auf ihre Schwester zu, packte sie bei den Schultern und sah ihr drohend in die Augen. »Jetzt hör mal zu, meine Liebe. Einmal davon abgesehen, dass Sean nicht an dir interessiert ist, sind er und ich ein Paar. Nur damit du es weißt.«

»Hat er dich denn schon geküsst?«

»Das geht dich gar nichts an«, entgegnete Suzan harsch. Sie verstand ja selbst nicht, warum er noch nicht wirklich versucht hatte, ihr näherzukommen. Er hielt ihre Hand, legte den Arm um ihre Schultern, und er küsste sie zum Abschied auf die Wangen. Das war zu Suzans großer Enttäuschung bislang alles gewesen. Wie gern wäre sie richtig von ihm geküsst worden, doch sie redete sich ein, das werde alles geschehen, sobald er ihr den Antrag gemacht hatte.

»Also nicht. Ich meine, wer küsst auch schon einen Blaustrumpf?«, spottete Debbie. »Mich wollen alle Männer immer gleich küssen und heiraten. Bald kann ich die Anträge sammeln.«

»Weißt du, was du bist? Ein hohles, eingebildetes kleines Biest. Natürlich wollen Sie dich küssen und ins Bett kriegen, weil sie nicht mit dir reden können.«

»Was verstehst du alte Jungfer denn schon davon? In dein Bett würde sich doch niemals freiwillig ein Mann verirren.«

Suzan biss sich auf die Lippen und ballte die Fäuste. Wie gern hätte sie ihrer Schwester das Maul gestopft, aber sie hatte sich fest vorgenommen, nie wieder die Beherrschung zu verlieren und ihr schon gar nicht eine Ohrfeige zu verpassen.

Wahrscheinlich hätten sie sich noch eine ganze Weile weitergestritten, wenn Barbra nicht den ersten Gast angekündigt hätte. Bevor Suzan überhaupt begriff, dass es nur der pünktliche Sean sein konnte, war Debbie bereits aus dem Zimmer und die Treppen hinuntergestürzt. Als Suzan endlich unten in der Diele angekommen war, hing Debbie bereits am Arm des Zoologen und redete wie ein Wasserfall auf ihn ein.

Wahrscheinlich überhäuft sie ihn mit abgedroschenen Komplimenten, dachte Suzan erbost. So in der Art wie: Ach, Ihr Anzug ist wie für Sie gemacht, oder: Ich hake mich so gern bei Ihnen unter, weil ich mich bei Ihnen so geborgen fühle. Beides hatte sie Debbie tatsächlich schon einmal wortwörtlich einem ihrer Galane zusäuseln hören.

Als Suzans Blick an Ethan hängen blieb, der das Ganze sichtlich verärgert beäugte, wusste sie, dass sie nicht die Einzige war, der Debbies Getue missfiel. Mit säuerlicher Miene trat sie auf Sean zu, an dessen Arm immer noch Debbie wie eine Klette hing. Trotzdem gab er Suzan zur Begrüßung einen Kuss auf die Wange und raunte. »Sie sehen bezaubernd aus.«

»Was sind Sie denn für ein Gentleman?«, mischte sich Debbie schnippisch ein. »Überhäufen meine Schwester mit Komplimenten, und was ist mit mir?«

Theatralisch löste sich Sean von Debbies Arm und musterte sie von Kopf bis Fuß.

»Entzückend. Sie sehen ganz entzückend aus.«

Suzan wandte sich abrupt ab. Es fehlte nicht mehr viel und sie würde Debbie vor allen anderen wegen ihres unechten Getues zurechtweisen. Sean aber folgte ihr sofort an die Hausbar. Dorthin hatte sich auch Ethan vor dem Geplappere seiner Angebeteten geflüchtet und mixte nun Cocktails für die Gäste.

»Suzie, kannst du Debbie nicht mal beiseitenehmen? Das ist doch peinlich«, flüsterte er ihr zu.

Suzan wollte ihm gerade erwidern, dass sie nichts lieber täte, als Debbie in ihre Schranken zu verweisen, als ihre Schwester sich tänzelnd der Bar näherte. Ethan strahlte über das ganze Gesicht, als er sie erblickte, und forderte Debbie sofort zum Tanzen auf. Die aber ignorierte seine Aufforderung und wandte sich an Sean.

»Können Sie tanzen?«

»Von Können kann gar keine Rede sein«, erwiderte er grinsend, »aber ich könnte es versuchen.«

Er wehrte sich nicht, als Debbie ihn in die Mitte des Zimmers zog, die an diesem Tag als Tanzfläche diente. Suzan sah ihnen indigniert nach. Mit mir hat er noch nie getanzt, dachte sie verdrossen und behielt die beiden im Auge. Mit einem Seitenblick stellte sie fest, dass auch Ethan stocksauer war. Debbie schien nämlich förmlich in Sean hineinzukriechen, während ein Song von Frank Sinatra ertönte.

»Das guck ich mir nicht länger an!«, schnaubte Ethan und stürzte zum Plattenspieler. Triumphierend rieb er sich die Hände, als nun Chuck Berrys *Roll over Beethoven* erklang. Debbie und Sean stutzten kurz, doch dann legten sie einen Tanz auf das Parkett, der Suzan und Ethan vor Neid erblassen ließ. Sean tanzte wie ein junger Gott. Er schien alle Tricks des Rock 'n' Roll zu kennen. Er schwang Debbie in atemberaubendem Tempo über die Tanzfläche, schleuderte sie über seine Schultern, um sie kurz danach durch die Beine zu führen. Aber auch Debbie schien genau zu wissen, was sie dort tat. Sie entpuppte sich als ideale Tanzpartnerin. Inzwischen waren weitere Gäste eingetroffen, die sich nun alle um die Tanzfläche herum versammelt hatten und wild im Rhythmus der Musik klatschten.

»Schau nur genau hin, wie er deine Schwester anhimmelt. Er ist kein Mann für dich«, zischte Barbra nun ihrer Tochter zu, während sie sich ihr Glas randvoll schüttete.

»Debbie hat sich ihm an den Hals geworfen«, knurrte Suzan wütend. »Pass lieber auf deine Kleine auf, als dir über meinen Verlobten Gedanken zu machen.«

»Dein Verlobter?«, kreischte Barbra hysterisch. In dem Moment wusste Suzan, dass ihre Mutter schon reichlich von dem Rotwein getrunken hatte. Dann nämlich bekam sie diesen schrillen Ton und ihre Stimme drohte überzuschnappen.

In diesem Augenblick kehrten Debbie und Sean von der Tanzfläche zurück.

»Jetzt möchte ich aber mit dir tanzen«, gurrte Sean, während er sich mit dem Ärmel über die schweißnasse Stirn fuhr.

»Ich mag nicht«, erwiderte Suzan in zickigem Ton, was sie bereits bereute, als sie es aussprach. Bin ich wirklich so eifersüchtig, dass ich ihm vor Mutter und Debbie eine Szene machen muss?, fragte sie sich, doch da hatte Sean sich bereits einen Drink geordert.

Mit mürrischer Miene mixte ihm Ethan einen Daiquiri. Er

hatte sich extra für den heutigen Abend ein Buch mit Cocktails besorgt.

Zu Suzans Entsetzen kippte Sean den Drink wie Wasser hinunter und orderte gleich noch einen.

»Ich nehme dann auch so einen«, verlangte Debbie kichernd.

»Nein, du bist viel zu jung dafür!«, giftete Ethan.

»Keine Sorge. Ich passe auf die junge Lady auf«, mischte sich daraufhin Sean ein.

»Mom, bitte, nur den einen!« Flehentlich wandte sich Debbie an Barbra.

Suzan wollte gerade statt ihrer antworten, als sie ihre Mutter lallen hörte: »Gut, den einen bekommt das Kind.«

Ethans Gesicht war vor Zorn rot angelaufen, aber er tat, was Barbra verlangte, und knallte Debbie den Daiquiri hin.

»Danke«, zwitscherte sie, bevor sie Sean kokett zuprostete. »Auf den besten Tänzer der Welt!«

Er aber legte den Arm um Suzan und fragte zärtlich: »Möchtest du denn gar nichts trinken, mein Schatz? Es ist doch dein Fest.«

Sie schüttelte nur stumm den Kopf. Gegen Debbies geballte Charmeoffensive fühlte sie sich machtlos. Lächle!, sprach sie sich gut zu, so lächle doch! Und tatsächlich erhellten sich ihre Züge, und mit gespielter Freundlichkeit teilte sie Sean mit, dass sie nun doch mit ihm tanzen wolle. Strahlend führte er sie zur Tanzfläche. Noch immer lief Musik von Chuck Berry. Sean schaffte es, sie so zu führen, dass es wirkte, als ob sie ihr Leben lang nichts anderes getan hätte, als Rock 'n' Roll zu tanzen. Geschmeidig ließ sie sich herumwirbeln, und schon war der dumme Zwischenfall vergessen. Doch als sie erschöpft Arm in Arm die Tanzfläche verließen und sie Debbies lauernden Blick sah, ergriff wieder jenes ungute Gefühl Besitz von ihr. Ihr wurde auf einmal schmerzhaft bewusst, dass ihre Schwester nichts unversucht lassen würde, Sean für sich zu gewinnen. Sie schmachtete ihn auch weiterhin ganz offensichtlich an. Kaum hatte er Suzan losgelassen, um sich einen weiteren Daiquiri zu bestellen, hatte sie sich schon wieder bei ihm untergehakt. »Kommen Sie, Sie müssen sich abkühlen. Sie sind ja ganz verschwitzt«, flötete Debbie. »Ich zeige Ihnen unseren Garten.« Mit diesen Worten griff sie sich erst eine Flasche Rum, danach seine Hand und zog ihn mit sich fort. Er drehte sich noch einmal um und warf Suzan eine Kusshand zu, dann waren die beiden verschwunden.

»Ich würde diesem Mistkerl gern eine Lektion erteilen«, zischte Ethan.

»Er kann doch gar nichts dafür«, gab Suzan empört zurück. »Debbie wirft sich ihm förmlich an den Hals.«

»Dazu gehören immer zwei. Und dein Vogelmann scheint es zu genießen, so ungeniert angeschwärmt zu werden. Wenn du mich hier ablöst, würde ich dem ganzen unwürdigen Theater gern ein Ende machen. Die Mengen für die Cocktails stehen hier im Buch. Sag mal, macht es dir denn gar nichts aus, dass dein Galan ganz offensichtlich mit deiner Schwester anbändelt?«

Suzan zuckte mit den Schultern. »Gut, ich mixe die Getränke, aber bitte komm gleich wieder, und leg dich nicht mit Sean an. Glaube mir, das ist völlig harmlos.«

»Dein Wort in Gottes Ohr«, brummte Ethan und ging mit finsterer Miene in den Garten.

Barbra, die das Ganze stumm mit angesehen hatte, lallte: »Mach dir nichts vor. Du hast ihn schon an deine kleine Schwester verloren. Glaube mir, du kannst keinen Mann für dich gewinnen und halten schon gar nicht. Du nicht! Man kann über Debbie sagen, was man will, aber sie hat das gewisse Etwas. Sie ist ein raffiniertes Luder. Ich glaube, die betrügt so leicht keiner. Die kann es sogar mit deinem Sean aufnehmen.«

Suzan zog es vor, die Worte ihrer Mutter zu überhören. Sie bebte vor Zorn. Was fiel Debbie eigentlich ein, sich dermaßen frech an ihren Freund heranzumachen? Gleich, wenn Sean und sie aus dem Garten zurückkämen, würde sie sie beiseitenehmen und ihr die Meinung sagen. Sonst konnte sie für nichts garantieren.

»Hast du gehört? Der Kerl ist nichts für dich«, lallte Barbra.

»Mom, jetzt hör endlich auf, deine schlechte Erfahrung zu verallgemeinern und mir alle Männer mieszumachen. Nicht jeder Mann ist wie Vater!«

Zur Bekräftigung ihrer Worte sah sie ihre Mutter kämpferisch an. Barbra wollte einen Schritt auf ihre Tochter zumachen, kam aber ins Straucheln und fiel der Länge nach hin.

»Mom, du bist ja völlig betrunken!«, rief Suzan entsetzt aus und half ihrer Mutter beim Aufrichten. »Ich bring dich jetzt ins Bett«, fügte sie leise hinzu. Widerstandslos ließ sich Barbra von ihrer Tochter nach oben ins Schlafzimmer bringen.

Suzan blieb an Barbras Bett sitzen, bis diese eingeschlafen war und laut zu schnarchen begann. Darüber war über eine Stunde vergangen. Nachdenklich verließ sie das Zimmer ihrer Mutter. Hatte sie das Trinken bislang als schlechte Angewohnheit abgetan, fing sie langsam an, sich Sorgen zu machen. In dieser Verfassung wollte sie nicht gleich auf das Fest zurück und machte deshalb einen kleinen Abstecher in den Garten. Die klare, würzige Luft tat ihr gut. Sie atmete ein paarmal tief durch und wollte gerade ins Haus zurück, als sie ein leises Wimmern vernahm. Es hörte sich an, als würde jemand weinen.

Erschrocken wandte sie sich um, und da sah sie ihn auch schon am Boden hocken, die Hände vor das Gesicht geschlagen. Es war ein Bild des Jammers. Dieser große, kräftige Kerl wirkte wie ein greinendes Kleinkind.

»Um Himmels willen, Ethan, was ist passiert?« Sie setzte sich zu ihm und legte den Arm um seine Schulter, doch er hörte nicht auf zu schluchzen.

»Ethan, bitte, sag mir sofort, was los ist!«

Aus verheulten Augen sah er Suzan traurig an. »Sie hat es mit dem Mistkerl gemacht!«

»Wer hat was gemacht?«, gab sie unwirsch zurück.

»Debbie treibt es mit deinem Sean!«

»Wie kannst du so etwas Gemeines behaupten? Das ist doch der blanke Unsinn! Ich weiß ja, dass du schwer verliebt in Debbie bist und dass ihr beide euch auch schon sehr nahegekommen seid ...«

»Nicht so nahe wie Mister Albee. Ich schlafe nur mit einem Mann, den ich auch heiraten werde, hat sie mir immer gesagt, und nun treibt sie es ungeniert mit diesem hergelaufenen Lackaffen.«

»Ethan, hör auf damit. Sean lässt sich doch nicht von meiner kleinen Schwester verführen. Ja, ihr traue ich das zu, dass sie es darauf anlegt, aber er macht das nicht. Er ist doch kein dummer Junge mehr.«

»Hast du eine Ahnung. Was weißt du, wozu dein Mister Albee fähig ist. Das Schwein ist besoffen. Ich habe die leere Flasche vor dem Bett mit eigenen Augen gesehen.«

»Du hast sie beobachtet?« Suzan wurde leichenblass.

»Ja, das sage ich doch die ganze Zeit. Glaubst du, ich erfinde so was? Ich habe es mit eigenen Augen gesehen, und die beiden haben mich nicht mal bemerkt. Ich wäre am liebsten hingestürzt und hätte ihn weggezerrt, aber das würde Debbie mir nie verzeihen, und ich liebe sie doch so sehr ...«

»Aber Ethan, das kann doch nicht ... sie wollten doch in den Garten ...«

»Habe ich auch geglaubt. Als ich sie nicht im Garten fand, bin ich hoch zu ihrem Zimmer, und da hörte ich sie ... Sag mal, muss ich deutlicher werden?«

Suzan schüttelte stumm den Kopf. Sie war starr vor Entsetzen. Nicht einmal weinen konnte sie. Sie blieb auf dem kalten Boden hocken, auch nachdem Ethan längst aufgestanden und ins Haus zurückgekehrt war. Sie spürte weder die Kälte noch den Wind.

Zum ersten Mal in ihrem Leben wusste sie nicht, was sie tun sollte. Weinen, schreien, ihm eine Szene machen, ihre Schwester verprügeln? Und wenn nun doch alles nur ein Irrtum war? Ein Hirngespinst des liebeskranken Ethan?

Schritte näherten sich. Im fahlen Schein des Mondes erkannte sie Sean. Er sah mitgenommen aus.

»Komm ins Haus. Du holst dir den Tod«, sagte er mit verwaschener Stimme und reichte ihr seine Hand. Sein Atem stank nach Alkohol.

»Stimmt es, was Ethan behauptet?«

»Ich . . . ich weiß nicht, was du meinst«, stammelte Sean.

Suzan konnte dabei zusehen, wie ihm jegliche Farbe aus dem Gesicht wich.

»Stimmt es, dass du mit meiner Schwester auf ihrem Zimmer warst?«

»Nein . . . ja . . . ganz kurz, sie wollte mir alte Fotos von dir zeigen.«

Suzan lachte schrill auf. »Für wie blöd hältst du mich eigentlich? Ethan hat euch beim *Fotoangucken* beobachtet.«

Sichtlich angeschlagen ließ sich Sean neben sie auf den kalten Boden fallen. Er versuchte, ihre Hand zu nehmen, aber sie entzog sie ihm.

»Suzie, du musst es mir glauben. Ich weiß nicht, wie das geschehen konnte. Sie hat gesagt, sie muss sich eine Jacke holen, und ich soll mitkommen. Und als wir in ihrem Zimmer ankamen, da hat sie . . . sie hat einfach meine Hand genommen und unter ihr Kleid geschoben . . . Suzie, bitte, ich wollte das nicht. Es wird nie wieder geschehen. Ich schwöre es dir. Ich liebe dich, und ich wollte dich eigentlich heute bitten, mich zu heiraten . . . Darf ich dich trotz dieser unverzeihlichen Geschichte immer noch fragen, ob du meine Frau werden möchtest?«

Suzan aber rappelte sich stumm vom Boden auf, eilte, ohne ihn auch nur noch eines Blickes zu würdigen, ins Haus zurück und schloss sich in ihr Zimmer ein, das sie zwei Tage und zwei Nächte nicht mehr verließ.

Dunedin, Juni 1957

Voller Wehmut sah sich Suzan ein letztes Mal im *Moa-Verlies* um. Wenn sie etwas vermissen würde, dann ihre Sammlung. Das Einzige, was sie mit nach Wellington nehmen würde, war das Schulheft mit Antonias Geschichte.

Sie winkte noch einmal dem Riesenmoa zu und schaltete das Licht aus. Dann schloss sie die Tür ab und überlegte, was sie wohl mit dem Schlüssel anfangen sollte. Sie versteckte ihn schließlich hinter dem Weinregal. Sie wollte verhindern, dass jemand während ihrer Abwesenheit an die Sammlung ging. Dabei hatte sie vor allem den einen im Sinn. Den einen, dessen Namen sie seit jener grässlichen Nacht im April nicht mehr in den Mund nahm. Den einen, der nur noch *er* bei ihr hieß. Und der von nun an in diesem Haus ungestraft ein und aus gehen würde. Jetzt, wo Deborah doch noch ihren Willen bekommen hatte.

Mir ihrer Schwester redete Suzan seitdem nur das Nötigste. Sie konnte ihr einfach nicht verzeihen, dass sie ihr den Freund ausgespannt hatte. Deshalb hatte sich Suzans Mitleid auch in Grenzen gehalten, als er sich zunächst geweigert hatte, Deborah nach jener Nacht noch einmal wiederzusehen. Stattdessen schrieb er ihr, Suzan, täglich Briefe, die sie alle ungelesen wegwarf. Deborah hatte tagelang bitterlich geweint, und Ethan war sofort in die Rolle des Trösters geschlüpft. Barbra, die nicht wusste, was wirklich geschehen war, sondern nur mitbekam, dass beide Töchter wegen des *Vogelmanns* litten, hatte die Stimmung noch zusätzlich angeheizt. Ständig hatte sie gepredigt: Ihr wolltet mir ja nicht glauben, wie die Männer sind. Jetzt bekommt ihr die Quittung für eure Leichtgläubigkeit. Sie war ohnehin noch gereizter als sonst, weil sie Suzans Entscheidung, in Wellington zu studieren, als persönlichen Affront begriff.

Suzan prüfte noch einmal, ob auch ja kein Unbefugter den Schlüssel hinter dem Weinregal finden würde. Die Vorstellung, er könne Zugang zu ihrer Sammlung haben, ließ sie frösteln. Doch so, wie es aussah, war der Schlüssel dort sicher deponiert.

Plötzlich hörte sie ein Geräusch von der Kellertreppe her. Sie fuhr herum und erschrak. Es war zu spät, sich zu verstecken. Er hatte sie gesehen und steuerte direkt auf sie zu. Er sah schlecht aus in seinem festlichen Anzug und war weit davon entfernt, einen strahlenden Bräutigam abzugeben. Suzan wollte sich wortlos an ihm vorbeidrücken, aber er hielt sie am Arm fest. »Bitte, Suzie, ich habe dich überall gesucht. Ich musste dich noch einmal sehen, bevor du fährst.«

Suzan sah angestrengt an ihm vorbei und schwieg hartnäckig.

»Ich wollte dich nicht verletzen. Und ich flehe dich an, mir zu verzeihen. Glaub mir, niemals im Leben hätte ich deine Schwester geheiratet, wenn sie nicht schwanger geworden wäre. Nun habe ich keine andere Wahl. Deine Mutter droht mit einer Anzeige, wenn ich Deborah nicht heirate, mein Vater würde mich verstoßen, wenn ich sie sitzen ließe. Und ich habe eine Verantwortung dem Kind gegenüber. Ich will mich ja auch gar nicht bei dir beklagen. Du bist die Leidtragende. Dir habe ich unendlich wehgetan. Der Frau, mit der ich so glücklich hätte werden können . . . « Er stockte. »Bitte, sieh mich noch ein letztes Mal an.«

Suzan stöhnte genervt auf, tat aber, was er verlangte. Das aber bereute sie umgehend. Dieser traurige Blick aus seinen bernsteinfarbenen Augen. Suzan konnte nichts dagegen tun. Die Liebe, die sie für ihn empfand, breitete sich wie eine warme Welle in ihrem ganzen Körper aus. Sie spürte, dass er die Wahrheit sprach. Dass er eine Dummheit begangen hatte, die er bitter bereute und für die er einen hohen Preis würde zahlen müssen. Jetzt bekam er genau das Gegenteil von dem, was er sich von Herzen wünschte. Jetzt bekam er eine Frau, die ihm den Haushalt führte und den Rücken freihielt. Und mit der er allenfalls über die Modeneuheiten der Saison würde plaudern können. Während sie sich noch fragte, ob sie ihm wohl jemals verzeihen konnte, hatte ihr Herz längst gesprochen. Wie von selbst fanden sich ihre Münder, und sie küssten sich mit einer Leidenschaft, die schmerzte.

Nachdem sich ihre Lippen voneinander gelöst hatten, vermied Suzan es, ihn noch einmal anzusehen, sondern drehte sich abrupt um. Erst als sie bei der Kellertreppe angelangt war, wandte sie sich noch einmal um.

»Sean, ich liebe dich. Versprich mir eines: Werde glücklich! Den Schlüssel für das *Moa-Verlies* findest du hinter dem Weinregal. Bitte, hege und pflege es, und gründe die *Ornithologische Gesellschaft Dunedins* ohne mich. Das ist mein einziger Wunsch, den noch an dich habe.«

Dann eilte sie die Treppe empor und versuchte, ungesehen in ihr Zimmer zu schlüpfen, ihr Gepäck zu holen und zum Bahnhof zu fahren. Keiner sollte ihre Tränen sehen. Ihre Mutter würde sie ohnehin nur mit Vorwürfen überhäufen, dass sie so wenig Haltung bewahrte und sich weigerte, wenigstens noch zur Hochzeit ihrer Schwester zu bleiben.

Suzan hatte die Türklinke bereits in der Hand, als Debbie auf den Flur trat. Ihr stockte der Atem. Eine schönere Braut hatte sie noch nie zuvor gesehen. Ihre Schwester trug einen wahren Traum von einem Hochzeitskleid. Wie aus einem Modemagazin entsprungen, schoss es Suzan durch den Kopf. Doch auch aus ihrem Gesicht sprach etwas anderes als das ungetrübte Glück einer Braut. Sie sah nachdenklich aus.

»Ach, Suzie, wie gut, dass ich dich noch treffe. Mom sagte, du hast dich schon von allen verabschiedet. Nur nicht von mir.«

»Das hätte ich noch getan«, log Suzan.

»Suzie, ich muss dir was sagen . . .« Sie stockte. »Können wir in dein Zimmer gehen?«

Suzan nickte und wischte sich hastig mit dem Ärmel über das Gesicht. Nicht dass eine Träne womöglich ihre wahre Verfassung verriet.

Ein ungutes Gefühl überfiel sie, als sie Debbie im Zimmer gegenüberstand. So hatte sie ihre Schwester noch nie erlebt. Sie machte einen niedergeschlagenen Eindruck, und das wollte so gar nicht zu dem Tag ihres großen Triumphes passen. Nervös fuhr sie sich immer wieder durch das Haar und zerzauste die prachtvoll aufgesteckte Hochfrisur.

»Suzie, ich weiß nicht, wie ich es dir sagen soll, aber ich wollte dir nicht wehtun. Ich habe das alles nur getan, weil ich mich wahnsinnig in ihn verliebt habe. Weißt du, schon als ich ihn das erste Mal sah, da wusste ich, dass ich seine Frau werden möchte . . .«

Das habe ich allerdings auch gleich gewusst, dachte Suzan voller Bitterkeit, aber sie behielt es für sich. Wem brachte es etwas, wenn sie mit bösen Worten auseinandergingen? Außerdem wollte sie ihrer Schwester auf keinen Fall einen Einblick in ihre verletzte Seele gewähren.

Deborah sah ihre Schwester flehend an. »Kannst du mir verzeihen?«

Suzan sagte ja, doch ihr Herz schrie nein!

»Es ist mir wichtig, dass du mir nicht mehr böse bist. Aber glaube mir, es ist richtig so. Wir werden eine glückliche Ehe führen, und ich werde bestimmt einmal Kinder bekommen . . .«

Suzan horchte auf. »Was heißt, bestimmt einmal? Ich denke, in sieben Monaten ist es so weit!«

Deborah wurde sichtlich nervös. »Ja, klar, das meinte ich ja. Ich . . . ich . . . Ja . . . nein, ich dachte, noch mehr Kinder«, stammelte sie, während auf ihrem makellosen Ausschnitt hektische rote Flecken sprossen.

Ein schrecklicher Verdacht drängte sich Suzan auf.

»Debbie, sieh mir in die Augen. Bist du vielleicht gar nicht schwanger?«

Die Augen ihrer Schwester füllten sich mit Tränen. »Er hätte mich nicht geheiratet, wenn ich diese Schwangerschaft nicht erfunden hätte. Das war meine Rettung. Aber glaube mir, das ist zu unser aller Besten. Er hat mir doch nur deshalb einen Korb gegeben, weil er dich nicht verletzen wollte. Ich fühle, dass er mich wirklich liebt. So sehr, wie er mich begehrt. Suzie, das spürt eine Frau doch. Das in meinem Zimmer kann doch keine Lüge gewesen sein. Er ist verrückt nach mir. Und euch verbindet eher eine Freundschaft.«

»Ich bezweifle, dass er das genauso sieht«, unterbrach Suzan die verletzenden Worte ihrer Schwester in scharfem Ton.

Debbie wurde blass. »Du ... du wirst es ihm doch nicht etwa sagen, oder? Wenn du das machst, dann tue ich mir was an. Ich kann nicht ohne ihn leben. Ich muss seine Frau werden. Er soll der Vater meiner Kinder sein. Hörst du? Du darfst unser Glück nicht zerstören!«, schluchzte sie.

»War das alles, was du mir sagen wolltest?«, fragte Suzan kalt und griff nach ihrem Koffer.

»Bitte, Suzie, verachte mich nicht. Ich habe es aus lauter Liebe getan. Versprich mir, dass du es ihm niemals sagen wirst. Bitte, schwöre.«

Suzan wollte sich schweigend an ihrer Schwester vorbeidrücken, doch Debbie stellte sich ihr in den Weg und klammerte sich an sie.

»Bitte, Suzie. Du musst es schwören!«

»Hör auf, dich wie eine Wahnsinnige zu gebärden!«, fauchte Suzan.

»Vielleicht bin ich ja wahnsinnig«, sagte Deborah leise, während sie ihre Schwester losließ. »Ich habe vorher nie gewusst, was ich will. Ich habe mich gefühlt wie ein Boot, das führerlos auf dem Meer treibt. Und jetzt weiß ich, dass alles einen Sinn hat. Wenn er nur bei mir ist.«

»Debbie, halt einfach deinen Mund! Aber wenn es dich beruhigt: Ja, ich schwöre, von mir wird er es nicht erfahren«, zischelte Suzan und hastete an ihrer Schwester vorbei und dann aus dem Haus hinaus ins Freie. Es machte ihr nichts aus, dass ihr der Regen direkt ins Gesicht peitschte. Sie wollte nur noch eines: weit fort! Und niemals mehr zurückkehren an diesen Ort!

BLUFF, APRIL 2009

Grace wehrte sich nicht, als Suzan ihre Hand nahm und sie behutsam knetete.

»Komm mit mir, ich bringe dich jetzt zu deinem Vater«, raunte Suzan.

»Später«, erwiderte Grace leise. »Wenn ich das dort drinnen erledigt habe.«

»Aber ich kann dir doch alles sagen, wenn du mit mir kommst. Du willst wissen, wer mein Gesicht zerstört hat, du willst wissen, warum man dich Ethan gegeben hat. Ich kann es dir verraten, aber bitte verschone sie. Wenn sie erfährt, dass du ihr Kind bist...«

»Sie wird es nicht erfahren, Suzie. Debbie ist nicht mehr ganz bei Verstand. Und selbst wenn sie mich in einem lichten Moment erkennen würde, sie hätte es im nächsten schon wieder vergessen. Aber ich muss es aus ihrem Mund hören. Verstehst du? Glaubst du, ich ahne nicht langsam, wer dir das zugefügt hat? Ich kann nicht mehr zurück. Nun nicht mehr. Aber ich verspreche dir, ich werde mich ihr nicht zu erkennen geben.«

Suzan nahm Grace in die Arme und drückte sie fest an sich. Grace ließ es sich gefallen. Ja, mehr noch, da war sie wieder, jene Geborgenheit, die sie in Suzans Gegenwart gespürt hatte, als sie noch völlig ahnungslos gewesen war. Die Erkenntnis überfiel sie wie ein Blitz aus heiterem Himmel. Sie liebte diese Frau wirklich. Und sie würde ihr eines Tages verzeihen, doch nun durfte sie die Stunde der Wahrheit nicht mehr länger hinauszögern. Sie befreite sich sanft aus der Umarmung und stand entschlossen auf: »Suzan, ich muss das tun!«

»Darf ich hier auf dich warten?«, fragte Suzan zaghaft.

Grace nickte. »Wer soll mich denn sonst zu meinem Vater bringen?«

Sie winkte Suzan noch einmal zu, bevor sie im Haus verschwand. Ihr Herz klopfte bis zum Hals. Sie betete, dass alles gut gehen und Deborah keinen Verdacht schöpfen würde. Doch die strahlte wie ein glückliches Kind, als sie Grace zur Tür hereinkommen sah.

»Und ich dachte schon, wir langweilen Sie. Wo waren Sie denn bloß so lange? Haben Sie den Robben einen Besuch abgestattet?«

»Ich habe mir nur ein wenig die Füße vertreten. Es ist traumhaft hier«, erwiderte Grace mit belegter Stimme.

Deborah rümpfte die Nase. »Finden Sie? Ich sage immer. Moira, warum hast du mich an das Ende der Welt gebracht? Wissen Sie, ich habe früher in einer Villa in der Stadt gelebt. Bis meine Mutter starb. Sie fiel die Treppe hinunter. Ja, sie hatte zu viel getrunken. Das war tragisch. Und da kam dann meine Schwester zurück in die Stadt, und stellen Sie sich vor, meine Mutter hat ihr das Haus vererbt. Nicht uns! Ihr allein. Wegen des *Moa-Verlieses,* hat sie in ihrem Testament verfügt. Wissen Sie, da waren ein paar Knochen, die einst meine Großmutter gefunden hatte. Mein Mann, der war ganz verrückt danach. Wie oft hat er sich dort unten verkrochen. Ich konnte allein den feuchten Kellergeruch nicht ausstehen. Gut, es war ja der Beruf meines Mannes, sich mit toten Tieren zu befassen, aber man kann es auch übertreiben...«

»Alma, bitte, das interessiert die Dame doch alles nicht. Ich würde sagen, du legst dich hin, und ich plaudere noch mit unserem Gast«, mischte sich Moira unwirsch ein.

»Sehen Sie, sie ist viel schlimmer als die Aufseherinnen im

Gefängnis. Die waren immer so nett zu mir, im Gegensatz zu ihr!«, giftete Deborah.

»Bitte, Alma, halt jetzt einfach deinen Mund!«, herrschte Moira sie an.

»Nein, ich denke nicht daran. Du willst mich immer zum Schweigen verdonnern. Die Dame ist vom Reverend geschickt und nicht von der Zeitung. Es tut gut, mal über all das zu reden, solange ich mich daran erinnere.«

Moira warf Grace einen flehenden Blick zu, den diese ignorierte. Nein, um keinen Preis würde sie dieses Haus verlassen, bevor ihre Mutter ihr erklärt hatte, warum sie sie als Baby weggeben hatte. Das war ihr gutes Recht. Die Angst, etwas Furchtbares zu erfahren und den Moment der Wahrheit hinauszuzögern, hatte sich längst in das Bedürfnis verwandelt, es schnellstens hinter sich zu bringen.

»Meine Schwester wurde von allen hofiert. Frau Professorin war plötzlich furchtbar wichtig für die Gesellschaft. Als Enkelin von Antonia Evans. Antonia war ja auch *meine* Großmutter, aber das hat keinen interessiert. Aber dafür waren wir glücklich, mein Mann und ich ... Wir haben uns wunderbar verstanden und ...«

»Und Kinder hatten sie keine?« Grace fiel es nicht leicht, Deborah diese Frage im unverbindlichen Plauderton zu stellen.

»Nein, Kinder hat Alma nicht«, kam Moira einer Antwort ihrer Freundin zuvor. Sie sagte das in einem Ton, der keinen Widerspruch duldete.

Deborahs Gesicht aber verfinsterte sich augenblicklich. »Nein, Kinder hatte ich keine«, echote sie, bevor sie in grübelndes Schweigen versank.

Grace hatte schon Sorge, dass alles so kurz vor dem Ziel doch noch scheitern und ihre Mutter ihr die letzte und entscheidende Antwort schuldig bleiben würde. Voller Anspannung beobachtete sie Deborah, die völlig abwesend zu sein schien.

»Gehen Sie endlich. Sie sehen doch, wie sie sich quält«, raunte Moira Grace vorwurfsvoll ins Ohr.

»Es ist mein Leben. Ich habe ein Recht, es zu erfahren«, zischelte Grace zurück.

»Kommen Sie mit mir vor die Tür. Es ist schnell erzählt.«

Grace aber blieb stur sitzen und ließ ihre Mutter nicht aus den Augen. Plötzlich brach Deborah in lautes Schluchzen aus.

»Was ist mit Ihnen?«, fragte Grace erschrocken.

»Vierzehn lange Jahre hatte ich darauf gewartet, ihm endlich ein Kind zu schenken. Stellen Sie sich einmal vor, welche Qualen ich erlitten habe. Er wurde mir immer fremder. Ich wusste doch, wie sehr er sich Kinder gewünscht hat. Es gab keinen Arzt, den ich nicht aufgesucht hätte. Dann hat er sich von mir zurückgezogen. Ich habe es nicht ertragen und immer mehr getrunken, wie meine Mutter. Ein eigenes Schlafzimmer hat er gewollt. Dann kam er gar nicht mehr in mein Bett...« Wieder hielt sie erschöpft inne.

»Das ist ein gutes Stichwort. Du bist müde und musst jetzt schlafen...«, unterbrach Moira die Freundin hastig und trat auf sie zu. Vorsichtig packte sie sie am Arm und wollte ihr vom Stuhl helfen, doch Deborah schüttelte sie ärgerlich ab. »Behandle mich nicht wie ein ungezogenes Kind. Ich will endlich darüber sprechen, verdammt!«

»Ein einziges Mal haben wir uns noch geliebt. Es war einzigartig. Eine Nacht, in der Träume wahr wurden. Er war mir so unendlich nahe. Doch dann wurde ich unsanft in die schmutzige Realität zurückgezerrt. Wissen Sie, wie das ist? Eben noch glauben Sie, im Himmel zu sein, und schon landen Sie im freien Fall in der Hölle. Er war doch alles, was ich hatte. Ich möchte die Scheidung, hat er gesagt, und aus dem Bett gesprungen ist er. Ich möchte die Scheidung. Die Scheidung? Wissen Sie, wie weh das tut? Er hat das Haus in derselben Nacht verlassen. Ich wusste nicht, wo er war. Ich wollte mich umbringen, und wenn Ethan mich nicht Tag und Nacht bewacht hätte, ich hätte es getan.

Doch dann spürte ich, dass etwas mit mir geschah. Ein Wunder war geschehen. Der Herr hatte meine Gebete erhört. Ich war in jener Nacht schwanger geworden...« Sie stockte, stierte wieder eine Weile stur geradeaus und schien wieder in einer völlig anderen Welt zu sein.

Moira wollte etwas sagen, aber Grace zischte ihr zu: »Sie halten sich jetzt hier raus! Verstanden?« Ihr war so übel, dass sie versucht war, noch einmal vor die Tür zu rennen, aber stattdessen atmete sie ein paarmal tief durch, was sofort den Druck von ihrem Magen nahm.

»Ich habe es Ethan erzählt. Dass nun alles wieder gut wird und mein Mann zurückkommen und mich in seine Arme schließen wird. Aber mein Mann blieb verschwunden. Überall habe ich ihn gesucht. Sogar zur Evans-Villa bin ich gefahren. Er war ja dort ein häufiger Gast. Meine Schwester war nicht da an jenem Tag. Ihre Mitarbeiterin sagte mir, sie spanne mit ihrem Bekannten eine Woche im Strandhaus unserer Großmutter in *Oamaru* aus. Da hätte ich es wissen müssen, aber ich war zu dumm. Sie war kein Mensch, der Urlaub machte. Vor allem gab es keinen Mann in ihrem Leben. Sie ist nur einmal kurz in Wellington verheiratet gewesen. Mit einem gewissen Mister Almond, von dem sie lange geschieden war, als sie nach Dunedin zurückkehrte. Stellen Sie sich vor, sie hat uns all die Jahre niemals besucht. Sie ist erst nach Mutters Tod zurückgekehrt. Vierzehn lange Jahre hat sie uns nur Karten geschrieben. Gut, ich wusste, sie war früher einmal verliebt in meinen Mann gewesen und glaubte, ich hätte ihn ihr ausgespannt, aber ist das ein Grund, sich so lange nicht blicken zu lassen? Was sagen Sie dazu?«

Erwartungsvoll blickte Deborah Grace an. Die zuckte mit den Schultern. Sollte sie ihrer Mutter sagen, dass sie Suzan sehr gut verstehen konnte? Dass sie sich in diesem Augenblick nichts sehnlicher wünschte, als dass Suzan ihre Mutter wäre? Dass sie Deborahs Sicht der Dinge kaum ertragen konnte?

»Was haben Sie nur für schöne Augen, Miss?«, bemerkte Deborah plötzlich aus heiterem Himmel.

Grace wurde es heiß und kalt. Wenn es ihrer Mutter genauso ging wie ihr selbst, als sie das Foto ihres Vaters gesehen hatte, würde sie vielleicht doch noch die richtigen Schlüsse daraus ziehen. Vielleicht war sie gar nicht so verwirrt, wie sie tat.

»Schau mal, Moira. Was sie für wunderschöne Augen hat. Ich liebe bernsteinfarbene Augen. Und dieser braune Kranz, das ist einzigartig. Wie herrlich es funkelt. Sieh doch nur, Moira.«

Grace hielt den Atem an, doch dann wandte ihre Mutter den Blick abrupt ab und erzählte weiter, als wäre nichts geschehen.

»Ethan benahm sich merkwürdig an jenem Tag, als ich ihm von meiner Schwangerschaft erzählte. Er wollte mich ins *Seacliff Mental Hospital* bringen. Eine Irrenanstalt. Was für ein Blödsinn! Ich war schwanger, nicht verrückt. Er hat vehement behauptet, mein Mann käme nicht zu mir zurück. Ich dachte, das sagt Ethan bestimmt nur, weil er uns auseinanderbringen will. Dabei war er doch längst mit unserer Haushaltshilfe zusammen, diesem deutschen Mädchen. Ja, sogar geheiratet hat er sie. Dabei passten sie überhaupt nicht zusammen. Ich habe ihren Namen vergessen, aber sie war ein kräftiger ländlicher Typ und schwerblütig, wie man es den Deutschen ja nachsagt. Ihr Englisch war eine Katastrophe. Das Mädchen hat ihn gebeten, er solle mich in Ruhe lassen. Ich würde die Wahrheit schon eines Tages selbst begreifen. Da wurde er wütend und hat gefragt, ob ich es denn erst mit eigenen Augen sehen müsse. Und dann hat er mich mit seinem Wagen nach *Oamaru* gefahren. Ja, und dann ging alles ganz schnell. Ich habe das Auto meines Mannes vor der Tür gesehen ... da habe ich mir das Jagdgewehr geschnappt, das Ethan immer im Kofferraum liegen hatte, und bin damit zur Strandhütte ... Ethan wollte mich festhalten, aber ich habe mich losgerissen, da ist er gestolpert ... Ich habe die Tür geöffnet, und da ...«

Sie verfiel in minutenlanges Schweigen.

Grace war vor Entsetzen stumm. Sie konnte nicht mehr still sitzen, sondern sprang auf, obwohl ihre Knie weich wie Pudding waren. Ihr Herz klopfte so laut, als wolle es gleich zerspringen.

»... da wusste ich es. Sie hatte mich verraten. Sie hatte mir geschworen, ihm nie zu sagen, dass ich damals als junges Mädchen gar nicht von ihm schwanger war. Dann erst sah ich ihren Bauch. Ich wollte das Gewehr gegen mich selbst richten, aber da schrie Ethan von draußen: ›*Sean! Suzan! Sie ist bewaffnet!*‹*,* und dann habe ich die Waffe auf sie gerichtet ... Es ging alles so schnell, und dann das viele, viele Blut ...«

»Mein Gott!«, entfuhr es Grace, und sie spürte nur noch, wie ihr schwarz vor Augen wurde.

BLUFF, MITTE APRIL 2009

Das Erste, das Grace wahrnahm, als sie aus ihrer Ohnmacht erwachte, war Deborahs besorgter Blick. Sie hockte neben ihr auf dem Küchenboden und flüsterte: »Wachen Sie doch auf. Bitte, Miss, wachen Sie auf! Es tut mir so leid. Ich hätte ihnen nichts von dem vielen Blut erzählen dürfen ...«

Der Traum. Plötzlich fiel Grace der schreckliche Albtraum ein, der sie so oft nachts gequält hatte. Der Traum, wie sie im Blut gewatet war.

Sie zuckte zusammen, als Deborah ihr zärtlich über die Wange strich.

»Ich hätte Ihnen meine Geschichte nicht erzählen dürfen. Aber ich musste es tun. Verstehen Sie. Einmal noch musste ich darüber reden. Moira will das nicht hören. Sie sagt immer, ich habe keinen umgebracht und auch gar kein Kind.«

»Ich habe es doch nur gut gemeint«, stöhnte Moira.

Grace richtete sich langsam auf und wandte sich an Deborah. »Es ist nicht Ihre Geschichte, die mir die Besinnung geraubt hat«, log sie. »Ich bin schwanger, und da passiert so etwas schon mal.«

»Genau wie bei mir damals. Wie oft bin ich in Ohnmacht gefallen. Das glauben Sie nicht. Die Aufseherinnen waren ganz nett zu mir. Ich war froh, dass sie mich nicht nach *Seacliff* gebracht haben. Sie haben gedacht, ich sei verrückt, aber ich konnte ihnen das Gegenteil beweisen. Ethan, der Gute, hat noch als Zeuge im Prozess versucht, mich als verwirrt darzustellen. Und dass die Waffe einfach losgegangen sei ... Aber ich habe geschwo-

491

ren, dass ich im Vollbesitz meiner geistigen Kräfte abgedrückt habe ...«

Grace rieselten abwechselnd kalte und heiße Schauer den Rücken hinunter.

»... ich wollte meine Strafe. Ich hatte kein Recht gehabt, das zu tun. Das Kind haben sie mir gleich nach der Geburt weggenommen. Auf meinen eigenen Wunsch hin. Ich habe gesagt, es darf niemals erfahren, was seine Mutter getan hat. Es war ein kleines Mädchen, müssen Sie wissen. Ethan und seine Frau, wie war noch gleich ihr Name? ... Ich komme nicht darauf ... egal ... jedenfalls haben sie mein Kind mitgenommen. Weit fort! Seine Frau war ganz verrückt nach der Kleinen. Sie konnte keine eigenen Kinder bekommen. Und Ethan war der einzige Mensch, dem ich noch vertrauen konnte. Er musste mir schwören, dass mein Mädchen niemals erfahren wird, wer seine Mutter ist.«

Deborah brach unvermittelt in lautes Schluchzen aus, und es kostete Grace eine schier unmenschliche Beherrschung, ihre eigenen Tränen zurückzuhalten.

»Ihre Tochter wird es sicherlich gut haben, dort, wo sie jetzt ist«, brachte sie mit belegter Stimme hervor.

Deborah hörte zu weinen auf und blickte Grace durchdringend an. »Wie alt sind Sie, Miss?«

»Achtunddreißig.« Grace hoffte, dass Deborah das Zittern in ihrer Stimme nicht wahrnahm.

»Dann sind Sie genauso alt wie meine Tochter. Im Gefängnis habe ich jeden Tag an sie gedacht. Ich hoffe so sehr, dass sie einen Mann gefunden hat, der sie liebt, und dass sie Kinder hat und glücklich ist. Und dass Ethan und dieses deutsche Mädchen ihr gute Eltern gewesen sind ...«

Grace biss sich auf die Lippen. Lange würde sie ihre Tränen nicht mehr zurückhalten können. Und trotzdem ging sie, ohne zu zögern, auf Deborah zu und umarmte sie. »Es ist bestimmt alles gut. Machen Sie sich keine Sorgen«, raunte sie heiser.

»Sie sind eine besondere junge Frau«, flüsterte Deborah. »Ich wünsche Ihnen und Ihrem Baby alles Glück dieser Welt.«

Nun konnte Grace nichts mehr dagegen tun. Stumme Tränen rannen ihr über das Gesicht. Sie setzte sich leise zurück auf ihren Stuhl und hoffte, ihre Tränen würden sie nicht verraten, doch in diesem Augenblick ging eine völlige Veränderung in Deborahs Gesicht vonstatten. Ihre eben noch klaren Züge wichen einer angsterfüllten Miene. Sie suchte Moiras Blick. »Bitte, bring mich ins Bett, ich möchte schlafen.« Dann wandte sie sich Grace zu und starrte sie entgeistert an. »Moira, wer ist die Frau da? Du weißt doch, ich will keinen Besuch haben. Schick sie weg!«

»Es ist die junge Frau, die der Reverend geschickt hat«, versuchte Moira ihr mit sanfter Stimme zu erklären.

Deborah musterte Grace skeptisch. »Nein, ich möchte mich aber nicht mit ihr unterhalten. Ich bin so müde. Ich muss meinen Mittagsschlaf machen. Bringst du mich nach oben, Moira?«

»Gleich, Deborah. Ich begleite die junge Dame nur noch zur Tür.«

»Das ist nicht nötig, Moira«, erwiderte Grace hastig und gab Deborah zum Abschied die Hand. Ihre Mutter hielt sie länger fest als nötig. »Wissen Sie, dass Sie ganz besondere Augen haben?« Grace nickte schwach.

Dann verließ sie eilig das Zimmer, in dem ihre Mutter wieder ungestört dem Land der Vergessenheit entgegendämmern durfte.

»Ich möchte mich bei Ihnen entschuldigen«, bemerkte Moira leise, die ihr auf den Flur gefolgt war. »Wie heißen Sie eigentlich?«

»Grace.«

»Grace, ich weiß nicht, wie ich Ihnen danken soll, dass Sie ihr nicht das Herz gebrochen haben. Und bitte, glauben Sie mir, ich habe immer nur ihr Bestes gewollt. Die ersten Jahre, nachdem sie aus dem Gefängnis kam, hat sie sich so entsetzlich gequält. Sie war krank vor Angst bei der Vorstellung, ihre Tochter, also Sie,

Grace, Sie könnten irgendwann erfahren, was sie getan hat. Ethan hatte ihr damals versprechen müssen, nie wieder nach Neuseeland zu kommen und alle Kontakte abzubrechen. Dann hatte sie immer häufiger diese Aussetzer, und sie wusste schließlich gar nicht mehr, was wirklich geschehen war. Sie redete sich ein, sie habe eine glückliche Ehe geführt. Ich habe sie darin bestärkt, und sie hat immer mehr die Identität von Alma angenommen. Ein Name, den sie sich nach ihrer Entlassung aus dem Gefängnis selbst gegeben hat. Damit sie keiner aufspürt, denn dieser Fall hat, wie Sie sich sicher denken können, einen großen Medienwirbel verursacht. Alle wollten ein Interview mit der entlassenen Mörderin, doch die Gefängnisleitung hat ihr geholfen, bei Nacht und Nebel zu verschwinden. Und dann sind wir hier am Ende der Welt gemeinsam untergetaucht.«

»Und was hat Sie dazu gebracht, Ihr eigenes Leben für meine Mutter aufzugeben?«

»Ich gehörte damals zu einer Gruppe, in der wir weiblichen Strafgefangenen geholfen haben, und so geriet ich an Debbie. Für mich war es Liebe auf den ersten Blick. Sie hat mich zeitlebens nur als gute Freundin akzeptiert, aber das war mir letztlich gleichgültig. Sie kam mir vor wie ein aus dem Nest gefallener Vogel, und ich musste einfach bei ihr bleiben, um sie zu beschützen.«

»Ich bin froh, dass es Sie gibt, Moira, aber vielleicht könnten Sie das Geheimnis meiner Mutter jetzt wenigstens Ihrer Schwester gegenüber lüften. Ich glaube, sie würde sich über ein Wiedersehen mit Ihnen freuen. Vielleicht wird sie ihre Freude nicht gleich zeigen, aber ich bin sicher, dass sie Sie sogar verstehen würde, wenn Sie ihr alles erklären.«

»Grace, Sie sind eine kluge junge Frau, aber was werden Sie nun tun? Werden Sie hierbleiben im Land ihrer Vorfahren?«

»Nein, ich muss fort, aber hätten Sie etwas dagegen, wenn ich ab und an bei Ihnen anriefe, um mich nach dem Befinden meiner Mutter zu erkundigen?«

»Aber natürlich nicht«, entgegnete Moira bereitwillig, kritzelte ihre Telefonnummer auf einen Zettel und reichte ihn ihr.

»Und können Sie mir noch einen kleinen Gefallen tun?«

»Alles, was Sie wünschen.«

»Ich habe draußen vor der Tür einen Mietwagen stehen und bitte Sie, ihn für mich in Invercargill abzugeben. Ich glaube, ich bin im Augenblick nicht in der Lage, mich hinter ein Steuer zu setzen.«

»Aber wie wollen Sie sonst von hier fortkommen? Hier ist das Ende der Welt.«

»Jemand wartet auf mich.«

»Der Mann, den sie lieben?«

Grace' Gesicht verfinsterte sich. »Leider nicht.«

Die beiden Frauen zögerten kurz, doch dann fielen sie sich in die Arme.

Als Grace Minuten später Suzan draußen im strömenden Regen stehen sah, wurde ihr warm ums Herz.

»Bring mich zu meinem Vater«, sagte sie leise und griff die Hand ihrer Tante.

Die sah sie fragend an.

»Keine Sorge, sie weiß nicht, dass ich ihre Tochter bin. Sie weiß nicht einmal mehr, dass sie mir alles erzählt hat. Sie ist jetzt wieder Alma, nicht Deborah.«

»Kannst du mir je verzeihen, dass ich dich hergelockt habe, um Rache an deiner Mutter zu üben? Ich habe dich von Anfang an belogen. Ich wusste nämlich von deiner Existenz. Ja, ich habe dich sogar einmal kurz gesehen, bevor sie dich nach Deutschland gebracht haben. Ich war gerade aus dem Krankenhaus entlassen, da traf ich Ethan zufällig auf der Straße. Er schob einen Kinderwagen, und ich riskierte einen Blick. Ethan verhielt sich merkwürdig. Er war hochgradig nervös und hat mir weiszumachen versucht, du seiest sein Kind, aber deine Augen, deine Augen haben dich verraten. Da ahnte ich, dass Debbie damals schwanger gewesen ist, als sie es getan hat ...« Sie stockte, bevor sie hastig fortfuhr: »Lange Jahre habe ich vergeblich herauszubekommen versucht, wo genau Ethan lebt, aber er hatte ganze Arbeit geleistet. Er war spurlos verschwunden und mit ihm auch du. Dann bin ich zufällig in einer Zeitschrift über deinen Namen gestolpert, und ich sah endlich meine große Chance gekommen, dass du meine Schwester für mich aufspüren würdest ... Sie war nämlich nach ihrer Entlassung wie vom Erdboden verschluckt. Ich wollte dir nachschleichen, dir in ihrer Gegenwart die Wahrheit sagen, ihr ins Gesicht lachen, so wie sie mir damals ins Gesicht gelacht hat, als sie auf meinen Bauch ...« Suzans Atem ging schwer.

»Es ist vorbei, Suzie! Endgültig vorbei. Sie lebt in einer Welt, die sie das alles gnädig vergessen lässt, und wir beide, wir haben uns. Wir können einander unterstützen, mit dieser Wahrheit leben zu lernen. Und ob du es glaubst oder nicht, ich bin dir dankbar, dass du mich so manipuliert hast, bis ich die Wahrheit gesucht und schließlich gefunden habe. Denn tief in mir verborgen war immer schon diese Ahnung, dass ...« Zögernd erzählte Grace ihr von dem schrecklichen Albtraum, der sie jahrelang gequält hatte.

Suzan begann leise zu weinen. Schließlich gingen sie schweigend zum Wagen.

Erst als sie über die enge Straße in die Stadt zurückfuhren, die zu beiden Seiten von dem aufgewühlten Meer umspült wurde, räusperte sich Grace. »Suzan, ich würde gern wissen, wie mein Vater und du, wie ihr doch noch dazu gekommen seid, eure Liebe zu leben. Ich weiß nur, wie sie endgültig zerstört wurde ...«

»Unsere Liebe wurde nicht zerstört, nein, wir wurden zerstört, aber die Liebe ist für die Ewigkeit, und sie lebt in dir weiter. Sogar seine einzigartigen Augen hat er dir vererbt.«

»Das hat meine Mutter auch bemerkt. Dass ich diese bernsteinfarbenen Augen besitze. Aber sie wusste es glücklicherweise nicht einzuordnen.«

»Du willst also wissen, wie wir doch noch zusammengekommen sind?«

»Ja, bitte sag es mir. Ich glaube, es könnte mir helfen, meinen eigenen Weg in der Liebe zu finden.«

Suzans Miene erhellte sich. »Das kann ich dir auch so sagen. Ich habe doch Augen im Kopf. Es ist der Bruder. Er liebt dich, und wenn du ehrlich bist, dann liebst du ihn auch. Und wo ist das Problem? Ihr seid jung, ihr seid frei. Über eurer Liebe hängt kein Fallbeil, das jeden Augenblick hinuntersausen kann. Und ihr seid eine andere Generation. Was ist schon dabei, wenn du dich für den anderen Bruder entscheidest, nachdem du mit dem einen zusammen warst. Du hast dich eben geirrt. Ach Grace, so unbeschwert hätte ich die Liebe gern genossen. Glaube mir! Wenn ich das Rad noch einmal zurückdrehen könnte, ich hätte den verdammten Schwur gebrochen und Sean die Wahrheit über Debbies angebliche Schwangerschaft gesagt, und dann wäre ich mit ihm fortgegangen...« Sie stutzte und warf Grace einen Seitenblick zu. »Aber dann würde ich jetzt nicht mit dir hier sitzen. Kind, sei nicht dumm, pack dein Glück beim Schopf. Noch kannst du Kinder von ihm bekommen...«

Grace schluckte trocken. Was würde Suzan ihr wohl raten, wenn sie erfuhr, dass sie von Barry Tonka schwanger war, obwohl sie seinen Bruder liebte? Dass es alles viel verworrener war, als Suzan glaubte.

Grace kämpfte mit sich. Sollte sie ihrer Tante dieses Geheimnis anvertrauen? Sie entschied sich dagegen. Wie sie Suzan kannte, würde die alle Hebel in Bewegung setzen, dass sie mit dem Kind in Neuseeland blieb. Dabei war es nun allerhöchste Zeit, nach Deutschland zurückzureisen, um ihr Kind fern der Tonka-Brüder aufzuziehen. Ein eiskalter Schauer durchfuhr sie. Was, wenn ihr Kind eines Tages fragen würde: Wo ist mein Vater? Warum habe ich eine dunklere Haut als die anderen Kinder? Dann kann ich ihm immer noch erzählen, dass er eine flüchtige Urlaubsbekanntschaft war, an dessen Namen ich mich nicht einmal erinnere, versuchte sich Grace einzureden.

Kaum hatte sie den Gedanken zu Ende geführt, durchlief ein Zittern ihren ganzen Körper. In diesem Augenblick erkannte sie, dass sie gerade dabei war, sich etwas vorzumachen. Solche Lügen würden ihr nicht mehr über die Lippen kommen, nach allem, was sie über ihre wahren Wurzeln hatte erfahren müssen. Nein, sie, Grace, konnte es nur besser machen als ihre Urururgroßmutter Selma, ihre Urgroßmutter Antonia und ihre Mutter Deborah. Sie wusste nur noch nicht, wie.

Dunedin, September 1970

Ein Zusammentreffen mit Debbie, Sean und ihr war nun unvermeidbar geworden. Suzan hätte schlecht der Beerdigung ihrer eigenen Mutter fernbleiben können, nur weil sie ihrer Schwester und deren Mann nicht begegnen wollte.

Und dennoch, ihn nach so langer Zeit wiederzusehen, hatte sie wesentlich mehr mitgenommen als befürchtet. Er hatte sich kaum verändert, wenn sie von seinen traurigen Augen absah. Dort spiegelte sich wieder, wie unglücklich er war. Er hatte an dem Tag kaum geredet, während Debbie bei dem anschließenden Essen wie ein Wasserfall geplaudert hatte. Sie war noch exzentrischer geworden.

Zum Glück kann ich nach der Testamentseröffnung nach Wellington zurück und muss mir das Elend nicht von Nahem ansehen, dachte Suzan und stellte mit einem Seitenblick auf ihre Schwester fest, dass Debbie nervös an ihren Fingernägeln kaute. Wahrscheinlich hofft sie auf den größeren Teil des Erbes, weil sie sich schließlich all die Jahre um Mutter gekümmert hat, vermutete Suzan.

Ihr hingegen war es völlig gleichgültig, was sie erbte. Sie hatte eine gut dotierte Stellung an der Viktoria-Universität von Wellington. Sie hatte nur an einem Interesse: an der Sammlung. Die wollte sie nun endlich nach Wellington transportieren lassen. Deshalb hörte sie auch nur mit halbem Ohr zu, als der Testamentsvollstrecker aufzählte, welche Schmuckstücke und welche Gelder Debbie erben würde.

Ihre Gedanken schweiften zu dem Zettel ab, den Sean ihr am

Tag der Beerdigung heimlich zugesteckt hatte. Der Text war kurz und knapp, aber er ließ ihr Herz merkbar höher schlagen. *Ich muss dich dringend sprechen. Bitte ruf mich im Büro an. S.*

Seit Suzan diesen Zettel bei sich trug, zermarterte sie sich das Hirn mit der Frage, ob sie seiner Bitte folgen sollte oder nicht. Der Ellenbogen ihrer Schwester, den diese ihr nun unsanft in die Seite rammte, riss Suzan aus ihren Gedanken.

»Sie hat dir doch tatsächlich das Haus vererbt. Das ist nicht fair. Wer hat sie denn gepflegt? Du oder ich?«

»Wollen Sie eine kleine Pause?«, fragte der Testamentsvollstrecker.

»Unbedingt!« Debbies Stimme bekam einen unangenehm schrillen Klang.

»Gut, aber ich verlese noch, was Ihre Frau Mutter dazu schreibt. Ich zitiere: *Das Haus, liebe Suzan, sollst du bekommen, damit du dein Moa-Verlies wieder beziehen kannst. Ich wünsche mir, dass du im Haus wohnst. Meine Mutter hätte es so gewollt. Du bist ihre Nachfolgerin, eine wahre Evans.*«

»Das ist ja nicht zu fassen!«, schimpfte Debbie. »Das ist mein Haus! Wie kommt sie dazu? Das nimmst du doch wohl nicht etwa an? Nun sag doch was, Suzie!«

»Meine Damen, in fünf Minuten machen wir weiter.« Mit diesen Worten zog sich der Testamentsvollstrecker diskret zurück.

Kaum hatte er den Raum verlassen, als Debbie noch einmal ausdrücklich von ihrer Schwester forderte, auf das Haus der Mutter zu verzichten.

Suzan wusste überhaupt nicht, wie ihr geschah. »Bitte, Debbie, lass mich eine Nacht darüber schlafen. Ich muss das erst einmal begreifen...«

»Aber was willst du denn mit einem Haus in Dunedin, wenn du ohnehin nach Wellington zurückgehst?«

»Debbie, ich habe erst kürzlich ein hochinteressantes Angebot von der hiesigen Universität bekommen.«

»Das hast du bestimmt nur Sean zu verdanken.«

»Bitte, respektiere, dass ich darüber nachdenken muss...«, stöhnte Suzan.

»Du willst uns also aus unserem eigenen Haus werfen? Das ist wirklich das Letzte!«

In diesem Augenblick kam der Testamentsvollstrecker zurück.

»Wir können weitermachen«, erklärte Suzan entschlossen und erlebte kurz darauf die zweite Überraschung an diesem Tag. Barbra hatte ihr auch noch ein Strandhaus in *Oamaru* vererbt, von dessen Existenz sie nur aus Erzählungen ihrer Mutter gewusst hatte. Dass es sich immer noch im Familienbesitz befand, war ihr neu.

»Die Hütte kannst du gern haben, aber nicht mein Haus«, zischelte Debbie.

»Nehmen Sie das Erbe an?«, fragte der Testamentsvollstrecker abschließend.

Suzan spürte den Blick ihrer Schwester förmlich auf ihrer Haut brennen. Es ist gegen alle Vernunft, nach Dunedin zu ziehen, dachte sie, doch wie oft habe ich mich insgeheim danach gesehnt, nach Hause zurückzukehren! Soll ich mein ganzes Leben lang davor flüchten, meine einzige Liebe an der Seite meiner Schwester zu erleben? Ihr Verstand haderte noch, aber ihr Herz hatte bereits eine klare Entscheidung getroffen.

»Ich nehme mein Erbe an«, hörte Suzan Debbie wie von ferne sagen. Sie hatte das gesamte Vermögen ihrer Mutter geerbt.

»Ich nehme mein Erbe ebenfalls an«, erklärte Suzan nun mit fester Stimme.

»Das kann doch nicht dein Ernst sein!«

Suzan wollte ja selbst kaum glauben, dass sie diesen Satz so klar und deutlich in den Raum geworfen hatte.

»Ja, ich nehme mein Erbe auch an«, wiederholte sie laut und vernehmlich. Sie kümmerte sich nicht weiter um Debbies Gezeter, die nun aufsprang und fluchend das Büro verließ. Suzan bedankte sich bei dem Testamentsvollstrecker und machte sich schließlich ohne Debbie auf den Weg zu ihrem neuen alten Haus.

Zögernd klingelte sie. Eine ihr unbekannte junge Frau öffnete die Tür und sah sie aus freundlichen blauen Augen fragend an.

»Ich bin Suzan Almond, Deborahs Schwester, und ja, wie soll ich es Ihnen erklären, meine Mutter hat mir das Haus vererbt.«

»Ich bin Claudia Cameron«, stellte sich die junge Frau vor. »Ich war hier im Hause Au-pair-Mädchen . . .«

». . . und jetzt ist sie meine Frau«, ergänzte Ethan, bevor er Suzan herzlich begrüßte. Aus dem Augenwinkel bemerkte sie, wie verliebt Claudia ihren Ethan ansah. Ob er endlich sein Glück gefunden und begriffen hat, dass er Debbie nie im Leben bekommen wird?, dachte Suzan und freute sich für ihn.

»Stell dir vor, wir werden bald zusammen nach Deutschland gehen. Ihr Vater gibt mir eine Stelle in seiner Firma«, bemerkte Ethan gut gelaunt.

»Herzlichen Glückwunsch, euch beiden. Ja, mir ist es ein wenig unangenehm, dass ich hier so einfach hereinplatze, aber Mutter hat mir das Haus vererbt.«

»Und was sagt Debbie dazu?«, fragte Ethan prompt.

»Fragt sie doch selbst. Da kommt sie schon«, bemerkte Claudia.

»Ach, meine liebe Schwester nimmt ihr Haus bereits in Besitz. Wie viel Zeit haben wir denn, auszuziehen?«, schnaubte Debbie.

»Nun mach mal halblang. Ich gebe euch so viel Zeit, wie ihr braucht. Ich muss auch noch meinen Hausstand in Wellington auflösen.«

»Das heißt, du willst hier wirklich einziehen?«

Suzan seufzte. »Ja, Debbie, das habe ich vor. Mom hat es so gewollt.«

»Du hast dich doch sonst nicht darum geschert, was sie wollte. Sie hätte dich in den letzten Jahren auch gern mal zu Gesicht bekommen. Das war dir aber völlig egal.«

»Ich gehe dann mal in mein Verlies und schau dort nach dem Rechten«, entgegnete Suzan und eilte an den anderen vorbei in Richtung Keller. Debbie ist immer noch die verwöhnte kleine Göre, die glaubt, dass ihr alles allein gehört, dachte sie verärgert.

Als Suzan ungeduldig die Tür zum *Moa-Verlies* aufriss, blieb sie wie erstarrt stehen. Im gleißenden Licht der Ausstellung stand Sean, der mindestens genauso erschrocken war wie sie selbst.

Er fand als Erster die Sprache wieder. »Ich hätte auf Barbras Beerdigung gern mit dir geredet, aber ich konnte nicht. Es hat mich umgehauen, dich wiederzusehen. Deshalb die Botschaft auf dem Zettel.«

Sie lächelte gekünstelt. »Ach Sean, es ist doch alles schon gar nicht mehr wahr. Du bist seit vielen Jahren mit meiner Schwester verheiratet. Und, wenn du ehrlich bist, was war denn damals schon groß zwischen uns? Du hast nicht einmal versucht, mich richtig zu küssen. Das waren freundschaftliche Gefühle. Mehr nicht. Begehrt hast du doch von Anfang an nur Debbie.«

»Ach ja? Schön, dass du weißt, was ich fühle!« Er trat einen Schritt auf sie zu. »Und unseren letzten Kuss, den hast du wohl vergessen. Freundschaftlich war der jedenfalls nicht.«

Suzan lief feuerrot an. Sie hätte nicht erwartet, dass er den Kuss noch in genauso lebendiger Erinnerung hatte wie sie selbst. Ihr Herz raste. Sie gab sich doch nur so schnippisch, damit er keinen Verdacht schöpfte, wie sehr sie noch an ihm hing.

Sean schloss die Tür zum *Moa-Verlies*, die immer noch offen stand, und trat einen Schritt auf Suzan zu.

»Deshalb wollte ich unbedingt mit dir reden. Was meinst du, wie oft ich bereut habe, dass ich Debbie geheiratet habe und nicht dich. Seit ihrer Fehlgeburt damals verbindet uns nichts mehr. Du weißt, dass sie das Kind verloren hat?«

Suzan spürte, wie ihr erneut die Hitze in die Wangen schoss. Ja, und ob sie wusste, was es mit dieser angeblichen Fehlgeburt auf sich hatte, aber das würde sie ihm niemals verraten.

»Sean, ich...« Weiter kam sie nicht, denn er hatte sie zu sich herangezogen. Seine Mund suchte ihre Lippen. Sie wollte sich wehren, aber dann ließ sie zu, dass er sie leidenschaftlich küsste. Aber nur den einen Kuss, nahm sie sich fest vor und musste plötzlich daran denken, warum ihre Ehe mit Alfred Almond gescheitert war. Sein Kuss hatte ihre Knie nicht weich werden lassen, seine Umarmung hatte ihr keine Schauer durch den Körper gejagt, und das Spiel seiner Zunge hatte kein Feuerwerk in ihr ausgelöst.

»Suzie«, stöhnte Sean, als sich ihre Münder für einen kleinen Augenblick voneinander lösten, damit sie Luft holen konnten. »Suzie, wie oft habe ich an dich gedacht, wenn...« Sie legte ihm zärtlich einen Finger auf den Mund. Er sollte es nicht aussprechen. Wieder küssten sie sich, und er hielt dabei ihr Gesicht in beiden Händen.

Suzan beendete diesen Kuss und schnappte nach Luft.

»Ich will das alles nicht«, sagte sie.

»Glaubst du, ich?«, erwiderte er, ging an ihr vorbei zur Tür, verschloss das *Moa-Verlies* von innen und zog den Schlüssel ab.

»Damit du mir nicht noch einmal wegläufst«, flüsterte er und sah sie begehrlich an, bevor er sie erneut umarmte und küsste. Dieses Mal ließ er seine Hand unter ihren Pullover gleiten und stöhnte überrascht auf, als er ihre kleinen festen Brüste berührte. Suzan trug schon seit Jahren keinen Büstenhalter mehr. Sie half ihm schließlich, den engen Pullover über den Kopf zu ziehen. Dann ging er in die Knie, öffnete den Reißverschluss ihrer Jeans und liebkoste ihr die enge Hose vom Körper. Ihre Schuhe zog sie selbst aus und schleuderte sie davon. Einer flog gegen die Moa-Nachbildung, die gefährlich zu wanken begann. Sie sahen einander lachend an. »Wenn das meine Großmutter gesehen hätte«, bemerkte Suzan belustigt. Nun stand sie nur mit einem Slip bekleidet und in Socken vor ihm.

»Jetzt bist du dran«, neckte sie Sean, der sich hastig entkleidete, bis er ebenfalls nur noch seinen Slip und Socken trug.

»Wer zuerst fertig ist!«, rief er, und lachend wetteiferten sie, wer sich zuerst ausgezogen hatte. Nackt und staunend standen sie wenig später voreinander.

»Du bist so schön«, entfuhr es Sean, nachdem er Suzan eine Zeit lang intensiv betrachtet hatte.

Aber auch sie konnte die Augen nicht von ihm lassen. Er war durchtrainiert, hatte kräftige Muskeln an Armen und Beinen, und sein Körper besaß eine gesunde Bräune. Aber das Faszinierendste war das Funkeln seiner Augen. Jegliche Spur tiefer Traurigkeit, die sie am Tag von Barbras Beerdigung in ihnen hatte lesen können, war verschwunden. Im Gegenteil, aus ihnen sprach eine Mischung aus Zärtlichkeit und Lust.

»Komm«, lockte er sie. »Komm zu mir.«

Suzan trat auf ihn zu und ließ sich gegen seine Brust sinken. Mit einem Blick auf den kalten Fußboden aus Stein murmelte er: »Wenn wir uns auf dem Boden lieben, werden wir uns den Tod holen.«

»Wer sagt denn, dass wir uns auf den Boden legen müssen?«, gab Suzan mit heiserer Stimme zurück, während sie ihm begehrlich mit ihren Fingerspitzen den Rücken entlangfuhr.

Kurz entschlossen hob er Suzan hoch, setzte sie auf einen der massiven Ausstellungstische und fegte mit dem Arm ein paar Bücher über den Moa beiseite.

Sie kicherte. »Wenn das Antonia wüsste!«

Dann aber gab sie sich ganz und gar dem geschickten Spiel seiner Hände hin. Er streichelte sie überall, und bald wusste sie nicht mehr, wo er gerade war. Sie wand sich unter seinen Berührungen. Ihr Stöhnen war lautlos. Als er in sie eindrang, bebte ihr ganzer Körper, und sie wünschte sich, dass es niemals aufhören möge. Sie lebte nur noch in dem Pulsieren ihrer Körper und dem gemeinsamen Rhythmus. »Sean«, stöhnte sie in dem Augenblick, in dem ihr Inneres zu explodieren begann und sie tausend Sterne zu sehen glaubte. »Mein geliebter Sean.«

Es dauerte eine halbe Ewigkeit, bis Suzan wieder in dieser Welt angekommen war. Der Anblick des Moa-Modells machte ihr deutlich, wo sie sich befand. Und auch, dass dies nur ein Traum bleiben durfte.

»Ich lasse dich nie mehr gehen«, seufzte Sean. Noch wollte Suzan ihm die Illusion nicht zerstören. Noch nicht. Zärtlich fuhr sie ihm durch die dunklen Locken, die ihm wirr ins Gesicht hingen. Plötzlich bemerkte sie ein paar weiße Haare dazwischen. Diese Entdeckung machte ihr auf einen Schlag bewusst, dass sich dieser Traum nicht künstlich verlängern ließ. Sie befreite sich sanft aus seiner Umarmung, hüpfte mit einem Satz vom Tisch, hob ihre Sachen vom Boden auf und begann sich anzuziehen.

»Warum hast du es auf einmal so eilig?«, fragte Sean, der ihren hektischen Aufbruch skeptisch verfolgte.

»Wir müssen vernünftig sein. Du bist mit meiner Schwester verheiratet, und ich tauge nicht zur Geliebten.«

»Aber ich bin unglücklich mit ihr.«

»Das tut mir leid, aber bitte respektiere, dass es eine einmalige Sache war.«

»Sache? Ich höre wohl nicht recht. Für mich geht es um Liebe.«

Suzan stöhnte laut auf. »Für mich doch auch, aber ich käme mir billig vor, wenn ich jetzt versuchte, dich auf diese Weise zurückzuerobern.«

»Suzie, ich wollte von Anfang dich und nicht deine Schwester. Dass ich dich nicht gleich verführt habe, lag daran, dass ich glaubte, wir hätten alle Zeit dieser Welt. Was meinst du, wie oft ich mich dafür verflucht habe, mit ihr auf das Zimmer gegangen zu sein. Ich hätte wissen müssen, worauf das hinausläuft...«

»Sean, mach es uns nicht unnötig schwer. Versuch einfach, mit Debbie glücklich zu werden. Sie ist im Grunde ihres Herzens ein guter Mensch. Und sie braucht dich . . .« Das klang halbherzig aus ihrem Mund. Sie konnte sich nur allzu gut vorstellen, wie Sean unter dieser Ehe litt.

»Ach ja, und du brauchst mich nicht?«

Er sah sie durchdringend an, doch Suzan wandte den Blick einfach ab.

»Suzie, lass uns eine Vereinbarung treffen. Ich verspreche dir: Ich lasse mich noch einmal auf die Beziehung zu deiner Schwester ein, aber wenn es beim besten Willen nicht funktioniert, dann trenne ich mich von ihr und werde mit dir glücklich.«

»Du würdest dich von ihr trennen?«, fragte Suzan, und sie befürchtete sogleich, ihre Stimme hatte eine Spur zu freudig geklungen.

»Schlag ein«, verlangte Sean. »Mein letzter Anlauf, es mit deiner Schwester zu versuchen, gegen dein Versprechen, mich zu heiraten, wenn ich nicht bei ihr bleiben kann.«

»Gut«, seufzte Suzan und nahm seine Hand, die er ihr hingestreckt hatte. »Ich werde sowieso in den nächsten Tagen nach Wellington zurückreisen, um dort meine Zelte abzubrechen. Man hat mir hier eine Professur angeboten. Hast du deine Finger im Spiel?«

Sean grinste verlegen. »Sagen wir mal so: Ich habe von deiner Kompetenz geschwärmt und den Kollegen klargemacht, was für ein Gewinn du für die *Ornithologische Gesellschaft* wärest . . .«

»Wir werden also in jedem Fall Kollegen, und außerdem hat Mom mir das Haus vererbt.«

»Ich weiß.« Sean sah verlegen zu Boden.

»Hast du ihr etwa dazu geraten?«

Sean nickte. »Es ist dein Archiv, und das gehört in dieses Haus, so wie du hineingehörst!«

»Gut, Sean, ich lasse dich wissen, wann ich zurück sein werde.«

»Und ich werde am Bahnhof sein . . .«

»Aber nur, wenn . . .«

»Ja, nur wenn ich mich bis dahin von deiner Schwester getrennt habe.«

Ein Klopfen an der Tür ließ Sean und Suzan gleichzeitig zusammenfahren.

»Suzie, hast du dich da etwa eingeschlossen? Ich muss noch mal über das Erbe mit dir reden. Das kannst du Sean nicht antun, wenn du es schon nicht für mich machst. Er hängt so sehr an dem Haus. Lass es uns ihm zuliebe!«

Sean schüttelte heftig den Kopf, raffte dann seine Sachen zusammen und flüchtete durch die Hintertür, aber nicht, ohne Suzan noch einen zärtlichen Abschiedskuss zu geben.

OAMARU, 15. JANUAR 1971

Seit Sean sie an einem wunderschönen Tag im November vom Zug aus Wellington abgeholt hatte, schwebte Suzan wie auf Wolken. Er hatte es getan, er hatte es wirklich getan. Mehrfach hatte sie sich vergewissert, ob er sich ganz sicher war. Zu groß war ihre Sorge, er würde sich noch einmal von ihrer Schwester verführen lassen, und alles begänne von vorn.

Zwei Monate war sie in Wellington gewesen, und dort hatte sie auch einen Arzt aufgesucht, der ihr bestätigte, was sie bereits vermutet hatte: Ihr inniges Zusammentreffen im *Moa-Verlies* war nicht ohne Folgen geblieben.

Für Suzan hatte von Anfang an festgestanden: Wie er sich auch immer entscheiden würde, sein Kind würde sie bekommen. Und nun war er ein freier Mann und freute sich mindestens genauso wie sie auf das Baby. Ja, er spielte regelrecht verrückt, weil sie doch schon über dreißig war und demnach eine sogenannte Spätgebärende. Er verlangte ständig, dass sie sich schonte. Sie durfte keine schwere Tasche mehr tragen, nicht zu weit hinausschwimmen, ja am liebsten würde er sie in Watte packen.

Mit Debbie herrschte Funkstille, aber Suzan wusste so in etwa von Sean, was sich während ihrer Abwesenheit von Dunedin für Szenen abgespielt hatten. Sean war mit Debbie zunächst in das Haus seiner Familie gegangen, aber schon nach zwei Wochen wieder ausgezogen. Er hatte ihr, nachdem sie eines Abends betrunken in sein Bett gekrochen und er ihrem Begehren lustlos nachgekommen war, auf den Kopf zugesagt, dass er die Scheidung wünsche. Sie war völlig durchgedreht, hatte geschrien, geweint, auf ihn eingeprügelt und versucht, ihn am Gehen zu hindern. Vergeblich.

Dass er Suzan liebte, hatte er Debbie allerdings verheimlicht. Und Suzan wollte, dass es so blieb. Ihr schwesterliches Verhältnis war auch so schon schwer belastet. Debbie trug ihr nach, dass sie ihr das Haus genommen hatte, und weigerte sich seitdem, überhaupt ein Wort mit ihr zu wechseln. Suzan wollte die Schwester nicht noch mehr provozieren.

Eben gerade hatte sie wieder einmal eine Diskussion mit Sean über dieses Thema geführt, der darauf drang, endlich mit offenen Karten zu spielen.

»Ach Liebling, lass uns ein anderes Mal darüber reden. Die Arbeit wartet«, murmelte Suzan und setzte sich im Bett auf, griff sich das Manuskript für einen Vortrag vom Nachttisch und vertiefte sich in ihre Unterlagen.

»Aber irgendwann wird sie es zwangsläufig erfahren«, bemerkte Sean nachdenklich, während er Suzan über den leicht gewölbten Bauch streichelte. Sie waren, um ein paar Tage für sich zu haben, nach *Oamaru* gefahren. Sie hatten sich in das Strandhaus verliebt und es in ein wahres Liebesnest verwandelt. Überall standen Sträuße mit selbst gepflückten Blumen, alles blitzte sauber, und ein neues Bett hatten sie sich auch in der Stadt besorgt. Dort verbrachten sie die meiste Zeit, wenn sie nicht gerade lange Wanderungen auf die Ebene unternahmen. Da Antonia einst hier in der Nähe die ersten Moa-Knochen entdeckt hatte, war Sean von dem Gedanken besessen, ebenfalls fündig zu werden. So waren sie heute den halben Tag bei schönstem Wetter unterwegs gewesen und hatten statt Überresten des Urvogels jede Menge lebendiger Vögel gesehen. Sie hatten bei einem Wasserfall gebadet, unter einem alten Baum ein Picknick gemacht und waren anschließend im Meer schwimmen gewesen. Bei ihrer Rückkehr hatte Sean angeordnet, dass Suzan sich nun schonen und einen Mittagsschlaf halten müsse. Sie aber hatte sich nur unter einer Bedingung ins Bett gelegt: Wenn er mitkäme! Darum hatte er sich nicht zweimal bitten lassen.

»Liebster, wenn du mich weiter so streichelst, komme ich nicht dazu, meinen Vortrag vorzubereiten.« Sie lachte und versuchte, sich wieder auf ihr Manuskript zu konzentrieren. Schließlich wollte sie bei ihrem Einführungsvortrag in der *Ornithologischen Gesellschaft Dunedins* glänzen. Sie hatte zu diesem Zweck ihr Lieblingsthema gewählt. Die Ausrottung des Moa. Erst kürzlich hatte sie ein paar spannende neue Erkenntnisse gewonnen. Vielleicht hatte das schnelle Verschwinden des Urvogels seine Ursache auch in der langsamen Fortpflanzung der Tiere. Acht bis zehn Jahre brauchten sie, um geschlechtsreif zu werden, um dann jeweils nur ein Ei auszubrüten. Zu allem Überfluss hatten die Ureinwohner die Nester auch noch geplündert. Auf jeden Fall würde sie den Zuhörern diese spannenden Ergebnisse ihrer Forschung in aller Ausführlichkeit vorstellen.

»Spätestens wenn wir heiraten, wird sie es erfahren...«

Suzan sah verblüfft von ihrem Manuskript auf. »Du meinst, wir sollten wirklich heiraten? Aber du bist noch gar nicht geschieden. Und ich brauche keinen Trauschein, um glücklich mit dir zu sein.«

»Du vielleicht nicht, aber mein Kind und ich. Wir wollen anständige Verhältnisse.« Er sah sie voller Zärtlichkeit an. »Weißt du, dass du mich zum glücklichsten Mann der Welt gemacht hast? Wie sehnlich habe ich mir ein Kind gewünscht.«

»Hättest du die Scheidung gewollt, wenn du Kinder mit ihr gehabt hättest?«

Sean seufzte. »Ganz ehrlich?«

Suzan nickte eifrig.

»Nein, ich glaube nicht. Ich hätte meinen Kindern immer ein guter Vater sein wollen und über vieles wegsehen können, wenn wir eine Familie gewesen wären...« Er stockte. »Bist du jetzt enttäuscht?«

Suzan lächelte. »Nein, gar nicht, ich weiß doch, wie verrückt du nach Kindern bist. Sonst hättest du Debbie doch damals niemals geheiratet, wenn sie nicht schwanger...« Sie brach ihren Satz ab.

»Das ist wohl wahr. Nur wegen ihrer Schwangerschaft habe ich es getan, und ich gebe zu: Ich habe mich sogar ein wenig auf unser Kind gefreut und geglaubt, dann könnte ich eines Tages vielleicht auch Debbie lieben. Damals hätte man mich auch gesellschaftlich geächtet, wenn ich eine Schwangere, und dazu noch eine blutjunge Frau, ja beinahe noch ein Kind, hätte sitzen lassen. Diesbezüglich hat sich in den letzten Jahren einiges geändert, aber ich möchte trotzdem mit der Mutter meines Kindes verheiratet sein. Außerdem hast du mir das bei unserem Wiedersehen im *Moa-Verlies* versprochen.

»Mein altmodischer Schatz! Aber mir gefällt das«, gurrte Suzan.

Sean hatte ihr die ganze Zeit, während sie sich unterhielten, zärtlich über den Bauch gestrichelt. Nun wanderten seine Hände höher bis hinauf zu ihrer Brust.

Stöhnend legte Suzan das Manuskript beiseite. »Du lässt mich einfach nicht arbeiten. Dann werde ich mir eben beim Vortrag einen abstottern, und du blamierst dich bis auf die Knochen. Und dann überlegst du dir, ob du mich noch heiraten willst...«

»Niemals«, erwiderte Sean und spürte deutlich seine Erregung, als Suzan sich ohne Vorwarnung aufsetzte und geschickt über seine Lenden balancierte. Voller Begehren fasste er nach ihren Brüsten, die schon jetzt, im vierten Monat ihrer Schwangerschaft, merklich gewachsen waren.

Suzan saß jetzt rittlings auf ihm und gab den Rhythmus ihres Liebesspieles an. Erst langsam, dann immer wilder und leidenschaftlicher, als wäre es ihr allerletztes Mal.

CHALMERS/DUNEDIN, MITTE APRIL 2009

Der Friedhof lag außerhalb des Ortes auf einem Hügel, von dem man weit über das Meer blicken konnte. Schaumkronen tanzten auf dem blaugrauen Wasser, obwohl der Wind inzwischen etwas abgeflaut war. Es hatte aufgehört zu regnen. Möwen kreisten über den Gräbern. Sie kreischten so laut, als ob sie damit die Toten zum Leben erwecken wollten. Sogar ein Albatross drehte erhaben seine Runden. Die Luft war klar und salzig.

Die kleine eiserne Pforte quietschte, als Grace sie öffnete. Sie hasste Friedhöfe. Noch nicht ein einziges Mal war sie an Claudias Grab gewesen, doch hier oben am Meer war ihr nicht so beklemmend zumute wie sonst, wenn sie einen Friedhof betrat. Die Gräber waren nicht eng an eng platziert, sondern weit auseinander gelegen. Die grauen verwitterten Steine wirkten eher wie Findlinge in der Natur. Und die kleine Kapelle mutete wie eine Berghütte an.

Andächtig blieb Suzan vor einem dieser schlichten grauen Steine stehen, denen man ansah, dass sie hier oben den Naturgewalten ausgesetzt waren. Grace las mit klopfendem Herzen die gemeißelten Buchstaben: *Hier fand Sean Albee, geboren am 12. Februar 1932 und gestorben am 15. Januar 1971, seine letzte Ruhe.*

In diesem Moment brach die Wolkendecke auf, und ein kräftiger Sonnenstrahl bahnte sich seinen Weg zur Erde. Als wäre dieser Strahl nur für sie vom Himmel geschickt worden, tauchte er das Grab ihres Vaters in ein goldenes Licht.

Grace wurde seltsam ruhig, als die Sonne auch Suzan und sie mit ihrer Wärme umhüllte. Sie wollte es als Botschaft begreifen. Plötzlich erschien ihr ihre eigene Lage gar nicht mehr so verworren und aussichtslos. Keiner würde sein Leben verlieren, wenn sie zu ihren Gefühlen stand. Ihr Leben lag noch vor ihr. Ihre Liebe war zum Greifen nahe. Sie durfte nicht fliehen. Dieses Mal nicht!

»Könntest du mich bitte gleich bei jemandem vorbeifahren und im Wagen auf mich warten?«

Suzan nickte. »Bis morgen, mein Liebling«, flüsterte sie.

Jetzt erst sah Grace die frischen Blumen auf seinem Grab.

»Kommst du oft hierher?«

»Jede Woche, seitdem sie mich aus dem Krankenhaus entlassen haben.«

Schweigend verließen sie den Friedhof. Gerade noch rechtzeitig, um nicht von einem neuerlichen Wolkenbruch erwischt zu werden.

Als wäre es wirklich nur ein kleiner persönlicher Gruß vom Himmel gewesen, war in Sekundenschnelle alles wieder düster geworden. Die Wolken hingen fast bis zur Erde, und dort, wo sie eben noch das Meer gesehen hatten, versperrten ihnen dicke Regenschleier die Sicht. Sie begannen zu rennen.

Die Wetterwand holte sie in dem Augenblick ein, als sie beim Wagen angelangt waren. Mit einem Satz retteten sie sich ins trockene Auto.

Der Regen prasselte nun mit einer solchen Heftigkeit auf das Dach, als wolle er es durchschlagen. Hagelkörner mischten sich darunter, und der abgeflaute Wind frischte zu einem Sturm auf.

»Wie warten den Schauer ab«, schlug Suzan vor und schüttelte sich. Auch im Wagen breitete sich schnell eine eisige Kälte aus.

Grace schlug den Kragen ihrer Wetterjacke hoch.

»Ich habe schon einmal hier gestanden, im Wagen gesessen und gewartet. Gewartet, bis ich stark genug sein würde ...«, sagte

Suzan plötzlich. »Als ich aus dem Krankenhaus entlassen werden sollte, konnte man mir nicht mehr länger verheimlichen, was mit Sean geschehen war. Ich hatte von Anfang an gewusst, dass sie mich belügen. Wenn er am Leben war, warum sagten sie mir nicht, in welchem Krankenhaus er lag? Einer der Ärzte hat mich am letzten Tag in sein Zimmer gebeten und mir versichert, dass Sean nicht leiden musste. Er war gleich tot. Der Schuss ging direkt in sein Herz. Der Arzt hat besorgt gefragt, ob sie mich wirklich nach Hause lassen könnten. Ich wusste genau, was er meinte. Er hatte Sorge, dass ich mir etwas antun würde. Natürlich habe ich ihm glaubhaft versichert, dass ich so etwas niemals tun werde. Sonst hätte er mich dortbehalten. Es war dann ganz einfach, an schnell wirkendes Gift zu kommen. Also fuhr ich hierher, es war ein schöner Tag. Der Himmel war so blau wie die Fjorde ... Schließlich bin ich ausgestiegen und habe seinen Grabstein gesucht. Ethan hatte sich um seine Beerdigung gekümmert. Ich lag ja eine ganze Weile im Koma. Mit dem Fläschchen in der Hand habe ich mich auf sein Grab gehockt. Ich, die zu einem leibhaftigen Monster geworden war, bei dessen Anblick kleine Kinder zu weinen, Hunde zu bellen und erwachsene Menschen zu gaffen anfingen. Doch irgendwann hat mich der Mut verlassen, und in dem Augenblick wurde der Gedanke an Rache geboren. Jahrelang habe ich darauf hingearbeitet. Stell dir vor, ich habe das Gefängnispersonal bestochen und herausgefunden, wann der Tag ihrer Entlassung ist, doch sie ist mir entwischt und mit ihr alle Spuren ...«

»Schau, es hat aufgehört zu regnen«, unterbrach Grace sie hastig. Sie wollte nicht mehr über die Vergangenheit reden, sondern nur noch an die Zukunft denken.

»Du hast ja recht, Grace, wir sollten die Toten endlich ruhen lassen.« Suzan startete den Wagen. »Wohin?«

»In Richtung *Kaikorai Valley*.« Wider Willen huschte ein Lächeln über ihr Gesicht bei dem Gedanken, dass Suzan ihr noch keine einzige Frage gestellt hatte, wem ihr überraschender Besuch galt.

Stattdessen fragte sie Grace, ob sie etwas dagegen habe, wenn sie die Sammlung im Keller einem Museum stifte.

»Weißt du, wir könnten der Allgemeinheit ein echtes Geschenk machen. Ich glaube, Antonias Moa-Nachbildung ist mindestens so gelungen wie die im Museum von Auckland und das Ei annähernd so groß. Es wäre doch schön, wenn wir dem Süden auch ein Stück Moa spendierten.«

Grace sah ihre Tante gerührt an. »Wir? Aber es ist doch deine Entscheidung. Wobei ich die Idee wunderbar finde, es der Öffentlichkeit zugänglich zu machen.«

»Die Sammlung gehört auch dir«, erwiderte Suzan feierlich.

»Dann bin ich dafür, dass wir sie stiften«, entgegnete Grace lächelnd und erkannte mit einem flüchtigen Blick aus dem Fenster, dass sie am Ziel angelangt waren.

Als sie ihre Tante bat, vor dem Haus der Tonkas zu halten, sah sie sofort, dass sich etwas verändert hatte. Das morsche Holz schien frisch gestrichen, und auf der Veranda saßen keine bierseligen Kumpel von Barry.

Vielleicht ist es nur zu kalt, um draußen zu hocken, dachte Grace, als sie aus dem Wagen stieg, aber dann bemerkte sie, dass auch die Vorhänge aufgezogen waren. Das Haus wirkte insgesamt freundlicher als bei ihrem ersten Besuch.

Sie zögerte. Sollte sie tatsächlich erneut in Barry Tonkas Leben platzen, nur um ihm zu sagen, dass sie ein Kind von ihm erwartete, aber seinen Bruder liebte? War das nicht ein wenig zu viel der Ehrlichkeit und dieser Hang zur unbedingten Wahrheit nur unter dem Schock der Ereignisse geboren?

Grace sah sich zweifelnd um. Noch hatte sie nicht an seiner Tür geklingelt. Hastig sprang sie in den Wagen zurück.

Suzan tat völlig desinteressiert.

»Willst du denn gar nicht wissen, was mich erst hierhergetrieben und warum mich der Mut gleich wieder verlassen hat?«

Suzan zuckte mit den Schultern. »Du bist erwachsen. Ich will nicht deine neugierige Tante sein.«

»Hier wohnt Barry Tonka.«

»Und ich dachte, du liebst seinen Bruder.«

»Stimmt, aber schwanger bin ich von Barry, und das muss ich ihm jetzt sagen«, erwiderte Grace, während sie erneut aus dem Wagen sprang und Suzan fassungslos zurückließ.

Vor der Haustür holte sie noch einmal tief Luft, dann klingelte sie.

Von drinnen hörte sie Barry rufen: »Machst du auf, Süße?« Grace bereute zutiefst, dass sie nicht vorher angerufen hatte. Er hatte offenbar Besuch von einer Frau. Sie spielte mit dem Gedanken, schnellstens zu verschwinden und ihm lieber einen Brief zu schreiben. Doch nun öffnete sich die Haustür, und sie sah in das überraschte Gesicht von Lucy.

»Willst du zu Barry?«

Grace fühlte sich plötzlich sehr unwohl in ihrer Haut. Sie hatte wenig Lust, Barry in Gegenwart von Lucy mitzuteilen, dass ihr flüchtiges Zusammensein in Horis Wohnung nicht folgenlos geblieben war.

Trotzdem folgte sie ihr ins Haus. Ihr fiel sofort auf, dass das Zimmer hell und freundlich wirkte, keine Bierdosen auf dem Boden herumlagen und überhaupt alles sauber und heimelig wirkte.

»Möchtest du was trinken? Setz dich doch!« Lucy musterte sie durchdringend.

»Nein, danke.« Grace wäre am liebsten geflüchtet, da hörte sie Lucy schon rufen. »Besuch für dich, Barry!«

Er sieht gut aus, schoss es Grace durch den Kopf, als sie ihn nun die Treppe herunterkommen sah. Fast so wie damals, als ich mich in ihn verliebt habe. Seine klaren Gesichtszüge verrieten ihr, dass er nicht mehr trank. Auch seine Kleidung war eleganter als sonst. Er trug keines seiner halb aufgeknöpften Hemden mit den schril-

517

len Mustern. In einem weißen Hemd und Jeans gefiel er ihr wesentlich besser. Mit seinem schmaler gewordenen Gesicht sah er Hori ähnlicher als je zuvor.

»Hallo, Grace.« Er kam auf sie zu und reichte ihr förmlich die Hand. »Was führt dich zu mir?«

Grace räusperte sich verlegen. »Ich muss unter vier Augen mit dir reden.« Das brachte ihr einen vernichtenden Blick von Lucy ein, die sofort Anstalten machte, das Zimmer zu verlassen.

»Süße, bitte bleib, ich wüsste nicht, was ich mit Grace zu besprechen hätte, das du nicht hören dürftest.« Barry lächelte Lucy aufmunternd zu. Die machte kehrt und setzte sich neben ihn. Er nahm demonstrativ ihre Hand.

»Wir leben jetzt zusammen«, ergänzte er nachdrücklich.

Grace atmete noch einmal tief durch. Damit hatte sie natürlich nicht gerechnet, aber vielleicht war es sogar von Vorteil, dass seine Freundin dabei war, wenn er die Wahrheit erfuhr.

»Barry, ich habe es dir bereits bei unserem letzten Treffen gesagt, dass ich mich in einen anderen Mann verliebt habe, und du weißt ja auch, in wen...«

»Na und? Was geht es mich noch an?«, fauchte er.

»Nun lass sie doch mal ausreden. Sie hat sich wohl kaum auf den Weg gemacht, um dir allein das zu sagen«, mischte sich Lucy ein.

Grace warf ihr einen dankbaren Blick zu.

»Schon als er mich vom Flughafen abgeholt hat...«

»Bitte verschon mich mit der alten Geschichte. Du hast es mir bereits an den Kopf geworfen. Zu allem Überfluss fing Hori vorgestern auch noch an, mich damit zu nerven. Da musste er mir unbedingt gestehen, dass er sich in dich verliebt und wieder Kontakt zu dir aufgenommen hat. Ich hätte eigentlich von ihm erwartet, dass er darauf verzichtet, dich wiederzusehen, aber angeblich kann er das nicht. Egal. Bin ich euer Beichtvater, oder was? Könnt ihr euch das nicht persönlich sagen?«

»Er hat dir gesagt, dass er sich in mich verliebt hat?«
»Soll ich es dir aufschreiben? War es das?«
»Barry, ich bekomme ein Kind!«
Barry verdrehte genervt die Augen. »Soll ich jetzt Patenonkel von meinem Neffen werden, oder was?«
Lucy aber sah fassungslos von Barry zu Grace. Im Gegensatz zu ihm schien sie die Tragweite dieser Botschaft sehr wohl begriffen zu haben.
»Hori kann nicht der Vater sein. So nahe sind wir uns noch nicht gekommen.«
»Sag mal, was versuchst du mir eigentlich die ganze Zeit zu sagen?«
»Dass sie schwanger von dir ist«, zischelte Lucy. »Willst du jetzt zurück zu ihm?«, fügte sie an Grace gewandt leise hinzu.
»Nein, ich wollte es ihm nur gesagt haben. Er wird Vater, und das durfte ich ihm nicht verschweigen.«
»Darauf habe ich aber gar keine Lust. Den Daddy für dein Kind zu spielen. Vor allem, nachdem du mich derart abserviert hast. Und das für meinen eigenen Bruder! Gerade jetzt, wo ich den Job bei dieser Zeitung bekommen habe. Glaubst du, ich habe Lust, Windeln zu wechseln?«
»Du Egoist, das verlangt sie doch gar nicht von dir!«, schnaubte Lucy aufgeregt.
»Ich fasse es nicht, ich fasse es einfach nicht...«, murmelte Barry nun in sich hinein.
Wider Willen musste Grace lächeln. Wenn sie geahnt hätte, dass es so einfach werden würde, die Wahrheit zu sagen, sie hätte sich niemals so davor gefürchtet.
»Ich möchte euch nicht weiter stören. Auf Wiedersehen, ihr beiden. Ich will euch ja nicht zu nahetreten, aber ihr seid ein schönes Paar«, murmelte Grace und verließ das Zimmer.
Lucy folgte ihr. »Ich glaube, Barry braucht noch ein wenig, bis er es begriffen hat. Weißt du, erst poltert er immer drauflos, und

wenn sich die Wogen geglättet haben, ist er der liebste Mensch. Wetten, dass er der Erste ist, der mit einem Spielzeug für das Kind ins Krankenhaus kommt.«

»Mir wäre es lieber, er wäre der Zweite...«

»Ach, ich verstehe. Der große Bruder.« Verschwörerisch zwinkerte Lucy Grace zu.

»Was hat Hori überhaupt dazu gesagt?«

»Er weiß es noch gar nicht.«

»Wie bitte? Dann wird es aber höchste Zeit. Er fährt doch heute für eine Woche weg.«

Grace sah Lucy entgeistert an. »Ist heute Freitag?«

Lucy nickte.

»Wie spät?«

»Zwanzig vor acht.«

»Mist!«

Ohne sich von Lucy zu verabschieden, rannte Grace zu Suzans Wagen und sprang auf den Beifahrersitz.

»Wie lange brauchst du zum Octagon?«

»Es kommt auf den Verkehr an. Dreißig Minuten.«

»Bitte, versuche es in zwanzig!«

Suzan stellte keine Fragen, sondern gab einfach nur Gas.

Marlborough Sound, Mitte April 2009

Arm in Arm standen sie am Bug des Schiffes und berauschten sich an der majestätischen Schönheit, die sich ihnen bot, so weit das Auge reichte. Es war ein wunderschöner und ungewöhnlich warmer Herbsttag. Die Sonne spiegelte sich in dem jadegrünen Wasser wider, und ihre reflektierenden Strahlen glitzerten an der Oberfläche wie tausend Sterne.

Grace lauschte dem weichen Klang von Horis Stimme, als sich seine Schilderung der unterschiedlichen Legenden, die sich um die verschlungene Küstenlinie des Marlborough Sounds rankten, dem Ende zuneigte.

»Und nun kannst du dir eine aussuchen.«

»Ich kann mich nicht entscheiden«, erwiderte Grace. »Es könnte die Grenzlinie zwischen Tane, dem Gott des Landes, und Tangora, dem Gott des Meeres, sein. Obwohl, auch hübsch ist die Geschichte mit Kupe, dem Seefahrer, und seinem Kampf gegen den Kraken. Es sieht wirklich so zerklüftet aus, dass man meinen könnte, es seien die Arme des Kraken, wie er bei seinem Untergang das Land umschlang.«

»Du hättest ja nicht mal gemerkt, wenn ich mir noch ein paar Geschichten dazu ausgedacht hätte.« Hori lachte.

»Du wärest zu ehrlich, um sie mir als Legenden zu verkaufen«, gab sie lachend zurück.

»Das ist aber ein gehöriger Vertrauensvorschuss, den du mir gewährst. Warte nur, bis ich dir mein wahres Gesicht zeige...« Er küsste sie. Sofort war wieder dieses Kribbeln in ihrem Bauch da. So wie gestern bei ihrem Begrüßungskuss. Und sie wünschte sich nichts sehnlicher, als endlich mit ihm zu schlafen.

Nachdem sich seine Lippen von ihren gelöst hatten, griff er in die Tasche seiner Cargohose und holte ein Lederband mit einem Jadeanhänger hervor.

»Das ist für dich.« Er überreichte ihr das Schmuckstück.

Gerührt betrachtete sie den Anhänger. »Es sieht aus wie ein Angelhaken.«

»Das *ist* ein Angelhaken, ein *Hei Matau*. Er steht für Frieden und wird dich auf allen Reisen beschützen, besonders über dem Wasser. Der Sage nach fischte Maui die Nordinsel Neuseelands mit einem Angelhaken aus dem Ozean.«

Graca fragte lachend. »Schon wieder eine Sage?«

Hori nickte. »Darf ich?«, fragte er und nahm ihr die Kette aus der Hand, um sie ihr zärtlich um den Hals zu legen. »Ich freue mich schon jetzt darauf, wenn wir heute Nacht unser Zelt weitab von den anderen aufschlagen«, raunte er ihr ins Ohr.

»Aber woher wusstest du, dass ich mitkomme?«

»Von ihm.«

Hori holte das Amulett, das er um seinen Hals trug und dessen Anhänger er unter dem Pullover verbarg, hervor. »Das ist ein *Tiki*. Der erste Mann, der von den Sternen kam, heißt es. Dem Träger des Symbols wird das große innere Wissen nachgesagt.«

»Angeber!«, sagte Grace lachend und versetzte ihm einen liebevollen Stoß in die Seite. Dann drehte sie sich wieder zum Wasser hin und genoss die Aussicht. Hori hielt sie eng umschlungen. Ihre Gedanken schweiften zu ihrem Wiedersehen ab.

Vergangene Nacht hatten sie sich zärtlich im Bus aneinandergeschmiegt und miteinander getuschelt. »Wenn wir zurückkommen, übernachten wir in einem Hotel. Einem sehr guten. Gehört der Albee-Kette«, hatte Hori ihr sehnsüchtig zugeflüstert. Grace war daraufhin in lautes Lachen ausgebrochen. »Albee? Alles meins, das gehört bestimmt meiner Familie, den Touristen-Albees«, hatte sie übermütig gekichert.

Bei der Ankunft in Picton hatten sie sich von der Gruppe abgesetzt, um sich wenigstens ein einziges Mal ungestört küssen zu können, bevor das Schiff, das sie zu der unbewohnten Maud Island bringen sollte, ablegte. Grace erinnerte sich an jedes seiner Worte zwischen den leidenschaftlichen Küssen, die nach mehr schmeckten. Besonders an seine Reaktion, als sie ihm schließlich gestanden hatte, dass sie ein Kind von Barry erwartete.

»Oje!«, hatte Hori gestöhnt. »Oje!«

Für einen winzigen Augenblick hatte Grace geglaubt, nun wäre ihre Beziehung beendet, bevor sie überhaupt begonnen hatte. Sie hätte es ja verstehen können. Wer wollte sich schon an eine Frau binden, die ein Kind von einem anderen Mann erwartete? Dann hatte sich sein Gesicht aber aufgehellt, und er hatte sie liebevoll angesehen.

»Was soll's, mein Schatz. Es bleibt ja schließlich in der Familie. Und ganz ehrlich, Barry war als Baby wesentlich hübscher als ich.« Dann hatte er sie lange und leidenschaftlich geküsst.

Grace erinnerte sich auch an das darauffolgende kleine Geplänkel um das Geschlecht des Kindes.

»Es muss unbedingt ein Mädchen werden, das alles besser macht als seine Ahninnen.«

»Nein, ein Junge. An wen soll ich den Federmantel meiner Ahnen weitergeben?«

»An unsere Tochter!«

Die Laute des Takahe-Pärchens, das zu ihren Füßen in einem Käfig saß, rissen Grace aus ihren Gedanken, und sie blickte auf. Was sie jetzt vor sich sah, raubte ihr den Atem. Der in allen nur erdenklichen Grüntönen schillernde Hügel, der jetzt wie gemalt vor ihnen auftauchte, war nicht irgendein grüner Hügel, sondern jener damals aus der Schule. Nur dass er dieses Mal nicht auf ein Foto gebannt war, sondern zum Greifen nahe.

NACHWORT:

Ich möchte mich ganz herzlich bei all denen bedanken, die mir während meiner Recherchereise nach Neuseeland 2010 mit Rat und Tat zur Seite gestanden haben. Ich danke all jenen Bed-&-Breakfast-Gastgebern, die mir mit spannenden Auswanderer- und Familiengeschichten, Führungen durch ihre Häuser und Hinweisen auf die schönsten Plätze in der Natur wertvolle Anregungen für meine weiteren Romane gegeben haben. Besonders erwähnen möchte ich Gill und ihre viktorianische Villa sowie Jenny und Nick vom »Castle«.

Ich danke meinem Mann, der mich kreuz und quer durch Neuseeland chauffiert und mir eine ausführliche Fotodokumentation erstellt hat, sodass ich auch zuhause jeden Baum, jedes Haus und jede Bucht ausführlich betrachten und meinen Lesern weitergeben konnte. Herzlichen Dank auch an meine Lektorin Franziska Beyer, die nach meiner Rückkehr geduldig gewartet hat, bis ich alle meine aktuellen Eindrücke in das eigentlich schon fertige Manuskript von *Das Geheimnis des letzten Moa* eingearbeitet hatte. Weiterhin meinen Dank an alle diejenigen bei Lübbe, die sich für den Erfolg meiner Bücher so tatkräftig engagieren. Und ein herzliches Dankeschön an das traumhafte Neuseeland, das mich immer wieder zu neuen Geschichten inspiriert und das ich schon im nächsten Jahr wiedersehen werde.

Laura Walden

Ein dunkler Fluch im Land der weißen Wolke – ein Leseabenteuer vom anderen Ende der Welt

Laura Walden
DER FLUCH DER
MAORIFRAU
Roman
560 Seiten
ISBN 978-3-404-15940-6

Kurz vor ihrer Hochzeit reist die junge Hamburgerin Sophie nach Neuseeland, wo ihre Mutter Emma den Tod fand. Zu ihrer Überraschung erfährt sie, dass Emma Neuseeländerin war und ihr dort ein Haus und ein beachtliches Vermögen hinterlassen hat. Sophie ist verstört: Warum hat Emma all das nie erwähnt? Nur Emmas Tagebuch kann das Geheimnis lüften, in dem sie die Geschichte ihrer Familie offenbart. Fasziniert vom Schicksal ihrer Vorfahren, taucht Sophie ein in eine exotische Welt voller Gefahren, und sie begreift, dass ihre Mutter sie schützen wollte vor einem Unheil bringenden Fluch .

Bastei Lübbe Taschenbuch

Ein entfesselter Vulkan, ein verschwundenes Kind – und eine Liebe, die Hoffnung schenkt

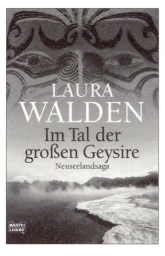

Laura Walden
IM TAL DER GROSSEN
GEYSIRE
Neuseelandsaga
512 Seiten
ISBN 978-3-404-16400-4

Im Tal der großen Geysire, auf der Nordinsel Neuseelands, führen die Bradleys ein beliebtes Hotel. Von dort unternehmen sie mit ihren Gästen Ausflüge zu dem achten Weltwunder, herrlichen Sinterterrassen in Weiß und Zartrosa. Doch im Juni 1886 bricht ein Vulkan aus, der nicht nur das Weltwunder unter Lavabrocken und Asche begräbt, sondern vermutlich auch die kleine Elizabeth, die jüngste Tochter der Bradleys. Seit der Katastrophe ist das Mädchen verschollen. Ihre Familie droht an dem Verlust zu zerbrechen – bis eine geheimnisvolle Maori auftaucht und die Kraft ihrer Liebe alles zum Guten wendet.

Bastei Lübbe Taschenbuch

Werden Sie Teil der Bastei Lübbe Familie

- Lernen Sie Autoren, Verlagsmitarbeiter und andere Leser/innen kennen
- Lesen, hören und rezensieren Sie unter www.lesejury.de Bücher und Hörbücher noch vor Erscheinen
- Nehmen Sie an exklusiven Verlosungen teil und gewinnen Sie Buchpakete, signierte Exemplare oder ein Meet & Greet mit unseren Autoren

Willkommen in unserer Welt:
www.lesejury.de